美国西语裔文学史

李保杰　著

山东大学出版社
·济南·

图书在版编目(CIP)数据

美国西语裔文学史/李保杰著. —济南:山东大学出版社,2020.5

ISBN 978-7-5607-6623-2

Ⅰ. ①美… Ⅱ. ①李… Ⅲ. ①西班牙语—文学史研究—研究—美国
Ⅳ. ①I712.09

中国版本图书馆 CIP 数据核字(2020)第 075363 号

责任编辑 张申华
封面设计 张 荔

出版发行 山东大学出版社
社 址 山东省济南市山大南路 20 号
邮政编码 250100
发行热线 (0531)88363008
经 销 新华书店
印 刷 济南华林彩印有限公司
规 格 787 毫米×1092 毫米 1/16
33.5 印张 545 千字
版 次 2020 年 5 月第 1 版
印 次 2020 年 5 月第 1 次印刷
定 价 86.00 元

国家社科基金项目
“当代西语裔美国文学研究”(12BWW048)研究成果

目　录

第一章　美国西语裔文学概述

西语裔文学是当今美国多元文化文学中的重要组成部分，是美国西语裔族群文化、生活和审美的集中体现。本书将按照时间顺序，以族群为单位，选取代表性作家作品，通过作家创作介绍和文本分析，追溯西语裔文学自19世纪中期以来的历史，力图全面宏观地展现本族裔文学分支的发展嬗变。透过文学与社会历史的联系，纵观各个历史阶段的代表性文学主题和文学手法，可以探寻西语裔族群的政治诉求、文化认同和文学审美，从而更加全面地了解美国19世纪中期以来的文学概貌。

本章将对西语裔文学的界定、起源、书写内容进行概述，结合西语裔美国人的现实生存境况和文学书写的重要主题，阐明西语裔文学书写和文学研究的当下意义。另外，本章还将对本书研究对象的纳入标准和分类方法进行简要介绍，并对当今西语裔美国文学研究的历史和现状进行综述，明确本研究的意义。

第一节　"美国西语裔文学"的概念嬗变和文学主体

对于本研究所涉及的美国少数族群，在各类文献中会有不同的措辞来表示，诸如"西语裔美国人""美国西班牙语裔""美国拉美裔""拉美裔美国人""拉美人""墨西哥人""多米尼加裔人""古巴人"等。可以说，这些概念存在不同程度的差别，有的相互之间存在范围上的重叠，但是，没有任何两个概念是相同的，因此，有必要首先对族群、族群文学进行界定。

族裔文学研究必然涉及"谁在写""写什么""如何写""为什么这样书写"诸如此类的问题，要解答这些问题，相关的社会学研究是必不可少的。这对于西语裔文学研究来说可能更加重要，因为西语裔文学起源和发展的每一步，都见证了殖民、征服、权力、暴力、斗争等激烈的社会冲突，而这些也相应地在文学书写中得到了体现。因此，本节还会涉及美国西语裔群体的历史和生存境况及其对文学书写的影响，进而在族裔视角下审视美国文学经典主题“美国梦”的建构，探求少数族裔话语建构中的美国经历，并试图分析它们与这些文学概念的经典建构之间的联系。

一、美国西语裔文学的界定和分支

美国西语裔文学（American Hispanic Literature）指美国以“西班牙语为母语”的少数族裔群体创作的文学。文学主体大部分是墨西哥和拉丁美洲国家的移民以及后裔，一般并不包括欧洲的西班牙移民及后裔，虽然他们这两个群体都以西班牙语为母语并且在文化上还存在诸多相同之处。“西语裔”一词是20世纪70年代尼克松时代在人口统计和社会学中开始使用的一个词，到20世纪80年代，“美国人口统计局准备使用更加合适的词‘拉美裔’……在人口统计中代替了‘西语裔’”①。从广义上讲，作为一个界限并不严格、内部分支众多的群体，“西语裔”一般是指美国这样一个少数族裔群体，他们的血统可以追溯到中南美洲、加勒比海地区和欧洲以西班牙语为母语的二十多个国家。狭义上的“西语裔”只包括祖先可以追溯到美洲以西班牙语为母语、受西班牙殖民文化影响的国家的那一部分少数族裔群体。就是说，这一概念将欧洲渊源的分支剔除在外。本书中所涉及的“西语裔美国人”具体主要包括两部分：(1)来自这些美洲西班牙语国家的移民及其后裔；(2)在割让领土上直接归化为美国公民的人群，主要是指随着墨西哥北方领土割让给美国而获得美国公民身份的墨西哥人，还有1898年美国占领波多黎各以后被赋予了美国人身份的波多黎各人。基于此，“美国西语裔文学”的含义就是：由美国的西语裔作家创作的文学作品，或者由具有部分西语裔文化背景的作家创作的与西语裔美国生活相关的文学作品、其中的主体为英语文学作品。

与这个概念相似的术语还有“美国拉美裔文学”（American Latino Literature）或者“美国加勒比裔文学”（American Caribbean Literature），即具有拉丁美洲文化渊源的美国少数族裔文学，其中不仅包括西班牙语裔文学，还有英语文学（巴巴多斯和多米尼克等英语国家的移民及后裔所创作

---

① Earl Shorris. *Latinos: A Biography of the People*. New York: W. W. Norton & Company, 2001, p. xvi.

的作品）、法语文学（海地等法语国家的移民及后裔创作的文学作品）以及理论上的葡萄牙语文学[①]。加勒比裔非西语裔作家中卓有成就者有巴巴多斯裔作家葆拉・马歇尔（Paule Marshall，1929～　）、安提瓜裔作家杰梅卡・金凯德（Jamaica Kincaid，1949～　）和海地裔作家艾德伟奇・丹提凯特（Edwidge Danticat，1969～　）等，她们都已经成为相当成熟的作家，获得了各种荣誉和赞誉，作品入选权威美国文学选读读本，进入美国文学史正典。在这些作品中，值得关注的有马歇尔的小说《褐姑娘，褐砖房》（*Brown Girl，Brownstones*，1959）、《寡妇颂歌》（*Praisesong for the Widow*，1983），金凯德的小说《河底》（*At the Bottom of the River*，1983）、《我母亲的自传》（*The Autobiography of My Mother*，1995）以及非虚构作品《弹丸之地》（*A Small Place*，1988）和《我的弟弟》（*My Brother*，1997），还有丹提凯特的《息，望，忆》（*Breath，Eyes，Memory*，1994）、《刈骨》（*The Farming of Bones*，1998）以及《兄弟，我将离你而去》（*Brother，I'm Dying*，2007）等。但是这些作家，无论是从出身还是从母语所属，都不属于"西语裔"这个群体，只能算作"拉美裔"这个内容更加宽泛的群体。

现在一般意义上的"美国西语裔文学"基本是指英语文学，其中的西班牙语文学研究往往纳入西班牙语文学研究或者拉丁美洲文学研究之中。然而，也应该注意到，近年来研究范围有所变化，例如在《诺顿拉美裔文学选读》（*The Norton Anthology of Latino Literature*，2011）中便有专门部分涉及西班牙移民及后裔的文学作品。究其原因，主要是考虑到文学的谱系传承，早期的西语裔作家大多采用西班牙进行创作。

有时，"西语裔"会和"拉美裔"一词交替使用，因此在文学研究领域还会有"拉美裔美国文学"（American Latino Literature）的说法。艾尔・索瑞斯（Earl Shorris）认为，两个词除了在美国人口统计中使用的时间不同以外，在含义上并没有差别，差别主要体现在这两个词的使用地域上："西南部和得克萨斯州大部分更喜欢使用'西语裔'，纽约人没有分别，两个都用。芝加哥更愿意使用'拉美裔'，不过这里没有哪一个民族占到了多数。在加利福尼亚州，《洛杉矶时报》禁止使用'西语裔'，以便与社区人们的情感认

① 主要是指巴西这个葡萄牙语国家移民及后裔创作的文学作品。巴西是拉丁美洲唯一使用葡萄牙语的国家，虽然1990年以来巴西对美国的移民人数增长了300%多，但是在美国的巴西移民及后裔人数并不多，总人数依旧不足40万。巴西移民和巴西裔美国人在演艺界和体育界表现突出，但是在文学界影响甚微。

同保持一致。新墨西哥州有些人倾向于使用'西裔'。"[①]从词源上看,"西语裔"或者"西裔"(Hisapno)都强调文化传统,这两个词中的前者强调文化渊源,而后者强调血统承继;"拉美裔美国文学"更加强调地域性,因为拉丁美洲国家的官方语言除了西班牙语之外,还有葡萄牙语、英语和法语。在拉丁美洲的34个国家和地区中,虽然墨西哥、阿根廷、玻利维亚、智利、哥伦比亚、古巴、多米尼加共和国、厄瓜多尔、危地马拉、洪都拉斯、波多黎各、巴拉圭、萨尔瓦多、尼加拉瓜、哥斯达黎加、巴拿马、秘鲁、乌拉圭、委内瑞拉等国使用西班牙语,但是安提瓜和巴布达、巴巴多斯、巴哈马、伯利兹、多米尼加联邦、格林纳达、圭亚那、牙买加、圣卢西亚、圣基茨和尼维斯、圣文森特和格林纳丁斯、特立尼达和多巴哥等国使用英语,而海地、法属圭亚那等国使用法语,还有少数几个国家和地区使用荷兰语,如苏里南和安德列斯群岛,而国土面积最大的巴西使用葡萄牙语。无论采用哪一个词,都可以从中看出群体内部的巨大差异性。

此外,"西语裔美国文学"(Hispanic American Literature)和"美国西语裔文学"(American Hispanic Literature)等术语也可能会在不同的文献中交替使用,两个形容词修饰语的位置并不固定,二者的使用频率相当,其具体含义和所指范围依赖于词语本身的差别。即"西语裔"作为修饰语时,"西语裔美国"一词理论上讲平行于"西语裔加拿大""西语裔澳大利亚""西语裔非洲"等术语,通过西语裔群体的居住地域加以区别;而如果把重点放在"美国"上面,则意味着美国语境下的西语裔维度,并且只要涉及"族裔"二字,势必暗示了相对应的"非西班牙语语境",虽然一般意义上的语域是美洲,但是也不排除其他语域的可能性。因此,前者将美国的西班牙语裔视为全部西班牙语世界的一个部分,尽管在大多数情况下"全部西班牙语世界"是指美洲的西班牙语世界,是"地理大发现"以后殖民征服和文化融合后的"克里奥尔"(Creole)[②]西班牙语,它在美洲各国存在着差异,甚至会被作为阶级和地域的代表将人们分为不同的阶层。"美国西语裔文学"将"美国"作为修饰词,该术语理论上平行于"美国非裔""美国亚裔""美国本

---

① Earl Shorris. *Latinos: A Biography of the People*. New York: W. W. Norton & Company, 2001, pp. xvi-xvii.

② 克里奥尔语是一种"混合语",由皮钦语演变而来。"克里奥尔"原意为"混合",泛指世界上那些由葡萄牙语、英语、法语以及非洲语言混合并简化后生成的语言,美国南部、加勒比地区以及西非的一些地方所说的语言也被统称为"克里奥尔语"。

土裔”等，强调了“西语裔”作为美国众多族裔分支之一的事实，将“美国文化”作为语境对其进行讨论。这也是为什么当今的西语裔美国文学研究一般不包括西班牙语文本的一个原因。但是，在汉语中，使用后一个术语时可能会带来一个措辞上的问题，即如果涉及族裔群体或者族裔个体，“美国西班牙语裔人”显然不如“西班牙语裔美国人”更符合汉语的表达习惯。本书中大部分情况下采用“美国西语裔文学”这个说法，旨在强调“美国文学”这一宏观语境，在论及族裔个人时，采用“西语裔群体”或者“西语裔”，以便更加符合汉语表达习惯。

在中国的美国西语裔文学研究开展之初，学术界还使用过“西裔”一词。这个译法可能受美国华人的影响，因为他们一般将西语裔称为“西裔”。笔者当年也曾使用过“西裔”这一术语。但是，相比之下，“西裔”同“非裔”“亚裔”“华裔”一样，强调种族所属，而美国的“西语裔”中的绝大多数并不是西班牙人的直系后裔，而是殖民征服和文化融合的结果。西班牙天主教文化和美洲印第安文化的融合造就了印欧混血人种和具有高度杂糅性的美洲文化，在墨美战争之后，这种文化杂合中又增添了盎格鲁美国文化的影响，这就是其所谓的“三重文化影响”的来源。因此，美国的西语裔文化是种高度杂糅的文化，与西班牙文化已经相去甚远。如果使用“西裔”，则在很大程度上弱化了殖民影响和文化杂糅，而这恰好是西语裔文化和文学的独特之处。鉴于此，本研究使用“西语裔”，强调该族群的西班牙文化来源和母语为西班牙语这一事实，同时保留这一术语对于文化杂糅和殖民历史的暗示。

当然，除了族裔标记之外，这些族裔群体可能干脆将“破折号”以及后面的“美国”去掉，直接使用“墨西哥”“多米尼加”“古巴”等移民来源国的名称，主张自己是移民或者移民的后裔。这样的称呼还带有反讽或者自嘲的意味，表示自己是个“局外人”(outsider)、“不受欢迎的人”(unwelcome)，带有相当的“挑战权威”或者“抗拒主流”的意味，这和当年民权运动时期墨西哥裔美国人称自己为“奇卡诺人”(Chicano)一样，用别人对自己的贬低性称呼来勇敢地自嘲，显示对于自己族裔身份的信心和自豪感。但是也应注意，这样的称呼多属于族群内部“自己人”之间的称呼，如果非西语裔人使用这样的称呼，很有可能被认为是歧视少数族裔的种族主义者或民族主义者。

在美国官方的文件或者经济统计中，常常把“西语裔”和“拉美裔”放在一起，所以无论哪一个术语，往往包含的都是西语裔和非西语裔两个族群。

如今，西语裔和拉美裔成为人数最多、增长速度最快的少数族裔群体，在美国的社会文化生活中发挥着重要的作用。根据美国人口调查局的数据，2017年，拉美裔和西语裔人口大约为5890万，主要集中在亚利桑那州、加利福尼亚州、科罗拉多州、佛罗里达州、佐治亚州、伊利诺伊州、新泽西州、新墨西哥州、纽约州和得克萨斯州。得克萨斯州、加利福尼亚州、新墨西哥州和亚利桑那州等西南部各州是西语裔人口基数最大、增长速度最快的几个州，其中2016～2017年仅得克萨斯州就增加了23.4万人。预计到2045年和2060年，拉美裔和西语裔人口总数将增长到9380万和1.11亿，分别占美国总人口的25%和28%①。“1970年以来，西语裔人口已经增长了592%，主要是因为拉丁美洲特别是墨西哥的新移民。而同一历史时期美国人口的总体增长速度为56%。在2000～2010年，西语裔人口占美国人口净增长的一半。”②西语裔群体逐渐扩大的社会影响和文学创作相互交织，在美国社会生活中发挥着日益重要的作用。了解这一文学分支对于全面理解美国文学和美国文化都具有重要的现实意义。

西语裔文学及其接受已经成为世界各国美国文学研究中的重要方面。当代西语裔文学自20世纪40年代开始得到关注，20世纪70年代以来，《剑桥美国文学史》(*The Cambridge History of American Literature*)、《哥伦比亚美洲小说史》(*Columbia History of the American Novel*，2005)、《诺顿美国文学选读》(*Norton Anthology of American Literature*)等著作陆续开始对其进行专门介绍。20世纪80年代之后，女作家的创作突飞猛进，随着后殖民主义(Post-colonialism)、后现代主义(Post-modernism)和解构主义(Deconstructivism)等多种批评理论和研究方法的广泛应用，西语裔文学研究与创作相互促进，双双焕发出无尽的活力。1988年，埃默里·艾利奥特(Emory Elliot)主编的《哥伦比亚美国文学史》(*Columbia Literary History of the United States*)首次将墨西哥裔文学作为平行于非裔、亚裔

---

① “Hispanic Heritage Month 2018”，2018/09/13，https://www.census.gov/library/visualizations/2018/comm/hispanic-projected-pop.html.

② Jens Manuel Krogstad. “With fewer new arrivals，Census lowers Hispanic population projections”，2014/12/16，http://www.pewresearch.org/fact-tank/2014/12/16/with-fewer-new-arrivals-census-lowers-hispanic-population-projections-2/. 另外需要注意的是：美国人口调查主要依据被调查者的自我判断，有些拉美裔或者西语裔白种人会将自己界定为白人，尽管其中的大多数人也有土著血统，其中的具体比例难以统计。另外，这个调查数字显示的是“西语裔”(Hispanic)人口，但是中间也基本包含了拉美裔人口。所以，在不同文献中可能会出现统计数字不一致的情况。

和土著文学的一个少数族裔文学分支加以介绍。艾利奥特担任主编的《哥伦比亚美洲小说史》(*The Columbia History of the American Novel*, 1991)中收录了三位西语裔美国作家的作品。《诺顿美国文学选读》自1989年第三版起，开始收录墨西哥裔作家的作品。"这些权威著作对西语裔作品的认可是西语裔文学经典化的开端"[①]，主流文化的接受促使西语裔作家更加积极地进行创作。20世纪90年代成为西语裔文学的一个繁荣时期，文学作品大量出版，对于文学市场、文学受众和文学研究都产生了直接的影响，有助于在多元文化视野下重新定义"美国文学"，同时也促进了西语裔文学的经典化进程，2005年和2011年两部文学选读的出版即是证明。第一部为《拉美裔文学爆炸：美国拉美裔文学选读》(*Latino Boom: An Anthology of U.S. Latino Literature*, 2005)，书中使用了"拉美裔美国文学"(Latino American Literature)一词，强调"西班牙文化传统"和"盎格鲁—撒克逊美国文学语境"这两重要素："我们把拉美裔文学定义为：在美国境内由具有西班牙拉丁美洲文化和血统的作家(主要)用英语创作的小说、诗歌、戏剧和散文作品。"[②]这个定位符合西语裔美国文学研究的传统，即以英语文学作品作为主要研究对象。不过，近年来随着西语裔社区力量的增强，其文学影响力在不断扩大，文学作品的纳入范围也在继续扩大，《诺顿拉美裔文学选读》进一步证实了这一点。这一部文学选读更加系统全面，编者大多为西语裔文学研究领域的知名学者，选材没有局限于英语文学作品，不仅有各个亚族裔文学分支早期的西班牙语作品，甚至还包括了美国的西班牙移民及后裔的文学作品。该作的出版表明了主流文学对西语裔文学的接纳，夯实了西语裔美国文学在美国文学中的地位，承认了"美洲性"和"拉丁美洲文学传统"对于美国文学的意义。"就西语裔文学来说，世人对这个来自美洲的文学分支充满了浓厚的兴趣：如博尔赫斯、聂鲁

① 李保杰：《21世纪西语裔美国文学：历史与趋势》，《社会科学研究》2017年第5期，第3页。

② John Christie and Jose Gonzalez. *Latino Boom: An Anthology of U. S. Latino Literature*. New York: Pearson Longman, 2005, p. xiv.

达、科塔萨尔、鲁尔福、加西亚·马尔克斯和巴尔加斯·略萨[①]等人的作品。"[②]西语裔文学的接受情况既反映出了美国文学鲜明的族裔特色,也有助于厘清其在美国文学中的地位。

因此,本研究聚焦于19世纪中期以来的美国西语裔文学,特别是20世纪三四十年代英语文学兴起之后的阶段,以作品的创作出版时间为序,追溯族群文学的总体发展态势和各个亚文化群体的重要作家作品,同时关注这些文学背后的社会历史要素。

二、社会历史要素在西语裔文学书写中的综合表达

2013年4月,在哈佛大学的拉德克里夫学院,各路学者齐聚一堂,召开了学术研讨会,这次会议的中心议题是普利策获奖作品《恩里克的旅程》(*Enrique's Journey: The Story of a Boy's Dangerous Odyssey to Reunite with His Mother*, 2006)。此作是《洛杉矶时报》记者索尼娅·纳扎里奥(Sonia Nazario)的纪实文学作品,是她耗费近10年时间对中美洲非法儿童移民进行跟踪研究的成果[③]。这本书出版以后引起了巨大的轰动,不仅仅是因为恩里克等非法儿童移民在旅途中惊心动魄的经历,更重要的是,它反映了当今美国乃至拉丁美洲最引人注目的一个问题:疆界和移民。这部作品对于当今美国西语裔族群文化和文学研究,以及美国文学的多元化研究都具有相当的意义,它直接反映了文学书写和社会现实之间的密切关系。

此书之所以叫作《恩里克的旅程》,是因为纪实文学的主人公是16岁的洪都拉斯少年恩里克。为了寻找11年前到美国谋生的母亲,身无分文的恩里克从洪都拉斯的特古西加尔巴出发,一路靠扒火车来到墨西哥的美墨边境,最后偷渡到了美国。扒火车要冒着很大的生命危险,被火车轧断

---

① 此处依次指的是阿根廷作家豪尔赫·路易斯·博尔赫斯(Jorge Luis Borges, 1899~1986),1971年诺贝尔文学奖得主、智利诗人巴勃罗·聂鲁达(Pablo Neruda, 1904~1973),拉丁美洲文学爆炸的奠基者、阿根廷作家胡里奥·科塔萨尔(Julio Cortázar, 1914~1984),墨西哥作家胡安·鲁尔福(Juan Rulfo, 1917~1986),1982年诺贝尔文学奖得主、哥伦比亚作家加夫列尔·加西亚·马尔克斯(Gabriel García Márquez,1927~2014)和2010年诺贝尔文学奖得主、秘鲁—西班牙作家马里奥·巴尔加斯·略萨(Mario Vargas Llosa)。

② Isabel Duran. "Ethics and Aesthetics: A Conversation with Ilan Stavans", *Camino Real*, 2014, 6 (9), p. 152.

③ 视频链接:https://www.radcliffe.harvard.edu/video/crossing-borders-quetzal。这本纪实报告文学另译为《被天堂遗忘的孩子》。

肢体甚至碾死的情况屡见不鲜，沿途的黑帮分子和流氓无赖对这些偷渡者还会进行抢劫、剥削和勒索，偷渡者的随身财物往往被洗劫一空，藏在内衣、鞋子里面的现金也不能幸免，这条火车线路因此充满了危险，被称为“死亡列车”。恩里克先后失败七次，中途历尽艰险。他到达美墨边境之后，几次试图偷渡，均未成功，最后还是依靠母亲的资助、在蛇头的操作下越过边界进入了美国。“旅程”具有双重含义，既指恩里克从洪都拉斯到美国的行程，也指他到达美国以后的生活改变和逐渐适应的过程。“旅程”的后半部分是恩里克在美国的经历，围绕他对新生活艰难的适应展开。由于恩里克语言不通、没有技能、心理上缺乏安全感，加上母亲的长期缺失导致他缺乏责任感和自制力，他发现历经艰险之后并没有迎来自己所期待的生活，美国并非想象中的那么美好，他没有长远规划，怠工、酗酒，并屡屡和母亲产生冲突。在故事的最后，恩里克逐渐走上了正轨，但是他生活稳定之后的第一个重要决定就是把留在洪都拉斯的女朋友接来美国共同拼搏，从而将 2 岁的女儿杰斯敏留在了洪都拉斯，造就了又一个“留守儿童”。这部作品揭示了非法移民问题的冰山一角，将美国社会中当今最受关注的“非法儿童移民”及相关问题呈现在了公众面前。

恩里克经历的典型性充分体现了社会历史要素在西语裔文化中的作用，“移民”和“跨国”是其中的两个关键词。根据美国人口调查局的统计，西南部的加利福尼亚、得克萨斯、新墨西哥、亚利桑那、内华达等州是有色人种聚集程度最高的地区，少数族裔人口比例高达 60%，甚至 80%，其次为东南部和东部的部分地区，例如佛罗里达、密西西比、南卡罗来纳、纽约、新泽西、特拉华和马里兰等州，少数族裔的比例为 50%～60%。此外，除了北部的蒙大拿，怀俄明，南、北达科他，爱荷华，肯塔基和西弗吉尼亚，以及东北的缅因和佛蒙特以外，全国其他地区的少数族裔人口比例也已经达到了 30%～40%。有数据显示，在洛杉矶县的在校学生中，大约有四分之一的学生是非法移民或者是非法移民的子女。在某些著名的拉美裔居住区，例如加州东洛杉矶（East Los Angeles）和圣迭哥县的艾斯康迪多（Escondido），拉美裔人口占到社区总人口的 90%，而在得克萨斯州的斯达县（Starr County），西语裔人口的比例为 95.6%。然而，具体到移民社区的形成，不同族群之间有着较大的差别。

根据加州大学尔湾分校社会学院移民问题专家鲁本·朗姆勃特（Jynnah Radford）的研究，到 2011 年，洛杉矶县 71%的人口为少数族裔。

2012年的统计数据显示，全美约1110万人没有合法身份，其中210万人是儿童移民，也就是说，大约19%的非法移民为儿童移民。2011年，美国外来移民总数约为4000万，其中加利福尼亚州接待移民数量最多，占25.4%，其次分别为纽约州(10.8%)和得克萨斯州(10.4%)。2017年移民的统计数字是4400万，在6年间增长了10%，其中大约23%的移民是没有经过官方授权的"非法移民"。① 2019年4月，特朗普政府实施童年入境者暂缓遣返计划(DACA)，其中墨西哥移民为53.6万人，人数最多，其次为萨尔瓦多、危地马拉和洪都拉斯移民，分别为2.6万、1.7万和1.6万。② 这些数字能够基本反映出非法移民特别是非法儿童移民的人口构成情况。不过这是较为保守的官方统计数字，实际数字应该比这稍高一些。此外，某些移民群体在美国的分布呈现明显的聚居现象，例如，75%左右的古巴移民住在佛罗里达；中国大陆移民多集中在纽约、洛杉矶和旧金山等地。③

根据皮尤研究中心公布的数据，墨西哥是美国外来移民最大的源出国，大约占移民总数的四分之一。2017年，在美国的墨西哥移民数量大约是1160万，其中43%的是非法移民。④ 这个数据和2010年的数据基本相当，变化不是太明显。2010年时，墨西哥裔移民总数为1171万多，占移民总数的29.3%。墨西哥移民中，36.8%居住在加利福尼亚州，21.2%住在得克萨斯州，6.1%住在伊利诺伊州；萨尔瓦多移民总数为120万，主要集中在加利福尼亚州(34.8%)、得克萨斯州(13.9%)和纽约州(8.7%)；古巴移民总数为110万，占移民总数的2.8%，最为集中的地区是佛罗里达州，所占比例为76.5%，其次为新泽西州(4.5%)和加利福尼亚州(3.4%)；多米尼加共和国的移民数量为90万，一半住在纽约州(50.1%)，其次为新泽西州(14.5%)和佛罗里达州(11.0%)，因为纽约州和新泽西州毗邻，所以

---

① Jynnah Radford. "Key Findings about U. S. Immigrants", Pew Research Center, https://www.pewresearch.org/fact-tank/2019/06/17/key-findings-about-u-s-immigrants/.

② Ana Gonzalez-Barrera and Jens Manuel Krogstad. "What we know about illegal immigration from Mexico", Pew Research Center, 2019/07/28, https://www.pewresearch.org/fact-tank/2019/06/28/what-we-know-about-illegal-immigration-from-mexico.

③ 对于来自中国大陆的160万移民，分布较为集中的几个地区分别是加利福尼亚州(30.0%)、纽约州(21.3%)和得克萨斯州(4.5%)。

④ Ana Gonzalez-Barrera and Jens Manuel Krogstad. "What we know about illegal immigration from Mexico", Pew Research Center, 2019/07/28, https://www.pewresearch.org/fact-tank/2019/06/28/what-we-know-about-illegal-immigration-from-mexico.

多米尼加裔的聚居程度也是相当高的。总体来说，西语裔人口的分布具有族裔文化的地缘特征，所以，“南佛罗里达”成为古巴文化的代名词，而南加州的圣迭戈和洛杉矶则成为墨西哥裔的阵地，无怪乎加利福尼亚州的政客们早在1981年就忧心忡忡地通过了法令，维护英语的合法官方语言的地位，宣告盎格鲁—撒克逊欧洲文化作为主流文化的统治地位。

可以说，移民和跨国问题已成为当今美国文学书写的重要主题之一，并且其文学表达趋于复杂化、多样化和抽象化，通过文学想象和文学手法的运用，移民和跨国的书写语域得以扩展至社会生活的各个方面。“国界”这一核心要素扩展至与移民经历和跨国迁移相关的“疆界”和“疆域”，还可能表现在多个不同的方面。在社会学领域，它可能和人类学的分类标准相关，例如人种、国籍、民族、经济状况、性别、职业、住所、血缘等，如格洛丽亚·安札杜尔（Gloria Anzaldua，1942～2004）所说，“只要两种或多种文化并存，不同种族的人共同生活在同一地域，上、中、下不同的阶层相互接触，或者两个人之间距离缩小、关系日趋亲密，边疆就会切实出现……”[①]而这些要素并非一成不变，应该说，除了生物学特征基本稳定以外[②]，其他的社会学特征会一直处于变化之中。这些因素往往反映在群体的文化中，从而凸显出社会学研究和文化及文学研究的密切关系。朗姆勃特的移民研究资料显示，西语裔移民表现出几个突出的特点：移民文化程度低、入境不规律、非法移民数量多，其中墨西哥、萨尔瓦多和危地马拉三国的移民情况尤为明显，这些要素均不同程度上在族群的文化中得到表征，具体可见于其相关的心理状态、心理诉求和心理表征以及相应的文化及文学表达。社学会研究的数据能够为横向比较提供一定的证据，有助于分析上述因素在文化及文学中是否具有区别性表征。“受教育程度”这一指标[③]能够在一定程度上解释上述三个族群分支在文学表达上的相似点和不同之处：他们接受大学和高中教育的比例相比于移民的整体水平明显偏低，相比于古巴裔也

---

① Gloria E. Anzaldua. *Borderlands/La Frontera*：*The New Mestiza*. San Francisco：Aunt Lute Books，1989，p. 19.

② 当然，在现代高科技的背景下，生物学特征也可能呈现出其动态特征，例如变性手术可以改变性别，皮肤漂白可以改变肤色，这使得传统上原本稳定的特征变得不稳定和不确定。

③ 相比之下，文化程度高、入境规律的几个移民来源国中国（包括台湾地区）、印度、韩国、菲律宾的非法移民的比例分别为8.1％、11.2％、15.5％和15.7％，文化教育水平大学及以上的比例分别为54.3％、77.8％、51.9％和54.4％。参见：https://www.migrationpolicy.org/article/immigrants。

明显偏低，所以他们的文学书写要么是凸显族群社会历史特质的要素，例如革命、内战、暴乱、暴力等重大历史事件，要么聚焦于劳动阶层和社区文化要素，例如跨国、贫穷和隔膜等空间政治主题、社区中的成长等族裔主题。相比之下，古巴裔作家除了以上族裔性和跨国经历等普遍要素之外，还观照意识形态要素，具体表现为古巴的巴蒂斯塔政权和卡斯特罗政权的更替，例如流亡、"民主""自由"等。相似的情况体也现在多米尼加裔作家作品中，其中意识形态要素的作用同样明显，特鲁希略政权和"后特鲁希略时代"多米尼加社会的境况，以及美西战争以来波多黎各—美国关系的变迁等都是文学作品的关注点。当然，具体到每位作家的主题选择和艺术特质，也许难以如此一概而论，但是这些要素的确能够在作家的认同机制和文学表达中有所表现，从下面的论述中也可以看出这一点。

就人口数量最多、作家数量最多、历史最长、文学影响力最大的墨西哥裔来说，历史、经济和地理等因素在文学中均得到了十分明确的显现。在所有的外来移民中，墨西哥的移民数和非法移民数都是最多的。美墨边界两侧社会经济发展的差距是墨西哥裔移民增长的决定性要素，地处两国交界处的地理位置、美墨战争及其历史遗留问题推动了人员跨越边界的流动。可以说，墨西哥历史上的三次移民潮，都是美墨双方需求共同促成的结果。第一次移民潮源于 1910 年开始的墨西哥革命，大批墨西哥民众为逃避战火而移民美国，当时边境线上还没有边防巡逻人员，跨越边界几乎没有任何阻挡，其间共有约 150 万墨西哥人来到美国，但是此次移民潮随着大萧条的来临戛然而止；第二次世界大战激发了第二次移民潮，因为美国忙于战事，国内对于劳动力的需求大增，墨西哥移民及时补充了美国社会所需要的劳动力；第三次移民潮开始于 20 世纪 60 年代，并一直持续到今天。

现在，在长达 2700 多公里的美—墨边境线上，每天都有各种形式的边界跨越。美国根据自己的需求所进行的移民政策调整直接影响到移民的生活和整个西语裔群体的社会存在。大萧条期间，美国遣返了大约 40% 的墨西哥移民；第二次世界大战结束后，美国仅在 20 世纪 50 年代就遣返了大约 400 万墨西哥非法移民。非法移民和美国移民边防警察之间的角逐一直在持续，移民问题（包括非法移民问题）已成为美国社会保障和政策制定中的重要因素，成为总统选举、民意调查等社会决策的重要指标。现任总统唐纳德·特朗普（Donald Trump）竭力批评前任总统的移民政策，发誓要将"数百万计的非法移民"遣返，但事实上，在奥巴马执政时期（2009～

2017)，每年都有几十万非法移民被遣返，其中 2012 年更是达到了创历史的 41 万人。[①] 特朗普之所以能够在 2017 年的大选中胜出、赢得相当一部分普通白人选民的支持，同他在竞选早期提出的“抑制非法移民”的主张有着很大的关系；特朗普移民政策中相关的重大举措，例如“边境隔离墙计划”以及遣返非法移民等，也直接关联到他的中期选举、竞选连任等。可见，无论总统本人的出身和血统如何，移民问题关乎美国的国家战略，在美国社会生活中占据了重要地位。

在古巴、多米尼加和萨尔瓦多等族裔群体中，移民和跨界的原因和表现又有所不同。古巴革命以及之后的古巴移民问题，直接凸显出“流亡”要素在古巴移民和古巴裔美国人社区的核心地位，因此流亡的政治性隐喻是古巴裔文学书写的重点。相比之下，萨尔瓦多移民社区的形成多与贫困和政治动荡相关。1980 年，萨尔瓦多内战爆发，国内的政治动荡和战争使人民颠沛流离[②]，导致了大批难民逃亡美国。据资料统计，“仅在 1980 年初，由于国民卫队、警察、保安部门和与当局有密切联系的极右分子恐怖组织的镇压，就有一千多名爱国者丧生。而在整个 1980 年，根据各种材料计算，有 1.3 万～1.5 万人被杀死。极右分子闯入进步的或者甚至只是自由主义的政治和工会活动家、农民领导人、记者和教师的家中把他们带走，进行了残酷的镇压”[③]。在抽象的数字背后，发挥作用的是意识形态要素。无论主流文化群体的态度如何，西语裔群体这种跨国流动的影响是十分明确的：美国的多元化日益明显，各族裔群体的自我表达和利益诉求在“美国梦”的鼓励下得到了充分的展现，但同时不同文化群体之间持续性地进行力量和利益的整合调整，“大熔炉”的理念也在继续发挥作用，将不同成分以及新注入的力量融合为“美国国民特性”和“美国精神”。

---

① Zolan Kanno-Youngs and Michael D. Shear. “ICE Signals Mass Immigration Arrests, But Not the ‘Millions’ Trump Promised”, *The New York Times*, https://www.nytimes.com/2019/06/18/us/politics/trump-immigration-deportations.html

② 20 世纪 20 年代以来，亲美军政府一直在萨尔瓦多实行军事独裁，本国的“14 个咖啡家族”和以美国人为主的外国垄断资本家掌握着国家的政治权力和经济命脉，全国 90%以上的财富集中在这些人手中。70 年代末反政府游击队开始壮大起来。1980 年 3 月，内战正式爆发，10 月，在萨尔瓦多共产党和中美洲工人革命党等政治组织领导下由人民解放军、人民革命军和全国抵抗游击武装力量联合成立了法拉本多·马蒂民族解放阵线。1992 年 1 月 16 日，马蒂民族解放阵线与政府签订《和平协议》，萨尔瓦多内战正式结束，大规模的冲突基本结束。

③ [苏]瓦连京·马什金：《“兀鹰”留下痕迹》，肖雪译，北京：群众出版社，1987 年，第 108 页。

西语裔族群中的代表性问题，诸如移民以及社区特点，都是文学研究所必须考虑和包含的内容。实际上，这些问题已经在文学书写中得到了不同程度的反映，例如墨西哥裔的移民小说和家族历史小说，古巴裔文学中的流亡主题，困扰整个拉美裔社区的贫穷和青少年帮派犯罪等问题，都已成为当今西语裔文学研究的重要选题。

三、文学书写：西语裔美国经历的再现

拜厄特（A. S. Byatt，1936～　）在探讨历史小说对历史虚构和话语诉求的作用时做了这样的解读："写作历史小说的强大动因之一，是书写被边缘化的、被遗忘的、未留下记录的历史的政治欲望。"[①]多米尼加裔作家茱莉娅·阿尔瓦雷斯（Julia Alvarez，1950～　）也说过类似的话。20世纪30～60年代，在多米尼加共和国，特鲁希略家族的统治使民众失去了发声的机会，历史已经被湮没在肆虐的暴力之下，因此，那段已经被人们遗忘的历史"只能通过虚构来理解，只能通过想象来弥补"[②]。文学和社会历史有着割舍不断的联系，历史视角、社会视角的文学研究不仅对文本的解读具有重要指导意义，而且对于整个西语裔文化的研究都是相当关键的。从一些代表性的文本中，可以看到文学和社会历史的这种互融互哺关系。

作为社会历史重要反映的文学作品，相应地将移民、疆界等问题凸显出来。克里斯蒂娜·加西亚（Cristina García，1958～　）的小说《幸运手册》（*A Handbook to Luck*，2007）中，男孩埃瓦里斯托为了躲避继父的毒打而躲到树上生活，在那里"他看到了萨尔瓦多内战的暴虐"[③]。德梅特里亚·玛提内斯（Demetria Martinez）的《母语》（*Mother Tongue*，1994）则取材于墨西哥裔美国女孩玛丽亚和萨尔瓦多的流亡者何塞·路易斯的爱情故事。在小说的扉页上写着："小说中的人物是虚构的，但是历史背景却是真实的。在正式结束于1991年的12年的内战中，75000萨尔瓦多人死于战火。美国为内战提供了60亿美元的军事援助。已经解密的美国国务院文件显示，美国政府高层对于萨尔瓦多军政权针对平民的暴力政策非常了

---

① ［美］拜厄特：《历史与故事》，黄少婷译，南京：译林出版社，2016年，第14页。

② Julia Alvarez. *In the Time of the Butterflies*. New York: Penguin Books, 1995, p. 324.

③ Cristina García. *A Handbook to Luck*. New York: Vintage Contemporaries, 2008, p. 23.

解，这其中包括1980年对奥斯卡·阿努尔福·罗梅罗大主教[①]的暗杀。”而古巴裔剧作家尼洛·克鲁兹(Nilo Cruz, 1960～　)在《开往波利纳的夜车》(*Night Train to Bolina*, 2005)中讲述了“拉丁美洲某地”连年内战导致的人伦悲剧：用“人吃人”来比喻同胞之间的相互残杀。在茱莉娅·阿尔瓦雷斯的《蝴蝶飞舞时》(*In the Time of the Butterflies*, 1994)和《我们自由之前》(*Before We Were Free*, 2002)以及胡诺特·迪亚兹(Junot Díaz, 1969～　)[②]的《沉溺》(*Drown*, 1996)和《奥斯卡·瓦奥短暂而奇妙的一生》(*The Brief Life of Oscar Wao*, 2007)中，20世纪30～60年代特鲁希略军事政权时期的权力暴虐得到了再现。因此，在移民和疆界问题的背后，是历史和政治的表达，这也正是文学书写和文学研究的意义所在。

这种视角下的西语裔文学研究，对于解读整个美国文学史和美国价值观取向都有着重要的参考意义。在美国历史上，早在詹姆士顿(Jamestown)之前的近一个世纪，西班牙殖民者就已经在西南部生存繁衍，但是这段历史在美国历史和美国文学史上却只占据了寥寥几句。直到20世纪90年代，这种情况才有所改观。另外，在主流群体的意识中，西语裔群体的形象很大程度上被模式化了，“墨西哥人被描述为懒惰、愚蠢、冷酷、阴险、堕落，没有爱国精神，没有民主价值观。作为混血人种，他们混杂了两种文化(西班牙文化和美洲印第安文化)最糟糕的方面……”[③]在20世纪，墨西哥人二等公民的身份得到了修正，西语裔历史小说在此过程中可谓功不可没，对此本书将再专门进行探讨。

进入21世纪，在于20世纪80年代发端的“经典化”进程基础之上，西语裔文学在以上所述的各个方面形成了显著的特征，文学书写的审美诉求得以明确，政治取向趋于明朗，西语裔文学群体的自我意识得到空前加强。作家在言说当下的基础上，同样在追溯过去，文学界和文学研究界对早期作品的整理和发掘也逐渐展开，包括西班牙语文学作品的整理出版。西语裔文学的经典化进程明显加快，其中的标志性事件就是“西语裔文学复兴”

---

① 奥斯卡·阿努尔福·罗梅罗(Óscar Arnulfo Romero y Galdámez, 1917～1980)是萨尔瓦多天主教会的大主教，在萨尔瓦多内战爆发前一直呼吁停止流血冲突，号召军队停止杀戮平民。1980年3月24日在做弥撒时被暗杀。

② Junot Díaz也译作“朱诺·迪亚兹”，例如，译林出版社2010年出版的《奥斯卡·瓦奥短暂而奇妙的一生》采用的作者中文名即为朱诺·迪亚兹。

③ Walter Prescott Webb. *The Texas Rangers: A Century of Frontier Defense*. Cambridge, Mass: Houghton Mifflin, 1935, p. 14.

项目的实施和拉美裔美国文学选读作品的出版。自1991年开始,在休斯敦大学艺术出版社(Arte Público Press)、美国国家艺术基金会(NEA)、美国国家人文基金会(NEH)、凯洛格基金会(W. K. Kellogg Foundation)等的联合资助下,美国文学界联合发起了"重新发现美国西班牙语裔文学遗产计划"(Recovering the United States Hispanic Literary Heritage Project),加州大学、得克萨斯大学和新墨西哥大学等高校的众多知名学者参与其中。该项目致力于发掘早期西语裔作家的作品,以及西语裔发展历史中的重要相关文献,其中包括玛丽亚·路易斯-巴顿(Maria Amparo Ruiz de Burton, 1832～1895)、尤西比奥·查孔(Eusebio Chacón, 1869～1948)和莱昂·维列加斯·麦格诺(Leonor Villegas de Magnón, 1876～1955)等文学先驱的作品。经过二十多年的努力,研究人员从数以千计的文本、手稿、报纸、胶片等资料中整理并出版了五十余位早期作家的作品,三十多部文学读本和九卷研究论文集。目前,整理、出版工作仍在进行中。2004年,在复兴项目的资助下,兰登书屋出版了路易斯-巴顿的《谁会想得到呢?》(*Who Would Have Thought It?* 1872),这部由著名作家安娜·卡斯蒂略(Ana Castillo, 1953～)担任责任编辑的小说被认为是第一部西语裔英语文学作品。2007年《诺顿美国文学选读》第七版新增的唯一一位19世纪西语裔作家就是路易斯-巴顿。[①] 在小说的封面上,依兰·斯塔文斯(Ilan Stavans, 1961～)对路易斯-巴顿给予了极高的评价:"玛丽亚·安帕鲁·路易斯-巴顿是我们的乔治·桑——第一位在文学界留下盛名的拉美裔女性。她的小说描写了被欺骗、被历史消音的人们……"[②]路易斯-巴顿在小说中涉及的文化冲突和整合等主题为墨西哥裔文学中的身份书写奠定了基础,她"对于祖国墨西哥的情感是既有同情又有愤怒。她一方面因为墨西哥的工业落后而感到惋惜,另外也因为祖国抛弃了他们这些加利福尼亚州儿女而倍感愤怒,因为他们从此不得不屈从于美国政府的种族歧视和腐败"[③]。这种矛盾的心态和无归属感在墨西哥裔文学中具有相当的代

---

① 金文宁:《从〈诺顿美国文学选读〉看美国文学经典重构》,《上海理工大学学报》(社会科学版)2011年第1期,第36页。

② Maria Amparo Ruiz de Burton. *The Squatter and the Don*. New York: Random House, 2004.

③ Ana Castillo. "Introduction", in Maria Amparo Ruiz de Burtor, *The Squatter and the Don*. New York: Random House, 2004, p. viii.

表性，对当今的西语裔文学继续产生着影响。

第二节　研究内容、分类方法和国内外研究进展

本研究涉及以上所说的各个西班牙语裔文学的亚族裔分支，纳入标准是作家和作品的影响力。因为各个亚群体的文学力量不均衡，所以在选择上有所偏重，其中墨西哥裔、古巴裔、波多黎各裔和多米尼加裔数量较多。研究的思路是：在分类中以族裔为标准进行分类，首先对各个族裔的总体情况进行概述，主要梳理20世纪以来的文学发展情况，同时兼顾早期的文学文化传统的传承和延续，然后对各族裔亚文化群体的突出特征、代表性作品进行分类研究。

一、研究内容和分类方法

艾利奥特（Emory Elliott，1942～2009）在《哥伦比亚美国文学史》中提出，西语裔文学作为美国文学的一部分，包含"人们在后来成为美利坚合众国的那片土地上所创作的所有书面及口头文学作品"①，据此，"地域"在理论上成为讨论西语裔文学时较为有效的一个维度。事实也是如此，作家成长的地域或者移民来源国，已经成为西语裔文学研究中经常采用的分类方法。本研究将按照作家所属的地域及其亚文化表达展开分类讨论。

本研究所涉及的文学作品的纳入标准主要有以下两个：一是作家的文化所属为西语裔，即母语为西班牙语的美国族裔作家，但是欧裔西班牙移民作家及作品不包括在内；非西语裔作家及作品也不进行讨论，诸如传统上被归类为非裔文学的加勒比裔英语文学。二是作品的语言载体是英语，并且人物或情节涉及美国经历。由于早期作品多采用西班牙语，其在"美国梦"视域下的"美国身份建构"具有不同取向，本书全景式的视野难以对其展开更加深入的讨论，故暂且把西班牙语文学排除在外。本书涉及的文学分支有墨西哥裔、古巴裔、波多黎各裔、多米尼加裔等作家群体及其作品，也会包括个别作品较多、创作具有影响力的其他族裔作家，例如智利裔作家伊莎贝拉·阿连德（Isabel Allende，1942～　）、阿根廷—智利裔作家

---

① Emory Elliott. *The Columbia Literary History of the United States*. New York: Columbia University Press, 1988, p. xix.

弗拉迪米罗·阿里尔·多夫曼(Vladimiro Ariel Dorfman, 1942～)和加布里尔·阿利格里亚(Claribel Alegría,1924～),或许他们所属的族群并没有太大的文学力量,文学中的族群特征也不够明显,但是他们的个人成就值得关注。其他作家可能在某一方面较有声望或者影响力,但是只要其作品不是英语文学作品或者其内容不涉及美国经历,本研究都没有将其收入其中。

在西语裔群体中,墨西哥裔无疑是总体影响力最大的群体,它的人口最多、社区历史最悠久、作家作品的数量也最多。墨西哥裔大约占拉美裔和西语裔总人口的三分之二,以至于"墨西哥人"已经成为非学术语境下中指代拉美裔或者西语裔的符号。然而,继20世纪60年代奇卡诺运动和奇卡诺文学运动以来,墨西哥裔文学在经历了90年代女性文学的繁荣之后,最近十余年来的发展似乎过于平淡。墨西哥裔作家虽然涉及多种书写主题和范式,却一直没能斩获国家级的重要奖项,这其中可能的原因在哪里?文学模式需要走出哪些窠臼?文学创作需要突破的苑囿又是什么?诸如此类的问题,在相当程度上反映出当今墨西哥裔文学所遭遇的困境。

如果以重要文学奖项为标准衡量非西语裔群体对西语裔各文学分支的接受,以及文学的文化和政治影响力,古巴裔似乎更胜一筹。古巴裔作家包揽了影响力最大的几种文学奖项,如1990年奥斯卡·希罗胡斯(Oscar Hijuelos,1951～2013)的《曼波歌王奏情歌》(*The Mambo Kings Play Songs of Love*)获得普利策小说奖,2003年尼洛·克鲁兹的《安娜在热带》(*Anna in the Tropics*,2002)获得普利策剧作奖,2003年卡洛斯·艾尔(Carlos Eire, 1951～)的《在哈瓦那等待风雪:古巴男孩的告白》(*Waiting for Snow in Havana*: *Confessions of a Cuban Boy*)获得美国国家图书奖,这些成就都创造了整个西语裔/拉美裔文学的历史。文学书写既是一种个体行为,也是集体意志的体现,带有集体历史和价值观的烙印,单从作品数量、作家数量和书写主题等方面进行比较似乎没有什么说服力,并且作品获不获奖也受到多种因素的影响。而事实上,文字合力的形成既有偶然性,也有一定的必然性,其中有些问题值得细细推敲。例如,古巴裔美国文学中的政治主题一直是文学书写的关注点,政治书写在文学发展中到底发挥了什么样的作用?该如何看待历史题材和政治题材的文学作品?如何理解艺术审美和政治诉求之间的关系?但是古巴裔文学近年来似乎也陷入了一个悖论,特别是有关流亡主题的悖论。流亡主题的流行，在古巴裔文学早期阶段极大地刺激了人们进行文学书写的欲望，促进了文学市场的繁荣，但是经历过短暂的繁荣之后，流亡书写在一定程度上又束缚了古巴裔文学的进一步发展。如何看待古巴裔文学的繁荣？流亡文学在其中发挥了什么样的作用？未来古巴裔文学将会走向何处？诸如此类问题都是本研究所力图探索的问题。

除了各个文学分支的标志性特征和代表性文本以外，本书在分类讨论或者划定研究对象的范围时还会遇到某些例外情况。本书所谓的“西语裔”更加侧重“文化认同”而非出身，既包括具有部分西语裔血统但是在文化上认同于西语裔文化的作家，例如路易斯·阿尔伯托·尤利亚(Luis Alberto Urrea，1955～)，也包括没有拉丁美洲西语裔血统但是具有强烈文化认同的作家，例如雷蒙德·巴里奥(Raymond Barrio，1936～)。尤利亚出生于墨西哥的蒂华纳，他的父亲是墨西哥人，母亲为美国人。尤利亚成长于蒂华纳和圣迭戈，在加州大学圣迭戈分校(UCSD)和科罗拉多大学博尔德分校(University of Colorado at Boulder)读书期间，所学专业和研究方向都和墨西哥裔文化和墨西哥移民相关，并且他的母亲一直在墨西哥从事社会救助等工作，所以尤利亚对墨西哥文化表现出非常强烈的认同感。他曾在蒂华纳做过社会救助工作者，多次往返美国和墨西哥进行非法移民问题调查和研究，对于墨西哥下层人民的生活较为了解，也非常熟悉被美国遣返的墨西哥等国的非法移民。他的作品几乎都涉及墨西哥裔群体，他也是当今重要的墨西哥裔作家之一。所以，这一类作家、作品毫无疑问应该入选。另外一个类似的情况是雷蒙德·巴里奥的《摘李子的人们》(*The Plum Plum Pickers*，1969)。巴里奥虽然有着西语裔人的名字，但并没有墨西哥血统，而是“纯正”的西班牙后裔。巴里奥的妻子是墨西哥裔美国人，因此他对墨西哥裔季节工人的艰苦生活有着深切的同情，这也是促使他写作该小说的最重要因素。在巴里奥发表这部作品之前，没有多少人注意到那些终年在从得克萨斯到加利福尼亚之间这片广袤的土地上来回迁徙的采摘工人，而且当时奇卡诺文学中鲜有关于季节工人生活的作品问世，因此，这部作品在早期奇卡诺文学研究中多次被提及，不少研究者选择忽略作家的出身[①]。这部小说被誉为西语裔文学中"抗议文学"的代表，在20世纪70年代兴起的奇卡诺文学研究中，成为一个研究个案。巴里奥在季节工人生活书写方面所做的开拓性贡献不容忽视。因此，为表示对这一传统的尊重，在追溯相关书写主题时本研究也会论及这部作品。

对于人物塑造或者情节设置中的"美国经历"，同样需要考虑某些较为特殊的作家或者文本。有一类作品难以界定，比如威尔·郝博思(Will Hobbs)的《穿越铁丝网》(*Crossing the Wire*, 2007)。作者郝博思并没有墨西哥裔文化背景，但是小说的内容却有着相当的代表性，讲述的是15岁墨西哥少年维克多·弗洛雷斯为生活所迫独自跨越边界到美国谋生的故事。这部作品是从青少年角度书写非法移民经历，采用第一人称叙述，情节生动自然、打动人心，主人公正直善良，契合青少年文学主流所宣扬的积极价值观。虽然作者本人没有西语裔文化背景，但是在作品中表现出了对墨西哥和拉丁美洲非法移民问题的关注。作者所表现的人文关怀精神值得深思，它揭示了非法移民问题背后的一系列问题：政治危机、社会动荡和经济萧条使得墨西哥和拉丁美洲普通人民生活艰难；在漫长的国界线上，再敬业的边境巡警也无法完全阻挡绝望的人们跨越边境、寻找新生活。作者的身份和主题选择反映了部分有良知的知识分子对非法移民问题的理性思考，它暗示了美国社会应该对此进行反思。因此，这部作品也被包括在本研究的范围之内。

蕾切尔·库什纳(Rachel Kushner, 1968～　)的《古巴来电》(*Telex from Cuba*, 2008)获得了2008年美国国家图书奖提名，这部作品的情况与上面两部作品的情况既有相似之处也有不同点。相似之处在于作者的身份，即库什纳没有古巴或者其他西语裔文化背景。她与古巴的联系来自母亲在古巴成长的经历，以及她本人的三次古巴之行。这部小说的主题选择带有明显的策略性，和《摘李子的人们》在本质上有着相似之处，即利用了古巴相关主题在美国社会生活中所得到的高度关注。不同之处在于，这

① Teresa McKenna. *Migrant Song: Politics and Process in Contemporary Chicano Literature*. Austin: University of Texas Press, 1997; Teresa McKenna. "Three Novels: An Analysis (*Chicano*, *The Plum Plum Pickers* and *Tatoo the Wicked Cross*)", *Aztlán: A Journal of Chicano Studies*, 1970, 1(2); Daniel Griesbach. "'Rough Justice' for Farmworkers: The Specter of Joaquín Murrieta in Raymond Barrio's *The Plum Plum Pickers*", *Western American Literature*, 2009, 44(1).

部小说描写了“古巴革命前夕的美国侨民”这一特定群体的生活，虽然描写中涉及较多的古巴因素，诸如古巴革命和古巴移民等，但是其书写的本质还是“美国人的海外经历”，其叙述指向同本研究中西语裔群体的美国经历恰好相反，因此本研究将不会将其包括在研究对象之内。诚然，对于一位不具有西语裔背景的作家，创作这样一部作品具有相当的挑战性。从小说的艺术性和独特性方面讲，第一人称叙述、人物叙述角度的选择、人物的阶级属性等其实并无特别之处，这在古巴相关的“流亡”“离散”“逃离”等作品中较为常见。例如，小说开始便用黑体字标示出了叙述开始的时间：“1958年1月”；第一人称叙述是这样展开的：“那天早上我睁开眼睛，第一眼就看到了它。橙红色的长方形，红色岩浆的颜色，投射在卧室的白墙上。那是透过窗户玻璃照进来的光，像慢放的无声电影，照在墙上，光柱中的微尘粒粒可见……在古巴东部，有时候，我早上一醒来就能知道变天了……我们从哈瓦那过圣诞节回来，爸爸从来不公开说，但是我知道德尔在山里，和劳尔的部队在一起。”①小说的第一人称叙述者是设立在古巴的“联合果品公司”行政总裁13岁的儿子，他通过父亲的公务活动，窥见了革命前夕巴蒂斯塔政权的政治活动；通过和伙伴在种植园里闲逛，观察到古巴穷苦民众的艰难处境；通过哥哥德尔参加古巴革命军的情节，试图想象古巴革命军的存在模式。这种视角的层叠为叙述张力提供了可能，但是限于作者经历的有限性，情节设定并未能有所突破，小说的叙述范式没有跳出古巴流亡文学叙述的常规模式。

在梳理作家作品时，本研究主要参考了2011年出版的《诺顿拉美裔文学选读》（以下简称《诺顿》）。《诺顿》中各个族裔作家群的具体人数以及本研究涉及的作家人数情况如下表所示：

作家所属族裔	《诺顿》作家数量	本书重点涉及作家
智利	2	2
哥伦比亚	1	0
古巴	37	18
多米尼加	5	2

① Rachel Kushner. *Telex from Cuba*. New York: Vintage Books, 2014, pp. 1-2.

续表

作家所属族裔	《诺顿》作家数量	本书重点涉及作家
危地马拉	1	0
墨西哥	83	33
秘鲁	2	0
波多黎各	45	5

本书中古巴裔部分的两位作家是《诺顿》中没有涉及的，他们是古斯塔沃·佩雷斯·福尔马特（Gustavo Pérez-Firmat）和芙洛·费尔南德斯-巴里奥斯（Flor Fernandez-Barrios）。佩雷斯是位学者，主要从事学术研究，但是他的《来年古巴：古巴仔在美国的成长》（*Next Year in Cuba*：*A Cubano's Coming-of-Age in America*，1995）属于非虚构类的生命书写，是流亡文学的一部代表作，其中涉及的流亡主题颇具代表性。费尔南德斯-巴里奥斯虽然不是职业作家，但是她的作品《雷霆的祝福：古巴少女时代的回忆》（*Blessed by Thunder*：*Memoir of a Cuban Girlhood*，1998）代表了流亡文学书写范式中的女性书写。另外，这部回忆录是较为典型的政治书写范式，是古巴裔流亡文学政治话语文本化的一个实例，本研究将其作为文学性和政治性兼备的文本的一个比照，即这类作品的意义彰显于特定的社会历史语境中，可以作为意识形态文本化的一个证明。这两部非虚构类的作品，文体上介于社会学研究和文学书写之间，本研究将这一类作品，特别是古巴裔文学中的流亡书写，视为文学书写，所以将其收入到研究中。

在美国的这些少数族裔群体，除了在母语和来源地域上的差别，他们在美国的历史也各不相同，比如族裔群体的历史之长短、规模之大小、经济实力之强弱等差异明显。这些差别往往又和族裔群体归化的过程、移民的原因等要素直接相关，因此本研究会采用横向研究和纵向研究相结合的方式，追溯各个族裔文学分支的发展历史，并从中梳理出各分支最具代表性的文学特征。例如，墨西哥裔作为历史最悠久、作家作品数量最多的一个分支，其成长小说具有较为悠久的历史，而在当今奇卡诺文学阶段，墨西哥裔作为人口数量多而经济状况差的一个群体，折射出20世纪80年代以来美国“去工业化”造成的诸多社会问题，特别是贫困、失业率高、犯罪率高等。因此，本研究专门就墨西哥裔文学中的成长主题进行研究，专门讨论当今墨西哥裔文学中的青少年犯罪问题的书写以及其背后的政治动因。

二、国外美国西语裔文学研究及核心问题

美国西语裔文学研究起源于20世纪40年代，早期文学批评主要梳理发展状况，对重要作家作品进行介绍；系统、科学的研究形成于80年代后期，各种批评方法被广泛采用；在90年代迎来了一个发展高潮。

目前，美国较有影响力的综合大学都设有西语裔文学课程，或者有专门的研究人员从事西语裔文学研究。在西语裔文学研究方面处于前列的大学有西部的加州大学、斯坦福大学，西南部的得克萨斯大学，中部的芝加哥大学和东部的哥伦比亚大学等。加州大学的几个分校都设有相关的研究中心，虽然名称各不相同，但是大多设有拉美裔文学研究、拉美裔研究、西语裔研究等方向，例如圣巴巴拉分校、伯克利分校、洛杉矶分校、圣迭戈分校、河滨分校和欧文分校都是如此。得克萨斯大学的几个校区大多将相关的研究机构附设在西班牙语系或葡萄牙语系下面，这也是美国很多学校的通行做法。可以说，奇卡诺研究已经覆盖美国的几乎所有设有语言文学专业的综合类院校和文理学院，即便有的学校没有开设相关专业，但是也会有教师教授相关课程。

其中值得一提的是圣巴巴拉的奇卡诺研究中心（Center of Chicano Studies）。该中心是全美最早成立的奇卡诺专门研究中心，该研究方向至今依然在全国处于前列。圣巴巴拉分校的奇卡纳（Chicana）和奇卡诺研究系在2003年获得博士学位授予权，是全美最早的奇卡诺研究博士点。[①] 路易·里尔（Luis Leal，1907～2010）是圣巴巴拉分校奇卡诺研究中心的创始人。作为美国西语裔文学研究的先驱，他是最早将拉美文学纳入美国文学课程的教育者之一，也是最早认识到奇卡诺文学重要性的学者之一。里尔还是美国现代语言协会（the Modern Language Association of America）的成员，拉美裔和西语裔文学研究学科的创始人，1997年国家人文奖章（the National Humanities Medal）的获得者，1988年全国奇卡诺研究协会（the National Association for Chicano Studies）终身成就奖得主，1992年墨西哥阿兹特克雄鹰奖章（Mexican Order of the Aztec Eagle）获得者，他极大地推动了美国奇卡诺文学研究，在奇卡诺文学研究中的地位是无人能及的，

---

① 之后加州大学多所分校设立了相关拉美裔研究中心或者独立设系，例如欧文分校设有“奇卡诺/拉蒂诺研究系”（Department of Chicano/Latino Studies），该系属于人文社科学院，研究领域除文学外，还涉及社会、历史等人文学科，著名学者胡安·布鲁斯—诺瓦在此任教并担任系主任。

对20世纪70年代以来的整个西语裔文学研究挥了产生了重要的影响。里尔早期的研究领域是美洲文学和拉丁美洲文学，包括何塞·霍阿金·费尔南德斯·德·利萨尔迪(Jose Joaquin Fernandez de Lizardi, 1776～1827)①和阿根廷作家多明戈·福斯蒂诺·萨米恩托·阿尔巴拉辛(Domingo Faustino Sarmiento, 1811～1888)等作家及其作品。后来，他从美洲文化渊源在当代墨西哥裔美国文化的表现开始，追溯奇卡诺文化的根源和重要文化要素在当代墨西哥裔文学中的概念化。在1956年的作品《墨西哥小说简史》(西班牙语版)中，里尔追溯了前哥伦布时期的美洲文明，梳理了墨西哥文学的各个历史时期。1966年，《美国西语裔小说史》(*History of the Hispanic American Story*，西班牙语版)出版，现在该书已成为美国西语裔文学研究的经典之作，对之后的奇卡诺文学研究和创作都发挥了重要的引领作用。因此，斯塔文思对他的评价是，"相比于(奇卡诺)运动时期社会活动家的态度，里尔的世界观表现出了较少的对抗性，而是多了沉着和冷静"②。里尔著作等身，撰写和编著了40多部著作，培养了弗朗西斯科·罗麦利(Francisco Lomelí)和玛利亚·埃雷拉-索贝克(María Herrera-Sobek)、马里奥·加西亚(Mario Garcia)、梅林·福斯特(Merlin Foster)和萨拉·普特-海莱拉(Sara Poot-Herrera)等一批知名学者，可以说，整个加利福尼亚的奇卡诺研究(既包含文学研究，也包括社会历史研究)都是在里尔的推动和影响下发展起来的。他积极推动"金托·索尔奖"(El Premio Quinto Sol)获奖作家③作品研究和希斯内罗丝研究，对奇卡诺文学的历史分期等关键性问题进行了阐释。鉴于路易·里尔对奇卡诺文学和西班牙语文学研究所做出的卓越贡献，1988年，美国国家人文学科基金会为里尔颁发了"国家人文奖章"(National Humanities Medal)；同年，美国奇卡诺文学研究会授予他"终身成就奖"。

---

① 费尔南德斯是墨西哥作家，被誉为墨西哥第一位现代小说家，其代表作是1816年出版的《佩里基略·萨尼恩托》(El periquillo sarniento，英文翻译为"The Itching Parrot"，意思是"癞皮鹦鹉")。小说的主人公是外号为"癞皮鹦鹉"的流浪汉，通过他的见闻和遭遇，小说反映殖民地时期墨西哥社会的普通人民的艰难处境。从小说人物的基本特征可以看出，这部作品带有欧洲流浪汉小说的特点，表明了拉丁美洲现代文学和欧洲文学之间的渊源。

② Ilan Stavans. (ed.). *The Norton Anthology of Latino Literature*. New York: W. W. Norton & Company, Inc., 2011, p. 552.

③ 金托·索尔奖共颁发了四届，获奖者分别是托马斯·里维拉、鲁道夫·阿纳亚(Rodolfo Anaya, 1937～)、罗兰多·伊诺霍萨(Rolando Hinojosa-Smith, 1929～)和艾斯黛拉·波提略·泰姆伯雷(Estela Portillo Trambley, 1936～1998)。

路易·里尔对奇卡诺文学的最大贡献之一就是对奇卡诺文学中的关键词进行了界定，对墨西哥裔文学的分期做了界定。里尔是最早对文学进行界定的学者之一，他对“奇卡诺人”(Chicano)、“美国化的墨西哥人”(Pocho)等词的来源进行了研究和考证，肯定了何塞·里蒙(José Limón，1908～1972)等人提出的观点，即这些术语中包含了明确的政治含义。他对奇卡诺文学的界定至今仍被广泛接受。他认为，“奇卡诺文学是由居住在现在美国版图内的墨西哥人及其后裔创作的文学作品。而在1821年之前，该地区具有西班牙文化传统的居民所创作的文学作品则属于奇卡诺文学的早期阶段”①。同样，他将重大政治历史事件作为分界点，把墨西哥裔美国文学分成了五个发展阶段：西班牙时期(1592～1821)，墨西哥时期(1821～1848)，过渡时期(1848～1910)，相互适应时期(1910～1942)和奇卡诺文学时期(1942年以后)。对于1942年以来的奇卡诺文学，里尔之后没有学者再进行类似的分期。后来，在《奇卡诺文学界定中的一些问题》(The Problem of Identifying Chicano Literature)一文中，里尔进一步明确了一些问题，诸如“不可过于狭隘，不能纠结于作家的族裔出身而应该注意书写的主题和作品的文学性”。正是基于这样的一种观点，雷蒙德·巴里奥等作家才进入到奇卡诺文学研究的范围之内，这也是本书划定研究范围的一个基本立场。里尔对奇卡诺文学的基本概念进行了厘定，他补充了“奇卡诺文学”界定问题上的两个维度，即社会历史维度和审美维度，“奇卡诺文学的概念已经从狭隘的社会学角度延伸到了更宽广的人文视角”②。里尔在访谈中提到，1942～1981年的奇卡诺文学带有明显的政治“对抗性”③，并中肯地概括了奇卡诺运动前后的文学书写特征。

里尔是位非常严谨的学者，他时刻关注文学的发展动态，并随时修正自己的研究视角和观点。在20世纪70年代之初，墨西哥裔英语文学才刚刚开始在美国文学界崭露头角，金托·索尔一代作家的文学书写尚未成

① Luis Leal. “Mexican American Literature: A Historical Perspective”, in Joseph Sommers and Tomas Ybarra-Frausto (eds.), *Modern Chicano Writers*. Eaglewood Cliffs: Prentice-Hall, Inc., 1979, pp. 18-30.

② Luis Leal. “The Problem of Identifying Chicano Literature”, in Jiménez, Francisco (ed.), *The Identification and Analysis of Chicano Literature*. New York: Bilingual Press, 1979, p. 5.

③ Luis Leal and Pepe Barrón. “Chicano Literature: An Overview”, in Houston A. Baker Jr. (ed.), *Three American Literatures: Essays in Chicano, Native American, and Asian American Literature for Teachers of American Literature*. New York: The Modern Language Association of America, 1982, p. 22.

熟，奇卡诺文学批评还停留在社会历史批判阶段，文学的美学意义往往容易被意识形态所掩盖。虽然奇卡诺作家饱含书写的热情和文化的自豪感，但是仍旧难以得到主流文学群体的认同，里尔对文学未来发展的情感错综复杂，认为“但是，现在还很难确定，墨西哥裔文学能否自成一体，是否能够在美国文学中争得一席之地”①。回顾奇卡诺文学的发展历程，里尔的这种警示对于后来奇卡诺文学的发展具有相当重要的意义，奇卡诺文学也已经走出了过分关注抗议性和对抗性的巢穴，更加注重作品的文学性和审美性。

里尔的学生马里奥·加西亚（Mario García）在 2000 年整理出版了《路易·里尔：自我/传记》（*Luis Leal: An Auto/Biography*）一书，对里尔的学术生涯进行了追溯。该书以里尔的口述为主，加西亚进行了文字整理。当时里尔已经年近九十，加西亚将他的各个记忆的片段连缀起来，并对口述内容做了一定的编辑改动。本书按照时间顺序讲述了里尔少年时（1917年）从墨西哥来到美国的移民经历后来他在西北大学等学校求学的经历以及之后的学术生涯。里尔的学术生涯是 20 世纪奇卡诺文化逐渐彰显其影响力的折射。

20 世纪奇卡诺文学研究的另外两位先驱分别是胡安·巴蒂斯塔·莱尔（Juan Bautista Rael，1900～1993）和亚美利哥·帕雷德斯（Américo Paredes，1915～1999）。莱尔是著名的语言学家和民谣研究专家，先后在加州大学伯克利分校和斯坦福大学获得硕士和博士学位，研究领域为语言学，是西语裔中最早进入高等学府任教的学者之一，曾任斯坦福大学教授，1983 年当选为西班牙皇家学院（Spanish Royal Academy）外籍院士。早在 20 世纪 40 年代，莱尔就开始收集墨西哥民谣，于 1950 出版《新墨西哥和南科罗拉多西班牙民谣注释目录》（*An Annotated Bibliography of Spanish Folklore in New Mexico and Southern Colorado*），不久出版《新墨西哥“晨曲”》（*The New Mexican “Alabado”*，1951）。莱尔致力于整理墨西哥北部和美国西南部的民间故事和民间谣曲，并从语言学的角度对它们加以解读。他的方法论侧重于语言研究，和之后帕雷德斯的文化视角存在较为明显的差别。

---

① Luis Leal. “Mexican American Literature: A Historical Perspective”, in Joseph Sommers and Tomas Ybarra-Frausto (eds.), *Modern Chicano Writers*. Eaglewood Cliffs: Prentice-Hall, Inc., 1979, p. 18.

帕雷德斯同样致力于墨西哥民间歌谣的整理，但是更加注重其政治性，并将其和自己所生活的时代相结合，侧重于收集边境冲突主题的民谣。1958年他出版了《枪在手上：边界歌谣及其英雄》(*With His Pistol in His Hand*)[①]，对被称为“墨西哥裔美国人史诗”的《格里高利奥·科尔特兹之歌》(*El Corrido de Gregorio Cortez*)进行了整理。他还研究、整理了19世纪末20世纪初在墨西哥和美国边境地区广为流传的科瑞多民谣(corrido)，同时对得克萨斯边境特别是格兰德河谷地区墨西哥裔美国人的生活状况和民间传统等进行了较为细致全面的考察。鉴于这些研究成果的鲜明文化取向，它们被视为最早的墨西哥裔文学研究的一部分。《枪在手上》兼具文学性和学术性，学界对其体裁稍有分歧，正如作者本人在“引言”中所说：“这本书起初是(科瑞多)民谣研究作品；后来写成了英雄的故事，因此就合二为一了。它讲述了一个人的故事以及以他的名字命名的歌谣和传奇，还有那些普普通通的人们，他们传唱着歌谣和传奇、赞颂着这个人。本书还追寻了《格里高利奥·科尔特兹之歌》背后的故事，那些真实发生的故事以及相关的民间传统。”[②]帕雷德斯塑造的“枪在手上”的英雄形象成为再现文化冲突和反抗霸权的代表，有力地驳斥了当时主流文化群体对墨西哥裔美国人的偏见。20世纪上半叶，历史学家沃尔特·普利斯科特·韦伯(Walter Prescott Webb)整理出版了史学著作《得克萨斯骑警》，将墨西哥裔美国人描写为“野蛮未开化，天性残忍”[③]，而将镇压墨西哥人反抗的骑警塑造为正义和勇敢的化身。帕雷德斯的著作在那个特定的历史时期，对这些文学原型进行了梳理，所以在当今的西语裔研究界看来，他不仅是文学批评的先驱，而且他的《枪在手上》对奇卡诺作家的创作也产生了深远的影响。

奇卡诺运动之后，一部分在名校就读或者任教的墨西哥裔学者开始将目光转向奇卡诺文学研究，将其视为美国文学的分支而非拉美文学的一部分，曾在耶鲁大学任教的胡安·布鲁斯-诺瓦(Juan D. Bruce-Novoa，1944～2010)就是其中的一位。20世纪80年代他对奇卡诺诗歌进行了研究，出版了《奇卡诺诗歌：回应混乱》(*Chicano Poetry: A Response to*

---

① 以下简称为《枪在手上》。

② Américo Paredes. “*With His Pistol in His Hand*”: *A Border Ballad and Its Hero*. Autsin: University of Texas Press, 1958, p. xi.

③ Walter Prescott Webb. *The Texas Rangers: A Century of Frontier Defense*. Cambridge, Mass.: Houghton Mifflin, 1935, p. 14.

Chaos，1982）等诗歌选集。布鲁斯-诺瓦还对多位奇卡诺作家进行访谈，出版了《奇卡诺作家：访谈录》（*Chicano Authors: Inquiry by Interview*，1980），这是西语裔文学早期研究的珍贵资料汇编，为诸多核心问题的界定和研究走向打下了基础。鉴于研究的开创性，布鲁斯-诺瓦的研究基本框定了奇卡诺文学中的"经典作品"和"经典作家"。例如，20 世纪 80 年代的经典以奇卡诺运动和奇卡诺文学运动的社会历史定位作为划分标准，突出文学书写的"族裔性""政治性"和"社会历史性"，将族裔身份书写作为重点，将相当一部分不符合这一标准的作家作品排除在外，例如女性作家、同性恋作家和持不同政治观点的作家。布鲁斯-诺瓦曾经担任加州大学圣芭芭拉分校奇卡诺研究中心的副主任，还积极促成加州大学各学校的奇卡诺研究项目，是墨西哥（裔）文学文化研究国际组织"加州大学—墨美研究"的创始人之一。他 1989～2010 年执教于加州大学欧文分校，目前该校设有以他的名字命名的年度学术会议。

但是，布鲁斯-诺瓦也在思考另外一个问题，即奇卡诺文学长期发展的动力问题。20 世纪 80 年代是奇卡诺文学发展的一个关键时期，在这期间，里尔所说的文学的政治对抗性逐渐减弱，政治运动的热情业已平息，奇卡诺文学运动时期张扬墨西哥文化和土著文化的书写范式面临着何去何从的问题，因而，文学要获得发展，就必须在社会责任和文学性之间掌握好平衡。布鲁斯-诺瓦的这本访谈录记录了当时批评家和作家对这些问题的思考，对当时刚刚兴起的奇卡诺文学研究发挥了重要的推动作用，书中的对话涉及文学批评的诸多问题，特别是"创作的自由"，即阿纳亚主张的去除被殖民意识，不可总是将白人世界作为参照物，不可通过抗议他者来获得自我的价值，而是需要"从我们的立场书写我们自己"[①]。这些问题在奇卡诺文学和奇卡诺文学批评发展过程中都具有革命性的意义。90 年代初，布鲁斯-诺瓦出版了代表作《回顾空间：奇卡诺文学，理论和历史论文集》（*RetroSpace: Collected Essays on Chicano Literature, Theory and History*，1990），提出了奇卡诺文学批评以及之后西语裔文学和拉美裔文学批评中的几个重要概念，例如"文学空间"（literary space）。他认为，奇卡诺文学具有居间性，在墨西哥文学和美国文学之间，对双方都是既有认同又有抗拒，这种"不同文化间的空间"（intercultural space）为奇卡诺文学提

---

① Juan Bruce-Novoa. (ed). *Chicano Authors Inquiry by Interview*. Austin: The University of Texas Press, 1980, p. 194.

供了养分，使得它在对待差异性和差别时容易采取一种辩证的立场。他说道："我们不断地扩展文学空间，越来越多地将这两种影响排除出去，为我们自己的现实（书写）创造出更大的空间，同时创造出文学张力，保持着和这两种文化的联系。"[①]同时，他强调奇卡诺文学批评的独立性，认为无论是从事文学创作还是文学批评，奇卡诺作家和奇卡诺学者都不应该被经典范式束缚，而是应该创造自己的文学空间。

目前，奇卡诺文学研究界最有影响力的学者有萨尔迪瓦尔兄弟——雷蒙·萨尔迪瓦尔（Ramón Saldívar，1949～　）和何塞·萨尔迪瓦尔（José Saldívar，1955～　）。雷蒙·萨尔迪瓦尔获得了2012年度巴拉克·奥巴马（Barack Hussein Obama，1961～　）总统颁发的国家人文奖章，这足以表明他在西语裔文学研究方面所做的卓越贡献。这是继路易·里尔之后，又一位获得奖励的西语裔学者，这也表明了西语裔文学研究在主流文化界得到了广泛的认可。萨尔迪瓦尔兄弟出生和成长于得克萨斯的布朗斯维尔（Brownsville），那里与墨西哥只有一河之隔。雷蒙·萨尔迪瓦尔毕业于得克萨斯大学奥斯丁分校（University of Texas，Austin），后来在耶鲁大学获得硕士（1975年）和博士（1977年）学位，1991年起在斯坦福大学比较文学系任教。雷蒙·萨尔迪瓦尔和何塞·萨尔迪瓦尔兄弟早期所从事的都是西方传统的文学批评，都属于解构主义批评学派，他们后来的批评立场都是在这个基础上的延续。

在代表作《奇卡诺叙事：差异的辩证》（*Chicano Narrative：The Dialectics of Difference*，1990）一书中，雷蒙·萨尔迪瓦尔从后结构主义角度综合分析了奇卡诺文学中的叙事范式，关注文学作品对"差异"的再现，通过"差异的辩证"扩大了奇卡诺"文学经典"的范围，在多元文化主义初兴之时对美国文学中的"中心"与"边缘"进行了思考。此研究包括了鲁道夫·阿纳亚（Rudolfo Anaya，1937～　）和罗兰多·伊诺霍萨等奇卡诺文学领域中的经典作家及其作品，还将一些之前被边缘化的作家作品纳入到了研究范围之中，例如阿图罗·伊斯拉斯（Arturo Islas，1938～1991）的性属题材的小说，以及切丽·莫拉加（Cherríe Moraga，1952～　）和格洛丽亚·安札杜尔所代表的奇卡纳性别身份书写，同时还有非裔女权主义作

---

① Juan Bruce-Novoa. *Retrospace：Collected Essays on Chicano Literature Theory and History*. Houston，Texas：Arte Público Press，1990，p. 98.

家恩扎托克·香格(Ntozake Shange, 1948～)[①],分析了这些有色人种作家在作品中对差异的再现和思考。这部著作还考察了拉丁美洲作家的写作传统,例如古巴革命者、诗人何塞·马蒂(José Martí, 1853～1895)、哥伦比亚作家加布里尔·加西亚·马尔克斯(Gabriel García Márquez, 1927～2014),从拉丁美洲文学传统、美国少数族裔文学和奇卡诺文学之间的关系入手,分析典型文本,把"辩证"作为关键词,论述文学在再现文化差异方面的具体表征。雷蒙·萨尔迪瓦尔的这部作品具有相当的学术高度,至今依然对西语裔美国文学研究意义重大。雷蒙·萨尔迪瓦尔 2006 年的著作《文化边界:亚美利哥·帕雷德斯和跨国想象》(*The Borderlands of Culture: Américo Paredes and the Transnational Imaginary*)是当今西语裔美国文学研究的扛鼎之作。该书虽然以帕雷德斯为研究对象,但是正如书名所示,研究的重点在跨国和跨境书写上,将边界和对于边界的想象当作比喻,论述了众多跨界作家和作品,研究对象包括拉丁美洲文学和美国西语裔文学。这种跨国视角建立在作者早期的西班牙语文学(包括拉丁美洲文学)研究和后结构主义立场基础上,是《奇卡诺叙事:差异的辩证》的延续。

何塞·萨尔迪瓦尔同样采用结构主义的基本观点,致力于西语裔文化在美洲的传承和各文学分支之间的比较研究。在《跨美洲性:属下的现代性、全球化的殖民性和大墨西哥的文化》(*Trans-Americanity: Subaltern Modernities, Global Coloniality, and the Cultures of Greater Mexico*, 2012)中,他通过文学艺术等表征对"美洲性"加以考察,颠覆了美国文化中的单一白人性;他同时也对 21 世纪的文学发展态势进行了综合考量,对之前的分类和研究方法进行了再思考,试图重新建构西语裔文学批评的理论框架。何塞·萨尔迪瓦尔研究了已经被经典接受的罗兰多·伊诺霍萨(Rolando Hinojosa, 1929～)、桑德拉·希斯内罗丝(Sandra Cisneros, 1954～)等墨西哥裔作家的作品,并着重研究了古巴文学和古巴裔美国文学,提出了"美洲性"和"跨美洲性"的概念,以便"重新组织追溯和梳理现代性、全球化和资本主义世界体系的根源和路径"[②]。

---

① 美国著名的黑人女权主义剧作家,代表作有《陷入绝境的有色种族女孩们》(*For Colored Girls Who Have Considered Suicide When Rainbow Is Enuf*, 1976)。

② José David Saldívar. *Trans-Americanity: Subaltern Modernities, Global Coloniality, and the Cultures of Greater Mexico*. Durham, N.C.: Duke University Press, 2012, p. xii.

萨尔迪瓦尔一家兄妹七人中还有一位杰出的学者，那就是索尼娅·萨尔迪瓦尔-霍尔（Sonia Saldivar-Hull，1951～　）。她是得克萨斯大学圣安东尼奥分校英语系的教授，是该校女性研究所的创始人，也是墨西哥裔美国女性文学研究的重要代表。索尼娅·萨尔迪瓦尔-霍尔的代表作是《边界上的女权主义：奇卡纳性别政治与文学》（*Feminism on the Border*：*Chicana Gender Politics and Literature*，2000），该作采用比较视角和跨文化视野，对当代奇卡纳女性文学中的代表作品进行了研读，例如格洛丽亚·安札杜尔、桑德拉·希斯内罗丝和埃莱娜·维拉蒙特斯等女性作家的作品，分析了其中的政治内涵。这部著作的最大贡献就是凸显了女性书写的政治性，为当今墨西哥裔女性主义批评奠定了基础。这在很大程度上代表了奇卡纳文学批评的一个转向，将女性文学批评从之前的族裔和阶级维度中分离出来，"撼动了反女权主义的（批评话语）预言"[①]。

同时代的另外一位重要的女权主义批评家是特伊·戴安娜·雷沃列多（Tey Diana Rebolledo，1937～　）。雷沃列多出生于墨西哥裔家庭，父母都属于拉美裔群体中最早一批的知识分子，父亲是大学教授兼作家，母亲也从事文学创作，只是没有机会将作品付梓出版。雷沃列多自1984年起担任新墨西哥大学妇女研究中心主任，直到2014年退休。雷沃列多是美国西语裔女性文学研究的一位"开拓者"[②]，她早年与其他学者合作编辑了两部女性文学选集，分别是《女性的声音：新墨西哥女性作家作品选集》（*Las Mujeres Hablan*：*An Anthology of Nuero Mexicana Writers*，1988）和《无穷界限：墨西哥美国女性文学选集》（*Infinite Divisions*：*An Anthology of Chicana Literature*，1993）。前一本是第一部墨西哥裔女性文学选集，而后一本"确立了从西班牙后裔的口头叙事开始的墨西哥裔美国女性文学传统……（至此）墨西哥裔女性文学研究才真正发展起来"[③]。雷沃列多的另外一个贡献是她的批评专著《雪中歌唱的女人们：墨西哥裔美国女性文学之文化分析》（*Women Singing in the Snow*：*A Cultural Analysis of Chicana Literature*，1995）。该著作以20世纪早期到90年代墨西哥裔女性作家的文本为依托，研究女性文化意象（例如瓜达卢佩圣母、

---

① Sonia Saldívar-Hull. *Feminism on the Border*: *Chicana Gender Politics and Literature*. Berkley and Los Angeles: University of California Press, 2000, p. vii.

② 金莉等：《当代美国女权文学批评家研究》，北京：北京大学出版社，2014年，第292页。

③ 金莉等：《当代美国女权文学批评家研究》，北京：北京大学出版社，2014年，第295页。

“哭泣的女人”、“玛琳琦”、民间药师等）在文学中的运用和当代女性作家对这些意象的重写和改写。从第一部选集中的西班牙语和英语的混用，到该书中明确的“奇卡纳文学”定位，奇卡纳文学批评的框架基本构建起来。奇卡纳文学批评和奇卡纳文学书写一样，经历了从模仿和混杂到独立建构的过程，并渐走向成熟，成为一个独立的体系，雷沃列多功不可没。

鉴于奇卡诺文学书写的政治性，文化政治批评是其重要的批评取向。如前所述，西语裔群体中的跨国迁移以及移民相关问题是文学书写的重要主题，所以它们得到了学者的普遍关注。特丽莎·麦肯纳（Teresa McKenna）的《迁移的赞歌：当代奇卡诺文学中的政治和过程》（*Migrant Song*：*Politics and Process in Contemporary Chicano Literature*，1997）是一部重要作品。此书的中心议题就是“奇卡诺文学发端于社会、政治和心理冲突，文学的发展过程嵌于此框架内”[①]，它研究了奇卡诺运动以来戏剧、诗歌中的政治文化要素，同时还研究了隐性的政治表达，例如罗兰多·伊诺霍萨和理查德·罗德里格斯（Richard Rodriguez，1944～　）作品中的政治隐喻。此外，该书还对奇卡纳文学审美进行了论述，将“边界”作为中心意象，阐释了女性作家的跨界行为及其政治意义。

更多的学者从历史学角度对西语裔群体及其文学表达加以研究，其中的代表是玛利亚·埃雷拉-索贝克（María Herrera-Sobek）。埃雷拉-索贝克是加州大学圣巴巴拉分校的教授，是路易·里尔奇卡诺研究中心的主任，曾经担任人文学院院长，是该校少数族裔和女性文学研究的领军人物之一，受邀担任《诺顿拉美裔文学选读》的编辑。埃雷拉-索贝克的主要研究领域是文化研究，特别是民间文化研究。她在20世纪90年代初整理并出版了墨西哥民谣作品《墨西哥科瑞多民谣：女权主义分析》（*The Mexican Corrido*：*A Feminist Analysis*，1990），采用女权主义的视角，分析了民谣反映出的两性关系、男性对女性的态度等，指出了墨西哥文化中的男权思想。在《向北去：民谣和歌曲中的墨西哥移民经历》（*Northward Bound*：*The Mexican Immigrant Experience in Ballad and Song*，1993）中，民谣和歌曲等大众文学形式成为研究重点。从淘金热到墨西哥革命，从20世纪30年代的大萧条到查韦斯领导的农场工人运动，这些民谣和歌曲都是时代的代表，也是墨西哥移民和墨西哥裔美国人精神的反映。该书深入叙

---

① Teresa McKenna. *Migrant Song*：*Politics and Process in Contemporary Chicano Literature*. Austin：Texas University Press，1997，p. 3.

事层面，解读歌曲的自传性成分和生命书写特征，阐释“个人经历和书写历史之间的关系”[①]。埃雷拉-索贝克与新墨西哥大学历史学系教授大卫·马西埃尔（David R. Maciel）合著了《跨越边界的文化：墨西哥移民和大众文化》（*Culture Across Borders*：*Mexican Immigrants and Popular Culture*，1998）一书，他们将文化研究与社会研究有效结合起来，通过民谣、音乐、绘画和电影等大众文化形式来研究墨西哥移民面临的文化同化和文化适应问题。这部著作并不是文学研究著作，但是，它和雷沃列多等人的研究相呼应，为墨西哥裔文学的文化研究奠定了基础，为西语裔美国文学的基本文化解读提供了重要参考。这也是埃雷拉-索贝克被选为《诺顿拉美裔文学选读》编辑的一个重要原因。

从这些著作中已经看出，“边界”是西语裔和拉美裔美国文学研究中的一个关键词，边界研究已经成为相当成熟的一个研究体系。边界研究开始于19世纪末20世纪初，它是各种与边界概念相关的研究方法以及研究领域的通称，主要研究由于边界的存在而产生的差异和双边影响。“边界”既可以指国家之间的边界，也可以指不同亚文化群体之间的区别性特征。传统边界研究（old-style border studies）主要集中在社会学、历史学、人类学和经济学等领域。以文化边界为主要研究对象的新兴边界研究（new-style border studies）始于20世纪80年代，文学边界研究是其中的重要分支，以“边界”的文学再现为研究对象，集中研究边界概念的文学表征。格洛丽亚·安札杜尔的《边疆：新生混血女儿》（*Borderlands/ La Frontera*：*The new Mestiza*，1987）[②]以“边疆”作为意象，其对于边界的阐释和边疆风貌的描写成为文学边界研究的重要代表，后来安札杜尔的论述促进了“边界”和“边疆”的文本化和概念化。赫克托尔·卡尔德隆（Héctor Calderón）和何塞·萨尔迪瓦尔（José David Saldívar）合编的《边疆批评：奇卡诺文学、文化和意识形态研究》（*Criticism in the Borderlands*：*Studies in Chicano Literature*，*Culture and Ideology*，1991）一书对美国墨西哥裔文学进行了综合研究，可以说汇集了当时奇卡诺文学研究的最强阵容，体现了研究文本的边界特性和研究视角的跨界性。该著作包括四个部分，分别是“机构

---

① Maria Herrera-Sobek. *Northward Bound*：*The Mexican Immigrant Experience in Ballad and Song*. Bloomington：Indiana University Press，1993，p. ii.

② 此书的中文译名有几个不同的版本，此处采用的是孙宏等在《剑桥美国文学史》（中央编译出版社2005年版）中的译法。刘玉等将其译为“边土”。

研究和文学经典”“奇卡诺/纳主体的再现：种族、阶级和性别”“性别、意识形态和历史”“边界美学”，实现了“（泛）美国主义、文化研究批评、女权主义、历史批评和反种族主义”的融合和切换，发挥了“重新划定理论和理论学家”的作用。[①]

文学边界研究中另外一部非常具有洞察力和批判精神的著作是《重新定义北美边界：奇卡诺和奇卡纳文学研究》(*Rewriting North American Borders in Chicano and Chicana Narrative*, 2001)，其作者是德裔美国学者莫妮卡·考普(Monika Kaup)，她采用边界研究的框架对墨西哥裔文学进行了全面的梳理，是为数不多的综合研究著作之一。考普整体考量边界在文学中的表达，将其归结于“界限”和“家园”：“在边疆的原住民眼里，边界就是家的领域，是家园的象征，而对新移民而言，边界则是他们从墨西哥向北方迁移过程中所跨越的一条国境线。”[②]德恩·弗朗哥(Dean Franco)则以边界为基础对美国华裔、犹太裔、西语裔以及土著文学进行了比较研究，出版了《美国少数族裔文学：奇卡诺文学、犹太文学和非裔美国文学比较研究》(*Ethnic American Literature: Comparing Chicano, Jewish, and African American Writing*, 2006)，为探讨美国多元文化文学各个分支的共性和个性提供了很好的借鉴。何塞·萨尔迪瓦尔等学者则着眼于更加广阔的美洲文学传统，以边界为着眼点，对美国文学和拉丁美洲文学进行比较研究。

在目前的研究中，也存在一些需要明确的问题。虽然西语裔文学现在得到越来越多的关注，但是研究者基本还是局限于和西语裔族群存在某种认同感的学者，比如西语裔学者构成研究者群体的大部分。另外，某些对相关话题存在认同感的学者，比如大卫·瑞福(David Rieff, 1952～)并不具备西语裔传统，也没有在西语裔社区成长的经历，但是他却成为移民研究和国际问题研究的专家。他对于古巴流亡者群体、流亡文化和流亡文学的研究独树一帜，起初这看起来似乎有些令人费解，但是细细地探究瑞福的相关经历会发现，他的母亲苏珊·桑塔格(Susan Sontag, 1993～2004)同古巴裔美国人存在着一定的交集，或许这在一定程度上对瑞福造成了影响。1959 年，桑塔格搬到纽约，和古巴裔戏剧作家佛内斯开始了长达 7 年的伴侣关系，并且在此

---

① Héctor Calderón and José David Saldívar. *Criticism in the Borderlands: Studies in Chicano Literature, Culture and Ideology*. Durham, N. C.: Duke University Press, 1991, p. 7.

② Monika Kaup. *Rewriting North American Borders in Chicano and Chicana Narrative*. New York: Peter Lang, 2001, p. 11.

期间获得了儿子大卫的监护权。[①] 而且在此期间，桑塔格在大学教书，声誉鹊起，逐渐树立起自己在美国学界的权威。

正因如此，部分文献带有研究者明确的价值取向，因此必须谨慎看待。并非所有的研究文献都是客观的，这在相关政治话题的文学研究和文化研究中尤其常见。例如，在古巴裔文学研究中，掌握话语权的是带有流亡背景的古巴裔学者和作家，所以他们本身的政治取向就会影响他们研究和判断的客观性。当然，这并不是说学者本身的学术水平或者判断力存在问题，而是因为人文社会科学研究难以完全摒弃主观因素的干扰。例如，在《离开古巴：从波得·潘计划到伊连》(*Leaving Cuba: From Operation Pedro Pan to Elian*, 2000)中，凯瑟琳·盖伊(Kathlyn Gay)一方面声称电视纪录片和新闻采访真实客观地反映了古巴移民特别是非法偷渡客的悲惨遭遇；另一方面她又说："但是，很多反对当局的人遭到监禁和折磨，这些事情并没有得到足够的报道。"[②]在书中，她使用了"成千上万人"等非常模糊化的表述，并且还引用了大赦国际(Amnesty International)的《调查报告》。尽管她含糊其词，没有指明这份《调查报告》是大赦国际美国分部炮制出来的，是美国对古巴进行颠覆的一部分，其本质和马蒂广播电台和电视台(Radio y Televisión Martí)[③]是一致的，但从其措辞中可以看出端倪："某些人士和平地行使他们的权利，诸如言论自由、结社自由和集会自由等，对古巴政府进行批评，却遭到拘禁、骚扰和威胁。"[④]这种以"自由"和"民主"等为口号的判断实际具有相当的主观性，不可简单化地被作为学术研究成果对待。尽管文学研究视角和话语模式依然带有族裔特点，但是也应该看到，20 世纪末到 21 世纪初的西语裔文学研究与西语裔文学的经典化

---

① Patrick Moore. "Susan Sontag and a Case of Curious Silence", *New York Times*, 2005/01/04, http://articles.latimes.com/2005/jan/04/opinion/oe-moore4.

② Kathlyn Gay. *Leaving Cuba: From Pedro Pan to Elian*. Brookfield, Connecticut: The Twenty-first Century Books, 2000, p. 8.

③ 马蒂广播电台和电视台隶属于美国全球传媒公署(U. S. Agency for Global Media)，总部设在佛罗里达州的迈阿密，其中广播频道开始于里根时代(1983)，电视频道开始于老布什时期(1990)，电台的名字取自古巴反抗西班牙殖民统治的民族英雄何塞·马蒂(José Martí, 1853～1895)。电台使用语言为西班牙语，24 小时不间断地向古巴国内广播，目的是向古巴提供"新闻"和"时事报道"节目，但报道与采访的对象大多是政治流亡者及持不同政见者，其报道目的多为政治宣传，与美国针对古巴的"和平演变"密切相关。

④ Kathlyn Gay. *Leaving Cuba: From Pedro Pan to Elian*. Brookfield, Connecticut: The Twenty-first Century Books, 2000, p. 9.

进程相平行,"重新发现美国西班牙语裔文学遗产计划"极大地推动了西语裔文学的接受,也间接推动了西语裔文学研究的发展,研究话语模式也越来越多地整合到了美国文学研究的总体框架之下。

卢迪斯·托雷斯(Lourdes Torres)在谈及美国西语裔文学研究中的问题时指出,目前的"大多数研究着眼于墨西哥裔等西班牙语裔群体,其他亚文化群体的情况往往是在此基础上进行的一般性推论。因此,当务之急是比较亚文化群体之间异同的基础上开展西语裔其他群体的研究,因为尽管西语裔群体具有不少的共性,但是各个亚文化族群的经历各不相同"[①]。他的这番话明确指出了不同研究维度相结合的必要性和可行性。

三、国内美国西语裔文学研究综述

中国大陆的西语裔文学研究开始于21世纪,虽然比国外学界滞后较多,但是近年来却进步迅速,基本已经涵盖了各个领域。总体来看,"中国大陆的西语裔美国文学研究始于21世纪之初,近年来发展迅速,已经涵盖各个文学分支和不同的体裁,研究方法也呈现出多样性。本研究领域的突出特点是:墨西哥裔文学研究为重点,朱诺·迪亚兹等获奖作家的作品研究是热点"[②]。

钱皓在2001年对奇卡诺运动进行了总体论述,虽然其研究重点不是文学,但是也指出了政治运动和文化运动之间的内在关系,即政治运动对文化研究和文学创作的推动作用。"虽然运动并未促使美籍墨西哥学生成为激进基金的社会运动者,但学生对奇卡诺文学的热衷和对奇卡诺文化所举行的各类宣传活动使奇卡诺文化从'边缘文化'走上美国社会,加入美国多元文化的行列……一个直接后果是:数以百计的研究或介绍奇卡诺文化的书籍和杂志竞相问世。这些奇卡诺作品主要为诗歌、民歌、小说、剧本。"[③]这种研究立场指明了奇卡诺运动和墨西哥裔文化复兴以及文学繁荣之间的关系,客观地反映了20世纪60年代以来美国墨西哥裔文学的发展轨迹和书写重点。

21世纪的最初十年是中国大陆西语裔文学研究的起步阶段。最早的

---

① Lourdes Torres. Puerto Rican Discourse: A Sociolinguistic Study of a New York Suburb. New York: Routledge, 2010, p. xii.

② 李保杰:《二十一世纪西语裔美国文学:历史与趋势》,《社会科学研究》2017年第5期,第5页。

③ 钱皓:《美国20世纪60年代"奇卡诺运动"探微》,《世界民族》2001年第3期,第24页。

文学研究论文是2004年刘玉发表于《当代外国文学》的《种族、性别和后现代主义——评美国墨西哥裔女作家格洛丽亚·安札杜尔和她的〈边土:新梅斯蒂扎〉》。该论文从种族、性别以及后现代主义手法等角度对安札杜尔的代表作《边疆:新生混血女儿》进行评介。之后陆续还有2005年《外国文学》发表的石平萍的两篇论文《"奇卡纳女性主义者"、作家桑德拉·西斯内罗斯》和《开辟女性生存的新空间——析桑德拉·西斯内罗斯的〈芒果街上的房子〉》,对桑德拉·希斯内罗丝的创作和《芒果街上的小屋》进行了女性主义解读。大约同一时期,任文在《西南民族大学学报》发表了《美国墨西哥裔女性文学——不应被忽视的声音》,对墨西哥裔女性文学进行了梳理,从女性主义角度对代表性的女性作家进行了解读,提出"墨西哥裔女性主义文学已成为墨西哥裔女性文学中极为重要的组成部分;而且,墨西哥裔女性文学中最著名,影响最大的作家往往都是活跃的女性主义者"①。之后李道全对希斯内罗丝的《芒果街上的小屋》进行了分析,探讨其中的女性成长和墨西哥裔社区之间的联系,认为"作为成功走出族裔空间的女性,作家重返族裔地带,以边缘的书写镌刻族裔经验,改造族裔生存的空间"②,强调这种书写所表现出的作家的责任感。李保杰对希斯内罗丝的三部作品进行了研究,通过传统墨西哥文化形象及其对墨西哥裔女性生活的影响,来探讨女性人物形象的动态变化,并指出了这种历时变化的意义和代表性:"西斯奈罗斯的小说仅仅是众多奇卡纳文学文本中的一个代表,安札杜尔、安娜·卡斯蒂略、切丽·莫拉加和德尼丝·查韦斯等作家都在积极地进行这种探索,从女性视角对古老的墨西哥及墨美文化传统进行新的书写。"③

2010年以前,国内已经研究的西语裔男性作家有阿里汉德罗·莫拉利斯和鲁道夫·阿纳亚。2006年王守仁发表了研究莫拉利斯的两篇文章,分别对莫拉利斯的历史小说和代表作《布娃娃瘟疫》(*The Rag Doll Plagues*, 1992)进行研读。其中一篇文章认为,莫拉利斯的历史小说体现了"历史与想象的结合",通过"了解他的小说,可以管中窥豹,把握墨西哥裔美国文学

---

① 任文:《美国墨西哥裔女性文学——不应被忽视的声音》,《西南民族大学学报》2005年第25卷第6期,第136页。

② 李道全:《逃离与复归:〈芒果街上的小屋〉的移民社区书写》,《东北大学学报》(社会科学版)2010年第3期,第273页。

③ 李保杰:《从墨西哥女性原型看桑德拉·西斯奈罗斯小说中女性形象的嬗变》,《天津外国语大学学报》2010年第4期,第55页。

的一些特征”[①]。另外一篇是《〈布娃娃瘟疫〉：一部关注人类生存的书》，对莫拉利斯的代表作品《布娃娃瘟疫》中的魔幻现实主义手法等叙事特征进行了研究，认为“小说具备一种魔幻现实主义所特有的现实感……《布娃娃瘟疫》涉及瘟疫、环境污染等有关人类生存的议题，显然超越了其他少数族裔作家所津津乐道的文化冲突主题的范式”[②]。2007年，李保杰对奇卡诺文学“三巨头”之一的鲁道夫·阿纳亚进行了研究，分析了其代表作《保佑我吧，乌勒蒂玛》中的文化冲突主题，认为该小说体现出了墨西哥裔美国人超越二元对立、辩证看待世界的朴素自然观。研究阿纳亚的论文还有石平萍的《〈保佑我，乌尔蒂玛〉——奇卡诺成长小说中的普世智慧》，该文章认为，作为奇卡诺成长主题的作品，小说蕴含了“普世智慧”，即“每个人、每个时代、每个社会都需要的智慧”[③]，同时还反映了西班牙文化和印第安文化的冲突，将“主人公托尼的成长展现为逐渐认识和接受印第安传统并将其与西班牙文化融合建构新型文化身份的历程”[④]。2009年，石平萍第一次对多米尼加裔美国作家及其作品进行了介绍，分析了茱莉娅·阿尔瓦雷斯的代表作《加西亚家的女孩不再有口音中》的一章“西班牙征服者的血脉”，在自我书写的视野下解读其中的“记忆政治”，并对作家的创作以及当时影响力较大的希斯内罗丝和加西亚进行了比较研究。[⑤]

在最初的十年间，综述类和概论类的论文涉及西语裔文学分支发展概况、研究进展及其社会历史背景，单个作家的研究综述等。这时期最早的综合性研究文献是2001年钱皓对奇卡诺运动进行介绍的文章。该文通过介绍奇卡诺运动的来源和影响，强调了运动对墨西哥裔文化的巨大推动作用，认为它促进了文学的发展以及文学研究的复苏。[⑥] 另外三篇文章都对奇卡诺文学的发展概要做了介绍，其中傅景川、柴湛涵对文化特点和代表性作家作品进行了简明扼要的梳理，还特别提及20世纪70～80年代奇卡

---

① 王守仁：《历史与想象的结合——莫拉莱斯的英语小说创作》，《当代外国文学》2006年第2期，第44～45页。

② 王守仁：《〈布娃娃瘟疫〉：一部关注人类生存的书》，《文艺报》2007年10月25日，B2版。

③ 石平萍：《〈保佑我，乌尔蒂玛〉——奇卡诺成长小说中的普世智慧》，《世界文化》2009年第4期，第9页。

④ 参见石平萍：《西班牙文化与印第安传统的对立与融合——〈保佑我，乌尔蒂玛〉新解》，《外语研究》2009年第4期，第96页。

⑤ 参见石平萍：《论〈西班牙征服者的血脉〉中的记忆政治》，《外国文学》2009年第1期。

⑥ 钱皓：《美国20世纪60年代“奇卡诺运动”探微》，《世界民族》2001年第3期，第24～25页。

诺文学研究的进展[①]；李保杰梳理了西语裔文学的发展脉络，对其文化根源和流行主题进行解读，认为文化杂糅是其根本文化特点，文化适应和流散书写则是重要的代表性主题[②]。另外，稍早的综合类研究主要集中在硕士和博士论文选题中。2009年，国内青年学者先后完成了两部博士学位论文[③]，其研究重点都集中在奇卡诺文学研究领域，分别是主题类型研究和作家作品研究，其中《奇卡诺文学中的边疆叙事》涉及8位作家的12部作品，《当代奇卡纳代表作家研究》则对格洛丽亚·安札杜尔、桑德拉·希斯内罗丝和安娜·卡斯蒂略3位作家的创作思想及作品进行了研读。2010年，李保杰还对西语裔戏剧的历史文化渊源进行了追溯，对代表性剧作家和戏剧作品进行了梳理。[④]

2011年至今的近十年间，西语裔文学研究更加蓬勃发展，其中综合类研究和主题叙事手法等专题类研究均获得明显进展。张婷婷和张跃军对《芒果街上的小屋》的研究进行了综述，较为系统全面地梳理了国内外文本研究的各种角度，指出"20世纪90年代成为《芒果街上的小屋》的评论高峰期，仅布鲁姆为之做编导列出的重要评论文章和书籍就已达到29项"[⑤]。需要明确的是，2011年之前，国内外尚未有专著单独研究希斯内罗丝或者《芒果街上的小屋》，这里所说的"书籍"主要是相关的论文集或者专著的部分章节。2011年出版的著作《当代奇卡诺文学中的边疆叙事》是李保杰在她博士论文研究基础上对内容进行修改和扩充的成果。2014年李保杰出版的《当代拉美裔美国文学研究》同样是综合性的研究文献，从横向的族裔维度和纵向的历史维度两个研究视角对拉美裔文学进行了梳理，对典型性文本进行了细读。在王卓所著的《投射在文本中的成长丽影》(2008)中，"美国族裔女性成长小说管窥"一节对希斯内罗丝进行了研究，从成长小说的视角，对其作品进行了细致的解读。

在最近的十年间，墨西哥裔文学研究主要集中在当代阶段，即奇卡诺

---

① 参见傅景川、柴湛涵：《美国当代多元化文学中的一支奇葩——奇卡诺文学及其文化取向》，《吉林大学社会科学学报》2007年第9期；黄晓梅：《奇卡诺文学简论》，《世界文学评论》2008年第5期。

② 参见李保杰：《当代美国西裔文学的嬗变》，《求索》2010年第1期。

③ 分别是李保杰撰写的《当代奇卡诺文学中的边疆叙事》(山东大学，2009)和吕娜撰写的《当代奇卡纳代表作家研究》(吉林大学，2009)。

④ 参见李保杰：《二十世纪美国西语裔戏剧的嬗变》，《戏剧文学》2010年第4期。

⑤ 张婷婷、张跃军：《美国墨西哥裔女性的声音——近30年〈芒果街上的小屋〉研究综述》。《河南科技大学学报》2011年第5期，第55页。

文学阶段，其中单个作家、作品的研究往纵深方向继续发展，博硕士学位论文选题最为集中的作家、作品有鲁道夫·阿纳亚及其《保佑我吧，乌勒蒂玛》[①]、希斯内罗丝及其《芒果街上的小屋》和《喊女溪及其他故事》[②]等，其中希斯内罗丝及其《芒果街上的小屋》所占比例最高。这种情况同样反映在期刊论文的选题中，目前在这一领域得到关注最多的作家有桑德拉·希斯内罗丝、鲁道夫·阿纳亚、阿里汉德罗·莫拉利斯、安娜·卡斯蒂略[③]和格洛丽亚·安札杜尔[④]。除了综合类的论文之外[⑤]，针对单个作家的独立研究中，希斯内罗丝及其作品的研究最多，数量上超过了半数。在研究广度扩展的同时，近年研究的另外一个趋势是研究深度的加深。对墨美裔女性形象原型的研究是一个趋势，即研究者突破文本的表层意义展示，从文化根源的深度探究奇卡纳作家书写女性身份和女性地位的根本意义所在。李

---

① 研究阿纳亚的期刊论文还有解友广的《〈保佑我吧，乌尔蒂玛〉——墨裔作家鲁道夫·安纳亚的文化民族主义之路》《英美文学研究论丛》2015年4月；硕士学位论文还有苏永刚的《通过文化和解重构奇卡诺身份——评鲁道夫·阿纳亚的〈保佑我吧，乌勒蒂玛〉》(山东大学，2007)、解友广的《交融与联盟：鲁道夫·安纳亚在小说〈保佑我吧，乌尔蒂玛〉中的奇卡诺文化民族主义之路》(南京大学，2012)、张茜的《〈保佑我，乌勒蒂玛〉成长主题研究》(广西大学，2012)、杨建华的《〈保佑我，乌尔蒂玛〉文化和解主题的符号体现》(中央民族大学，2013)等。

② 根据中国知网硕博论文搜索结果，代表性论文有肖祎的《埃斯佩朗沙眼中的诗化世界》(西南大学，2008)、周蓉的《〈芒果街上的小屋〉中女性身份的追寻》(湖南大学，2010)、圣小利的《奇卡纳女性形象的重塑——神话原型视域下的〈喊女溪〉及其他》(东南大学，2011)、李娜的《奇卡纳女性身份的建构——解读桑德拉·希斯内罗丝的〈芒果街上的小屋〉》(东南大学，2011)、刘树岩的《桑德拉·希斯内罗丝作品的女权意识主题及其表达》(山东大学，2012)、张婷婷的《〈芒果街上的小屋〉中奇卡纳的身份追寻》(东南大学，2012)、龙晓华的《在异质文化的卑微中积蓄坚强的自我——〈芒果街上的小屋〉之精神分析解读》(齐齐哈尔大学，2013)、张捷的《论桑德拉·希斯内罗丝"主题与表达手法"的追寻》(重庆师范大学，2015)、姚艳红的《从〈芒果街上的小屋〉看桑德拉·希斯内罗丝关于女性话语的建构》(郑州大学，2015)、方梦婧的《桑德拉·希斯内罗丝〈拉拉的褐色披肩〉玛琳切形象重构下的奇卡纳身份追寻》(南京大学，2016)、张亮的《桑德拉·希斯内罗丝小说中的奇卡纳文化身份研究》(西南民族大学，2017)、李超艳的《空间视域下解读〈芒果街上的小屋〉中的身份认同》(合肥工业大学，2017)、俞晴雯的《桑德拉·希斯内罗丝作品中新混血女性意识的研究》(南昌航空大学，2017)、高晓辉的《空间理论视角下的奇卡纳身份建构——桑德拉·希斯内罗丝小说作品研究》(山东师范大学，2018)等。

③ 硕士学位论文有张慧的《身体、文化与家园——安娜·卡斯特罗小说中奇卡纳空间建构》(江苏师范大学，2014)等。

④ 有些文献中使用"安札杜尔"的译名。

⑤ 参见李保杰、苏永刚：《边界研究视角下的当代奇卡诺文学》，《英美文学研究论丛》2011年第2期；张莉：《奇卡诺自我身份探究肇始——以文本为例》，《山东商业职业技术学院学报》2011年第5期；李保杰、苏永刚：《后现代主义视角下的当代奇卡诺文学》，《东北师大学报》(哲学社会科学版)2012年第1期。

毅峰在安札杜尔提出的“新混血女性意识”视域下考查希斯内罗丝的《卡拉米洛披肩》(另译为《拉拉的褐色披肩》),认为女主人公对于披肩的接受,反映了她“接受了自己身上多重身份的现实,她成为新混血女性,接受了自己将多种文化杂糅于一身的身份”[①]。李毅峰、索惠赟综合考察了希斯内罗丝的作品,分析其中的奇卡纳女性文学叙事模式,认为作家由此“批判了奇卡诺文化及美国主流文化对墨西哥裔女性的性别、种族、阶级”等多重歧视。[②]

近年来,美国西语裔文学研究的另外一个趋势是批评理论的引入,对莫拉利斯作品的批评即是一例。李保杰从空间政治视角下,结合种族政治,对莫拉利斯的《天使之河》(*River of Angels*, 2014)进行研究,在城市历史的视域下,分析城市历史和市政分区中的政治要素,认为小说“杂合了族裔文化的相互冲突和协商;文学想象补充了少数族裔群体的历史不在场”[③],由此充分肯定了莫拉利斯的历史题材小说所具有的意识形态隐喻。李晓丽、李保杰从“生命政治”的视野下研究莫拉利斯的历史小说《死亡纵队长》(*The Captain of All These Men of Death*, 2008),认为小说虽然描写了墨西哥裔男孩在肺结核疗养院中的个人经历,但是通过这个微观的视角映射出更加宏大的种族政治命题。通过分析小说中隐含的社会历史背景,她们指出小说昭示了生命权力机构对弱势群体的规训和治理,“生命权力在治理人口整体安全和健康方面呈现的生产性与肯定性力量,使得人们赞扬医学的进步和治疗技术的突破,却往往忽视了为赢得这一切而做出牺牲的人们”[④]。

总体来看,目前在整个拉美裔文学或西语裔文学研究领域,墨西哥裔文学的研究文章最多。这也反映了美国西语裔文学研究中的一个问题,即学界的关注点多在墨西哥裔文学,并且主要集中在奇卡诺文学阶段。截至2019年8月,已经出版或者发表的西语裔或拉美裔文学研究的学术专著有2部、博士论文有5篇,并且所有博士论文的研究对象都集中在墨西哥裔文

---

① 李毅峰:《西斯内罗斯〈卡拉米洛披肩〉中的“新混血女性意识”》,《外国文学》2015年第3期,第59页。

② 李毅峰、索惠赟:《桑德拉·西斯内罗斯的奇卡纳女性主义叙事》,《北京第二外语大学学报》2018年第4期,第103页。

③ 李保杰:《城市历史与空间政治——〈天使之河〉中的洛杉矶》,《山东外语教学》2017年第6期,第63页。

④ 李晓丽、李保杰:《莫拉利斯〈死亡纵队长〉中的生命政治》,《当代外国文学》2019年第1期,第33页。

学上[①],此外,在 30 余篇相关硕士论文中,墨西哥裔文学研究的论文已经超过 20 篇,且均属于奇卡诺文学研究的成果。

西语裔文学研究虽然取得了长足进展,但是也凸显出另外一个问题,即研究内容的覆盖面不够宽泛。除了小说之外,戏剧和诗歌等文学体裁受到的关注较少,例如戏剧论文只有不足 10 篇[②],其中奇卡诺戏剧先驱路易斯·瓦尔德兹(Luis Miguel Valdez, 1940～)是研究的首要关注点。事实上,早在 1991 年,郭继德已经在其《美国戏剧简史》中论及古巴裔剧作家佛内斯及其在美国戏剧界的影响。佛内斯是 20 世纪 70 年代美国先锋戏剧的重要代表人物,虽然族裔身份并不是其剧作的核心主题,但是她的戏剧创作对于古巴裔美国文学书写具有开拓性的意义。郭继德在 2009 年所著的《当代美国戏剧新趋势》中,在第十四章"西语裔戏剧崭露头角"中与李保杰合作,对西语裔戏剧进行了系统的梳理。后来,苏永刚、李保杰对古巴裔剧作家尼洛·克鲁兹的戏剧创作进行研究,特别关注了其剧作主题和古巴及美国两种文化的关系,认为尼洛·克鲁兹的剧作"对古巴裔美国文学既有继承又有突破,融合了现实主义主题和魔幻手法,集中展现传统价值和现代观念的矛盾以及古巴文化和美国文化的冲突与协商,凸显出少数族裔文学政治诉求。克鲁兹作为出生在古巴、成长于美国的剧作家,他创作中的跨文化主题以及他对族裔文化的继承和突破是一种文化夹缝中的书写策略,在当今美国少数族裔剧坛具有一定的代表性"[③]。乔国强对佛内斯的《夜里如何?》一剧的先锋思想进行了研究,从美国先锋派的传统解读其对"性"和"性属"等传统话语模式的解构。[④] 另外,诗歌研究论文的数量同样

---

① 分别是柴湛涵撰写的《"第五个太阳作家群"与奇卡诺文学转型》(吉林大学,2013)、李毅峰撰写的《当代三位奇卡纳作家研究》(北京外国语大学,2013)、张莉撰写的《桑德拉·希斯内罗丝文学作品中的奇卡纳身份建构》(2013)。

② 参见涂沙丽:《夹缝中的抉择——论"奇卡诺戏剧"〈佐特装〉的文化策略》,《戏剧》(《中央戏剧学院学报》),2012 年第 3 期;涂沙丽:《当代奇卡诺戏剧家路易斯·瓦尔德兹述评》,《戏剧文学》2012 年第 4 期;万丽华:《历史·地域·话语——〈佐特装〉中的三重空间》,《戏剧文学》2012 年第 4 期;龚萍、涂沙丽:《传统与颠覆——评奇卡诺戏剧〈石化鹿〉中的女性》,《戏剧文学》2014 年第 3 期;郝健:《奇卡诺戏剧发展中的坚持和革新》,《大舞台》2015 第 1 期。硕士学位论文有 Laura L. Velázquez 撰写的《美洲的美狄亚:奇卡诺与拉美文学中的美狄亚原型再创作戏剧比较研究》(华中师范大学,2017)。

③ 苏永刚、李保杰:《尼洛·克鲁兹的戏剧创作和古巴裔美国文学》,《外国文学》2016 年第 5 期,第 31 页。

④ 参见乔国强:《试谈玛丽亚·艾琳·弗尼斯〈夜里如何?〉一剧中的先锋性》,《戏剧文学》2018 年第 2 期。

很少，基本只是在综合性的诗歌研究中对西语裔诗人做一般性介绍，如张子清在谈及美国少数族裔诗歌时对西语裔诗人进行了简要的介绍。[①]

当前西语裔和拉美裔文学研究中的第三个问题是，多米尼加裔文学、古巴裔文学研究成果较少。相比于这两个族裔文学分支在美国甚至世界文坛上的影响，国内学界对其关注度是远远不够的。在胡诺特·迪亚兹的小说《奥斯卡·瓦奥短暂而奇妙的一生》夺得2008年普利策奖和美国书评家协会奖之后，该作家及其作品开始在国内引起极大关注。该小说获奖后不久，魏燕就在《离散者的悲歌——2008年普利策奖获奖小说〈奥斯卡·瓦奥短暂而奇异的一生〉》一文中对其进行了介绍，认为小说塑造了两种"离散者"，并诠释了这个名称的两种含义："一是作为殖民者的'离散者'，另一个则是远离故土的'离散者'。两者有着相似的悲剧命运。"[②]黄淑芳首先对《奥斯卡·瓦奥短暂而奇妙的一生》进行了后殖民主义解读，分析了文本的"杂合性"，提出了"杂合性"这一关键词。[③] 何宁从"成长""身份"与"历史"三个维度对小说进行了介绍，认为小说凸显了"大历史情怀，蕴含着关于种族、身份和传统的丰富的叙述，从而引发读者对美洲历史乃至习以为常的历史观念的思考"，由此在宏大的历史视野下审视了这部作品，点明了小说文本之外的隐含意义。[④] 李保杰对小说的历史书写进行了分析，认为"小说构建了历史主体之外的"他者"历史，同时还书写了多米尼加裔族群在美国主流文化之外的边缘化身份。[⑤] 汤晓敏以马克思主义的交往概念为切入点，分析小说中奥斯卡姐弟的交往模式，进而探讨小说中"移民群体面临的多级交往客体，凸显不同文化之间的交往"[⑥]。这两篇论文从不同的角度探讨了移民群体面临的文化冲突和难以言说自我的困境。此外，张艳霞等学

---

① 参见张子清：《多元文化视野下的美国少数民族诗歌及其研究》，《外国文学》2005年第6期；王卓：《多元文化视野中的美国族裔诗歌研究》，北京：中国社会科学出版社，2015年。

② 魏燕：《离散者的悲歌——2008年普利策奖获奖小说〈奥斯卡·瓦奥短暂而奇异的一生〉》。《外国文学动态》2008年第3期，第6页。

③ 参见黄淑芳：《杂交的文本，杂和的人生——〈奥斯卡·沃短暂而奇妙的一生〉的后殖民视角解读》，《英美文学研究论丛》2009年第2期，第286页。

④ 参见何宁：《成长、身份与历史——评〈奥斯卡·瓦奥短暂而奇妙的一生〉》，《外国文学动态》2010年第4期，第27页。

⑤ 参见李保杰：《论〈奥斯卡·瓦奥短暂而奇妙的一生》中的历史再现〉》，《当代外国文学》2012年第3期，第112页。

⑥ 汤晓敏：《论〈奥斯卡·瓦奥短暂而奇妙的一生〉的交往实践与主体性建构》，《当代外国文学》2018年第3期，第135页。

者也从不同的角度，对流散书写和文化认同等进行了解读。[①] 迪亚兹研究也是硕士论文选题十分集中的领域，目前多米尼加裔文学研究的关注点几乎都在他的作品上面[②]，而对于另外一位重要作家阿尔瓦雷斯的关注度则远远不够。除了 2009 年石平萍的一篇文章以外，直到 2015 年译林出版社翻译出版阿尔瓦雷斯的三部小说，中间一直未有学术论文发表。2017 年，《加西亚家的女孩不再带口音》和《蝴蝶飞舞时》的译者林文静发表论文，对后一部小说中的“创伤”“历史”和“言说”进行阐释，解读历史题材小说对于再现被消音的历史的重要意义。[③]

古巴裔文学成就非凡，但是在国内的受关注程度相对较低，近年来呈现逐步提升的态势。其中克里斯蒂娜·加西亚研究是一个热点，最早的论文在 1997 年发表于《外国文学动态》中的《文学动态》栏目，介绍了他的《阿奎罗姐妹》，将其称为“描写古巴的美国新小说”，认为这部作品“跳出了以往许多关于古巴的小说所不可避免的激烈的是非论战”[④]。2004 年，《当代外国文学》发表了杰西卡·莫菲对加西亚的访谈。2008 年发表的《克里斯蒂娜·加西亚在〈梦系古巴〉中的历史书写》一文，分析了小说中一家三代人在美国、古巴和东欧的经历，通过解读他们各自的心理错置，探究小说如何实现个人历史和国家历史的交织，家族历史又是如何映射出古巴近代以来的被殖民、被占领历史，同时在书写历史的同时又如何暗示了历史书写的“虚构性”。文章认为，在叙述策略和文字游戏的背后，小说“通过颠覆权力话语重构女性身份和古巴裔美国女性的双重边缘化身份。……在理解

---

① 参见张艳霞：《流散与文化认同——〈奥斯卡·瓦奥短暂而奇妙的一生〉评析》，《长沙理工大学学报》（社会科学版）2014 年第 6 期；王婕：《从成长小说的角度解读〈奥斯卡·瓦奥短暂而奇妙的一生〉》，《甘肃联合大学学报》（社会科学版）2012 年第 1 期。

② 研究迪亚兹的硕士学位论文有：甘烨撰写的《从创伤理论角度解读〈奥斯卡·瓦奥短暂而奇妙的一生〉》（上海外国语大学，2014）、张艳霞撰写的《论〈奥斯卡·瓦奥短暂而奇妙的一生〉中的流散身份认同》（山东大学，2015）、王向东撰写的《身份危机、爱情挫折、种族歧视：朱诺·迪亚兹的〈你就这样失去了她〉中的离散现象的分析》（上海外国语大学，2017）、吴泽琼撰写的《〈奥斯卡·瓦奥短暂而奇妙的一生〉中的拉美男性气概研究》（深圳大学，2017）、朱梦舒撰写的《〈奥斯卡·瓦奥短暂而奇妙的一生〉中的欲望主体》（中国矿业大学，2017）、魏丹丹撰写的《〈奥斯卡·瓦奥短暂而奇妙的一生〉中主人公的文化身份研究》（华中师范大学，2018）、马志欣撰写的《拉美裔知识分子的肖像：朱诺·迪亚兹的知识分子成长小说研究》（山东大学，2019）等。

③ 参见林文静：《历史·创伤·言说——析茱莉娅·阿尔瓦雷斯小说〈蝴蝶飞舞时〉》，《名作欣赏》2017 年第 29 期。

④ 邹：《一部描写古巴的美国新小说》，《外国文学动态》1997 年第 6 期，第 21 页。

女性历史的基础上达到书写历史的目的”[①]。2014年发表的两篇以古巴裔文学为研究对象的硕士学位论文《论〈梦系古巴〉和〈阿奎罗姐妹〉中的文化记忆与身份建构》和《论〈曼波王弹奏情歌〉中散居者的文化身份模式》分别对加西亚和伊西罗斯进行了研究，两者都侧重于分析古巴文化对古巴裔美国人身份建构的影响。2017年发表的期刊论文《当历史的重负成为过去——〈古巴之王〉中的“反流亡”书写》，在古巴裔流亡文学的视域下解读加西亚的近作《古巴之王》，分析小说中“似是而非”的书写策略，以及如何实现对流亡模式的表层互文和深层戏仿，从而构建了“反流亡”的书写模式。[②] 同一年发表的另外一篇文章对古巴移民文学和古巴裔美国文学中的流亡主题进行了追溯和综合性的分析，探究流亡书写范式如何将“政治主题、身份认同与文化协商同‘美国梦’结合起来，表现古巴移民和古巴裔美国人不同层面的身份”[③]。

加勒比地区因为非裔人口比例较高，所以起初加勒比裔文学研究特别是其中的非裔作家作品研究，被归类到了美国非裔文学研究中，例如葆拉·马歇尔类一直被视为美国“黑人作家”，她的作品往往被划归到美国“黑人文学”或者美国非裔文学的范畴下加以研究。诚然，这种分类方法具有充足的理由，因为马歇尔的父母是来自巴巴多斯的移民，他们无论在体貌特征还是文化根源上，都非常接近于加勒比海非洲裔文化群体。但是，葆拉·马歇尔认为自己既不是西印度群岛人，也不是美国黑人，而是同时跨越这两种文化的人：“我的双脚跨越这两个阵营，所以我能够理解并回应美国黑人文化，也能够认同西印度群岛作家对文化特质的主张。”[④]她认为，自己的加勒比裔美国人身份并未得到应有的认可，因而她采取了另外一种方式来凸显其文化特质、进行心理补偿，那就是作品中强烈的杂糅意识。学界已经意识到这个分类上的问题，因而更多地开始在加勒比裔文学或者

---

① 李保杰、苏永刚：《克里斯蒂娜·加西娅在〈梦系古巴〉中的历史书写》，《外国文学研究》2008年第5期，第109页。

② 参见李保杰：《当历史的重负成为过去——〈古巴之王〉中的“反流亡”书写》，《当代外国文学》2017年第2期，第33页。

③ 苏永刚、李保杰：《古巴移民文学和古巴裔美国文学中的流亡主题：源流和嬗变》，《山东大学学报》2017年第6期，第156页。

④ James C. Hall and Heather Hathaway. (eds.). *Conversations with Paule Marshall*. Jackson: University Press of Mississippi, 2000, p. 36.

拉美裔文学的视野下对马歇尔以及情况相似的作家开展研究。[①] 李敏是较早关注马歇尔的学者之一，她研究了《寡妇赞歌》中的象征手法，认为故事反映了加勒比裔美国人回归非裔传统的旅程。小说象征性地描写了艾薇的重生和洗礼，“万千条丝线”是精神升华的象征，带有明确的文化含义，象征了艾薇的身心“净化”过程，是她“一次脱胎换骨的改变”。[②] 申昌英研究了马歇尔的成长小说《褐姑娘，褐砖房》(*Brown Girl*, *Brownstones*, 1959)，通过分析小说中黑人女孩在布鲁克林的成长和巴巴多斯移民社区的变迁，阐释马歇尔的话语构建及其意义：“通过褐砖房区的历史变迁……在美国文学的版图上创造性地凸显了纽约布鲁克林的贝德福德—斯泰森特区，为自己在纽约文学领域赢得了重要的一席之地。”[③]

除了马歇尔之外，加勒比裔作家中得到国内学者较多关注的还有艾德伟奇·丹提凯特和杰梅卡·金凯德。林文静对丹提凯特的创作进行了持续的关注[④]，最早于 2010 年在创伤视角下对丹提凯特的代表作进行了解读，指出了加勒比裔女性发声的意义：她们“以自己的创作打破沉默，让海地女性所受的迫害得以言说，同时让流放在外的海地移民通过这部小说重新面对家乡海地”[⑤]。丹提凯特对于历史记忆的书写，同样得到了较多的关注，例如研究《刈骨》(*Farming of the Bones*, 1998)对多米尼加军队屠杀海地劳工的暴行的披露，阐释文学叙述为被消音者进行言说的历史功用。[⑥] 金凯德是除了马歇尔以外，得到关注最多的加勒比裔女性作家，她的代表作《我母亲的自传》(*The Autobiography of My Mother*, 1996)在 2012 年被翻译成中文，在中国大陆出版。[⑦] 对于她的作品，学者研究较多的有《露

---

① 参见林文静：《美国加勒比海裔女性文学述评》，《宁夏大学学报》(人文社科版)2013 年第 6 期；金莉等：《当代美国女权文学批评家研究》，北京：北京大学出版社，2014 年，第 488～489 页；李保杰：《当代拉美裔美国文学研究》，济南：山东大学出版社，2014 年，第 41 页。

② 李敏：《葆拉·马歇尔的〈寡妇颂歌〉与“单一神话”母题》，《山东社会科学》2012 年第 12 期，第 61 页。

③ 申昌英：《葆拉·马歇尔笔下的褐砖房区》，《外国文学》2015 年第 2 期，第 64 页。

④ 林文静：《艾薇菊·丹提卡及其新作〈海之光克莱尔〉》，《外国文学动态》2014 年第 2 期。

⑤ 林文静：《流放·创伤·回归——评丹提卡的小说〈息·望·忆〉》，《外国文学》2010 年第 4 期，第 10 页。

⑥ 参考李保杰：《为了忘却的纪念——评丹提凯特的〈刈骨〉》，郭继德主编：《美国文学研究》第 6 辑，济南：山东大学出版社，2012 年；林文静：《历史·身份·家园——评艾薇菊·丹提卡小说〈锄骨〉》，《北京第二外国语学院学报》2014 年第 12 期。

⑦ 参见金莉等：《当代美国女权文学批评家研究》，北京：北京大学出版社，2014 年，第 488～489 页；李保杰：《当代拉美裔美国文学研究》，济南：山东大学出版社，2014 年，第 41 页。

西》(*Lucy*, 1990)[①]、《弹丸之地》(*A Small Place*, 1988)[②]等。

当前,西语裔文学不再是白人主流文学的简单补充,而成为美国多元文化文学中不可分割的重要部分。加强此领域的文学研究,能够更好地了解美国文学的整体趋势和书写重点,有助于更加深入地理解美国人当下的价值取向,更加全面透彻地看待美国社会。我国学者在美国西语裔文学研究方面的部分成果可以与国外研究比肩,但是大部分作家作品的研究深度明显不够,不少优秀作品的研究还比较滞后,研究范围有待扩展,综合性的全景式的宏观研究相对较少,因而学者们需要在更加广阔的图景下研读这些作品,从而能够对作家的创作进行准确的总体定位。

① 参见申昌英、王绵绵:《〈露西〉中的不可靠叙述与潜藏文本》,《当代外国文学》2014 年第 4 期,第 45 页。

② 参见金慎:《愤怒的"她"声——解读金凯德作品〈弹丸之地〉》,《苏州大学学报》2004 年第 4 期,第 76 页。

第二章　墨西哥裔文学的起源与早期历程

墨西哥裔文学是整个西语裔文学中起源最早、作品最多的一个分支，也是最早引起文学界关注的一个分支。墨西哥裔美国人的数量在整个西语裔和拉美裔中最多，占2/3左右，在美国社会生活各领域发挥着重要作用。墨西哥裔文学也是所有西语裔文学分支中起源最早、作家阵容最强大的一个，20世纪40年代墨西哥裔文学发展到了奇卡诺文学阶段，已经形成了鲜明的特点，开始得到非墨西哥裔群体的关注。

本章首先追溯墨西哥裔文学的渊源和早期发展情况，然后主要按照时间顺序重点介绍20世纪以来特别是40年代之后的文学发展情况，以奇卡诺文学运动为界，略述前奇卡诺时期的文学概况，重点介绍对于当代奇卡诺文学产生重要影响的作家作品；而后结合时间顺序和典型性书写范式两个维度，将整个族裔文学进行分类概括，从中分离出几种典型的书写范式。鉴于奇卡诺运动的政治影响，政治书写是20世纪中期奇卡诺文学的主流，张扬族裔文化、书写身份是奇卡诺经典文学的重要特征，种族维度得到空前的凸显。到20世纪80年代，以性别身份和族裔身份结合为典型特征的墨西哥裔女性文学强劲崛起，这一女性文学分支具有一个和男性文学抗衡的响亮名字——奇卡纳文学[①]，并将自己在墨西哥裔(乃至西语裔及拉美裔)文学中的优势地位保持至今。

在主题和书写范式方面，成长小说是最早的书写模式之一。作家往往选择自己最为熟悉的人物、环境，通过书写自我的成长来隐喻族裔群体的

① “奇卡纳”(Chicana)是“奇卡诺”(Chicano)一词的阴性形式，意为“墨西哥裔美国女性”。英文文献中使用不同的形式，例如Chicano/a或者Chican@等，来区分阳性和阴性名词。同样，在提及拉美裔时，也会使用类似形式，例如Latin@，分别译为“拉蒂诺”和“拉蒂纳”。

普适性经历，从而象征性地建立起个体与群体的联系。对于少数族裔群体或者移民群体而言，成长经历往往与移民经历和家族历史交织在一起，因此成长主题同历史记忆、流散经历和认同策略等杂合，传统成长小说的族裔变体和女性主题、成长中的跨国经历和多文化体验、成长中新旧记忆的协商都成为典型主题。在此视野下，本章将专门讨论传统成长小说、移民文学和家族历史小说；除了家族历史小说，奇卡诺人的历史还可能通过其他形式得到表现，例如城市历史，因此还将选取城市历史和空间政治的视角，对当代文学加以梳理。

最后，本研究还会根据目标读者的特殊性，专门讨论青少年文学。虽然这个分类的维度和前面几节不够一致，但是考虑到青少年人物和青少年的经历贯穿于以上各个主题和书写范式之中，并且他们的世界观和价值取向会直接影响到族裔文化的走向，因此本研究将青少年文学进行单独介绍和讨论。

第一节　墨西哥裔文学概述

本节主要按照历史顺序，追溯墨西哥裔文学的渊源、早期概况和当前的概貌和趋势。墨西哥裔文学起源于墨西哥北方文学，在墨美战争结束以后成为美国文学中的一个族裔分支。从1848年到20世纪40年代，归化的墨西哥人和他们的子孙后代生活在各自的社区中，与非墨西哥裔群体交往较少，所以同化趋势不甚明显。墨西哥人的文化生活主要局限于西班牙语语境中，社区有自己的西班牙语报纸，因而早期的文学作品多使用西班牙语。英语文学起源于19世纪70年代，虽然历史相当悠久，但是在20世纪30年代之前，英语文学作品可谓凤毛麟角，书写范式没有产生足够的影响力，但是重要的书写主题，例如文化的差异和冲突、女性的成长和族裔话语建构等，已经得到了凸显。

长期以来，早期作家的作品没有得到充分的重视，直到20世纪90年代，墨西哥裔文学界才开始文学考古学研究。玛丽亚·路易斯-巴顿（Maria Amparo Ruiz de Burton，1832～1895）和约瑟芬娜·尼格里等作家都属于被重新发现的作家，他们的作品在企鹅出版集团等大型的出版社出版，并且当今一些重要的作家或者评论家参与整理和编辑了这些作品，例如女性主义批评家、加州大学圣迭戈分校教授罗绍拉·桑切斯（Rosaura

Sanchez),作家安娜·卡斯蒂略,索诺玛州立大学教授、作家安妮·古德曼(Anne E. Goldman),加州大学圣巴巴拉分校教授、奇卡诺文学研究专家弗朗西斯科·罗麦利(Francisco A. Lomeli)等。虽然20世纪早期的这些作品研究者甚少,但是文学先驱的创作对于当代墨西哥裔文学有着根本性的影响,因此有必要梳理早期墨西哥裔文学先驱及其重要作品,这些作家包括玛丽亚·路易斯-巴顿、尤西比奥·查孔和莱昂·维列加斯·麦格诺。

一、墨西哥裔英语文学第一人:玛丽亚·路易斯-巴顿

玛丽亚·路易斯-巴顿是墨西哥裔英语文学的先驱,她是目前已知的第一位用英语出版文学作品的墨西哥裔作家,可谓美国西语裔及拉美裔英语文学第一人。

玛丽亚·路易斯-巴顿1832年出生于下加利福尼亚(Baja California)的洛雷托(Loreto),她的家族显赫,是西班牙殖民者后裔。玛丽亚的外祖父何塞·路易斯(José Manuel Ruiz Carillo)1805年获得西班牙殖民政府授权,率领军队驻扎在墨西哥北部的下加利福尼亚,在恩森纳达建立私宅。几年后,墨西哥独立战争爆发(1810～1821),何塞·路易斯在边陲地区并未受到太大影响。墨西哥独立以后,他被任命为下加利福尼亚的总督(1822～1825),在恩森纳达地区获得了3500公顷的土地。何塞的弟弟弗朗西斯科·路易斯担任上加利福尼亚圣迭戈的驻军司令。可以说,当时加利福尼亚地区完全处于路易斯家族的控制之下。玛丽亚·路易斯的父亲赫苏斯·迈特里纳(Jesús Maitorena)是玛丽亚外祖父手下的一名军官,因为母亲显赫的出身,所以玛丽亚保留了母亲家的姓氏。

玛丽亚·路易斯生活在加利福尼亚历史上的重大变革时期,这种经历成为她文学书写的素材来源。墨美战争爆发时,玛丽亚14岁,第二年,她的家乡拉帕斯被美军占领。就在那个时候,她遇到了未来的丈夫亨利·巴顿,巴顿当时是美军纽约志愿者第一团的上尉。1848年战争结束时,两国签订的《瓜达卢佩—伊达尔戈条约》规定,上加利福尼亚并入美国版图,路易斯和母亲、弟弟移居到蒙特雷,随着被割让领土归化成为美国公民。1849年,也就是墨美战争结束后的第二年,玛丽亚年满17岁,她冲破重重阻力和巴顿结婚。他们的宗教信仰和文化背景都不同,并且当时还处在特定的历史时期,这种结合对于玛丽亚来说需要很大的勇气:玛丽亚来自传统的西班牙天主教家庭,巴顿是新教徒;而且巴顿还是占领上加利福尼亚、

入侵墨西哥的"敌人"。尽管玛丽亚·路易斯-巴顿婚后"跻身美国加利福尼亚的社会上层,但是其西班牙血统和天主教背景与新英格兰清教文化的冲突依然十分明显"[①]。她将这些差异都书写进了小说中,文学书写成为女作家自我表达的重要途径。丈夫去世以后,文学更是成为玛丽亚·路易斯-巴顿的精神寄托,也给予了她不同的视野。她的作品中有"各种犀利的政治判断,比如她坦诚地承认女性的欲望,并娴熟地将女性书写从多愁善感中解放出来"[②],这些都成为当今西语裔女性文学研究、性别研究、种族关系研究以及加利福尼亚历史研究的一部分。

玛丽亚·路易斯 1872 年出版了第一部小说《谁会想得到呢?》(*Who Would Have Thought It?*),之后她一直用英语创作,主要以不同文化之间的冲突和整合为主题,并在主题上表现出一定的延续性。在《谁会想得到呢?》一开始,诺威尔医生从印第安人营地救出一个墨西哥孤女劳拉·麦迪纳,并把她带回新英格兰,这在小镇上引起了一阵波澜。故事就是围绕着劳拉的到来而展开的。虽然诺威尔医生解释说,劳拉有着纯正的西班牙血统,人们还是对她充满了怀疑,不愿意接纳她,把她称为"不开化的野人""阿兹特克人""黑孩子",因为在新英格兰地区的欧裔美国人看来,墨西哥人、印第安人、黑人没有什么差别,都属于"蛮夷"。劳拉身份的谜团随着她随身带来她的宝石盒子被逐渐揭开,劳拉原来是墨西哥贵族家的孩子,儿时被印第安人掠走。最终劳拉和诺威尔的儿子胡利安相爱,人们逐渐解除了对她的偏见,但是劳拉依旧难解思乡之苦而回到了墨西哥,胡利安也在内战结束后奔赴墨西哥和劳拉团聚。小说的名字取自人们对劳拉身份的困惑,在她找到父亲之后,海克维尔牧师慨叹道:"哪里有听说过墨西哥人长着蓝眼睛的?"[③]小说带有典型的罗曼司特征,在人物和情节塑造方面都充满了浪漫主义色彩。劳拉不仅出身高贵、血统纯正,而且品德优秀,举止优雅,谦卑地遵从诺威尔太太充满敌意的号令。相比之下,诺威尔太太和她的几个女儿则显得猥琐、卑劣。总体而言,这是一部带有奥斯丁风格的

---

① 李保杰:《当代美国拉美裔文学研究》,济南:山东大学出版社,2014 年,第 60 页。

② Amelia María de la Luz Montes and Anne Elizabeth Goldman. (eds.). *María Amparo Ruiz de Burton: Critical and Pedagogical Perspectives*. Lincoln and London: University of Nebraska Press, 2004, p. 1.

③ Maria Amparo Ruiz de Burton. *Who Would Have Thought It?* New York: Penguin Books, 2009, p. 253.

小说，情节复杂、描写细腻，甚至在人物关系和人物刻画方面有些啰嗦和做作。故事发生地点是新英格兰，社区的风俗习惯、人物的话语模式和生活方式等都带有浓重的英伦风格。小说带有较明显的模仿痕迹，具有典型的英国维多利亚小说的特征。

虽然大部分评论者认为这是以劳拉的成长为主题的成长小说，但是从墨西哥裔文学的发展历史来看，该小说的社会历史意义更加重要。小说的背景涉及极具美洲特色的印第安主题：劳拉被印第安人掳去、在印第安人营地成长的故事，遵循了美国文学中自玛丽·罗兰德逊（Mary Rowlandson，1637～1711）自传以来的印第安囚掳叙事（Indian Capitivity Narrative）模式，讲述白人在印第安人中的经历，以主人公传奇般的经历和异邦生活历程吸引读者的好奇心，并彰显了白人和印第安人不同的文化身份。劳拉的盒子装满了钻石等各色宝石，是异邦给予人们无尽遐想的具象化，似乎也是上天对她在印第安人中生活多年所做的“补偿”。“她捡起来那颗鹅卵石，发现那竟然是一颗大大的钻石，其中的一部分还被粗糙的矿石包裹着，因为她对宝石有所了解，所以知道这是个宝贝。后来，她就去寻找相似的鹅卵石，发现了很多很多……后来，印第安人都知道她喜欢漂亮的石子，给她拿来了祖母绿和红宝石等各种宝石。她只挑选个头最大、成色最好的，就这样收集了这些珍稀的精美宝石。”[①]除此猎奇情节之外，小说把笔墨更多地放在了劳拉获救、回到白人社区以后的经历上，着重描写她的白种人身份，特别强调她高贵的血统出身以及她身处印第安人中却洁身自好的“上等人”做派。她用印第安人的颜料涂黑了自己的皮肤，伪装成普通的印第安女孩；回到白人社区以后，她拒绝与诺威尔家的女仆同住。这些都反映了劳拉对于自己身份的清醒认识。所以，这部由墨西哥裔作家创作的小说，实际是欧裔美国视角和族裔成长主题的复杂交叠。或者可以这样看，小说不是简单的成长故事，而是通过劳拉的跨界经历反映出种族差异和文化冲突，并由此暗示了这样一些问题：该如何界定劳拉的身份？她到底是白人还是印第安人？小说开始就通过汉克维尔和海默哈德的谈话，生动地体现出东西部之间的差别以及新教徒和罗马天主教徒之间的分歧：“我们历数诺威尔太太的美德，还有（诺威尔）医生做的种种傻事，简直是数

---

① Maria Amparo Ruiz de Burton. *Who Would Have Thought It?* New York: Penguin Books, 2009, p. 28.

不胜数啊。所有这些都是因为医生对外国人有种不自然的亲近之情。正源于此，医生才决定把自己唯一的儿子胡利安送到欧洲去上学——仿佛这世上最好的学校不是在新英格兰似的——要不是诺威尔太太非常明智地及时把胡利安叫回来——天知道这孩子会变成什么样子。说不定就成了罗马天主教徒了，这可是我们知道的。”①小说以轻松幽默的口气反映了以凯克尔太太为代表的东部人对于加利福尼亚人、墨西哥人和印第安人的偏见，把他们统统视为“没有教养的粗人”。人们对劳拉身份的质疑体现出文本中的“身份焦虑”，这或许在一定程度上是作者本人的心理映射。

《有谁会想得到呢？》在字里行间偶尔也流露出对于墨美战争的控诉，特别表达了对于墨西哥人失去祖传的土地的同情。路易斯-巴顿写道：“……我们公正的法律和聪明的律师很快就会‘把他们搞定’。只要我们把土地从他们手里搞过来，他们就老实了，到那时候，老天保佑，我们美国人得到所有的土地，那可是我们通过正义的战争合法获得的，是我们用真金白银买来的。”②关于土地归属的争议清楚地映射出路易斯-巴顿在战争中失去了家园后的愤怒和迷茫，对墨美战争的正义性提出了质疑。小说正是借一个普通的新英格兰老妇人凯克尔之口，反映了美国当时为发动这场战争所做的政治宣传，由此可以看出普通民众被政治宣传所牢牢控制。路易斯-巴顿以墨美战争到美国内战的历史作为小说的背景，这在一定程度上将自己的经历投射到了胡利安和劳拉的爱情故事中。作为墨西哥下加利福尼亚总督的外孙女，她曾经是墨西哥精英社会的一员，“路易斯-巴顿对于祖国墨西哥的情感既有同情又有愤怒。她一方面因为墨西哥的工业落后而感到惋惜，另外也因为祖国抛弃了他们这些加利福尼亚儿女而倍感愤怒，因为他们从此不得不屈从于美国政府的种族歧视和腐败”③。战争导致了国土疆域的变动，使得墨西哥人成为美国少数族裔中的一部分。劳拉的宝盒具有双重象征意义，它既是劳拉尊贵身份和非凡价值的象征，同时也代表了墨西哥有产者对印第安人财富的侵占。在墨美战争以后，墨西哥人所

① Maria Amparo Ruiz de Burton. *Who Would Have Thought It*? New York: Penguin Books, 2009, p. 3.

② Maria Amparo Ruiz de Burton. *Who Would Have Thought It*? New York: Penguin Books, 2009, p. 3.

③ Ana Castillo. “Introduction”, in Maria Amparo Ruiz de Burton, *The Squatter and the Don* (pp. iii-xviii). New York: Random House, 2004, p. viii.

处的境地和当初印第安人被驱逐出家园的情况非常相似，他们的肤色和出身无论为何，都已经无法将他们从受害者的境地解救出来。小说通过加利福尼亚的历史变迁和经济文化冲突，反映出作者本人在墨美战争后所面临的身份焦虑。“路易斯-巴顿和许多同时代的上层社会的混血儿一样，已经稳居加利福尼亚的统治阶层，但是战争使得他们不得不重新同新来的美国统治者协商，显然，后者根本不打算接受他们这些加利福尼亚的墨西哥人。在1848年的《加利福尼亚宪法公约》中，加利福尼亚人将自己同印第安人和黑人相区分，旨在媾和于加利福尼亚的上层有产者，因为这些殖民者的意识形态已经露出端倪，准备诉诸种族、经济和法律手段来剥夺加利福尼亚墨西哥人的财产。”①

这正是玛丽亚·路易斯-巴顿文学书写之社会历史高度的充分体现。玛丽亚·路易斯-巴顿所接受的西班牙语、英语和法语教育使她能够运用欧洲经典文学的语言和书写范式，而在19世纪后期，尚没有多少人能够充分认识到这场变革所带来的结果，能够运用英语将墨西哥人的经历书写出来的作家更是少之又少。这部小说也是最早反映墨美战争后美国违反保护墨西哥人合法财产的承诺，使得墨西哥人陆续失去土地的文学作品，在一定程度上为以后墨美文学的政治性书写奠定了基础。

1885年的作品《老赖和老爷》(*The Squatter and the Don*)直接描写了美国政府通过强取豪夺侵占墨西哥人土地的问题，将之前小说中较为隐晦的政治问题明确化，对美国主流社会所谓的道德观进行了批判，具有更加明确的社会价值取向。同时，这部小说将女性的自我建构和女性的经济利益诉求嵌入社会历史语境中，开创了墨西哥裔文学中女性书写的先河。在2004年由安娜·卡斯蒂略担任编辑的兰登书屋版的小说封面上，《诺顿拉美裔文学选读》主编、阿姆赫斯特学院教授依兰·斯塔文思(Ilan Stavans)如此评价：“玛丽亚·安帕鲁·路易斯-巴顿是我们的乔治·桑——第一位在文学界留下盛名的拉美裔女性。她的小说描写了被欺骗、被历史消音的人们，读来令人心痛。”②该小说的背景是墨美战争后通过的1851年加利福尼亚土地法案，法案规定，“所有墨西哥人的土地都要经过重新审查。这往

① Amelia Maria de la Luz Montes. *Who Would Have Thought It*? New York: Penguin Books, 2009, p. 98.

② Maria Amparo Ruiz de Burton. *The Squatter and the Don*. New York: Random House, 2004, cover.

往要经过数年的司法程序、上诉判决,还要支付大笔的律师诉讼费"①。法案体现了国家机器通过司法对个人的控制,而当族裔问题成为其中的一个要素时,弱势群体毫无疑问要成为受害者。"1851 年 3 月 3 日通过的加利福尼亚土地法案,它似乎标志着涉及起初由外国政府处置但是后来并入美国版图的土地的所有权纠纷时,裁决权最终转移到了法庭。"②玛丽亚・路易斯-巴顿本人和好友瓦列霍都遭受了巨大的损失。她的两处地产都被重新审查:一处是外祖父留下的位于下加利福尼亚恩森纳达的庄园,这是当年西班牙国王为了表彰何塞・路易斯的卓越贡献而赐予他的土地;另外一处是路易斯的丈夫巴顿上尉 1853 年购得的哈穆尔庄园。玛丽亚・路易斯-巴顿终生都在为维护自己的权利而抗争,1869 年巴顿去世后这个过程变得更加艰难,并且对于没有其他收入来源的玛丽亚来说,这也变得更加重要。③ 之后的写作是玛丽亚・路易斯-巴顿的一个谋生手段,也成为她的情感寄托。这部作品比前一部有着更多的作者情感,也更加充分地体现了作者的社会历史意识。1885 年版的小说还有一个副标题"当今加利福尼亚事件的最新描述",作者用了笔名"罗伊尔",意为"忠实的公民"(loyal citizen),体现了作者对美国公民身份的复杂情感。

《老赖与老爷》依旧延续了之前的维多利亚小说的风格,开篇写道:"'听从别人的忠告做事,是从别人的智慧中获益;按照自己的经验做事,是从我们自己的智慧中获益,'达利尔太太跟丈夫如是言,她甜美可人、风姿绰约。当时他们两人坐在阿拉米达农场的起居室里,这是那天晚上最后的一番话,她正给他缝补袜子,往衬衫上钉纽扣。"④乍一看,这似乎是中产阶级夫妻之间的情感交流和经验分享,与《傲慢与偏见》(*Pride and Prejudice*, 1813)的开篇风格颇为相似。"它的戏剧性情节在很大程度上

---

① Ana Castillo. "Introduction", in Maria Amparo Ruiz de Burton, *The Squatter and the Don* (pp. iii-xviii). New York: Random House, 2004, p. vii.

② Paul Gates. "The California Land Act of 1851", *California Historical Quarterly*, 1971, 50(4), p. 395.

③ 玛丽亚・巴顿死于芝加哥,当时她正为了寻找律师处理恩森纳达庄园的诉讼问题而奔波。在她去世 47 年之后,法庭才最终裁定她胜诉。

④ Maria Amparo Ruiz de Burton. *The Squatter and the Don*. New York: Random House, 2004, p. 3.

反映了英国小说的审美特点，如人物描写和语言风格。"[①]但是随着夫妻两人交谈的继续，读者会发现，这两个人其实是最平凡的下层劳动者，是来到西部的拓荒者，经过多年的奋斗后，却发现"美国梦"距离他们依旧遥远。

> 再过几天，就整整 24 年了，我们当年带着 3 个孩子，坐着四轮马车，赶着优良的马匹和良种奶牛，穿越大平原来到这里。那时候，我坚信，我们有这些优良的家畜，还有自己的积蓄，政府给了我们大片的土地，任何美国人都可以认领免费的土地，过不了五年，我就可以给你盖个好房子；我以为在我干不动活儿之前，我们能够攒够钱，过上好日子。可是，你看看，这都 24 年了，我都干了什么呀？我们还是过着穷日子，还落了一个"老赖"的外号。我就挣来这么个好名声。因为你不喜欢别人这么叫我，我也很讨厌它。[②]

上文中的"老赖"(squatter)一词在当时具有特定的含义，即"擅自占据者"或者"非法占据者"。在小说中，达利尔一家在政府的宣传和鼓励下，从东部来到西部，希望在西部开发中获利，过上好日子。他们向政府支付了手续费，但是并未真正取得土地的所有权，因为当时墨西哥人的土地所有权由墨西哥政府授予，然而，在 1848 年之后美国政府拒绝承认"外国政府授权的土地"，要求按照 1851 年的土地法案对土地所有权重新进行审查，因此如果所耕种土地的所有权已经被他人提起主张，那么主张人就被称为"擅据者"。威廉·达利尔就是这一政策的受害者，他付出了 20 多年的辛勤劳动，却被政府不确定的土地政策欺骗，成为在所有权悬置的土地上耕种的农民。因为他们在购买土地时并不清楚到底谁是真正的主人，所以被卷入了类似的土地所有权纠纷。在美国政府的权力操纵下，许多农民成为无辜的受害者。有学者认为，路易斯-巴顿在小说中描写的土地纠纷以及政府的腐败等问题，是她个人经历的反映，她试图通过文学书写"来抗议历史上对加利福尼亚人的征服以及对他们财产的剥夺。小说描写的所谓'老赖'，实际是想要主张自己权利的人们，因为他们已经从之前的西班牙和墨

---

① Augenbraum, Harold and Margarite Fernández Olmos. (eds.). *The Latino Reader: An American Literary Tradition from 1542 to the Present*. New York: Houghton Mifflin Publishing Company, 1997, p. 65.

② Maria Amparo Ruiz de Burton. *The Squatter and the Don*. New York: Random House, 2004, pp. 4-5.

西哥政府获得了土地所有权；更根本的问题是，小说还揭露了美国司法和立法系统的腐败和黑暗，他们和垄断资本主义狼狈为奸”①。

考虑到作者玛丽亚·路易斯-巴顿的个人经历，这两部小说反映了她所生活的那个时代，其中的文化冲突、土地纠纷和利益关系纠葛均具有鲜明的社会历史特征。可以说，她的小说反映了被归化者的“美国梦”，也反映了在西部拓荒梦想号召下勤恳劳作的普通劳动者的“西部梦”。但是，无论是哪种梦想，小说的基本指向都是批判性的，这些梦想被建构成具有反讽意味的“反美国梦”模式。在一百多年里，玛丽亚·路易斯-巴顿的这两部作品并没有引起英语群体的关注，直到20世纪90年代“重新发现美国西班牙语裔文学遗产计划”的开展，人们才重新发现了它们的价值。

二、19、20世纪之交的墨西哥裔文学：尤西比奥·查孔和维列加斯·麦格诺

玛丽亚·路易斯-巴顿之后，墨西哥裔英语文学重新归于沉寂。其间，部分作家创作出版了西班牙语作品，例如新墨西哥的尤西比奥·查孔（Eusebio Chacón，1869～1948）。查孔在1892年出版了中篇小说《风暴之子》（*El Hijo de la Tempestad*），这部19世纪和20世纪之交的作品被誉为第一部真正的奇卡诺小说，这大概是其书写主题和风格都是以墨西哥裔美国人为主的缘故。但是按照之前传统的“西语裔美国文学”以及“拉美裔美国文学”的定义，西班牙语文学不包括在其中，所以，所谓的“第一部真正的奇卡诺小说”的说法可能会引起一定的争议。同年，他的另外一部中篇小说《暴风雨后的平静》（*Tras la Tormenta la Calma*）问世。

尤西比奥·查孔出生于新墨西哥的西班牙望族，其父是内战时期的战争英雄拉斐尔·查孔。尤西比奥·查孔在科罗拉多长大，在新墨西哥拉斯维加斯的耶稣会学院（Jusuit College）就读，之后于1886～1889年在法国圣母大学（Notre Dame University）攻读法律②，回到美国以后在科罗拉多州的拉斯阿尼马斯县担任地方检察官。1848年之后，科罗拉多、得克萨斯以

---

① Jennifer S. Tuttle. “The Symptoms of Conquest: Race, Class, and the Nervous Body in *The Squatter and the Don*”, in Amelia María de la Luz Montes and Anne Elizabeth Goldman (eds.), *María Amparo Ruiz de Burton: Critical and Pedagogical Perspectives* (pp. 56-74). Lincoln and London: University of Nebraska Press, 2004, p. 57.

② John Alba Cutler. “Eusebio Chacón's America”, *MELUS*, 2011, 36(1), p. 111.

及新墨西哥的情形和加利福尼亚颇为相似，政府对墨西哥人的土地所有权进行重新审查，所以涉及土地纠纷的案件非常多。绝大多数墨西哥人不懂英语，也不了解美国的法律，因此在诉讼中处于绝对劣势地位。查孔利用自己所学，为私人土地纠纷案件做法庭翻译。1898 以后，查孔开始担任《进步报》(*El Progreso*)的编辑，并撰写了大量稿件，报道了很多墨西哥人在财产纠纷和土地纠纷中受到不公正待遇的事件。事实上，查孔的小说在很大程度上也是取材于这些素材。他使用西班牙语创作，原因有二：他认为英语文学无论是风格还是主题都难以反映归化的墨西哥人的生活；其目标读者为西班牙语读者。

《风暴之子》描写了被称为“风暴之子”的叛逆者的经历，他出生在暴风雨之夜，被流浪的吉卜赛女人抚养长大。小说中除了主人公的来历不明之外，还有浓厚的宿命论、神秘主义和灵性要素，这些都是新墨西哥文化的精髓。整个故事带有高度的寓言性和象征色彩，例如吉卜赛女人和她的猴子、自称为“光影”的神秘老妇人，均充满拉丁美洲文化的魔幻色彩。风暴之子的经历，诸如社会变革中的迷茫与反抗，成为历史变迁的生动呈现。此外，小说描写的美丽田园风景取自新墨西哥的自然地理风貌。有学者认为《风暴之子》是对莎士比亚《暴风雨》(*The Tempest*)的互文，也有的认为它是对新墨西哥历史的影射，特别是土地争端。综合诸如此类的种种因素来看，小说带有典型的新墨西哥特色，这些在后世新墨西哥作家那里得到不同程度的再现，查孔也因此被认为是新墨西哥美国文学的先驱。但是和路易斯-巴顿的小说一样，查孔的作品在近一百年的时间里没有得到美国学界的重视，直到 20 世纪 90 年代以后，借助于“重新发现美国西班牙语裔文学遗产计划”，学者们才开始整理查孔的书稿、诗作和部分翻译材料。《尤西比奥·查孔作品集》(*The Writings of Eusebio Chacón*)由奇卡诺文学专家、新墨西哥大学阿尔比凯克分校教授加布里尔·梅伦德斯(A. Gabriel Melendez)和加州大学圣巴巴拉分校的教授弗朗西斯科·罗麦利编辑整理，于 2012 年由新墨西哥大学出版社出版，是“新墨西哥文学遗产丛书”的一部分。

和查孔大约同一时期进行创作的作家还有多位，他们和查孔一样，主要使用西班牙语写作。除了照顾受众的阅读习惯之外语言选择的另外一个原因就是部分作家是墨西哥革命时期移民到美国的墨西哥作家，例如何塞·瓦斯康塞洛斯(José Vasconcelos Calderón，1882～1959)、马丁·路易斯·古兹曼(Martín Luis Guzmán Franco，1887～1976)和马里亚诺(Mariano Azuela González，1873～1952)，他们大多在革命之后回到墨西哥，因而虽然这些作品对墨西哥人社区产生了一定的影响，但是从根本上讲不能算作美国文学的一部分。还有一部分用西班牙语进行创作的归化作家，例如得克萨斯拉雷多的圣地亚哥·霍兹(Santiago de la Hoz)，他的诗作在20世纪之初在洛杉矶的《文学歌谣集》(*El Cancionero Literario*)中刊出。有学者认为，彼时的墨西哥裔文学已经开始“带有了盎格鲁—撒克逊文化要素，可以使他们参与到(美国社会的)公共生活中，但同时作家们似乎还不打算放弃祖先的文化传统”[①]，所以在20世纪初作家还是倾向于用西班牙语进行创作。当时还有一部分媒体人活跃在墨西哥裔文学界，他们主办的报纸主要面向社区的西班牙语人群，他们还是墨西哥文化的坚定支持者，坚决反对用英语书写，反对美国主流文化对墨西哥文化的同化。“pocho”(美国化的墨西哥人)一词就是在那个背景下出现的，人类学家、拉丁美洲土著主义的代表人物曼纽埃尔·加米奥(Manuel Gamio，1883～1960)是最早的使用者之一。这些问题看似是文学语言载体的问题，实际反映的是被归化的墨西哥人对于文化冲突的态度。

查孔不是唯一一位被文学界“重新发现”的早期作家，另外一位是莱昂·维列加斯·麦格诺(Leonor Villegas de Magnón，1876～1955)。得益于西语裔文学复兴计划的贤助，麦格诺创作于20世纪20年代的小说《起义者》(*The Rebel*)终于在1994年出版。

麦格诺1876年出生于墨西哥的新拉雷多的一个富贵之家，当时正是墨西哥历史上的政治动荡时期，注定了她的一生将历尽艰辛，但她也要成为那个历史时期的见证者。麦格诺的父亲是西班牙人，早年间从欧洲来到新大陆，先是到了古巴，后来在墨西哥安顿下来并成为大牧场主。母亲的家族在当地较有声望，她的父母在结婚后将家族的生意从牧场经营发展到了进出口贸易。但是，由于墨西哥局势动荡，她父亲带家人来到美国以躲避战乱。莱昂·维列加斯大学毕业后随丈夫阿道夫·麦格诺回到墨西哥城。阿道夫·麦格诺是船运公司的经纪人，经济条件较好。应该说，维列

① Luis Leal. “Pre-Chicano Literature: Process and Meaning (1539-1959)”, in Francisco Lomelí (ed.), *Handbook of Hispanic Cultures in the United States: Literature and Art* (pp. 62-85). Houston: Arte Público Press, 1993, p. 76.

加斯一家当时属于社会的中上阶层，生活富足而安逸，但是她难以安心享受这种生活，因为她看到了穷人的痛苦和悲惨处境。出于内心的正义感和改变现状的抱负，她义无反顾地投身于革命，救助伤员，积极参与社会活动，担任《进步报》(*El Progreso*)的记者，撰写文章揭露墨西哥总统波费里奥·迪亚兹(Porfirio Díaz，1830～1915)对革命者的暴行。当时墨西哥革命的形势非常不稳定，麦格诺公开对墨西哥政府的某些做法进行谴责，导致维列加斯家族的公司受到牵连而被迫关闭，她本人也不断受到生命威胁，被迫回到美国得克萨斯。尽管遭遇了挫折，她依旧继续协助墨西哥的革命者。据她女儿回忆，她甚至把自己的私人财产贡献出来，改造成为志愿者的临时医疗队，由她发起成立的墨西哥裔美国人医疗救助机构最终发展为“白色十字架”医疗队。此外，麦格诺还为墨西哥裔儿童开办双语幼儿园，她对于“双语教育”的认识非常具有前瞻性，尽管后来文化运动时期这些措施受到部分民族主义者的诟病，但是它们也的确促进了墨西哥裔群体的被接受。

《起义者》是麦格诺以自己参加墨西哥革命的经历为基础而创作的回忆录。该作品用西班牙语写成于20世纪20年代，但是麦格诺没有找到合适的出版社。40年代，她本人将其翻译成了英文，依然未能出版。直到90年代“发现美国西班牙语裔文学遗产计划”实施，该书获得了出版基金资助，科罗拉多学院西班牙语和葡萄牙语系主任克拉拉·洛马斯担任编辑并撰写了前言。《起义者》的书名有双重含义：首先，麦格诺出生时恰逢墨西哥政府军在搜寻“造反者”，他们听到婴儿的哭声循声而来，莱昂的父亲骄傲地说“我的女儿是个小小的叛逆者”[①]；其次，这部作品记录了纪念麦格诺积极参加墨西哥革命的经历。从文学角度来看，这部作品的写作技巧并无特别之处，叙述较为平淡，例如在回忆“白色十字架”成立前的紧急形势时，书中这样写道：“革命者听到了枪声，她迅速穿上衣服……跑到大街上，拦截住一辆汽车，司机是个穿着制服的专职司机，她让他把车开到了《进步报》办公室，告诉他在外面等着她。她在一张纸上画了一个红色的十字，将其贴到了挡风玻璃上；然后她打电话给朋友们，告诉他们她计划去墨西哥救护伤员，她还说自己需要志愿者加入。她的挚友《进步报》撰稿人尤维塔·艾达尔加入进来，革命者又说服了另外四位女性加入志愿者行列，这

① Villegas de Magnón, Leonor. *The Rebel*. Houston: Arte Público Press, 1993, p. 6.

样她们马上就准备出发了。"①

《起义者》虽然是作者的回忆录，但是麦格诺采用第三人称叙事方式，尽量拉开叙述者和人物之间的距离，将她自己当成亲历者以及见证者。另外，麦格诺留下了西语和英语两个版本的回忆录，还有大量的书信、照片、手稿、书籍和电报，甚至是带有文字的纸片等资料，表明"维列加斯·麦格诺觉得有义务保留下她参与革命的文字和影像记录"②。麦格诺知道记忆具有选择性和局限性，所以她力图通过这样的方式，尽量客观公正地保留历史记录。更重要的是，通过这些历史材料，墨西哥革命的诸多细节，例如女性的参与和"白色十字架"医疗队等后勤服务人员的贡献得以为人们所知。回忆录除了记录麦格诺发起的军旅医院之外，还从见证者的角度讲述了形形色色的革命者的故事。"叙事主要聚焦于1913～1920年，在此期间维列加斯·麦格诺和她的伙伴们一起在墨西哥和得克萨斯并肩战斗，她们的人数不断增加，她们成立了几家军旅医院。她的传记主要记录当时的各种活动。她开始减少对自己的描写，转而记录他人的行动，包括著名的传奇英雄人物，诸如玛丽亚·赫苏斯·冈萨雷斯(María de Jesús González)和卡门·德拉瓦夫(Carmen de la Llave)，她们都是革命领袖和侦查英雄，还有颇具传奇色彩的被称为'艾戴丽达'的艾德莉亚娜。"③除了着重回忆自己参加革命的经历，讲述自己从"贵族"到"革命者"的蜕变之外，麦格诺认为自己肩负更加重要的历史使命，就是"歌颂边疆地区先驱者们的活动，使他们从被边缘化的幕后走到台前，为人们所知"④。当然，在书中麦格诺还讲述了个人的成长经历，尤其在书的前七章，例如母亲去世和父亲再婚后她感到的空虚和失落以及她结婚生子的经历等。这种公共身份和私人身份的结合成为墨西哥裔女性早期生命书写的一个范例。总体而言，这本回忆录不仅是从女性角度来记录历史，而且还是关于女性对历史贡献的书写，这

---

① Villegas de Magnón, Leonor. *The Rebel*. Houston: Arte Público Press, 1993, p. 85.

② Clara Lomas. "Preface: In Search of an Autobiography: On Mapping Women's Intellectual History of the Borderlands", in Leonor Villegas de Magnón , *The Rebel* (pp. vii-ix). Houston, Texas, Arte Público Press, 1994, p. viii.

③ Sam López. *Post-Revolutionary Chicana Literature: Memoir, Folklore, and Fiction of the Border, 1900-1950*. New York and London: Routledge, 2006, p. 44.

④ Clara Lomas. "Introduction: Revolutionary Women and the Alternative Press in the Borderlands", in Leonor Villegas de Magnón, *The Rebel* (pp. vi-lvi). Houston: Arte Público Press, 1994, p. xi.

在墨西哥裔美国人历史上具有革命性的意义。

麦格诺的双语创作还代表了20世纪初墨西哥裔文学书写的一个转向，即从西班牙语书写转向英语书写。这不仅代表了作者身份的变化，同时也意味着目标读者的变化：从之前的西班牙语读者转变为英语读者，墨西哥裔文学开始了从“自说自话”到“对话”的历史性转变。1910～1940年，在墨西哥裔美国人中间，对待文学创作有两种截然不同的态度，“分别是侨居美国的墨西哥作家和更愿意使用英语的作家。前一阵营的代表人物有本杰明·帕蒂亚、胡里奥·阿尔斯、阿道夫·卡里奥、达尼尔·委内加斯和豪尔赫·安塞尔”等[①]，另外一个阵营的作家多在美国出生或者成长，他们对于墨西哥文化的认同感明显较弱，更愿意使用英语。这部分作家有文森特·贝纳尔(Vicente J. Bernal, 1888～1915)、玛丽亚·克里斯蒂娜·麦娜(Maria Cristina Mena, 1893～1965)、尼娜-奥泰罗·华伦(Nina-Otero Warren, 1881～1965)、菲比奥拉·卡贝扎·瓦卡(Fabiola Cabeza de Baca, 1894～1991)、克里奥菲斯·贾拉米洛(Cleofas Jaramillo, 1878～1956)，以及后面将要介绍的查韦斯和苏亚雷斯两位作家。

三、当代墨西哥裔女性文学先驱：约瑟芬娜·尼格里

约瑟芬娜·尼格里(Josefina Niggli, 1910～1983)是小说家、剧作家、诗人，墨西哥裔女性文学的先驱，在创作主题和写作手法等方面对20世纪墨西哥裔女性文学产生了重要的影响。她在性别、种族和民族问题上的平等意识具有先进性，为之后奇卡纳女权主义作家的创作奠定了基础，例如格洛丽亚·安札杜尔、安娜·卡斯蒂略和桑德拉·希斯内罗丝。“她不仅是雷奇奥蒙塔那女性文学的先驱，也是奇卡纳文学的开拓者”[②]，是最早被批评界认可的墨西哥裔女性作家，也是被文学史和文学选读广为收录的早期女作家。

尼格里1910年出生于墨西哥新莱昂(Nuevo León)的伊达尔戈，她的

---

① Luis Leal. "Pre-Chicano Literature: Process and Meaning (1539-1959)", in Francisco Lomelí (ed.), *Handbook of Hispanic Cultures in the United States: Literature and Art* (pp. 62-85). Houston: Arte Público Press, 1993, p. 76. 此处提及的几位作家，西班牙语原名分别为Benjamin Padilla, Julio G. Arce, Adolfo Carrillo, Daniel Venegas和Jorge Ainsle.

② Elizabeth Coonrod Martínez. *Josefina Niggli, Mexican American Writer: A Critical Biography*. Albuquerque: University of New Mexico Press, 2007, p. 289.

父母是当时在美国政府动员下移居到得克萨斯的东部人[①]，父亲是得克萨斯人，有瑞士和阿尔萨斯血统，母亲是弗吉尼亚人，有爱尔兰、法国和德国血统。可以说，尼格里虽然出生在墨西哥，但是却有着不折不扣的欧洲血统。她生长在不同文化的交融之下，语言和叙事风格带有明显的盎格鲁文学的特征，同时她又对墨西哥文化有着深深的认同感。1913 年，因为墨西哥革命爆发、社会动荡，年仅 3 岁的尼格里被送回得克萨斯的圣安东尼奥，在以后相当长的时间里，她基本只在蒙特雷和圣安东尼奥之间活动，直到 15 岁时才和母亲在得克萨斯定居下来。尼格里在圣道学院（Incarnate Word College）[②]就读时，表现出了出色的文学能力，在老师的鼓励下开始进行创作，并获得了一些奖励，这坚定了她对作家职业生涯的信心。但是她在圣安东尼奥没有归属感，这在她的第一部诗集《墨西哥剪影》（*Mexican Silhouettes*，1928）中得到了充分的表现，《牧羊人之歌》《蒙特雷》《墨西哥的群山》等诗作尤其表现了作者对墨西哥的深切思念。在短诗《牧羊人之歌》中，尼格里用优美的语言、充满浪漫主义的情怀书写了牧羊人的孤独。充满了墨西哥特色的描写是现实主义和浪漫主义的结合，贯穿于尼格里的创作生涯，例如："走下山坡，/走向大海；/安娜我的爱/在那里等待。/我的爱啊——我的爱人。"夕阳做皇冠/我给她戴在发间；/绿宝石般的群山/如她美丽的容颜/我的爱啊——我的爱人。/清晨已逝，/太阳西下；/在美丽的夜晚，/你将依偎在我身边。/我的爱啊——我的爱人。"[③]

尼格里早期的创作以戏剧为主，在北卡罗来纳大学攻读硕士学位期间，她开始将墨西哥民间文化和历史作为写作的重点，之后创作了剧作《女战士：墨西哥革命剧作》（*Soldadera: A Play of Mexican Revolution*，1937），描写女性为墨西哥革命做出的贡献。该剧当选为当年度的最佳独幕剧。尼格里的其他剧作还有《多洛雷斯的呼声》（*The Cry of Dolores*，1935）、《红色天鹅绒山羊》（*The Red Velvet Goat*，1937）和《星期天花了 5

---

① 墨西哥独立后不久，300 户美国天主教家庭在美国政府的动员下移民到墨西哥。当时美国觊觎墨西哥的领土，所以在墨西哥刚刚摆脱西班牙殖民统治、羽翼尚未丰满之时，美国便提出了一项这样的计划。墨西哥虽然对美国充满戒备，但是政府势力薄弱，难以与已经从独立战争中恢复了元气的美国相抗衡。墨西哥方面的让步为以后得克萨斯独立、墨美战争埋下了危机。

② 得克萨斯圣道大学（University of the Incarnate Word）的前身，这是由美国天主教教会所创立的一所高等教育机构，成立于 1881 年。

③ Elizabeth Coonrod Martínez. *Josefina Niggli, Mexican American Writer: A Critical Biography*. Albuquerque: University of New Mexico Press, 2007, p. 24.

个比索》(*Sunday Costs Five Pesos*, 1938)。为了研究墨西哥民间戏剧,她专门回到墨西哥,在著名剧作家鲁道夫·乌西戈利(Rodolfo Usigli, 1905～1979)[①]的指导下收集素材,进行创作,于1945年出版了《墨西哥民间戏剧》。乌西戈利为此作品集写了序言。这一年是尼格里职业生涯中的一个重要年份,她的短篇小说集《墨西哥村庄》(*Mexican Village*, 1945)出版,这两部作品确立了她在美国文学中的地位。几年后,长篇小说《走下来,兄弟》(*Step Down, Elder Brother*, 1948)出版,夯实了她西语裔女性文学先驱的地位。尼格里的创作特色在于:她选择的所有题材都涉及墨西哥和墨西哥人,因此在玛丽亚·路易斯之后、20世纪40年代之前的一段时间里,成了唯一用英语写作"墨西哥主题"的作家。直到1947年,当时还是大学生的马里奥·苏亚雷斯(Mario Suarez, 1925～1998)开始在《亚利桑那季刊》(*Arizona Quarterly*)发表系列短篇小说,这种情况才开始发生转变。在北卡罗来纳任教期间,尼格里笔耕不辍,于1964年出版了小说《墨西哥奇迹》(*A Miracle for Mexico*)。尼格里描写墨西哥裔美国人社区的小说,多出版于20世纪的上半叶,相关主题在当时的小说界颇为新奇,因此评论界往往把她视为小说家,而忽略了她的戏剧成就。综合来看,"尼格里是20世纪30年代世界级的剧作家,是40年代最受欢迎的小说家……她的热情和终生目标就是书写墨西哥,让人们从她的作品中了解墨西哥,因为她觉得墨西哥历史和墨西哥人在很大程度上被美国人所误解,甚至是忽略了"[②],作为女性作家和墨西哥裔作家,她的文学成就都具有划时代的意义。

尼格里积极参与文学活动,推进文学创作和墨西哥裔文学的传播。《墨西哥村庄》出版后不久被好莱坞选中,尼格里亲自到好莱坞参与编剧,随后成为21世纪福克斯公司的编剧,参与了多部电影的制作,并且很大一部分工作是匿名的,其中包括鲁宾·马莫利安(Rouben Mamoulian, 1897～1987)的《佐罗的标志》(*The Mark of Zorro*, 1940)。佐罗是殖民地时期加利福尼亚的民间英雄,所以尼格里十分了解这些具有西班牙文化背景的历史人物,负责编剧时也得心应手。1950年,她曾经到都柏林的爱尔兰国家

---

① 乌西戈利是墨西哥著名的戏剧家,对当代墨西哥戏剧具有非常重要的影响,国内学界对他研究不多,但是在他去世之后,《外国文学研究》(1980年第2期)刊发了《墨西哥戏剧家鲁道夫·乌西戈利逝世》一文,对他进行了全面的评述。

② Elizabeth Coonrod Martínez. *Josefina Niggli, Mexican American Writer: A Critical Biography*. Albuquerque: University of New Mexico Press, 2007, p. 2.

剧院艾比剧院(Abbey Theatre)短期工作。1953年,尼格里回到北卡罗来纳,任教于西卡罗来纳大学,组建了戏剧系,为该校的戏剧研究和创作做出了巨大贡献。20世纪60年代在北卡罗来纳州,除了从事文学创作以外,她一直参与广播和电视节目的编剧,同时她在导演、表演、道具等方面都有独到的见解。2009年,为纪念尼格里100周年诞辰,该校组织了名为"约瑟芬娜·尼格里:文化、艺术和人生"的系列盛大活动。由此可见尼格里对于该校的意义,这也反映出她在美国戏剧历史中的重要地位。

《墨西哥村庄》分为十个短篇,每一部分各自独立,相互之间又存在人物和情节上的关联。小说以主人公鲍勃·韦伯斯特第三人称为主要人物视角展开,描写了发生在墨西哥和美国边境圣尼古拉斯伊达尔戈小镇上的故事。十个故事中既有以死亡结束的悲剧,例如帕布罗和阿妮塔·奥玛利之间的爱情悲剧,也有幽默的喜剧故事,还有抽身世外者对小镇的冷静审视。小说开篇是"采石场",讲述初到小镇的韦伯斯特在采石场工作的经历,通过他的视角以及他和采石场工人的交流,小镇的故事逐渐铺开。因为小说采用了有限视角,所以人物的相关信息也较为巧妙地逐渐得以完善起来,韦伯斯特的身份就是如此。他在与人们的交流互动中不断进行自我审视,从而一步步披露出自己的身份。他是一战退伍老兵,生活在盎格鲁—撒克逊美国文化之中;他还具有墨西哥印第安人血统,是传说中的"白马强盗"的后人。韦伯斯特的"父亲是白人(得克萨斯人),母亲是有着西班牙和土著血统的墨西哥人。所以,他代表了得克萨斯许许多多具有跨种族背景的人们"[①],这种混血身份不仅是很多得克萨斯人的特征,也是其他地方墨西哥裔美国人的标志。多重文化身份给韦伯斯特带来了困惑,使他失去了归属感,"他始终感觉自己是个局外人,是个别人能够忍受但无法接受的人"[②]。除了对自己的身份深感困惑的主人公之外,小说中还有形形色色身份复杂的人物,例如备受暴虐父亲压制但敢于追求爱情的爱尔兰裔舞者阿妮塔·奥玛利,长相平平但具有敏锐洞察力的切拉·纳寇,以及有着倾国倾城的美貌但是却独自住在河边山洞里面的玛丽亚·佳斯卡萨斯等。其中佳斯卡萨斯这个人物集中体现了作品要表达的"边疆意识":她居住在

① Elizabeth Coonrod Martínez. *Josefina Niggli, Mexican American Writer: A Critical Biography*. Albuquerque: University of New Mexico Press, 2007, p. 126.

② Josefina Niggli. *Mexican Village*. Albuquerque: University of New Mexico Press, 1994, p. 10.

"悬崖边的山洞里，俯瞰周围的五个墨西哥村庄，每天看着村民来来往往"①。她是自我流放的社会弃儿，冷傲自强，不屈服于传统和权威。她到底是堕落的女人，是精神失常的半疯子，还是冷眼看世界的智者？显然，作者并未打算给出明确的答案，它需要读者独立思考并给出自己的解答。小说的各个部分以小镇不同区划的名字命名，契合"边疆"的地理文化隐喻，也通过人们之间的交往对"边界"加以协商和消解。无论是主题还是叙述形式，小说都在很大程度上反映了作者对于多重文化身份的再现，以及她对"墨西哥性"的理解。可以说，没有哪一种具体的方式是纯墨西哥式的，也没有哪个人物可以代表墨西哥人的形象，这个被称为"墨西哥村庄"的小镇就是墨西哥人的群像，是墨西哥身份的集合和缩影。这种书写方式在后来的马里奥·苏亚雷斯(Mario Suarez, 1925～1998)、罗兰多·伊诺霍萨和托马斯·里维拉(Tomás Rivera, 1935～1984)，以及更加年轻一代的埃莱娜·维拉蒙特斯(Helena Maria Viramontes, 1954～　)和桑德拉·希斯内罗丝那里得到了延续。他们笔下的霍约社区、卡莱尔小城、季节工人营地、芒果街等，都是墨西哥裔人文地理的反映，是地域和种族共同造就的文学风景。在叙事手法上，《墨西哥村庄》通过韦伯斯特十年的经历，透过他的自我审视和对世界的判断，探索了跨种族群体的文化身份建构问题，他的个人视角象征性地成为透视族裔群体和外部世界的关联。事实上，在其他作家的叙述中，同样存在着类似的人物，无论他们是有着自己的名字，如埃斯佩浪莎，还是只是无名的叙述者，他们的个人历史和族裔群体的集体历史紧密相连，因而小说通过他们的话语构建，串联起族群之间的故事。

尼格里的创作表现了盎格鲁英语传统文学的叙事风格和墨西哥题材的结合。例如在"鸡笼"(The Chicken Coop)的开头，尼娜·桑托斯和未婚夫安德列斯·特拉维诺就婚礼上是否需要穿皮鞋的问题而发生了争执，使得故事一开始便具有了夸张的喜剧效果。"就让这只手在签下婚书前在胳膊上萎缩了吧！尼娜·桑托斯尖声叫喊着。她背对着自家的房门，后背挺得直直的。"②小说在"买鞋"还是以同样的价格"买只小羊"的矛盾中展开，新婚夫妻两人的观点相左，一个浪漫一个现实，情节设计中无时不带着墨

① Josefina Niggli. *Mexican Village*. Albuquerque: University of New Mexico Press, 1994, p. 111.

② Josefina Niggli. *Mexican Village*. Albuquerque: University of New Mexico Press, 1994, p. 174.

西哥人的文化特色——夸张幽默。通过这种方式,小说刻画了安德列斯的实用主义和尼娜对未来生活的浪漫主义向往之间的矛盾,还揭示了贫富差距和阶级地位的差别等问题,例如村民对于穷苦放羊人的偏见和歧视:“这些整日在山坡上放羊的野人带着一股蛮劲,镇上的人们可不怎么喜欢。查卡亚牧师说那是孤独,还挺可怜他们,不过镇上的人们知道那是因为巫婆偷走了他们的灵魂,将它们出卖给了魔鬼,所以他们才能听懂羊的话。”[①]财富是社会地位的象征,因此安德列斯辛辛苦苦地积累财富,尽量扩大羊群的规模,以便过上富足安稳的日子;放羊人正是因为一无所有才受到村民的歧视,因此安德列斯才会纠结于是给尼娜买一双“这一生只穿一次的鞋子”还是买一只能让自己的财富增值的小羊。

尼格里经历了墨西哥裔美国人历史上重大变革的时期,但是她在小说和戏剧创作中并没有突出文学作品的政治性,因此她的奇卡纳作家身份身份颇具争议。《墨西哥村庄》1994 年版的编者玛丽亚·埃雷拉-索贝克提到,她在与尼格里通话时称其为奇卡纳作家,尼格里对此颇感意外。随着时间的推移,民权运动之后,“奇卡诺”和“奇卡纳”所隐喻的政治取向也在发生着变化。在当今多元文化主义的语境下回溯过去,可以看到,作家们通过不同的方式来凸显墨西哥性、表达墨西哥文化认同感,他们的作品毫无疑问是奇卡诺和奇卡纳文学的一部分。《墨西哥村庄》中佳斯卡萨斯的住所实际是作者生活过的圣尼古拉斯·伊达尔戈小镇的缩影。小镇在蒙特雷西部,附近的山谷里有五个村庄,四周是高高的群山,这是尼格里心目中理想的处所,宁静美丽、远离尘嚣,但她自童年起就伴随着墨西哥革命的战火一次次穿越边境,在相当长的时间里无法获得这样的平静。或许通过勾画这样的一个村庄,尼格里表达了心之向往。这些都是尼格里的“边疆意识”的表现,她在小说中“展示了边疆地区居民生活的方方面面,以及她对于多种可能性的理解,这种努力反映了墨西哥裔女性试图去理解一个无形但现实的问题,它不断变换着姿态,就这好似河水激流中水獭的身体,对于伊达尔戈居民而言,这只是他们面临的诸多现实边界中的一个”[②]。尼格里所书写的就是她往返于墨西哥和美国之间时所感受到的欧洲和美洲文化的双

---

① Josefina Niggli. *Mexican Village*. Albuquerque: University of New Mexico Press, 1994, p. 176.

② Sam López. *Post-Revolutionary Chicana Literature: Memoir, Folklore, and Fiction of the Border, 1900-1950*. New York and London: Routledge, 2006, p. 90.

重影响，以及新墨西哥地理风貌所激发的心理认同，这些特征在稍晚的新墨西哥作家那里得到了更加明显的再现。尼格里作品中的这种"边疆意识"，也在后来女性作家那里得到了延续，"她对墨西哥人的生活方式、习俗和传统表现出了敏锐的感受力和深刻的理解。她对探索墨西哥人的历史、心理和民间传统表现出浓厚的兴趣，并且坚持将这些元素反映在自己的作品中，这使她当之无愧地成为墨西哥裔美国文学的一位开拓者"[①]。她对于边疆和身份的书写，为奇卡纳文学中"奇卡纳自我"的建构奠定了基础。尽管她并不是有意识地表现奇卡纳主题，但是她的小说已经充分反映了跨种族和跨文化者处于文化和地理边疆的居间心理状态。所以说，尼格里成为当之无愧的奇卡纳文学的一位先驱。

四、奇卡诺文学的开端

按照路易·里尔的判断，1942 年以来的墨西哥裔文学为奇卡诺文学。1942 年发生在洛杉矶郊区的"睡湖谋杀案"(Sleepy Lagoon Murder)将墨西哥裔等拉美裔群体和主流文化群体的矛盾表面化，随后发生的"佐特装暴动"(Zoot Suit Riots)[②]则进一步激化了这一矛盾。这一系列事件是墨西哥裔文化诉求的最初显现，为以后奇卡诺文学的政治书写奠定了基础。这应该是里尔将 1942 年作为奇卡诺时期开端的一个原因。但是这些社会历史事件并没有即时反映到文学中，20 世纪 40～50 年代的文学书写开始更加明确地书写奇卡诺主题，但是尚未带有明确的政治色彩，其文化主张的力度尚无法和 60 年代的民权运动相提并论。在奇卡诺文学阶段的初期，马里奥·苏亚雷斯、弗雷·安杰利科·查韦斯(Angelico Chavez, O. F. M.，1910～1996)、亚美利哥·帕雷德斯(Américo Paredes，1915～1999)和何塞·安东尼奥·维拉里尔(José Antonio Villarreal，1924～2010)等作家的作品反映了这个"准备"阶段的诸多特点。苏亚雷斯是亚利桑那作家，帕雷德斯是得克萨斯作家，而维拉里尔是加利福尼亚作家，他们带有各自的地域特征，但是从总体上看作品的文学性(在帕雷德斯那里更多地表现为学术性)仍旧是他们创作的首要考量。

---

① Maria Herenne-Sobek. "Introduction", in Josefina Niggli, *The Mexican Village*. Albuquerque: University of New Mexico Press, 1994, p. xxi.

② 指 1943 年 6 月发生在洛杉矶的墨西哥裔青年和白人青年之间的系列冲突事件。参见李保杰：《当代美国拉美裔文学研究》，济南：山东大学出版社，2014 年，第 54 页。

(一)马里奥·苏亚雷斯

马里奥·苏亚雷斯是最早在小说中使用“奇卡诺”一词的作家,也是最早使用英语创作小说的墨西哥裔作家之一。他书写的对象是墨西哥人社区,作品中所有的人物都是墨西哥裔美国人。“在20世纪40年代,有两位(墨西哥裔)作家成就斐然,并且他们只用英语写作,分别是新墨西哥的弗雷·安杰利科·查韦斯(他1910年出生在那里)和亚利桑那的马里奥·苏亚雷斯(1925年出生在图森)。”①

苏亚雷斯1925年出生在亚利桑那州图森的墨西哥移民家庭,高中毕业之前一直生活在墨西哥人社区。苏亚雷斯高中毕业后参加海军,这个走出社区的决定彻底改变了他的生活轨迹。第二次世界大战结束后,苏亚雷斯退伍,借助于政府为退伍老兵颁发的专项奖学金进入亚利桑那大学。从1947年起,他开始在《亚利桑那季刊》上发表小说,描写“霍约”(El Hoyo)墨西哥人社区里形形色色的人物。“El Hoyo”在西班牙语中是“洞穴”的意思,它以苏亚雷斯成长的亚利桑那图森的墨西哥人社区为原型,但是经过苏亚雷斯丰富的想象和幽默夸张语言的加工,成为墨西哥裔社区的文学代表,其突出的族裔文化特色具有和威廉·福克纳(William Faulkner, 1897～1962)笔下的约克纳帕塔法(Yoknapatawpha)、加西亚·马尔克斯作品中的马孔多(Macondo)以及约翰·斯坦贝克(John Steinbeck,1902～1968)笔下的“煎饼坪”(tortilla flat)相似的文学审美效果。

《奇卡诺人素描》描写了墨西哥人社区中的各色人物,作者通过细微的动态人物描写反映出时代的变迁以及墨西哥裔文化和非墨西哥裔文化的差别。加尔扎的理发店是社区的社会活动中心,男人侃大山的地方,是墨西哥人男权意识的充分体现,也是墨西哥人价值观的体现。加尔扎缺少美国人的成功意识,对他来说赚钱不是最重要的事情。他没有多少抱负,连做生意都是率性而为:他想要回墨西哥时,可能把店门一关就走人,一个多星期也不开张,他的信条就是“不能让店铺左右自己”②,不能为了挣钱而委屈自己。雷蒙·帕雷德斯(Raymund A. Paredes)认为,这些人物的塑造

① Luis Leal. “Pre-Chicano Literature: Process and Meaning (1539-1959)”, in Francisco Lomelí (ed.), *Handbook of Hispanic Cultures in the United States: Literature and Art* (pp. 62-85). Houston: Arte Público Press, 1993, p. 78.

② Mario Suarez. *Chicano Sketches: Short Stories by Mario Suárez*. Tucson: University of Arizona Press, 2004, p. 102.

“体现出他们对于美国梦价值观的抗拒……苏亚雷斯明白，墨西哥裔美国人面临的首要问题就是同化：盎格鲁文化中有多少可以被接受？墨西哥文化中的哪些成分需要保留？”[①]霍约社区是远离城市、远离现代化影响的地方，人们有着传统的生活方式，尚没有受到主流文化中物质至上和消费主义的影响。苏亚雷斯说：“霍约是讨债人最不容易找到你的地方。要是谁喜欢听皮里亚先生主持的《墨西哥时间》，在霍约社区，你是最不可能被人告发的。”[②]因此，霍约是远离中心的边缘社区，“苏亚雷斯由此创造了完全不同于被规定的阈限空间的边缘化空间，它具有独自凝聚性和边界”[③]。

霍约社区是传统的体现，老一辈墨西哥人极力保留这里的墨西哥文化传统。这个典型的墨西哥人社区在受到外来影响挑战的同时，也在以各种方式对变革发起回击。他们并不关心社区外的天翻地覆，对于曾经席卷洛杉矶的“佐特装暴动”，对于墨西哥裔社区的青少年反叛者“花衫少年”(pachuco)[④]，社区采取了来者不拒的“反同化”姿态，用他们坚定的保守态度，使得那些在外面的世界中接受了外来影响的年轻人重新回归传统。在这里，花衫少年剪了头发、换下了夸张宽松的佐特装，重新变成了土头土脑的墨西哥少年。这些情节不乏喜剧色彩和轻松幽默的口吻，但是的确表现了不同文化的交锋和新旧思想的斗争。

变化也在逐渐发生，并影响着人们的生活。奇卡诺社区的男权，受到主流文化中的物质主义的强烈冲击。在《库克参加派对》(Cuco Goes to a Party)中，主人公的故事便体现出了这种变化。库克多年来一直遵循着常规，下班后准时回家，因为他的两个大舅子都是这样。“他们觉得男人早早起床做早饭，那就对了；他们觉得男人下班后赶紧回家，那就对了；他们还认为男人应该关心柴米油盐的价格，凡事和老婆商量，那就对了。或许，那是对的，但那是对他们而言。库克觉得好没意思……在他老家，男人做什么，全看他们自己的心情，可是在这里，只要他的名字是库克·马提内斯，

① Raymund A. Paredes. “Mexican American Authors and the American Dream”, *MELUS*, 1981, 8(4), p. 75.

② Mario Suarez. *Chicano Sketches: Short Stories by Mario Suárez*. Tucson: University of Arizona Press, 2004, pp. 94-95.

③ James D. Lilley. “‘The Short Way of Saying Mexicano’: Patrolling the Borders of Mario Suárez's Fiction”, *MELUS*, 2001, 26(3), p. 104.

④ 另译为“帕奇科”。参见万丽华：《论瓦尔德兹戏剧中的隔膜主题》，《安徽工业大学学报》(社会科学版)2013年第4期，第55～56页。

他就得和别人一样。”[①]终于，他希望生活有所变化，于是有一天下班后他跑到了理发店里。那天正值一个朋友的生日，于是库克准备和他们一起狂欢。结果，喝醉酒的库克回到家后遭到了家人的极力贬低和抵制。两个大舅子骂库克没出息，“说他一辈子只配在家具店当打扫厕所的，说他是个蠢货，一星期能挣 30 块钱就不错了，别指望他多有出息了。还说他是一无是处的酒鬼，真不明白为什么阿米莉亚看上他什么了，竟然还嫁给了他”[②]。他们怂恿阿米莉亚和库克离婚，最终库克陪伴妻子生下孩子后，独自一人回了墨西哥。从这里可以看出，库克实际上是个循规蹈矩的男人，他忍受妻兄的责骂、陪伴妻子到孩子出生的决定表明了他的责任感。他在家具店挣着微薄的工资是因为墨西哥人的工作机会有限。而妻兄对于金钱的计较和对社会地位的看重是物质主义的反映。虽然小说中关于他们的信息有限，但是也可以看出来这种价值观和加尔扎的工作理念有着明显的差别。奇卡诺文学就是在这样的背景下对文化差异、墨西哥裔美国人和非墨西哥裔之间的冲突整合展开探讨。

(二)弗雷·安杰利科·查韦斯

里尔在发掘早期墨西哥裔作品时，除了提到苏亚雷斯以外，还发现了另外一位用英语写作的早期作家——弗雷·安杰利科·查韦斯。查韦斯是墨西哥裔历史学家、诗人、艺术家，他是罗马天主教小兄弟会修士，“安杰利科”(意为“天使”)是他的笔名，这个名字既带有浓重的天主教色彩，同时也是 15 世纪意大利佛罗伦萨画派艺术家弗拉·安杰利科(Fra Angelico，1387～1455)的名字，因此带有致敬之意。

查韦斯出生在新墨西哥的知识分子家庭，2 岁时随家人迁居加利福尼亚的圣迭戈。他的父亲是巴拿马—加利福尼亚国际博览会(Panama-California Exposition)筹备委员会的成员之一。在加利福尼亚期间，查韦斯接触到了 18 世纪罗马天主教神父圣胡尼佩罗·塞拉(St. Junípero Serra，1713～1784)的思想，从此对天主教产生了浓厚的兴趣。1937 年他正式入驻新墨西哥圣达菲圣方济各大教堂，成为修士。第二次世界大战期间查韦斯入伍，退伍后出任圣达菲大天主教区的档案资料员。鉴于个人的

---

① Mario Suarez. *Chicano Sketches: Short Stories by Mario Suárez*. Tucson: University of Arizona Press, 2004, p. 102.

② Mario Suarez. *Chicano Sketches: Short Stories by Mario Suárez*. Tucson: University of Arizona Press, 2004, p. 107.

宗教背景,查韦斯在文学创作中多采用宗教题材,诗歌创作尤其如此。他从 20 世纪 30 年代末开始发表诗歌,多取材于圣经,以天主教题材为主。查韦斯担任档案资料员期间接触到了教区的大量历史资料,所以他还致力于整理新墨西哥天主教的历史文献,为文献整理和保存做出了重要贡献。

查韦斯最著名的两部作品都是历史题材的非虚构类作品,其中《西班牙征服者:古代雕像的自传》(*La Conquistadora*: *The Autobiography of an Ancient Statue*, 1954)从圣母玛利亚铜像的视角,通过铜像辗转新旧大陆 400 年的经历,追溯了西班牙殖民者征服新墨西哥地区的历史,特别是西班牙传教士在那里的活动;另外一部作品《只有时间和际遇:陶斯马提内斯神父传记,1793～1867》(*But Time and Chance*: *The Story of Padre Martinez of Taos*, *1793-1867*, 1981)详细整理了新墨西哥天主教神父安东尼奥·何塞·马提内斯(Antonio José Martínez, 1793～1867)的生平,诸如他帮助新墨西哥人保卫自己的祖传地产、他在墨美战争中的贡献,以及他推动新墨西哥人对西班牙传统文化的认同。到了 20 世纪 60 年代,查韦斯开始把历史题材和民间传说结合起来,创作更具文学性的作品,例如短篇小说《铃儿再次唱起》(The Bell that Sang Again)、《小提琴手和天使》(The Fiddler and the Angelito)等。个别短篇小说涉及宗族矛盾和文化冲突,例如《早年新墨西哥的罗密欧与朱丽叶》(A Romeo and Juliet Story in Early New Mexico)触及印欧混血儿的身份问题,是最早涉及此类主题的小说之一。

(三)亚美利哥·帕雷德斯

奇卡诺文学早期阶段另外一位使用英语进行创作的作家是亚美利哥·帕雷德斯。他具有多重身份,不仅是奇卡诺运动前夕的文学批评家,也是重要作家。他在作品中所强调的文学叙事范式凸显了墨西哥裔得克萨斯文学的特质,因而被认为是该文学分支的领军人物。

帕雷德斯 1919 年出生于得克萨斯的布朗斯维尔,这座小城在得克萨斯最南端的美墨边境上,与墨西哥隔河相望,是边境冲突最为激烈的地区之一。帕雷德斯家族在得克萨斯具有悠久的历史,最早可以追溯到 17 世纪中期。亚美利哥出生时,得克萨斯墨西哥人起义刚刚平息下来,墨西哥人和非墨西哥裔白人之间的矛盾依然十分尖锐。这些都对帕雷德斯的生活和职业生涯产生了重大的影响。

攻读研究生时,帕雷德斯开始关注墨西哥民间歌谣。从 1951 年开始,他在指导教师的建议下将苏格兰民谣和墨西哥民谣作为研究对象，进行比较研究。自19世纪末开始在得克萨斯边境地区流传的科瑞多(corrido)民谣是其研究的一部分，后来成为他的主要研究兴趣所在，特别是1901年以后流行甚广、被称为墨西哥裔美国人史诗的《格雷戈里奥·科尔特兹之歌》(*The Ballad of Gregorio Cortez*)。帕雷德斯对不同版本的民谣进行收集整理，在更加宏大的视野下对其进行研究和阐释，最终在1956年完成了博士论文。两年后该论文出版，即后来对整个奇卡诺文学批评产生了重大影响的《枪在手上：边界歌谣及其英雄》(*With His Pistol in His Hand: A Border Ballad And Its Hero*, 1958)。除了这部作品之外，帕雷德斯还收集墨西哥民谣，出版了《墨西哥民谣》(*Folktales of Mexico*, 1970)一书；此外，他还收集得克萨斯州下格兰德河河谷地区流传的民谣，整理出版了《得克萨斯—墨西哥谣曲集：下格兰德河谷地区民间歌曲》(*A Texas-Mexican Cancionero: Folksongs of the Lower Border*, 1976)。帕雷德斯成为西班牙民谣、墨西哥民谣以及格兰德河谷地区民谣研究的权威学者，更重要的是，他在收集民谣、考察其流行特征的过程中，准确地把握住了得克萨斯墨西哥裔文化的脉动。他以民谣为焦点，考察文化差异和文化冲突，特别是和边界的文化表达相关的意识形态差异和政治隐喻，例如1993出版的《得克萨斯—墨西哥边境的民谣和文化》(*Folklore and Culture on the Texas-Mexican Border*)便集中体现了他的"边疆意识"[①]，成为奇卡诺身份研究的基础。

《枪在手上：边界歌谣及其英雄》介于文学书写和文学研究之间，分为两个部分，前一部分是"格雷戈里奥·科尔特兹：传说及生平"，对科尔特兹之歌的背景和流行版本进行了整理，对整个事件的来龙去脉进行了追溯，从科尔特兹兄弟与警长的沟通不畅、继而发生冲突开始，到格雷戈里奥·科尔特兹独行数百公里、躲避数十名得克萨斯骑警追捕的逃亡经历，再到他被捕、庭审、入狱并最终获得假释的整个经历。格雷戈里奥·科尔特兹和弟弟雷马尔多本来都是普通的牛仔，莫里斯警长追查盗马案时与他们相遇，双方因为沟通障碍和语言不和而发生冲突，警长开枪击中雷马尔多·科尔特兹，格雷戈里奥旋即将莫里斯击毙。格雷戈里奥·科尔特兹被迫逃跑，

① José R. López Morí. *The Legacy of Americo Paredes*. College Station: Texas A &M University Press, 2006, p. xiv.

后来在与骑警冲突的过程中再次打死多人(有的版本说有两名警长丧命)。由此,一场因为沟通不畅而导致的言语不和,发展成了命案,继而酝酿成了影响深远的历史事件。科尔特兹反抗权威、勇敢对抗警察追捕的故事,也开始在民间广泛流传。曲折的故事情节和墨西哥民谣形式结合,带有典型的墨西哥文化特色,深受普通民众的喜爱。

《枪在手上》的第二部分是"《格雷戈里奥·科尔特兹之歌》和边界歌谣中的英雄人物",研究科尔特兹英雄形象在歌谣中的典型性。在这一部分中,帕雷德斯追溯了科尔特兹的经历被文本化的过程,认为这同墨西哥民族反抗霸权的传统直接相关。他在格兰德河谷地区收集不同版本的传说,对比了至少四个版本的歌谣,研究它们在流传中出现的细微差别,发现不同版本塑造的格雷戈里奥·科尔特兹形象基本一致,都是"手握武器、拒绝投降"的形象①,澄清了边界英雄的含义和基本特征。科尔特兹的壮举之一就是单枪匹马躲避警方追捕,但是,英雄并不是逃跑者,而是敢于挑战对手也敢于接受挑战的血性男儿。下面这一段颇具特色的描写就反映了这种英雄气概:"格雷戈里奥高声道/手枪拿在手中/'别跑,胆小如鼠的骑警/仅仅一个墨西哥人,害怕作甚'。"②帕雷德斯发现,类似的描述,同样出现在别的谣曲中,只是人物的名字不同而已。他据此认为,墨西哥人挑战对手的一个方式就是:大声挑衅。"史诗英雄和敌人单打独斗时,会高声挑衅对方。这种人物形象的描写在科尔特兹之前的边界歌谣中同样存在。"③在歌谣中,警长被塑造成了反面形象,他怯懦、狡诈,与科尔特兹的无所畏惧截然相反。

帕雷德斯研究了"科尔特兹之歌"流传前后的类似民谣,力图探究其中的墨西哥文化特质。他比照不同内容的墨西哥边境歌谣,追溯了广为传颂

① Americo Paredes. "*With His Pistol in His Hand*": *A Border Ballad and Its Hero*. Austin: University of Texas Press, 2004, p. 192.

② [美]萨克文·伯科维奇主编:《剑桥美国文学史》第7卷,孙宏主译,北京:中央编译出版社2005年,第575页。

③ Americo Paredes. "*With His Pistol in His Hand*": *A Border Ballad and its Hero*. Austin: University of Texas Press, 2004, p. 234.

的民间英雄故事，如哈辛托·特维诺(Jacinto Treviño，1883～1971)[①]、伊格纳西奥·特维诺(Ignocio Treviño)奥朗索·佛洛雷斯(Alonso Flores)和阿莱霍斯·塞拉(Alejos Sierra)的故事，从中分离出具有代表性的"哀叹形象之传统"(*como queriendo Illorar*)，认为这同《科尔特兹之歌》存在着一定的联系。他指出，"在《科尔特兹之歌》以后，'中规中矩'成为奸诈小人和小丑的标志，就好像奶白色的骏马、索雷尔母马、手中的枪成为英雄的标志一样。1910年代的歌谣，如《哈辛托·特维诺之歌》《伊格纳西奥·特维诺之歌》，都较多地受到《科尔特兹之歌》的影响"[②]。墨西哥文化中特别是民谣中的英雄多是民间英雄，其特点表现为行侠仗义、维持正义、有仇必报等，例如奥朗索·佛洛雷斯的故事就是以复仇为特点的。奥朗索本是个普通的墨西哥男孩，在革命之初随母亲和弟弟来到得克萨斯州的布朗斯维尔，五六年后他潜回墨西哥，杀了当年谋杀父亲的仇人马加里托将军，安全回到得克萨斯，最终返回墨西哥并成为革命者。[③] 这些人物的故事多流传于民间，甚至他们的名字都难以在史书中找到，有时民间传说中的名字本就不是他们的真名。无论如何，这些故事说明了墨西哥文化中所崇尚的英雄主义不同于盎格鲁—撒克逊美国文化中的英雄主义："从盎格鲁白人的角度，得克萨斯墨西哥人的个性似乎显得有些无法无天，他们利用文化差异为他们天性中的暴力和无序进行辩护；但是，也应该看到，那个时候普通的'墨西哥得克萨斯人'往往把所有挑战法律的行为都解读为对白人压迫的反抗。彼时边境地区人们对待法律的态度，同今天贫民窟民众对待法律的

① 哈辛托·特维诺是墨西哥将领，在墨西哥革命时期效力于宪政军领袖贝努斯蒂亚诺·卡兰萨·德拉·加尔萨(Venustiano Carranza de la Garza，1859～1920)，两人同属于较为保守的派别。虽然他们曾经先后推翻墨西哥保守总统维克多里安诺·伍尔塔(José Victoriano Huerta Márquez，1850～1916)，但作为大地主出身的革命领袖，他们并不希望墨西哥土地的归属权发生根本变化，所以对于贫困农民的土地改革方案并不认同。后来哈辛托·特维诺率军队同墨西哥革命时期的北方农民起义军领袖潘丘·维亚作战，为消灭维亚部队立下了大功。潘丘·维亚原名何塞·多罗提欧·阿朗戈·阿朗布拉(José Doroteo Arango Arámbula，1878～1923)，"潘丘·维亚"是他的化名。潘丘·维亚于1910年在奇瓦瓦州组建农民起义军，成为著名的农民军领袖。1914年，潘丘·维亚领导北方农民军与南方农民军领袖萨帕塔(Emiliano Zapata，1879～1919)的军队联合攻占墨西哥城，推翻维伍尔塔政权。但是农民军所提倡的土地改革方案同加尔萨等宪政派在根本利益上存在着分歧，维亚和萨帕塔等农民领袖在后续的斗争中先后遭到围剿而身亡。

② Americo Paredes. "*With His Pistol in His Hand*": *A Border Ballad and Its Hero*. Austin: University of Texas Press, 2004, p. 229.

③ Americo Paredes. *A Texas-Mexican Cancionero: Folksongs of the Lower Border*. Austin: Unviersty of Texas Press, 2001, p. 35.

态度是非常相似的，并且原因也基本差不多。就是说，人们如果无法参与到决定自己命运的行动中，那么他们就会感觉到自己被外来群体掌控，那么'法律'也不是他们的法律，而挑战法律也就成为反抗自己低下身份地位的另外一种方式。"①

帕雷德斯在考察墨西哥文化传统和近代墨美人历史的基础上研读科瑞多民谣，指明其广泛流传的背后具有深远的社会历史根源。他除了仔细考察《科尔特兹之歌》的音律、格律等用语特点之外，还仔细研究其艺术手法和人物塑造，看到《科尔特兹之歌》等以边境英雄为主题的歌谣和墨西哥谣曲之间存在着密切的联系。他还考察民谣流传的外部因素，考察英雄人物出现的社会历史背景以及英雄事迹产生的社会生态环境，指出民谣虽然流传已久，但某些特定的社会历史事件仍旧强化了它们在民众中的流传。"第一个这样的时期是在1901～1905年，是从科尔特兹被捕到他最终被定罪收监的这段时间。这个时期是所谓的'情绪高涨期'。据民间传闻，如果有人传颂《科尔特兹之歌》，那他就很有可能遭到逮捕、暴打或者失去工作。这种传说或许并非空穴来风。白人农场主监督墨西哥工人在田地里干活时，如果突然听到他们唱起《科尔特兹之歌》，很可能以为他们是在密谋叛乱或者要谋杀雇主。农场主为工人支付的一部分工资可能被用于为科尔特兹辩护，这当然令他感到恼怒不安。"②这是从社会历史视角所做的解读，将19世纪中期以来一个世纪中的边境冲突考虑在内，指明了得克萨斯民间歌谣流传的文化冲突背景，也指出了得克萨斯墨西哥裔文学的根本政治取向。这种历史的高度可谓帕雷德斯民间歌谣研究的重大突破。

《枪在手上》以"枪在手上"的民间英雄为代表性形象，分离出了带有鲜明得克萨斯风格、反映文化群体之间对抗的文学写作范式，并对之后墨西哥裔文学中的抗议性文学书写产生了直接的影响。现在看来，帕雷德斯的贡献以及这部著作的文学批评价值可以和这种文学范式的历史价值相提并论。托马斯·里维拉和格洛丽亚·安札杜尔(Gloria Anzáldua，1942～2004)等作家都较为明确地表示过该模式对他们的影响。何塞·萨尔迪瓦尔充分肯定了"帕雷德斯的开拓性贡献"，认为这种范式"对权威以及以后

① Americo Paredes. *A Texas-Mexican Cancionero: Folksongs of the Lower Border*. Austin: University of Texas Press, 2001, p. 34.

② Americo Paredes. *"With His Pistol in His Hand": A Border Ballad and Its Hero*. Austin: University of Texas Press, 2004, p. 204.

的单一美洲文化身份提出了挑战”。[①]《枪在手上》在很大程度上为以后的奇卡诺文学批评奠定了基础。地缘文化研究视角、纵向研究和横向研究的比较研究视角，以及何塞·萨尔迪瓦尔、雷蒙·萨尔迪瓦尔（同样出生于布朗斯维尔）等人的结构主义批评，都在很大程度上得益于这种范式的确立。它同时也确立了帕雷德斯在美国文学，特别是奇卡诺文学研究中的权威地位。

在奇卡诺运动和奇卡诺文学运动的背景下，帕雷德斯将研究阵地逐步扩大，1967年在得克萨斯奥斯丁分校成立了民谣研究中心（Center for Folklore Studies），进而组建了墨西哥裔美国文学研究中心（Center for Mexican American Studies），与加州大学圣巴巴拉分校的研究中心遥相呼应。这两个研究中心成为全美国最强有力的墨西哥裔文学研究学术机构，从而确定了奇卡诺文学研究，乃至西语裔文学研究的基本框架。

（四）何塞·安东尼奥·维拉里尔

在奇卡诺运动之前，真正有影响力的小说要数1959年出版的《美国化的墨西哥人》（*Pocho*），它由双日出版集团（Doubleday）出版，在很长时间内被认为是第一部奇卡诺小说。后来由于文学考古学中的新发现，特别是玛丽亚·路易斯、尤西比奥·查孔、莱昂·维列加斯·麦格诺和约瑟芬娜·尼格里等作家的作品被重新发现之后，人们修正了这种说法，将其界定为“第一部由主流出版社出版的奇卡诺小说”。双日出版集团是兰登书屋旗下的一个出版集团，主要定位是文化含量较高的高端大众小说，这足以说明当时这部小说的价值，尤其是它对于主流媒体的价值。

《美国化的墨西哥人》被认为是自传体小说，它在很大程度上是作者何塞·安东尼奥·维拉里尔个人成长经历的写照。维拉里尔1924年出生于洛杉矶，二战期间在美国海军服役（1942～1946），退役后在退伍老兵奖学金的资助下进入加州大学伯克利分校学习，获得文学学士学位。除了进行文学创作之外，维拉里尔还在保险公司做过文字秘书，负责起草公关文案，还做过科技编辑和公司文员。他前后共出版了三部作品，另外两部是《第五位骑手》（*The Fifth Horseman*，1974）和《克莱门特·查孔》（*Clemente Chacón*，1984）。维拉里尔是最早走出墨西哥裔社区、接受正规主流大学教

① José David Saldívar. *The Dialectics of Our America: Genealogy, Cultural Critique, and Literary History*. Durham: Duke University Press, 1991, p. 84.

育的墨西哥裔作家之一。

《美国化的墨西哥人》是"第一部奇卡诺小说",这样的历史地位在很大程度上表明它标志着奇卡诺文学开始得到非奇卡诺群体的关注。这部作品是较为典型的成长小说,但是也糅合了家族历史小说的某些特点。小说讲述了墨西哥裔男孩理查德·卢比奥在加利福尼亚的墨西哥裔社区的成长历程,同时也通过他的家族历史反映出墨西哥革命时期墨西哥移民在美国的文化适应和代际矛盾。

《美国化的墨西哥人》的主线是理查德·卢比奥的成长和自我意识的形成,具有十分明显的个人主义取向。小说标题带有明显的标签化指征,暗示了主人公的美国化历程。理查德·卢比奥的成长包含两重意义:一是摆脱父亲的影响;二是实现自我价值和自我定位。理查德的父亲胡安曾经是墨西哥革命中的将军,但是革命形势一波三折,他所追随的民族英雄潘丘·维亚被杀,革命成果被机会主义者窃取,他在伤心失落之际带家人来到美国。但是胡安身上的英雄气概和大男子主义却没有因此而减弱,雷蒙·萨尔迪瓦尔将其视为边界"科瑞多民谣"中传奇般的英雄:"对胡安来说不存在任何中间立场,在两个极端之间不存在妥协,要么是惊天动地要么默默无闻,这种价值观取向不仅是伦理政治的,而且也是本体论的。"[①]胡安的英雄理想主义并没有给家人带来他们所期盼的安稳日子,他年复一年地期盼着攒够钱回墨西哥,但最终也没有实现这个愿望。理查德早早辍学到工厂做工,帮助母亲养家,后来他偶然间发现姐姐竟然沦为妓女,于是他猛然间意识到自己必须摆脱父亲的英雄主义对自己的左右,找到属于自己的生活道路。父母婚姻的失败使他对所谓的家庭责任失去了信心,于是他决定走出家庭,放弃父母的生活方式。于是,在经历了艰难的心理挣扎以后,他最终走出社区来到了征兵站,决定到外面的世界历练自己。在争取得到外面世界认可的过程中,卢比奥不得不克服内心对爱情的向往,拒绝了心仪的墨西哥姑娘。他的选择是无奈的,并且给他带来了深深的负罪感,但是如小说中所说,"他永远不会再回来了"[②]。理查德所承受的压力也是历史造就的,如雷蒙德·帕雷德斯所说,"卢比奥家庭的解体是剧烈的文

---

① Ramon Saldívar. *Chicano Narrative: The Dialectics of Difference*. Madison: The University of Wisconsin Press, 1990, p. 61.

② Jose Antonio Villarreal. *Pocho*. New York: Anchor Books, 1970, p. 187.

化变革的结果"[①]。胡安·罗德里格斯(Juan Rodriguez)将其视为成长小说的先驱,认为他确立了墨西哥裔文学的某些写作范式,例如"墨西哥革命的主题,代际对家庭历史的不同看法,主人公作为英雄或者反英雄所必须经历的启蒙"[②]。正如小说标题所示,理查德·卢比奥显然只是众多接受美国主流价值观的墨西哥移民及后裔中的一员,他内心的矛盾代表了少数族裔在主流文化的同化影响面前所感到压力,他的奋斗历程代表了少数族裔得到主流群体认同的努力。

这部作品对于墨西哥裔和主流文化群体都具有重要的意义:一方面,"美国化"是墨西哥裔青年成长中不可抗拒的同化进程之缩影,这显然是主流文化群体乐于看到的结果;另一方面,"墨西哥人的美国化"这一主题可能让墨西哥民族主义者倍感不满,而且理查德对美国梦的选择也受到了不少批评,路德克认为"(他)对美国梦的选择将是悲剧性的,因为他缺乏对相关伦理标准的了解"[③]。但是,现实主义书写所揭示的墨西哥移民社区的困境特别是墨西哥裔青年的心理归属也不容忽视,可以说小说预示了墨西哥裔文化归属的未来。虽然人们普遍认为,这部小说未能得到批评界的关注是因为其出版后不久政治运动就开始席卷美国西南部,奇卡诺运动时期政治主题成为墨西哥裔文学的重点,张扬奇卡诺文化、反映奇卡诺运动的作品成为墨西哥裔文学的主流,而这部小说中的个人主义取向与奇卡诺群体价值观之间存在明显分歧,因而在很长的时间内它都没有得到关注。的确,在 20 世纪60～70 年代政治运动的影响下,以金托·索尔一代为代表的奇卡诺文学作家张扬族裔性甚至对主流文化采取对抗的姿态,所以这类同化立场明显的作品便显得有些格格不入。不过赫尔南德斯和马尔奎兹考察奇卡诺文学的发展历史之后指出了这部小说的意义:"从历史背景上看,《美国化的墨西哥人》预示了奇卡诺精神的来临,那场文化、社会和政治运

---

① Raymund A. Paredes. "Mexican American Authors and the American Dream", *MELUS*, 1981, 8(4), p. 78.

② Juan Rodriguez. "Notes on the Evolution of Chicano Prose Fiction", in Joseph Sommers and Tomas Ybarra-Frausto (eds.), *Modern Chicano Writers* (pp. 67-73). Eaglewood Cliffs: Prentice-Hall, Inc., 1979, p. 72.

③ Luther S. Luedtke. "*Pocho* and the American Dream", in Harold Bloom (ed.), *Hispanic-American Writers* (pp. 33-50). Philadelphia: Chelsea House Publishers, 1998, p. 48.

动培养了人们的民族意识,对现代奇卡诺经历产生了深深的影响。"[①]可以说,这部小说所揭示的问题,也反映了政治运动和张扬族裔性的必要。

《第五位骑手》是维拉里尔根据父亲在墨西哥革命中的经历而创作的小说,以革命为主题,反映了人们追求民族解放的历程。这部作品在评论界受到的关注较少,除了书评,或者在文学史或者文学词典中简单提及外[②],专门的研究成果十分少见,仅有的数篇论文也都不是用英语撰写的,而且研究要点主要是在墨西哥革命的背景下解读小说对于历史重大事件的文学再现。[③]

维拉里尔的开拓性贡献不容抹杀,他所塑造的"决心放弃家庭责任,寻找自我成功"的墨西哥裔青年形象是主流文化发挥同化作用的证明,具有相当程度的代表性。"美国化的墨西哥人"作为放弃族裔文化、接受同化的典型形象,在民权运动时期受到了批评,但是也必须承认,这不仅是墨西哥裔的困境,也是美国其他少数族裔共同面临的挑战。事实上,美国少数族裔文学一直就是在对抗与整合之中发展的,同化是一个基本趋势,无论少数族裔是否愿意面对这个事实。

第二节　奇卡诺文学运动

奇卡诺运动属于 20 世纪 60 年代民权运动的一部分,可以说是墨西哥裔的民权运动分支,以明确的政治诉求和族裔文化的张扬为目的。运动的政治诉求包括墨西哥裔美国人土地纷争中的司法平等,保障农场工人的合法权益,保障选举权,改进教育、医疗等设施,提高墨西哥裔儿童接受教育

---

① Antonio Márquez. "The American Dream in the Chicano Novel", *Rocky Mountain Review of Language and Literature*, 1983, 37(1/2), p. 10.

② Donaldo W. Urioste, Francisco A Lomelí and María Joaquina Villaseñor (eds.). *Historical Dictionary of U. S. Latino Literature*. Lanham, Maryland: Rowman & Littlefield, 2017, p. 454.

③ Serger Richard. "José Antonio Villrreal: Lexil intérieur du chicano", in Yves-Charles Grandjeat, Elyette Andouard-Labarthe, Chraistian Lerat, and Serge Richard (eds.), *Ecritures hispaniques aux Etats-Unis: Mémoire et mutations* (pp. 109-135). Aix-en-Provence: Université de Provence, 1990; Ernst Rudin. "*The Fifth Horseman*: A Hemale Revision of the Mexican Revolution", *Colloquium Helveticum: Cahiers Suisses de Littérature Comparée/Schweizer Hefte für Allgemeine und Vergleichende Literatur-wissenschaft/Quaderni Svizzeri di Letteratura Generale e Comparata*, 1996, 24.

的比例等;同样运动也涉及文化领域的各类诉求,例如消除媒体和普通美国民众针对墨西哥裔美国人的歧视,提高墨西哥裔美国人的民族自尊心和自信心等。有学者将奇卡诺人的诉求解读为三位一体的"三角",他们要求"祖先的土地和精神的家园,还要求一劳永逸地主张自己的'奇卡诺'身份,以整合之前各种称谓所强调的不同方面;他们还要求使用双语或者'西语式英语'作为口头和书写的语言。墨西哥裔社区马上达成了共识,这个三位一体的诉求就是:家园,身份和语言"[①]。事实上,这些诉求是由来已久的,自从墨美战争结束就已经持续不断,而其中土地纠纷更加突出。因为归化前后的土地处置涉及从西班牙律法到美国律法体系的转换,加上司法程序中翻译等语言问题,所以墨西哥人往往在土地争端中处于劣势,比如之前提到路易斯-巴顿终生都在为夺回祖上的土地、继承丈夫财产而申诉。为此,墨西哥人成立了各类的联合组织维护自己的合法权利,例如 1929 年成立的"拉丁美洲裔公民联合会"(the League of United Latin American Citizens)就一直致力于为有需要的人士提供帮助。此外,墨西哥裔和主流文化群体的冲突事件,例如 1942 年的"睡湖谋杀案"、1943 年的"佐特服暴动"[②]和 1954 年的"赫尔南德斯诉得克萨斯州案"(Hernandez v. Texas)[③],让墨西哥裔美国人为张扬文化自我、主张文化身份、要求政治权利等做好了心理准备。

奇卡诺运动并没有特别的时间节点,不过社团组织的活动在其中发挥了重要的推动作用,可以被视为时间轴上的重要标识。有的社会问题研究者认为,运动始于 1966 年,导火索是加利福尼亚和得克萨斯农业工人罢工,当时工人高举着瓜达卢佩圣母的画像和"所有工人一律平等"的标语,举行罢工、游行,这一系列活动被称为"我们的事业"(La causa)。运动规模继而不断扩大,并"在墨西哥裔美国大学中引起了反响,他们中的主力是刚刚从田地里走出来的第一代知识分子。他们参与到各类委员会中,获得了政治运动的经验,对于平等、正义等诉求有了更加全面的认识。不久,这些被动员起来的学生和教师离开了农业工人的阵营,成立了新的组织,专门

---

① Donaldo W. Urioste, Francisco A Lomelí and María Joaquina Villaseñor. (eds.). *Historical Dictionary of U. S. Latino Literature*. Lanham, Maryland: Rowman & Littlefield, 2017, pp. 15-16.

② 参见李保杰:《当代美国拉美裔文学研究》,济南:山东大学出版社,2014 年,第 52~54 页。

③ 主张拉美裔等少数族裔群体的儿童拥有和白人同等的受教育权利。

应对墨美人社区中的其他问题"[①]。有些学者不太认可这样的时间节点，给出了更加宽泛的时间区间，认为奇卡诺运动的几个重要节点包括20世纪60年代末70年代初洛杉矶等奇卡诺社区的工人罢工、学生游行、社区宣传等活动，以及《洛杉矶时报》记者鲁本·萨拉加尔在东洛杉矶"银元酒吧"遇刺身亡等事件，它们成为全国政治运动的助燃器，最终永远改变了美国拉美裔群体的身份和政治地位。[②]

照此来看，还有几个重大事件值得回顾，有几个全国性的组织值得关注。它们分别是工会社会活动者巴尔德马尔·维拉斯奎兹（Baldemar Velásquez, 1947～ ）于1967年发起成立农业工人组织委员会（Farm Labor Organizing Committee），它在西南部各地组织动员农业季节工人或者食品加工厂工人进行罢工以争取权利的运动；1968年成立了墨西哥裔美国人法律辩护和教育基金会（Mexican American Legal Defense and Educational Fund, MALDEF），如其名称所示，该组织旨在为墨西哥裔民众提供法律援助和法律普及教育；1962年，塞萨尔·查韦斯（Césare Chávez, 1927～1993）发起成立全国农业工人联合会（the National Farm Workers Association），之后他又联合多洛莉丝·胡尔塔（Dolores Clara Fernández Huerta, 1930～ ）等人，于1965年将其扩展为全国农业工人组织委员会（United Farm Workers Organizing Committee）；1970年，查韦斯发起成立了全国联合人民党（Partido Nacional de la Raza Unida），得以联合全美的西语裔工人力量。这些组织在团结墨西哥裔农业工人和产业工人、领导罢工、争取权利、提高民族意识等方面发挥了积极作用。

奇卡诺运动发端于农民和工人运动，逐渐团结起以大学生为主体的青年知识分子阶层，运动的诉求和目标也从最初的"组织罢工""提高最低工资""同工同酬"提升到了文化宣传、提升文化自信心等层面。在此过程中，律师、记者、艺术家、作家等知识分子更多地参与其中，开始和工会领袖等社会活动家一起充当起领导角色。1969年在丹佛召开的第一届全国奇卡诺青年解放大会（First National Chicano Youth Liberation Conference）就是一个标志性的事件，也可以说是奇卡诺运动的一个转折，也是奇卡诺运

---

① David Montejano. *Quixotes Soldiers: A Local History of the Chicano Movement, 1966-1981*. Austin: University of Texas Press, 2010, p. 2.

② Henry A. J. Ramos. "Preface", in Jesús Salvador Treviño, *Eyewitness: A Filmmakers Memoir of the Chicano Movement*. Houtson: Arte Público Press, 2001, p. vii.

动往文化领域纵深发展的标志。

奇卡诺运动往文化领域的纵深发展，有人称之为“奇卡诺艺术运动”，有人称之为“奇卡诺文化运动”，无论名称为何，几大运动潮流之间存在着紧密的联系，在此不做赘述。就运动时期的文学进展而言，这一时期涌现了创作力旺盛且积极参与社会事务的文学团体，也出现了成就卓越的个人。从他们的创作活动和代表性作品中，可以看出奇卡诺文学运动的诸多特点和巨大影响力。

一、奇卡诺文学运动概述

奇卡诺运动时期，除了劳动者的社团组织，知识青年还成立了相应的文化团体，他们组织各类文化活动，努力推动墨西哥裔民众的民族文化认同感，提升了奇卡诺社区的文化艺术生活水平。1967 年，在圣安东尼奥成立了墨西哥裔青年组织（Mexican American Youth Organization），其领袖包括鲁道夫·“科奇”·冈萨雷斯（Rodolfo “Corky” Gonzáles，1928～2005）、全国联合人民党党员何塞·安吉尔·古铁雷斯（José Angel Gutiérrez，1944～　）、赖斯·洛佩兹·帝赫里纳（Reies López Tijerina，1926～2015）等知名社会活动家。这些组织及其成员撰写了大量的演讲稿，创作诗歌和戏剧，并且对民众进行了广泛的动员。艺术家们深入奇卡诺社区进行宣传，组织戏剧表演和诗歌朗诵、制作墙报，激发民众的热情，在社区组织识字班、工作室。这些活动并不是简单的政治动员，活动主题大多取材于西班牙语裔墨西哥历史文化传统，其中阿兹特克文化和玛雅文化成为唤醒墨西哥裔美国人认同感的重要基础，具有墨西哥文化特质的“阿兹特兰”“瓜达卢佩圣母”“雄鹰”成为运动宣传中的关键词或者标志。就这样，奇卡诺运动不仅将奇卡诺人团结起来，而且还结合西语裔其他群体的民权运动，例如以纽约为中心的波多黎各移民社区的文化运动，以洛杉矶、圣安东尼奥、达拉斯、阿尔比凯克城、芝加哥为重要中心，在全国的西语裔社区轰轰烈烈地开展起来。

奇卡诺文学运动的诗人领袖有鲁道夫·“科奇”·冈萨雷斯和阿卢利斯塔（Alberto Baltazar Urista Heredia，1947～　）等。冈萨雷斯是《阿兹特兰宣言》的主要起草者，可以说是奇卡诺文学运动的旗手。阿卢利斯塔是奇卡诺运动的号召者和重要宣传者，他提倡新土著主义（neo-indigenism），强调奇卡诺文化具有美洲印第安文化根源，主张从美洲印第安神话传说中寻找认同点，这种观念对于“阿兹特兰”(Aztlán)精神家园的构建发挥了重要作用。那个时期还涌现了许多的诗人团体，他们深入社区、田间地头，寻找创作素材，朗诵诗歌，激发人们的斗争热情和认同感。

奇卡诺文学运动不仅仅鼓舞了普通民众，而且也培养教育了一批年轻的奇卡诺诗人。他们大多出身于劳动阶级，上升空间有限，在政治运动的鼓舞下，才找到了精神归属和职业方向。1970年，刚刚服刑期满、从监狱中被释放出来的里卡多·桑切斯(Richardo Sanchez，1941～1995)受到奇卡诺运动的鼓舞，创作了诗歌《奇卡诺头脑的解放》(Canto y Grito Mi Liberacion/The Liberation of a Chicano Mind)。他成为小有名望的青年奇卡诺诗人，次年出版诗集《歌唱我的自由……》(*Canto y Grito Mi Liberacion...*)。桑切斯出身贫寒，年少时开始喜欢诗歌并立志成为诗人，但是却被老师告知，墨西哥人做不了诗人，只能做看门人。[①] 后来他因持械抢劫而被捕入狱，在监狱中开始创作诗歌，将自己所遭遇的不公和磨难全部凝结在诗歌之中。他的诗歌多使用双语创作，表达身处不同文化之间的族裔青年的矛盾与困惑。

何塞·蒙塔亚(Jose Montoya，1932～2013)也是在奇卡诺运动中成长起来的诗人，他从小跟随身为身为农业季节工人的父母四处迁移，生活艰辛。他在政治运动的历炼中获得了成长，不仅自己通过文学创作书写理想、抒发愤怒、主张权利，还组织学生开展诗歌会，参与学生的课余文化运动，组建了“反叛者奇卡诺艺术前沿”(the Rebel Chicano Art Front)诗歌团体[后来更名为“奇卡诺皇家空军”(the Royal Chicano Air Force)]。他们声援查韦斯领导的农业工人联合罢工运动，制作宣传海报，在社区组织各类演出，并且将文化活动和慈善公益活动相结合，为贫苦儿童筹集食品。

20世纪60年代也是少族族裔女性意识开始萌发的时期，女性作家是另外一个在奇卡诺运动中获得成长的群体。奇卡诺运动中开始出现女性社会活动家的身影，女性诗人伯尼丝·萨马拉(Bernice Zamora，1938～　)可谓奇卡诺文学运动中的女性先驱。萨马拉在斯坦福大学和加州大学等著名大学任教，讲授族裔研究和奇卡诺研究的相关课程，是较早步入知识

① Robert Mcg. Thomas Jr. “Ricardo Sanchez, 54, Poet Who Voiced Chicano Anger, Dies”, *The New York Times*, 1995/09/09, https://www.nytimes.com/1995/09/09/obituaries/ricardo-sanchez-54-poet-who-voiced-chicano-anger-dies.html.

界的墨西哥裔女性之一，其在学术界的贡献具有开拓性。另外，除了从事文学创作之外，她还积极参与文化运动，担任多家文学期刊的编辑，例如《阿兹特兰之火》(*El Fuego de Aztlán*)、《颜色》(*De Colores*)、《花儿与赞歌》(*Flor y Canto IV*, *Flor y Canto V*)的第四辑和第五辑。萨马拉1979年出版了诗集《躁动的群蛇》(*Restless Serpents*)，运用了印第安文化中"蛇"的意象[①]，特别是将"蛇"的文化意象浸润于女性意识中，创造出"蛇女"。这一意象成为奇卡诺女性主义的标志性象征，后来也出现在安札杜尔等作家的作品中。

除诗歌以外，戏剧是另外一种便于操演且灵活生动的艺术形式，在奇卡诺运动中得到了较多的运用，发挥了重要的文化宣传作用。奇卡诺运动促进了戏剧的发展，奇卡诺剧作家也从运动中获得了创作灵感和素材。奇卡诺文学运动中戏剧成就最高者当属"奇卡诺戏剧之父"路易斯·瓦尔德兹。他1965年追随塞萨尔·查韦斯参加奇卡诺运动，联合农场工人和学生，组建了农民剧社(El Teatro Campesino)，创作了很多带有鲜明时代特点的剧作。他们的剧作大多是非常短小的独幕剧，为了方便到季节工人的营地和田间地头演出，题材贴近生活，语言风格风趣幽默，一般演出时长为15分钟。农民剧社的影响逐渐扩大，不仅教育了季节工人，提高了他们的权利意识，而且也对普通民众发挥了积极的教育作用。奇卡诺运动的高潮过后，瓦尔德兹依旧致力于发扬奇卡诺文化，他善于利用历史题材，代表作《佐特装》(*Zoot Suit*, 1978)以"佐特装暴动"和"睡湖谋杀案"为背景，呈现历史背景下奇卡诺人争取平等的斗争，成为第一部在百老汇演出的奇卡诺戏剧。

奇卡诺运动和随后的文化运动，是墨西哥裔美国人历史上的重大事件，从根本上改变了墨西哥裔美国人的历史进程，也对文学创作产生了根本性的影响。从此，无论文学作品是凸显政治运动还是采用"去政治化"题材，都难以忽略其在政治大潮中的位置。

下面一部分将简要介绍奇卡诺运动时期的几位重要人物以及他们的主要成就，其中包括路易·里尔对于奇卡诺人的精神家园"阿兹特兰"的阐

---

① 蛇在美洲印第安人中具有非常丰富的象征意义，是图腾崇拜中出现频率很高的一种形象。蛇在不同印第安部落中的意义存在一定差异，但是多具有"繁殖力""生命力""重生"等含义。在奇卡诺文学特别是在奇卡纳文学蛇往往被视为和雄鹰相对应的形象，成为"大地"和"女性"的代表。

释,政治领袖塞萨尔·查韦斯的回忆录在鼓舞民族精神中所发挥的作用,鲁道夫·"科奇"·冈萨雷斯的诗作及小品文中的政治表达,以及奥斯卡·阿库斯塔(Oscar "Zata" Acosta, 1935 ～)满革命激情的"生命书写"。

二、里尔和奇卡诺文学的概念化

前面在文献综述部分已经提到,路易·里尔是奇卡诺文学研究的奠基人,也是拉美裔文学研究的领导者。对于奇卡诺运动和奇卡诺文学运动的准备工作而言,里尔的贡献在于他对"阿兹特克"的概念化阐释。在"寻找阿兹特兰"(In Search of Aztlán)[①]一文中,里尔首先指出,奇卡诺文学中的文学象征手法和其社会、种族以及语言背景密切相关,在几个奇卡诺运动的文学符号中,诸如"阿兹特兰""瓜达卢佩圣母"等,"阿兹特兰"是最重要的一个。作为墨西哥人想象中的故乡,"阿兹特兰"具有多重含义。首先,它代表了墨西哥人的故乡。"阿兹特兰"的传说可以追溯到 1325 年特诺奇蒂特兰(Tenochititlán)[②]的建城。根据传说,阿兹特克人的祖先来自北方一个叫"阿兹特兰"的地方,他们根据神谕寻找合适的建城地点。他们一直往南方寻找,如果看到"有只老鹰叼着蛇站在仙人掌上的地方",那就是他们新的家乡。阿兹特克人来到阿纳华克谷地(Anahuac valley)的特斯科科湖(Lago de Texcoco),在湖中央的岛屿上看到了神谕中的景象,于是便在这里定居下来。其次,这个意象还带有象征含义,即"灵性的重要性",其中包含着天空和大地的关系,即雄鹰代表的天空对蛇所代表的大地的征服。[③]再次,在新的奇卡诺语境下,"阿兹特兰"具有了新的含义,即"它代表了被称为'美国西南部'的地理区域,这部分领土在 1848 年以后随着《瓜达卢佩—伊达尔戈条约》的签订被割让给美国;它更加重要的含义就是奇卡诺人的精神凝聚力,代表了人们心里的一种认同感,无论他们生活在什么地方"[④]。

---

① 英文版最早被收录于文集《阿兹特兰:奇卡诺人的家乡》(*Aztlán: Essays on the Chicano Homeland*, 1989)中,该书是鲁道夫·阿纳亚和里尔的门生弗朗西斯科·罗麦利合编的文集,是 20 世纪 60 年代以来有关阿兹特兰文献的汇编。西班牙语版写作时间不详,大约写于 20 世纪 60 年代末或者 70 年代初。

② 今墨西哥城。

③ 后来在安札杜尔等女权主义者那里,这个意象被延伸为男性对女性的征服,成为墨西哥男权主义的代表。

④ Luis Leal. "In Search of Aztlán", in Ilan Stavans (ed.), *The Norton Anthology of Latino Literature* (pp. 552-558). New York: W. W. Norton & Company, Inc., 2011, p. 554.

实际上，“阿兹特兰”的概念化在奇卡诺运动之前就已经成形，这在里尔的另外一篇文章中可以得到印证。在其中的一篇文章《墨西哥裔美国文学：历史视角》一文中，里尔对墨西哥文学的基本概念做了界定，例如“奇卡诺”“美国化的墨西哥人”“奇卡诺文学”等[①]，但是这篇文献不像《寻找阿兹特兰》一文一样单独论述“阿兹特兰”对于奇卡诺人身份构建的意义。对此，其他学者的相关文献可以提供一定的补充。例如，在《阿兹特兰：没有边界的家乡》一文中，阿纳亚认为，“阿兹特兰”的意义体现在其对于保持墨西哥人创世神话的作用中，通过“阿兹特兰”神话，人们能够“重新建立起他们和过去的联系，并且理解他们的未来”。他将神话比喻成一个民族的“脐带”，属于集体记忆的一部分。“潜意识中的许多象征并不是有意识学习得到的，而是民族气质的一部分，在血液中的原型记忆”，阿兹特兰就属于这种类型。[②] 需要指出的，阿纳亚和罗麦利等学者是在里尔的影响下成长起来的，他们对于“奇卡诺”“阿兹特兰”等概念的阐释在很大程度上是里尔思想的延伸。

1969 年在丹佛召开全国奇卡诺青年解放大会，共有 1500 名全国各地的墨西哥裔美国青年参加，他们就各种社会历史问题进行了广泛的讨论，例如墨西哥裔美国人所遭受的阶级压迫、种族歧视、缺乏公平等。大会通过了由鲁道夫·冈萨雷斯起草的《阿兹特兰宣言》(El Plan Espiritual de Aztlán)，强调奇卡诺人的共同文化渊源和共同利益诉求。当时年仅 22 岁的诗人阿卢利斯塔(Alurista，原名为 Alberto Baltazar Urista Heredia，1947～　)起草了《阿兹特兰宣言行动指南》(Preamble to the Plan Espiritual de Aztlán)，作为大会的行动纲领，号召所有的奇卡诺人团结起来，铸就以奇卡诺为代表的文化民族主义，争取权利。联合宣言之所以被命名为“阿兹特兰”，就是因为“阿兹特兰”代表了奇卡诺人共同的家乡和共同的土著文化根源，是新时代民族凝聚力的基础。所以，虽然路易·里尔不是唯一一个论述“阿兹特兰”之重要文化象征意义的学者，但是得益于他在奇卡诺文学研究界的开拓者作用，“阿兹特兰”最终成为奇卡诺精神的归宿和奇卡诺文学中的重要概念。

---

① Luis Leal. “Mexican American Literature: A Historical Perspective”, in Joseph Sommers and Tomas Ybarra-Frausto (eds.), *Modern Chicano Writers* (pp. 18-30). Eaglewood Cliffs, N. J.: Prentice-Hall, Inc., 1979, pp. 18-21.

② Rudolfo Anaya. *The Anaya Reader*. New York: Warner Books, Inc., 1995, p. 236.

这些文化符号的概念化和普及化在很大程度上取决于奇卡诺民众实际参与的权利斗争，这也是各个领域内奇卡诺民权运动的总结和升华。在当时的奇卡诺运动中，塞萨尔·查韦斯领导的农业工人抵抗运动和罢工参与人数多，对美国社会造成的影响更大。

三、奇卡诺运动：塞萨尔·查韦斯的政治书写

塞萨尔·查韦斯是民权运动时期墨西哥裔美国人的领袖，是奇卡诺运动最强有力的组织者之一。他通过领导农业工人联合会等组织和各类社会运动，“成功地提高了农业季节工人的工资，改善了他们的工作环境”①。塞萨尔·查韦斯一生都在为墨西哥(裔)工人的权利而斗争，曾经三次获得诺贝尔和平奖提名。在他去世后的第二年，克林顿总统授予他“总统自由勋章”；2006年，查韦斯入选加利福尼亚的名人堂。在加利福尼亚、科罗拉多和得克萨斯等州，查韦斯的生日3月31日被命名为“塞萨尔·查韦斯日”，成为公共节日。在全国十几个州的不同城市，例如加利福尼亚的洛杉矶，都有以他的名字命名的道路，全国有十几所以他的名字命名的学校，以及公园和图书馆等公共设施。这足可以看出查韦斯对于奇卡诺运动乃至弱势群体的解放所做出的巨大贡献。查韦斯不仅具有出色的演说能力和非凡的感染力，而且还是位优秀的作家。他的散文虽然文学性不强，但是具有很强的说服力，1966年的《组织者的故事》(An Organizer's Tale)就是一例。这篇散文经常被收录到各类文学选读中，成为那个风起云涌年代的历史记忆。

塞萨尔·查韦斯1927年出生于亚利桑那的尤马，祖上属于归化的墨西哥裔美国人。1937年，查韦斯家族因为付不起高额的税，祖传的农场被收走，全家人不得不加入季节工人的大军中，并移居到了加利福尼亚。和很多墨西哥移民的孩子一样，查韦斯从小就开始帮着父亲到地里干活，和家人一起“每年春天都向北方迁移，哪里有活干就到哪里。他们逐渐摸清了什么地方种植什么庄稼，庄稼在什么季节成熟，哪里有更好的工作机会。他们到处采摘，豆子、莴苣、西红柿、无花果、梅子、葡萄、杏子，只要有活他们就做。和所有的墨西哥裔美国人一样，他们一家清楚地知道自己的少数

---

① 钱皓：《美国20世纪60年代“奇卡诺运动”探微》，《世界民族》2001年第3期，第20页。另译为“农场工人联合会”。

族裔身份，知道自己的文化和白人的文化不同。塞萨尔从小就知道，在美国，自己和所有的西语裔孩子一样，更多的是要面临局限，而非机会”[①]。因为常年四处迁移并且要帮助父母做农活，许多季节工人的孩子难以坚持完成学业，塞萨尔也面临同样的问题。他断断续续地勉强读到了中学，在七年级时辍学，成为季节工人。后来，他跟传记作者雅克·李维（Jaques E. Levy）讲述了早年的经历，提到了另外一个导致他未能完成学业的因素——文化差异和语言障碍。他说：“他们总是逼着我去上学，倒不是因为我不喜欢学习，而是因为老师对我不好。”[②]因为当时还没有实行双语教育，所有学校都推行英语教育，因此孩子们在学校都必须讲英语。很多墨西哥孩子因为不会讲英语而被放到教室后面不受重视，或者被当作低能儿遭到嘲笑，或者因为讲西班牙语受到老师的惩罚，这些经历往往给儿童造成了相当大的心理创伤，有不少孩子产生恐惧、抵抗或者愤怒等负面情绪。类似的由语言障碍而产生的疏离感，在同龄的多位作家的叙述中得到了反映。例如，1937年出生于新墨西哥的鲁道夫·阿纳亚，在《保佑我吧，乌勒蒂玛》[③]中讲述了主人公安东尼奥·马雷斯-卢纳在上学第一天就受到同学的嘲笑；1954年出生于洛杉矶的路易斯·罗德里格斯（Luis Rodriguez）在自传《永远奔跑：在洛杉矶帮派中的日子》（*Always Running：La Vida Loca：Gang Days in L.A.*，1993）[④]中多次强调了墨西哥裔学生在当时教育体制下受到的限制和歧视，并将其视为墨西哥裔社区青少年犯罪的一个根源。

1941年12月珍珠港事件之后，查韦斯知道自己很快就会被应征入伍，所以他做好了充分的心理准备，准备应对来自非墨西哥裔群体的压力。两年的服役是他人生中最糟糕的经历之一，当时部队中的种族界限十分分明，少数族裔士兵被歧视是司空见惯的事情。从部队复员以后，查韦斯重新回到加利福尼亚各地的农场，再次加入了季节工人的大军。但是，军旅

---

① Roger Bruns. *Cesar Chavez and the United Farm Workers Movement*. Santa Barbara：Greenwood，2011，p. 5.

② Ilan Stavans.（ed.）. *The Norton Anthology of Latino Literature*. New York：W. W. Norton & Company，Inc.，2011，p. 760.

③ 这部小说是奇卡诺文学经典作品，是金托·索尔奖的获奖作品，在“金托·索尔获奖作家”部分（第二章节第三节）将做重点介绍。

④ 这部作品是拉美裔青少年犯罪书写的代表作品，将在“青少年犯罪小说”部分（第三章第三节）加以介绍。

生涯已经让他对于奇卡诺人的贫困等问题有了更加深入的认识，他开始谋求改变这种属下地位的方法。他阅读了大量启蒙运动的图书，在学习过程中逐渐加强了权利意识。他结合自己在部队和农场中的经历，认识到了只有团结起来才能争取到权利，农业工人的工作条件和生活条件才可能得到改善，墨西哥工人受剥削的状况才有可能好转。他在圣何塞参加了唐纳德·麦克唐纳利牧师的天主教聚会，开始学习文化知识，广泛阅读书籍。查韦斯的写作能力就是在那个时候培养起来的，他不仅写作政治宣传材料，并且还撰写了大量的非虚构性回忆录、散文和随笔。

1952 年，查韦斯遇到社区服务组织（Community Service Organization）的创始人弗莱德·罗斯[①]（Fred Ross，1901～1992），两人成为终生的朋友。查韦斯逐渐接受了罗斯的思想，积极组织季节工人进行争取权利的斗争。他们深入社区进行宣传，号召工人团结起来，争取提高工资、改善工作条件。罗斯在回忆录《征服高利亚》（*Conquering Goliath*，1980）中回忆了和查韦斯的相遇。可以说，查韦斯和罗斯的相遇彻底改变了他的人生轨迹了，他们的联盟也对该组织产生了重要的影响。在 1952～1962 年的十年中，查韦斯在加利福尼亚各地组织了几十场演讲和动员活动。“在查韦斯的参与下，社区服务组织成为当时最具影响力的拉蒂诺人争取民权运动的组织。”[②] 1962 年，已经成为社区服务组织全国主席的查韦斯退出了社区服务组织，致力于组织墨西哥采摘工人举行争取权利的斗争。[③] 查韦斯发起成立了农业工人联合会，提出了口号“我们的事业”，在加利福尼亚各地组织工人联合抵制最低工资，并在 1965 年春天成功组织了玫瑰采摘工人的第一次罢工，随后组织了葡萄采摘工人抵制最低工资的活动。1966～1967 年是农场工人抵制运动高涨的一年，查韦斯开始联合其他的农业工人组织。后来，农场工人的运动和鲁道夫·冈萨雷斯、路易斯·瓦尔德斯、女权

---

① 罗斯是美国社区服务组织者、社会活动家，在 20 世纪 30～70 年代为改善工人待遇做出了卓越贡献。斯坦贝克的小说《愤怒的葡萄》描写了加利福尼亚阿尔文的季节工人营地，这里曾经是罗斯工作的地方。罗斯来到阿尔文负责工人运动的时候，斯坦贝克刚刚离开那里。

② Ilan Stavans.（ed.）. *The Norton Anthology of Latino Literature*. New York：W. W. Norton & Company, Inc.，2011，p. 761.

③ Rev. John Bank. “Cesar Chavez：What He Now Wants for Farm Workers”，Farmworker Movement：Documentation Project，presented by the UC San Diego Library，2016/05/23，https://libraries.ucsd.edu/farmworkermovement/essays/essays/REV.%20JOHN%20BANK%20ARTICLE.pdf.

主义者多洛莉丝·胡尔塔、著名记者鲁本·萨拉扎尔(Rubén Salazar, 1928～1970)、壁画家尤兰达·洛佩兹(Yolanda M. López, 1942～)以及鲁伯特·加西亚(Rupert Garcia)等人领导的文化运动结合起来,并且团结了学生以及普通的墨西哥裔民众,在他们的共同努力下,这场争取权利的运动最终汇成了奇卡诺运动的洪流。

查韦斯不仅是政治运动的领袖,而且还是优秀的作者。他在《组织者的故事》一文中记叙了自己和罗斯的最初相遇。这篇回忆文章是这样开头的:

> 我真正的开始是在16年前,在加利福尼亚的圣何塞,当时我在杏园里干活。我们以为他和别的社会工作者没啥两样,不过是对农场工作条件进行调查罢了,因此我一再拒绝不想见他。没想到他还挺执着。最终,我召集了圣何塞几个难缠的伙计,哥几个打算给这个美国佬一点颜色看看,让他知道我们的态度。那屋里一共有30来个人,绝大多数都是毛头小伙子。本来约好了,只要我发个暗号——比如把烟卷从右手换到左手啥的——我们就一起动手,给他点颜色看看。可是,等到他张口说话的时候,我就被吸引住了,我的眼睛睁得越来越大,越来越不想给他们发暗号了。有一两个伙计那时候已经醉得不轻快了,他们还想着揍这个白佬一顿,我们把这几个伙计弄走了。这个家伙说得很有道理,我想再听听他怎么说。①

文章叙事平实,却细致地描写了叙述者的心理活动;采用了设置悬念的方式,容易引起读者的兴趣,从而把罗斯非凡的领导能力和出色的感染力淋漓尽致地表现出来;语言鲜活生动,带有奇卡诺人民族性格中开朗乐观的特征和直白的时代特色。可见,查韦斯之所以能够成为全国农业工人运动的领袖,在很大程度上得益于他出色的语言能力。

四、奇卡诺文学运动纲领的起草者:鲁道夫·“科奇”·冈萨雷斯

奇卡诺运动和文学运动时期,不少社会活动家、诗人、剧作家为了当时斗争的需要,撰写了大量具有政治热情的诗歌、剧作和宣传册子,它们在奇卡诺运动中发挥了重要的宣传和动员作用。鲁道夫·“科奇”·冈萨雷斯是1969年丹佛全国奇卡诺青年解放大会的重要组织者,也是奇卡诺文学

---

① César Chávez. “An Organizers Tale”, in Ilan Stavans (ed.), *The Norton Anthology of Latino Literature* (pp. 767-774). New York: W. W. Norton & Company, Inc., 2011, p. 767.

运动纲领的拟定者。他是奇卡诺运动时期的诗人和社会活动家，被誉为“奇卡诺运动的奠基人”。

冈萨雷斯出生在科罗拉多州的丹佛，父亲是墨西哥移民，曾经是墨西哥革命的重要参与者。他是兄弟姊妹八人中最年幼的一个。冈萨雷斯3岁时母亲去世，父亲依靠做季节工人独自养育众多子女，每年带着孩子们在各个农场上迁移。父亲对冈萨雷斯的影响很大，经常给他讲述当年的革命故事，因此鲁道夫从小就形成了疾恶如仇、蔑视权威的鲜明个性。冈萨雷斯性格刚烈，外号“Corky”(意为“上蹿下跳的、急脾气的”)，后来这个外号跟随了他一生，他的名字中总是有“Corky”这个词，这倒是能够非常形象地反映冈萨雷斯在政治动员中的热情和感召力。季节工人的生活颠沛流离，冈萨雷斯先后在9所中小学就读，农忙时还需要帮助父亲干活。他对学校老师让他忘记西班牙语、忘记自己文化传统的教育方式异常不满，甚至对盎格鲁—撒克逊美国文化充满了敌意。20世纪40年代初，冈萨雷斯一家搬到加利福尼亚的德拉诺。当时实行种族隔离制度，电影院中的座位是分开的，白人和日本人坐在左边①，墨西哥人、黑人、华人等有色人种坐在右边，冈萨雷斯曾经因为拒绝服从这一规定而被关进看守所。

冈萨雷斯生长在丹佛的东部社区，那里是墨西哥裔美国人和墨西哥移民聚居区，贫穷、混乱是最大的特点。虽然大萧条时期墨西哥社区受到的影响很大，但是冈萨雷斯的童年还算是比较快乐的，因为，在墨西哥社区内，所有人都是同样贫穷，他并没有感觉到那种生活有多么糟糕，改有感受到美国梦和物质主义带来的冲击，因此就不会有明显的失落感。冈萨雷斯高中毕业后做过屠宰厂工人，后开始从事职业拳击，1955年退役后开始投身政治活动，致力于帮助弱势群体表达利益诉求。应该说，职业拳击手的经历为他的政治生涯做了许多准备：1957年他成为民主党丹佛地区的主席，是首位获得此职位的墨西哥裔美国人；1963年他发起成立了“志愿者”(Los Voluntarios)组织，后来又发起成立了“正义十字军”(Crusade for Justice)。此时，塞萨尔·查韦斯领导的农业工人运动已经风起云涌，冈萨

① 这是在“珍珠港事件”之前。“珍珠港事件”之后美国社会对日裔美国人和日本移民的态度急转直下，很多人被关进了集中营，财产被没收。日裔美国作家约翰·福山(John Okada)的小说《不愿当兵的男孩》(*No-No Boy*，1957)以此为背景，讲述了劳动营经历对于日裔美国人的伤害。另外，墨西哥裔作家阿里汉德罗·莫拉利斯的《制砖人》也设计有二战期间日本裔美国人的财产被无端没收的情节。

雷斯领导的城市民众的权利运动和查韦斯领导的农业工人运动结合起来，扩大了彼此的影响。冈萨雷斯也成为 20 世纪 60 年代民权运动的重要领袖。

冈萨雷斯的主要文学成就在于他的诗歌。他热情洋溢、爱憎分明，从不掩饰自己的“同情心和愤怒，既充满理想主义，也知道面对现实，他的情感非常强烈，甚至有些过于感情用事”[①]。虽然情感丰富、极具感染力的话语是政治宣传所必需的，但是他有时过于感性，以致无法在公共演讲中充分表达强烈的情感，因而诗歌创作成了他宣泄情感的替代方式。

冈萨雷斯 1967 年出版的诗集《我是华金》是奇卡诺运动时期政治性诗歌的代表作，在 20 世纪 70 年代发行超过 10 万册，成为奇卡诺文学经典。“华金”取自 19 世纪中期加利福尼亚淘金热时期的淘金者华金·穆里艾塔(Joaquin Murrieta Carrillo, c. 1829～1853)。穆里艾塔被誉为“墨西哥的罗宾汉”“侠盗”，但是有的民间传说版本把他描述成“亡命之徒、无赖”。当然，正如反抗得克萨斯骑警的科尔特兹一样，他的形象构建取决于不同的文化语境，他被墨西哥人视为反抗权威的英雄，但是在白人眼里却是冷血的杀人犯、没有开化的野蛮墨西哥人。[②] 华金作为文化符号，不同文化群体对其解读是不一样的：对于华金所代表的奇卡诺民众，他是自由和勇气的象征，是奇卡诺人斗争精神的体现；而对于受到挑战的权威来说，他代表了违反常规、打乱秩序的作恶者。在和诗集同名的诗歌《我是华金》中，作者使用了众多的奇卡诺文化符号来代表奇卡诺文化特质，例如，除了华金这个中心意象以外，还使用了阿兹特克帝国最后一位皇帝库奥赫特莫克(Cuautémoc)来代表土著文化传统。

我是库奥赫特莫克，
骄傲高贵，
我是人主，
一国之君
举止文雅，彬彬有礼

① Richard J. Jensen and John C. Hammerback. "'No revolutions without Poets': The Rhetoric of Rodolfo 'Corky' Gonzáles", *Western Journal of Speech Communication*, 1982, 46(1), p. 73.

② 参见李保杰：《当代奇卡诺文学中的边疆叙事》，北京：中国社会科学出版社，2011 年，第 17 页。

西班牙佬科尔特兹做梦也想不到
他不过是血肉之躯
和我没有什么不同。
我是玛雅王子
我是内萨瓦尔科约特尔，
齐齐美卡人伟大的君主。
我是科尔特斯的利剑和火焰
那个暴君。
并且——
我是阿兹特克文明的
雄鹰和毒蛇。[①]

在这一段中，冈萨雷斯把华金和哥伦布之前的墨西哥文明传统联系起来，通过使用一系列文化符号，唤起墨西哥民众对于民族辉煌历史的认同感，以便激发奇卡诺人的信心、坚定他们的政治信念。胡兴艳、袁雪芬认为，华金是奇卡诺民族的代名词，“象征着奇卡诺人的民族身份，体现了奇卡诺人不屈不挠的斗争精神”[②]。在2001年出版的冈萨雷斯作品集《致阿兹特兰：鲁道夫·“科奇”·冈萨雷斯作品选集》中，冈萨雷斯在序言中再次阐明了华金的多重含义和象征意义：“写作《我是华金》的历程，是我追溯历史的过程，是痛苦的自我评价过程，是为了我的人民，主要也是为了我自己的身份而进行的曲折探索。社会上所有的不公平和不公正都被摆到了桌面上。而同时，我们也要尽量正确地对待自己的缺点和不足——小人和英雄必须同舟共济——为的是清楚客观地评判我们过去是什么样子，现在又是什么样，我们到底要走向哪里。”[③]冈萨雷斯使用华金这个形象来代表所有的奇卡诺人，强调了他们的集体特征和共性。事实上，奇卡诺人内部存在着很大的差异性，这种处理方式未免有些过于简单化。然而，从历史背景来看，这种用民族文化符号来提高民族凝聚力、推动民权运动的做法的确发挥了

---

① Ilan Stavans. (ed.). *The Norton Anthology of Latino Literature*. New York: W. W. Norton & Company, Inc., 2011, pp. 788-789.

② 胡兴艳、袁雪芬:《美国奇卡诺族裔身份与文化保留战的象征》,《吉首大学学报》(社会科学版)2010年第4期,第128～129页。

③ Ilan Stavans. (ed.). *The Norton Anthology of Latino Literature*. New York: W. W. Norton & Company, Inc., 2011, p. 787.

重要的历史作用。

五、奇卡诺运动的魔幻主义记录者："棕色水牛"阿库斯塔

奥斯卡·阿库斯塔是奇卡诺运动中著名的民权律师、社会活动家、小说家，是东洛杉矶的政治运动领袖。阿库斯塔的一生奋斗不止，1974 年从墨西哥马萨特兰(Mazatlán)失踪，至今下落不明。他对文学的贡献主要在于他的两部作品：《棕色水牛的自传》(*The Autobiography of a Brown Buffalo*, 1972)和《蟑螂人的反抗》(*The Revolt of the Cockroach People*, 1973)。这两部作品带有鲜明的时代印记，很大程度上取材于作者本人在奇卡诺运动中的经历及见闻，是奇卡诺运动相关题材的代表性作品。这两部作品同时反映了墨西哥裔文学的文化印记，富有丰富的象征意义，在艺术手法上表现出了拉丁美洲文学的诸多特征，比如魔幻现实主义手法。《棕色水牛的自传》被胡安·布鲁斯-诺瓦称为"奇卡诺文学中全新阶段的代表"①，开创了文人生命书写的历史，带有后现代主义自我指涉，成为虚构性自传的代表文本。

阿库斯塔 1935 年出生于得克萨斯州的艾尔帕索，父亲是墨西哥移民，母亲是得克萨斯归化的墨西哥人。阿库斯塔一家后来移居到加利福尼亚圣华金河谷(San Joaquin Valley)务农。第二次世界大战期间，父亲曼纽埃尔曾经应征入伍。阿库斯塔高中毕业后参加美国空军，退伍以后就读于当地的社区学院莫德斯托专科学院，后到旧金山州立大学学习创意写作。阿库斯塔同时就读于旧金山法律学院的夜校，并且在 1966 年通过了司法考试正式成为一名民权律师。当时正值奇卡诺运动时期，他非常了解下层劳动人民的苦难，帮助许多墨西哥移民以及墨西哥裔美国人申请了最低救济。他在两部文学作品中所记录的部分细节，就是他律师工作的反映。

> 我们处在"奥克兰贫民援助计划"的目标区域，所谓的组织者和像我这样的渣滓法律援助者，为低收入者、底层穷人和孤苦无依者提供援助。我们有职业介绍所，可是根本没有什么工作机会可以提供给这些穷人；我们有就业培训办公室，为所谓的黑人、棕色人种进行培训，可他们清楚得很，再怎么培训，他们一小时也就只能挣那两块钱的最

① Juan Bruce-Novoa. "Fear and Loathing on the Buffalo Trail", *MELUS*, 1979, (6), p. 41.

> 低工资。我们甚至还处理移民事务,可那些墨西哥人待在这里的时间,比林登·约翰逊[1]本人都长。毕竟,我们不是专家,不过,只要不是过于复杂的问题,我们还能应付。我们这些律师负荷过重、缩手缩脚,有些话又不能直说,身家性命都抵押在这张职业资格证上,遇到真正的案子鬼知道该到底怎么办。可不要把我当坏人,我们有着正当的动机,有良知,只不过无能为力,没有力量把良知安放在合适的位置。实际上,我们干的不是律师的活,只是跟老妇人谈谈心。我们听她们倒苦水,因为我们有国会的委任状……薪水不低,买酒喝绰绰有余。[2]

这段文字生动地反映了阿库斯塔的文风及个性。《棕色水牛的自传》名为"自传",实为"小说",可谓是二者的结合体,可以算作是"虚构性自传"(fictional autobiography)。它之所以被冠以自传之名,是因为小说主人公的诸多经历和作者本人的经历十分相似,而且作品中反映出的社会历史大潮正是奇卡诺运动的生动体现。1968 年,奇卡诺运动开始风起云涌,阿库斯塔搬到了东洛杉矶,投身到查韦斯领导的运动中,利用自己的专业知识为奇卡诺活动家和团体提供法律服务。小说主人公的人物性格也和阿库斯塔本人的个性存在相似之处。小说中的"棕色水牛"冈佐博士自由随性、放荡不羁、风流倜傥,他患有严重的胃溃疡,尽管有六名医生先后警告他不得喝酒、不许吃辣椒,但是疾病根本无法吓倒他,他拒绝为了健康而牺牲自己享受快乐的权利。"老天,我才 21 岁。没有酒,没有墨西哥美食,那活着还有什么意思呀?你能想象我在余生每天喝下两夸脱牛奶是什么样子吗?他们说'不能太烫,不能太亮,不能吃辣,不能喝酒'。去他的。要是这么过日子,还有什么意思。"[3]生活中的阿库斯塔同样性情豪放,敢说敢做,无所畏惧。他在 1970 年竞选了洛杉矶县的城镇治安官,因被怀疑和极端激进组织"奇卡诺解放阵线"(Chicano Liberation Front)有染,被联邦调查局跟踪。他身体高大健壮,爱喝酒,爱开玩笑,充满活力,所以"棕色水牛"这个自嘲式的形象就是他对自己最恰当的比喻。他被好友亨特·汤姆逊(Hunter S. Thompson, 1937～2005)称为"狂野的男人","他无论踏入哪

---

① 林登·约翰逊(Lyndon Baines Johnson, 1908～1973)于 1963～1969 年任美国总统。

② Oscar "Zeta" Acosta. *The Autobiography of a Brown Buffalo*. New York: Vintage Books Edition, 1989, p. 15. Epub.

③ Oscar "Zeta" Acosta. *The Autobiography of a Brown Buffalo*. New York: Vintage Books Edition, 1989, p. 8. Epub.

一片土地，都要闹出动静，很多人惧怕他——他的生日无人在日历上标注，他的祭日也没有多少人关注……但是，他留下的巨大空洞，却无人能够弥补。他是个游戏者，笑对人生。他是个大块头，来去如风。如果哪天半夜他开着车，驶到你家门口，你就知道他带来了音乐，不管你是喜欢，还是讨厌”①。

这段文字还对民权运动时期政府的各种“福利”进行了嘲讽，对墨西哥裔美国人的移民身份提出了疑问。小说中充满了类似的反讽，叙述者冈佐博士通过讲述自己面对弱势群体诉求时的无能为力，揭露了民权运动时期霸权阶层对社会资源的管控，讲述了奇卡诺民众追求平等和民主的艰难之路，从根本上对美国梦提出了疑问。

阿库斯塔如此张扬的个性，加上他积极参与政治运动，使得他的失踪变得扑朔迷离。他当年参与调查萨拉扎尔之死，有些证据直指联邦调查局的参与，他和汤姆逊二人到拉斯维加斯的行程就是为了躲避跟踪。有学者专门研究了 20 世纪 60 年代美国联邦调查局对阿库斯塔的监控，这让他的儿子坚信，父亲的失踪并非意外或者自杀，而是政治阴谋。

1973 年，阿库斯塔发表了第二部小说《蟑螂人的反抗》(*The Revolt of the Cockroach* People)，这部作品被公认为是对奇卡诺运动的文学再现。小说继续以《棕色水牛的自传》中约翰逊时期的《反贫困法案》(War on Povertys Community Action)为历史背景，通过另一个“棕色水牛”、洛杉矶奇卡诺律师巴夫洛·泽塔·布朗(Buffalo Zeta Brown)在东洛杉矶为罢工学生辩护的经历，讲述了奇卡诺运动中的重大历史事件，例如东洛杉矶加菲尔德高中的学生游行、圣巴西卡教堂的圣诞抗议、萨拉扎尔(小说中化名为罗兰德·桑兹巴尔)遇刺事件等。小说中，布朗在东洛杉矶的图纳尔社区结识了激进的奇卡诺社会活动者，在他们被起诉“发动暴乱”时为他们成功辩护。他还见证了这个被贫穷、混乱和绝望困扰的社区中迷茫的年轻人的生活状态：

> 在这个社区只有破房子、晾衣绳和肮脏的后院。街角处的路灯挂在电话线杆子上，发出昏黄的暗光。在胡同的垃圾箱里，瘦骨嶙峋的狗和癣皮癞毛的猫在翻找吃的。这里的街头帮派，口袋里即便剩下一

---

① Hunter S. Thompson. “Introduction”, in Oscar “Zeta” Acosta, *The Autobiography of a Brown Buffalo*. New York: Vintage Books Edition, 1989, p. 6. Epub.

个铜板，也要买口雷鸟酒来喝；青少年的平均文化水平也就是八年级。家家户户都吃救济。从最冷酷无赖的混子那里，你知道什么叫作生活。你10岁时在胡同口吸了第一口大麻；你还没明白过来怎么回事，就第一次体验到了高潮；还没有学会写字，已经知道了怎么在墙上涂抹自己的记号。你的伙伴知道你日后将无所不为，把你叫作"疯子"或者"汉子"，你将来会证明自己不负虚名，即便屁股被其他帮派或警察打个稀巴烂，你也毫不眨眼，到那时候，你就有资格把自己的标记、名字缩写、标志、徽章、标牌、地盘和帮派的标志连在一起。①

布朗接手的案子涉及一个被警察以暴乱为由打死的青年罗伯特·费尔南德兹，在起诉警方滥用权力过程中，他经历了对罗伯特的尸检，意识到这些青年人对生活的无望。他使用"蟑螂"一词来形容这些生活在社会底层、其生命价值得不到任何尊重的人们。"我让那些白人切开了这个奇卡诺男孩的身体，他只不过是又一只被抛弃的蟑螂而已。原谅我，罗伯特，为了活着的这些棕色人。原谅我，原谅我，原谅我。我比你强不了多少。在我的余生中，我会永远记住这惨痛的认识，你的死亡和再次死亡，你的骨灰和我的骨灰，你的泥土和我的泥土，将永远融合在一起。再见！伙计！民族万岁！"②蟑螂是生命力顽强的生物，通过这个意象，小说表达了奇卡诺人团结起来反抗歧视和暴力的决心。布朗从罗伯特事件中得到的启发是，他的命运和奇卡诺同胞的命运是联系在一起的。罗伯特的身体具有象征意义，代表了"历史上被损害的先人"③。"民族万岁"(Viva la Raza)是奇卡诺运动中的政治口号，这表明布朗开始融入社区的反抗运动中。

在《棕色水牛的自传》中，尽管"棕色水牛"和阿库斯塔有着诸多的相似之处，但是作者还是非常谨慎地通过技术手段将他们区别开来，例如叙述者不同的自我，冈佐博士叙述中完全打乱了正常的时间序列，在1949年与1967年之间来回穿梭。在故事开始，他站在镜子面前凝视着自己和在开车上班的路上，他和33岁、21岁的自己进行着对话。有的学者认为，这是阿库斯

---

① Oscar "Zeta" Acosta. *The Revolt of Cockroach People*. New York: Vintage Books Edition, 1989, p. 71. Epub.

② Oscar "Zeta" Acosta. *The Revolt of Cockroach People*. New York: Vintage Books Edition, 1989, p. 82. Epub.

③ Christian Ravela. "From the Body to Meat: Ethical Imaginations of Empowerment in Oscar Zeta Acostas *The Revolt of the Cockroach People*", *MELUS*, 2018, 43(3), p. 71.

塔在运用带有拉丁美洲文学特征的魔幻现实主义手法，但最终的指向依旧是“自我构建”，即在美国面前，特别是奇卡诺运动的大潮下如何认识自我。所以，阿库斯塔通过多层面的现实，“对自传体裁进行了革新……在文学经典或传统视域的族裔自传中，传主往往要通过证明自己的人性来获得认同……”[①]然而，不论是“棕色水牛”还是“蟑螂人”，阿库斯塔显然在利用这个标签，反其道而为之，有意使用霸权阶层对奇卡诺人的贬损立场，通过反讽表达愤怒，以似是而非的悖论反映历史大潮中墨西哥裔美国人的生活。

阿库斯塔在充满斗争的一生中，只留下了两部文学作品，但是他在文学史上的影响力却是毋庸置疑的。《棕色水牛的自传》和《蟑螂人的反抗》不仅以作者的亲身经历为基础记录了奇卡诺人争取权利的斗争，而且还在艺术手法上糅合了魔幻现实主义和后现代主义的碎片化多视角叙事，同时在体裁上对“自传”进行了后现代主义的戏仿和解构。从书写的政治取向来看，《棕色水牛的自传》对于“做何选择”的名言：“经过这一场，我已经看清楚了，我既不是墨西哥人，也不是美国人；既不是天主教徒，也不是新教徒。我的出身是奇卡诺人，但是我选择做个棕色水牛”[②]，已经成为奇卡诺文学中关于身份书写的悖论式经典命题。理查德·罗德里格斯（Richard Rodriguez，1944～　）在《记忆的饥渴》中直言，自己已经背离了父母的文化；安札杜尔选择做个同性恋者，以表达对传统性属规范的抗议。他们都是通过所谓的“自传”进行自我解构和自我重构，作品中的“自我”带有自反指涉，更多地是指被社会历史放大的“自我”，是许多和自己一样处于相似境地的个体自我的集体投射。在《棕色水牛的自传》开始，镜中冈佐博士的影像，既是他个人的图像，在很大程度上也是奇卡诺人的集体影像。

在20世纪60～70年代，在政治运动和文化运动的大潮中，作家们意识到了建立奇卡诺文学话语的重要性，所以这个时期的文学创作无论是小说、诗歌、戏剧，还是非虚构类的历史和文学批评，都表现出对建立一个团结的奇卡诺群体、凸显族裔文化特质的认同，因而“身份追寻”和“文化认同”成为那个时期的典型性文学主题。

---

① Frederick Luis Aldama. *Postethnic Narrative Criticism: Magicorealism in Oscar "Zeta" Acosta, Ana Castillo, Julie Dash, Hanif Kureishi, and Salman Rushdie*. Austin: University of Texas Press, 2003, p. 64.

② Oscar "Zeta" Acosta. *The Autobiography of a Brown Buffalo*. New York: Vintage Books Edition, 1989, p. 167. Epub.

第三节　奇卡诺文学"经典化"的开端

如果说如布鲁斯-诺瓦所言《棕色水牛的自传》代表了奇卡诺文学的转折点，那么在20世纪60年代末的政治运动大潮过后，70年代初奇卡诺文学开始逐步走向文学美学和经典化进程，涌现出一批具有较大影响力的作家，出版了一批优秀的作品。

奇卡诺运动后期、奇卡诺文学运动期间，不少作家为了发扬族裔文化传统、张扬族裔文化自豪感，继续采用西班牙语创作。托马斯·里维拉的《……大地不曾吞噬他》(*... y no se lo tragó la tierra*, 1971)、罗兰多·伊诺霍萨(Rolando Hinojosa, 1929～　)的《河谷素描》(*Estampas del Valle Yotras Obras*, 1973)、阿里汉德罗·莫拉利斯的《老友和新酒》(*Caras Viejas y Vino Nuevo*, 1975)和《盎格鲁人之死》(*La Verdad Sin Voz*, 1979)[①]以及稍晚的阿里斯迪奥·布里托(Aristeo Brito, 1942～2018)的《得克萨斯的恶魔》(*El Diablo en Texas*, 1984)等，都采用西班牙语创作。在谈及创作语言的选择时，莫拉莉斯对笔者解释道：当初采用西班牙语写作的主要原因是作家和出版者对读者群体的考虑。因为文学创作涉及"写谁"和"为谁而写"的问题，所以在奇卡诺文学尚未建立起自己的文学生态之时，这种考量的确具有重要的意义。这实际反映了20世纪70年代奇卡诺文学的当务之急是建立自己的话语特质。不过，这些作家大多属于墨西哥裔美国人或者在美国成长起来的第二代移民，大都在美国高校接受了系统的正规专业教育，能够熟练运用英、西两种语言，并且谙熟英语文学的书写范式。他们来往于墨西哥裔社区和非墨西哥裔社区之间，发挥了桥梁和纽带的作用。在这一点上，他们和19世纪的作家有着明显的不同。

也有一部分作家采用英语创作，例如小说家鲁道夫·阿纳亚、奥斯卡·阿库斯塔和阿图罗·伊斯拉斯等，诗人阿卢利斯塔(Alberto Baltazar Urista Heredia,1947～　)和路易斯·瓦尔德兹，以及散文家理查德·罗德里格斯等。但是他们的主题选择带有鲜明的族裔特征，例如阿纳亚的成名作《保佑我吧，乌勒蒂玛》表现了墨西哥裔社区中的民间医生、民间医术以及印第安生态思想；"奇卡诺戏剧之父"瓦尔德兹的代表作《佐特装》以

① 以上两部作品的英文版后来分别于1981和1988年出版。

"佐特装暴动"为背景，呈现历史背景下奇卡诺人争取平等的斗争，成为第一部在百老汇演出的奇卡诺戏剧。这些作品的政治意图相当明显，它们在语言和主题两方面跨越两种文化——奇卡诺主题和英语媒介，目的是向非墨西哥裔（或者非西语裔）民众传达墨西哥裔美国人的声音。可以说，在前一个文学发展阶段的基础之上，这个时期的文学作品除了继续书写"身份追寻"和"文化认同"之外，更强调了这类代表性主题的外部环境，强化外部矛盾和内部认同之间的冲突和协商，从而使得奇卡诺文学从"自说自话"走向它和非奇卡诺群体之间的"相互对话"阶段。这种转变让主流文学和非奇卡诺文学逐渐接受奇卡诺文学，从而开启了奇卡诺文学的经典化进程。

一、金托·索尔奖获奖作家

20 世纪 70 年代奇卡诺文学界中的一个重要事件是全国奇卡诺文学奖的设立和评定。该奖项由金托·索尔出版社设立，金托·索尔出版社是奇卡诺运动的一个产物，于 1967 年成立于加州大学伯克利分校，由该校公共卫生学院教授奥克塔维奥·罗曼诺（Octavio I. Romano，1923～2005）等人发起出资成立，旨在帮助难以得到出版许可的奇卡诺学者出版学术和艺术作品。"金托·索尔"的西班牙语意义为"第五个太阳"，源自阿兹特克神话中的"创造"之意，这顺应了奇卡诺运动充分挖掘美洲印第安文化根源的做法，体现了奇卡诺艺术家根植于印第安文化、寻找创作动力的努力。该出版社对奇卡诺文学最大的贡献是在 1971 年设立了全国奇卡诺文学奖"金托·索尔奖"（Premio Quinto Sol），每年评选一次。金托·索尔奖共评选了四次，获奖者得以出版作品并且获得 1000 美元的奖金，这对于当时难以得到主流读者群和重要出版社认可的奇卡诺作家来说，是个极大的认可和鼓舞。四位获奖者及其作品分别是托马斯·里维拉的《……大地不曾吞噬他》、鲁道夫·阿纳亚的《保佑我吧，乌勒蒂玛》、罗兰多·伊诺霍萨的《河谷传奇》和艾斯黛拉·波蒂略-泰姆伯雷（Estela Portillo Trambley，1936～　）的《蝎雨》（*Rain of Scorpions*，1975）。

这个奖项给好几位作家的职业生涯带来了转折。里维拉当时只是得克萨斯州山姆休斯敦大学（Sam Houston University）的副教授，获奖后他一直保持着和出版社的合作，自己的事业也飞速发展，1979 年他出任加州大学河滨分校校长，成为奇卡诺文学界的著名学者和奇卡诺文化领袖。阿纳亚的小说历经 9 年，经过诸多波折后最终得以出版，他后来坚持创作，成为最早取得世界声誉的奇卡诺作家，被誉为“奇卡诺文学的教父”，以卓越的成就荣获国家艺术奖章。伊诺霍萨与以上两位获奖的男作家，并称为“奇卡诺文学三巨头”(the Big Three)，他是最早的奇卡诺文学经典作家，是奇卡诺文学经典化进程中的代表人物之一，其作品是各类文学选读、文学史的首选。相对于男性作家，唯一女性的获奖作家波蒂略在职业生涯中遭遇了更多的波折，其中的原因是多方面的，但是她的获奖说明了当时出版社和评奖委员会对于女性文学的认可，他们已经意识到波蒂略背后庞大的作家群体和其作品中女性诉求的意义。十年之后，墨西哥裔女性文学蓬勃发展起来，波蒂略在诸多方面成了当代奇卡纳文学的先驱。所以，金托·索尔里程碑式的贡献在奇卡诺文学史上是不容忽略的，而这几部获奖作品及其主题风格成为一个时代墨西哥裔文学的重要标杆。所以，本节就以四位金托·索尔获奖作家为研究内容，追溯奇卡诺文学经典化的开端。

(一)托马斯·里维拉：书写少年季节工人的成长

托马斯·里维拉从一个普通的奇卡诺季节工人凭借自己的不懈努力成为学术界精英，他的奋斗历程和成长经历使他成为奇卡诺青年的榜样。他基于自己的亲身经历所书写的关于季节工人生活的小说，具有深远的社会历史意义。

托马斯·里维拉 1935 年出生在得克萨斯克里斯托城的墨西哥裔季节工人家庭，早年间随父母在各个农场间迁移，深知生活的艰辛。他在采访中谈到，11 岁时遭遇的一场车祸使他萌发了将此次经历记录下来的想法，于是他开始写作。季节工人的生活艰辛，他每年暑假都随着父母四处打工，常年奔波于中西部各地，常常因为采摘季未能在开学前结束而耽误功课。但是在营地的生活和在田间工作的经历，给里维拉提供了很多同工人交谈的机会，这些都成为他的写作素材。21 岁时，里维拉被西南得克萨斯专科学校录取，无法再像过去那样缺课去干农活了，才彻底告别了做季节工人的生活。

季节工人的经历使里维拉深刻认识到教育的重要性，因此他格外珍惜受教育的机会。1958 年他从得克萨斯州立大学毕业，获得英语学士学位，毕业后在中学教授英语和西班牙语，用自己的亲身经历鼓舞了许多墨西哥裔学生。早年生活的艰辛，以及教学过程中和下层奇卡诺学生接触的经历，使他更加感受到教育是摆脱贫困和愚昧的唯一途径，而对于他自己，他认定继续求学才是实现阶级跨越的唯一通道，也只有这样他才能利用更多的资源为奇卡诺人谋求权利。经过多年的不懈努力，他于 1964 年获得了教育硕士学位，1969 年在俄克拉荷马大学获得文学博士学位，同时还获得了西班牙文学硕士学位。博士毕业后，里维拉执教于山姆休斯敦州立大学，后担任得克萨斯大学圣安东尼奥分校的西班牙语教授，历任人文学院院长和副校长，1979 年成为加州大学河滨分校校长，成为第一位担任知名大学校长的奇卡诺学者。他一生勤奋自律，早年生活的艰辛历练了他，让他在精神上倍加坚定。他具有强烈的责任感，在繁忙的行政管理工作的同时，一直坚持教学和文学研究。他在课程中保留了有关季节工人的内容，将文学和教育作为文化革命的阵地，引发人们对季节工人等下层民众的关注，而他书写季节工人生活的代表作《……大地不曾吞噬他》更是将属下的声音传播到了全世界。

在《……大地不曾吞噬他》中，里维拉采用碎片式叙事方式讲述了季节工人的经历，是奇卡诺文学中第一部以季节工人为主题的带有自传性的成长小说。这部小说奠定了里维拉在奇卡诺文学中的地位，使他成为最早一批得到主流文化群体承认的墨西哥裔作家之一。小说实现了文学主题和形式的艺术性结合，用 12 个故事代表生活年复一年的轮回，同时将“被忘却的那一年”作为引言和“在房子下面”作为结语。小说采用第三人称内外聚焦交替的叙事方式，主要的叙述者是一位没有透露姓名的墨西哥裔少年，在小说中被称作“他”。“他”在叙述中有时显现有时隐身，但是在开头和结尾的故事中，他明显在场，用自己的观察串联起各个故事。小说用平和冷静的口吻讲述墨西哥工人生活的方方面面，这里有因为难以忍受炎热和饥渴跑到牲口饮水槽处喝水而被工头枪杀的孩子；有在二战中失去了儿子的老夫妻；有在干活儿空隙读书的少年。第三人称外聚焦叙事方式呈现出季节工人的苦难，冷静的叙事口气中透露出的却是控诉：墨西哥工人已经习以为常的苦难是所谓社会秩序的反映，也是意识形态主体对下层人民实施规训和治理的映射。第三人称内聚焦反映的是主人公自我意识的发展，他从一名懵懂少年成长为具有自我意识的观察者，并且还认识到了自我成长和集体归属之间的联系。这部小说从一名墨西哥裔少年的视角反映了尖锐的阶级矛盾，在 20 世纪 70 年代初期以政治书写为主导的奇卡诺文学主流中占据着核心地位。季节工人出身的作者和小说中的主人公一样，通过讲述获得了主体性，实现了自我成长，履行了为属下阶层发声的政治责任。

托拉斯·里维拉是从季节工人中走出来的奇卡诺学者，他继承了美国文学自舍伍德·安德逊(Sherwood Anderson，1876～1941)以来的现代主义叙事传统，多视角透视奇卡诺身份，反映奇卡诺人寻求权利和进步的努力。他的小说用"去中心化"的碎片式叙述方式讲述"社区中成长"，通过自我意识来连接群体心理，这在奇卡诺文学中具有开创性，之后在《芒果街上的小屋》等作品中得到了延续和发展。

(二)鲁道夫·阿纳亚：奇卡诺文学教父

鲁道夫·阿纳亚是2001年美国国家人文奖章获得者，被誉为"奇卡诺文学的教父"。他以描写新墨西哥的地理风貌和人文地理而著称，成为奇卡诺文学界书写灵性和西班牙天主教传统的代表。

阿纳亚1937年出生在新墨西哥州东部的帕斯特拉，后来他们全家搬到了圣罗莎。母亲拉菲丽娜·马雷斯来自博多卢纳农业社区的天主教家庭，父亲来自东部平原地区的西班牙裔游牧家庭。他的母亲希望他长大后成为天主教教士，父亲则希望他成为牛仔。在访谈中，他谈到自己儿时"抓周"的情形，他选择了母亲放置的纸笔而不是父亲放下的马鞍，这似乎注定了他将来会成为一个"讲故事的人"。阿纳亚在西班牙语口头文化传统的浸润下长大，听到了各种各样的故事。从儿时起母亲就给他读故事书，培养了他对阅读的浓厚兴趣。和许多奇卡诺儿童一样，他直到上了小学才开始接触英语，经历了从家庭到社会的艰难适应过程。在阿纳亚17岁的时候，他们再次搬家到了阿尔比凯克城，他在那里读完了高中，之后就读于布朗宁商业学校和新墨西哥大学，专业方向是文学。他从大学时期(1963年左右)开始创作《保佑我吧，乌勒蒂玛》，决心把自己的语言、文化、人民融合到小说中去。但是，小说完成之后一直没有出版社愿意接受。1972年初，他偶然在杂志上看到了金托·索尔出版社接受奇卡诺文学作品的消息，经过评选，金托·索尔出版社不仅同意出版他的小说，还会支付给他1000美元的奖金，这对于一位名不见经传的作家而言，是个极大的鼓励。成名之后的阿纳亚继续创作，他希望在奇卡诺青少年中培养族裔文化意识，所以在公立学校任教多年，利用文学教育传播传统文化，后任教于母校新墨西哥大学，1993年获得"荣休教授"称号。

除了《保佑我吧，乌勒蒂玛》以外，阿纳亚还出版了《乌龟》(*Tortuga*，1979)，这也是一本成长小说，并且带有更加浓重的灵性信仰色彩。此外，他还出版了反映奇卡诺工人争取权利的小说《阿兹特兰的心脏》(*Heart of*

Aztlan,1976),本书属于奇卡诺运动相关的政治书写。是奇卡诺文学中“阿兹特兰”理念构建的一部分。前三部小说因为都在不同程度上取材于作者个人的成长经历和墨西哥裔社区的经历,所以被认为是“三部曲”。《阿尔比凯克城》(*Alburquerque*, 1992)讲述的是奇卡诺青年艾布朗·冈萨雷斯寻找父亲的故事,“父亲”在书中象征文化归属和身份。阿纳亚最大的贡献在于他对奇卡诺文化中土著要素的发掘和书写,几乎他的每一部作品都带有和新墨西哥人文地理特征密切相关的神秘色彩,并使用魔幻现实主义手法,这反映了西班牙天主教文化和美洲印第安文化的融合,短篇小说集《寂静的平原:短篇小说集》(*Silence of the Llano*: *Short Stories*, 1982)、《“哭泣的女人”的传说》(*The Legend of La Llorona*: *A Short Novel*, 1984)、《黎明之神:克查尔科阿特尔》(*Lord of the Dawn*: *the Legend of Quetzalcóatl*, 1987)[①]和《飞人和其他小说》(*The Man Who Could Fly and Other Stories*, 2006)等均是如此。阿纳亚还创作了桑尼·巴卡系列侦探小说,分别是《奇亚之夏》(*Zia Summer*, 1995)、《格兰德河之秋》(*Rio Grande Fall*, 1996)、《萨满之冬》(*Shaman Winter*, 1999)、《加美兹之春》(*Jemez Spring*, 2005)。四部小说各自独立,又互相联系,象征了一年四季的轮回。这一系列侦探小说的主人公是奇卡诺侦探巴卡,案件所涉及的情节都带有奇卡诺文化特色,表现了奇卡诺人在现代社会中面临的困境和迷茫。

此外,阿纳亚还创作了10余部儿童和少年文学作品,其中绝大多数带有明显的奇卡诺文化特征,诸如神话故事、民间传说、传统价值、社区故事、奇卡诺运动及其历史背景等,旨在帮助奇卡诺儿童了解他们的民族传统和民族历史,例如《圣诞节的灯塔:新墨西哥圣诞故事集》(*Farolitos of Christmas*: *A New Mexico Christmas Story*, 1987)、《玛雅的儿女:哭泣女人的故事》(*Maya's Children*: *The Story of La Llorona*, 1996)、《我的土地在歌唱:格兰德河故事集》(*My Land Sings*: *Stories from the Rio Grande*, 1999)、《塞萨尔·查韦斯之死的挽歌》(*Elegy on the Death of César Chávez*, 2000)、《僵尸的诅咒》(*The Curse of the Chupa Cabra*, 2006)、《第一张玉米煎饼》(*The First Tortilla*, 2007)。这些作品充分体现了作者本人所说的“我为世界而写作,但是我对地方和社区的情感却都在

---

① 克查尔科阿特尔是印第安神话中的羽蛇神,是阿兹特克人信仰体系中的主神。

这里"[①]。他所说的"这里"，就是他终生居住的新墨西哥。阿纳亚坚信印第安文化与东方古老文明之间存在着某种联系，曾到全世界多个国家游历，在1984年到中国旅游，并据此写了《奇卡诺人在中国》(*A Chicano in China*，1986)一书，希望寻找古老的中华文明和美洲印第安文明之间的血脉联系。

阿纳亚的代表作《保佑我吧，乌勒蒂玛》是典型的成长小说，作者结合墨西哥裔少年的西班牙语文化背景和美国经历，在神话框架下讲述成长。阿纳亚使用"创造神话"(mythopoetics)的手法，将现实与梦境、基督教文化和印第安人对灵性的信仰融合在一起，以主人公安东尼奥·马雷斯认识并逐渐接受自己生活中的各种矛盾为主要线索，书写了奇卡诺儿童在成长中融合不同文化影响的过程，探索多元文化背景下奇卡诺身份的建构问题。作者本人的出身和成长经历在《保佑我吧，乌勒蒂玛》中得到了相当大程度的体现。他对"民间药师"(curandera)和"民间医术"(curanderismo)文化要素的使用，源于在他个人成长中一位老人对他的影响，这也反映了印第安文化中对于灵性的崇拜。阿纳亚也在访谈中也提到了小说情节和他个人经历之间的相似性，毫不避讳其中的自传成分，比如他谈到自己与父母之间的分歧，自己在几种不同文化之间的纠结和迷茫，以及其他的种种细节，如每天上学经过的小桥、初到英语世界中的慌张、社区中的各色人等，甚至在读者问及主人公安东尼奥最后是不是继承了乌勒蒂玛的衣钵时，阿纳亚的回答都是"他可能成了一位作家"。对于"乌勒蒂玛"(Ultima)的名字源自何处这一问题，阿纳亚回答说，他在冥想时那位老人来到他的身边，告诉他了这个名字。乌勒蒂玛是神话传说中的智者，是大地母亲的象征，她的力量融合了土著信仰中的自然灵性和基督教上帝的无上权力，可谓是自然神性的象征。这个名字还带有"终极"之意，乌勒蒂玛在临终前对安东尼奥的庇佑之词，更是显现出了奇卡诺文化中的最高智慧："安东尼奥，我保佑你，以世上所有正义、坚强和美丽的名义。不要失去生活的力量，热爱生活吧！如果绝望占据你的内心，就去寻找我，在风儿轻拂、猫头鹰在山中歌唱的夜晚，我就在那里，和你在一起。"[②]这其中包含乌勒蒂玛对安东尼奥的告

---

① Susan Baker Sotelo. *Chicano Detective Fiction: A Critical Study of Five Novelists*. Jefferson, NC: McFarland & Company, 2005, p. 166.

② Rudolfo Anaya. *Bless Me, Ultima*. New York: Warner Books, 1994, p. 261.

诫，即从男孩成长为男人所需要的力量、勇气，甚至是分离的悲伤，同样也包含了一个人在多元文化环境下成功生存的最高理想，即“超越矛盾、寻求和谐”[①]的智慧。小说通过运用超自然要素，例如梦境和现实的交错、作为乌勒蒂玛灵魂象征的猫头鹰、异教之神金鲤等，将自然的神秘力量以及人类同自然之间的神秘联系展现出来。

《保佑我吧，乌勒蒂玛》的故事主要发生在墨西哥裔社区，是20世纪40年代墨西哥社区以及世界巨大变化的反映。安东尼奥作为叙述者，成为过去和现代的结合点，历史和现实的冲突、不同文化的矛盾都随着老民间医生乌勒蒂玛的到来而显现出来。无论是卢卡斯舅舅的怪病，还是泰诺斯家闹鬼，酝酿已久的矛盾都集中爆发出来，促进了安东尼奥的成长。上学是安东尼奥接受主流文化教育的开端，他每天上学经过的小桥是分割墨西哥社区和非墨西哥社区的界限。所以，从主题上看，小说是奇卡诺小说，而从形式上看，它又是欧洲传统小说形式和拉丁美洲魔幻现实主义的结合，与安东尼奥在文化的冲突和整合中的成长经历相吻合。这部作品被誉为奇卡诺文学经典，是带有浓重西班牙文化影响的新墨西哥文学的代表作，也是当今在全世界范围内译介最多的奇卡诺小说之一，已被翻译成了30多种语言，在世界各地发行。在当今西语裔和拉美裔美国文学中，可能只有希斯内罗丝的《芒果街上的小屋》和胡诺特·迪亚兹的《奥斯卡·瓦奥短暂而奇妙的一生》能够在影响力方面与其相提并论。

《阿兹特兰的心脏》也带有一定的自传色彩，比如主人公一家从乡村到城市的经历。小说讲述了查韦斯一家从墨西哥的瓜达卢佩迁居到新墨西哥阿尔比凯克城的经历，他们经历了艰难的适应过程：父亲克莱门托因为参加了罢工而失业，之后终日借酒消愁；两个女儿为生活所迫出卖身体；最小的儿子被卷入街头帮派的争斗中，最终被谋杀。后来查韦斯一家在民间医生克里斯比的帮助下，逐渐找到了精神寄托和努力方向，获得了极大的成长。他们找到了自己在社区中的位置，最终克莱门托·查韦斯勇敢走上街头加入了反对资方剥削、争取权利的斗争中，成为社会运动的领袖。相比于“三部曲”中的其他两部，这部作品更多地着眼于描写奇卡诺人在政治运动大潮中政治觉悟的提升和自我意识的觉醒，这与当时奇卡诺文学主流

---

① 李保杰：《鲁道夫·阿纳亚与〈保佑我，乌勒蒂玛〉》，《解放军外国语学院学报》2007年第3期，第92页。

的政治取向相契合，比如社会政治运动、精神成长和心灵的完善、奇卡诺人的各种赋权运动等。

《乌龟》也是一部典型的成长小说，讲述了外号为“乌龟”的墨西哥男孩在疗养院中经历的蜕变。据作者本人解释，小说的灵感来源于他当年受伤住院的经历。“乌龟”因为意外受伤而脊柱断裂，需要佩戴用来矫形的固定夹板，因此他行动不便，外形酷似背着厚重外壳的乌龟，所以伙伴们把他叫作“乌龟”。初到疗养院的主人公情绪低落，后来在伙伴的指引下，他认识了住在医院最角落的一个病号“所罗门”。所罗门全身瘫痪，已经在医院住了多年，伙伴们也不知道他已经在那里住了多久。乌龟被所罗门吸引，特别想知道到底什么事情使得他遭受了如此大的痛苦。原来，当时年少轻狂的所罗门为了显示自己的勇敢，不听老人的劝阻而执意杀死了一头老龟，他因此受到神灵的诅咒而全身瘫痪。躺在病床上的所罗门从飞进窗户的蝴蝶、窗外的大树和照进病房的阳光中，看到了生命的力量，意识到了万物之间的联系和生命的意义。他意识到自己的使命便是把自己的故事传播开去：“我，所罗门，告诉你这些，你能够理解生死的意义。现在我已经彻底领悟，那天的情景如此清晰，我杀死了巨型河龟。我告诉你这些，是因为，从此以后，我成了讲故事的人，被命运所驱使，去讲述我的故事，去告诫人们，杀戮之恐怖。”[①]在和所罗门的交流中，乌龟也慢慢接受了自己的状态，重新找回自信，并最终成功康复而走出了医院。精神导师所罗门也走到了生命的尽头，例如，他已经完成了自己的使命，将奇卡诺人对于生命的理解给予了“乌龟”：“生命是神圣的，是的，就在这荒原之中，在这昏暗的病房里，我感觉到了，生命的神圣……”[②]从此乌龟懂得了生命的力量，他学会了尊重生命，获得了精神的完善和心灵的成长，实现了身心的双重痊愈。在本书中，阿纳亚继续采用了《保佑我吧，乌勒蒂玛》中的某些叙事手法，例如民间医生、梦境叙事等。例如，所罗门无法开口说话，所以小说使用了通感的手法，使乌龟和所罗门的交流能够符合非奇卡诺读者的认知逻辑。从艺术手法的这些方面来说，这部小说并无明显的突破，情节安排与叙事手法也同样体现了阿纳亚的新墨西哥风格，但是所罗门在本书中所揭示的生命之秘密，充分反映了奇卡诺文化中的朴素生态思想。阿纳亚借此表达了奇

① Rudolfo Anaya. *Tortuga*. New York: Integrated Media, 2015, pp. 47-48. Epub.

② Rudolfo Anaya. *Tortuga*. New York: Integrated Media, 2015, p. 76. Epub.

卡诺文化中的生命伦理在于身体和心灵、物质和精神统一，以及世间生命的平等。

综观阿纳亚的创作可以看出，无论其作品的体裁如何，他一直专注于墨西哥裔传统文化特别是新墨西哥的文化地理在文学中的表达，书写带有新墨西哥文化特色的奇卡诺身份建构和文化表达。作为接受过西方主流文学教育的奇卡诺作家，他跨越不同的文化，充分发挥了桥梁的作用，利用印第安文化中对于多层面现实的理解和西方的叙事模式，将灵性信仰和基督教信仰相结合，以带有拉丁美洲魔幻色彩的叙事方式呈现不同文化间的冲突和协商，使得具有不同文化背景的读者都能从其作品中得到启示。阿纳亚的这种贡献在奇卡诺文学史上具有开拓意义，他不愧为奇卡诺文学的"教父"。

(三)罗兰多·伊诺霍萨：书写河谷，透视世界

罗兰多·伊诺霍萨是2013年美国全国书评家协会终生成就奖的获得者，是奇卡诺文学的重要代表人物，也是《诺顿拉美裔文学选读》的六位编者之一。伊诺霍萨多年来任教于得克萨斯大学奥斯丁分校，教授文学和创意写作。他1983年入选得克萨斯文学研究院院士，2003年应邀成为普利策奖小说类的评委，是最早得到非奇卡诺群体认可的墨西哥裔作家之一。

罗兰多·伊诺霍萨的全名是罗兰多·伊诺霍萨-史密斯，1929年出生于格兰德河谷的梅赛德斯，他的父亲是墨西哥人，母亲的祖辈是最早生活在河谷的盎格鲁—撒克逊白人。伊诺霍萨在双语环境中长大，但是大部分时间在家中使用西班牙语。伊诺霍萨的父亲参加过墨西哥革命，他虽然文化程度不高，但是重视孩子们的教育。伊诺霍萨的母亲和外祖母都是教师，她们也非常注重培养孩子们热爱读书的习惯。伊诺霍萨兄妹五人中，共有四人做了教师。伊诺霍萨17岁时曾经到部队服役，3年后退伍之后到得克萨斯大学就读，大学毕业工作近十年之后又在32岁时返回学校继续读书，先后于1962和1969年在新墨西哥高地大学和伊利诺伊大学获得了硕士和博士学位，1981年博士毕业后回到母校得克萨斯大学奥斯丁分校任教，成为该校奇卡诺文学研究与创作的创立者。

伊诺霍萨在大学时开始创作，其代表作是《卡莱尔城死亡之旅》(*Klail City Death Trip*)系列，总共包括15部小说。其中第一部《河谷素描》获得金托·索尔奖，1976年出版的续篇《卡莱尔城》(*Klail City*)获得了美洲家园奖(Premio Casa de las Américas)。这些作品之间存在着人物和情节上的延续性和关联性，但是又各自独立。20 世纪 80 年代中期以前伊诺霍萨的大部分作品都是用西班牙语创作的，只有 1978 年出版的《朝鲜情歌》(*Korean Love Song*)是用英语创作的，他到了 90 年代初开始大量使用英语进行创作，系列小说中的最后三部全部使用英语，包括《犯罪同伙》(*Partners in Crime*, 1985)、《贝基和她的朋友们》(*Becky and Her Friends*, 1990)和《没用的仆人》(*The Useless Servants*, 1993)。《河谷素描》最初的版本是西班牙语版，1983 年作者本人将其翻译成英语，并在原作的基础上做了较大修改。学界一般认为，伊诺霍萨对其进行了重写。伊诺霍萨在系列小说中所描写的都是他最熟悉的格兰德河谷的风土人情，他在访谈中直言自己热爱那片美墨边境上的土地，所以他一直关注着那里的变化。当然，作品中的部分人物也反映出作者本人从河谷走出、后来又回到那里的经历。例如，雷夫·布恩罗斯特罗和杰修·马拉卡拉就与作者的经历较为相似，他们克服语言和经济上的障碍，勇敢追求梦想的故事，是对"美国梦"的回应。除了系列小说之外，伊诺霍萨还创作了校园主题的《我们快乐的少数派》(*We Happy Few*, 2006)和非虚构类文集《我自己的声音：随笔和故事集》(*A Voice of My Own: Essays and Stories*, 2011)，前者主要是作者对自己在边界地区的成长经历和创作生涯的回顾。

《卡莱尔城死亡之旅》系列小说的题材各不相同，但是基本都反映了河谷地区的变迁。小说中"贝尔肯县的卡莱尔小城"是个虚构的地方，是作者的家乡布朗斯维尔的写照。伊诺霍萨解释说，之所以采用了一个虚构的名字，就是为了拉开作者和作品之间的距离，给写作更大的灵活性，同时也给读者更大的诠释空间。正是因为运用了这样的艺术手法，伊诺霍萨被称为后现代主义作家、讽刺作家，但是他本人从不认可这样的标签，他说自己从未想过以什么样的形象，或为哪个特定的群体去写作，他注重的就是如何把故事讲好。在《亲爱的拉法》(*Mi querido Rafa*, 1981)中，伊诺霍萨采用书信体小说，结合"新闻报道"等叙述方式，从不同的侧面讲述了不同人物的故事。这种叙事方式在《贝基和她的朋友们》中得到了进一步的展现，例如多个叙述主体之间的视角转换。另外，伊诺霍萨的小说在题材上具有多样性，《犯罪同伙》和《去问警察》(*Ask a Policeman*, 1998)属于侦探小说，主题涉及贩毒运毒，尤其是控制毒品交易的几大家族之间的钩心斗角。这些侦探小说和阿纳亚的侦探小说类似，都具有奇卡诺文化特色特别是犯罪情节和种族政治的关联，例如不同文化之间的冲突、贫富差距、文化群体之间的差异、沟通的障碍等成为人们产生隔阂、诉诸暴力的重要原因。

伊诺霍萨的作品呈现出的一个关键词就是“变化”。从主题上讲，小说中呈现的河谷的变迁，无论是积极的还是消极的，都是伊诺霍萨所体验到的这片土地的特色。如他所说：“我们和边界联系在一起，心理上，历史上，都是如此——我们有着如此多的共同之处。我们在文化和语言上同样密切相连。现在，墨西哥裔美国人占据多数，所以这里的政治面貌也发生了变化。河岸南北两侧的交流一直同经济状况紧密相关。”[①]伊诺霍萨的小说以得克萨斯的人文地理风貌为基础，但是这种带有地域特征的书写，和美国文学史上众多的所谓“地域作家”(regionalist)的作品一样，既是地域性的也是世界性的。它们通过呈现特定地域的人文风貌，透视深层次的人性善恶，使得作品高于具体的地域所指。在深层次的人物刻画方面，伊诺霍萨同样关注了“变化”。例如在侦探小说中表里不一的杀手，他们在家庭中是慈爱的父亲、体贴的丈夫，但是走出去到了利益场上却变成争夺地盘而大开杀戒的杀手。《河谷素描》描写了人性的多面性，而这种现象不仅存在于河谷中的人们身上，而且是具有普遍性的无数人生际遇的，既超越了河谷的地理局限，也超越了得克萨斯的地理局限，从而成为带有普遍性的人性素描。正因如此，有学者认为，“尽管伊诺霍萨离开了河谷，它依旧是他的精神家园。在一定程度上，对伊诺霍萨而言，得克萨斯的格兰德河谷就好像更加激进的奇卡诺作家笔下的阿兹特兰。或许，要澄清这种关系，更好的比喻可能是乔伊斯眼中的爱尔兰”[②]。

伊诺霍萨的系列小说，在人物和情节上存在一定的关联，不少人物多次出现，例如耶胡·马拉加拉、拉法·布恩罗斯特罗等，这令故事呈现出一定的延续性。值得一提的是，伊诺霍萨在描写小城风貌的同时，还塑造了一系列的女性人物形象，这在奇卡诺文学中具有重要的开拓性。伊诺霍萨很早就对女性在文学活动中的作用予以充分肯定。早在1975年，在托马斯·里维拉组织的一次研讨会上，伊诺霍萨就提出奇卡诺文学面临的两个问题：文学创作的活力开始强劲初显，但是批评家数量过少；应该鼓励和支

---

① Gary Kent. "Voice of the Valley: An Interview with Rolando Hinojosa-Smith", Humanities Texas, May/June 2014, https://www.humanitiestexas.org/news/articles/voice-valley-interview-rolando-hinojosa-smith.

② Joyce Glover Lee. *Rolando Hinojosa and the American Dream*. Denton: University of North Texas Press, 1997, p. 17.

持女性作家的创作。他本人很关注女性在文学中的在场，因而在系列小说中塑造了各类女性人物。与阿纳亚笔下具有神话和文化隐喻意义的乌勒蒂玛不同，伊诺霍萨塑造的这些人物是普通人，他所说的“自己观察到的社区的女性”[①]，属于现实主义的女性形象，她们代表了河谷的历史文化变迁。例如，在《贝基和她的朋友们》中，贝基是一位带有时代特色的新女性，她不同于母亲所代表的传统奇卡诺女性，她不认同她们的价值观，不满足做个贤妻良母，而是谋求自我价值的实现。贝基、薇奥拉·巴拉干等女性代表了河谷社区中众多的新一代奇卡纳，她们寻求通过教育改变自己的社会地位，实现自我价值，成为医生、教师、大学教授。当然伊诺霍萨小说中也有传统的墨西哥裔女性形象，如康普瓦，一位屡遭不幸、埋葬了四任丈夫的坚强女子，她们是家庭的支柱，也是社会的基石，对于传承传统价值具有重要现实意义。

罗兰多·伊诺霍萨个性温和内敛，较少出现在公众视域内，也不太热衷于参加演讲、朗诵会等作品推介活动。但是，他多年来兢兢业业，致力于提升奇卡诺群体的社会福利、教育水平和政治参与度，一直是全国奇卡诺高等教育委员会(National Chicano Council on High Education)的成员，与组织的其他成员一道致力于推动、资助奇卡诺教育研究与实践的研究生项目，为研究生寻求企业资助，开展社会经济研究，鼓励奇卡诺青年加入全国高等教育机构中，提高美国高等教育机构中奇卡诺学者的比例。他以这样的方式，履行了奇卡诺作家的社会历史责任。

(四)艾斯黛拉·波蒂略-泰姆伯雷：挑战传统墨西哥裔女性形象

艾斯黛拉·波蒂略-泰姆伯雷的代表作《蝎雨》是第四届金托·索尔奖的获奖作品，这在当时的开创了女性书写的历史。布鲁斯-诺瓦《奇卡诺作家：访谈集》的十四位作家中只有两位女作家，而唯一的一位女性小说家就是波蒂略-泰姆伯雷。应该说，在奇卡纳文学发展历史上，波蒂略-泰姆伯雷是继尼格里以后，对20世纪80年代以来女性文学产生巨大影响的作家。

但是，相比于前三届获奖作品及作家在奇卡诺文学中的重要地位，波蒂略-泰姆伯雷显然受到了相当多的忽视和冷落，正如编辑埃莱娜·维拉蒙特斯在《曲妮》(*Trini*, 1986)的“前言”中所说的，“同时代的男性作家，例如

---

① Josef Raab. “At Home in the Borderlands: An Interview with Rolando Hinojosa”, *American Studies Journal*, 2012, 57.

罗兰多·伊诺霍萨和鲁道夫·阿纳亚在我们(族裔)社区中非常活跃(著作得到出版),不断发声。但是奇卡纳小说家被边缘化了”①。泰姆伯雷虽然一直坚持写作,但是女性写作也遇到了很多困难,比如读者和评论界对于作品的认可与出版等问题。此外,对她来讲生活更具挑战性,泰姆伯雷要承担做母亲的责任,她独自抚养 6 个孩子,生存是首要的问题。唯一的儿子意外身亡,使她承受了经济和精神上的双重压力。正如她在访谈中所说的,“我不愿意总是说钱啊钱的问题。可是,假如你连生活都难以保障,你就不得不考虑下一顿饭从哪里来”②。波蒂略-泰姆伯雷道出了她的困境,她的首要角色定位是女人、是母亲,其次才是作家。

在 20 世纪七八十年代,女性的职业生态环境尚无法与现在相提并论。女性作家的艰难来自两个方面:一是传统家庭观念对于女性的期待,以及美国社会特别是墨西哥裔社区对于女性职业选择的偏见和束缚;二是女性文学的接受问题,例如对于女性文学主题和写作手法的偏见和批评。著名的奇卡纳女权主义批评家雷沃列多指出,在墨西哥裔的传统社会,“女性得到的教育就是,你要想生存下去,就不能发声,你必须忠实于家庭和集体,而不是你自己的个体意识。因而写作也可以被视为一种颠覆性的行为”③。从男性批评家对于女性写作的批评中可以验证这种偏见:胡安·罗德里格斯在 20 世纪 80 年代初谈到波蒂略-泰姆伯雷的创作时,对女性作家的“狭隘”、缺乏政治意识提出了批评,认为她们作品中的墨西哥裔人物只不过是一种表象,她们所着意刻画的“一般性主题”脱离了 70 年代的主流,而这种立场是在“间离两性关系”:“她最关心的就是女性对男性的反叛,而不考虑社会、阶级、种族等问题。”④这种观点的交锋带有相当明显的时代特征,罗德里格斯的态度代表了当时男权社会对女性走出家庭、争取自我的抗拒和偏见。这些男性批评者具有批评家和奇卡诺人的双重身份,他们在相当程

---

① Herena Viramentes. “Forward”, in *Trini* (pp. i-vi). New York: Feminist Press, 2005, p. ii.

② Juan Bruce-Novoa. *Chicano Authors: Inquiry by Interviews*. Austin: University of Texas Press, 1980, p. 166.

③ Tey Diana Rebolledo. *Women Singing in the Snow*. Tuscon: The University of Arizona Press, 1995, p. 8.

④ Juan Rodriguez. “Notes on the Evolution of Chicano Prose Fiction”, in Joseph Sommers and Tomas Ybarra-Frausto (eds.), *Modern Chicano Writers* (pp. 67-73). Eaglewood Cliffs: Prentice-Hall, Inc., 1979, p. 69.

度上是奇卡诺男权思想的维护者，他们批评女性作家对既定规则和秩序所做的反抗，批评她们缺乏大局意识，归根结底还是在意图维护男性的权威。

数年以后，泰姆伯雷对此类批评做出了回应。在谈及奇卡诺作家对于女性人物的刻画时，她对刻板化的女性形象提出了批评："男性把女人分成了几类，这是相当典型的大男子主义，即可敬的女人，受尊敬的母亲形象，当然，这是以瓜达卢佩圣母为原型的；可怜的女人，受苦的妻子形象，她纯洁善良，少言寡语，用心养育孩子；还有供男人玩乐的女人。他们在这几个类别之间划定了明确的界限，似乎她们相互之间没有任何关系……女性不应该被写成这样，不可如此简单化地被贴上标签。"[①]她因而在作品中努力践行"去中心化"的叙事方式，描写不同类型的女性，描写她们在奇卡诺社区中的边缘化身份。另外，她主张作家应该具有更加广阔的视野，而不是局限于对族裔身份的描写。"我们应该忠实于自己……我们不应仅仅局限于奇卡诺身份，我们还有其他的身份——我们作为人的真实自我……我认为我们应该走出奇卡诺的天地，走到更大的天地间，不要把人们分成'我们'和'他们'，而是看作活生生的人，在天地间有他们自己的位置。"[②]正因如此，她致力于比不同的经历，比如奇卡诺人走出奇卡诺世界与世界相遇的故事。

波蒂略-泰姆伯雷的主要成就在于小说创作，此外她还有部分戏剧作品，大都以女性为书写对象。她的处女作《燕子归来》(*The Day of the Swallows*, 1971)就是她在埃尔帕索戏剧工作室时的作品，聚焦于女性成长，获得了较好的评价。在小说《曲妮》中，波蒂略-泰姆伯雷表现了墨西哥移民的奋斗以及代际差别。曲妮是众多墨西哥移民中的一个，"她见过许许多多和她一样的女人，她们私自渡河，来到美国。这个世界上有这么多棕色皮肤的女人，没有人会注意到她们的存在"[③]。曲妮为了追求更好的生活，摆脱墨西哥的贫穷和无望，来到了这片陌生之地，经过多年的奋斗之后，她知道自己再也不可能回到墨西哥，于是慢慢地接受了这里。但是她清醒地认识到，美国梦是不属于自己的："梦想是只属于美国人的，不是墨

① Faye Nell Vowell. "A *MELUS* Interview: Estela Portillo-Trambley", *MELUS*, 1982, 9 (4), p. 64.

② Faye Nell Vowell. "A *MELUS* Interview: Estela Portillo-Trambley", *MELUS*, 1982, 9 (4), p. 63.

③ Estela Portillo Trembley. *Trini*. New York: Feminist Press, 2005, p. 8.

西哥人的。所有这些东西侵入她的生活，让她茫然不解”。[①] 在《如果不是那株野金银花》中，比亚特丽丝在结婚第25年杀死了多年来虐待她的丈夫拉伯莱斯：“看看上帝创造的这人间乐园吧。这房子、院子，是他的天堂……我喜欢大地的葱翠生机……我喜欢秩序，胜过一切。没错，我心里有种狂热，来自我们的生活，来自其中的悲伤、孤独和暴力。它们在我的内心生长——交织——最终成为我自己都无法解释的东西。”[②]所以，泰姆伯雷努力突破男权社会对女性的规诫，创作了一系列敢于表达自己的女性人物，不仅反映了她们的现实生活和生存状态，而且还“坚持女性应该得到同样的关注和生存空间。鉴于此，泰姆伯雷在作品中着重描写那些在面临残酷的现实问题时敢于打破女性常规的女人们”[③]。泰姆伯雷的作品都属于此类，她的作品的文学价值直到20世纪90年代才重新被发现，学术界开始更多地从女性文学发展历程的角度研究她在文学史上的意义。

二、奇卡诺戏剧之父：路易斯·瓦尔德兹

路易斯·瓦尔德兹被誉为“奇卡诺戏剧之父”，在多个方面为奇卡诺戏剧做出了开拓性的贡献。他创办的农民剧社在奇卡诺运动中发挥了重要的宣传作用，“引发了全国性的戏剧运动，致力于揭露美国奇卡诺社区中的各种社会政治问题。他的作品包括剧作、诗歌、学术专著、散文、影视作品，都观照奇卡诺人的美国经历”[④]。他的剧作兼具政治性和艺术性，将奇卡诺主题与先锋派的表现手法有机结合起来，并从拉丁美洲文学中吸收了某些要素。瓦尔德兹成为最早得到百老汇认可与接受的奇卡诺剧作家，是美国西语裔戏剧中的一位领军人物。

瓦尔德兹1940年出生于加利福尼亚德莱诺的农业区，其父母都是来自墨西哥的季节工人。路易斯在瓦尔德兹家十个孩子中排行第二，他从很小的时候就开始帮助父母在田里干活，非常了解季节工人的辛苦，也熟知他们的语言和情感诉求。和许多季节工人的孩子一样，瓦尔德兹早年间随

---

① Estela Portillo Trembley. *Trini*. New York: Feminist Press, 2005, p. 237.

② Estela Portillo Trambley. *Rain of Scorpions and Other Stories*. Tempe, AZ: Bilingual Press, 1993, p. 69.

③ Maythee Rojas. “Violent Acts of a Feminist Nature: Estela Portillo Trambley's Striking Short Fiction”, *MELUS*, 2008, 33(3), p. 75.

④ Jorge Huerta. “Introduction”, in Luis Valdez, *Zoot Suit & Other Plays*. Houston: Arte Público Press, 1992, p. 13. Epub.

父母在加利福尼亚河谷地区的各个农场之间迁移，生活漂泊不定。他读高中时，他们一家人在圣何塞定居下来。瓦尔德兹从小便表现出对戏剧的兴趣，在初中时参加学校的戏剧表演，能自己设计并演出童话题材的木偶戏；到高中时他已经成为学校剧社的主力，并参加戏剧演出，并在当地电视节目中亮相。

瓦尔德兹是奇卡诺运动的重要参与者，为奇卡诺戏剧的发展做了杰出的贡献。瓦尔德兹高中毕业后，就读于圣何塞州立大学，学习数学和物理，后来转到英语系。1961 年，他创作的独幕剧《盗窃》(*The Theft*)获得了学校的戏剧创作奖。1964 年，他创作了多幕剧《潘丘·维亚皱缩的头颅》(*The Shrunken Head of Pancho Villa*)，以墨西哥革命的历史为背景，塑造了侠盗华金的形象。瓦尔德兹大学毕业后参加了旧金山哑剧团，后来受到街头流动剧(guerrilla theater)、宣传剧(agitprop theatre)、意大利即兴喜剧(commedia dell'arte)等剧种的影响，更加注重表演形式的创新与探索。1965 年，瓦尔德兹回到德莱诺，恰逢农业工人联合会在河谷地区对季节工人发动政治动员。他参加到了运动中，和工人、学生一道组建了农民剧社，加入塞萨尔·查韦斯的政治运动阵营中，开始利用戏剧在农业工人中开展动员。

瓦尔德兹基于自己对季节工人生活和话语习惯的了解，立足于自己在戏剧表演艺术方面的探索成果，创作出短小精炼的独幕剧，充分利用幽默元素，使得演出极具张力。农民剧社成为奇卡诺运动中最活跃的文化团体之一。1967 年，瓦尔德兹退出了与农民剧社相关的社会活动，在弗莱斯诺县的德拉雷成立了奇卡诺文化中心，致力于戏剧创作，因为他"作为剧作家已经能够探索与奇卡诺相关的其他素材，而不必拘泥于田地素材；作为导演，他可以开始培养演员团队，他们可以不必局限于某一种事业或某一种风格"①。他的艺术传统和革新意识在农民剧社得到了延续，剧社的剧目不再局限于表现季节工人的生活，演出场所也从劳动营地和社区扩展到了大学校园和广场公园等奇卡诺社区以外的公共场所。可以说，瓦尔德兹开创的戏剧传统及其影响已经扩展到了更大的范围，有了更广泛的受众。离开农民剧社之后，瓦尔德兹到弗莱斯诺州立大学任教，成立了全国奇卡诺戏

---

① Jorge Huerta. "Introduction", in Luis Valdez, *Zoot Suit & Other Plays*. Houston: Arte Público Press, 1992, p. 15. Epub.

剧协会，将美国西南部的戏剧团体组织起来。他发起成立的奇卡诺文化中心几经演变，成为农民文化中心，属于专业的戏剧公司。1989 年，瓦尔德兹又作为主要成员发起成立了拉美西语裔作家协会，旨在保护好莱坞拉美裔作家的权利。他还在加州州立大学创办了影视艺术专业，为推动戏剧相关专业的创作、研究与应用做出了积极的贡献。2015 年，他获得了美国国家艺术奖章。

瓦尔德兹的作品数量多，具有时代特色，且艺术性强。他不仅是剧作家，还是导演、演员。他的代表性作品有纪录片《我是华金》（*I Am Joaquin*，1969）、《贝尔纳贝》（*Bernabé*，1970）、《列兵巴克》（*Soldado Razo*，1970）、《失败者的营地》（*La Carpa de los Rasquachis*，1973）、《为生命而战》（*Fighting for Our Lives*，1975）、《佐特装》、《匪徒！》（*Bandido!*，1982）《我用不着给你看那让人恶心的奖章》（*I Don't Have to Show You No Stinking Badges!*，1986）、《科瑞多民谣：热情和革命故事集》（*Corridos：Tales of Passion & Revolution*，1987）、《了不起的演出》（*La Pastorela*，1991）、《矿工》（*Los mineros*，1991）、《心的峡谷》（*Valley of the Heart*，2018）等。此外，他还改编、执导了大量的电影作品。胡尔塔将他的职业生涯分为四个阶段："第一个阶段是在农场工人群体担任导演和剧作家；第二个阶段是联合会下属的独立农民剧社阶段；第三个阶段是专业剧团及合作创作阶段，例如《佐特装》的创作；第四个阶段就是当前，作为专业电影制作人、农民剧社剧作家、全国专业戏剧制作人的路易斯·瓦尔德兹。"①

瓦尔德兹擅长运用象征手法和表现主义手法，这在很大程度上反映了 20 世纪六七十年代存在主义对奇卡诺戏剧的影响，而不仅仅是奇卡诺政治及文化运动影响的结果。他最大的成功之处是他将奇卡诺主题同具有先锋意识的实验手法相结合。《贝尔纳贝》讲述的既是乡村痴汉追求爱情的故事，也是历史、神话和现实相交织的故事。贝尔纳贝追求的女孩狄埃拉是"大地"的象征，她一心支持革命，作者通过她影射了墨西哥革命的社会历史之必然性，表现了变革之于国家的重要性。狄埃拉的弟弟卢纳（意为"疯子"）着佐特装，这又增加了故事的现实的社会历史要素。《列兵巴克》

① Jorge Huerta. "Introduction", in Luis Valdez, *Zoot Suit & Other Plays*. Houston：Arte Público Press，1992，p. 23. Epub.

同样使用了高度象征的手法，通过巴克参加越南战争的经历，呈现战争和死亡等主题。瓦尔德兹戏剧中突出的艺术手法是叙述者这一角色的使用，他作为独立的人物，控制着故事的节奏和进程。这个手法后来在《佐特装》中得到继续运用，并且十分成功。《列兵巴克》中的叙述者名为“马尔特”，意为“死亡”，他的在场时刻提醒着观众，人物最终将不可避免地走向死亡。《匪徒！》取材于加利福尼亚历史上的墨西哥匪徒迪博西奥·巴斯克斯(Tiburcio Vásquez)，采用了戏中戏的方式，让演员把他对于人物形象的理解和阐释表现出来，多层面地呈现巴斯克斯的形象。在人们熟悉的匪徒印象之上，戏剧塑造了一位因为白人入侵而被迫拿起武器反抗的“绅士”。由此可见，尽管瓦尔德兹后来离开了农民剧社转而去探索更加广泛的主题，他的创作依然以展现奇卡诺人的生存体验为重点。

《佐特装》是瓦尔德兹的代表作。1968 年该剧在洛杉矶的中央剧院上演，一举成名，被誉为“先锋派剧作的精品”。该剧 1969 年 3 月在百老汇上演，瓦尔德兹由此踏上了通向百老汇的道路，成为第一位进军百老汇的西语裔剧作家。1981 年，瓦尔德兹本人将其改编成电影，令受众的数量大大上升。《佐特装》依旧采纳了奇卡诺题材，用表现主义手法把“佐特装暴动”“睡湖谋杀案”和奇卡诺运动的背景结合起来，展现了以亨利·雷纳为代表的奇卡诺青年的成长，他们逐渐摆脱对外在表象的迷恋，经过斗争的洗礼后逐渐建立起对自己族裔身份的自信。剧作讲述了洛杉矶东区的墨西哥裔青年亨利和伙伴们在 1943 年夏天到 1944 年底的经历。21 岁的亨利是洛杉矶 38 街帮派的头目，他们和另外一个帮派道尼帮发生了冲突，而这一冲突被怀疑同“睡湖”旁的死亡案件相关，随后 300 名墨西哥裔青少年被捕。亨利被提起公诉，法庭在缺少关键证据的情况下对亨利做出了有罪判处。后来亨利等人申诉成功，重获自由。这部作品在情节上除了将历史事件拼贴以外，并无特别之处，但是在人物塑造和舞台演出设计等方面作者充分利用了先锋派戏剧手法，使其成为西语裔戏剧的经典。总体来说，剧作将舞台的功能发挥到了极致，运用了音乐、舞蹈、服装(特别是奇卡诺青年的佐特装)、布景等具有鲜明时代特色和奇卡诺特色的元素。例如，故事的背景和公众的反应通过新闻广播、报纸展现出来，讲故事者帕楚丘控制着演出的节奏、情节安排，人物对于故事的结局都具有发言权，按照各自的期望对亨利的最后结局进行着猜测。

从故事的题材和思想上来看，亨利的故事是奇卡诺青年构建自我身份、探索自我价值的过程。他们起初认为敢打敢拼的帮派精神是奇卡诺男性气概的体现，长衣宽裤的佐特装是他们族裔身份的表现，然而他们被关进监牢、被剥去了华丽的衣衫时，才发现在霸权面前自己根本没有还手之力，所谓男性气概根本不堪一击，外在的绚丽只是虚妄的表征，他们真正需要面对的是真实的自我、承认自己的渺小，并通过内心的强大构建真正的男性气概。如前所述，瓦尔德兹充分运用奇卡诺文化传统，为故事的解读提供了多种可能。亨利被剥去衣衫、换上囚服，象征着阿兹特克人祭祀神灵的牺牲仪式，并且亨利通过自己的"献身"获得了精神上的升华。

《佐特装》这部剧作的独特之处就是帕楚丘这个人物的意义。"帕楚丘"(Pachuco)的原意是"墨西哥裔花衫青年"，他们可能是帮派分子、街头的小混混，也可能只是个性不羁、具有反抗意识、对抗主流价值观的墨西哥裔青年。在剧中帕楚丘以独立的形象存在，他是讲故事的人，控制着故事进展的节奏，通过手势来暂停或重启舞台上的表演。他在演出开始便道出了自己的身份和功能：

> 女士们，先生们/你们即将看到的这场戏/是事实和幻想的合体。/帕楚丘风格就是行动中的生活/他的语言是全新的创造。/他的生存意志具有超凡的力量/在任何文献中都无法找到……/他是神秘莫测、令人惊骇的存在/革命的先驱/还是可悲可叹的英雄主义玩笑/根本不值一提？/我开口念白，是舞台上的一名演员/帕楚丘是真实存在的/ 因为他曾经是街头的演员/既敢于挑战又满怀敬畏。/每个伙计都有个秘密的幻想/在奇卡诺人中的上上下下/上演一场佐特装的故事，演绎/最他妈渣渣的帮派分子的传奇。（戴帽，转身）开始！（音乐响起……）①

这段念白还具有戏中戏的功能，表示即将展现的这个故事是一段传奇。帕楚丘除了发挥了向导的作用以外，也是亨利的内在自我，是他无意识的外化。帕楚丘出现在亨利的监室中，同他进行辩论，将他的内心活动披露出来。亨利被投进监牢，被褪去了佐特服，他感到恐惧且无助；此时，帕楚丘来到他身边，两个人对亨利目前的处境展开了讨论。这段讨论反映出亨利对自己的身份和国家的矛盾心态：一方面，他想结束浑浑噩噩的生

① Luis Valdez. *Zoot Suit & Other Plays*. Houston: Arte Público Press, 1992, pp. 40-41. Epub.

活，走出社区，所以他准备去参军；另一方面，他又意识到这个国家将他排除在外，所以帕楚丘告诉他说："这不是你的国家。"[①]下面这一段能够看出帕楚丘所具有的"魔力"：

亨利：我想知道，我为什么会在这里。

帕楚丘：你在这里，伙计——因为你保护了弟弟和家人呀，这种行为的价值，没人比你更清楚了吧，伙计。

亨利：可是我好想他们呀，伙计…… 我想老爸，我那帮哥们，我妹妹，还有黛拉。

帕楚丘：（聚光灯照亮站在舞台后部的亨利的家人。帕楚丘打个响指，灯灭。）忘了他们！把他们统统忘掉！不要想你的家人，不要想社区，没用的。

亨利：我还有可能出去吧。

帕楚丘：太有可能了。

亨利：我说的是申诉。

帕楚丘：我说的是现实！有用吗，伙计？你还不明白吗？

亨利：明白什么？

帕楚丘：在根本没有公平的地方，你不要抱有任何期望。[②]

从这段对话中，能够看出，帕楚丘代表的是亨利的另外一个自我，亨利在左右游移，试图在理智与情感之间找到平衡。

除此之外，帕楚丘为亨利设定的几个不同结局也使得故事带有了不确定性，令亨利这个人物的象征意义更加明显。帕楚丘提供的几个版本分别是：(1)官方新闻媒体报道说，亨利·雷纳因为持致命武器抢劫再次被捕入狱，在狱中他杀死了另外一名囚犯，直到 1955 年才被释放，之后染上毒瘾，1972 年死于并发症；(2)亨利·雷纳最终实现了"为国尽忠"的愿望，在 1950 年赴朝鲜战场，1952 年在仁川阵亡，死后被授予国会荣誉勋章，得到了国家的认可；(3)亨利·雷纳和黛拉结婚，养育五个子女，三个孩子上了大学，他们现在把自己叫作"奇卡诺人"。然后，剧中的每个人物都试图给

① Luis Valdez. *Zoot Suit & Other Plays*. Houston: Arte Público Press, 1992, p. 47. Epub.

② Luis Valdez. *Zoot Suit & Other Plays*. Houston: Arte Público Press, 1992, p. 123. Epub.

亨利设定他的结局,给他一个他们认为的最合适的标签,诸如“天生的领导者”“社会受害者”“街角的斗士”,等等。故事的多种可能性和人物的多层次性,表明亨利这个人物具有高度的代表性,他是那个时代不同人物、不同侧面的集合。

从瓦尔德兹的这些作品能够看出,他的创作主题和风格较为清晰地反映出了奇卡诺文学在运动时代的变迁。这些剧作经历了显性的运动主题和权利诉求,而后进入艺术性的价值建构阶段,作品的政治性并没有减弱,却获得了更多的受众。可见,奇卡诺文学要获得更加持久的生命力,必须要有艺术上的不断创新。

从以上五位作家的创作概略中可以看出,他们都是在奇卡诺运动和奇卡诺文学运动的时代大潮中成长起来的作家,在社会运动时期显性政治题材的基础上,寻求提升作品层次的文学性表达,使作品兼具族裔性、政治性和文学性。可见,族裔性和政治性的表达是多元的,里维拉描写的季节工人,阿纳亚笔下带有神秘色彩的自然和灵性,伊诺霍萨刻画的河谷小城及其居民,波蒂略所表现的奇卡纳女性意识,瓦尔德兹对奇卡诺身份的先锋主义建构,都具有典型的奇卡诺文化特征,均从不同的侧面书写了奇卡诺人的生活、塑造了他们的自我。这几位作家的作品成为呈现运动时代“奇卡诺政治”的有力补充,他们无愧于最早一代的奇卡诺文学“经典作家”的称号。

第三章　当代墨西哥裔文学

路易·里尔、弗朗西斯科·罗麦利等人之后，美国学界并没有继续对墨西哥裔文学的历史分期等问题加以阐释，所以人们往往会较为笼统地将20世纪40年代初以来的墨西哥裔文学统称为“奇卡诺文学”，不过，当代阶段的墨西哥裔文学具有不同于奇卡诺文学经典的诸多特征，诸如书写的去政治化、政治话语的多元化表达、性别政治、性属政治等，书写的主题也从集体经验、族裔文化表征扩展至个性舒展和时代性表达，这些均与奇卡诺运动时期社会历史题材的小说具有明显不同。因此，有必要对当代阶段的墨西哥裔文学进行独立的追溯与阐释。

第一节　奇卡诺文学运动时期的“去政治化”题材

20世纪60年代是美国历史上政治运动风起云涌的年代，对少数族裔的民族文化认同产生着巨大的冲击。但是，政治运动在不同社会阶层中产生的影响是不同的，个人的经历、政治观点等诸多因素决定了人们对待社会运动的态度会有所不同，采取的应对策略也会千差万别。研究认为：“墨西哥裔美国人社区中的分化十分明显——主要在于接受同化还是保持差异，这些问题在60年代后期的奇卡诺运动期间公开显现出来。分歧出现在阶级和代际阵营之间，愤怒的中下阶层青年组织起来一起进行反抗，但是生活稳定的中产阶级领导者却希望能够遏制这一努力。随着运动的深入开展，出现了令他们不安的现象：下层民族主义青年开始接受激进的共产主义思想的影响。”[①]这种判断有一定的道理，阶级和代际的确是重要的

---

① David Montejano. *Quixote's Soldiers: A Local History of the Chicano Movement, 1966-1981*. San Antonio, University of Texas Press, 2010, p. 23.

分界线,不过也并不是唯一的区分要素。另外,政治表达的方式各不相同:参与奇卡诺运动显然是那个时代最直接的政治表达,与奇卡诺运动相关的政治主题固然是20世纪六七十年代奇卡诺文学中最为流行的主题;不过,政治诉求也可能通过其他的主题得到表现,其表现形式趋于隐形化,例如历史题材、性别书写、性属政治,甚至对于阶级和代际的"非主流书写"。只是这类主题是否具有政治诉求,需要具体分析,不可一概而论。

相当一部分作家的职业生涯开始于奇卡诺运动时期,但是他们并未对政治运动进行直接回应,或者是通过迂回的策略表达政治诉求。他们有的书写性属政治,将性别身份和家族历史甚至族群历史结合起来;有的书写人文地理,把文化认同、文化身份与特定的地理地貌结合起来,从文学地理的视角表达奇卡诺人的土地情结或者精神归属;还有的书写家庭历史、群体历史及文化适应,用文学记录族群记忆,从个人的奋斗历程透视族群命运,以自我经历折射群体经历。这些"去政治化题材"的作品在政治和文化运动的大潮中,没有及时得到应有的关注,其中部分原因就是文本中"权力关系"的表达趋于多元化或者隐晦化。从另外一个角度看,这些非政治题材展示了文学书写的多样性,给奇卡诺文学的持续发展注入了别样的活力。随着时间的推移,人们越来越认识到,文学的发展必须跳出政治书写的窠臼,否则难以获得持久的生命力。这一节将介绍书写性别身份和性属政治的约翰·雷希(John Rechy,1934～　)、阿图罗·伊斯拉斯(Arturo Islas, 1938～1991),书写奇卡诺人城市生活经历的罗恩·埃里阿斯(Ron Arias, 1941～　),对政治运动诉求、阶级属性加以解构的理查德·罗德里格斯,以及书写奇卡诺人历史的阿里汉德罗·莫拉利斯(Alejandro Morales, 1994～　)。

一、奇卡诺性别书写和性属政治:约翰·雷希

约翰·雷希是奇卡诺运动时期的一个"另类"作家,在相当长的时间里为奇卡诺文学研究界所忽略。雷希在作品中书写最多的就是洛杉矶、旧金山等地的同性恋文化,他因而被视为当代同性恋文学的奠基者之一。雷希和当时的奇卡诺"主流"作家不同的是,他虽然同样书写身份,但是"主人公的主要困境不在于他的墨西哥裔美国族裔身份,而在于他的性别身份。而在20世纪七八十年代,直白明确的政治表达和'标准'的奇卡诺身份成为

不断增加的奇卡诺文学经典中最受人们欢迎的标签”[①]。正是出于这样的原因，雷希的《夜城》(*City of Night*, 1963)长期以来被排除在了奇卡诺文学经典之外，直到20世纪末才开始重新得到墨西哥裔文学批评界的关注。

约翰·雷希于1931年出生于得克萨斯州艾尔帕索的一个墨西哥裔家庭，他的父母都具有欧洲血统，其中父亲是苏格兰谱系的墨西哥人，并且祖上一直以“纯正的西班牙血统”而感到骄傲。他的父亲在墨西哥时是天才音乐家和交响乐队指挥，“他们一家曾经是迪亚兹总统晚宴上的常客，在他瓜达拉哈拉的别墅里度过假……父亲是墨西哥大学的优等生，能够演奏‘所有的’乐器，最终自己成立了歌剧公司，组建了自己的交响乐队，并亲自担任指挥。他从艺术的巅峰上跌落下来，失去了墨西哥上流社会的特权——在得克萨斯经历过大萧条以及接二连三的磨难——现在只能偶尔给那些毫无天分却有着各种毛病的得克萨斯顽童教教音乐课”[②]。因为墨西哥政治局势的变化，雷希一家被迫移居到格兰德河以北。传统的家庭观念和现实境遇之间的矛盾，让他从小就感受到巨大的压力。

约翰·雷希大学就读于得克萨斯西方学院(即今天的得克萨斯大学艾尔帕索分校)，毕业后入伍，退伍后就读于哥伦比亚大学。雷希是公开的同性恋者，1959年参加了洛杉矶同性恋者为反抗警方骚扰而举行的“库珀面包圈店暴动”(Cooper Do-nuts Riot)[③]，并且将这段经历写进了小说之中。《夜城》是雷希的代表作，也是著名的同性恋体裁的畅销书。小说采用第一人称主要人物叙事视角，讲述“我”(有时也被称为“年轻人”“男妓”)在美国各地的经历，通过他结交的各色人物特别是同性恋者和性工作者，纽约、洛杉矶、旧金山、新奥尔良等城市的人文地理风貌在同性恋者的视角下得以展开。在叙述手法上，雷希较多采用意识流等具有现代主义特征的手法，极大地增加了叙述张力，拉开了作者和叙述者之间的距离，给小说提供了

---

① Susan Baker Sotelo. *Chicano Detective Fiction: A Critical Study of Five Novelists*. Jefferson, NC: McFarland & Company, 2005, pp. 18-19.

② John Rechy. *About My Life And the Kept Woman: An Autobiographical Memoir*. New York: Grove Press, 2008, pp. 24-25. Epub.

③ 库珀面包圈店当时是洛杉矶同性恋者、跨性别者经常光顾的一个24小时面包店，位于两个著名的同性恋酒吧之间。当时，加利福尼亚的法律规定，如果一个人的外貌性别特征和身份证不符，警方就有权力将其逮捕。1959年，警察突然袭击面包圈店，试图逮捕着女装的男同性恋者和性别工作者，双方发生冲突，雷希被捕。这个事件后来引发了更大规模的骚动，最终被捕者得以释放。这次事件是美国同性恋者在争取权利的过程中第一次与官方发生的正面冲突。

更大的诠释空间。小说开篇便说明了"夜城"的含义，它代表美国喧嚣的物质繁荣之下难以掩饰的孤独和迷茫："我总是把美国想象成一座巨大的夜城，从时代广场延伸到好莱坞大街，一路的俗艳——自动点唱机的喧嚣，摇滚的呻吟：在夜晚，美国将其昏暗的城市和无可名状的孤独交融。不要忘记了潘兴广场和漠然的棕榈树。中央公园和狂野的影子。愤怒清晨时光的电影院，还有受伤的芝加哥大街……一夜纵情，吞云吐雾，孤独充斥着房间……我总是会想起那个巨大夜城里灰暗的生活，从通宵电影到比弗利山庄的豪宅。"[①]叙述者历数二战之后美国物质的繁荣，以及与之形成截然反差的精神空虚，诸如"昏暗""漠然""狂野""愤怒"等，记录了 20 世纪 60 年代颓废和迷茫的青年通过摇滚、纵欲、吸毒来自我麻痹。小说反映出"在路上"的经历和自我身份建构的历程，这种景象同主流文学中垮掉派的作品存在诸多相似之处，其对美国社会物质至上的揭露以及对个人精神迷茫的再现，都打上了时代的烙印。

但是，如果从深层次解读小说，会发现雷希这部作品与垮掉派作品的不同之处。同样是书写"在路上"，书写追寻，但与垮掉派相比，雷希表现出自己的独特性，他的族裔身份是不容忽视的。雷希在《夜城》的前言中对自己成长环境的回忆，对小说创作出版之前因后果的阐释，都在很大程度上点明了追寻历程和性属书写背后"孤独"这一核心主题。据雷希说，自己小时候在家里只讲西班牙语，直到上学才开始说英语，这令他意识到了自己在语言、阶级、种族等方面的与众不同。"我从 8 岁开始写小说，所有的作品都只有一个标题，叫作'从前'。大约 13 岁时，我开始创作小说，名为《飞逝的时间》，写的是法国大革命，我当时为查找资料可是费了不少劲。过了几年，我突然顿悟，开始探索更加'深刻'的主题，我开始写自传体小说，为的是卖钱，名为，呃，想起来了，《苦涩之根》，写的是一个墨西哥和苏格兰混血男孩的故事，他经历着多重的'流亡'：他的混杂血统（这在得克萨斯尤为突出）；比照于父母记忆中家族的富饶，他们当前的困窘；他除了学习优异，一无所长，放学后他会赶紧回家，不愿暴露自己的贫穷。"[②]他自认为这种孤独感和自己的多重身份相关，如族裔和阶级上的边缘化地位，而这些是他本人难以掌控的；因而，在小说中他构想了自己能够把控的价值取向，那就

---

① John Rechy. *City of Night*. New York: Grove Press, 1984, p. 15. Epub.

② John Rechy. *City of Night*. New York: Grove Press, 1984, p. 10. Epub.

是性属。且不过分纠结“前言”中所述到底在多大程度上是雷西本人的真实情感披露，但至少能够从中看出，种族、阶级地位带来的压力造成了雷西对社会的情感疏离，他只能在自己能够掌控的性属中寻求心理补偿。

在《夜城》叙述者所处的墨西哥裔文化环境中，男权思想根深蒂固，阿兹特克文化中雄鹰和毒蛇的意象代表了以“男性”“天空”为特质的阳性崇拜。西班牙文化的注入更是强化了这种思想，因为以科尔特斯（Hernán Cortés，1485～1547）为代表的欧洲男性对以玛琳琦（la Malinche，1501～1529）为代表的印第安女性的征服已经概念化为文化符号和民族心理象征。墨西哥文化崇尚“男性气概”（machonismo）和“有男子气的男性”（macho man），这样奇卡诺同性恋者被多重边缘化了，如学者所言，“作为印欧混血人种，他们已经是种族主义的受害者，无论在哪里都受到排斥——甚至在他们自己的国家，因为国家已经为矛盾和冲突所撕裂。在这种情况下，白人男性气概的构建已经成为社会常规，任何不相符的行为都会导致社会的排斥，甚至死亡”[①]。在自传中，雷希用了相当长的篇幅，通过姐姐婚礼前后的各种波折，讲述了双方的父亲、两个在家里说一不二的“独裁者”如何控制着家庭的话语权，由此反映出墨西哥裔文化中浓重的男权传统。在《我的生活和被包养的女人》中，雷希以“被包养的女人”为核心意象，阐释了墨西哥文化中的性别政治。

> 曾经，在墨西哥，在赌徒、政客、商人、黑帮中，这个被称为‘上层社会’的微妙群体里，情妇似乎是个必需品……幸运者，数量并不多，得以被承认，能够进入包养者的生活圈子。还有更加幸运的，当然也是寥寥无几，终成正果嫁入豪门。可即便如此，也难以消除各种谣言和她们生活中的污点，她们永远都不可能被上流社会接纳。无论她们如何粉饰伪装，都无法掩饰她们的强悍和冷酷，因为即便她们住在精致的小房子里，过着比较舒适的生活，俗艳地模仿权贵的生活，她们还是要时刻小心，因为她们可能会被更年轻的情妇取而代之。[②]

在这里，雷希批判了财富和权力对女性的物化，指出两性不平等、性别压迫

---

① Kelli Lyon Johnson. “Violence in the Borderlands: Crossing to the Home Space in the Novels of Ana Castillo”, *Frontiers: A Journal of Women Studies*, 2004, 25(1), p. 44.

② John Rechy. *About My Life and the Kept Woman: An Autobiographical Memoir*. New York: Grove Press, 2008, p. 41. Epub.

之中所隐含的权力关系，其中的性别政治隐喻也趋于清晰。无论是雷希个人，还是《夜城》中的主人公，性取向都在很大程度上成为他们寻求认同、认识自我的一种方式。在小说中，“孤岛”“无所适从”等描写比比皆是，诸如将纽约视为孤岛的比喻：“天哪，我竟然在个岛上！”那里“成为我解放自我的象征，但我知道，自我如果试图找到自己，必须在一种骚动中才有可能实现”[①]，揭示出主人公所处的多重困境。而游历所象征的漂泊或者作者本人所说的“流亡”就是叙述者寻找归属的旅程。

雷希是位多产作家，他思想活跃、创作力旺盛，到目前为止出版了十几部小说，如《数字》(*Numbers*, 1967)、《死在今日》(*This Day's Death*, 1969)、《吸血鬼》(*The Vampires*, 1971)、《第四位天使》(*The Fourth Angel*, 1972)、《激流》(*Rushes*, 1979)、《身体和灵魂》(*Bodies and Souls*, 1983)、《玛丽莲的女儿》(*Marilyn's Daughter*, 1988)、《艾米莉亚·戈麦斯的奇妙岁月》(*The Miraculous Day of Amalia Gomez*, 1991)、《巴比伦夫人》(*Our Lady of Babylon*, 1996)、《夜晚降临》(*The Coming of the Night*, 1999)和《莱尔克莱门斯的生平和冒险》(*The Life and Adventures of Lyle Clemens*, 2003)，非虚构类作品《性的叛逆者》(*The Sexual Outlaw*, 1977)、《外表之下》(*Beneath the Skin*, 2004)和《我的生活和被包养的女人》(*About My Life and the Kept Woman*, 2008)。《性的叛逆者》是雷希的第一部非虚构类作品，是对洛杉矶同性恋者和跨性别者境况的采访记录，揭露了社会对这些边缘群体的歧视甚至是压制。雷希获得了两项重要的奖励：1997 年笔会美国西部终身成就奖(PEN-USA-West's 1997 Lifetime Achievement Award)和美国同性恋者专门协会“出版金三角协会”颁发的“威廉·怀特海德终身成就奖”(The Publishing Triangle's William Whitehead Award for Lifetime Achievement)。从雷希作品的书写主题来看，他的主要关注点是同性恋问题以及其中的权力关系，即性别政治、性属政治，尽管这也是政治书写的一部分，并且往往和族裔政治相关联，但是族裔性毕竟不是他的首要关注点，因此在职业生涯之初的 20 世纪 60 年代，他被排除在经典之外也是毫不奇怪的。

---

① John Rechy. *City of Night*. New York: Grove Press, 1984, p. 21. Epub.

二、移民家族历史和性属政治的交织：阿图罗·伊斯拉斯

当然，雷希不是唯一一个被忽略或被误解的作家。理查德·罗德里格斯在自传中起初采取非常隐晦的方式来主张自己的性别身份，即通过书写自己与父母文化的背离来隐射自己的多重被边缘化境况，导致 20 世纪 80 年代的批评者被其“消极”的政治观点“蒙蔽”。然而，同样是同性恋作家，同样涉及同性恋题材和性别身份书写的另外一位作家阿图罗·伊斯拉斯，却几乎没有任何悬念地成为奇卡诺文学中的重要人物，其作品成为奇卡诺文学经典的一部分，这其中一个关键要素是他所书写的性别身份是在奇卡诺经历的框架下，他“接受 20 世纪 70 年代奇卡诺话语中的‘棕色权力’，关注种族个体私人自我和公众自我身份之间的协商，因为他知道必须进行某种程度的本质化（书写），以便主张奇卡诺和奇卡纳的权利”[①]。伊斯拉斯支持平权运动（Affirmative Action），说服斯坦福大学官方修改了相关课程，增加了非白人作家的作品，并使他主讲的一门课程“美国生活”（American Lives）成为最受欢迎的课程。埃斯拉斯作为最早一批进入美国最顶尖高等院校的奇卡诺学者，他书写墨西哥裔美国人身份的方式可谓隐晦而曲折，然而其中的政治立场却坚定且明确。

阿图罗·伊斯拉斯 1938 年出生于得克萨斯的埃尔帕索的墨西哥移民家庭，祖父母在 1910 年为了躲避墨西哥革命导致的动荡生活带着子女逃到了得克萨斯。伊斯拉斯的祖母是教师，注重孩子的教育，教他们学习英语，帮助他们尽快适应美国的生活。伊斯拉斯的父亲后来成为警察，是艾尔帕索为数不多的墨西哥裔警察；伊斯拉斯和他的两个兄弟皆学有所成，伊斯拉斯本科、硕士和博士都就读于斯坦福大学，是最早在斯坦福大学获得博士学位的奇卡诺学生之一，也是第一位获得斯坦福大学终生教职的奇卡诺教授。他的兄弟分别做了牧师和律师，这和良好的家庭教育是分不开的。在代表作《雨神：沙漠的故事》（*The Rain God: A Desert Tale*，1984）中，这些家庭故事得到了不同程度的反映。伊斯拉斯 1971 年从斯坦福大学毕业后，便留校在英语系任教，教授创意写作和少数族裔文学，是斯坦福大学奇卡诺研究中心的主任，他还担任招聘委员会主席，改革文学课程的

---

① Fredrick Luis Aldama. *Dancing with Ghosts: A Critical Biography of Arturo Islas*. Berkley and Los Angeles: University of California Press, 2005, p. xv.

设置，增添了少数族裔文学研究课程，极大地推进了斯坦福大学的族裔文学研究。在教学和研究之余，伊斯拉斯进行文学创作，分别在1984年和1991年出版了《雨神》及其续篇《流浪的灵魂》(*Migrant Souls*)。埃斯拉斯是同性恋者，1991年因为艾滋病在斯坦福大学去世。他的第三部小说《茉莉和泪王》(*La Mollie and the King of Tears*)在他去世后出版。

家族历史小说《雨神》和《流浪的灵魂》，都以奇卡诺人的经历为主要书写对象，描写了安吉尔一家三代从墨西哥迁移到得克萨斯之后的生活。小说采用第三人称叙事外聚焦，呈现出明显的碎片化，每一章以不同的人物为中心，但是米盖尔·奇科作为见证者将所有的故事串联起来。家族中有因为模糊的性属而遭到杀害的菲利克斯，有男权思想严重、对婚姻不忠的米盖尔·格兰德，更有家族的核心、坚强的祖母，这些人物的经历反映出这个墨西哥裔家族的成员在以各自的方式应对着生活中的危机或自我迷失。此外，这两部小说带有一定的自我书写的痕迹，《雨神》尤其如此，不仅地理风貌十分符合作者家乡的地理特征，并且家族历史故事也在很大程度上取材于家族的经历，主人公米盖尔·奇科和作者之间有着诸多的相似之处，例如他们都有小儿麻痹症的后遗症跛脚，祖母教育对他们有着重大影响，他们都成为家族中第一个大学生等。

虽然《雨神》以自传性和性别书写为主，但是这些要素被作者利用为形而上的文学符号，背景则是边境冲突和文化差异。可以说，伊斯拉斯的小说具有很强的画面感，象征色彩强烈。小说中的“沙漠”不仅表明小镇所处的自然环境，而且还是其文化贫瘠和边缘化地位的象征。“雨神”同样具有双重象征意义，在小说中，所谓的“雨神”不过是一个能够从风中闻出雨的气味的孩子，然而在墨西哥文化中，“雨神”则是玛雅神话中的雨神恰克，他同时还是雷电之神和风神，是农业的保护神，是生长、繁衍的象征和保护者。作为斯坦福大学的文学教授，伊斯拉斯非常了解小说创作的要旨，他对墨西哥裔文化要素进行了改写，使作品带有了后现代主义色彩，并由此达到抒发自我和追求文学审美的双重功效。如伊斯拉斯研究专家阿尔达玛所说，“伊斯拉斯对奇卡诺运动中的二分法持有非常谨慎的态度，即分别‘我们’和‘他们’，‘白人’和‘棕色人种’的做法，对当时社会对同性恋者的敌视和批判态度同样保持了警惕”①。通过这样的立场，伊斯拉斯表现了他对墨西哥裔文化（特别是其中的主流文化取向）的游移态度。

伊斯拉斯的作品具有强烈的画面感和象征性。在当时以政治书写为上的文化语境下，这类作品具有难得的文学性和艺术价值。《雨神》以米盖尔和祖母乔娜的合影开始，那张照片捕捉了祖孙二人走在大街上的情景，“那是二战刚开始那会儿，一个墨西哥老摄影师在这个边境城市的大街上转来转去。谁也不知道这照片怎么到了他们手里，因为祖母从来不跟陌生人说话。他们两个手拉手，在人来人往的大街上走着，两个人直直地看着前方，似乎超然物外，仿佛有什么心事。他们看上去行色匆匆，两人都有一只脚停留在半空中……孩子脸上的那表情，使他看上去和老人一样苍老。照相机捕捉到了他们从这个世界逃往另外一个世界的那一瞬间”②。小说从对祖孙两代人的描写入手，通过回溯交代了这个家庭的历史：祖母在墨西哥失去了亲人，为了躲避战火从边界以南来到了边界以北，从此这个家庭重新在美国生根、开枝、散叶。米盖尔是在边界以北出生的第二代美国公民，在他开始叙述的时候，这个家庭中的第一代美国人大都已经去世了，而他也已经与家人逐渐疏远，足足十二年没有回到得克萨斯沙漠中的家看望他们。所以，米盖尔讲述的是过去和现在交织的故事，爱与恨，挣扎与期盼，死亡和新生都是这个故事的主题。

这幅照片也是主人公米盖尔·奇科与家人间游移关系的写照。他把这幅照片挂到了书房里，时时都可以看到它，但是这幅照片也具有陌生化的效果：现实中他和祖母已经非常疏远，他已经多年没有回到“沙漠里的家”，所以这照片里的两个人对他来说是非常陌生的。米盖尔的同性恋者身份被解读为家族的天主教背景和外面世界之间的冲突，因为天主教文化是不接受同性恋的。米盖尔无法跟家人解释自己为什么迟迟不结婚，自己为什么没有像传统的墨西哥男人那样延续香火，他知道在家人眼里，自己就是个“罪人”，因而他不愿意和家人联系并逐渐疏远了他们。尽管祖母在弥留之际认出他，并且留下了她人生的最后一句话“我们是一家人”，但是这并没能把米盖尔召唤回来，他的人生轨迹并没有因为这句话而改变，他

① Fredrick Luis Aldama. *Dancing with Ghosts: A Critical Biography of Arturo Islas*. Berkley and Los Angeles: University of California Press, 2005, p. xv.

② Artuto Islas. *The Rain God: A Desert Tale*. Del Mar, CA: Perennial, 2003, pp. 3-4.

只是觉得祖母的眼神和那句话让他更加迷失和不安，而这种感觉已经伴随了他多年，特别是被堂弟堂妹们问及他为什么还没有结婚时，他的这种负罪感就更加明显。可见，这是一个墨西哥移民家庭在边境城市中生存的故事，描述了第三代移民与家庭和祖先的文化逐渐疏离的过程。伊斯拉斯将性别身份嵌入到种族、文化和生存等概念之中，使其具有了更加宽泛的指涉意义。这体现了他对当时奇卡诺运动中以及之后近二十年奇卡诺主流话语中的政治书写的暧昧态度。

三、奇卡诺城市文学：罗恩·埃里阿斯

罗恩·埃里阿斯是另外一位杰出的奇卡诺作家。他的代表作《塔玛赞奇尔之路》(*The Road to Tamazunchale*, 1978)是最早在非奇卡诺文学界获得声誉的奇卡诺小说，被提名为当年度的美国国家图书奖，是迄今为止墨西哥裔文学中获得此奖提名的为数不多的作品之一。罗恩·埃里阿斯属于奇卡诺作家中的精英阶层，是最早进入美国顶级学府的另外一位奇卡诺学者。他的作品将拉美文学传统和奇卡诺人当下的生活境况结合起来，以魔幻的手法描绘当今的城市生活。

埃里阿斯 1941 年出生于洛杉矶的一个军人家庭，少年时期曾经随父母在欧洲生活，回到美国后在洛杉矶生活，后来进入巴塞罗那大学、加州大学伯克利分校、加州大学洛杉矶分校、布宜诺斯艾利斯大学等顶级学府。在阿根廷期间，他师从阿根廷著名作家豪尔赫·博尔赫斯(Jorge Luis Borges, 1899～1986)学习中古英语。埃里阿斯具有极高的语言天赋，而且多才多艺，取得了西班牙语、英语和新闻学等多个学位。埃里阿斯曾经在美国派遣的驻秘鲁维和部队做志愿者，这一段经历后来被他写进了代表作《塔玛赞奇尔之路》中。之后，他担任《人物》杂志的记者长达 22 年。在 2002 年的回忆录中，埃里阿斯披露了这个决定背后的个人因素：他的父亲曾经是朝鲜战争的战俘，父亲获释回国后与母亲离婚，母亲不久便离奇死亡，父亲也失踪，与家人失去了联系，埃里阿斯希望通过自己的记者身份寻找父亲的下落。埃里阿斯还为《纽约时报》和《洛杉矶时报》等撰写专栏，讲述奇卡诺人的故事。埃里阿斯的小说一般被认为是城市奇卡诺小说，以作者所熟悉的洛杉矶地区的城市墨西哥人社区为基础素材，另外他有时也从自己 20 世纪 70 年代中期在秘鲁工作的经历中取材。《塔玛赞奇尔之路》的主题的确带有这样的特征，但是手法上却呈现出了拉丁美洲文学的影响，

最终小说表现为魔幻手法和奇卡诺主题的结合。

《塔玛赞奇尔之路》采用第三人称主要人物叙事视角，以即将离世的洛杉矶图书商福斯托为叙述者。年近八旬的主人公生活在死亡的阴影之下，时刻等待着死亡的来临。他在临终之时乘车到洛杉矶的各个地方，通过他对自己一生的回顾，来表现他对生活的理解，透视半个世纪以来洛杉矶奇卡诺社区的生活悸动。小说采用梦境叙事的手法，时间跨度为半个多世纪，故事中人物活动的地域从东洛杉矶的墨西哥裔美国人社区跨越到秘鲁的热带雨林，带有拉丁美洲魔幻现实主义的特征，其中有福斯托的亡妻、来历不明的印加牧羊人马塞利诺、溺死的大卫等虚幻人物，他们和司机马里奥及福斯托的侄女卡米拉等现实人物交替出现。小说的人物塑造具有高度的象征性，例如开头部分对福斯托胳膊上的暗红色斑点的描述："他使劲揪了揪最大的那一块，靠近手腕的地方……慢慢地，它开始从肌肉上脱落。没有流血。处理起来会很干净，就好像撕尼龙条似的。"[①]福斯托身上的伤疤是过去岁月的印记，他在垂垂暮年之时揭开伤疤象征着他对过去的回忆。一年一度的"蜕变"仪式代表着"新生"，福斯托此处是阿兹特克文化中死亡、再生与农业之神西佩·托提克（Xipe Totec）的象征。[②]"塔玛赞奇尔"是墨西哥一个村庄的名字，是当年渡河来到美国的"湿背"偷渡者的家乡。小说对这个意象的使用显然不是出于现实的考虑，因为福斯托说的这个地方和别的任何一个地方都一样，但是他马上又自我否定，指出了它的独特之处。"你要是看到一只鸟，你可以跟它说话，它能够回答你……你要是想当一个苹果，想想会怎么样，恩，你就会挂在枝头上……你可以是太阳……可以是星星……那里是我们的家乡。在那里，我们都是自由的，可以是任何人，可以做任何事。只要你愿意，你也可以什么都不是。"[③]埃里阿斯在这里所说的家乡与路易·里尔等人界定的"阿兹特兰"具有相似的含义，但是他强调墨西哥文化传统和叙述者个人生活建构之间的协商，而不是单纯指向古代阿兹特克人的文化传统。

---

① Ron Arias. *The Road to Tamazunchale*. Houston, TX: Bilingual Review/Press, 1987, p. 13.

② Judy Salinas. "The Road to Tamazunchale by Ron Arias", *Latin American Literary Review*, 1976, 4(8), p. 112.

③ Ron Arias. *The Road to Tamazunchale*. Houston, TX: Bilingual Review/Press, 1987, pp. 89-90.

“塔玛赞奇尔之路”是主人公走向死亡的道路，身着黑衣的马里奥似乎就是死神的使者，他开车带着福斯托穿过洛杉矶的大街小巷，在这一过程中现在和过去交替闪现，在12章中已经死去的福斯托在13章中又得以复活。福斯托的旅程，就和他同名的浮士德博士的旅程一样，穿越了生死之界和阴阳之隔。这样，通过玄幻的情节和象征的手法，福斯托的生死都被模糊了，读者甚至难以分清这意识流是福斯托告别这个世界之际漫游在城市中最后的思绪，还是他已经踏上死亡旅程时对人世间最后的回忆。雷蒙·萨尔迪瓦尔认为，小说对时间所进行的模糊而抽象的处理介于“奇幻和现实之间”，恰好反映了“福斯托眼中生死相交的复杂性，（这种处理方式）不仅为小说提供了美学基础，而且还是理解其意识形态指向的一个线索”①。萨尔迪瓦尔所谓的“美学基础”是读者进入现实性文本的行为及其当下性，而“意识形态指向”则是叙述者福斯托通过文本创造出一个“世界”，一个属于他自己的世界；这二者的结合，使得叙述不是局限于简单化的现实主义要素或者抽象化的魔幻色彩，而是将二者联系起来。这种关联契合萨尔迪瓦尔在文学批评中使用的关键词“辩证”(dialectics)。这部作品的独特之处在于：小说虽然对个人生活的描写没有契合当时奇卡诺集体身份书写的潮流，但是也涉及在主流文化影响下个体对奇卡诺身份中土著成分的压抑，以及通过建构叙述来获得重生、实现对死亡的超越的主题。从这个意义上讲，“塔玛赞奇尔”既代表了死亡，也代表了死亡之后灵魂的归处——天堂。木伦认为：“（小说）指涉了抑制土著要素、迎合西班牙征服者文化的倾向，但也指出了这种文化遗产所带来的结果，即文化冲突和（人物）内心的分裂。”②如果这样，那么福斯托对牧羊人马塞利诺的追寻，也是他寻找真理的过程，如学者所言，“生命是迈向死亡的单程旅行。他的旅程是对知识和美的追寻。福斯托所经历的种种事件，以及他在过程中的反应，就是他对死亡的反映。对于将死之人，他在意识和无意识之间穿梭，生命之火时明时暗，同样灵魂在他的躯体进进出出，直至他生命终结。灵魂

① Ramón Saldívar. “A Dialectic of Difference: Towards a Theory of the Chicano Novel”, *MELUS*, 1979, 6(3), p. 87.

② Mullen Harryette. “‘A Silence between Us like a Language’: The Untranslatability of Experience in Sandra Cisneros' *Woman Hollering Creek*”, *MELUS*, 1996, 21(2), p. 4.

最终与躯体分离”[①]。由此可以推测，小说奇卡诺主题和魔幻现实主义手法的结合，最终指向的是精神层面的探索，即之前所说的对精神家园的寻找和对灵魂归属的探索。

埃里阿斯 2000 年的作品《五人海上惊魂记》(*Five Against the Sea*)取材于 1988 年一则轰动一时的新闻。五位哥斯达黎加渔民在海上遭遇飓风，9 米高的海浪重创渔船，在海上漂流 142 天后获救，随着洋流漂流，穿越了太平洋。小说通过文学手法生动描写了人们在面临死亡、恐惧和绝望时的抗争与坚强。2002 年出版的回忆录《移动的目标》(*Moving Target*)以两条线索展开：埃里阿斯的记者生涯和他对父亲的寻找。经过多年的寻找后，埃里阿斯才知道父亲早已经去世，他还得知了父亲的真实身份是情报人员。在讲述这些故事之外，埃里阿斯还特别强调了找寻对于他的意义：父亲所做出的牺牲在埃里阿斯的心中留下了巨大的空洞，不过他变得更加理解父母的选择。正如福斯托一样，在年过六旬时，埃里阿斯在自我回顾中找寻到了“塔玛赞奇尔”这个精神家园。和同时代的几位作家不同，例如雷希高度的自传性书写和埃斯拉斯对家族历史的呈现，以及之后要讨论的罗德里格斯的自我流放，埃里阿斯在创作中十分谨慎地保持了作者和叙述者之间的距离，他以高度象征性的手法描绘奇卡诺文化的在场，使得作品中“我的存在”高于奇卡诺版浮士德式的人物“福斯托”，更高于“埃里阿斯”，使其成长为类似于惠特曼《自我之歌》中的“自我”。埃里阿斯以奇卡诺的自我、超验的姿态和拉丁美洲的魔幻，承继了自艾默生以来的美国精神，“塔玛赞奇尔”精神家园便是一例。它不同于“阿兹特兰”的阿兹特克土著墨西哥文化传统，又与其有着精神上的一脉相承；它是个虚构的处所，具有高度的象征性，代表了每个人内心深处所期盼的归处；拉丁美洲特色的魔幻式呈现又让其带有了明显的奇卡诺文学指征。“塔玛赞奇尔”家园如此，“海上惊魂”的迷茫、坚持和希望同样如此，最近出版的短篇小说集《湿背和其他故事》(*The Wetback and Other Stories*, 2016)表现的主题更是如此。

埃里阿斯的《湿背和其他故事》中的故事来自洛杉矶一个被魔幻化的西语裔社区，“一个叫作‘蛙镇’的社区，当然现在已经没有那么多青蛙了，

---

① Eliud Martínez. “Ron Arias’ *The Road to Tamazunchale*: A Chicano Novel of the New Reality”, *Latin American Literary Review*, 1977, 5(10), pp. 58-59.

社区的名字也改成了'极乐谷'。所有的故事都来自现实，那时到处是青蛙，孩子们还在干涸的河床上发现过溺死的人，或者谁家的孩子上了战场，但再也没有回来，从此成迷"[①]。这部小说集里面的故事的确如此，都是一个个谜一般的故事。和集子同名的短篇《湿背》讲述的是"溺死"在干涸河床上的无名者的故事，这个故事在《塔玛赞奇尔之路》第七章出现过，主要人物如福斯托、马里奥、卡米拉等当时都已经悉数登场。在长篇小说中，这个被命名为"大卫"的男人并未过多地引起读者的关注，然而作为小说集开篇故事中的主人公，他的象征意义也许应该被重新审视。"大卫无疑是他们见过的最英俊的青年男子，至少他现在赤身裸体躺在地上时，大家都是这样想的。在这个完美的男人面前，好像没有人感到羞愧。就好似一尊雕像摆在他们面前，他们可以肆无忌惮地欣赏他们最羡慕的地方。有的男人羡慕他宽阔的胸膛、棱角分明的下巴、浓密卷曲的头发。女人们则盯着他那饱满微张的双唇、被太阳晒得黝黑的手臂、颀长健美的双腿，当然，还有胯间那黝黑柔软的神秘，生命之指已经瘫软，但是依旧傲视着蓝天。"[②]这个残缺了一个脚趾、带着一道长长伤疤的男性身体，被认为是完美男性的象征，老处女执意将其带回家中和他同眠，福斯托本来要把即将腐烂的尸体掩埋，但是最终又觉得"如此完美的男人，是不应该被埋葬的"[③]，于是决定还是将他放到下游，"别人能够找到他的地方"[④]。这个故事充满了违反常理的诸多谜团，这个无名男人的形象显然具有多重象征含义。他代表了众多奇卡诺男性某个层面的自我，某些业已"死亡"但是他们仍旧不愿舍弃的东西；他又是人们对美好自我的幻象，每个人在心中都会赋予他一个名字：罗伯托、安东尼奥、亨利、恩里克、埃里克斯、米盖尔甚至李小龙等等，并将各自的想象投射到这个男人身上。小说标题中的"湿背"一词带有一定的歧视含义，是欧裔白人对墨西哥非法移民或者墨西哥裔下层劳动者的称呼。作者使用这个具有丰富文化负载意义的词，意在指涉被主流群体边缘

① Ron Arias. *The Wetback: and Other Stories*. Houston, TX: Arte Público Press, 2016, p. 9. Epub.

② Ron Arias. *The Wetback: and Other Stories*. Houston, TX: Arte Público Press, 2016, p. 15. Epub.

③ Ron Arias. *The Wetback: and Other Stories*. Houston, TX: Arte Público Press, 2016, p. 21. Epub.

④ Ron Arias. *The Wetback: and Other Stories*. Houston, TX: Arte Público Press, 2016, p. 23. Epub.

化的奇卡诺劳动者群体。除了这个故事以外，小说集还塑造了不同形象的社区居民，如奇卡诺学生、孤独的儿童、在战场上失踪的奇卡诺士兵、无助的母亲等。总体来看，埃里阿斯依旧使用现实主义和魔幻手法相结合的表现形式，多层面再现奇卡诺人在大都市中的生存状态。

四、中产阶级知识分子叙事：理查德·罗德里格斯

同一时期的另外一位与奇卡诺主流话语存在明显分歧的作家是理查德·罗德里格斯，他在《记忆的饥渴：理查德·罗德里格斯的教育》(*Hunger of Memory*: *The Education of Richard Rodriguez*, 1982)中明确反对平权法案和双语教育，坚持自己的中产阶级知识分子身份，因而受到托马斯·里维拉等作家的强烈批判，所以当时罗德里格斯的写作被视为“反奇卡诺”书写的一个例子。[①]

理查德·罗德里格斯1944年出生于旧金山的墨西哥移民家庭，在萨克拉门托的墨西哥裔社区长大。他聪明好学，凭借自己的语言天赋和刻苦努力成为墨西哥裔美国人中的学术精英。他在斯坦福大学获得学士学位，在哥伦比亚大学获得硕士学位，在加州大学伯克利分校攻读博士学位时获得了富布莱特奖学金的资助，得以到英国去研究文艺复兴文学并写作博士学位论文。然而，罗德里格斯在最后关头放弃了学术生涯，转而专门从事写作，对这个匪夷所思的决定，他自己说是因为他被当作“少数族裔学生”，而他不想让别人用这样的身份标签来标识自己。离开学术圈以后，罗德里格斯做过记者和教育顾问，为美国公共广播以及《新闻时间》《哈珀杂志》和《时代周刊》等知名报刊撰稿，担任专栏作家。他语言犀利、见解独特，成为知名的公共知识分子，1997年获得广播电视文化奖皮博迪奖(Peabody Award)。在文学创作方面，他的第二部作品获得了普利策奖提名，他还曾经担任美国国家图书奖的评委。

1982年出版的自传体散文集《记忆的饥渴：理查德·罗德里格斯的教育》(以下简称《记忆的饥渴》)使罗德里格斯声名大振，正如他自己在书中的自嘲：

> “罗德里格斯先生写了很多文章，讨论当代教育。”

---

① 参见李保杰：《当代美国拉美裔文学研究》，济南：山东大学出版社，2014年，第261～274页。

几篇文章而已。我专门写文章，特别反对两项政府计划——平权法案和双语教育。

“他是非常雄辩的演说家。”

在美国族裔左派圈子里面，我可是臭名昭著。我被看作骗子、傻瓜、笨蛋——汤姆·布朗，棕色皮肤的汤姆叔叔，给一大帮吸着雪茄的大佬们解读墙上的密码。[①]

这本书在墨西哥裔社区引起了一场轩然大波，因为罗德里格斯在书中断然否认自己是少数族裔身份，主张自己是公共知识分子，书中所描写的是自己从少数族裔儿童成长为知识分子的经历。“从前，我是处于‘弱势社会地位’的孩子，一个陶醉于快乐之中的孩子。在我的童年，有密切的家庭关系，还有与公众生活的极度疏远。30 年后我写这本书的时候，我是中产阶级美国人，已经被同化了。”[②]他还明确反对双语教育和平权法案，而这样的立场与奇卡诺运动之后墨西哥裔主流文化的诉求是背道而驰的，因为这两项政策是社会活动者们经过了艰苦的努力才争取到的。公众认为，可能罗德里格斯这样成绩优异的“奖学金男孩”也许不需要这样的特殊待遇，但是对于大多数少数族裔学生而言，这样的机会还是非常现实的。罗德里格斯通过学业跨越阶级壁垒的经历，践行了美国梦，这种成功备受主流文化群体的欢迎，同时也是主流文化同化能力的证明；与此同时，他被少数族裔群体特别是奇卡诺学界，视为背叛者，遭到口诛笔伐。托马斯·里维拉批评罗德里格斯对奇卡诺文化的背叛是美国教育的结果，是主流文化对奇卡诺文化同化的产物。在分析这种状况的原因时，他说“我认为最终是（因为）他对世界文化特别是西班牙裔社会缺乏理解”[③]。

但是，仔细分析《记忆的饥渴》的叙事结构和叙事风格就会发现，罗德里格斯的叙述也许还有弦外之音。本书分为七个部分，分别是名为“中产阶级的田园牧歌”的前言以及“咏叹调”“欲望的成就”“信条”“气质”“职业”

---

① Richard Rodriguez. *Hunger of Memory*: *The Education of Richard Rodriguez*. New York: Bantom Books, 2004, p. 3.

② Richard Rodriguez. *Hunger of Memory*: *The Education of Richard Rodriguez*. New York: Bantam Books, 2004, p. 1.

③ Tomás Rivera. “Richard Rodriguez's *Hunger of Memory* as Humanistic Antithesis”, in Harold Bloom (ed.), *Hispanic-American Writers*. Philadelphia: Chelsea House Publishers, 1998, p. 112.

“秘密先生”六部分。叙述者开篇使用了一个暗喻：“我采纳了卡列班的建议。我偷了他们的书，我也来管管这座岛……黝黑的皮肤。在伦敦贝尔格莱维亚区上流社会的晚宴上，或者在纽约，身着正式礼服，却显得不伦不类。我的脸带有突出的印第安特征，如果出现在《国家地理》封面上，根本没人会注意到，可是在贝莱尔鸡尾酒会上，就有人觉得奇怪了：‘您是否考虑过为高级定制服装做模特呢？这是我的名片。’（在比弗利山庄，这个怪物可是人模人样啊）。”[①]在莎士比亚的《暴风雨》中的卡列班是被征服和禁锢的土著人，罗德里格斯通过这个类比，想象白人如何审视自己的棕色皮肤和“印第安特征”，把进入上流社会鸡尾酒会的“叙述者自我”比作准备用魔法夺回小岛的卡列班，暗示了叙述的目的在于复仇、在于重新主张自己的权利。

这部自传的另外一个隐蔽的话语轮是叙述者对于自己同性恋身份的披露。他反复主张自己是公共知识分子，意在强调自己与父母文化的疏离，对劳动阶级身份的背弃，进而隐喻对自我的背叛。结合“咏叹调”“欲望”和“秘密”几部分来看，其中有叙述者着力书写的几对矛盾：“私密的西班牙语”和“公共语域下的英语”之间的矛盾，“中产阶级”身份和自己的肤色之间的矛盾，他深深的自卑感和约会心仪女孩的欲望之间的矛盾。他看出了母亲对自己同性恋身份的怀疑，母子之间心照不宣，但都不愿说透：“有些事情太私密了，只能说与陌生人。”[②]在显性的异化和背弃之外，即叙述者从少数族裔男孩成长为中产阶级知识分子过程中的阶级身份变化，还有另外一种身份的变化，那就是他的性属身份的变化。这种暗示是非常隐晦的，甚至相当一部分读者未曾体会到罗德里格斯在种种叙述布局背后的此种意图，即“它（自传）所记述的内容（不管它承认与否）正是美国主流文化对少数族裔所造成的损害”[③]。换句话说，罗德里格斯的确采取了卡列班的建议，用“奇卡诺中产阶级美国梦的建构”质疑了梦想的合法性。他在访谈中表达的观点证实了这种不可言说的伤痛，他认为自己在政治观点上属

---

① Richard Rodriguez. *Hunger of Memory: The Education of Richard Rodriguez*. New York: Bantom Books, 2004, p. 1.

② Richard Rodriguez. *Hunger of Memory: The Education of Richard Rodriguez*. New York: Bantom Books, 2004, p. 185.

③ [美]萨克文·伯科维奇主编：《剑桥美国文学史》第7卷，孙宏主译，北京：中央编译出版社，2005年，第571页。

于“左派”而非“右派”，认为评论界严重误读了这部作品，“我不再想敞开心扉，而是想通过更加隐晦、更加复杂的方式来写作，就是因为我感觉到没有人在‘那里’用心阅读。”[①]如此看来，罗德里格斯并非背叛者，他只是在用他者的话语模式书写自己的故事，而这其中的政治取向趋于隐蔽而已。

1992 年，罗德里格斯出版了他的第二部作品《责任的年代：与墨西哥父亲的辩论》(*Days of Obligation: An Argument With My Mexican Father*)，这“秘密”的真相才最终大白于天下：“成为同性恋者，就意味着生活中会有各种秘密，生活在秘密之中。”[②]如果把两部作品放在一起来读的话，就会发现叙述者罗德里格斯对语言选择的纠结与面对父母时的欲言又止，都和他的性属身份相关。此时，“完整的叙事建立起来，因为他觉得有必要坦白这个秘密到底是什么：自己是个同性恋者。跟父母家人坦白此事，意味着他不得不使用他们自己的语言——西班牙语。而在西班牙语文化中，同性恋者身份就暗示了性关系中的(被动)地位，而这的确是难以同家人启齿的私密话题；相反，面对那些陌生人，没有这种文化语境的人们，则容易得多”[③]。至此，“私人生活被公开化了”[④]，罗德里格斯得以释然地讨论天主教传统对于同性恋的压抑，这里的“墨西哥父亲”既是西班牙天主教文化视域下的父权代表，也是爱德华多·加莱亚诺(Eduardo Galeano，1940～2015)和奥克塔维奥·帕斯(Octavio Paz，1914～1998)等拉丁美洲文学先驱所代表的文学传统。能够看出，他在这里所讨论的性属政治是《记忆的饥渴》中两种语言、两种文化的矛盾的延续，即意识形态领域的规训在个体身上所产生的实际影响。

2002 年，罗德里格斯推出了他的第三部作品《棕色：美洲的最后一项发现》(*Brown: The Last Discovery of America*，以下简称《棕色》)；2013 年又出版了《亲爱的：精神自传》(*Darling: A Spiritual Autobiography*，以下简称《亲爱的》)。《棕色》和之前的作品一样，通过叙述者的经历书写美国

---

① Claudia M. Milian Arias. “Brown is the Color of Philosophy: An Interview with Richard Rodriguez”, *Nepantla: Views from South*, 2003, 4(2), p. 281.

② Richard Rodriguez. *Days of Obligation: An Argument with My Mexican Father*. New York: Viking Press, 1992, p. 30.

③ Alma Rosa Alvarez. *Liberation Theology in Chicana/o Literature: Manifestations of Feminist and Gay Identities*. New York and London: Routledge, 2007, p. 125.

④ Richard Rodriguez. *Days of Obligation: An Argument with My Mexican Father*. New York: Viking Press, 1992, p. 26.

的种族问题。《亲爱的》讨论的则是信仰问题,罗德里格斯再次发挥了他高超的语言技能和渊博知识,洋洋洒洒地展开了讨论,从耶路撒冷到法国,从恺撒大帝到亚历山大大帝,历数不同宗教派别之间的分歧和矛盾,但更重要的是分析他们之间的血脉联系。他在书中将自己比作犹太人的"兄弟",把穆斯林看作自己的同胞,声称他们都是"亚伯拉罕的孩子"①。

罗德里格斯在最后两部作品中旗帜鲜明地反对种族主义、民族主义和宗教原教旨主义的极端态度,表现出对杂糅的接纳。他在《棕色》的前言中说道:

> 20年前,我写了《记忆的饥渴》,奖学金男孩的自传。10年后,在《责任的年代》中,我写了墨西哥族裔性对我美国生活的影响。而这本书是我美国公共生活和私人生活三部曲中的最后一部。《棕色》使我回到之前描述的那些岁月。我相信,同一种生活,可以从三个维度描写,描写它的三维隔离:阶级、族裔和种族。写这本书的时候,我知道有些读者会把"种族"当作带有悲剧色彩的词语,是"冲突"和"隔离"的同义词。对我而言,这个词并不可怕。或许是因为我天生就是个怀疑主义者,或许是因为我的本性已经有了这么多的杂糅。种族这个词激励着我,让我不要忘记历史上的情色,因为这正是种族的印记。在关于种族的所有讨论中,都少不了些许的浪漫。②

罗德里格斯借用"棕色"一词追溯了美国历史上对有色人种的歧视,结合自己成长的社会历史环境和接受的专业训练,从弥尔顿、济慈到萨克雷,从道格拉斯到鲍德温、马尔科姆·艾克斯,疏理英美文学传统的脉络,回忆自己作为棕色人种中的一员在职业成长中对"文学"(而非黑人文学或者白人文学)的接受过程,指出种族的杂糅是不可磨灭的历史印记。"维多利亚女王手中的王权宝球,已经传到了她棕色皮肤的孩子们手上,他们就好像古老油画里面的天使,把玩着这个世界,然后,趁着没人注意的时候,把它一下塞进嘴里。我认识的人中,最推崇特罗洛普小说的人,生活在印度

① Richard Rodriguez. *Darling: A Spiritual Autobiography*. New York: Viking Press, 1992, p. 26.

② Richard Rodriguez. *Brown: the Last Discovery of America*. New York: Penguin Books, 2003, pp. 22-23. Epub.

……”[1]在他看来，无论是世界文学，还是美国的开发历史，或者是叙述者罗德里格斯的个人成长，都表明了这样的一个态势：棕色所代表的杂糅和协商，是美国最具特色的颜色，也是不可阻挡的潮流。这部作品延续了罗德里格斯的生命书写，实现了他所说的从三个方面解读同一个人的生活的设想。作为少数族裔的一员，他身处两种文化的夹缝中：“我最关心的就是这些：一个拿奖学金的男孩，有一年暑假从大学回家，发现一个令他困惑的事实：面对父母时无话可说。这是我的故事。一个美国故事。如果你愿意，就把我当成处在两种文化夹缝之间的受害者。这就是我的处境：就在写这些话的时候，我的屋子里摆满了蒙田、莎士比亚和劳伦斯的书，他们已经是我的了。”[2]对于他来说，无论选择哪一种，生活都会喜忧参半；因而，协商与杂糅成为更加明智的出路。

综观罗德里格斯的创作，无论是《记忆的饥渴：理查德·罗德里格斯的教育》，还是后来的《责任的年代：与墨西哥父亲的辩论》以及《棕色：美国的最后一项发现》，他表面上在探究其中产阶级社会地位的本质，其实一直在延续《记忆的饥渴》中的书写问题，即中产阶级身份和族裔身份之间的矛盾：“这个孩子无法忘记学业成功使他远离自己从前所热爱的生活，甚至远离对自我的记忆。”[3]他这种社会身份与主流文化中产阶级个人之间存在根本性的区别，不管其承认与否，奇卡诺文化始终在他的社会认同中发挥着作用。这种文化根基既是他自卑的源泉，又是他前进的动力，还是其中产阶级身份的基础。《记忆的饥渴》是他对徘徊于两种文化之间的矛盾身份的反映，是他寻求主流文化认同的生存策略，也反映了少数族裔在“同化”和“反同化”斗争中努力寻求矛盾契合点的生存现状。

五、奇卡诺历史小说：阿里汉德罗·莫拉利斯

历史小说是以历史材料为基本依据，通过想象对其进行加工，重新构建事件发展过程的一种叙事形式。人物和事件都有可能是真实的，但是经

---

① Richard Rodriguez. *Brown: The Last Discovery of America*. New York: Penguin Books, 2003, p. 75. Epub.

② Richard Rodriguez. *Hunger of Memory: The Education of Richard Rodriguez*. New York: Bantam Books, 2004, p. 4.

③ Richard Rodriguez. *Hunger of Memory: The Education of Richard Rodriguez*. New York: Bantam Books, 2004, p. 137.

过艺术的加工后，呈现出不同的面貌。《汉语大词典》对历史小说的定义为："描写历史人物和事件以及再现一定历史时期的生活面貌和历史发展的趋势。但缩写的主要人物和主要事件必须有一定的历史依据。"[①]在罗吉·福勒的《现代西方文学批评术语词典》中，历史小说被界定为："与作家写作这些小说时的时间相比较，小说中故事发生的时间显然具有'历史性'。叙述的时态可以采用过去时，记述时间可安排在过去，也可在过去发生的事件之中的某个间隔时间之内。历史小说的题材不分巨细，既包括国家大事，又包括个人私事，主人公既可以是历史上的真实人物，也可以是虚构的人物，不过他们的命运都与真实的历史事件息息相关。"[②]在段启明和张平仁合著的《历史小说简史》中，历史小说的定义为"以真实历史人事为骨干题材的拟实小说"，此定义强调历史小说的真实和拟实两个特征。[③] 综合以上，墨西哥裔历史小说同样应该符合两个特征，即历史人物和历史事件的相对真实性，以及对于再现墨西哥裔群体的文化和生活具有一定的代表性。

鉴于墨西哥裔群体的少数族裔特征和社会生活的被边缘化地位，不少墨西哥裔历史小说表现出新历史主义小说的特点，即对宏大历史叙事和意识形态权威的解构。如果说创作历史小说的一个原因是表达被边缘化的族裔少数群体的集体愿望的话，那么以莫拉利斯为代表的墨西哥裔历史小说作家便履行了这样的责任。他们的历史小说取材于历史人物和事件，但着眼点却在当下和未来。奇卡诺历史小说家的独特之处还在于，他们往往将现实主义手法和带有拉美文学特征的魔幻现实主义（或者奇幻手法）手法相结合，显现出墨西哥裔文化和文学的特征，将族裔群体的社会历史和心理诉求置于不同的时空维度内，多角度地展现相关历史题材。这些历史小说的立足点是墨西哥裔和拉美裔文化，解构权威和重构自我是书写之根本。

莫拉利斯 1944 年出生于南加州的西蒙斯小镇，在墨西哥裔社区长大，对墨西哥裔美国人的生活有着非常透彻的了解。他的父母都是墨西哥移民，在 20 世纪之初的墨西哥革命时期来到加利福尼亚。他的父亲在加州著名的西蒙斯制砖公司三号砖厂（Simons Brick Co. Plant No. 3，1905～

---

① 汉语大词典编纂委员会：《汉语大词典》第 5 卷，上海：汉语大词典出版社，1994 年，第 362～363 页。

② ［英］罗吉·富勒：《现代西方文学批评术语词典》，袁德成译，朱通伯校，成都：四川人民出版社，1987 年，第 124 页。

③ 参见段启明、张平仁：《历史小说简史》，太原：山西人民出版社，2005 年，第 1 页。

1952)工作,全家人租住在工厂提供的住宅中。1952年砖厂关闭,他们搬出了蒙特贝洛的西蒙斯社区,但是仍旧生活在墨西哥人社区中。这一段经历被写进了家族历史小说《制砖人》(*The Brick People*, 1988)之中。作为加利福尼亚作家,阿里汉德罗·莫拉利斯大部分时间生活在该州南部的洛杉矶地区,写作的题材大都涉及这个地区的奇卡诺人的历史。他曾任教于加州大学尔湾分校,是拉蒂诺/奇卡诺研究系的教授,迄今已经出版10余部小说和诗歌集,是当今奇卡诺文学的领军人物之一,2007年荣获路易·里尔奖。该奖项由加州大学圣芭芭拉分校设立,是以奇卡诺文学终身成就奖得主路易·里尔教授而命名的奖项,专门表彰在奇卡诺文学创作和研究领域的杰出人士。在2007年的颁奖典礼上,加州大学圣巴巴拉分校教授马里奥·加西亚(Mario Garcia)对莫拉利斯的成就给予了很高的赞誉,称他是"奇卡诺文学创作中真正的领导者,以卓越有力、富有创造性的方式书写奇卡诺经历"①。

莫拉利斯从高中时就开始从事文学创作,其作品大多取材于他在奇卡诺社区中的经历和见闻,诠释他对墨西哥裔美国人的了解。莫拉利斯的作品出版稍晚于托马斯·里维拉等"三巨头",在20世纪80年代末以前他也使用西班牙语进行创作,1975年和1979年的《老友和新酒》以及《盎格鲁人之死》都是用西班牙语写成,分别在1981年和1988年被译成英文出版。这两部小说都采用典型的奇卡诺题材,表现奇卡诺文化和白人主流文化的冲突与整合。1983年出版的《雷托在人间天堂》(*Reto en el Paraiso*)交叉使用了西班牙语和英语,两种语言完全混杂糅合在一起,自由转换,该小说是真正意义上的双语小说。这不仅是莫拉利斯创作的一个转折点,也是奇卡诺文学之语言载体发生转化的标志性作品。

莫拉利斯的小说几乎全都取材于历史人物成历史事件,气势恢宏、场景壮观、人物复杂,如一幅幅历史画卷,将墨西哥裔美国人的历程呈现出来。他的写作没有浮夸的标签,不哗众取宠,而是基于前期的史料梳理和实地考察,探究几乎已经被遗忘的过去。莫拉利斯在和笔者谈到历史小说创作时,坦陈他采用的手法是"戏说历史"(play with history)。他解释道,因为随着时间的流逝,过去业已消逝,其中的具体内容都已经无法复制,如

① "Writer Alejandro Morales to Receive Luis Leal Literature Award", 2007/07/26(2014/10/27), http://www.ia.ucsb.edu/pa/display.aspx? pkey=1638.

连接时间节点的人物和事件等,因此历史小说就是通过想象和文学书写将其中的空白填充起来。也正是因为这样,马里奥和安东尼奥·马尔克斯(Antonio Marquez)都认为莫拉利斯的历史小说带有后现代主义文学的特征:"(这是)莫拉利斯特别的历史编纂元小说"①。在政治运动尘埃落定之后,历史小说的政治意义逐渐显现出来:个人历史和集体历史的结合提升了奇卡诺工人文学的审美高度,文学想象和历史编纂的结合奠定了历史编纂元小说的书写范式,契合了海登·怀特(Hayden White, 1928～2018)所说的"只有把现实与想象进行比照或者联系,我们才能够了解它"②。

按照莫拉利斯本人的话来说,第一部英语小说《制砖人》属于传记小说,是以他父母的经历为基础创作的历史小说。《制砖人》采用线性叙述时间,取材于阿里汉德罗"父母的移民经历和文化适应体验"③,奠定了莫拉利斯之后的代表性创作风格,即通过小说来再现历史。小说以西蒙斯和雷维尔塔斯两个家族的历程为线索,再现了西蒙斯制砖公司3号砖厂的发展历史和20世纪上半叶墨西哥移民的历史。3号砖厂的所有人是沃尔特·西蒙斯(Walter Robey Simons),砖厂规模在20世纪20～30年代达到了鼎盛,工人和家属3000多人,厂方为工人提供了住房、商店、学校、教堂、诊所、休闲设施等基本保障,整个西蒙斯镇上除了白人老板剩下的几乎全部都是墨西哥工人及其家属,这是南加利福尼亚州最早形成规模的墨西哥人社区。与雷维尔塔斯一家的经历相平行的是砖厂老板西蒙斯的家族历史,小说按照公司建厂、鼎盛和衰败的顺序,追溯了南加利福尼亚洛杉矶等地从19世纪末到20世纪中期的都市化和现代化历程:"这部历史小说的时间跨度是从19、20世纪之交到第二次世界大战,描绘了南加利福尼亚州从农业社会到工业化的转变。"④两条历史脉络时而平行时而相交,砖厂见证了

---

① Antonio Marquez. "The Use and Abuse of History in Alejandro Morales's *The Brick People* and *The Rag Doll Plagues*", in Jose Antonio Gurpegui (ed.), *Alejandro Morales: Fiction Past, Preset, Future Perfect* (pp. 76-86). Tempe, AZ: Bilingual Press, 1996, p. 79.

② Hayden White. "The Historical Text as Literary Artifact", in Robert H. Canary and Henry Kozicki (eds.), *The Writing of History. Literary Form and Historical Understanding* (pp. 41-62). Madison: University of Wisconsin Press, 1978, p. 60.

③ Jose Antonio Gurpegui. (ed.). *Alejandro Morales: Fiction Past, Present Future Perfect*. Arizona: Bilingual Press, 1996, p. 10.

④ Monika Kaup. *Rewriting North American Borders in Chicano and Chicana Narrative*. New York: Peter Lang Inc., 2001, p. 159.

墨西哥工人对南加利福尼亚州的现代化所做出的巨大贡献。这部小说记录了墨西哥裔社区的形成和早期发展，"从墨西哥裔美国人的角度通过讲述自己家族的历史，重构早期墨西哥移民生活史，同时也强调了墨西哥人对美国特别是南加利福尼亚州的发展和繁荣所作的贡献"[①]，是加利福尼亚历史小说的一个重要代表。该书出版后，在文学评论界、拉美裔移民历史研究界和普通民众中都引发了广泛的关注，引发了曾经在西蒙斯小镇生活过的人们的怀旧之情，还激发了 2012 年同名纪录片《制砖人》的拍摄。

这部作品同时也是一部关于墨西哥工人奋斗历史的小说。描写了墨西哥工人争取合法权利的斗争。女主人公娜娜的父亲马拉奎亚斯·德里昂是第一位不甘于被剥削而离开工厂去自谋生路的墨西哥工人，男主人公奥克塔维奥也因为组织工人罢工而被工厂解雇。小说采用线性叙述时间，按照几个平行的故事情节展开叙述。作为历史书写的主线，西蒙斯制砖企业的兴盛和资本积累平行于墨西哥工人的移民经历和奋斗历史，如马里奥·加西亚所说，"这既是一部文学作品，又是历史文献，因此，值得文学批评家和历史学家进行细细研读"[②]。小说人物众多、情节复杂、时间跨度大，在主要故事线索之中穿插几个次要的线索，例如墨西哥工头罗森多·格雷罗等人在白人老板和墨西哥工人之间的穿针引线表明，墨西哥人内部已经出现了阶级分化，印第安人、墨西哥人和华人等少数族裔在美国艰难生存，同时也突出了各个种族在经济利益协商和文化冲突整合中的共生关系。纵横交错的情节和形象各异的人物交错重叠，作者以砖厂为背景对"这个'模范村庄'以及作者家族"进行了虚构性的历史书写"[③]。

典型的莫拉利斯风格是现实主义和魔幻现实主义手法的结合。魔幻现实主义是拉丁美洲所拥有的独特的艺术表现手法。鉴于墨西哥裔文学和拉丁美洲文学之间的渊源，魔幻现实主义手法在墨西哥裔文学中得到了相当广泛的运用，莫拉利斯就是杰出的代表之一。在《制砖人》中，土地纷

---

① 王守仁：《历史与想象的结合——莫拉莱斯的英语小说创作》，《当代外国文学》2006 年第 2 期，第 51 页。

② Mario T. Garcia. "History, Literature, and the Chicano Working-Class Novel: A Critical Review of Alejandro Morales' *The Brick People*", *Critica*, 1990, 2, p. 189.

③ Manuel M. Martin-Rodriguez. "The Global Border: Transnationalism and Cultural Hybridism in Alejandro Morales' *The Rag Doll Plagues*", in Jose Antonio Gurpegui (ed.), *Alejandro Morales: Fiction Past, Preset, Future Perfect* (pp. 86-98). Tempe, AZ: Bilingual Press, 1996, p. 88.

争和墨西哥人所遭受的剥削，通过相当“魔幻”的方式表现出来：吞噬一切的棕色甲虫如诅咒般徘徊在这片土地上。砖厂的选址地曾经是墨西哥人尤拉丽亚·佩雷斯·德吉伦(Dona Eulalia Perez de Guillen)的土地，美墨战争后下加利福尼亚划归到美国，佩雷斯夫妇最终未能保住这14000多英亩的大片土地。[①] 这里曾经是尤拉丽亚的家园，“作为爱情的象征，她在路的尽头种下了那棵橡树”[②]；后来丈夫患病去世，儿子失踪，象征爱情和生命的大橡树也被人砍掉。她伤心气绝，临终许下了诅咒，将要吞噬毁灭她幸福的那些人。佩雷斯夫人死后变作的无数只“棕色的甲虫”是小说的核心意象，也是魔幻现实主义手法的重要体现。棕色代表了墨西哥人的肤色，也是华裔等有色人种的象征；甲虫作为低等生物，其生命价值得不到人们的认可，所以它代表着在贫苦中挣扎的下层劳动者。华尔特到墨西哥考察西班牙庄园时，在山坡上看到了无数只甲虫，它们是被践踏、被毁灭的生灵的冤魂。这种罪恶源自殖民征服，只要还存在剥削和压迫，尤拉丽亚的诅咒就不会消除。签订砖厂的土地合同时，桑达·巴托斯太太腿上趴着的大甲虫就是个征兆。之后约瑟夫的弟弟奥林·埃尔默、约瑟夫的父亲鲁本和约瑟夫都未能逃脱这个诅咒，他们在生命晚期精神萎靡，最终被密密麻麻的棕色虫子吞噬。这种魔幻的手法是莫拉利斯的常用手法，故事情节看似荒诞不经，但是表现了墨西哥文化对于不同层面现实的解读。魔幻现实主义手法的应用也表明，在看似难以解释的表象背后存在着深层的因果关系，这片土地所构筑的希望和梦想以及由此积累的财富和权力，是以沉重的历史代价为基础的。

魔幻现实主义的根本是“现实”，莫拉利斯的目的是揭示拉丁美洲被殖民的历史和当今的灾难之间的联系。他从拉丁美洲西班牙庄园的建制来探析阶级压迫和剥削，揭示墨西哥工人遭受的经济剥削根源于殖民统治以及相关的社会制度：“穷人家的孩子一出生就已经背负了父辈的债务，终生

---

① 尤拉丽亚这个人物形象取自于加利福尼亚历史上与她同名的佩雷斯(Eulalia Pérez de Guillén Mariné，1766～1878)，她曾是加州寿命最长的女性，是圣盖博—阿拉坎吉尔修道院(Missión San Gabriel Arcángel)的院长和圣帕斯夸尔农场(Rancho del Rincón de San Pascual)的受让人。圣盖博修道院是洛杉矶地区历史最悠久的修道院之一，始建于1771年；该农场占地14403英亩，由上加利福尼亚(Alta California)总督何塞·菲戈罗阿(José Figueroa，1792～1835)在1834年授赠予佩雷斯夫妇。这片土地包括现在的帕萨迪纳、南帕萨迪纳和圣马利诺的一部分和阿尔塔迪纳以及圣帕斯夸尔的一部分。

② Alejandro Morales. *The Brick People*. Houston: Arte Público Press, 1992, p. 11.

辛苦劳作仍旧贫苦无依，几乎没有任何的自由和权利。"[①]墨西哥大庄园是殖民统治的代表，森严的等级制度使得穷人没有机会改变境遇。在这里，统治阶级及其国家机器拥有生杀大权，可以任意处置穷人，而饥荒和屠杀等极端事件是强权清除"劣等人"最为简单直接的方式。

莫拉利斯在历史小说中，追溯了加利福尼亚墨西哥移民的历史、洛杉矶的城市发展历史、洛杉矶结核病防治的历史，但根本上是探讨深层次的政治主题：种族政治和生命政治。

1992 年发表的《布娃娃瘟疫》被认为是莫拉利斯的代表作，也是当今引起评论界最多关注的奇卡诺文学作品之一，其中的魔幻现实主义手法是奇卡诺文学在 20 世纪八九十年代的一个潮流。该作分为三部分，故事的地点是墨西哥和加利福尼亚，三个故事发生的时间和地点分别是 1788～1792 年西班牙殖民时期的墨西哥、当今的南加利福尼亚州橙县和 2050 年的北美洲。小说的主人公是格里高利奥・雷维尔塔斯医生，他在三个时期有着不同的经历，化身为不同的人物。三部分有着共同的故事线索——致命的瘟疫展开。在第一部分中，雷维尔塔斯医生奉西班牙王室之命，到西班牙殖民地墨西哥去处理盛行的瘟疫。第二部分发生在当今南加利福尼亚州，一位同名的医生，需要攻克瘟疫——艾滋病。第三部分发生在 2050 年的加利福尼亚和墨西哥，那时候的国界线已经不存在，墨西哥、加利福尼亚和加拿大已经连接在一起，成为消解了国界的联合体，被称为"拉美克斯"(LAMEX)。这是莫拉利斯独创的一个词，代表了他消解种族差异、谋求世界主义理想的诉求，在他的多部作品中都有不同程度的体现。这部作品将现实主义、历史叙事和科幻小说融合在一起，叙事打破了传统的时间序列，并且充分运用了墨西哥文化中的灵性要素和民间医术。评论界一般认为，这部作品带有较强的魔幻现实主义色彩，带给读者一种"巴洛克式的，甚至是荒诞不经的审美体验"[②]。马丁-罗德里格斯认为，该小说将"文化多元混杂、跨国主义、盘根错节的多重身份、殖民主义和后殖民主义、中心和边缘、

---

① Alejandro Morales. *The Brick People*. Houston: Arte Público Press, 1992, p. 40.

② Dean Franco. "Working Through the Archive: Trauma and History in Alejandro Morales' *The Rag Doll Plagues*", *PMLA*, 2005, 120(2), p. 375.

文化继承和文化创造等”杂合在了一起。[1] 王守仁将作品的叙事形式同主题研究结合起来，认为“《布娃娃瘟疫》以科幻小说形式表现墨西哥裔美国人对美国的帮助”[2]。的确，这部作品的叙事以跨越四个世纪的广阔视角，将不同的时间、地点和人物，以后现代主义的手法拼贴在一起。

但是，《布娃娃瘟疫》的基本格调是政治性的，这也是美国西语裔文学中魔幻现实主义的突出特征。尽管叙事手法纷繁复杂，小说讨论的仍旧是西班牙文化、美洲土著文化和盎格鲁—美国文化之间的相互适应。瘟疫贯穿小说的三个部分，其根源是欧洲殖民者对美洲土著人的压迫和奴役，以及殖民统治、物质主义和寡头政治对人类自然生态和社会生态的破坏。小说开篇便表达了明确的政治立场：18 世纪后期生态危机和人文危机爆发，瘟疫在墨西哥流行，疾病不加分辨地吞噬着人们的生命，无论他们是印第安人、墨西哥人，还是印欧混血人或是白人。格利高里奥医生受国王之托来到殖民地，看到的是“充斥着肮脏和腐败、远离伦理道德的首都”[3]。殖民剥削使殖民地人民的生存环境严重恶化，大街上垃圾遍地、屎尿横流。印第安人被视为没有灵魂的野人，他们衣不蔽体、命如草芥，没有起码的尊严和生存权利。“他们剃光了头发，头皮上伤痕累累，由于常年头顶重物，前额变形，磨出了厚厚的茧子。这些形销骨立的身体竟然有着如此的力量和耐力。”[4]在第三部分，瘟疫以另外一种形式存在，即现代人类共同面临的自然生态危机和人文生态危机。可见，无论手法多么奇幻、情节多么纷繁复杂，莫拉利斯的小说归根结底是族裔政治的表达。

近年来，莫拉利斯著作颇丰，2001 年出版《静观其变》(*Waiting to Happen*)，2005 年出版《小世界》(Pequeña Nación)，2008 年出版《死亡纵队长》(*The Captain of All These Men of Death*)，2014 年新推出《天使之河》(*The River of Angels*)。其中《死亡纵队长》以作者舅舅的经历为素材，追溯加利福尼亚结核病防治和传染病医院的历史，在生命政治的视角下重新

---

[1] Manuel M. Martin-Rodriguez. "The Global Border: Transnationalism and Cultural Hybridism in Alejandro Morales' *The Rag Doll Plagues*", in Jose Antonio Gurpegui (ed), *Alejandro Morales: Fiction Past, Present Future Perfect* (pp. 86-98). Arizona: Bilingual Press, 1996, p. 96.

[2] 王守仁:《历史与想象的结合——莫拉莱斯的英语小说创作》,《当代外国文学》2006 年第 2 期,第 51 页。

[3] Alejandro Morales. *The Rag Doll Plagues*. Huston: Arte Público Press, 1992, p. 11.

[4] Alejandro Morales. *The Rag Doll Plagues*. Huston: Arte Público Press, 1992, p. 12.

审视墨西哥裔等少数族裔美国人如何被生命政治规训，在冷战时期沦为缺少文化负载的“赤裸生命”。小说采取了更加奔放的后现代主义手法，将医学教科书讲义、新闻报道、结核病防治历史等拼贴在主人公罗伯特·康特拉斯从被检查出肺结核到被强制入院，再到最终康复出院的经历之中，反映出“疗养院中乌托邦和异托邦之间的辩证关系以及空间和权力之间的动态关系”①。“莫拉利斯借由罗伯特亲历者和幸存者的身份，以第一人称叙事的手法为那些悄然死于药物不良反应和外科手术实验的人们发出生命的哀鸣与呼喊。莫拉利斯的历史小说视野广阔，在族裔书写之外，同时关注人类共同体的生存。”②

《天使之河》继续采用家族历史的叙事形式，以洛杉矶河和洛杉矶城市的历史变迁为背景，通过两个家庭的故事反映这座城市中各族裔文化群体的共生共存。小说中有两条平行的线索：洛杉矶的城市化和里奥斯一家从农民到资本家的身份变化。小说通过对洛杉矶城市历史的书写，集中反映了美国加利福尼亚州的文化特征和价值取向，具有典型的“洛杉矶特色”。小说以河流的变迁为主线，随着河流泛滥、桥梁架设等重大事件的发生发展，来反映不同历史时期人们和河流关系的变化追溯洛杉矶这座“天使之城”的城市化历程。按照作者莫拉利斯的话说，小说最重要的一个目的就是“勾画洛杉矶这个城市，追溯各个部分是如何发展起来的”③。这也是小说名《天使之河》的意义所在。

从莫拉利斯的这些作品也能够看出，他的历史小说并没有脱离奇卡诺主题，作品中的各种小历史无不映射出福柯所说的权力关系，其中的政治影响力并不亚于奇卡诺运动时期“阿兹特兰”相关主题的作品，只是其诉求方式更加“隐蔽”。他将现实主义手法和奇幻手法结合，将拉美裔群体的社会历史和心理诉求置于不同的时空维度内，多角度展现历史题材，具有典型的奇卡诺文学特色。”④历史小说的本质是奇卡诺文学中政治主题的延

---

① Roberto Ayala. “The Space of Disease in Alejandro Morales' *The Captain of All These Men of Death*”, in Imelda Martín-Junquera(ed.), *Landscapes of Writing in Chicano Literature*. New York: Palgrave Macmillan, 2013, p. 151.

② 李晓丽、李保杰：《莫拉利斯〈死亡纵队长〉中的生命政治》，《当代外国文学》2019 年第 1 期，第 29 页。

③ 这是莫拉利斯在加州大学欧文分校课堂上所讲。

④ 李保杰：《城市历史与空间政治——〈天使之河〉中的洛杉矶》，《山东外语教学》2017 年第 5 期，第 58～59 页。

续，只是宏大的场景、传统的形式和看似中立的政治立场背景化了政治诉求。事实上，奇卡诺文学只有走出政治运动的束缚，将政治诉求和文学性结合起来，才能够获得更加持久的生命了。莫拉利斯等作家的“去政治化”表达为奇卡诺文学走出狭隘的民族主义取向、获得更加广泛的认同，提供了一条可能的出路。

20 世纪六七十年代是奇卡诺文学的第一个繁荣时期，在这个时代成长起来的作家具有较为强烈的民族意识，政治题材是他们文学作品的主流。从近年来出版的《奇卡诺经典文学系列丛书》的情况就可以看出这一趋势。入选这套丛书的作品有罗兰多·伊诺霍萨的《河谷素描》、鲁道夫·阿纳亚的《文集》(*The Essays*)、巴里奥斯的《摘李子的人们》、罗恩·埃里阿斯的《塔玛赞奇尔之路》、米盖尔·门德斯的《阿兹特兰的朝圣》、波蒂略-泰姆伯雷的《蝎雨》、提诺·维兰纽瓦(Tino Villanueva, 1941～　)的诗集《褪去黑暗》(*Shaking Off The Dark*, 1998)等。这些作家表现政治诉求的方式各不相同，既有与政治运动题材相关的“阿兹特兰”建构，也有主流之外的声音。阿纳亚、埃里阿斯等作家对于奇卡诺文学的美学探索意义重大，文学的多样性也为下一阶段的奇卡诺文学发展积蓄了力量。一些作家开始摆脱显性的政治标签，不再纠结于政治题材和文学审美之间的取舍，出现了从“抗议控诉”到“适应整合”、从“书写群体”到“书写自我”的转变，使得这个时期的文学既具有美国多元文化语境下族裔文学的鲜明文化特征，又表现出美国主流文学所主导的个人主义取向。

第二节　女性书写的兴起：当代奇卡纳文学

20 世纪 70 年代见证了以“奇卡诺文学三巨头”为代表的奇卡诺文学经典化的开端，十年以后迎来了墨西哥裔美国文学的另外一个繁荣，那就是女性文学的强劲兴起。这一节将按照时间顺序追溯当代奇卡纳文学中的代表性作家和文学作品，首先梳理 20 世纪 70 年代以来的女性文学发展脉络，以便对女性文学的情况有个大概的了解，然后重点追溯女性文学中颠覆性主题的起源，在之前对波蒂略-泰姆伯雷对传统墨西哥裔女性形象所做挑战的研究的基础之上，分析莫加拉和安札杜尔对墨西哥裔女性书写的理论性构建。

一、奇卡纳文学概要

20世纪70年代墨西哥裔女性文学作品相对较少，波蒂略-泰姆伯雷依旧是最重要的女性作家。作为全国奇卡诺文学奖的得主，她在男性作家占据绝对主流的时代，继续发挥着引领作用。如果说玛丽亚·路易斯开创了女性书写的先河，约瑟芬娜·尼格里开创了女性书写中的边界意识和文化差异观念，那么波蒂略-泰姆伯雷就表现出足够的革命性。她明确主张重写墨西哥裔女性，颠覆男性作家对于墨西哥裔女性的刻板印象，这种去中心化的思想为80年代女性文学的繁荣打下了基础。80年代初期开始，切丽·莫加拉(Cherrie Moraga, 1952～　)、格洛丽亚·安札杜尔、德尼丝·查韦斯(Denise Elia Chávez, 1948～　)、桑德拉·希斯内罗丝、安娜·卡斯蒂略(Debra Ann Castillo, 1953～　)等女性作家陆续开始发表作品，女性作家和作品数量大增，文学成就和受欢迎程度也明显提高。她们有的致力于有色人种女性文学的理论建构，有的书写奇卡纳女性走向独立的历程，“女性的成长”、女性的“性别意识”和“自我意识”建构、女性话语建构、女性言说的政治性等。这和20世纪60年代的民权运动以及70年代的女权运动有着很大的关系，是政治运动在墨西哥裔女性文学中的具体表现。桑德拉·希斯内罗丝的《芒果街上的小屋》(*The House on Mango Street*, 1984)一举成功，它超越了族裔和年龄的限制，使得作者成为受不同种族、不同年龄读者欢迎的女作家之一，令奇卡纳文学第一次吸引了全世界读者的目光。继而，洛杉矶小说家埃莱娜·维拉蒙特斯(Helena Maria Viramontes, 1954～　)的短篇小说集《飞蛾和其他短篇小说》(*The Moths and Other Stories*, 1985)第一次将非法移民问题呈现在墨西哥裔文学中。在同一时期，女性批评家亦开始成长，到20世纪90年代初期，奇卡诺文学批评界已经培养出一批成就非凡的女性学者，如之前已经提到的格洛丽亚·安札杜尔、索尼娅·萨尔迪瓦尔-霍尔、罗绍拉·桑切斯、特伊·雷沃列多(Tey Diana Rebolledo, 1937～　)、安娜·卡斯蒂略等。她们在文学教育和文学批评方面的努力，使得女性文学得到更加广泛的认可，使得学术界更加正视女性文学的强大力量。至此，女性作家和女性学者一起，多方位构建起了与奇卡诺文学相匹敌、相补充的墨美女性话语——奇卡纳文学。现在，奇卡纳文学在墨西哥裔美国人的社会及文化生活中依然发挥着重要的引领作用，桑德拉·希斯内罗丝、格洛丽亚·安札杜尔、安娜·卡斯蒂略等作家的作品已经成为美国文学史中不可或缺的内容,成为继阿纳亚等人之后被美国文学经典认可的作家。

20 世纪 90 年代,奇卡纳文学走向全面繁荣,至今依旧保持着强劲的势头。从 20 世纪 80 年代初到 21 世纪的第二个十年间,经过近半个世纪的发展,奇卡纳文学的文学生态已经初步建立。泰姆伯雷对墨西哥裔移民(特别是非法移民)生活的描写如阳光下的阴影,给读者带来了去陌生化体验,也令人顿悟和深思;希斯内罗丝对芒果街墨西哥裔美国人社区的描写,则带有诗意般的忧伤和空灵的浪漫;埃莱娜·维拉蒙特斯笔下的东洛杉矶少数族裔社区透露出的则是令人窒息的贫穷、混乱和无望;安娜·卡斯蒂略笔下形形色色的女性,努力克服主流文化霸权和墨西哥裔社区父权的限制,历经苦难,灿烂成长;德尼丝·查韦斯继承了新墨西哥的浪漫主义和魔幻现实主义传统,细细描摹女性心理,追溯她们的蜕变;新生代的瑞娜·格兰德(Reyna Grande, 1975～),以自己的非法移民经历为基础,既书写了墨西哥裔女性对梦想的坚持,也凸显了美国梦带来的亲子关系疏离问题。可以说,奇卡纳作家们承继了墨西哥裔文学传统中对于族裔身份、历史记忆的书写,同时也表现女性文学的独特性。

20 世纪 90 年代以后,随着"重新发现美国西班牙语裔文学遗产计划"的实施,更多早期女性作家的作品被重新发现,她们的创作之于美国墨西哥裔文学的价值也得到了重新评价。虽然尼格里所提倡的"边界意识"(border consciousness)对后来拉美裔女性文学特别是女性成长小说产生了重要影响,虽然 20 世纪 70 年代的全国奇卡诺文学奖得主艾斯黛拉·波蒂略-泰姆伯雷的"去中心化叙述"后来一直为希斯内罗丝等作家沿用,但是相比于"奇卡诺文学三巨头"等拉美裔经典作家,她们几乎被评论界忽略。此外,随着时代的进步,文学书写中陆续表征出新的主题,例如女同性恋作家谢拉·奥提斯·泰勒(Sheila Ortiz Taylor)及其同性恋主题。即便这些作家作品的价值没有得到评论界和读者的及时认可,但是她们都在以各自的方式对奇卡纳种族、性别、身份等维度加以文学表征。

二、奇卡纳女权主义思想建构:切丽·莫加拉和格洛丽亚·安札杜尔

20 世纪 80 年代初女性文学的美学建构主要得益于切丽·莫加拉和格洛丽亚·安札杜尔的贡献。1981 年,莫加拉和安札杜尔一起编辑了《我们

背上的这座桥：有色激进女性作家作品集》(*This Bridge Called My Back: Writings by Radical Women of Color*，以下简称《我们背上的这座桥》)一书，宣告了少数族裔女性文学时代的来临。莫加拉是最早论及墨西哥裔女性"性别选择权利"的作家。她的《爱在战争岁月》(*Loving in the War Years*, 1983)是女性自我主张的宣言，融合了第一人称自传性质的散文、诗歌，成为奇卡纳女权主义批评的重要著作。1987 年出版的安札杜尔的《边疆：新生混血女儿》采用了类似的风格，被命名为"自传"。虽然本书有些部分的确涉及作者本人的身份，例如同性恋者的身份，但是在政治视野下讨论生命书写的意义，其话语意义超过个人取向，成为女性主义批评、同性恋批评和后殖民主义批评的重要文献。

(一)切丽·莫加拉

切丽·莫加拉 1952 年生于洛杉矶，父亲是白人，母亲是墨西哥移民。莫加拉的母亲没有受过多少正规的学校教育，但是她对莫加拉的影响很大。莫加拉回忆起母亲时，对她的坚强充满敬佩，也强调了母亲擅长讲故事的才华对自己的影响：

> 我还记得母亲讲的各种故事，或许她自己都没有意识到它们会给我留下如此深刻的印象。她非常会讲故事，能十分生动地回忆她经历中的种种细节，似乎一切都发生在昨天，她甚至记得当时她穿的什么样的裙子，什么颜色，什么样式。她告诉我，她 5 岁、7 岁、9 岁、11 岁时，如何被父母从学校里拉出来，和兄弟姐妹一道，去地里干活。她辛辛苦苦赚的钱，都被她父亲买了酒；晚上他喝得醉醺醺，东倒西歪地往家走，她每每在回家路上看到他，都想方设法躲开他。我还记得妈妈告诉我，她如何在年龄上作假，以便能够得到那份工作——在蒂华纳赛马场衣帽存放处做服务员。14 岁的时候，她已经是家里的主要劳动力。我能够想象得到，她凌晨 3 点下班后疲惫不堪地往家走，就是为了把所有的工资和小费都交给她的母亲补贴家用。她的母亲那时怀有身孕，无法外出工作。[①]

母亲的坚强给了莫加拉很大的力量和精神支持，也培养了她强烈的平等意

① Cherrie Moraga. "La Giiera", in Cherrie Moraga and Gloria Anzaldua (eds.), *This Bridge Called My Back: Writings by Radical Women of Color*. Latham, NY: Kitchen Table, Women of Color Press, 1983, p. 27.

识，激发了她的女权主义思想的形成。她也从母亲的经历中，看到了女性话语构建的重要性。

莫加拉就读于洛杉矶的圣心学院英语系，后来在旧金山州立大学攻读硕士，关注有色女性的女权主义问题。莫加拉曾经任教于加州大学圣芭芭拉分校等多所大学，是斯坦福大学的驻校作家。作为女性同性恋者，她尤其致力于女权主义写作，关注性别、性属、种族、阶级等问题的联系。除了写作以外，她还在编辑出版方面做了大量的工作，积极推进女性话语构建和女性作品的接受。1981 年，她和安札杜尔合作编辑了激进有色女性作家的文选《我们背上的这座桥》，帮助文学界、评论界和读者了解少数族裔女权主义作家的创作，这些作品特别强调了部分重要主题的政治性，例如同性恋主题，为构建具有美国特色的少数族裔女权主义思想做出了贡献。莫加拉将写作和社会工作结合起来。她积极参加社会活动，发起成立红色奇卡纳和印第安(La Red Xicana Indígena)，为印第安人和具有印第安血统的奇卡诺人争取教育、文化权利和各种土著权利；1983 年，她联合两位非裔女权主义作家芭芭拉·史密斯(Barbara Smith, 1946～)和奥黛丽·洛德(Audre Lorde, 1934～1992)创办了餐桌出版社(Kitchen Table: Women of Color Press)，致力于出版有色女性作家的作品。通过这些社会工作和文学活动，莫加拉努力以文字为武器，为女性同性恋者群体争取权益。

作为同性恋者，特别是少数族裔的女性同性恋者，莫加拉深切体会到她们这个群体所遭受的多重歧视。她认为，性属歧视同阶级、种族、性别歧视具有同样的本质，是不容忽视的。在"出柜"之后，莫加拉的主要书写重点和工作重点都放在了探索性属主题的政治性和谋求性别平等上面，她对女性同性恋的解释是这样的："直到我承认并面对自己身体上的同性恋取向时，我才真切地感受到了母亲所遭受的压迫——因为她贫穷、没文化，还是少数族裔女性。我的同性恋取向成为我理解沉默和压迫的渠道，并且还不断地提醒我：我们人类距离自由还很遥远。"[①]《我们背上的这座桥》就是她追求"自由"、寻求建构独立女性话语的一个努力。在前言中，她明确了建立有色女性话语的必要性："我能说我在女权主义运动白人阵营中已经

---

① Cherrie Moraga. "La Giiera", in Cherrie Moraga and Gloria Anzaldua (eds.), *This Bridge Called My Back: Writings by Radical Women of Color*. Latham, NY: Kitchen Table, Women of Color Press, 1983, pp. 28-29.

感到厌倦了吗？曾经那么前沿的运动，现在却显得了然无趣，因为对于我们的问题，灵魂饥渴和腹中饥饿，她们给出的解决办法过于简单化。”[①]这本书是作品选集，但是其布局具有整体性，几个部分都有各自的主题，相互之间构成一个有机的整体。第一部分是“大街上路过的孩子们：激进主义的根源”，主题涉及成长中遭遇的种族主义、歧视和暴力；第二部分是“进入他人的生活：肉体理论”，涉及的关键词有迷茫、不在场以及自我身份与集体身份的联系，旨在通过话语来阐释“连接理论”，联系女性经历中的各种矛盾。“在白人女权主义运动中，我们是有色人种；在族人中，我们是女权主义者，在异性恋者中，我们是同性恋者。我们为自己证明，用自己的语言讲述自己的故事，如桥梁连接起这些矛盾”[②]；第三部分是“你走的时候，带着你的照片”，重点是女性的“共同命运”；第四部分是“字里行间：文化、阶级和恐同症”，凸显了这些书写主题之中的政治维度，明确女性书写的重大意义；第五部分是“用我们的方言言说：第三世界女性作家”，强调了独特话语模式建构的重要作用；第六部分是“另一个世界：视野”，是对前面的升华和总结，聚焦于在此基础上构建新的世界观和转变看待世界的方式。

1983 年，莫加拉的《爱在战争岁月》(*Loving in the War Years: lo que nunca pasó por sus labios*)出版，这部作品被认为是她的代表作。它的体裁属于散文，但是又带有“自传”的标签。叙述者通过讲述的成长经历，特别是自己作为少数族裔女性同性恋者的经历，对性属及其政治含义以及女性话语建构之于性属身份主张的意义进行了阐释。1986 年，莫加拉出版了剧作《幽灵般退让》(*Giving up the Ghost*)，作为《爱在战争岁月》的延续，本剧也是其同性恋身份诉求的延续。这部剧作在美国女权主义运动历史上的政治意义和历史意义远远超过了其文学价值，并且也奠定了莫加拉文学创作和批评的基本核心。在 20 世纪 90 年代的两部作品《上一代人》(*The Last Generation*, 1993)和《飞翔中的等待》(*Waiting in the Wings*, 1997)中，她进一步阐释了同性恋身份诉求中的政治含义。2019 年，莫加拉出版了回忆录《心之故国》(*Native Country of the Heart*)。这部回忆录也不是

---

① Cherrie Moraga. “Preface”, in Cherrie Moraga and Gloria Anzaldua (eds.), *This Bridge Called My Back: Writings by Radical Women of Color*. Latham, NY: Kitchen Table, Women of Color Press, 1983, p. viii.

② Cherrie Moraga and Gloria Anzaldua. (eds.). *This Bridge Called My Back: Writings by Radical Women of Color*. Latham, NY: Kitchen Table, Women of Color Press, 1983, p. 24.

完全基于作者个人的经历，而她从母亲的故事开始谈起，追溯了玛琳琦的原型对于墨西哥裔女性追求自我建构的重要性："（母亲）和印第安女孩玛琳琦一样，她会讲自己的语言，也学会了他们的语言。*他们把我变成奴隶，却又对我的奴性举止充满了鄙夷*。这种分裂的语言，就是我母亲使用的语言，她就这样应对着自己生活的'科尔特兹'沃特·鲍曼、寻找上升空间。"[①]莫加拉在回忆录中讲述母亲当年为了生计而做了老板的情人，她将这一行为视为欧洲和印第安美洲的相遇，强调其中权力对比的悬殊，这实际上是对《我们背上的这座桥》中对性别和性属的政治性阐释的延续。

在30多年前，女权主义运动的第二次浪潮尚未消退，绝大多数女性诉求还停留在平权运动上，但莫加拉已经将种族和性取向等概念引入女权运动中来，这与20世纪90年代概念化的女权主义运动第三次浪潮相契合。如前所述，墨西哥裔女性在争取工作、受教育、文学书写等权利方面尚承受着相当大的压力，特别是来自墨西哥裔群体内部的压力，那么性别认同权利更是对奇卡诺男权社会规范的直接挑战，由此也可以看出莫加拉和安札杜尔等作家在当时表现出的非凡勇气和远见卓识。安札杜尔在访谈中曾经提到，她在《边疆：新生混血女儿》中宣布自己"出柜"以后，她的家人甚至都要和她断绝来往，因为他们更无法接受安札杜尔于母亲的在两性关系上的被动地位的描写。丽莎·托尼提（Lisa Tatonetti）认为："莫加拉的文本毫无疑问值得进一步研究，但是批评界对她作品的漠然多少令人感到不安。这种沉默表明了评论界对'少数'作家的期待"[②]。莫加拉的主要贡献在于推动了奇卡纳文学和少数族裔女性文学的接受，她是女权主义运动和美国女同性恋者权力运动的领军人物之一，并将社会实践概念化、理论化，这些理论使她成为美国同性恋研究的重要代表人物。

（二）格洛丽亚·安札杜尔

格洛丽亚·安札杜尔是奇卡纳女权主义思想建构的代表人物，在文学思想阐释和理论建构方面她是奇卡纳作家中成就最高的。她最重要的代表作是《边疆：新生混血女儿》，其中的部分内容已经被收录到各类权威文学批评和文学理论选集中。这部著作在文体上和莫加拉的《爱在战争的岁

---

① Cherríe Moraga. *Native Country of the Heart: A Memoir*. New York: Farrar, Straus and Giroux, 2019, p. 30. Epub.

② Lisa Tatonetti. "'A Kind of Queer Balance': Cherrie Moraga's Aztlán", *MELUS*, 2004, 29(2), p. 227.

月》相似，介于理论阐释、散文和个人叙述之间，以英语为主体，交替使用西班牙语、得克萨斯方言。它被作者称为“自传”，却没有关于作者生平的完整叙述，叙述时间上也缺乏明显的连贯性和逻辑性。克劳斯称这种叙述为“副文学”：它既不是文学批评也不是文学叙述，“奇妙的网络，将不同的声音、引文、旁白、联想交织在一起”[①]。她的思想奠定了“奇卡纳女性主义思想”的基础，使其“在文学理论乃至跨文化研究等方面都具有分水岭的作用”[②]。但是安札杜尔从女性主义角度出发、通过带有后现代主义色彩的“边疆叙事”对奇拉诺文学中的一些关键词进行了定义与阐述，这些关键性的术语对于奇卡诺文学批评（甚至美国多元文化文学批评）产生了重要影响。标题中的“边疆”无疑是关键词中最重要的一个。

安札杜尔的“边疆”是个综合体，它融合了地理意义上的“边界”“边土”“边疆”三重含义，还有人文意义上的文化差异（主要是以印第安文化为基础的墨西哥裔文化和非墨西哥裔文化之间的差异）。而“边界”的存在也是多样化的，可以是国家的边界，可以是不同国家、族群之间的文化差异，譬如语言、价值观、世界观，也可能是两个人之间在家庭出身、教育程度、行为方式、话语方式等方面的差别。安札杜尔指出，“边界”是无时不在的：“本书涉及的边疆，其地理范围指的是指美国西南部得克萨斯州和墨西哥的边界地区，但是在心理、性别和精神上的边疆并不局限于这里。事实上，只要两种或多种文化并存，不同种族的人共同生活在同一地域，上、中、下不同的阶层相互接触，或者两个人之间距离缩小、关系日趋亲密，边疆就会切实出现……”[③]这种阐释并非独树一帜，而是对墨西哥裔文学中差异观念的继承与发展，例如阿纳亚曾经指出，“不同的文化群体，例如盎格鲁-美国人、奇卡诺人、印第安人共同生活，相互交往，他们就会对彼此产生一定的偏见或者形成刻板化的印象”[④]。

安札杜尔在此基础上更进一步，将“边界”的建构和不同的批评维度结合起来。她认为，生存是主体之间相互协商、不断重构边界的过程；由于边界的不确定性和流动性，这些概念之间就可能存在相互的重叠，因此她所

① Rosalind Krauss. “Poststructuralism and the ‘Paraliterary’”, *October*, 1980, 13, p. 37.

② 韩颖：《安札杜尔“新梅斯蒂扎意识”的理论嬗变》，《国外文学》2013 年第 1 期，第 55 页。

③ Gloria Anzaldúa. *Borderlands/La Frontera*: *The New Mestiza*. San Francisco: Aunt Lute Books, 1999, p. 25.

④ Rudolfo Anaya. *The Anaya Reader*. New York: Warner Books, Inc., 1995, p. 295.

谓的“边疆”就是“模糊而不确定的空间,是非自然边界的情感残余”①。在叙述中,安札杜尔展示了她的多重身份及其这些身份所代表的不同“边疆”。作为少数族裔女性,她了解族裔身份的诸多限制,知道墨西哥裔男权社会对女性的偏见,但是这也使她可以从不同的角度看待女性的生存。边疆可能会对人们产生积极的影响,也可能产生消极的影响,但是可以肯定的是,边疆是一种合力,融合了种族、阶级、性别等因素。学者继而确认了安札杜尔“边土”的定义与批评视角之间的联系:“这一宽泛的定义明确了作者全书的批评方向:文化、种族、阶级和性别。”②

《边疆:新生混血女儿》中的第二个关键词是“女同性恋”。如前所述,这部著作是美国文学中酷儿理论(queer theory)的重要组成部分,它对酷儿理论的重要贡献就在于将同性恋政治化。在书中,安札杜尔写道:“我选择做女同性恋者,对于许多人来说,这(种取向)是生物学意义上的,但是对于我,是一种选择。”③安札杜尔和莫加拉都是最早公开自己同性恋身份的墨西哥裔女性作家,当时承受了巨大的舆论压力。但是最关键的是,安札杜尔将这种身份看作是诸多边疆身份中的一个维度。“我是个边疆地带的女子,生长于两种文化之间——即墨西哥文化以及非墨西哥裔美国白人文化……这个边缘地带的生活非常艰难,因为这片土地上有着各种各样的矛盾:仇恨、愤怒和剥削。”④所以,在这里任何不同于常规的行为都要受到质疑和敌视,性别取向更是如此,因为它直接影响到社区中两性力量之间的平衡,而女同性恋挑战了男性权威,甚至是影响到了种族人口的再生产,正如之前所提及的胡安·罗德里格斯对泰姆伯雷等女性作家的批判。可见,性别取向的政治性也是不言而喻的:对于一个在种族、性别和阶级等方面都处于弱势的女性而言,她所能够掌控的就是自己的身体,利用身体来反抗规则和权威是她为数不多的武器之一。“选择”所体现出的主体性将同性恋身份的世俗性抵消,当时更多的读者和批评者着眼于她激进的同性恋者身份而忽略了性别身份中的权力关系表达,未能认识到将如此隐私的话

---

① Rudolfo Anaya. *The Anaya Reader*. New York: Warner Books, Inc., 1995, p. 295.

② 刘玉:《种族、性别和后现代主义——评美国墨西哥裔女作家格洛丽亚·安札杜尔和她的〈边土:新梅斯蒂扎〉》,《当代外国文学》2004年第3期,第155页。

③ Gloria Anzaldúa. *Borderlands/La Frontera: The New Mestiza*. San Francisco: Aunt Lute Books, 1999, p. 33.

④ Gloria Anzaldúa. *Borderlands/La Frontera: The New Mestiza*. San Francisco: Aunt Lute Books, 1999, p. 19.

题政治化的真正意图。随着女权主义批评话语的体系化，人们才充分认识到安札杜尔的开拓性和勇气。

安札杜尔作品中的第三个关键词是“新混血儿意识”[①]，这是她针对女性的困境提出的“解决办法”，即如何协商奇卡纳的不同边缘化身份。简单来说，新混血儿意识是一种包容差异的开放性意识，摒弃了之前的那种非此即彼的二元对立思维模式，兼容并蓄，融合不同的身份。具体来说，新混血儿意识是以安札杜尔的性别身份理论为基础构建的，并且具有墨西哥裔女性话语的独特语境，这是在理解安札杜尔思想时必须明确的两点。在性别身份构建的基础上，新混血儿意识的基本含义为：新一代奇卡纳吸收、融合自己多重边缘身份之后形成的对自我的全新认识。安札杜尔进而通过自己的经历阐释了它的具体含义：她本人的经历以及她的书写就是这种意识的体现，她超越了性别维度和阶级维度，有了自己的选择。在性别维度下，传统社会中女性的身份被绝对化了：只有好女人和坏女人两种模式，即在家里安心操劳家务、抚养孩子的母亲，或者流落街头卖身的娼妓。安札杜尔进一步细化了“好女人”的另外归宿——献身宗教、到进修道院做修女。但是新一代的奇卡纳有了第四种选择：通过教育和职业行为成为自主的个体。安札杜尔通过职业教育成为作家、大学教授，彻底摆脱了母亲终生承受的贫穷和限制。她将自己的作家身份比作“萨满教士”，即“通过语言来治疗，将语言作为放飞灵魂的媒介，通达不同层面的现实，与灵性进行沟通”[②]，以此强调话语构建的力量和语言叙述的桥梁作用。

新混血儿意识的第二层含义是其延伸意义，特别是其对其他墨美女性的意义。安札杜尔提倡，拉美裔女性应该将自己根植于北美印第安人的历史与文化中，理解他们的生态思想和整体意识，在综合性的视角下建立一种开放性的自我意识：“混血儿意识的目的就是打破束缚女性的主观与客观的二元对立，通过书中活生生的事例和生动的意象展示如何超越二元对立。”[③]因为多元文化语境下杂糅身份的定义具有多维性，所以这种调和性

---

① 另音译为“新美索第扎意识”，参见刘玉：《种族、性别和后现代主义——评美国墨西哥裔女作家格洛丽亚·安札杜尔和她的〈边土：新梅斯蒂扎〉》，《当代外国文学》2004 年第 3 期；韩颖：《安札杜尔“新梅斯蒂扎意识”的理论嬗变》，《国外文学》2013 年第 1 期。

② Gloria Anzaldúa. *Borderlands/La Frontera: The New Mestiza*. San Francisco: Aunt Lute Books, 1999, p. 19.

③ Gloria Anzaldúa. *Borderlands/La Frontera: The New Mestiza*. San Francisco: Aunt Lute Books, 1999, p. 102.

的立场可以使族裔群体灵活地理解他们身份中的不同层面。

从美国文学的视野下考察安札杜尔的贡献，可以看出，她提出的新混血儿意识是美国国民精神的代表，在整个美国文学中既具有延续性，又有创新性，其中“包容差异”的思想其实早已经根植于美国多元文化文学创作与批评之中。早在20世纪中期，非裔作家拉尔夫·埃里森(Ralph Waldo Ellison，1913～1994)就提到过边疆传统对自己的影响，称自己是“边疆人”(frontierman)，并且主张只有超越狭隘种族主义的立场，黑人才能够从“无形”走向“有形”。同样，华裔作家任碧莲(Gish Jen，1955～)在创作中也强调美国多元文化背景下少数族裔之间的联系，提出族裔身份的流动性和不确定性，倡导从族裔文化之间的相互借鉴出发诠释文化同化现象；被称为“奇卡诺文学教父”的墨西哥裔作家鲁道夫·阿纳亚从拉美裔立场出发提出了“奇卡诺意识”(Chicano consciousness)的理念，主张应该以“新大陆人的精神”(the new world man spirit)辩证地综合奇卡诺身份的不同成分，特别是要正确接受奇卡诺人的土著历史。在批评领域，胡安·布鲁斯-诺瓦倡导拓展拉美裔文学的文学空间或创作的自由；结构主义批评家雷蒙·萨尔蒂瓦尔在《奇卡诺叙事：差异的辩证》中对“差异”进行了解构与重构；何塞·萨尔迪瓦尔则从更加广阔的拉美文学与美国文学的比较中研究差异性的存续。可见，安札杜尔的新混血儿意识体现了她从墨美女性角度对美国文学、文化传统的思考，对于奇卡纳文学创作和批评是种启示，对宏观的美国文学是个重要补充。

在美国文学的多元文化文学语境下，新混血儿意识体现了超越二元对立的思维模式：从文化杂糅的角度理解美国特性和族裔身份。在文学批评中，族裔身份是个流动的、不确定的概念，族裔文化特征的延续见之于它在多元文化中的表现(presence)，片面强调保持族裔文化势必会适得其反。新混血儿意识已经成为女权主义批评和少数族裔文化研究的重要理念，在文学、社会学和人种学等领域的研究中发挥着重要的理论支撑作用。这种意识可以成为解读奇卡诺文学一个批评视角，根据人物对文化差异性的包容程度、应对策略以及文本表现形式和叙事方式等来探讨文学书写对于当下的意义。无论是阿纳亚《保佑我吧，乌勒蒂玛》中超越矛盾、协调多重身份的综合性立场，还是里维拉《……大地不曾吞噬他》中对霸权文化的控诉，或是《美国化的墨西哥人》中抛弃过去、勇往直前的文化适应姿态，它们其实都是“混血儿意识”在不同层面上的表达。既然多重身份是文本中无法避开的一个主题，那么如何理解身份并应对生存中的困难便成了文学书写的意义所在。

就文学创作及研究而言，这种包容差异的立场有助于重新定义美国文学：一方面它具有颠覆性的特征，力图打破文化霸权的垄断地位；另一方面它具有重构的力量，使得不在场的族裔自我得以显现并获得认同。因此，这种包容性的立场对于其他族裔文学批评同样具有借鉴意义。也许，现在来看，"杂糅"和"超越"似乎都已经成为老生常谈，但是在30年前，正是因为有了这些批评家的建构，这些批评术语才能够进入文学批评视野，为读者和研究者所熟知。

莫加拉和安札杜尔的立场坚定，态度激进，对于权威进行强烈的批评和激烈的反抗，为当代西语裔女权主义文学的理论建构奠定了基础。还有一些女性作家主要通过文学创作践行她们的女权主义思想，她们的表达方式相对比较温和。20世纪80年代上半期的代表性作品，按照出版时间的先后有桑德拉·希斯内罗丝的《芒果街上的小屋》(1984)、埃莱娜·维拉蒙特斯的《飞蛾和其他短篇小说》(1985)、德尼丝·查韦斯的《最后一个女服务生》(*The Last of the Menu Girls*, 1986)和安娜·卡斯蒂略的小说《米花拉书简》(*The Mixquiahuala Letters*, 1986)等作品，均不同程度地表现出奇卡纳女权主义思想。这几位作家是奇卡纳作家中的杰出代表，是20世纪80年代进行女性身份书写和关注女性成长的主力军，也是目前学术界研究最多的几位奇卡纳作家。

三、城市移民社区的女性叙事：桑德拉·希斯内罗丝和埃莱娜·维拉蒙特斯

从作品的主题偏好来看，桑德拉·希斯内罗丝和埃莱娜·维拉蒙特斯两位作家都着重书写城市中的墨西哥裔移民及墨西哥裔美国人经历，"成长"和"身份建构"是她们共同的传统主题；不过她们的作品各自透露出城市移民社区的地缘特征，希斯内罗丝成长的芝加哥和维拉蒙特斯成长的洛杉矶并不相同，特别是经过她们的文学滤镜表征出来的城市移民社区，既有相似也有不同。

（一）桑德拉·希斯内罗丝

桑德拉·希斯内罗丝算得上是当今最负盛名的墨西哥裔女性作家，是西语裔作家中的一位领军人物。她的代表作《芒果街上的小屋》已经被翻

译成20多种语言，在世界各地出版发行，是最早收录进《诺顿美国文学选读》的西语裔作家作品之一，也是最早进入美国中小学阅读书目的西语裔美国文学作品。希斯内罗丝是最早进入经典作家之列的西语裔女作家，在创作生涯中获得了多项荣誉，比如得克萨斯艺术奖章、麦克·阿瑟基金等，在2015年获得了奥巴马总统颁发的国家艺术奖章，2017年9月获得了美国国会拉美裔核心研究所(Congressional Hispanic Caucus Institute)设立的主席奖，这是整个西语裔社区乃至全国文学界对希斯内罗丝文学成就的认可。希斯内罗丝不仅成就卓著，并且还具有非常强烈的责任感，积极推动奇卡纳文学的发展。她以父亲阿尔弗雷多的名义设立文学创作基金，致力于培养年轻一代的西语裔作家，奇卡纳新锐作家瑞娜·格兰德就是其中之一。从奇卡纳小说的发展历史来看，希斯内罗丝的贡献主要在于以下几点:《芒果街上的小屋》和《喊女溪及其他故事》构建了女性成长小说的框架，为女性成长开创了书写范式，使得“芒果街”成为一个女性成长和舒展自我的象征;将碎片式叙事模式引入到奇卡纳文学中，并结合女性身份建构的主题实现了对男权中心的解构，这种书写不同于之前奇卡诺运动时期的显性政治主题，而是以女性特有的温和和坚韧主张女性的权利;通过“房子”这个中心意象，书写了少数族裔女性对于美国梦的理解。

桑德拉·希斯内罗丝1954年出生在芝加哥的一个墨西哥移民家庭，是家里七个孩子中唯一的女孩，上面有两个哥哥，下面有四个弟弟。父亲阿尔弗雷多是第一代墨西哥移民，母亲艾尔薇拉·考德罗·安吉亚诺是第二代墨西哥移民。阿尔弗雷多夫妻二人结婚以后居住在芝加哥的少数族裔社区，经常搬家，后来终于在拉美裔社区洪堡公园安顿下来，这个社区成为《芒果街上的小屋》中“芒果街”的原型。希斯内罗丝一家信仰天主教，所以孩子们都是在教会学校学习的。希斯内罗丝高中就读于圣心约瑟夫女子学校，担任学生报纸的编辑，并开始创作诗歌。她大学就读于天主教耶稣会设立的洛约拉大学(Loyola University)，1976年毕业，之后在爱荷华大学(the University of Iowa)的作家工作室专门学习写作，1978年获得艺术学硕士学位。毕业后她在高中任教，教授创意写作，另外还担任高中辍学学生的辅导老师，这段经历为她的写作积累了大量素材。希斯内罗丝曾经在加州大学伯克利分校、密歇根大学安娜堡分校等多所大学担任访问作家，在圣安东尼奥圣母湖大学(Our Lady of the Lake University in San Antonio)担任过驻校作家，后来成为自由作家。

《芒果街上的小屋》构思于希斯内罗丝在作家工作室读书期间,那时她开始意识到墨西哥裔文化身份的书写价值,思考以什么样的方式来书写自己的故事。希斯内罗丝毕业后担任辅导教师期间,接触到了各种各样的学生,从他们那里获得了不少的灵感。除了《芒果街上的小屋》之外,她的作品还有诗集《坏男孩》(*Bad Bad Boys*, 1980)、《不择手段》(*My Wicked, Wicked Ways*, 1987)和《放荡女》(*Loose Woman*, 1994),小说《喊女溪及其他故事》(*Woman Hollering Creek and other Stories*, 1991)、《拉拉的褐色披肩》和散文体自传《我自己的房子》(*A House of My Own*, 2015)。此外,她还创作有少年儿童读物《你看到玛丽亚了吗》(*Have You Seen Marie?*, 2012)和个人作品选集等。希斯内罗丝的语言优美顺畅、朗朗上口、意象鲜明、画面感强烈。

《芒果街上的小屋》被誉为希斯内罗丝的代表作品。在20世纪80年代初期的女性写作中,这部作品能够脱颖而出,得益于其在形式和内容上的创新性。小说在形式上采用了去中心化的碎片化叙事,有44个各自独立成篇的短篇小说,通过主人公和叙述者埃斯佩朗莎的叙述将它们串联在一起;第一人称内聚焦和第三人称外聚焦相互结合,多视角展现了芝加哥城市社区中墨西哥裔少男少女的成长,并且动态地呈现了女性话语权的建构过程,追溯了以埃斯佩朗莎为代表的女性叙述者从入住芒果街、走出芒果街、然后回到芒果街的旅程。斯佩朗莎既是观察者也是参与者,这使得她能够调整聚焦的范围和距离,通过自己的观察,描述了社区中形形色色的人物,包括自己的家人、同学和邻居,其中有温柔体贴的母亲、勤劳的父亲、遭受家庭暴力的好友萨莉、少女母亲密涅瓦、立志冲破家庭传统观念束缚而刻苦读书的阿莉西娅、拖儿带女抚养着一大群孩子的罗莎·法加斯、渴望爱情而在街灯下痴情起舞的玛琳、被丈夫锁在家里的拉菲娜等。在此过程中她形成了自我意识,学会观察和记录,吸收其他人物经历中的积极要素,诸如坚持、坚强、独立,或者从他们的不幸中总结教训,学会用叙述表达情感、讲述成长和蜕变。小说在主题上体现"女性书写"和"族裔身份"两大特征,讲述墨西哥裔社区中的女性故事,凸显了墨西哥裔女性成长的独特性,即叙述者作为墨西哥裔的族裔身份和与之相关的特征。这部作品讲述西语裔少年的成长,但和欧洲传统的成长小说(Bildungsroman)有着明显的不同:主人公的身心成长以她的性别、种族身份为基点,比如墨西哥裔美国人较为低下的经济地位、族裔社区中女性的从属地位、少数族裔面临的文化适应等。小说既有波多黎各社区中人们生活的艰辛，也有少男少女成长中的酸甜苦辣，成长的主题十分明确，是当今族裔女性成长小说的一个范例。

《芒果街上的小屋》语言简洁、节奏明快、意象生动，能够提供多重的阅读体验，这是它能入选不同层次学生阅读书单的一个原因。开篇的两个小故事就能体现出这本小册子的魅力。例如，在短篇《头发》（Hairs）中，埃斯佩朗莎这样描述他们一家人的头发：

> 我们家里每个人的头发都不一样。爸爸的头发像扫把，根根直立往上插。而我，我的头发挺懒惰，它从来不听发夹和发带的话。卡洛斯的头发又直又厚。他不用梳头。雷妮的头发滑滑的——会从你手里溜走。还有奇奇，他最小，茸茸的头发像毛皮。
>
> 只有妈妈的头发，妈妈的头发，好像一朵朵小小的玫瑰花结，一枚枚小小的糖果圈儿，全都那么拳曲，那么漂亮，因为她成天给它们上发卷。把鼻子伸进去闻一闻吧，当她搂着你时。当她搂着你时，你觉得那么安全，闻到的气味又香又甜。是那种待烤面包暖暖的香味，是那种她给你让出一角被窝时，和着体温散发出的芬芳。你睡在她身旁，外面下着雨，爸爸打着鼾。哦，鼾声、雨声，还有妈妈那闻起来像面包的头发。①

这个短小的故事有着多层次解读的可能。首先，叙述者将不可数名词“头发”当作可数名词，将其作为转喻手段，通过其复数形式来映射一家人各自鲜明的性格。其次，通过前后两段篇幅的对比和详略程度的对比，突出了妈妈的头发的与众不同，叙述者通过回忆妈妈的头发带给自己的温暖和爱，表达了母亲在孩子成长过程中的重要作用。再次，叙述者使用了十分符合少女心理状态的形象和叙述方式，采用诸如“面包”“玫瑰花”“糖圈”等和食物相关的意象，以及“体温”“香甜”“被角”等与味觉、触觉、嗅觉相关的意象，表现妈妈在孩子情感需要时的始终在场；使用“雨声”反衬室内的安静，突出了雷雨天孩子在母亲身边感觉到的安全，也通过对比父亲的“鼾声”和母女间相拥的安静，刻画出父母给予孩子的不同的爱。在这两个篇幅不长的段落里，叙述者充分利用了五种感官，多方位表现无时不在的母

---

① [美]桑德拉·希斯内罗丝：《芒果街上的小屋》，潘帕译，南京：译林出版社，2012年，第6～7页。

爱和浸润到叙述者内心的家庭温暖。最后，如果深究母亲形象相关的意象和墨西哥裔文化之间的关联，还可以看到，“玫瑰花”隐喻了瓜达卢佩圣母。这个意象在小说中多次出现，如在萨丽的故事中：“她喜欢看着墙壁，看墙角的接缝多么整齐，看亚麻地毡上的玫瑰，看平滑如婚礼蛋糕的天花板。”① 玫瑰花是圣母的隐喻，暗示萨莉接受了传统女性所尊崇的“被动”“隐忍”。神话原型形象的运用，展示了文化传统在塑造女性心理方面发挥的作用，在书写“爱”和“温暖”的同时，增加了叙述的批判性。

小说开篇的故事是和小说同名的故事“芒果街上的小屋”，通过“小屋”这个具有女权主义隐喻的意向，点明了空间表征下的成长主题。这个故事讲述的是主人公一家人在多年的漂泊之后终于拥有了自己的房子，在芒果街波多黎各人社区安顿下来。但是，芒果街上的这所小屋矮小简陋。并不是孩子们希冀的理想之屋：

> 芒果街上的小屋全然不是他们讲的那样。它很小，是红色的，门前一方窄台阶，窗户小得让你觉得它们像是在屏着呼吸。几处墙砖蚀成了粉。前门那么鼓，你要用力推才进得来。这里没有前院，只有四棵市政栽在路边的小榆树。屋后有个小车库，是用来装我们还没买的小汽车的，还有个院子，夹在两边的楼中间，越发显得小了。我们的房子里有楼梯，可那只是普通的门厅台阶，而且房子里只有一个卫生间。每个人都要和别人合用一间卧房——妈妈和爸爸、卡洛斯和奇奇、我和雷妮。②

通过考察小说中的不同故事，可以发现，叙述者描述了各种各样的房子，除了芒果街上的这个小房子，还有他们租住在鲁米斯街时令她倍加羞愧的红色小屋、父亲雇主家的花园房、有钱人家山上的房子、主人公所希冀的属于自己的带阁楼的房子。从她渴望拥有“一所真正的大屋，一所可以指给别人看的房子”，再到“芒果街有时说再见”，“房子”这个主题贯穿于叙述的始终。从她通过老师的眼睛审视自己家的小房子开始，到她梦想说，“那时候我就知道，我必须要有一所房子，一所真正的房子③”，再到“芒果街有时说再见”，这个关于房子的梦想同样贯穿始终。房子是不动产，是财力的象

---

① [美]桑德拉·希斯内罗丝：《芒果街上的小屋》，潘帕译，南京：译林出版社，2012年，第138页。

② [美]桑德拉·希斯内罗丝：《芒果街上的小屋》，潘帕译，南京：译林出版社，2012年，第5页。

③ [美]桑德拉·希斯内罗丝：《芒果街上的小屋》，潘帕译，南京：译林出版社，2012年，第5页。

征,代表了墨西哥裔美国人的现实生活或者他们的美国梦;而对于叙述者来说,它还有更多一层的意义,那就是女性的独立空间。所以,学校老师审视叙述者家破旧的房子时,她感觉十分难为情:

> "你住在哪里呀?"她问。
>
> 那里,我说,指了指三楼。
>
> 你住在那里?
>
> *那里*。我不得不朝着她指的地方看去——三层楼上,那里墙皮斑驳,窗上横着几根木条,是爸爸钉上去的,那样我们就不会掉出来。你就住*那里*?她说话的样子让我觉得自己什么都不是。*那里*。我就住*那里*。我点头。
>
> 于是我明白,我得有一所房子。一所真正的大屋。一所可以指给别人看的房子。可这里不是,芒果街的小屋不是。[①]

芒果街上的小屋和主人公理想之屋间的差距,体现了墨西哥裔等少数族裔下层民众处于两种文化夹缝之中的矛盾处境。"从思想层面上说,雅诗贝兰莎做着'美国梦',而在物质层面上,她和群体中的其他成员一样全部被排除在外"[②]。此外,房子作为家的所在,既是庇护之所,但同时也代表了墨美传统家庭观念对女性的羁绊。小说描写了众多被困在家中的女性人物,她们有的成为家庭主妇,为生活、家务或者孩子所累,有的被父亲或者丈夫束缚,必须保护自己的贞洁,因为顺从的女孩才能够在婚姻市场中得到认可。如路易·里尔所说:"纵观墨西哥文学,女性人物的塑造一直深受墨西哥精神中两个原型形象的影响:保持贞洁的女性形象和失去贞洁的女性形象。"[③]这在拉菲娜、萨莉等女性人物的故事中都得到了充分的体现,她们都成为暴虐男权的受害者;桀骜不驯、思想独立的女孩无法得到男性的青睐,她们要么郁郁而终,如叙述者的曾祖母,要么走出传统家庭,如叙述者所说的"芒果街有时说再见"。

《喊女溪及其他故事》(以下简称《喊女溪》)是希斯内罗丝的第二部作

---

① [美]桑德拉·希斯内罗丝:《芒果街上的小屋》,潘帕译,南京:译林出版社,2012年,第5页。

② Alvina Quintana. *Home Girls: Chicana Literary Voices*. Philadelphia: Temple University Press, 1996, p. 57.

③ Luis Leal. "Female Archetypes in Mexican Literature", in Beth Miller (ed.), *Women in Hispanic Literature: Icons and Fallen Idols* (pp. 227-242). Berkeley: University of California Press, 1983, p. 227.

品，可谓对《芒果街上的小屋》的继承和突破。这部作品在形式上同样采用碎片化叙事，包括22个故事，其中最长的一篇“萨帕塔的眼睛”长达29页，而最短的“面包”不足1页。和《芒果街上的小屋》不同的是，本书中没有一个像埃斯佩朗莎那样贯穿全书的叙述者，而是采用多位叙述者，以第一人称或第三人称的方式讲述不同女性的故事。有的故事采用第一人称内聚焦，如“十一岁”“神圣的一夜”“不要嫁给墨西哥人”和“萨帕塔的眼睛”，有的故事采用第一人称外聚焦，如“和我同名的女孩”，有的采用第三人称内聚焦，如“喊女溪”，还有的采用第三人称外聚焦，如“萨尔瓦多，无论早晚”。作者通过不同的角度和不断变化的语调讲述女性的成长和社区故事，叙事节奏有缓有急，再现了女性经历中的酸涩和无奈。小说分别为三部分，标题分别是“闻起来像玉米的我的朋友露西”“神圣的一夜”和“男人，女人”，分别讲述童年的故事、少女成年的故事以及成年男女的故事。女性经历和女性成长依然是书写核心，但是相比较于《芒果街上的小屋》，本书表现出较强的颠覆性和重构意识，正如译林版《喊女溪》所介绍的，该书是作者“创作成熟期的代表作”[①]。虽然相当多的评论者认为《喊女溪》是“短篇小说集”，但是必须看到，在叙事主体和叙事声音不断切换的同时，故事的主题仍然具一贯性和延续性。罗宾·甘兹(Rubin Ganz)认为，这些叙述者和人物和她们所代表的领域一样丰富多彩，她们的叙事语言充满了活力，更加关注个人以外的“家庭、奇卡诺-波多黎各社区，以及两种文化的冲突与整合”[②]。在《芒果街上的小屋》中，埃斯佩朗莎对未来的期望多停留在话语层面，“一间自己的屋子”也主要存在于叙述者的理想之中；但是《喊女溪》中的女性都生活在现实世界的矛盾之中，面临着各种问题和挑战，并且都实际地探索如何构建自己的独立生活。例如，《喊女溪》中的克莱奥菲拉丝最后鼓起勇气回到了墨西哥，虽然她未来要抚养孩子，要面临各种生计问题，但是她已经意识到，与其以牺牲尊严为代价过着衣食无忧的生活，还不如用自己的努力寻求独立的生活。《萨帕塔的眼睛》中的女主人公、萨帕塔的情人伊尼丝便是一个坚强独立的女性，她经历了一般女性难以想象的磨难，生活贫穷、步履艰难，在墨西哥内战中失去了亲人，为萨帕塔付出了一

① [美]桑德拉·希斯内罗丝：《喊女溪》，夏末译，南京：译林出版社，2010年，封三。

② Robin Ganz. “Sandra Cisneros: Border Crossings and Beyond”, *MELUS*, 1994, 19(1), p. 20.

生,被他的政敌迫害,却难以得到他的承认,时刻承受着他的背叛。如果说埃斯佩朗莎是否真正走出了芒果街,还值得疑问,那么在《喊女溪》中情形就完全不一样了。《喊女溪》是关于女性解放的故事,话语的构建方式不再是闭合性的,而是开放性的、螺旋上升的,这些女性人物都有一个共同的特点:抗争。即便是抗争失败,这些努力也让她们获得了成长。

《拉拉的褐色披肩》属于家族历史小说,以希斯内罗丝的家族历史为素材,在20世纪之初的墨西哥革命和移民潮等历史背景下,讲述墨西哥人移民美国的经历。彩色披肩是墨西哥女性的传统服饰,每个女性制作披肩的方式都不相同,所以披肩突出了女性人物各自鲜明的个性,呼应小说的女性主义主题。主人公兼叙述者赛伊拉·雷耶斯以祖母的披肩为线索,讲述了雷耶斯家族的移民历史。故事从雷耶斯三兄弟的回乡之旅开始:"那年夏天,我们分乘三辆租来的汽车——'胖脸'叔叔崭新的白色凯迪拉克,'宝贝儿'叔叔的绿色大羚羊,父亲的红色雪佛兰旅行车——正奔驰在前往墨西哥城的路上,那里是我们的'小乖乖祖父'和'可怕祖母'的家。我们……从芝加哥出发,沿66号公路……路过蒙特雷、萨尔蒂约、马特瓦拉、圣路易斯波托西、克雷塔罗,最后一站是墨西哥城。"[①]这种回溯性的视角突出了"讲故事"的主题,暗示了女性话语在书写历史中的作用。小说中突出的女性形象是祖母和孙女。祖母委托孙女记录自己的故事,于是在赛伊拉的讲述中,奶奶成了"恶奶奶",她的强韧和凶悍颠覆了传统女性形象,但是奶奶对此却非常不满:"赛伊拉,你为什么对我那么残忍?你总喜欢让我受苦,让我丢脸,难道不是吗?是不是就因为这个你才非要把这……脏事抖搂给别人,不肯给我一丁点儿的关心?"[②]赛伊拉也在质疑祖母叙述的真实性,她要用想象填补叙述中的空白,明确她本人作为讲故事者应该具有的主体性特征,这暗示了赛伊拉不仅在记录历史,更重要的是在书写历史。"如果换个人来讲,这个故事会变得完全不同。"[③]可见,文本中的叙述实际上是赛伊拉的个人叙述,她完全掌握了叙述的节奏,成为女性历史的"创造者"。

《我自己的房子:生活中的各种故事》(以下简称《我自己的房子》)在文体上介于散文和自传之间,是作者在31年以后对《芒果街上的小屋》的回

---

① [美]桑德拉·希斯内罗丝:《拉拉的褐色披肩》,常文祺译,杭州:浙江文艺出版社,2010年,第5页。

② Sandra Cisneros. *Caramelo*. New York: Vintage Books, 2002, p. 172.

③ Sandra Cisneros. *Caramelo*. New York: Vintage Books, 2002, p. 159.

应。从名称和内容上看，这部作品属于非虚构性叙事，是带有拼图式特征的自传，收录了作者对自己生活的回顾，包括之前没有发表的小品文、随笔，还收录了多部访谈，并追溯了作者的创作生涯，对之前部分作品的缘起和创作过程进行了描述。希斯内罗丝在前言中阐释了这部作品的意图："我在这里展示这些记忆，呈现我的真实生活，将其区别于我的小说，因为大家似乎对我有着种种的猜测，甚至是传言（有传言说我已离世，维基百科上就曾经有过，那都是谣言。还有，有家西班牙语的报纸说，我在蒂华纳住，还编得有鼻子有眼的，不过我本人可不记得有这回事）。我并不是在写自传，目前还没有这个想法，因为我感觉自传似乎就是与这个世界的告别之词。我在这里只是讲述我自己的经历，记录自己的生活。"①这部作品记录的是1984～2014年作家本人职业生涯中的各种经历，包括给予她创作灵感的人和事，如父母、朋友和邻居，以及与作品创作、出版及接受相关的各种事件，从创作《芒果街上的小屋》前后的历程开始，到之后每一部作品产生的缘由。需要明确的是，正如这本书的名字所示，《我自己的房子》回应了《芒果街上的小屋》里面提到的"我自己的房子""阁楼上的流浪者"等故事中，埃斯佩浪莎对于自己房子的渴望，与弗吉尼亚·伍尔夫（Virginia Woolf，1868～1941）在《一个自己的房间》（*A Room of One's Own*）中所主张的女性的自我空间形成了互文。所以在这部回忆录中，希斯内罗丝依然从房子说起，讲述写作《芒果街上的小屋》时租住的公寓，之后在希腊借住的房子，最后提到父亲临终未竟的遗愿："父亲病重时，知道自己来日无多，偷偷跟我说了他的心里话，'我原本计划给每个孩子留下一套房子的，可是没有做到'。然后，他落泪了。没想到，父亲心目中的成功，就是给他的七个子女各自留下一栋房子，这至今都令我震惊不已！父亲没能给予我们那些，但这正是令我们倍感珍贵之处。"②正是因为没有自己的房子，所以希斯内罗丝才学会了感同身受（compassion），她享受着夜晚写作的乐趣，称之为"我私有的房子"③，而后她讲述自己曾经拥有的房子，而最后一所房子就是

① Sandra Cisneros. *A House of My Own*: *Stories from My Life*. New York: Alfred A. Knopf, 2015, p. 25. Epub.

② Sandra Cisneros. *A House of My Own*: *Stories from My Life*. New York: Alfred A. Knopf, 2015, p. 542. Epub.

③ Sandra Cisneros. *A House of My Own*: *Stories from My Life*. New York: Alfred A. Knopf, 2015, p. 544. Epub.

"高墙掩映的房子,能够让我不受干扰安心写作的地方。在60岁的时候,我想要一所能够哺育我的灵魂的处所,我想要保护我的隐私的高墙,介于外部和内部区域之间的门厅,还有户外的水槽,我可以在天空下洗浴,然后不停地思考思考。我想要一个能够让我安心的地方"[①]。2014年,60岁的希斯内罗丝卖掉了居住了20多年的圣安东尼奥的房子,搬到了墨西哥,回到了父亲的故乡。她说自己已经在祖国(fatherland)生活太久了,现在需要回到故土(motherland)。

在希斯内罗丝30多年的职业生涯中,从《芒果街上的小屋》到《我自己的房子》,几乎所有作品都围绕"房子"展开,从"小屋"到"房子"的这一建构过程可以看出作者的成长和女性书写力量的增强。但是,在《我自己的房子》的最后,作者又表现出对房子的释然,她说,不管什么样的房子,她最终都可以离它而去,就好像她卖掉自己当年信誓旦旦永远不会抛弃的那所百年老屋一样。可以说,此时的房子更多地成为一种心灵家园,而不再是物质实在。年逾六旬的作者希斯内罗丝,最终摆脱了物质主义的美国梦的羁绊,找到了自己的精神家园。

(二)埃莱娜·维拉蒙特斯

埃莱娜·维拉蒙特斯是当代奇卡纳作家中女权主义意识最为强烈的作家之一,她擅长描写下层拉美裔女性的生存状况,作品带有鲜明的奇卡纳女权主义色彩,较明显地体现出对文学传统的传承和发扬。

维拉蒙特斯1954年出生在东洛杉矶的墨西哥移民家庭,成长在南加利福尼亚典型的西语裔社区,深受西语裔文化的影响,对社区内的生活非常熟悉。维拉蒙特斯就读于圣心学院,主修英语专业,上学期间有意致力于文学创作。毕业后她担任奇卡诺先锋派文学杂志的编辑,这段经历磨炼了她,使她形成了精练的语言风格和极简的叙事特征。1977年,维拉蒙特斯在加州大学欧文分校的创意写作研究生班学习创作,开始专注于文学创作,获得该项目的艺术学硕士学位。维拉蒙特斯1985年出版短篇小说集《飞蛾和其他故事》,1995年出版长篇小说《在耶稣脚下》(*Under the Feet of Jesus*,1995),其间获得资助参加了诺奖得主加西亚·马尔克斯主办的写作工作坊。在此期间,她积极推进奇卡纳文学的传播和发展,1988年和

---

① Sandra Cisneros. *A House of My Own*: *Stories from My Life*. New York: Alfred A. Knopf, 2015, p. 545. Epub.

加州大学圣芭芭拉分校的玛利亚·埃雷拉-索贝克共同编辑了《奇卡诺文学创作与批评》(*Chicana Creativity and Criticism*, 1988)和《奇卡纳写作/仪式:文字与电影》(*Chicana (W)Rites: On Word and Film*, 1995),对墨西哥裔女性作家作品中的女性经历书写进行了梳理。2007年出版《他们的狗儿跟着一起来》(*Their Dogs Came With Them*),聚焦于东洛杉矶西语裔社区的街头帮派问题,将生命政治和种族政治主题相结合,延续了她一如既往的政治取向。维拉蒙特斯是康奈尔大学的英语系教授,还是2006年路易·里尔奖的得主。

可以说,维拉蒙特斯从职业生涯之初就带有相当鲜明的女性意识。维拉蒙特斯作为成长在东洛杉矶西语裔社区的奇卡纳作家,深切关注少数族裔的生存,包括是墨西哥移民后代通过努力获得认同的经历,尤其是西语裔女性在走向独立过程中需要克服的双重困难。相比于同龄人桑德拉·希斯内罗丝和稍年长的德尼丝·查韦斯,她作品的政治性更加强烈,这可能与她的成长经历具有直接关系。她虽然没有亲自参加奇卡诺运动,但是她成长在东洛杉矶,见证了政治运动的风起云涌,她的母校加菲尔德高中曾经是奇卡诺运动中学生运动最为活跃的公立学校之一。总体来说,维拉蒙特斯对于移民和他们在美国社会中的边缘化地位有着深切的了解,切身感受到了文化身份的重要性。她在上大学期间通过兼职接触社会,对于墨西哥裔民众在上升过程中要承受的磨炼亦深有体会。《飞蛾和其他短篇小说》和《在耶稣脚下》便是这种经历的切实反映,都是从女性视角对季节工人等下层民众的生活进行再现,在很大程度上与奇卡诺经典作家(如里维拉)的作品形成互文。《飞蛾和其他短篇小说》是短篇小说集,塑造了形形色色的西语裔女性人物。她们大都是生活在下层的普通女性,没有多么高的思想觉悟,没有受过太多的教育,无论是蒙昧还是觉醒,其行动中都带有男权思想的印记。作者"没有塑造理想化女权主义者的种种形象,那些人物也没有成功地反抗男权;相反,她的人物形象各异,有的坚强,有的软弱,但都努力对抗生活中未能实现的愿望,或者性别带给她们的种种限制。这些女性已经意识到,生活中哪里出了问题,这些问题与男性及传统文化强加给她们的严格性别角色密切相关,并且很多时候'教会'还在其中推波助澜"[①]。《在耶稣脚下》与里维拉的《……大地不曾吞噬他》存在着一定的互文,以查韦斯领导的德里诺葡萄采摘工人大罢工作为小说的背景,讲述的是 13 岁的少女艾斯特伊拉随着母亲做葡萄采摘工人的故事。作者将此部作品献给曾经做季节工人的父母,也献给塞萨尔·查韦斯。

《在耶稣脚下》以女孩艾斯特伊拉的视角进行叙述,采用第三人称内聚焦的方式,从女主人公的视角观察世界,着重于心理描写和人物关系的细腻刻画,一步步展示女主人公的心智成长。艾斯特伊拉一家是墨西哥裔农民,父亲抛弃了母亲和他们姐弟五人回到了墨西哥,母亲帕特拉带着孩子和 73 岁的情人弗洛雷斯一起来到圣华金谷地的农场采摘葡萄。艾斯特伊拉遇到了同样是季节工人的 15 岁男孩阿莱霍,两个人开始初恋。后来阿莱霍农药中毒、生命垂危,艾斯特伊拉一家开车把他送到诊所后,却被告知诊所根本没有能力救治阿莱霍,他们必须将他送到医院。值班护士对他们爱答不理,并且拒绝退还费用。艾斯特伊拉一怒之下将护士站的玻璃桌面砸碎,震慑了护士,要回了救命钱。他们一行将阿莱霍送到了医院后返回自己的住处。经过此番变故,大家对未来都有了不同的设想:弗洛雷斯毕竟青春不再,生活的重压让他感到力不从心,他心生去意;而此时帕特拉再次怀孕,新生命带来的不是喜悦与希望,而是负担;未来何去何从?这是这一家的长女艾斯特伊拉所面临的迫切问题。小说采用了开放式的结局,对于关键性的情节,并没有给出任何一种确定的结果,例如弗洛雷斯最终是否离开?阿莱霍能否幸存下来?小说的目的也不是为季节工人的艰苦经历提供某一个版本的结果,一是因为这些问题在现实中就是如此,没有任何一种办法能够一劳永逸地解决他们生活中的困难,苦难根本没有尽头;二是因为小说女权主义书写的重点在于女主人公的成长,因而书写的象征意义大于其现实意义,就是说,艾斯特伊拉在这个夏天经历的事情和从中获得的感悟让她变得更加坚韧,使她更加坚定地承担起生活的重担,比如她像母亲一样照料弟弟妹妹,和男人一样在田间劳作,帮助弗洛雷斯拆除谷仓以挣取微薄的收入。她为了要回阿莱霍的救命钱,从而能够有钱买汽油把阿莱霍送到医院,不得不采取行动,直接抄起棍子准备跟护士拼命。

> 她把棍子砸到了桌子上,护士孩子们的照片碎裂了,铅笔掉到了

---

① Yvonne Yarbro-Bejarano. "Introduction", in Helena María Viramontes, *The Moth and Other Stories*. Houston: Arte Público Press, 1995, pp. 12-13. Epub.

> 地上，戴着护士帽的瓷猫也碎了。护士把手里的钱包扔到地上，用双手护住脸……艾斯特伊拉伸出手，手心朝上。护士战战兢兢地往前走了几步，从桌子最上面抽屉里拿出小锡盒子，试了好几把钥匙，才打开盒子，把里面的硬币、纸、笔一起放到桌子上，然后退回去。艾斯特伊拉数出了自己的9美元7美分。她放下胳膊，来不及喘口气，向护士示意自己拿了多少钱。她感觉自己手里拿的好像并不是现金；她感觉到两个自己，一个是沉默的幽灵，服从母亲的要求，顺从地用棍子围绕小屋画出一个圆圈，另一个就是拿着棍子和钱的自我。[①]

虽然这种不计后果的行为带有少年的冲动，但是对于困境中的人们，恐怕除了这样的决然他们别无选择。另外，艾斯特伊拉自我意识的萌发是这部作品最具有女权主义思想的情节。她的自我认知始于她的阅读，阅读是她自我启蒙的象征：她逐渐认识到自己和“阳光少女”牌葡萄干包装袋上的女孩是不一样的，他们是生活在阳光阴影下的人们，没有身份、没有技能、没有权利。

《在耶稣脚下》最具有代表性的情节就是女性书写和季节工人经历的结合。故事伊始就呈现了季节工人漂泊不定的生活：“母亲把66版菲利普斯地图叠起来，大声说她希望能有点风，把云吹散，雨就下不来了……沉默、谷仓和云彩意味着很多事情。反正都是和工作有关，他们的生计全都依赖于采摘，汽车能不能跑起来，他们的健康状况，道路状况，挣得钱能维持多久，天气好坏，就是说他们没有任何能够依靠的东西。艾斯特伊拉看着弗洛雷斯伸手挠挠后脑勺，动作中带着些许迟疑，他手上的皮肤粗糙皲裂，就好像柏树皮一样。”[②]在艾斯特伊拉做采摘工人的过程中，艾斯特伊拉见证了不同形式的苦难，有的工人因为中暑而晕倒，有的因为农作物使用过量农药而中毒，还有的不知何故丧命后被草草掩埋在沟渠中。相比于在无助中只会求助于上帝的母亲，艾斯特伊拉是个现实行动派。维拉蒙特斯的主人公不仅观察体会到了季节工人的艰辛，更是勇敢地行动起来争取自己的权利，这是相比于里维拉的无名主人公更进一步的地方。在故事的结

---

① Helena Maria Viramontes. *Under the feet of Jesus*. New York: Plume Books, 1995, p. 153. Epub.

② Helena Maria Viramontes. *Under the feet of Jesus*. New York: Plume Books, 1995, pp. 21-22. Epub.

尾，艾斯特伊拉终于下定决心去拆除谷仓，在夜幕下不再惧怕黑暗，而是与自己的影子为伴："她丝毫没有感觉到衬衫已经被汗湿透，也不再跌跌撞撞。她必须要相信自己脚底的感觉，相信自己的双手、后背的力量和心跳的节奏。她的脚踩到了屋顶的边缘，她停下了。微风吹来，拂起她的长发，一缕乱发拂过脸颊，这感觉竟然如此美妙……艾斯特伊拉一动不动，就好像站在信仰边缘的天使，就好像天主教堂里的大钟，她感觉自己已经足够有力，能够呼喊所有流浪的灵魂回归故乡。"①屋顶上的艾斯特伊拉和《……大地不曾吞噬他》中阁楼上的无名叙述者具有相似的视野，但是她显然不止于观察和呈现，而是直接将决定付诸行动，这正是维拉蒙特斯女性意识在创作中的充分展现，也是奇卡纳文学中女性人物的新形象。

除了艾斯特伊拉以外，维拉蒙特斯还塑造了其他多位个性鲜明、经历各异的女性人物。《飞蛾和其他故事》(以下简称《飞蛾》)中的故事多以拉美裔女性人物作为主人公或者叙述视角，通过细腻的心理描写展现人物的心路历程。《飞蛾》(The Moths)中的叙述者是个"假小子式"自由不羁的女孩，她因拒绝遵守种种规则而受到姐妹们的奚落。她拒绝去教堂接受训诫，不介意"灵魂下地狱"的告诫。

> 这是爸爸最不满的地方。他会一拳打在桌子上，震得糖罐咣当作响，桌上的咖啡泼洒出来，气急败坏地说要是我周日再不去教堂挽救我那该死的灵魂，我就别想迈出大门一步，没得商量。他会抓着我的胳膊，指甲掐进我的肉里，就是要让我明白听弥撒讲经是多么重要。难道他说得还不明白吗？然后他就会故意朝着妈妈发火，说她不会教育孩子，身为女孩子，竟然这么没规矩，竟然没有信仰；这时我的几个姐姐就会把我拉到一边，教训我，说要是我不立马去做弥撒，她们会胖揍我一顿。为什么我就那么自私呢？难道你看不出来妈妈有多伤心吗，你这个傻瓜？这时候，我就会洗洗脚，蹬上那双用凡士林擦亮的黑色复活节专用鞋，抓起弥撒书和面纱，和妈妈挥手道别。②

这段叙述不仅生动刻画了一位不甘于被传统束缚、向往自由的女孩的形

---

① Helena Maria Viramontes. *Under the feet of Jesus*. New York: Plume Books, 1995, p. 176. Epub.

② Helena Maria Viramontes. *The Moths and Other Stories*. Houston, Texas: Arte Público Press, 1995, p. 36. Epub.

象，而且叙述风格也颇具特色，人称和内外聚焦转换自如，直接引语和间接引语叠加使用，语言丰富生动，但是读来却让人毫无凌乱之感，令人不得不赞叹叙述的巨大张力。主人公不去教堂，并非没有信仰，她的信仰在于世俗中的神圣而非空灵的上帝；在外祖母那里，她心中的安全和温暖如同“上帝给予你的感觉”[①]。小说由此触及了女性信仰的问题，通过无名女孩提供了两种不同的道路：是遵从男权社会的规训、按照父亲的要求，做个驯服顺从的女性，还是追寻自己的内心，继续特立独行？小说最后，叙述者为刚刚离世的外祖母沐浴、陪伴她踏上另一段旅程，这展示了女孩丰富的情感，刻画了她失去最疼爱自己的祖母时的痛楚，隐喻了她内心的孤独。

> 就在这时飞蛾来了。来自她灵魂的灰色小飞蛾，从她嘴里飞出来，扑闪着翅膀，绕着浴室唯一的灯泡盘旋。濒死是孤独的，我想去往飞蛾的处所，和她在一起，种下佛手瓜，让藤蔓爬上她的手指、进入云端；我想把头靠在她的胸前，让她轻抚我的头发，告诉我说飞蛾在灵魂深处，慢慢将人的精气吃掉；我想和她一起，回到母亲的羊水中，我们再也不会感到孤独。[②]

她为外祖母洗浴的情节具有仪式性，这是主人公第一次亲身经历死亡，也是她告别童年、体味孤独的开始。

《飞蛾》中的女性有的采取激烈的方式对规则加以反抗，试图打破维持两性关系的平衡之“网”。《破网》(The Broken Web)中的无名女主人公必须接受传统价值观对于两性角色的不同设定，接受丈夫的屡次背叛，其根本原因就是她嫁给托马斯的时候已经不是处女，这种处女情结成为托马斯对婚姻不忠的借口。最终她难以忍受而杀死了托马斯，却发现自己并没有获得解脱。

> 托马斯现在已经成为过往云烟，她想。幽灵般的一缕青烟。她跪在他旁边，自己支离破碎的心紧靠着他，那颗心已经停止了跳动，那是因为她扣扳机太紧，手都无法松开，直到他的胸膛炸裂开来，鲜血四溅，模糊了所有的明天。然而，他看上去似乎比活人还鲜活，不，比她身边的任何人、任何事都真实。她跟他说话，声音似乎在祈祷。“你怎

① Helena Maria Viramontes. *The Moths and Other Stories*. Houston, Texas: Arte Público Press, 1995, p. 34. Epub.

② Helena Maria Viramontes. *The Moths and Other Stories*. Houston, Texas: Arte Público Press, 1995, p. 40. Epub.

么样？这是你咎由自取，托马斯。至于我，我是迫不得已。为了你，我已经放弃了女人的一切，就好像你娶我时放弃了你自己的尊严和自尊一样。当然，现在，就这一刻，我感觉与你如此亲近；和你一样死气沉沉，但同样真实。”①

在女主人公对于平等的解读中，她和托马斯一样纠结于女性贞洁的重要性，不论年少不更世事时为何而失去童贞，她都认为自己是不完整的，婚姻中的不平等很大程度上源于自己，丈夫的背叛是对自己身体不完整的报复。她既认同丈夫所代表的传统价值观，又不甘于接受他对自己的压迫；她试图挑战传统女性角色，又难以承受其后果。她最终杀死托马斯，将自己从男性和上帝强加于女性身上的责任中解放出来，这虽然打破了托马斯接连不断的“婚外情之网”，但是并没有从根本上改变两性之间权利的不对等。

《飞蛾》还塑造了其他的各种女性人物，她们或开始认识世界，或接受传统的规训，或试图对其加以反抗。《邻居》(The Neighbors)塑造了生活在自己世界中、与外部几乎隔绝的女性；《生日》(The Birthday)中爱丽丝·约翰逊接受流产的决定是革命性的，这与她的宗教信仰和个人养成有着根本性的冲突。因为胎儿的父亲拒绝承担责任，理所当然地认为“你是女孩，你应该知道(想办法不让自己怀孕)的”②，从而将意外怀孕的责任推脱到爱丽丝身上；她最终下定决心，冒着被神灵诅咒、被文化群体摒弃的危险，试图将命运掌握在自己手中。《成长》中的耐奥米意识到亦步亦趋的小妹妹其实是在履行父亲的命令来“监视”自己，这源于父亲对自己的不信任，是她进入少女时代后喜忧参半经历的开始。

在所有这些女性人物中，最震撼人心的可能还是《加里布咖啡馆》(Cariboo Café)中的“无名母亲”。这个故事以中美洲国家非法移民经历为素材，讲述中美洲移民在故国经历战争暴力、在美国遭遇种族歧视的故事。小说中那位失去了5岁儿子的无名母亲从战乱不断的国家逃亡到了美国，精神有些错乱的她偶遇迷路的索尼娅姐弟二人，错把弟弟当成自己的孩

---

① Helena Maria Viramontes. *The Moths and Other Stories*. Houston, Texas: Arte Público Press, 1995, p. 73. Epub.

② Helena Maria Viramontes. *The Moths and Other Stories*. Houston, Texas: Arte Público Press, 1995, p. 54. Epub.

子,带着饥寒交迫的孩子去快餐店吃饭。快餐店老板从电视上看到了寻找孩子的新闻,于是报警。警察认为无名女人图谋绑架孩子,试图解救孩子,无名女人拼死保护"儿子"进行激烈反抗,最终被警察击毙。小说的篇幅虽然不长,但是交替使用了几个不同的叙述者,分别是以姐弟二人为主要叙述人物的第三人称内聚焦,在战争中失去儿子的餐馆老板的第一人称叙事,无名母亲的第一人称叙事以及第三人称全知视角叙事,多视角讲述索尼娅一家来到美国、寻找新生活的经历,以及无名母亲背井离乡只身来到美国的原因,视角的转换把不同群体的故事紧密地交织在一起。虽然人物的经历、国籍、年龄、性别各不相同,但他们有着共同的创伤,那就是失去亲人。小说尤其突出了拉丁美洲主题,着重讲述精神有些错乱甚至难以厘清过去和现在的无名母亲的痛苦,从她断断续续的讲述中,读者能逐渐绘制出她个人经历的图谱:她年仅5岁的儿子杰拉尔多被怀疑为反对派的间谍而被政府军打死,她失去了生活的意义,"没有了杰拉尔多,这空荡荡的四壁再也不是家了"①。于是她从家乡逃了出来,试图忘掉过去的痛苦。但是命运却让她遇到了迷路的姐弟俩,而弟弟麦基的年龄正好和杰拉尔多相近,精神恍惚的母亲便执着地以为这是她的儿子,所以在警察赶到时拼命要保护这个孩子。"我要和你们拼命,直到生命的最后,直到我没有一丝力气握住刀子,我要保护我儿子……他们现在知道我不会放弃孩子,我听到什么东西在我额头碎裂的声音,流动的黑暗遮蔽了我的双眼。但是我握着他的手。我能感觉到,你知道吧。我永远不会放手,因为我们要一起回家,儿子和我。"②这个无名女性代表了所有被霸权和暴力所伤害的母亲,因此她不需要有名字。评论界一般认为是小说所描写的母亲来自萨尔瓦多,因为咖啡店老板称那位母亲为"萨尔瓦多女人",而且故事的时间也与萨尔瓦多内战的时间相契合,小说中有关于"内战""政府军""游击队员"等的措辞。萨尔瓦多内战期间的确有大量儿童被当作游击队的眼线而遭到谋杀,但是这种暴力并不局限于某一个国家,拉丁美洲其他国家也出现过类似事件。所以叙事者无须指明这位母亲的具体国籍,她是千千万万被战争摧残的中美洲母亲的代表。

---

① Helena Maria Viramontes. *The Moth and Other Stories*. Houston: Arte Público, 1985, p. 71.

② Helena Maria Viramontes. *The Moth and Other Stories*. Houston, Texas: Arte Público, 1985, p. 75.

维拉蒙特斯小说的特点就是叙述手法独特，叙述视角任意切换和常规叙述时间被打乱。《加里布咖啡馆》十分典型地反映了维拉蒙特斯的叙述特点，小说中不同人物轮流讲述，避免了直线型的叙述，将故事的时间序列打乱，给读者的解读带来了一定的挑战，更重要的是为同一事件提供了不同的解读视角，令人物之间的交互更加有层次感，人物刻画更加深入。其中店主的自白披露了他内心的矛盾，他为自己报警而导致无名母亲丧生而感到愧疚，但是也纠结于对走失孩子的父母的同情，这种矛盾心理揭示出他自己失去儿子的巨大伤痛。小说结尾部分无名母亲垂死前的那段自我叙述，更是将这种叙述策略的作用淋漓尽致地表现出来。按照故事的发生逻辑和时间顺序，无名母亲当时已经被警察射杀，而死人是无法说话的。因此，她的发声象征性地代表了被消音的母亲，这是死魂灵的呐喊，是中美洲被强权和暴力残害的人们的声音。这个看似微不足道的细节上的"分歧"，恰好证明了这种书写的普遍性，类似的苦难在中南美洲的许多地方都不少见，正如《恩里克的旅程》的作者纳扎里奥所说："我小时候经过阿根廷历史上'残酷的战争'，由于军队的暴行导致3万多人莫名'失踪'……为了防止军人搜捕，在布宜诺斯艾利斯家里的后院，母亲把家里成堆的藏书统统烧掉……"[①]《加里布咖啡馆》经常被当作多视角叙述的范本，四个部分的叙述视角转换没有痕迹，但是整个叙述层次杂而不乱，读者能够清晰地分辨出角度的转换，如电影镜头的切换。

《在耶稣脚下》采用了类似的叙述策略，但是方式有所不同。和上面所论及的叙述者转换不同的是，这部作品的叙事层次是通过视角转换实现的。故事开头聚焦于艾斯特伊拉一家驱车来到农场的途中经历，采用了女主人公的内聚焦，而后使用了第三人称的全能叙事视角，而后又转换到了在树上偷桃子的阿莱霍的角度。从下面的引文中能够看出视角的变换：

> 一个瘦而结实的男人从客货两用车里钻出来，裤子肥肥大大满是褶子，裤腰提得老高。这个瘦男人秃顶油光锃亮，车里有个人递给他一顶帽子。他用手梳理一下稀疏的银发，戴上帽子，然后伸手去抓捆在车上的绳子，使劲一拽，车顶的行李卷被勒住，就好像被腰带勒紧的啤酒肚子。他打绳结的时候，眼镜反射着午后的阳光。他抬头望向果

---

① Sonia Nazario. *Enrique's Journey: The Story of a Boy's Dangerous Odyssey to Reunite with His Mother*. New York: Random Books, 2007, p. xvii.

园的方向，正好就是阿莱霍这里，眼镜亮闪闪的。阿莱霍赶紧缩一缩身子，让树叶挡住自己，头顶的树枝咔嚓断了。他把叶子浓密的枝丫推到旁边，眼看着汽车绝尘而去。[①]

这一段从树上阿莱霍的角度观察被称作“好男人”的弗洛雷斯。在接下来的一段中，故事则是从女主人公艾斯特伊拉的角度进行叙述的，取得了与这一段相似的叙事效果。她坐在汽车的后座，观察到了继父和母亲在前排的动作。“好男人朝空地开去，避开路上的大坑小洞，可汽车依旧歪斜颠簸，放在仪表板上的空瓶子、咖啡杯、太阳帽滑落下来，地图也掉到了母亲腿上。慢点，她提醒道，交叉双臂抵在被太阳晒裂的仪表板上，他把瓶子塞到他们的座位中间。双胞胎女孩惊醒过来。”[②]这样的描写细致入微，表明艾斯特伊拉的注意力此时都集中在他们即将到达的目的地上面，她细细观察这里的一切，观察家人的反应，这符合她作为家中长女的身份，表明了她对未来未知岁月的隐隐担忧，也体现出她对于家人的关注。小说中并没有惊心动魄的情节，而是以丝丝入扣的心理描写取胜。事实上，叙述视角的转换和细致的心理描写一起成就的女性成长正是维拉蒙特斯作品的根本特征。

四、女性成长的魔幻现实主义叙事：德尼丝·查韦斯

德尼丝·查韦斯是新墨西哥小说家、剧作家，代表作《最后一个女服务生》是她在读研究生期间完成的作品。这部作品是在著名奇卡诺作家鲁道夫·阿纳亚的指导下完成的，带有新墨西哥文学的特征。小说语言流畅生动、重在人物的内心刻画，符合作者的剧作家身份。有评论家认为这部作品是短篇小说集，因为小说的结构松散，情节的连贯性不够明显。但是，鉴于故事中只有一个贯穿始终的叙述者罗西奥·埃斯基维尔，墨西哥人社区的各种故事通过她的观察和体会被串联在一起，所以这部作品的结构和《芒果街上的小屋》相似，都是采用碎片式叙事结构对中心和权威进行解构，同时叙述者用语言和自己的叙事顺序建构起自我的主体性。作者德尼丝·查韦斯对此体裁的解读是：“有的批评家把《最后一个女服务生》看作

① Helena Maria Viramontes. *Under the feet of Jesus*. New York: Plume Books, 1995, p. 23. Epub.

② Helena Maria Viramontes. *Under the feet of Jesus*. New York: Plume Books, 1995, p. 23. Epub.

一系列相互联系的故事，也有的把它看作长篇小说。而我更多地从戏剧（叙述）角度来看待它，我希望有学者能够想到某一个术语来概括这种基于戏剧的戏剧性叙事结构。”[①]这段话暗示了叙述的一体性，也充分体现了作者的创作风格，即融合了意识流和戏剧独白的现代主义手法，又有新墨西哥风格的魔幻元素。

德尼丝·查韦斯1948年出生于新墨西哥拉斯克鲁塞斯的墨西哥裔家庭。她从小情感细腻，观察细致，喜爱阅读和写作。她就读于天主教会学校，在高中时成绩优异，毕业后获得了新墨西哥州立大学的全额奖学金。1971年大学毕业后到位于得克萨斯州的三一学院攻读硕士学位，后来查韦斯到新墨西哥大学攻读艺术硕士，在鲁道夫·阿纳亚和托尼·希勒曼（Tony Hillerman，1925～2008）的指导下进行创意写作，深受这两位作家的影响，《最后一个女服务生》就是在此期间完成的。查韦斯在写作风格上带有阿纳亚式的新墨西哥风格，善于将不同层面的现实拼贴并置，同时重视心理刻画，聚焦于女性成长。查韦斯被认为是带有“女权主义思想的作家，重在书写新墨西哥干旱、贫瘠的地理风貌”[②]，她的文字风格具有鲜明的新墨西哥特征，在主题上她主要关注那片土地上人们的生存。

《最后一个女服务生》以20世纪60年代新墨西哥小镇的奇卡诺人社区为背景，讲述17岁的女孩罗西奥·艾斯奎贝尔在医院做护士助理的经历。小说采用第一人称主要人物叙事的角度和片段式的叙事方式，[③]由“柳树游戏”“壁橱”“巴黎之夜”“流星”“最后一个女服务生”“该位已售”和“伙伴”等几部分构成，按时间顺序讲述女主人公的童年和少女时代，其中“最后一个女服务生”聚焦于罗西奥入院工作后第一个夏天的所观所感。各个故事间并非完全独立，相互之间存在着连续性，都对女主人公的成长和自我认识的提升发挥着作用。在“最后一个女服务生”中，在医院病房做护士助理是罗西奥的第一份工作，她的一部分任务就是提供送餐服务，帮助住院病人预订病号餐并将餐食送到他们床前。罗西奥借此接触到了形形色色的病

---

① Denise Chavez. *The Last of the Menu Girls*. New York: Vintage Contemporary, 2004, p. xiii.

② Douglas Anderson. “Displaced Abjection and States of Grace: Denise Chavez's *The Last of the Menu Girls*”, in Julie Brown (ed.), *American Women Short Stories Writers: A Collection of Critical Essays* (pp. 235-250). New York: Routledge, 1995, p. 235.

③ 依照本书的标准，即叙述主体的一贯性和故事情节的延续性，这部作品被视为小说。

人，这也激发了她对于生命和自我的思考；而在罗西奥之后，医院改革了配餐制度，订餐服务不存在，所以罗斯奥成为病房里的“最后一个女服务生”。这就是小说名称的由来。罗西奥情感细腻，对于生命的残缺怀有深刻的同情；但是她也纠结于“面对病痛”和“奉献社会”之间的矛盾，因为病房里面的病人令她不得不面对生命中的病痛和死亡，让她想起身边人们的衰老和痛苦，如母亲腿上的伤疤，患有脊柱弯曲的雇主史密斯。所以，在职业生涯之初她对于这份工作的犹豫，并非是因为工作的繁重，而是因为这场景令她不得不面对生命中的痛苦。“我从来没想到会做护士，从来没有。伤口的结痂、流血、痛苦。我并不是矫情，就像姐姐梦茜，她无法克服心理障碍，把双手放进堆满脏盘子的水池里，水里漂浮着残渣——湿透的面包、嚼不烂的菜梗、软塌塌的碎肉。反正我不喜欢，不喜欢那种触觉，不喜欢那气味”①。而墙上南丁格尔的照片，似乎又召唤着她去履行守护生命的神圣责任。因而，她在“顾念自己的感情”还是“忘却自己的痛苦”之间摇摆。罗西奥在为病人订餐、送餐的过程中，越来越多地了解他们，不再将他们视为抽象的群体，而是开始面对他们的个体身份。“现在我走进病房的时候，我知道他们的故事，他们的病情。我开始更加用心地研究每一个病例……”②她作为医院里从事最基本工作的一员，更容易看到病人的情绪发泄，无数次被病人斥责“滚出去”。他们因为疾病失去了对自己身体的掌控，失去了之前的独立私密空间，或者面临死亡，于是将无以发泄的愤怒转移到了叙述者身上。她从起初感到恐惧，到对他们产生同情，这段经历让她认识到人们之间情感交流的重要性，感慨于人们对于他人情感需求的漠视和不知所措。

> 我们中有哪个人没有听到过哭泣的人在哽咽中的愤怒控诉呢，我们听着，并不想听进去，然后就拒绝倾听，断然道“够了，我不想听了”。我们中哪个人没有看到过布满恐惧、泪水决堤而下的脸庞呢，没有看到过空洞无神的双眼和极力抑制的情感呢，可我们呢，就好像没头脑的孩子，脸上堆着笑，说道，“我在隔壁屋里，我无意中听见了，我听到

① Denise Chavez. *The Last of the Menu Girls*. New York: Vintage Contemporary, 2004, p. 32. Epub.

② Denise Chavez. *The Last of the Menu Girls*. New York: Vintage Contemporary, 2004, p. 43. Epub.

了，我看到了，你并不知道，对吧？可我知道”。[1]

此时，面对病人对自己的斥责，叙述者所关切的不再是自己的感受，而是思考如何与他们共同面对痛苦。

《最后一个女服务生》的人物设定和小说的名字都具有一定的深意。主人公作为护士助理的身份，使她处于一种居间状态：订餐是医疗服务专业领域中的“非专业嵌入”，是患者在专业空间生存的“生活性嵌入”，这种身份可以让罗西奥游走于病房里的各色患者以及医务人员中间。事实上，这种居间状态贯穿小说始终，叙述者对于自己生活其他片段的讲述也反映了这样的一种状态，在“壁橱”中，她回忆了儿时和伙伴捉迷藏时躲在壁橱中的经历，她从壁橱往外窥探时看到了壁橱对面墙上耶稣画像中耶稣的眼睛，它象征着宗教视域下来自权威的凝视的规训，而孩子躲在壁橱中的行为则反映了对凝视既好奇又抗拒的矛盾心理；躲进壁橱也是她侵入母亲私密空间、窥视母亲秘密的行为，例如她在壁橱中发现了母亲和前夫的结婚照片。

《最后一个女服务生》读起来更像是一部戏剧独白，中间掺杂有一定的意识流手法，无怪乎查韦斯将自己称为“表演作家”(performance writer)。例如，在第二个故事“壁橱”中，叙述者罗西奥小时候喜欢和姐妹一起捉迷藏，在壁橱里经历的安全感和恐惧感交织的复杂情感令她着迷。罗西奥听妈妈开玩笑说自己是在壁橱里出生的，因为当年妈妈还没有来得及去医院，于是在罗西奥的叙述中总是穿插着对这段经历的戏剧独白式的“回忆”。但这种回忆显然是不符合常规的，因为一个人不可能回忆起自己刚刚出生的那一刻。因此，这样的描述又带有新墨西哥文学中特有的超现实主义色彩，就像鲁道夫·阿纳亚的《保佑我吧，乌勒蒂玛》中所使用的梦境叙事，和带有魔幻现实主义色彩的民间医生治疗病人和驱鬼的描写。从下面的这两段中，也可以看出这种特点。罗西奥讲述小时候喜欢藏进壁橱的往事，随后又想起父母离婚前父亲坐在椅子里的情形，之后，她的思绪又游移到了对壁橱的回忆：

我睁开眼睛，便回到了壁橱的黑暗之中。我的小脚丫站在妈妈的

---

① Denise Chavez. *The Last of the Menu Girls*. New York: Vintage Contemporary, 2004, p. 40. Epub.

鞋子里。即使我再怎么使劲，我的脚丫也塞不满那双鞋。[1]

在随后的叙述中，罗西奥再次描述了壁橱给她的感觉：

后来，我想象这木板、碎片、黑暗和鞋子。不过，在慢慢回放这录像带的时候，莫茜，我重温到的总是爱，满满的爱。

我听到一个声音说，"我们是看不见摸不到的灵性，会在屋里显形，不过时间很短很短，然后就继续漫游。我们是祖母、姑妈、姨妈、姐妹。我们是祖父、叔伯、兄弟。我们是爱你的男男女女。"

唉，天哪，莫茜，你明白这都是怎么回事吗？

不管流多少眼泪，也冲不走痛苦，也无法表达喜悦。一回又一回，都一样，就和现在一样。生生死死。我就在这里，在灰屋里，在满是鞋子的壁橱里。

莫茜，记得那壁橱，记得吗？[2]

这一段实际是罗西奥的回忆，但是她又在心里和姐姐莫茜进行对话。她的意识从"壁橱"这一场景流动到曾经和她一起的姐姐，然后再到对"家"这一意象的感受上面。罗西奥通过壁橱和与其相关的记忆，抒发了对家的和家人的爱。作者查韦斯的一段话或许可以为这种写作手法提供一定的解释："作为墨西哥裔美国人，我在语言上有得天独厚的优势。我喜欢我母语的发音，我喜欢进入不同世界和语言中。有些思想和情感最好用西班牙语来表达，也有些适合用英语表达。我的任务就是进入两者之间，我就好比是走在语言的钢丝绳上，惊心动魄，又其乐无穷。"[3]与安札杜尔等讲述女性成长的方式不同，查韦斯的手法更加温婉平和，但是其力量同样强大，甚至更能深入人心。

除了代表作《最后一个女服务生》以外，查韦斯的作品还有《天使的脸庞》(*Face of An Angel*, 1994)，本书带有一定的自传性质，以女性成长和文化身份认同为题材。小说在一定程度上是《最后一个服务生》的延续，但

① Denise Chavez. *The Last of the Menu Girls*. New York: Vintage Contemporary, 2004, p. 9.

② Denise Chavez. *The Last of the Menu Girls*. New York: Vintage Contemporary, 2004, p. 25.

③ Elizabeth Brown-Guillory. "Denise Chávez: Chicana Woman Writer Crossing Borders: An Interview", *South Central Review*, 1996, 16(1), p. 33.

是更加成熟地运用多种类型的叙事文本，像是带有非虚构性质的嵌入式文本，如报纸、菜单、历史资料、学期论文等，结合作者惯用的视角转换，使得小说的叙述带有了更加明显的层次感，达到了近似“历史真实”的艺术效果。小说的主人公是新墨西哥阿古奥斯库拉小镇法罗尔餐馆的领班、墨西哥裔年轻女子索维达·多萨蒙特斯，故事聚焦于她的成长，她历经两次婚姻后逐渐接受自己，从一个羞怯、敏感的女服务生成长为独立自强的女性。小说将女主人公的成长历程嵌于小镇风貌和多萨蒙特斯家族历史（特别是祖母和母亲的经历，部分情节还涉及1848年墨美战争的相关背景）之中，从叙述者懵懂的童年和少女时代开始，一直到她即将成为母亲的种种经历，时间跨度从20世纪50年代到90年代初，从主人公的视角回忆了她对两性关系的开蒙。在这部近500页的小说中，多萨蒙特斯的故事和她身边的女性的经历相互观照，令主人公的成长具有了文化意义。查韦斯通过描写这些女性在工作、家庭中的经历尤其是他们争取自我价值认同的斗争，表明“日常生活中的斗争并不仅仅是应对繁重的工作，并且还能够帮助他们去挑战限制她们生活的性别、种族、阶级秩序。就是说，让她们不再是被驯服的工人、二等公民或者备受欺凌的女人”[①]。小说同时强调了讲述所具备的治愈性力量，如祖母卢佩对女主人公说：“这是个长长的故事……但是，如果你能够做到，就去讲一讲，不论它会给别人，特别是家人，带来多大的困扰或者伤痛。”[②]由此隐喻了叙述所具备的打破沉默、建构自我的功能。

《爱上皮德罗·因方特》(*Loving Pedro Infante*，2001)是一部带有轻喜剧特色的浪漫爱情小说，以而立之年的小学助教特蕾莎·艾薇拉的第一人称叙述，讲述她沉溺于皮德罗·因方特的电影当中，处处将电影情节作为自己的情感认同标准，就是为了找到因方特那样的梦中情人却阴差阳错地爱上了一个有妇之夫。小说以女主人公走出幻想、开始面对现实而结束，依旧书写女性成长主题，但是较之早期作品，因方特作为一个文化符号，使小说带有更加浓重的时代感和文化特色。

除了创作小说之外，查韦斯还创作戏剧和诗歌，进行戏剧编导，所以她在小说中融合了某些戏剧手法。查韦斯的主要剧作有英语剧《飞翔的煎饼

---

① Theresa Delgadillo. “Denise Chávez, Face of an Angel”, in Alvina E. Quintana, *Reading U. S. Latina Writers: Remapping American Literature*. New York: Palgrave Macmillan, 2003, p. 38.

② Denise Chavez. *Face of an Angel*. New York: Farrar, Straus, and Giroux, 1994, p. 4.

人》(*The Flying Tortilla Man*, 1975)、《雨天滑铁卢》(*Rainy Day Waterloo*, 1976)、《第三扇门》(*The Third Door*, 1978)、《瘟疫时代》(*Plague-Time*, 1984)、《视觉的语言》(*Language of Vision*, 1987),西语剧《新娘》(*Novitiates*, 1971)、《没错,就是一家旅馆》(*Sí, hay posada*, 1980)、《幼子》(*El Más Pequeño de Mis Hijos*, 1983)、《第九条》(*Novena Narrativas*, 1986),这些剧作大多在美国和欧洲大陆特别是西班牙各地上演。总体来看,除了手法上将小说与戏剧元素综合运用以外,查韦斯创作的另外一个特点是书写对象的独特性,她所关注的往往是被社会忽视的中下层弱势群体。因为这样的关怀视角和细致的心理刻画,查韦斯在奇卡纳文学中树立了自己的独特风格,开辟出一片属于自己的文学天地。她曾经获得过很多奖项,包括1995年美国国家图书奖、2003年西班牙文化遗产文学奖和2016年新墨西哥大学颁发的终生成就奖。

五、女性话语的多元化趋势:安娜·卡斯蒂略

20世纪80年代以来,女性书写呈现出多元化趋势。在经历了六七十年代的政治运动和80年代初的女性成长和女性身份诉求之后,女性文学开始朝向不同的方向发展。政治热情逐渐冷却下来,单纯的自我诉求又难以凸显奇卡诺/纳的声音,女性作家开始更加注重文学的审美性,作品依旧以女性自我为基础,但是对抗性明显减弱,在主题选择、手法运用方面更具艺术性。这样的书写具有特别的意义,时代性是奇卡纳文学长期发展的动力,这种情况一直持续到了21世纪。本阶段的代表人物之一是安娜·卡斯蒂略。

事实上,安娜·卡斯蒂略和桑德拉·希斯内罗丝等较早成名的作家一样,都是从诗歌创作开始自己的职业生涯,她们在出版小说之前出版了诗集。卡斯蒂略在《米花拉书简》之前出版了三本诗集,最早的《另一首歌》(*Otro Canto*)出版于1977年,当时作者年仅24岁,另外一部诗集《邀请》(*The Invitation*)出版于1979年。1984年出版的《女人不是玫瑰花》(*Women Are Not Roses*, 1984)已经表现出明显的女性主义取向。近年来,卡斯蒂略继续从事诗歌创作,并且不断进行创作形式和手法的创新,将戏剧和诗歌相结合,创作了诗剧和长篇叙事诗。卡斯蒂略是位多产的作家,她的创作题材多样、艺术形式多变,女性意识强烈。除了代表作《如此远离上苍》(*So Far from God*, 1993)外,她还著有小说《萨博哥尼亚:3/8米的

反罗曼司》(*Sapogonia*: *An Anti-romance in 3/8 Meter*, 1994)、《剥洋葱般剥开我的爱》(*Peel My Love Like an Onion*, 1999)以及叙述长诗《水彩画的女人/遮光的男人》(*Water Women/Opaque Men*, 2005)和《守护者》(*The Guardians*, 2007)等。

卡斯蒂略在小说的叙述策略和文本表现形式上进行着不断的创新和探索。这一点在《米花拉书简》中便已得到体现。"Mixquiahuala"是小说中想象的墨西哥小村庄的名字,主人公特丽莎为了找寻归属感,从纽约来到的这个小村庄。但是她的寻找以失败而告终,墨西哥并非世外桃源,墨西哥追求者和美国的墨西哥裔男人一样有着根深蒂固的大男子主义,女房东在房租问题上丝毫不退让,所谓的手足情义和同胞感情不过是她自己的一厢情愿。特丽莎是墨西哥裔美国人,她身份中的这两种要素共同决定了她的自我价值,所以她同属于美国和墨西哥,但是又同时与它们疏离,因而在其中任何一种文化中都难有归属感。小说由此"在传统女权主义语境之外,考虑墨西哥裔美国人与美国文化及墨西哥文化的关系"①。这个虚构的墨西哥村庄和埃里阿斯的"塔玛赞奇尔"以及里尔、冈萨雷斯等人的"阿兹特兰"具有相似的文化功效,而"米花拉书简"的意义体现在"它作为以神话和想象为基础的叙述,是现代'玛琳琦'的象征性发声,她们正是通过解读自我才获得了言语的力量"②。特丽莎和爱丽丝的通信表现了女性言说对于自我建构的决定性力量。卡斯蒂略更加着力于阐释这种文化回归的复杂和艰巨性,同时表示了她的怀疑。书信体表达了言说的能动性,作者在叙述开始前给读者提出了几种不同的阅读顺序,这充分展现了她对读者能动性的信任。"这种从不连贯整体性的过程是叙事手法之一,卡斯蒂略由此在后现代主义所谓的'作者死亡'、后现代主义的'不可破解性'以及被边缘化主体之寻求综合主体性的欲望之间达到平衡。"③卡斯蒂略继续进行这样的探索,比如1994版的《萨博哥尼亚》在1990年版的基础上对某些章节进行了调整,大多数读者或许并没有注意到这样的改动,毕竟不同版本的文本出现变动也算正常,但是,熟悉《米花拉书简》和卡斯蒂略这种叙事策

① Raymund Paredes. "Review Essays: Recent Chicano Writing", *Rocky Mountain Review of Language and Literature*, 1987, 41(1/2), p. 127.

② 李保杰:《当代奇卡诺文学中的边疆叙事》,北京:中国社会科学出版社,2011年,第144页。

③ Martha J. Cutter. "Editor's Introduction: The Haunting and the Haunted", *MELUS*, 2012, 37(3), pp. 9-10.

略的读者可以看出，这样的调整并不单是由于出版策划和市场策略。费根对两个版本进行了仔细的对照之后认为："在改版之后，卡斯蒂略、小说人物和文本相互协商，不同层面的读者、叙述文本的主流和边缘同样形成了协商关系。读者在阅读过程中，发现自己有着和小说人物一样的疑问：到底哪一个版本的故事才是最重要的？"[①]可见，卡斯蒂略正是通过这些微妙的叙述策略对文本进行不断的建构，由此将读者的自主性激发出来，使得叙述和阅读这两个过程都具有了主体性。

在小说的主题和社会意义层面，卡斯蒂略也在不断探索创新。如果说卡斯蒂略在《米花拉书简》中尚且还带着理想主义和书卷气的话，那么，在《如此远离上苍》中，卡斯蒂略则探索出一条更具现实意义的女性成长道路。女主人公索菲亚在丈夫抛弃家庭、陆续失去了三个女儿以后重新振作起来，和社区的女人们建立合作社、改善经济条件，并最终能够理直气壮地对男人的决定提出异议。对于丈夫多明戈多年来的婚外情、赌博等逃避责任的行为，索菲亚也不再忍受，毅然离婚，从法律上和心理上彻底摆脱对男人的依赖。之前她还担心愧对母亲的期望，畏惧上帝的惩罚，因为母亲代表了传统家庭观念，而天主教会则代表了宗教势力对女性的束缚，但是现在她发现自己忍受多年以后换来的只有伤痛和一无所有。多明戈两次抛弃她，离家出走多年，走投无路时才回来，然而他没有静心思过，而是恶习不改，输掉了家产，还输掉了索菲亚陪嫁的祖传首饰。索菲亚失去三个女儿，在她最需要有人安慰的时候，多明戈没有陪伴在身边。索菲亚感觉到自己的一切付出和牺牲都是徒劳。"索菲亚一生都在努力地做个好女儿、好妻子、好母亲，至少她竭尽全力地努力那样做，但是现在，她问自己——'然后呢？去他妈的！'她大声地说完，在胸前画了个十字。现在她没有母亲要孝敬，没有父亲要服从，没有宝贝可以牺牲，没有农场要打理，也没有土地可以耕种。现在除了小女儿洛基塔，她已经没有什么值得守护了。"[②]索菲亚看到了所谓的"好女人"概念中的虚幻和欺骗性，那不过是权力主体控制和剥削女性的冠冕堂皇的借口。她为了做个好女人已经牺牲了这么多，失去了孩子、农场，然而这高昂的代价并没有给她带来福泽。现在她决

---

① Allison E. Fagan. "'Damaged Pieces': Embracing Border Textuality in Revisions of Ana Castillo's *Sapogonia*", *MELUS*, 2012, 37(3), p. 184.

② Ana Castillo. *So Far From God*. New York: Plume Books, 1994, p. 218.

定抛开这些，听从自己的内心，离婚是她在付出大半生的艰苦努力后获得自我成长的最终见证。

在《萨博哥尼亚》中，卡斯蒂略更进一步探索家园构建。这部小说自出版以来已经成为奇卡纳文学中最受关注的小说之一，其中作者对理想家园的想象和构建对于女性书写意义重大。① 在这部小说中，卡斯蒂略再次展示了在《米花拉书简》中的想象力，"萨博哥尼亚"和"阿兹特兰""塔玛赞奇尔""米花拉"一样，是作者想象出的名字，代表了"美洲一个特别的地方，是所有美索蒂扎印欧混血人的家乡，无论他们的国籍、种族构成或者是合法居民身份是什么"，然而，同时这并不是人间天堂，这里"被奴隶历史、种族灭绝、移民和动荡包围"。② 它是美洲的象征，隐喻了美洲的殖民历史和印第安人被杀戮、被奴役的过去。小说的主人公马克西姆·马德里格尔强奸了14岁女孩，又拒绝和她结婚，马克西姆的祖父为了"挽救"女孩的名声娶她为妻。这个情节暗示了西班牙殖民者对印第安女性的奴役，正如凯利·约翰逊所言："西班牙殖民者在殖民过程中在美洲强行划定出政治边界，他们也限定了印第安人的命运——他们成为财产，成为西班牙殖民者所拥有的'新大陆'财富的一部分。这份文化遗产，和关于玛琳琦的一样，减弱了后殖民世界女性的自主权，她们将异性性行为视为殖民和征服的武器。"③ 小说采用第一人称和第三人称视角交叉的叙述视角，有时还会采用第二人称叙述，整部小说中视角的转换多达40多次，④拼接、交叉中间存在明显的空档，导致了人物形象的碎片化，影射美洲印第安人被撕裂的历史。所以，萨博哥尼亚的故事并不是对印第安家园的浪漫构建，也不是对美好过去的想象，而是对殖民历史的指涉，其中的主题是暴力和征服。

同时，"萨博哥尼亚"也代表一种世界观。在这部小说中，卡斯蒂略在一定程度上延续了《米花拉书简》中对于身份的思考。小说的故事主线是马克西姆·马德里格尔对自己性能力的执念，对于他无法征服的女人帕斯特拉·艾科的迷恋。马德里格尔和艾科都是来自萨博哥尼亚的移民，马德

---

① Maya Socolovsky. "Borrowed Homes, Homesickness, and Memory in Ana Castillo's *Sapogonia*", *Aztlán A Journal of Chicano Studies*, 1999, 24(2).

② Ana Castillo. *Sapogonia*. Houston, TX: Bilingual Press, 1990, p. 1.

③ Kelli Lyon Johnson. "Violence in the Borderlands: Crossing to the Home Space in the Novels of Ana Castillo", *Frontiers: A Journal of Women Studies*, 2004, 25(1), p. 48.

④ Elsa Saeta. "Ana Castillo's 'Sapogonia': Narrative Point of View as a Study in Perception", *Confluencia*, 1994, 10(1) p. 69.

里格尔是位艺术家，也是个功利主义者和利己主义者，他将女人视为自己通往艺术巅峰的工具，是他获得灵感的来源。他将自己视为“科尔特兹”，以此来指涉科尔特兹对墨西哥的征服和殖民，特别是科尔特兹和玛琳琦的关系。尽管马德里格尔将自己视为征服者，但是有一个事实是他不愿意承认的：他的作品和其他拉美裔艺术家的作品一道被放在了博物馆地下室的角落里。这象征性地说明了马德里格尔在美国的边缘化身份，他和阿根廷裔、巴拉圭裔、玻利维亚裔以及美国地方艺术家们一起分享有限的艺术空间，而艺术是他的生存手段，所以这也是他有限生存空间的显现。可以看出，卡斯蒂略将马德里格尔的艺术创作和对性别身份的构建结合起来，是由于他难以在主流社会中获得一席之地，因而痴迷于虚妄的男性气概，对性能力的执着正是他没有归属感的表现。他在美国、法国和西班牙都难以找到自己的位置，所以才用这种方式主张自己的存在和价值。但是，“这种与他人的疏离转而影响了马德里格尔；他在美国主流社会的边缘化身份以及与此相伴而生的失落感使得他不断去寻找新的生存空间，从新的女人那里寻找安全感”①。所以，在小说中，作者对萨博哥尼亚的想象、对萨博哥尼亚身份的协商以及对其现实生存境况的书写都通过对一个假想家乡的心理映射呈现出来，“自然的和超自然的成分和谐地相互交织，这种世界观的关键词就是信念：信念可以使人们和环境建立起动态的关系，对世界具有既神奇又现实的认识，其中想象的可以被视作真正的现实”②。这与卡斯蒂略在《如此远离上苍》中的多元化表现手法特别是其中的现实主义、后现代主义和魔幻现实主义手法相契合。

《剥洋葱般剥开我的爱》是一部具有鲜明女性主义色彩和罗曼司特征的小说，讲述少数族裔女性的情感诉求和身份错置，以及她们在理解自我、接受自我过程中的成长。主人公是不惑之年的墨西哥裔女性卡门，她6岁时得了小儿麻痹症，从此腿部残疾，然而通过自己的努力成为弗拉门科舞的舞者。但是，因为病肢情况恶化，她不得不结束自己的舞蹈生涯，事业的巅峰和人生的辉煌已经成为过去。在个人情感生活中，卡门同样面临着何

---

① Joy M. Lynch. “‘A Distinct Place in America Where All Mestizos Reside’: Landscape and Identity in Ana Castillo's *Sapogonia* and Diana Chang's *The Frontiers of Love*”, *MELUS*, 2001, 26(3), p. 133.

② Roland Walter. “The Cultural Politics of Dislocation and Relocation in the Novels of Ana Castillo”, *MELUS*, 1998, 23(1), p. 89.

去何从的抉择。因为民族背景和信仰上的差距，她不得不结束和西班牙籍舞伴奥古斯丁长达17年的情侣关系。之后她和奥古斯丁的教子、比自己小17岁的马诺罗有过短暂的情感经历。面对青春已逝和辉煌不再的现实，现在她只能在流水线上做一名普通的女工。生活得到保障之时，卡门鼓起勇气再一次向梦想发起冲击，成为一名歌者。就在她得以达成生存与梦想之间的平衡之时，她的生活再次发生转机，奥古斯丁和马诺罗在五年之后几乎同时再次出现在卡门的生活中。如何面对过去的情感，成为卡门需要重新考虑的问题；然而经过对情爱的苦苦期盼之后，面对重新来到的爱情她心中多了一份淡然。相对于《米花拉书简》中较为对立的两性关系，特别是大男子主义形象的男性人物，这部小说中的男性人物更为丰满和立体，例如卡门的父亲富尔明、男友马诺罗等人，都表现出了对于卡门的支持和理解。小说虽然也反映了传统价值观对卡门的影响，例如她对有妇之夫奥古斯丁多年的付出和依恋，但是卡门最终还是逐渐走向了独立，特别是心理上的独立。

《过去……：亲爱的，我有些事情要告诉你》(*Psst... I Have Something to Tell You, Mi Amor*, 2005)包括两部独幕剧，以戴安娜·奥尔蒂斯修女的经历为素材，表现了暴力和强权对女性的残害，同时也表现了女性的坚韧和抗争。奥尔蒂斯修女出生于新墨西哥，在20世纪80年代初到危地马拉传教，并教当地的玛雅儿童读书写字。自20世纪50年代以来，美国中情局策动反对势力推翻了危地马拉的民选政府，导致了危地马拉半个多世纪的动乱。80年代危地马拉内战爆发以后，美国更是以遏制共产主义势力为借口，为危地马拉军方提供军事援助，仅1983年便有5000万美元，这极大助长了危地马拉国内军事独裁的势力和针对平民的暴力事件的发生。当时所有的进步行为都会遭到军方的怀疑，相关人士会遭到迫害，奥尔蒂斯修女就是其中的一位。1989年，她在修道院院子里休息时，一个男人走过来对她说"亲爱的，我和你说件事"，随后将她逮捕。奥尔蒂斯修女在监狱中受尽各种折磨和凌辱后，在一次押运中跳车逃跑。卡斯蒂略以奥尔蒂斯修女的经历为素材，创作了这部戏剧，她创作这部剧作的目的有两个：一是揭露强权和暴力对女性的侵害；二是强调强权和暴力控制着人们的生活，所有的人都有可能沦为受害者。奥尔蒂斯修女回到美国后，指控美国政府和情报人员参与了对她的侵害，但是"早在调查开始之前，在她逃脱仅一周之后，美国大使说她有'政治企图'，可能'自导自演了被绑架事件'，为的是对美国插手危地马拉内政进行抗议"[①]。尽管奥尔蒂斯修女在白宫前以绝食抗争，美国政府也没有进行真正的调查，最后她不得不放弃。卡斯蒂略通过文学书写来表达强权对于人性的摧残，目的是"让危地马拉人的记忆/有个安放之所"[②]。对此，奥尔蒂斯修女在本书的前言中写道："在我遭受折磨的时候，他们跟我说，即使我活下来，告诉别人我的经历，也没有人会在意。再回想那段可怕的经历，我意识到了，那些施害者说错了。有人会在意，其中安娜·卡斯蒂略的关注就非同寻常。"[③]

卡斯蒂略是个语言高手，特别擅长运用语言来表达隐晦的含义。虽然在现有的评论中，还没有学者注意到书名中西班牙语和英语的混用，但这一表现形式别有用意，值得探讨。卡斯蒂略通过两种语言的混用暗示两种话语模式，揭示美国政府、利益集团和情报机构与危地马拉的武装分子狼狈为奸，在拉丁美洲动荡中所扮演的不光彩角色，正如剧本的前言所说，"其中的一个施害者就是我们的政府。观众可能对于剧中的亚历山大这个角色感到意外——但是对于那些曾经在过去50年间，甚至更长的时间里，被我们的政府迫害的人们来说，这丝毫不奇怪。看看美国在伊拉克、阿富汗、危地马拉以及世界各地的所作所为，今天的观众便不会感到过于震惊"[④]。奥尔蒂斯修女坚持认为所谓的"老板"是美国人，因为他讲西班牙语时带着浓重的美国口音，而对于出生在新墨西哥、母语为西班牙语的修女来说，判断这种口音并不困难。再加上奥尔蒂斯修女脱险后美国官方的反应，卡斯蒂略完全有理由将受害者的经历文本化，表现题记诗中所说的"安全不过是个虚幻"，剧中的人物可以是任何人，在这样的强权控制之下，没有人的生活是安全的，美国人的安全感不过是种幻觉。

> 每天早上我们睁开双眼
> 离开温暖的床，
> 在明尼苏达，芝加哥，

---

① Ana Castillo. *Psst... I Have Something to Tell you, Mi Amor*. San Antonio, TX: Wings Press, 2005, p. 72.

② Ana Castillo. *Psst... I Have Something to Tell you, Mi Amor*. San Antonio, TX: Wings Press, 2005, p. xii.

③ Sister Dianna Ortiz. "Preface", in Ana Castilo, *Psst... I Have Something to Tell you, Mi Amor*. San Antonio, TX: Wings Press, 2005, p. xv.

④ Sister Dianna Ortiz. "Preface", in Ana Castilo, *Psst... I Have Something to Tell you, Mi Amor*. San Antonio, TX: Wings Press, 2005, p. xvii.

或者，洛杉矶，
包裹在国旗带给我们的
安全中，梦想着
平安，永远安全。
……
让我们大声呼喊，喊出她的记忆，
高过被压抑的声音
那是失踪的20万人的声音，
被活埋在坟坑里，
被从飞机上扔下来，
被屠杀被刺穿身体
手无寸铁被蒙住了双眼
这暴行，都是以民主的名义。

这就是现实，是噩梦，
没有尽头。
你我如何能够入眠？
你我如何能够入眠？①

卡斯蒂略通过这强有力的呼喊，控诉了美国政府以民主和自由的名义干预拉丁美洲的政治，强调了在强权肆虐之下，任何人都可能沦为牺牲者，就像奥尔蒂斯修女一样。曾经她以为自己是安全的，她觉得有着世界上最强大国家的保护，世上的苦难距离自己很遥远，直到有一天噩运降临到自己头上。

近年来，卡斯蒂略研究是奇卡纳文学研究的一个重点，其中的一个原因就在于作家不懈的探索和创新。她的每一部新作都会带给读者一种别样的感受，但又会她之前的作品在风格上保持着某种传承，并且她的作品选题多变，体裁具有多样性，这些正是近年来卡斯蒂略研究在逐步升温的重要原因。传统上认为，卡斯蒂略的创作手法更接近于拉丁美洲文学的叙事特征，例如在《如此远离上苍》中，卡斯蒂略运用了具有魔幻现实主义特

① Ana Castillo. *Psst... I Have Something to Tell you, Mi Amor*. San Antonio, TX: pp. ix-xiii.

征的手法，体现了奇卡纳文学的鲜明特征。小说一开头就设计了小女儿洛基塔“死而复生”的情节：3岁的婴孩半夜突然死亡，身体在床上抽搐，似乎被某种神秘的力量来回摔打着，其间还伴随着家畜焦躁不安的怪异举动，“五条狗、六只猫、四匹马……又踢又叫，毛发直立、耳朵向后抿着”①，这一切似乎预示着怪异之灵的出现。洛基塔虽然死而复生，但从此与世人隔绝，被人们称作“神童”(la loca)，意为“疯癫怪异”或者“具有特殊能力的人”。卡里达的遇袭和痊愈同样充满了超自然的神秘色彩。卡里达美貌出众，但行为不循常规，和多位男性交往。某天晚上在回家的路上她莫名其妙地受到了侵害，这到底是社区的男人还是某种神秘的力量干的？从她受到的性侵害来看，这似乎是社区男人们的报复，但是其中也有着种种谜团。

> 不是哪一个具体的男人袭击了她，搞得她像只被压扁的兔子。不是两三个男人，她没法跟警方提供任何线索。也不是四处游荡饥不择食的郊狼，而是某样东西，既有形又无形，这东西可能是尖利的金属，也可能是被劈裂的木材，还可能是石灰石、金子或者又脆又容易裂开的羊皮纸。它的重量和大陆一样，它的痕迹像石墨一样无法消除，虽然历经几百年，却和年轻力壮的恶狼一样强壮。它没有形状，比漆黑的夜还要黑暗，最重要的是，卡里达记得，那就是一种力量。②

洛基塔、民间医生菲丽西亚太太和卡里达都知道，这种神秘的力量就是民间传说中的“恶灵”(malogra)。小说中还有其他的魔幻要素。索菲亚的大女儿雅诗佩兰莎是社区中唯一的大学生，在沙特阿拉伯执行新闻报道任务时被打死，她的灵魂回到故乡向母亲告别，所以在消息传到美国之前索菲亚已经知道了女儿的死讯；从来不和任何人交往的洛基塔竟然得了艾滋病，而后又莫名其妙地痊愈；卡里达劫后重生成了圣徒，后和同性女伴携手跳下悬崖，神秘消失。除了情节上的奇幻之处以外，小说构架也体现了墨西哥传统信仰的特色，如人生的轮回和宿命。四个女儿相继死亡，嗜赌的丈夫处在“离家—归家—离家”的循环中，索菲亚的生活在绕了一个大圈子之后又回到了原点；不过她在其中获得了成长，她帮助其他失去孩子的母亲，并成立合作社帮助社区摆脱贫困，她变得更加坚强。这种人生的往复具体呈现为叙述上的环形构架，作家芭芭拉·金索沃尔(Barbara

① Ana Castillo. *So Far From God*. New York: Plume Book, 1994, p. 19.

② Ana Castillo. *So Far From God*. New York: Plume Book, 1994, p. 77.

Kingsovler)认为《如此远离上苍》的情节是循环性的，而非直线型的，以索菲亚四个女儿的死亡为每个循环的开端，因而将其视为后现代主义的文本。她认为，“小说对家族历史小说进行了戏仿，来解构该文类形式上的男性中心；它进而批评了个人主义，构建了新型的文学身份”[①]。不仅如此，小说每一章的标题都采用描述性的语言把故事梗概讲出来，带有口头文学传统的痕迹。这些手法的综合运用，为不同层面的解读提供了可能，也成为近年来卡斯蒂略研究的切入点。

20 世纪 70 年代以来，墨西哥裔女性文学迅速发展，成为墨西哥裔文学中的重要力量。女性文学传统以文化差异、文化冲突和杂糅意识为基础，继承了玛丽亚·路易斯、约瑟芬娜·尼格里和波蒂略-泰姆伯雷等女性文学先驱的传统，书写她们所提出的“边界意识”和“去中心化思想”，但是当代女性文学书写也带有时代特征，“边界”和“性别政治”成为关键词，虽然延续了奇卡诺运动时期的政治主题，但是权力关系更多地布展在性别政治框架下。七八十年代以来的女性文学具有颠覆性和解构性，体现在对传统文化形象的改写和重写上。女性作家同时在不断进行写作手法方面的创新，充分提高了女性文学的审美性，为文学的进一步发展提供了持续的推动力。在此阶段，女性文学批评成为独立的学科，与文学书写相互促进，两者共同造就了奇卡纳文学的繁荣。

第三节　新世纪文学的时代性特征

在奇卡诺运动和奇卡诺文学运动之后，在 20 世纪 80～90 年代的女性文学兴起之后，墨西哥裔文学在 90 年代至今的阶段继续引领着整个西语裔文学。随着时代的发展和社会历史环境的变化，这一时期的墨西哥裔文学在书写主题上又出现了新的趋势，成长主题依旧是作家初入文坛时的首选，因为成长小说是墨西哥裔文学中历史最悠久的体裁之一，最早成名的墨西哥裔作家，例如何塞·安东尼奥·维拉里尔、托马斯·里维拉、鲁道夫·阿纳亚、德尼丝·查韦斯、桑德拉·希斯内罗丝等，多以成长小说开始

① Elisabeth Mermann-Jozwiak. “Gritos desde la Frontera: Ana Castillo, Sandra Cisneros, and Postmodernism”, *MELUS*, 2000, 25(2), p. 103.

他们的文学生涯。但是，20世纪末、21世纪之交的成长书写也带有了更加鲜明的时代性和族裔特征。

从前面的梳理能够看出，墨西哥裔成长小说有着悠久的传统，是一个重要的书写范式，它既契合传统成长小说的文学母题，又能表现奇卡诺经历。最早的成长小说可以溯源到玛丽亚·路易斯-巴顿的《谁会想得到呢？》，卡拉在印第安人中的经历，以及她回到白人社会中的重新适应，都符合"成长"的某些特征，诸如身份变化以及个人和集体的关系。成长小说"写的是一个人受教育和由幼稚到成熟的成长过程。当然，这里的所谓"受教育"是广义的，并不仅指在学校里读书，更多的是指增加生活的阅历，经受生活的磨炼，最后完成学习和提高修养，至于学习和修养的结果，却因各人的内在天赋和外在环境而异；只是也终将像浮士德似的通过种种迷途而走上正途，认识并且实现人生和自我的价值。[①] 以上定义更强调主人公的受教育过程。成长小说经常具备这样的几个特征：描写人物受教育的过程，"从无知到成熟"的过程，即走出童真、获取知识和经验，从而达到身智的双重成长的过程。具体来说，成长发生的时间是人物生活中的某个特定阶段，一般是从青春期少年自我意识萌发时期到独立人格形成时期；成长小说中故事发生的地点和环境是相对独立的，例如社区、学校、医院等；成长的过程往往充满了曲折和磨难，但是结果基本是积极的，主人公认识到自我的价值，并且接受社会的价值判断，融入社会、积极生活。在20世纪墨西哥裔英语文学中成长小说所占比重较大，表现出以上的诸多特点，并且呈现出代际间的承继关系。例如，何塞·安东尼奥·维拉里尔的《美国化的墨西哥人》以卢比奥离家参军而结束，墨西哥裔少年最终走出家庭和社区，融入更广阔的文化环境中。在金托·索尔奖的四位获奖作家中，三位都在作品中采用了典型的成长小说模式，其中托马斯·里维拉开创了墨西哥（裔）季节工人主题的成长小说书写范式，这一范式后来又在埃莱娜·维拉蒙特斯等作家那里得到了继承和发扬；《保佑我吧，乌勒蒂玛》中安东尼奥·马雷斯的成长是协商各种冲突的过程，表现了具有族裔背景的个人走出封闭的族裔社区、面对世界时所受到的冲击。

---

① 参见杨武能：《逃避庸俗——代译序》，[德]歌德，《威廉·迈斯特的学习时代》，杨武能译南京：译林出版社，2002年。转引自徐渭《二十世纪成长小说研究综述》(一)，《当代小说》2007年第1期，第58页。

20 世纪 90 年代至今的新一代成长小说，延续了里维拉、阿纳亚、希斯内罗丝、维拉蒙特斯等作家成长小说中自我书写、族裔特征、移民经历和身份认同等传统，但是也表现出新的特点。具体来说，成长的方式更加复杂多样，虽然依旧遵循的是“从无知到成熟”的模式，但是在这里无知不仅意味着知识的匮乏，更主要的是指纯真，而经验的获得可能伴随着迷茫、迷途和对世界阴暗面的认识。墨西哥裔的当代成长小说有几个特别的主题，如青少年犯罪主题和非法跨越国界主题。在书写成长主题方面影响力最大的作家有诗人、小说家吉米·圣地亚哥·巴卡(Jimmy Santiago Baca, 1952～)，诗人、作家、社会问题学者路易斯·罗德里格斯(Luis Javier Rodriguez, 1954～)、青少年文学作家加利·索图(Garry Soto, 1952～)、多明戈·马提内斯(Domingo Martinez, 1972～)和瑞娜·格兰德等。这些作家虽然年龄差距较大，但是他们作品的主题有着一定的共性。巴卡和罗德里格斯等作家集中描写中下层墨西哥裔青少年在成长中面临的街头帮派和青少年犯罪等问题，索图和马提内斯书写墨西哥裔社区内的成长，格兰德书写的重点则在于移民经历，特别是主人公作为非法移民艰难跨越边界并逐渐适应新生活的经历。他们利用各种叙述策略，强调阶级和种族的联结，多采用“回忆录”或者“自传”等非虚构性的叙事形式，增加叙述的可信度，也为当今少数族裔文学中的生命书写提供了具有多样性和时代性的主题。

一、贫民窟诗人：吉米·圣地亚哥·巴卡

吉米·圣地亚哥·巴卡是奇卡诺文学圈中颇具传奇色彩的一位作家，年少时家境贫寒，家庭破碎，一路历经坎坷，因而个性叛逆、无所畏惧。他曾经因为犯罪被监禁，在狱中开始写作，并最终在文学中找到自己的心灵归宿。巴卡的代表作品《立锥之地：诗人的诞生》(*A Place to Stand: The Making of A Poet*, 2001)与《黑暗中摸索：贫民窟诗人的回顾》(*Working in the Dark: Reflections of a Poet of the Barrio*, 1992)均带有生命书写的特征，是奇卡诺文学中虚构性自传的代表性文本。从这两部作品中，读者可以看到少数族裔下层少年成长中的艰难，也可以窥见生命政治主体对少数族裔下层民众生命权利的贬损。

巴卡 1952 年出生于新墨西哥的圣达菲，具有印第安阿帕奇血统。他在 7 岁的时候被父母抛弃：母亲和情人私奔；父亲数度寻找妻子无果，后心灰意冷而终日酗酒，没有承担养育孩子的责任。巴卡兄妹三人跟随祖父母

生活了一段时间，祖父去世后祖母一人无力继续抚养他们，巴卡兄弟便被送到了孤儿院。巴卡无法相信父母将自己抛弃的事实，在等待、恐惧和迷茫中度过了最初的日子；他确信父亲不会接他回家之后，十几次从孤儿院逃跑，后来直接被送到了少管中心。少管中心有着严格的管理制度，和青少年监狱类似，在那里巴卡经历了残酷的生存竞争，过早见证了世界的冷漠。后来，巴卡就读于哈里森初中，但是作为从孤儿院走出去的孩子，他在学校明显感觉到自己与众不同，与周围环境格格不入，加上多年来他的成长中缺乏有效的监护和指引，规则意识和边界意识不足，因而他在学业上比同龄的孩子落后许多，自卑之下不愿继续在学校读书。巴卡 14 岁辍学之后，靠打零工挣点钱，没有钱吃饭时就小偷小摸，逐渐染上了很多街头恶习，如吸烟、喝酒、吸毒、打架。巴卡生活中的一个转折就是哥哥遭受到两个白人男性的性侵，这次变故使得他开始主动进行反抗，他在回忆录中说道："我的世界突然发生了彻底的变化，我不再是暴力行为的被动观察者。我绝不能让这个世界像对待丧家犬一样地践踏我们兄弟两个。我对人性之善的信仰坍塌了，这信心就像被超高音震碎的玻璃一样彻底粉碎了。我曾经以为世界会接纳我们的希望彻底破灭。世界充满了敌视。我必须要回击，不能让世界把我打垮。"[①]他加入了街头帮派，希望在集体中找到庇护和安全。

根据巴卡在《立锥之地》中的叙述，他 21 岁时因为贩毒、持械斗殴而被逮捕，在狱中服刑的 6 年半时间里，开始自学文化知识，并且对诗歌产生了浓厚的兴趣。有一段时间他被关押在男同性恋者的监室，依靠写诗跟狱友换取烟卷和书籍。更重要的是，写作让他保持头脑清醒，保持对生活的热情，不至于随波逐流而彻底沉沦。后来在一个狱友的鼓励下，他把诗作投到杂志发表，从此他的生活发生了彻底的改变。1977 年巴卡出版第一本诗集《我们自己土地上的移民》(*Immigrants in Our Own Land*)。这部诗集中的作品大都涉及监狱生活的灰暗和无望，书写社会的不公正，控诉少数族裔等弱势群体受到的歧视。例如《计时》一诗写道："*每个人都睡觉*是看守的象征/他每天深夜巡视这爿墓地。/他离开时，已经数清了一动不动的

① Jimmy Santiago Baca. *A Place to Stand*. New York: Grove Press, 2001, p. 32.

躯体/包裹在白色床单里。”[①]《当生活……》中写道：“当生活被刀片和石头，割裂，/下水道的臭气四处弥漫，/鲜血四溅的地面，/看守数着死尸/眼皮抬也不抬，然后匆匆回家/吃晚餐、沐浴爱河，能挽救我们/不至于发疯的，只有空洞的眼神/以及无以言说的半死梦想。”[②]《困兽》采用象征的手法表现了被规训者的迷茫、无助和愤怒。监狱中的巴卡努力保持头脑的清醒，在观察暴力与不公的同时，力图发现这背后究竟隐藏着什么样的秘密，努力去发现到底是什么导致自己的生活陷于混乱。10 年以后，巴卡出版了第二部诗集《南谷地里的马丁和沉思》（*Martin & Meditations on the South Valley*，1987），获得了前哥伦布基金会颁发的美国国家图书奖的诗歌奖。巴卡一举成名，得到了文学界的广泛关注，被誉为从监狱走向文坛的“贫民窟诗人”。除了写诗以外，巴卡还创作小说和戏剧，1992 年的作品《黑暗中摸索：贫民窟诗人的回顾》包括短篇小说和随笔，对他在墨西哥裔社区的成长进行了回顾，着重突出了“族裔身份”和“青少年犯罪”这两个主题。犯罪和被监禁的经历是他迷茫的顶点，也是绝境重生的转折点，在监狱中他获得了新生。“但是，如果说监狱是我的坠落之地，那么它也是我的重生之地；在那里，我的尊严被最粗糙质地的人性践踏，但是我也由此获得了精神上的升华。即便它有着摧毁一切的力量，但是我在那里脱胎换骨。并不是说监狱给我带来什么积极的影响，而是说，在那里，我开始学着相信自己，开始梦想更加美好的生活。”[③]在 20 世纪 80 年代初，巴卡的生活步入正轨，结婚生子，陆续出版多部诗集，诸如《治愈心灵的地震》（*Healing Earthquakes*，2001），《城市轻轨和十三个墨西哥人》（*C-Train & Thirteen Mexicans*，2002）。

巴卡的诗作带有自我书写的特征，大多根据自己的经历而创作。他的作品基本是对自己生命历程不同阶段的经历以及情感诉求的描绘。他认为，自己早年间的犯罪主要是出于迷茫和愤怒，当别的孩子过着正常的生活、按部就班地学习知识的时候，他已经饱尝了社会的冷漠，因而只能用盲

---

① Jimmy Santiago Baca. *Immigrants in Our Own Land & Selected Early Poems*. New York: New Directions Books, 1990, p. 3.

② Jimmy Santiago Baca. *Selected Poems*. New York: New Directions Books, 2009, p. 195. Epub.

③ Jimmy Santiago Baca. *A Place to Stand*. New York: Grove Press, 2001, p. 24. Epub.

目的愤怒塑造自我:“我在愤怒中塑造我的命运/狂乱地渴望出人头地。”[1]他的诗歌创作不仅是他情感表达的工具和立身之本,他还希望通过诗歌去影响和他一样经受着暴力和不公的孩子,帮助他们认识自我并找到自己的生活方向。因此,他把自己称作“人民诗人”,积极推动文学教育,在多所中小学和大学开办诗歌创作室,并在2004年成立了专门基金会“雪松”,特别关注校园暴力和中小学的帮派问题,关怀和他一样迷茫过的青少年。基金会还专门雇用曾经被羁押过的人员作为工作人员,试图通过这种方式帮助他们重新认识自己的价值,帮助他们树立生活的信心,走上人生正轨。

2001年出版的回忆录《立锥之地》说出了众多挣扎在社会边缘、看不到未来的人们的心声,也为有过同样惨痛经历的青少年树立了一个榜样。《立锥之地》属于回忆录,作者巴卡主要讲述自己从贫民窟的流浪儿成长为贫民窟诗人的经历,聚焦于他早年间遭受的家庭变故及其消极影响,比如成长中父亲的缺场,在孤儿院及少管中心时内心的煎熬,在学校中的格格不入,街头帮派生活中的战战兢兢、盲目的男性气概建构,狱中的弱肉强食以及自己的绝境重生。综合巴卡在自传和诗歌中的描写能够看出,造成作者迷途的因素很多,贫困是根本原因。父母婚姻的解体在很大程度上源于生活的窘迫,这也是少数族裔群体境况在城市化背景下的集中反映。巴卡家的三个孩子出生以后,父亲达马西奥开始走出村庄到城市谋生,却发现难以在城市中立足。在圣达菲和阿尔比凯克,白人瞧不起墨西哥人,达马西奥难以得到理想的工作,这屡屡带给他挫败感;他文化水平低下,认知有限,排解情感压力的渠道同样受到很大限制,因而他和许多底层的墨西哥裔美国人一样,只能用简单化的方式应对自己的失败,那就是酗酒,用酒精来麻痹自己、逃离现实。这样做的结果就是巴卡看到的是两个截然不同的父亲形象:“我记忆中,父亲就是完全不同的两个人。清醒的时候,他率真可爱,穿着笔挺的长裤、西装上衣、白衬衫。表面根本看不出来他是个酒鬼。可是他一旦喝了酒,就变得粗暴狂野,丝毫不顾体面,就是他另外一个自我的鬼魂一般。”[2]父亲面临着贫困所带来的一系列自我认识障碍和人际沟通问题;相比之下,外貌更接近于白人的母亲原本就感觉自己高丈夫一

---

① Jimmy Santiago Baca. *Selected Poems*. New York: New Directions Books, 2009, p. 272. Epub.

② Jimmy Santiago Baca. *A Place to Stand*. New York: Grove Press, 2001, p. 11. Epub.

等，在城市生活的重压下，她拒绝与家人一起应对困难，而是通过与他人私奔的方式逃避责任。同样是因为贫困，祖父去世后祖母难以承担抚养巴卡兄弟的费用，迫不得已将他们送到了孤儿院。所以说，墨西哥裔下层民众的贫困，也是巴卡离开家庭、过早走向社会的直接原因。

少年时期巴卡所采取的应对问题的方式，和父母的本能逃避在本质上是一样的。他参加街头帮派，采取了他本人所谓的"激烈反抗"，这在很大程度上是他的本性使然，即用"骄傲"掩盖对社会的抵抗和对未来的恐惧："在失去一切之后，这些孩子剩下的就只有骄傲——一种被扭曲、被摧残的，已经变质的骄傲，它转而反噬他们，带有强烈的自卫性，使他们拒绝承认自己还是人，拒绝承认自己受过伤害。"[①]这是无望者盲目而本能的反抗。对于不谙世事的少年，他们所寻找的不过是一种认同感和归属感。然而，这种安全感是虚幻的，因为帮派分子、街头小混混们所使用的暴力根本无法与国家机器相对抗，所以他们在警察的暴力面前依然是弱者。"我们没有钱，请不起律师，没有家人质疑法律是否公正，因此很容易成为警察栽赃的目标。这样他们就感觉好像是在和犯罪做斗争，并且取得了胜利。不过，对我来说，蹲监狱就好像度假，不用担心一日三餐，还有个温暖的床铺。在监狱里比在大街上好多了，至少这段时间我不用担心生存问题。"[②]巴卡兄弟二人在十五六岁时就已经完全依靠自己在世间生存，他们没有技能，没有资源，只能依靠同样卑微的同伴，有时被监禁甚至成为他们解决生计的一种方式。

种族隔阂是巴卡自传中反映的另外一个突出问题。巴卡的父母对于种族问题有着截然不同的理解，他们都没有给予孩子有效的引导。生活稳定之后，巴卡和母亲住在同一城市，他们相互之间来往较多，他得以重新认识母亲。巴卡的父母来自不同的家庭，母亲家境较好，她的西班牙血统较多，长相更接近白人；父亲来自典型的墨西哥裔农民家庭，没有自己的土地，没有受过专业教育，难以找到体面的工作。结婚生子后，当年少时的激情被生存的压力所代替，他们之间的分歧越来越大：母亲向往白人的生活，他们一家搬到了圣达菲以后，母亲不再讲西班牙语，而是让孩子按照白人的方式生活；而父亲坚守着西语裔美国人的传统："他讲西班牙语，除非迫

---

① Jimmy Santiago Baca. *A Place to Stand*. New York: Grove Press, 2001, p. 47. Epub.

② Jimmy Santiago Baca. *A Place to Stand*. New York: Grove Press, 2001, p. 37. Epub.

不得已时才说英语。他喜欢墨西哥音乐，所有的朋友都是墨西哥人。我从来没有见过他和白人交往。他倒是也没有说过白人怎么不好，只是尽量离他们远点。"[①]母亲嫌弃父亲的墨西哥背景，也不想让孩子们继续做墨西哥人，因而努力地把他们培养成为"白人"："她坐在理查德的车里四处兜风，指着白皮肤蓝眼睛的孩子告诉我说我也应该像他们一样。每当她把我们收拾妥当，总是说我们看上去应该像'正常的'美国孩子。这搞得我不知所措。我要是在院子里玩耍，把衣服弄脏了，她就会大发雷霆；理查德在旁边的时候，我们必须要干净整齐、彬彬有礼，安静地坐在椅子上，不许随便开口说话。要是我想吃豆子、辣椒、煎饼之类的墨西哥饭，理查德就会生气，说我应该学着吃美国饭。"[②]母亲对于白人价值观的认同，导致巴卡兄妹三人和父亲一样不知所措，最终母亲放弃了改造他们的努力，和情人远走高飞。家庭的破裂、主流文化和墨西哥裔文化的交锋，让巴卡对白人及其价值观产生了深深的敌意。他上中学时唯一感到的温暖就是橄榄球教练特瑞西对他的帮助和关心，本来特瑞西教练有心收养她，给他一个温暖的家庭环境，但是巴卡对白人的抗拒最终使他拒绝了教练一家的好意。

巴卡是幸运的，他不甘于沉沦，最终在语言中获得了新生的力量，得以表达自己的委屈和愿望。正是因为饱尝了漂泊生活的艰辛，巴卡一直渴望安静平和的生活，他希望能够远离尘嚣，在大草原上、在沙漠中、在深山里，和郊狼、狮子、麋鹿等野生动物一起漫游徜徉。在现实生活中，他一直没能实现这个愿望，但是通过文学，他获得了一种类似的自由。显然并非所有人都有这个能力，特别是巴卡成长中接触到的那些下层民众，因而他的书写代表了和他一样挣扎在绝望边缘的人们，反映了他们如何简单直接地应对社会的冷漠。不管是在加西亚大街还是在亚利桑那的佛罗伦斯监狱，巴卡看到的是同样的绝望。"我长大以后，我的眼睛开始审视这些酒鬼、瘾君子、乞丐，这些充满绝望的男男女女和孩子，开始细细思考他们的故事。我看到的是同样的绝望，和铁窗背后的父亲眼中一样的绝望。这些年来，我遇到了形形色色的人们，眼里带着各种的绝望，有愤怒，有疲惫，也有疯狂，有再也无力反抗不公正待遇的老人的绝望，有满怀恐惧的眼神，有精神错乱者的迷离的绝望，也有蹲在角落里哭泣的孩子的绝望。最终，我自己的

① Jimmy Santiago Baca. *A Place to Stand*. New York: Grove Press, 2001, p. 14. Epub.

② Jimmy Santiago Baca. *A Place to Stand*. New York: Grove Press, 2001. p. 37. Epub.

眼里也会有这样的感情。我自己的声音，穿过层层铁窗，和远处父亲的回音汇合起来，希望我们之间能够最终获得相互的理解、爱和原谅，无论它是多么微不足道。”[①]巴卡通过语言收获了内心的力量，获得了与父亲和解的媒介，他希望他的故事能够帮助同他一样迷茫的人们，能够让自己的儿子们认识父亲。

巴卡的重生也是他接受自我的结果。在狱友的影响下，他开始重新认识自己的文化，重新审视身边的这些西语裔美国人。狱中的黑帮头领凯洛五大三粗，外表凶神恶煞，带着满身的文身，巴卡起初对他都是敬而远之，后来一个偶然的机会让他们彼此熟悉起来。此时巴卡才发现，凯洛对政治、历史、语言几乎无所不知，他教给巴卡各种奇卡诺俚语以及来自阿兹特克、玛雅等部落的印第安本土语言和当代语言的混合用语。凯洛的文身，在不知情的人眼中就是黑帮分子残酷冷漠的象征，但事实上，它就是一个“行走的图书馆”，有着各种文化内涵，这个粗犷的汉子将奇卡诺文化刻在身上。“他给我解释右肩上展翅飞翔的绿松石色长尾鸟的含义，鸟儿的羽毛向四处发散着红、蓝两色的光。那是阿兹特克人的神鸟，它的羽毛不仅珍贵而且意义深远，比金子和宝石都要宝贵，被装饰在牧师的帽子上、勇士的盾甲上。他抬起胳膊让我看看上面的美洲豹，随着胳膊的肌肉舒张收缩，美洲豹的四肢和头也活动起来。他说这也是印第安文化中的圣物。”[②]这些文身代表着文化符号，也是凯洛文化身份的张扬。在主流文化群体眼中，这些图案怪异，是犯罪和反叛的象征；但是在凯洛心里，它们是族裔身份的代表，即使他身陷囹圄，他的心灵依旧是自由的。从凯洛身上，巴卡看到了文化身份认同带给人的精神支持，并且也意识到了自己的不幸并非个例。父亲的酗酒、母亲的背叛、父母健在自己却沦为孤儿的遭遇，这种种不幸的背后都透露出一种绝望，即在霸权压制之下下层民众的无望生存和无谓反抗。巴卡由此希望通过语言的力量，继续凯洛等人所发起的、旨在提高奇卡诺服刑人员文化水平的教育项目，他充满信心地回忆道：“我所成长的美国社会，处处充满了对我的族人的鄙视和偏见，将我们视为没有道德观念的下贱之人。凯洛从头讲起，在我们的一次次谈话中，给我讲述我们祖先的辉煌历史。我知道了，我们是这个大陆的先民，玛雅人、奥尔梅克

---

① Jimmy Santiago Baca. *A Place to Stand*. New York: Grove Press, 2001, p. 3. Epub.

② Jimmy Santiago Baca. *A Place to Stand*. New York: Grove Press, 2001, p. 307. Epub.

人,我们遍布墨西哥的各个部落,我们的文明比欧洲领先了几百年,在数学、农业、天文、文学、医药、工程、给水灌溉等方面都是如此。我开始重新认识自己,在一个全新的视域下看待自己,我有了更加强烈的责任感,也更加热爱我的同胞。"[①]在这个阶段,巴卡开始更加广泛地读书,他阅读印第安历史、宗教、诗歌,他坚持写作、记日志,并且也逐渐原谅和理解父亲,开始和父亲通信。虽然在他出狱之前父亲就已经去世,但是他已经逐渐获得心灵的成长,认识到他应该走出个人遭遇的阴影,进而为更多的族人书写、表达诉求。

巴卡的成长是身心共进式的,最难能可贵的是,他将这些经验和认识全部付诸行动。出狱后他经历了一段时间的调整,做过季节采摘工人,当过装卸工。尽管面对生活中的各种困难时他有过多次冲动,想回到监狱,躲回到那个他熟悉的环境中,但是他最终勇敢地一步步迈向未来,逐渐调整与这个世界格格不入的心态。20 世纪 80 年代,他结婚生子,回到家乡新墨西哥州,修复了和母亲、姐姐的关系,生活步入正轨。不幸的是,母亲和哥哥在努力开始新生活时先后遭遇不幸而离世。他们的死亡似乎是意外,但也有着必然的原因,那是因为他们都没有学会表达自我、依旧活在孤立的世界中,他们遭受伤害后不知如何从最亲近的人那里得到温暖和抚慰。巴卡家的悲剧同时也是社会悲剧,是弱势群体无从获得他们所需要的关爱而导致的悲剧。作家巴卡在回忆录中质问这些不公平从何而来,他认为,美国种族政治对于有色人种生命的挤占是重要原因。《立锥之地》这个题目就表现了有色人种在美国的有限生存空间:"我花了好长时间才开始理解为什么善良的人们会遭受如此的不公。为什么我的家人要承受如此多的不幸?为什么他们如此惨烈地死去?为什么要遭受这么多的痛苦?他们要么因为棕色皮肤受到鄙视,要么遭受性侵,要么被抛弃,但是三个人都在努力重获自尊。他们始终尝试收拾残局、重整旗鼓,可是似乎一直没能走出痛苦。"[②]巴卡从亲人的不幸中变得更加将强,决心积极面对生活、从头开始,以告慰自己亲人的灵魂。这部回忆录记录了作者充满坎坷的前半生,记录了家人的不幸和自己的挣扎,但是故事的结尾还是积极向上、充满力量的。所以,从本书的诸多特征来看,如文本涉及的成长、融入社会、接

① Jimmy Santiago Baca. *A Place to Stand*. New York: Grove Press, 2001, p. 309. Epub.
② Jimmy Santiago Baca. *A Place to Stand*. New York: Grove Press, 2001, p. 360. Epub.

受自我主题等，本书符合成长小说的根本特点。

在生活中，巴卡的确践行了这种决心，他带着对新生活的期望，继续写作，细心体会生活。在回到格兰德河谷生活以后，他创作出版了两部诗集，分别是《格兰德河岸边的冬之歌》(*Winter Poems Along the Rio Grande*, 2004)和《格兰德河岸边的春之歌》(*Spring Poems Along the Rio Grande*, 2007)。在这些诗作中，他书写的多是回忆录中已经提及的感悟，比如对奇卡诺文化的认同，对出生地格兰德河谷之人文地理的品味。当然，回忆录结尾所表现的那种刻骨铭心的痛楚、对亲人的回忆也在诗中不时浮现出来。下面这段诗文即是巴卡细腻情感的体现，从诗歌的格式的安排中，能够看出他跳跃的思绪，和那些在心中久久回荡的复杂情感。

> 今天早上，我们约定一起喝咖啡之前，我在想
> 我的哥哥，还有很多人，他们在生活中没能
> 实现梦想
> 想我们走过的路，破裂的婚姻，情愿或不情愿
> 就来到这世界的孩子，
> 格兰德河畔，我每天都在沉思，记录着河流的
> 轨迹，
> 试着理解她的智慧，她的方法
> 她奔腾流逝，带走一切，时时不同
> 她最珍贵的是，孕育生命并赋予其色彩，
> 她释然，她给予如慈母展开巨大的臂膀
> 她
> 把心掏出来
> 带给我欢乐带给我悲伤
> 在高大的向日葵或火红的叶子中。[①]

这里诗人以格兰德河的奔流不息隐喻奇卡诺人的生命活力；通过描写大河母亲的智慧，表达了自己勇敢面对未来的信心以及张扬奇卡诺文化的决心。此时的巴卡已经走出了年少叛逆、茫然无措的困境，能够坦然接受自己，从祖先的印第安生态思想中汲取力量，将自己的灵魂同河流、族人联系

---

① Jimmy Santiago Baca. *Winter Poems along the Rio Grande*. New York: New Directions Books, 2004, p. 21. Epub.

起来。诗中所说的“我”并不仅仅指代诗人自己，也代表了没能实现梦想，甚至没能够主张梦想就已经消逝的生命，如父母、哥哥以及其他挣扎在社会边缘的人们。

巴卡在诗歌中鼓励自己行动起来，号召奇卡诺同胞团结起来，共同创造未来。他说：“我们清醒的时候，理想无穷，/心中的战鼓需要有人来敲响，/我们需要发动灵魂犹如舞蹈时扭臀伸臂，/我们要唱出献给造物主的赞美诗/停止尖酸刻薄的彼此指责，/不再一味索取，开始付出真情，/停止冷嘲热讽，和兄弟手拉手，/和姐妹手拉手，和孩子手牵手一起哭泣/我们需要*醒来*！”[①]在近期的诗作中，巴卡书写的是生活中的点点滴滴，主题类型多样，比如和孩子一起成长，对信仰的体味和坚持，对生活的感恩，从一草一木中感受到的自然的力量，对像自己这样的“黑人”充满警觉的“艺术家”邻居，以及对哥哥等家人的回忆，等等。他对“两颗梅子树”“每片叶子中的绿色诚意”的描写，诸如《每片绿叶中的谦卑》(A Green Honesty in Every Leaf)以及《绿色大地的色彩和芬芳》(Colors and Scents of Green Land)，[②]带有印第安朴素生态主义和基督教超验主义的双重影响；而《奇卡印第安》(ChicaIndio)则是他对自己“奇卡诺”和“印第安”两种文化的审视，承认自己之所以挑衅和违反规则，其实“他妈的在掩饰失落，/减轻碎裂自我的痛苦/去切断与世界的联系，/压抑心中的惶恐不安/被恐慌所麻痹，/无法去相信”[③]。和早期诗作中的愤怒与控诉相比，他此时表现的多是沉静和感恩。应该说，这就是作家本人在几十年间成长蜕变的反映。

二、青少年犯罪小说：路易斯·罗德里格斯和维克多·里奥斯

在概述中已经提到，西语裔各个分支中，墨西哥裔是人口数量最多的一个群体，但也是经济条件较差、总体受教育程度偏低、社会政治参与水平较低的一个群体。墨西哥裔还具有体力劳动者比例较高、非法移民比例较高、语言和文化差异明显等特征。与之相对应的就是墨西哥裔人口的总体

---

① Jimmy Santiago Baca. *Winter Poems along the Rio Grande*. New York: New Directions Books, 2004, p. 52. Epub.

② Jimmy Santiago Baca. *Selected Poems*. New York: New Directions Books, 2009, p. 366. Epub.

③ Jimmy Santiago Baca. *Selected Poems*. New York: New Directions Books, 2009, p. 368. Epub.

犯罪率较高。奇卡诺黑帮(Chicano gangs)起源于墨西哥裔社区,已经有一百多年的历史,它的存在有着复杂的社会、政治和文化原因。奇卡诺黑帮数量庞大、组织严密、等级制度森严、暴力程度高,往往涉及贩毒、军火、抢劫等有组织犯罪,其影响遍布全国,甚至已经延伸至墨西哥以及萨尔瓦多、危地马拉等中美洲国家。这种情况同样反映到了文学作品中,涉及青少年犯罪主题的作品在墨西哥裔文学中占据一定的比例,特别是在奇卡诺运动之后得到了集中而突出的呈现。这些作品多涉及成长和犯罪两个主题,本书在墨西哥裔成长小说中将对其加以介绍。

墨西哥裔的青少年犯罪小说和其他类型的成长小说相似,但是小说主人公的成长以迷茫和迷途为主线,并且他们获得心智成熟的过程中充满了暴力、犯罪、监禁和感悟。这类小说同样符合之前所说的成长小说的特点,例如主人公人生特定阶段的独特经历、相对封闭的成长环境等。墨西哥裔犯罪小说中较为典型的作品有维克多·里奥斯(Victor Rios)的《街头生活:贫困、帮派和博士》(*Street Life: Poverty, Gangs, and A Ph. D.*, 2001)与路易斯·罗德里格斯(Luis Rodriguez,1954 ～)的三部作品:《永远奔跑:在洛杉矶帮派中的日子》、《心连心,手拉手:在暴力时代创造家园》(*Hearts and Hands: Creating Community in Violent Times*, 2001)和《它呼唤你回来:跨域爱、毒瘾、革命和治愈的艰苦旅程》(*It Calls You Back: An Odyssey Through Love, Addiction, Revolutions, and Healing*, 2011)。这些作品在讲述成长时都涉及与墨西哥裔帮派问题相关的街头犯罪,例如盗窃、群殴、抢劫、火并、杀人、吸毒贩毒、强奸等。犯罪是此类小说的共同主题,因此本研究把这一类的文本称作"犯罪小说"。

这几部作品还有一个共性:都属于生命书写的范畴,被作者称作"回忆录"或者"自传"。作者选择这种叙事策略的原因一是为了增加叙述的可信度,二是作者都有过在困境中成长的经历。一方面,他们缺少家庭的温暖,在年少时没有得到父母的关爱。路易斯·罗德里格斯的父母虽然都健在,但是他们之间没有平等的地位,父亲从墨西哥来到美国以后经历了社会地位和经济状况的变化,在外面受尽白人的歧视,在家里以同样的冷酷对待妻儿,以平衡他心里的失落感。里奥斯在出生前父亲就已经和母亲分开,直到31年以后他回到墨西哥才第一次见到父亲,但是在期盼了多年之后,他内心中丝毫没有之前所想象的激动,父子之间更多的是尴尬和陌生感。另一方面,无论作者如何主张文本的"真实性",个人叙述总是带有主观性,而记忆和回忆的选择性和不准确性更是无法克服。因此,本研究将这些文本当作小说加以研究。

这几部作品共同涉及的另一个主题是种族问题。少数族裔难以得到平等的就业机会和受教育机会,在职场上处于劣势地位(至少在某个历史时期内这种情况确实存在),由此带来的生活压力和心理问题使得年轻父母难以成功完成养育孩子的任务,这是导致儿童心理问题的家庭因素。而少数族裔儿童在学校里要承受种族歧视和校园暴力,因而他们只会直接而简单化的方式来进行自卫——加入帮派,这通常是少年儿童走向帮派犯罪的社会因素。现实中,路易斯·罗德里格斯不仅通过书写讲述自己在洛杉矶各个帮派中的经历,而且还致力于消除帮派之间的矛盾、减少墨西哥裔帮派之间的相互伤害。可以说,他是当今对西语裔和拉美裔帮派了解最多的作家之一,也是最具代表性的犯罪小说作者。

(一)路易斯·罗德里格斯

路易斯·罗德里格斯1954年出生于得克萨斯州的艾尔帕索。他的父母都是墨西哥人,最初一直生活在墨西哥,到边境以北的美国生下了罗德里格斯,为的是让他获得美国身份,所以罗德里格斯并未在得克萨斯生活过。罗德里格斯2岁时一家人移民到了洛杉矶,在东洛杉矶的少数族裔居住区定居下来。罗德里格斯的父亲在墨西哥时是中学校长,母亲是学校的秘书。但是,到了美国后,他们难以找到合适的工作,只能从事体力劳动。父母忙于生计无暇顾及孩子们的教育,罗德里格斯在家庭中被忽略,在学校里感觉被歧视,因而在11岁时他就加入了街头帮派,十七八岁时已经成为洛杉矶势力较大帮派的头领人物之一。其间,他经历无数次帮派间争夺地盘的暴力行动,他的教育也因为数次被捕而中断。尽管如此,罗德里格斯热爱读书,断断续续完成了高中学业,并先后就读于加州州立大学洛杉矶分校和东洛杉矶学院,还参加了加州大学伯克利分校的写作训练班,后来他利用自己的语言才华在洛杉矶县以东河滨县(Riverside)的《圣贝尔纳迪诺太阳报》(*San Bernardino Sun*)谋得了记者一职。罗德里格斯在1985～2000年居住在芝加哥,其余的时间都是在洛杉矶生活,可谓洛杉矶本土作家。他是2014～2016年洛杉矶的桂冠诗人,创作小说、诗歌、短篇小说和儿童文学作品。他的代表作是三部回忆录,第一部《永远奔跑:在洛杉矶帮派中的日子》(以下简称《永远奔跑》)尤其引人注目,这部作品披露了他在拉美裔帮派中20年的生活,包括数次入狱的经历、对儿子拉米奥重蹈自己覆辙的痛心，以及通过写作获得社会认可的故事。这部作品已经成为加利福尼亚、伊利诺和得克萨斯等州的学生阅读书目，旨在帮助少年儿童远离街头帮派犯罪。

罗德里格斯是社会活动家，致力于消除帮派犯罪、提高少数族裔群体特别是墨西哥裔青年的文化意识，帮助他们正确认识自我价值和族裔文化传统。他积极发起各类文化项目，成立出版社，鼓励奇卡诺作家进行创作，资助出版名不见经传的奇卡诺作家的作品。他四处演讲、参加电视访谈、参加学校的咨询辅导项目，对奇卡诺青少年加以积极引导。他还是各帮派之间的调停人，致力于消解拉美裔帮派之间的分歧。他积极呼吁社会各界关注帮派犯罪，为刑满释放人员提供就业机会，帮助为帮派犯罪所困扰的青年重新回到社会。罗德里格斯为获得更广泛的社会关注来改变少数族裔的境况，参与竞选加利福尼亚州长，还参加 2012 年总统选举，发起成立公益组织，力图在更大范围内谋求社会公平，对抗下层民众面临的贫困和歧视等社会问题，在 2018 年作为主要力量参与了由威廉·巴珀二世(Reverend William Barber，1963～)等宗教人士发起的“全国穷人运动”(the National Poor People's Campaign)。

在《永远奔跑》中，罗德里格斯非常详尽地回忆了自己加入街头帮派的过程，讲述了帮派之间不断的争斗和自相残杀。当然，叙述的意义并不在于表现叙述者在帮派中惊心动魄的经历，譬如帮派成员如何涉毒、参加械斗、见证身边朋友死于非命，而在于揭示这部作品产生的契机和帮派犯罪的社会根源。罗德里格斯与前妻卡米拉离婚时，儿子拉米奥 2 岁，女儿艾德莉亚只有 8 个月；5 年后，罗德里格斯移居到芝加哥，拉米奥兄妹和母亲留在洛杉矶，父子之间多年来缺少交流。11 年后，当母亲卡米拉意识到自己已经无法掌控 13 岁的拉米奥时，将孩子送到了父亲罗德里格斯身边，但是已经为时已晚，拉米奥与父母间产生了很大的隔阂。所以，写作这部回忆录的契机就是：1991 年罗德里格斯发现 15 岁的儿子拉米奥重蹈自己的覆辙，加入了芝加哥的帮派，因在学校参加斗殴而被校方遣返回家，他因自己多年来疏于对孩子进行关照而深深自责，于是决定将自己的经历和惨痛教训写下来，作为警示送给孩子。拉米奥的情况并非个例，根据媒体报道，当时仅洛杉矶就有大大小小的 800 个帮派，成员数量达到 10 万人，每年有数百名年轻人在帮派冲突和帮派相关犯罪中丧命。罗德里格斯个人参加帮派的经历，使他意识到在后奇卡诺运动时代，青年人面临着多重压力，帮派问题已经成为十分严重的社会问题，东洛杉矶的几乎每个家庭都深受其害。

回忆录的绪言部分讲述了罗德里格斯和儿子就脱离帮派问题发生冲突以后，儿子离家出走，他在街头四处寻找儿子的经历：他呼喊儿子回家，但是儿子却义无反顾地夺门而逃。在回忆录中，罗德里格斯基于自己对帮派问题深入而广泛的了解，多方位地深入探讨了墨西哥裔帮派问题泛滥的社会根源。他指出，帮派问题和种族、阶级问题之间存在密切的关系。虽然他本人在20世纪60年代后期曾经作为热血青年积极参加奇卡诺运动，在民权运动高涨时期，很多帮派成员都参与了文化普及项目和奇卡诺文学复兴项目，墨西哥帮派间的矛盾也得到了暂时的缓解。但是，在后奇卡诺运动时代，理想化的角色扮演根本不能解决墨西哥裔社区的问题，“这些年轻人需要坚实的经济基础和有希望的未来，否则一切的说辞都不过是敷衍了事”①。他认为，贫穷、教育程度低下、用工市场对于有色人种的歧视等现象，是帮派问题的直接根源，其中家庭和社会都负有责任。

罗德里格斯指出，帮派犯罪根源于少数族裔青少年的迷茫和无所适从。上小学时，他因为不懂英语而遭到老师的惩罚，因为当时学校没有开设双语教育，所有的孩子都必须讲英语，这对于上学前没有走出过社区的墨西哥裔儿童来说充满了挑战。他们的压力不仅来自课业本身，更多地来自自己被排斥的经历。“那个时候还没有办法让不讲英语的孩子参与进课堂活动，所以他们就强制学生必须讲英语。如果在操场上有人说西班牙语，他就会被喊到办公室接受体罚或者被关禁闭。老师们是在怀疑孩子们说他们的坏话，这种莫须有的罪名足可以让学生受到惩罚。”②罗德里格斯难以忘记，刚入学时，因为他不会说英语，老师就让他玩积木，所以在别的孩子学习知识的时候，他自己坐在教室后面玩积木。大约大半年的时间里，他每天到学校后就走到属于他的角落里，这给他带来了深深的自卑感，也给他带来了交际障碍。

在就业等方面，墨西哥裔美国人同样处于弱势地位，这直接造成了他们的贫困和自我否定。罗德里格斯的父亲在墨西哥时是学校的校长，但是来到美国以后无法找到教学职位，最终只能在一所学校当了十几年的门

① Luis J. Rodriguez. *Always Running*: *La Vida Loca*: *Gang Days in L. A.* New York: Touchstone Book, 1993, p. 194.

② Luis J. Rodriguez. *Always Running*: *La Vida Loca*: *Gang Days in L. A.* New York: Touchstone Book, 1993, p. 27.

卫。父亲在外面受到歧视，回到家后情绪低落，很少和孩子们交流。更严重的是，这种社会地位上的巨大反差对父亲的心智产生了重要的影响，他对女性的性骚扰就是被压抑自我的非正常表现。罗德里格斯早年间同样为生活而疲于奔波，因为阶级和种族所限，他们只能住在中下层少数族裔民众居住的社区，无论是洛杉矶的东洛杉矶，还是芝加哥的洪堡公园社区，都以贫穷、混乱、治安差、犯罪率高而著称，孩子们更容易受到不良的影响。这些因素归根结底来自种族和阶级的关联对墨西哥裔群体的制约。

在回忆录中，罗德里格斯对帮派并没有持完全否定的态度，相反，他肯定了帮派成员中的团结精神，表达了自己对兄弟们(homey)的情谊，因为他在帮派中找到了在家中没有得到的安全感和归属感。奇卡诺运动时期，帮派成员为了争取墨西哥裔的权利，相互之间达成一致、和平共处。他们联合起来共同参加游行等活动，参与文化宣传。但是，这些都是白人不愿意看到的，警察希望墨西哥裔帮派相互残杀，他们可以坐收渔翁之利，所以，警察对墨西哥人社区的毒品问题采取了放纵的态度。数年之后，当政治运动的热情消退，美国梦代表的物质主义和消费主义占据主流后，墨西哥裔年轻人被毒品腐蚀了灵魂，没有了几年前的斗志，之前获得的进步也被抹杀掉，墨西哥裔社区陷入了更加严重的危机。随着去工业化的实施其他移民大量涌入，之前的社区被商品房和购物中心取代，处处透露出物质至上的痕迹，墨西哥人的生存空间被挤占，生活变得更加艰难。学校里叫停了奇卡诺文化项目，曾经给罗德里格斯带来成就感的墙报、表演和阿兹特克舞蹈等传统文化项目都被取消，年轻人没有了族裔归属感和自豪感，更容易随波逐流，同时也更难以被主流文化群体接纳。多年以后，在实施救助计划帮助青少年走出帮派犯罪时，罗德里格斯一针见血地指出了犯罪背后的心理迷失："像帕德罗这样的年轻人，他们加入帮派不是为了实施犯罪，也不是要去杀人、坐牢。对他们而言，帮派接受他们，给予他们所需的心理认同，他们需要这种认同来掌控自己的生活；他们在帮派中获得的力量，是其他组织，包括学校和家庭，都无法给予的。然而，在没有正确引导的情况下，帮派活动很容易导致灾难性的后果。"①

书名中的"奔跑"意为"挣扎"，集中反映了罗德里格斯将帮派问题置于

---

① Luis J. Rodriguez. *Hearts and Hands: Creating Community in Violent Times*. New York: Seven Stories Press, 2003, p. 25.

种族问题的框架下进行研究的立场。“他从来没有停止过，这奔跑。我们不断被捕猎，猎人群体很快就汇集了一大帮人：警察、帮派分子、瘾君子、卡威大街上勒索我们的那帮家伙，他们很快就沆瀣一气。有时候老师也加入进来，仿佛我们生来就带着不可饶恕的缺陷。所以我们始终生活在恐惧中，不得不一直奔跑。”[①]对这些没有技能、没有资源的年轻人来说，帮派的诱惑力是很大的，他们受到挫折和失落时，首先想到的可能就是从帮派中寻找力量和勇气。这些年轻人正是因为感觉生活没有希望，才会加入团伙中，所以罗德里格斯认为求知欲和社区的关爱可以把这些孩子拉回到学校中。他联合帮派青年及其家人发起成立了“问题青年治愈计划”（Youth Struggling for Survival），他的一双儿女都参与进来，以便帮助拉米奥戒除对于帮派的依赖心理。但是，初期的努力归于失败，拉米奥因为二级谋杀被起诉并判刑，故事到这里结束。

罗德里格斯并没有放弃，他坚信社区的关爱和文化教育能够挽救这些迷途的青年。他本人曾经受益于奇卡诺运动中的文化项目，他和前妻卡米拉在20世纪70年代中后期也曾经在洛杉矶组织过类似的活动，效果明显。虽然他对拉米奥的过失伤人感到痛心，但是他也知道这是儿子自己必须面对的成长磨砺，并没有对他失望。在2001年出版的第二部回忆录《手拉手心连心》中，罗德里格斯讲述了他和同仁们为建立和谐社区所做出的努力。本书的每一章都选取不同类型的典型案例讲述各种帮派相关的少年犯罪问题，同时在族裔视域下追溯街头帮派的历史，探讨犯罪问题的根源。他认为，问题的根源在于在物质丰盈的社会中年轻一代对于生活失去了信心。“似乎我们处在一种普遍的低迷状态中——以相互隔绝和失去目标为特征的文化疾病。我们比以往任何一个时期都更加明显地感觉到生活没有根基，我们失去了希望，尽管我们享受着从未有过的物质上的丰盈——各类商品填满了仓库和商场；各种高科技和便捷设备近在咫尺，无论我们身在何处，电视、视频、图书、音乐和电影都能给我们带来巨大的冲击，各种药品、饮品、情爱无所不在，只有你想象不到，没有什么做不到。可是，到底什么是真实的、有益的，或者是有意义的，似乎没人知道。”[②]他认为，这需要

---

① Luis J. Rodriguez. *Always Running*: *La Vida Loca*: *Gang Days in L. A.* New York: Touchstone Book, 1993, p. 28.

② Luis J. Rodriguez. *Hearts and Hands*: *Creating Community in Violent Times*. New York: Seven Stories Press, 2003, p. 13.

多方面的共同努力和持续关注,"有关爱精神的社区可以把像我一样的在街上混日子的孩子拉回到学校,这种修复工作可能是终生的"[1]。他们的工作就是弥补一直以来社会对弱势群体青年所亏欠的关爱,给予他们迈向成功的希望,肯定他们对未来的积极梦想。

罗德里格斯的第三部作品是《它呼唤你回来:跨域爱、毒瘾、革命和治愈的艰苦旅程》,体裁上也属于回忆录,从作者1973年跨出洛杉矶监狱讲起,一直到2010年儿子拉米奥从监狱获释回家,时间跨度接近40年。作者既讲述和帮派犯罪相关的父子经历,也反省自己作为父亲的不足和过失,凸显出了父子二人共同的身心成长。作品的标题具有多重含义,其中最直接的来源是刚刚成年的作者在迈出监狱大门时,警长助理不无挑衅地在他身后喊道:"你还会回来的。"[2]这部回忆录以作者的经历为例,作品讲述了步入社会的下层青少年所面临的生存怪圈:帮派—涉毒—暴力犯罪—被监禁,很多人在这个恶性循环的某个环节早早丧命。在作者18岁时,他身边已经有25个朋友因为帮派相关的暴力而意外死亡。这部作品延续了之前对于帮派犯罪的讨论,但是将重点放在了"回归"上面,书名就隐含了监狱和帮派对这些在社会上无所适从的青年的诱惑力。一方面,帮派生活给他们心灵归属感,如毒瘾般呼唤他们回归,因为在帮派中,他们可以远离白人社会的歧视,逃避因自我竞争能力的不足而造成的心理上的自卑。叙述者在新生活的十字路口,艰难地对抗着自己"回到过去的老路上"的冲动、对抗着警长助理对他的挑衅。另一方面,回归聚焦的是儿子拉米奥的生命历程。儿子在生活中的迷途令罗德里格斯必须面对自己的过去,他用自己回归社会、成长为作家的经历引导儿子离开帮派和毒品,呼唤他回归家庭、履行作为儿子和父亲的责任。本书各个版本的封面都采用父子相拥的照片,照片中父亲将年幼的儿子紧紧抱在怀里,这表达了罗德里格斯希望将儿子重新拥入怀中给予他温暖的渴望。书中着重讲述了他的自我审视,他承认自己作为父亲的过失和过错。

相比于前两部,第三部回忆录更注重心理描写和内心历程的披露,契合标题中"艰难旅程"(Odyssey)的象征意义。小说标题中的"它"具有多层

---

① Luis J. Rodriguez. *It Calls You Back: An Odyssey Through Love, Addiction, Revolutions, and Healing*. New York: Touchstone Book, 2011, p. 14.

② Luis J. Rodriguez. *It Calls You Back: An Odyssey Through Love, Addiction, Revolutions, and Healing*. New York: Touchstone Book, 2011, p. 1.

次的所指，从开头部分的"监狱"和"帮派"，到后半部分的"爱"和"家庭"，构建了父子各自接受自我、彼此和解的过程。在本书结束之际，拉米奥已经出狱，他获得了极大的成长，在狱中完成了学业，并且平稳地适应了铁窗外的生活。罗德里格斯和卡米拉帮助拉米奥抚养孩子，倾听他在电话里中的情绪宣泄，他们的关爱令拉米奥回归家庭并被社会接纳。"在入狱的第一年里，拉米奥的电话里经常是充满了愤怒和消沉，他的情绪就好像过山车，时好时坏。我只能倾听，保持平稳，给他爱、引导和坚定的支持。随着时间的流逝，他电话中有了越来越多的欢笑，我们一起回忆过往，交流思想。"[①] 经历过无数次生死考验的罗德里格斯，在寥寥数语中表达了对儿子的牵挂："他 17 岁以后，一共有 15 年的时间是在监狱里度过的，15 个圣诞节都不能回家。只要他在国家的手上，我就没有睡过一个安稳觉。"[②]

除了回忆录，罗德里格斯还创作小说、少年儿童文学和诗歌，但是他的卓越成就在于书写少数族裔青年的帮派经历和犯罪主题，在种族政治和阶级政治的多维度视角下审视弱势群体的自发性反抗，思考这些社会问题背后的深层次原因，并且力图做出改变。罗德里格斯写作的目的在于警示和教育，他在全国各地多所中小学的演讲，在公共媒体上的宣传，无不是出于这样的目的。可以说，他用自己的切身经历和鲜活事例，向那些为帮派问题所困扰的青年学生和城市社区，展示了"改变"的可能，也提供了一个战胜自我、走向辉煌的榜样。

（二）维克多·里奥斯

维克多·里奥斯是另外一个从非法移民、城市街头帮派成员成长为社会成功人士的少数族裔榜样。里奥斯出生于墨西哥，在他还未出生时，父亲就不告而别，里奥斯随了母亲的姓氏，但由此他也得到了一个"杂种"的外号。里奥斯的母亲是酒吧服务员，只上过三年学，并且在怀孕期间因为过失伤人而入狱。她多次试图流产，因为她已经有了一个儿子，无力抚养另外一个孩子。里奥斯出生后，绝大部分时间里和母亲、哥哥居无定所。母亲迫于生计最终决定带着兄弟二人非法偷渡到美国。里奥斯在加利福尼亚州奥克兰的拉美裔社区长大。母亲忙于维持生计，无暇顾及孩子的教

---

① Luis J. Rodriguez. *It Calls You Back: An Odyssey Through Love, Addiction, Revolutions, and Healing*. New York: Touchstone Book, 2011, p. 311.

② Luis J. Rodriguez. *It Calls You Back: An Odyssey Through Love, Addiction, Revolutions, and Healing*. New York: Touchstone Book, 2011, p. 311.

育。里奥斯在12岁的时候，因为害怕被街头帮派分子欺负而加入了帮派，参与偷盗、斗殴、吸毒。到15岁的时候，他已经有过三次被警方拘捕的经历。后来他最好的朋友斯迈利在帮派斗殴中被杀，这对他产生了很大的影响。在学校老师露丝女士的帮助下，里奥斯逐渐脱离了帮派，参与了多种文化活动，不仅按时从高中毕业而且升入加州大学。他的生活渐入正规，在学业上取得了更大的进步，在加州大学伯克利分校攻读了社会学硕士和博士学位，2005年从加州大学伯克利分校毕业，专门研究青少年犯罪和社会干预，帮助和他一样在贫穷和迷茫中成长的孩子。里奥斯现在是加州大学圣巴巴拉分校的社会学教授，也是全美多个青少年教育组织的重要成员。

里奥斯根据自己的经历，撰写出版了回忆录《街头生活：贫穷、黑帮和博士》，讲述自己从非法移民成长为博士的经历。对于问题少年和帮派问题，维克多·里奥斯在书中表达了和罗德里格斯相似的观点，他认为贫穷、歧视等社会问题是造成少数族裔少年加入帮派的重要原因，所以他在书名中突出了“贫穷”这一根本要素。他在美国多所中小学校的演讲，都强调青少年帮派的暴力化同社会对帮派成员的妖魔化不无关系，并多次提议，在社会学和教育学的措辞中将“问题学生”(at-risk students)一词改为“潜力学生”(at-promise students)，以便减少因为教育者认知不足而导致的被教育者的抵触，减少社会对这一群体的歧视。同时他也表示，他相信这些年轻人本性向善，只是他们缺乏引导和积极的榜样，所以他分享成长故事为的是完成一个任务：“学着做个合格的父亲，珍视好友早逝给我的警示，帮助我的家人，鼓励我的同胞，帮助被边缘化的年轻人。”[①]可见，里奥斯对于青少年犯罪经历的书写，同样是出于“教育”“感化”的目的。他说，“我知道，年轻人读了这本书，他们可能得到启发，从被忽视、被歧视中走出来”[②]，他主张社会应给予那些被人们看作是坏孩子的年轻人改过自新的机会，为他们提供必要的帮助。这本书对于迷茫中的青少年和教育者同样很重要：对学生而言，就是困境中的坚持；对教育者而言，就是关怀和支持。

里奥斯还致力于青少年犯罪相关的社会学研究。正是因为自己在成长中有过迷途经历，对于街头帮派问题有过切身体会，所以他的社会学研

① Victor Rios. *Street Life: Poverty, Gangs, and A Ph. D.* California: Fiver Rivers Press, 2011, p. 113.

② Victor Rios. *Street Life: Poverty, Gangs, and A Ph. D.* California: Fiver Rivers Press, 2011, p. 114.

究集中于少数族裔青少年的成长和教育问题，特别是与帮派相关的犯罪问题。他是一位非常勤勉的作者，著有学术著作《被惩罚的一代：非裔和拉美裔男孩》(*Punished: Policing the Lives of Black and Latino Boys*, 2011)、《人靶：学校、警察和拉美裔青年的罪犯化》(*Human Targets: Schools, Police, and the Criminalization of Latino Youth*, 2017)。他还联合其他学者在加利福尼亚开展了多项青少年教育调查研究项目，关注辍学青少年的教育问题。他们开展文化项目、进行心理辅助治疗，取得了明显的效果。基于研究项目的进展，他与凯里亚斯合作撰写了问题青少年帮扶教育的研究报告，名为《"锻造韧性、改变人生"计划》(*Project GRIT: Generating Resilience to Inspire Transformation*, 2016)，与同在圣芭芭拉分校任教的妻子、教育学教授丽贝卡·里奥斯一起撰写了《我的老师相信我：帮扶潜力学生教师指导手册》(*My Teacher Believes in Me: The Teacher's Guidebook to At-Promise Students*, 2017)等。

在书写街头帮派生活以及相关成长经历的几位作家中，里奥斯的风格是最为温和的；他参与帮派的时间较短，对帮派的依赖程度也明显较低。在好友死于非命之时，他心中充满了恐惧，他也开始冷静思考；尽管被称为"胆小鬼"，他没有跟随哥们儿去报仇，因为他知道那样的相互残杀没有尽头。他直言街头犯罪相关的问题才是矛盾的根本："我们的住处被称为'贫民窟公寓'，学校里所有阶级的'坏孩子'都住在这里，这里非常糟糕。这个地方以暴力和毒品而臭名昭著，这和露丝女士居住的'高档'中产阶级社区有着天壤之别。尽管露丝女士听到了人们对这里的描述，尽管她也是心怀疑虑，她还是来到这里家访。[①]"里奥斯希望通过自己的讲述给面临困境的年轻人一些鼓励。回忆录的开头，里奥斯受邀参加洛杉矶学区家长高端论坛，面对5000人讲述自己的经历，这是他从未想到的，因此倍感紧张，但是他鼓足勇气，将自己黯淡的过去讲述给家长们听，以便"为面临同样困难的青年人提供一些启发"[②]。

在成长与分享的过程中，里奥斯也获得了情感上的成熟。里奥斯的母亲拉奎尔不善于表达情感，因为艰苦的生活已经把她磨炼成了一个漠然的

---

① Victor Rios. *Street Life: Poverty, Gangs, and A Ph.D.* California: Fiver Rivers Press, 2011, p. 79.

② Victor Rios. *Street Life: Poverty, Gangs, and A Ph.D.* California: Fiver Rivers Press, 2011, p. 1.

女性。拉奎尔13岁就被男人拐走，早早生下了孩子，她在自我保护的过程中学会了坚强；但是她的成长是不完整的，她在变得坚强的同时，也更加冷漠，因为在她看来情感是无法解决任何问题的，所以她开始用“软暴力”来对抗暴力：她轻易不流露情感，对待自己的孩子也是一样，孩子们因此难以体会到母亲的爱。可以说，里奥斯的成长迷途和家庭教育有着密切关系：他的母亲没有学会管理自己的情绪，没有很好地履行做母亲的职责。幼年时的里奥斯总是被母亲称作“不该来到这个世上的孩子”，导致他有很大的思想负担，始终感觉自己是多余的，对自我的价值产生了高度的怀疑。他得不到家庭的温暖，所以在面对外来威胁的时候选择了加入帮派，以获得他苦苦寻求的安全感。后来，他回到墨西哥找到亲生父亲时，父子之间是完全陌生的，根本没有他自己所设想的温情和激动人心。里奥斯在故事中塑造了一个相当不成熟的墨西哥裔母亲和不负责任的墨西哥父亲，他们几乎没有爱的能力，未能在孩子的成长中给予有力的情感支撑。作者在这里也披露了与青少年帮派问题相关的“少女妈妈”和“少年爸爸”等现象，这个问题和种族歧视、阶级差异等一起，成为导致墨西哥裔少年犯罪和街头帮派问题的重要原因。可以说，这些问题不仅对相关家庭产生影响，而且也已经成为城市贫民社区中十分普遍的社会问题。

从吉米·圣地亚哥·巴卡到路易斯·罗德里格斯再到维克多·里奥斯，这些作家基于自己的阅历和经验，书写了墨西哥裔青少年成长中的问题，即成长中的迷途歧路和艰难蜕变，在犯罪、被监禁等个人经历中包含了宏大的生命政治命题，反映了美国社会的种族、阶级矛盾，昭示了其中社会、政治、经济权力关系的对比。通过研读这些作品，可以窥见与青少年犯罪主题相关的社会矛盾，有助于深入了解墨西哥裔等少数族裔群体的生存现状和社会下层青少年的成长问题。

三、青少年文学：加里·索图和多明戈·马提内斯

（一）加里·索图

加里·索图（Gary Soto）1952年出生于加利福尼亚中西部弗雷斯诺（Fresno）的墨西哥移民家庭。弗雷斯诺是加利福尼亚的重要农业产区和农产品加工地，这里的圣华金谷地（San Joaquin Valley）出产棉花、葡萄、玉米和柑橘等，因此劳动力需求旺盛，是墨西哥移民的重要聚集地。索图少年时经常在农忙时帮助大人到田里干活，到了高中才开始重视学业。他先

是就读于弗雷斯诺城市学院，两年以后转学到加州大学弗雷斯诺分校，在那里毕业并获得了学士学位。之后索图在加州大学欧文分校进行诗歌创作研究并获得了硕士学位，从那时起开始集中精力进行文学创作。在硕士毕业后，索图曾经到墨西哥城短时居住，在大学中教学，回到美国后在加州大学伯克利分校和加州大学河滨分校任教，1991年以后辞去教职专心写作。目前索图居住在加利福尼亚的伯克利，是墨西哥裔作家中最受青少年读者欢迎的作家之一。如果说希斯内罗丝自20世纪80年代以来在美国文坛刮起了一股“芒果风”的话，索图则是21世纪墨西哥裔青少年文学的代言人。

索图是位非常多产的作家，也是当今墨西哥裔少年儿童作家中最为知名的一位，迄今已经出版了30多部作品，其中有诗歌、青少年小说、回忆录和剧本。索图最早的诗集出版于1967年，名为《路边等待：加利福尼亚林伍德》(*Waiting at the Curb: Lynwood California*)，其诗歌基本取材于墨西哥裔人群的经历，例如《黑头发》(*Black Hair*, 1985)和《社区赞歌》(*Neighborhood Odes*, 1992)等。最早的一部小说是《夹克》(*The Jacket*, 1983)，出版时间和《芒果街上的小屋》相近，题材也具有相似之处，都涉及族裔青少年的身份建构和自我认识。《活在街上》(*Living up the Street*, 1985)获得了美国国家图书奖，开始让他得到文学界关注。之后几乎每年索图都会有新作问世。从20世纪90年代开始，他致力于青少年题材，特别是青少年小说的创作，至今该类型的作品总数已经超过了20部，其中的代表作品有《四月的棒球》(*Baseball in April*, 1990)、《站队》(*Taking Sides*, 1991)、《裙子》(*The Skirt*, 1992)、《和平跨越》(*Pacific Crossing*)等。其中，《四月的棒球》获得了图书馆协会的贝蒂奖(the California Library Association's Beatty Award)。索图的部分作品之间存在延续性[①]，例如小说《站队》和《和平跨越》都是以林肯·门多萨为主人公，前一部着重于描写林肯从墨西哥裔社区到白人社区后的迷茫，后一部则展示了林肯的成长以及他对双重认同感的理解和协商。

除了以上提到的几部作品，索图还著有自传或者回忆录式的生命书写作品，如《小脸》(*Small Faces*, 1986)、《不甚深重的罪孽：十个四重奏》

---

① 情节和人物之间的延续性是当代美国少儿文学的一个特征，在青少年文学中采用得相对较少。例如玛丽·蒲波·奥斯本(Mary Pope Osborne)的《神奇树屋》(*Magic Tree House*)是最受少年读者欢迎的系列丛书，共有两个系列，50余本，主人公是宾夕法尼亚州的杰克和安妮兄妹，他们在林中发现了一间神奇的树屋，树屋就像一个神奇的时光机器，可以把他们带回从前，去发现人类的奥秘。

(*Lesser Evils*: *Ten Quartets*, 1988)、《那年夏天》(*A Summer Life*, 1990)和《克努特·汉姆生[①]对弗雷斯诺男孩的影响:回顾和数篇小文》(*The Effects of Knut Hamsun on a Fresno Boy*: *Recollections and Short Essays*, 2001)。尽管汉姆生因为政治立场的问题饱受争议,但是索图在他身上看到了榜样的力量,所以在回顾自己前半生的作品中以这种方式向他致敬。汉姆生的生活经历与索图有相似之处:他同样出身贫寒,童年时颠沛流离。索图在汉姆生的写作生涯中得到了很大的启发,产生了强烈的认同感,因此他专门创作了这部作品向汉姆生致敬。最近的两部非虚构类作品《诗人的生活:写作生涯中的起起落落》(*What Poets Are Like*: *Up and Down with the Writing Life*, 2013)和《我为什么不再写儿童文学》(*Why I Don't Write Children's Literature*, 2015),可以说是他对自己职业生涯的一个回顾。有意思的是,索图一直被评论界定位为儿童文学或者是青少年文学作家,但是他在回忆录中却否定了这个标签。他认为,自己所书写的经历并不局限于青少年,人物刻画的目的在于通过青少年人物,探索更广泛的生存意义。这并不是作家的标新立异或者博取关注的行为,因为对于索图来说,几十年的文学创作已经使他功成名就,他已经无需进行这样的自我标榜。

作为少数族裔的青少年文学作家,索图的作品突出了青少年的经历和"族裔文化身份"这两个特征。他以自我的经历为基础,不少作品取材于他生活的墨西哥人社区。例如,在早期的作品《活在街上》中,索图对弗雷斯诺拉美裔人社区进行了这样的描述:

> 在工业城市弗雷斯诺,我们街对面就是科尔曼酱菜厂,右手边是个金属回收站,到处都是铝、铁、钢板、冰箱上拆下的铜板。再往下走就是阳光少女葡萄干公司,水泥塔高高耸立,马路两旁种着高高低低的悬铃木。我们家不少人都在阳光少女公司上班:爷爷、奶奶、老爸、三个叔叔、一个婶婶,还有一条狗,它天天陪着当保安的爷爷在那里四处巡逻。[②]

① 汉姆生(1859～1952),挪威作家,1920年诺贝尔文学奖获得者,欧洲现代主义文学的先驱,主要作品有《向生命一切的青春举杯》《大地的成长》《神秘的人》《饥饿》《在蔓草丛生中的小径》等。他擅长在写作中挖掘人物的心理,探索人的本性。他信奉尼采哲学,曾经公开支持希特勒的纳粹主义思想,二战结束后被挪威最高法院判为叛国罪,软禁在奥斯陆一家养老院中。

② Garry Soto. *Living up the Street*. New York: Laurel-Leaf Books, 1985, p. 1.

墨西哥人不仅在工厂里加工葡萄干等农作物，而且在收获季节还要到农田里去采摘，所以索图在少年时代经常帮着父母到地里干活。这种职业成长轨迹在不少墨西哥裔作家那里都有所体现，如墨西哥劳动者家庭背景、在田地里帮助父母劳动、在墨西哥裔社区成长、熟悉墨西哥移民的社区生活和青少年在成长中对多重身份的协商。索图的作品带有鲜明的墨西哥裔文化特征和加利福尼亚色彩，作品中主人公的成长经历大都带有明显的地域文化特征，例如圣华金谷地墨西哥裔采摘工人的生活。不同于之前提及的作家将的城市社区主题，譬如东洛杉矶拉美裔社区的帮派和青少年犯罪主题，索图聚焦于农业区的墨西哥人的社区生活，这里受到的商品经济的冲击相对较少，少数族裔少年虽然也会面临文化认同、文化适应等方面的问题，但是在索图笔下，这里的墨西哥裔社区保留着田园牧歌式的纯净，即便少年成长中有羞怯、悲伤和失望，但这也只是略带浪漫的忧伤语调。因此，索图的青少年文学作品的总体基调是积极向上的，具有明显的教育性取向，没有路易斯·罗德里格斯作品中的批判性和愤世嫉俗。可以说，他的小说从风格、主题和语言上都更加接近阿纳亚、里维拉等人开创的墨西哥裔成长小说传统。

尽管索图创作的多是写给青少年的充满希望的故事，但他的作品也呈现了贫穷对人们生活的限制及其给青少年带来的心理阴影。移民经历和追求梦想往往是相伴而行的，移民背井离乡，为的是追求更好的生活，但是现实往往事与愿违。正如《芒果街上的小屋》里面埃斯佩朗莎对芒果街上的那所小屋的复杂情感一样，在《活在街上》一书中，叙述者对于夹克的描述也充满了失望。他本来希望要一件帅气的机车外套，“黑色的皮外套，银色的铆钉，这里一根带子，那里一根带子，多得都可以把这个小镇捆个结结实实”[①]，可是，他回家后却发现床头挂着一件丑得令他不忍直视的夹克：“那颜色，就像是放了一天的鳄梨酱。我把书扔到床上，慢慢地走近那件衣服，仿佛那是一个陌生人，我想使劲地跟他握握手。”[②]在学校里，他感觉大家似乎都在偷偷嘲笑他，因此宁愿挨冻也不想穿那件衣服，但是他知道母亲的艰辛，又不忍心再提出别的要求。那件伴随了他三年的夹克到底给他

① Garry Soto. *The Effects of Knut Hamsun on a Fresno Boy: Recollections and Short Stories*. New York: Persea Book, 2000, p. 7.

② Garry Soto. *The Effects of Knut Hamsun on a Fresno Boy: Recollections and Short Stories*. New York: Persea Book, 2000, p. 7.

带来了多少的自卑感，已经无从知晓。但是从叙述中可以看出，贫穷给孩子的心灵造成了巨大伤害。

从索图的创作生涯和书写主题的历时变化可以看出，墨西哥裔美国人社区是其书写的中心，其中有青少年成长，也有身份构建，书写主题也呈现出较为多元的趋势。从这个角度来看，索图和希斯内罗丝、维拉蒙特斯等作家有着较大的相似性和可比性。索图的所有作品几乎都涉及墨西哥文化的根源问题，或者如何看待墨西哥文化和美国文化的整合。作为少年儿童文学作家，索图对于作品的定位把握准确，语言、叙事和主题等都有着明显的层次性，不同年龄段的读者可以从中读出不同的含义。《裙子》就是这样一部作品。

《裙子》采用第三人称叙事，讲述的是墨西哥裔女孩米雅塔·拉米雷斯丢失了表演墨西哥舞(ballet folklórico)的裙子之后的焦虑。表面上看，小说描写的是日常琐事，围绕着舞蹈裙而展开。这种经历似乎只是青春萌动时期的女孩的一个小心思，然而，细读文本会发现，这个情节有着更深层次的含义：米雅塔·拉米雷斯对裙子丢失所表现出来的深深不安既代表了青春期少女的焦虑，也代表了她对墨西哥传统的态度。可以说，米雅塔对墨西哥舞蹈的专注和热爱表现出她对墨西哥文化的认同，是她在美国文化和墨西哥文化之间进行的协商。裙子这个意象暗示了墨西哥传统，如文本中所写："那裙子还是妈妈当年在墨西哥埃莫西约的时候穿过的。"[①]虽然裙子有些旧了，但是仍旧非常漂亮，让米雅塔爱不释手。第三人称主要人物叙事对米雅塔的焦虑进行了细致的描写："她需要那件裙子。星期天教堂的仪式之后，她们舞蹈队要表演墨西哥舞蹈。伙伴们已经练习了3个月了。假如只有她一个人没有服装，那爸爸妈妈以后出门可怎么见人啊？米雅塔可不想看到这个结果"[②]。作者通过少女生活中的一个小插曲，以通俗亲切的方式探讨了墨西哥裔乃至所有具有多重文化身份的青少年都需要思考的一个问题，使得文本具有引人入胜的故事情节，既有趣味性和可读性，又具有启发性，能够为青少年读者提供不同层次的阅读体验。

少数族裔青少年对于文化归属的焦虑同样反映在《站队》中。小说中的主人公是八年级的林肯·门多萨，他喜欢打篮球，是学校篮球队的队员。

---

① Garry Soto. *The Skirt*. Delacorte Books for Young Readers, 2008, p. 6.

② Garry Soto. *The Skirt*. Delacorte Books for Young Readers, 2008, p. 6.

林肯的父母离婚了,父亲住在洛杉矶,林肯和母亲住在旧金山的一个白人社区,母亲是位职业女性。他们的生活虽然称不上富足,但是也相当稳定,属于墨西哥裔社区的中产阶级。因为母亲对旧金山墨西哥裔社区的嘈杂、混乱和治安感到担忧,于是在遭到入室盗窃之后,她决定带儿子搬离社区。“她不想拉开窗帘时看到的是破旧不堪的雪佛兰和快散架的福特汽车,一边跑还一边漏油,不想看到光膀子的莽汉扛着发射器晃来晃去,不想一大早就被电钻切割路面的噪音吵醒,不想再看到一路冒着黑烟的43路汽车在门口飞驰而过,那黑烟在空中久久无法散开。”[①]小说通过搬家前后的经历,表现了少年在走出族裔社区之时喜忧参半的心理。在白人社区,林肯一家还是与众不同:邻居家的孩子们都是上私立学校,而只有他和另外一个队友在哥伦布公立初中读书;邻居们虽然彬彬有礼,但是也很冷漠。在白人学校林肯同样难以找到认同感,总是感觉自己是个外人:“这里没有棕色皮肤的学生,队里除了一个黑人伙计,别的全都是白人。”[②]小说开始时,林肯正在准备篮球比赛,令他感到不安的是,他要对阵的正是自己从前在富兰克林中学时的老队友。小说书名中的“站队”就是描写了林肯的这种矛盾心态:与老队友对阵令他产生了深深的负罪感,他觉得自己背叛了从前的自己,背叛了朋友。小说通过中学生林肯打球的经历,描写了他在墨西哥裔社区和非墨西哥裔社区之间努力协商的矛盾心理。

《活在街上》为“回忆录”,展示了青少年在墨西哥裔社区中(barrio)的成长,描述了季节工人的生活经历。叙述者索图的祖父母都来自墨西哥,在弗雷斯诺的农业区安顿下来,他们农忙时在田间劳动,农闲时到农产品加工厂做工。作为农民的孩子,叙述者从小就跟随父母到田里干活,这种生活方式似乎成为他们相互之间联系的方式:

> 我坐在那里,想着家人和他们这些年在农田中的辛苦。最早是奶奶,她在墨西哥内战之后来到美国,在弗雷斯诺安顿下来,遇到了她未来的丈夫,结婚成家、养育众多的子女。她在弗雷斯诺附近各种农田里干活,采摘葡萄、橘子、李子、桃子、棉花,身上背着大大的口袋,好像拖着大雪橇。她还在各种食品加工厂打工,邦纳公司、阳光少女葡萄干公司等,她站在长长的传送带旁边,把叶子和沙粒等杂质从葡萄干

---

① Garry Soto. *Taking Sides*. New York: Harcourt Children's Books, 1992, pp. 2-3.

② Garry Soto. *Taking Sides*. New York: Harcourt Children's Books, 1992. p. 4.

中挑拣出来。她在葡萄干包装机旁工作了20多年，直到退休。[1]

第一人称主要人物叙事为家族历史的呈现提供了极大的便利，使得叙述者不时回忆起儿时跟随父母在地里劳动的情景，以及自己和伙伴在田间穿梭、捉迷藏的情景。尽管劳动任务繁重，但对那时的记忆却充满了温情，而且他在一段时间内也的确继承了这种生活方式。从这个意义上说，索图接续了墨西哥裔成长小说中关于季节工人生活的描述，当然，随着年龄的增长，童年褪去，他开始对未来有了不同的看法。他不甘于就这样在田地里和工厂里度过一生，希望走出社区、寻找更多的发展机会。所以，对于农业采摘工人生活的描写，既是索图呈现家庭历史的方式，也是他书写自我成长的途径。

索图的作品被公认为少年文学作品，但作者通过青少年的视角，在质朴的语言中呈现了种族、阶级等宏大社会命题。在短篇小说《豌豆罐头盒上的女孩儿》(*The Girl on the Can of Peas*)中，叙述者回忆了他对“美”的最早记忆。罐头盒子上面的女孩是美丽的象征，但是他知道，这种美是他在贫乏的生活中不可能遇到的，所以当哥哥里克说他在附近见过这个女孩，她就住在附近社区的时候，叙述者难以相信：“我无法想象，如此纤美如此富足的人竟然会住在我们附近，这里可都是穷人住的地方。”[2]当哥哥说带他去找那个女孩时，他才发现，原来女孩住在几个街区以外的富人区，而他根本没有勇气跨越这个界限。

> 可我还是害怕被妈妈知道，因为她警告过我，不要到大街的对面去。我站在马路边，双臂无力地垂着，像一双受伤的翅膀。我想要走过去，因为那条街看起来也不是那么可怕。我想，我可以跑过去，然后飞快地跑回来。我咬着嘴唇，祈求里克陪我一起去。可是他摇了摇头，我有些犹豫了，看看这边，再看看那边，然后像兔子一样跑到了街对面。我跑得上气不接下气。回头看看里克，他双手拢在嘴边，大声喊着，要是老妈知道了我就死定了。[3]

---

① Garry Soto. *Living up the Street*. New York: Laurel-Leaf Books, 1985, p. 102.

② Garry Soto. *The Effects of Knut Hamsun on a Fresno Boy: Recollections and Short Stories*. New York: Persea Books, 2000, p. 4.

③ Garry Soto. *The Effects of Knut Hamsun on a Fresno Boy: Recollections and Short Stories*. New York: Persea Books, 2000, pp. 4-5.

可见，加里和里克兄弟二人都没有勇气跨越街区，因为这个街区不仅是简单的地理概念上的街区，它还具有种族政治含义。城市化将具有不同经济地位和种族背景的人们分割在相对独立的单元中，空间的分配体现出经济关系和政治权力：墨西哥裔劳动阶级居住在贫穷落后的社区，富人住在干净优雅的社区，为了维持这种差别，人们通过种种想象来约束跨越边界行为。小说中叙述者家的猫跑到了街对面，结果回来时眼睛里面戳进了一片木片，第二天猫就死了。猫死时的痛苦给叙述者留下了深刻的印象，他因此将越界和伤害联系在一起，“马路对面”的陌生街区因而就成了充满危险的地方，马路对面的陌生人也成为潜在的施暴者。可以说，社区之间的无形界限比有形的十字路口更加严苛。

（二）多明戈·马提内斯

另外一位重在书写青少年题材的作家是多明戈·马提内斯，他的《得克萨斯的孩子王：回忆录》(*Boy Kings of Texas*: *A Memoir*, 2012)获得了美国国家图书奖（非虚构类）提名奖，另外一部作品《我的心是失灵的罗盘：回忆录》(*My Heart Is a Drunken Compass*, 2014)也涉及成长主题，依旧以叙述者/作者多明戈的视角展开叙述，同样书写他的情感、成长经历和家庭故事。两部作品都被称作“回忆录”，但是叙述者也提道：“我在想我的这两部回忆录，和我讲述的故事——有些是较为隐晦的，也有些是偶然性的。我讲述自己的故事，也碰巧把别人的故事一起融合进去。可能在我盲目往前走的时候，甚至都没有真正理解这样做会带来什么样的结果。”[①]叙述者强调书写的偶然性和叙述的隐晦性，这和非虚构性的回忆录所暗示的真实性之间存在一定的差别。这两部作品中叙述的可信度难以确定，因此更加接近于新新闻主义的个人历史呈现。

《得克萨斯的孩子王》以少年多明戈的视角展开，与大多数描写墨西哥裔美国人贫穷和无助的作品不同，它描写的是中产阶级的墨西哥裔美国人，其中的情感诉求远远重于对于政治性集体话语的建构。这部作品更多关注成长中的情感和家人之间的沟通，特别是哥哥丹尼尔对于多明戈的影响。另外，这部作品对父亲形象的描写也值得关注，因为在许多的西语裔文学作品中，父亲的形象是负面的，在儿童的成长中，父亲要么是缺失的，

---

① Domingo Martinez. *My Heart Is a Drunken Compass*: *A Memoir*. Guilford, Connecticut: Lyons Press, 2014, p. 291.

要么是无形的，要么是不苟言笑、与孩子缺乏交流的，要么就是大男子主义思想深重、对妻儿关切不足的。多明戈的作品着重描写父亲和哥哥在他成长中的积极影响，体现了作者对墨西哥裔男性气概的矛盾心态。祖父、父亲和哥哥等人物，甚至叙述者本人，都体现出男性人物悲喜参半的多层面身份自我。

一方面，多明戈在生活中有积极的男性形象引领。例如祖父丹尼尔·马提内斯是专门帮助人们偷渡到美国的“郊狼”，组织墨西哥工人偷渡到美国打工，还贩卖私酒、香料，依靠自己的“聪明”屡屡逃脱惩罚，连著名的得克萨斯骑警都对他束手无策。他是一个恶作剧者形象的“狡兔”，他对于边境警察的蔑视体现了对秩序和权威的挑战，是具有墨西哥裔男子气概的男子汉。最终，得克萨斯骑警买通了丹尼尔经常光顾酒吧的服务员，在他没有提防的时候将他射杀。多明戈的父亲也体现出了另外一种男性气概：他努力工作、辛苦赚钱，为孩子们提供较为稳定的经济保障；他虽不够高大威猛，但是也带有足够的阳刚之气；他不畏惧家族中的恶势力，勇于维护自己的权利，在家里的宠物狗犬布莱克被卢比奥爷爷家的恶犬撕咬致死之后，在自己被狗群攻击时果断开枪，勇敢地向觊觎他们财产的卢比奥提出了警告。在多明戈眼中，父亲的形象是高大英勇的：“我和爸爸坐在他的自动卸货车的驾驶室里，我在他的对面。他的背后是灿烂的阳光。外面的温度接近100华氏度，我们一家人都住在附近，没有一个在20英里以外。我就是不能离开这个男人太远。他说‘热’这个字时上嘴唇的胡须轻微上翘，在那一刻，他的嘴巴所形成的性感弧线带着阴柔之美。我觉得，要是我想摆脱这个男人的魅力，唯一的办法就是把自己变成个同性恋。”[①]儿子毫不掩饰自己对父亲的崇拜，这种阳刚力量成为男孩子成长中的关键影响因素。

另一方面，叙述者对于家族中的不少男性人物不够认同。作品中的男性形象往往带有墨西哥裔文化中男权传统的浓重印记，在行动中体现出大男子主义思想，用他们对男权坚定不移的追求影响着周围的人们，从而令他们对这种价值观产生内化和认同。在多明戈的生活中，除了父亲和哥哥带给他的较为积极的影响外，还充斥着南得克萨斯墨西哥人社区中的诸多问题，例如兄弟之间的财产纷争、墨西哥家庭中男性对大男子主义的盲目

---

① Domingo Martinez. *Boy Kings of Texas: A Memoir*. Guilford, Connecticut: Lyons Press, 2012, p. 35.

认同。兄弟亲情因为财产纷争而分崩离析："他们兄弟几个把爷爷打了个半死，因为他是老大，也是老板，他用GI贷款一手创办了运输生意。显然，这几个弟弟对于他这个老大哥制定的条款不太满意。"①多明戈的祖父去世后，祖母带着儿子改嫁，"爷爷"其实是多明戈的继祖父，但他对继子视如己出，也非常疼爱多明戈，不过，他也有致命的弱点，他处处留情，在外面包养情妇，最终因为情感纠葛而丧命。多明戈的父亲同样没有独善其身，他有着拉美裔男子的风流倜傥，在外面和多名女性保持着暧昧关系，并将此认作是自己男性气概的表现，这最终导致了婚姻的破裂。还有一类非常极端的例子，就是邻居对哥哥和多明戈兄弟二人猥亵，既反映了社区中的阴暗和丑陋，也暗示人们对男性气质的盲从。

多明戈的成长是从迷茫走向开蒙的过程，也是他对男性气概的"祛魅"过程。他的成长经历以男性身份的建构为主线，是他协调不同影响、认识自我的历程。多明戈经历了自我的分裂，个性中存在鲜明的矛盾，不同的个性侧面同时存在于他的性格中。他在学校里满口脏话，用坚硬、冷漠来对付外来的压力，但是在家里却又是乖乖听话的孩子："这种状况持续了好长时间，在这些孩子中，我学会了用我起初来到这里时从未设想过的方式处事。我已经变了，当然，在我迈出校车踏进家门的那一瞬间，我就非常识时务地关闭自己粗俗的一面，轻松地切换到另外一面，我不说脏话，乖巧安静。可是早上我一上了校车，就开始放飞自我：我要在学校带上整整一个星期……这导致我个性的两面性，这让我感到自己龌龊不堪、十分矛盾。"②因而，他需要正确认识自己的男性身份："在布朗斯维尔成长，我见到过太多这样的情景。真正出柜的同性恋者不会受到伤害，这简直就是人类堕落前伊甸园神话的翻版。倒是那些身材颀长、长相俊美的男孩子，如果他们不符合某种特定的男性气概风格的话，往往会蒙受可怕的伤害或者惩罚，因为他们不属于那种阳刚的男性类型。"③他逐渐明白在生物学概念之外的男性身份建构之外，还存在着情感的模式，学会正确对待友谊，而不是将其

① Domingo Martinez. *Boy Kings of Texas: A Memoir*. Guilford, Connecticut: Lyons Press, 2012, p. 42. Epub.

② Domingo Martinez. *Boy Kings of Texas: A Memoir*. Guilford, Connecticut: Lyons Press, 2012, p. 59. Epub.

③ Domingo Martinez. *Boy Kings of Texas: A Memoir*. Guilford, Connecticut: Lyons Press, 2012, p. 251. Epub.

和情色联系起来。任何一种成长都会喜忧参半，多明戈的成长也不例外。小说以中产阶级墨西哥裔男孩从社区走向社会的人生轨迹为主线，着重描写他对男性气概的理解、接受和自我重构。

这部作品的另外一个独特之处在于，它从男性叙述者的角度，刻画了以祖母为代表的强悍女性人物形象。作者从非女性的另类角度阐释了墨西哥裔文化中的两性关系，以及女性在墨西哥裔家庭和社区中的价值定位问题，这在很大程度上弥补了墨西哥裔女性形象塑造的单一性。从前面对女性文学的梳理中可以看出，墨西哥裔女性文学中有很多个性鲜明的女性形象。但是，她们大多是从女性叙述者的角度加以塑造的，而在马提内斯的作品中，男性主人公以他自己的视角，细致描写了诸多个性突出的女性人物，其中占据首要地位的就是叙述者的祖母。这位家族的女族长出生于墨西哥，成长于苦难中，年幼时父母为了让她活下去将她送给了亲戚，因而她自小便饱尝了人间的冷漠。但不幸也锻炼出她不屈的个性，她坚定无畏，在15岁时就曾拿着手枪吓退了觊觎他们家土地的青年男子。祖母后来遇到了自己的白马王子丹尼尔·马提内斯，然而美好生活持续了不到一年，在儿子10个月时丹尼尔就被人杀害了。她19岁就成了寡妇，不得不像个男人一样干体力活，带着孩子下农田。正是因为经历了这些不幸和苦难，祖母只相信实实在在的生存能力，珠宝等花哨的东西对于她没有任何意义。“珠宝、电子产品、香水、不动产、外出旅游——这些东西在奶奶眼里不值一提。钻石戒指不能当饭吃，福特汽车也不能当饭吃，去圣安东尼奥旅游一趟也填不饱肚子。”[①]同样，祖母的个性也表现为截然不同的两个方面，这个坚强的女性在面对家庭和婚姻问题时，依旧难以摆脱传统的两性观念。在丈夫出轨之时，她只能求助于民间药师，以为是别的女人用巫术将爷爷迷惑住了，所以想让民间药师施法消除巫术带给爷爷的影响，以便让爷爷回归家庭。她试图与丈夫的情妇对峙，企图开车将那个女人挤到壕沟里。祖母对丈夫依旧是完全的接纳，她对婚姻和丈夫的“资产化”认同，割裂了婚姻的内在品质，诸如忠诚和责任等都成为婚姻的附庸。

相比之下，新一代女性对传统的婚姻和家庭观进行了批判性的取舍。多明戈的母亲得知丈夫与多名女性有婚外情之后，毅然选择了离婚。她宁

① Domingo Martinez. *Boy Kings of Texas: A Memoir*. Guilford, Connecticut: Lyons Press, 2012, p. 96. Epub.

肯独自抚养幼子，也不愿接受丈夫的不忠诚；她将自己的主体性视为独立于丈夫和家庭的存在。还有一些女性采取了其他的反抗方式来对抗失衡的两性关系，例如凯丽丝的母亲麦格因为曾经被亲生父亲奸污而对男性缺乏信任，最终选择成为女同性恋者。这些女性人物经历了不同的磨难，最终采取各自的方式对抗社会的限制和规训。

回忆录的另外一个主题是种族政治，其呈现符合成长叙事的特点。叙述者在追寻自己从蒙昧到开化的过程中，逐渐将自己的墨西哥裔身份展现出来。他儿时成长于白人文化的包围之下，一直认同于主流文化，并没有意识到自己的族裔文化背景。“我没有认同于墨西哥文化。我们是美国人，我们有着白皮肤，说英语：我以为我们是白人。我对此深信不疑。就这么个样子，到了大约10岁的时候，我跟哥哥看艾迪·墨菲[①]的模仿秀，他表演那种屡试不爽的笑话，类似于‘黑人这样跳舞/白人那样跳舞’，我开心地笑着，跟哥哥说：‘哎呀，太对了！我们就是那样跳舞！’我想当然地以为我们就是白人。可是哥哥不屑一顾地看了我一眼，说道：‘我们是墨西哥人。’”[②]哥哥的话令多明戈恍然大悟，从此他在认识世界时有了更加明晰的种族意识卡尔来自白人家庭，父亲曾经是边境巡警，他们家是社区里面唯一不以农业为生的家庭。卡尔的家庭条件优越，在得克萨斯炎热的夏天里，他们家有空调可用，这令众多孩子羡慕不已。卡尔父亲的职业生涯代表了白人和墨西哥人之间的矛盾。他对于墨西哥人怀有深深的偏见，他不允许儿子跟墨西哥孩子讲话；他在追捕非法移民时受伤而提前退休，这更让他对小镇上的墨西哥人充满了不满。相比之下，边境地区的墨西哥裔民众有着不同的生活方式，他们各自利用边境的便利，想尽各种办法谋生。多明戈的祖父曾经是带领墨西哥工人非法穿越边界的“郊狼”，安东尼的父亲是毒品贩子，安东尼没有读完中学就辍了学，之后跟随父亲做起了毒品生意。边界不仅是阻隔两个国家的界限，也成为边境地区人们之间的阶级和种族分界线。多明戈和安东尼曾经是十分要好的朋友，但是后来两个人之间的联系越来越少，交集也越来越少，最终就只剩下相见时的遥相挥手。墨西哥家庭的少年们染上了各种恶习，阿贝尔多年沉溺于嗅油漆的特殊气

① 墨菲（Eddie Murphy）是著名的非裔喜剧演员。

② Domingo Martinez. *Boy Kings of Texas: A Memoir*. Guilford, Connecticut: Lyons Press, 2012, p. 54. Epub.

味最终导致脑死亡;多明戈和伙伴们逃学,吸大麻,所幸后来他意识到了这种生活的无意义性,退出了小团体,走上了正轨。

马提内斯在回忆录中的这些故事,最终的指向还是叙述者的内心成长。他对家庭生活的回忆、对父母生活的讲述,都服务于他的自我建构。这个过程集中体现为他对爱的认识。他回忆自己年少时的鲁莽与自私:"那个时候,我的心中没有对于心智管理的任何认识,没有对于他人情感的任何考量,我的爱自私自利,我只沉溺于自己的身体感受和情感体验中。"① 他逐渐学会了平衡父亲阳刚之力和母亲阴柔性格的影响,明白这些都是爱的不同形式。他和哥哥丹尼尔之间的兄弟情谊也更加深厚,兄弟二人之间虽然难免会有矛盾和纠结,但彼此却是危难时最可信赖的那个。在多明戈的未婚妻生命垂危之时,家人的不离不弃令他更加明白家庭的意义:"家人就是这个样子的……我花了整整二十年想要逃离他们,想要否定和他们之间的联系。直到今年我彻底崩溃,完全不知所措时,他们排着队要让我挺过来,帮助我度过一生中最黑暗的日子。"② 对于家庭的认同正是多明戈在回忆录中讲述家人和社区故事的根本原因。

墨西哥裔少年文学着重书写少年的成长经历,书写青少年读者喜爱的主题,将成长主题和族裔身份结合起来。大多数作品描写青少年生活和成长中的迷茫和进步,采取积极的立场和正面的态度,发挥了重要的引导作用。从本节对墨西哥裔小说中不同形式的成长历程的梳理中可以看出,无论墨西哥裔少男少女的成长属于哪一种范式,种族因素都在其中发挥了重要的角色,在族裔青少年的自我认知中发挥着关键性的影响。

四、边界书写与非法移民主题:瑞娜·格兰德

边界矛盾和边界书写一直是墨西哥裔美国文学中的一个热点,它直接反映了移民问题在美国社会生活中的核心地位。美国和墨西哥两国国内的政治经济环境以及两国之间的双边关系,都会对边界上的人员和商品流动产生影响。美国国内对劳动力的需求或者墨西哥国内的经济衰退,都会导致更大规模的非法移民浪潮。例如,20 世纪之初的墨西哥革命前后,人

---

① Domingo Martinez. *Boy Kings of Texas: A Memoir*. Guilford, Connecticut: Lyons Press, 2012, p. 393. Epub.

② Domingo Martinez. *Boy Kings of Texas: A Memoir*. Guilford, Connecticut: Lyons Press, 2012, p. 506. Epub.

们避难的首选就是到北方(美国)寻找亲友;太平洋战争爆发以后以及第二次世界大战结束之后,美国市场对于劳动力的需求激增,社会对墨西哥等拉美裔人口的容忍度提高,大批墨西哥劳动力往返于边界南北;20世纪80年代墨西哥发生经济危机,人们生活困顿,又有大批墨西哥劳动力到美国谋生。这几个阶段见证了历史上的几次大规模的移民潮。

美墨边界一直是世界上最为繁忙的边界之一,几对著名的边界口岸城市,例如加利福尼亚的圣迭戈—蒂华纳、得克萨斯州边界两侧的两座同名城市埃尔帕索等,每天的通关人数能达到数万人次。除了合法穿越之外,非法穿越边界也是美墨边界的标志性特征。鉴于墨西哥与美国之间的各种联系,每天都有非法移民越过边境。1924年之前美墨边境没有设立边境检查站(the U. S. Border Patrol),边界是完全开放的。后来美国边防警察加大了打击非法移民的力度,边境巡逻几乎日夜不停,警察的装备也不断升级更新,非法穿越的可能性大大减小,危险性大大增加。移民们往往选择在夜间从偏僻崎岖的山路或者亚利桑那的沙漠进入美国。为了能够在旅途中间得到食物和饮用水的补给,不至于在山上或者沙漠中走失而丧命,很大一部分非法移民会求助于俗称为"郊狼"的蛇头。今天,"郊狼"以及与其相关的暴力已成为墨西哥移民文学中的关键词。边界是贸易、经济、劳务交流的集中地,但也是矛盾和冲突最为尖锐的地区,如墨西哥裔作家、后殖民主义文学理论家格洛丽亚·安札杜尔所说,边界是"第三个国家,是各种矛盾的所在"[①]。当今,在美国的非法墨西哥移民的数量难以准确估计,甚至美国相关部门也无法提供确切的数字。1986年,边境羁押的非法移民达到180万,创下了多年来的记录。据估计,在1990年,全国的非法移民总数为170万～290万,其中半数为墨西哥人;到了21世纪初,达到了500万～600万。特朗普时代,美国非法移民数量大约为1200万,除去奥巴马时期赦免的600万儿童时期来到美国的非法移民,依旧有500～600万,无怪乎拉美移民问题已经成为美国社会生活中难以避开的话题。

事实证明,随着美国边境巡警装备的不断改良,跨越边境已经越来越困难,但是非法越境问题并没有得到解决。墨西哥非法移民占整个拉美裔非法移民的大多数,在美国的社会生活中是农业、建筑业等领域内的主要

---

① Gloria Anzaldúa. *Borderlands/La Frontera: The New Mestiza*. San Francisco: Aunt Lute Books, 1999, p. 19.

劳动力。不完全统计显示，进入21世纪以来，每年有70万～100万非法移民进入美国。南加利福尼亚大学对洛杉矶地区做的一项调查研究显示：大约82%的住家保姆和1/4的家政女工将至少一个孩子留在本国。哈佛大学的一项研究表明，以美国为目的地的非法儿童移民中，大约85%的人曾经在移民过程中与父亲或者母亲分离一年以上。[①] 随着民粹主义者在非法移民问题上采取越来越强硬的立场，进入美国的非法移民数量会有所减少。不过，随着美国国内经济衰退和诸多矛盾的显现，移民问题在特朗普时代对社会生活产生了更大的冲击。2019年特朗普政府羁押、遣返拉美非法移民的举措，不仅引发了政治和经济领域的广泛社会关注，而且还触发了美国全国甚至全球范围内对于“难民”“移民”人道主义危机的热烈讨论，这对美国民族心理中的“自由”“平等”等观念产生了直接的冲击，同时还引发了学界对“身份”“合法性”等问题的思考。阿里汉德罗·莫拉利斯将移民的迁移归结于人类的生物本能，他提出，“边界是不能被人为控制的——无论是军队，还是高墙，抑或是高科技，都无济于事——原因很简单，迁移是人类的本性，无法阻挡，无法为任何人为的手段所阻断……人类的迁移是个自然的现象，和鸟类、鱼类及蝴蝶的大规模迁徙一样。当没有必要迁移时，这个过程自然会停止”[②]。瑞娜·格兰德也提出了类似的观点，但是她更强调移民特别是非法移民问题中的经济学要素：“事实上，只要还有1小时挣5美元和一天挣5美元的差别，人们就会源源不断地来到这里。提高对外援助的议案应该是讨论移民问题时应严肃对待的重要问题，但是遗憾的是，这个问题一直没有得到重视。立法者们丝毫不在乎美国应该如何帮助其他国家改善他们的经济问题。”[③]移民和非法移民问题在短时间内不可能得到解决，同样，这些问题可能会继续反映在文学作品中。

当然，文学书写中的“移民”和“边界跨越”主题并不是当代才有的现象，相当数量的墨西哥裔文学作品已经涉及此类主题，其中有家族历史小说和移民小说。维拉里尔的《美国化的墨西哥人》、理查德·瓦斯科斯(Richard Vasquez，1928～1990)的《奇卡诺人》(*Chicano*，1970)、阿里汉德

① Sonia Nazario. *Enrique's Journey: The Stories of a Boy's Dangerous Odyssey to Reunite with his Mother*. New York: Random House, 2006, pp. xiv-xv.

② Alejandro Morales. *River of Angels*. Huston: Arte Público Press, 2014, p. ix.

③ Reyna Grande. "In First Person: Living the American Dream", 2006/03 (2016/12), http://www.reynagrande.com/Reviews.htm#article3.

罗·莫拉利斯的《制砖人》、桑德拉·希斯内罗丝的《拉拉的褐色披肩》、维拉蒙特斯的《飞蛾和其他故事》、维克多·里奥斯的《街头生活：贫困、帮派和博士》等都属于移民的家族历史小说。这些作品大多描写移民经历，即以人们的线性移动和地理空间的变化为叙事线索，故事发生地点在美墨边界的两侧，叙事往往以时间先后为序；故事人物是一个或几个家庭(族)的几代人，体现出人物关系上的血脉延续和文化传承。另外一类移民小说往往以个人经历为主，集中描写“移民过程”“穿越边界”等经历，带有一定的自传性或者生命书写的特征，代表作品有之前提到的索尼娅·纳扎里奥的《恩里克的旅程》，威尔·郝博思(Will Hobbs，1947～)[①]的《穿越铁丝网》(*Crossing the Wire*，2006)，安娜·卡斯蒂略的《守护者》(*The Guardians*，2007)，路易斯·尤利亚的《去往美丽的北方》(*Into the Beautiful North*，2009)和《魔鬼公路》(*Devil's Highway*，2004)，瑞娜·格兰德的小说《越过万水千山》(*Across a Hundred Mountains*，2006)和回忆录《我们之间的距离》等。这些作品同样具有两个特征：以跨界经历为主线，描写主人公为生活所迫不得不接受亲人分离的痛苦，而且这种移民经历大多以非法的形式进行；移民经历、移民后的文化适应、在异质文化空间内的生存、主人公所经历的心理变化或者身心成长是常见的书写主题。

就书写的主题来看，除了显性的移民主题外，相当一部分小说反映了深层次的社会问题，例如世界发展的不均衡、墨西哥普通农民的贫困、政治环境的恶化和社会的动荡等。这些小说从“局内人”的角度，对于非法移民背井离乡的原因给出了解读。在《美国化的墨西哥人》《奇卡诺人》《制砖人》等作品中，移民离开墨西哥的原因是为了躲避战乱。而到了20世纪70年代后期，墨西哥经历了历史上最严重的经济衰退，农民终年辛勤劳动，却难以有自己的栖身之所。在《去往美丽的北方》中，作者尤利亚基于自己做社会救济志愿者的经历，揭示了非法移民问题的某些根本原因：墨西哥的社会动荡、自然灾害导致人们生活极端贫困。贫穷、混乱困扰着村庄，为了牟取暴利，从前的警察改行做了毒品贩子和劫匪，不定期到村子里面抢劫，

① 郝博思是当今著名的少年文学作家，他本人并无拉美裔或者西语裔背景，但是他的生活经历和工作经历使他较多地接触到了西语裔人口和非法移民。郝博思出生于空军军人家庭，曾经跟随家人在巴拿马和得克萨斯等地生活，后来居住在科罗拉多的帕格萨·斯普林斯(Pagosa Springs)。多年的教师生涯使他认识到了移民问题对美国社会的影响，也通过这部作品书写了社会下层人们的挣扎与希望，表达了对社会边缘群体的关注。

小镇电影院老板加西亚-加西亚的家被劫匪抢占，他在夜里被赶出家门。村里的男人到美国去打工，女人们不得不独自面对暴力和危险。伯非里奥和阿拉赛丽夫妻二人原本是农民，因为干旱庄稼颗粒无收，两人被迫卖掉了农场上的牲畜，乘坐火车来到边境城市，在这座人来人往的边境城市蒂华纳寻找生机。他们起初以捡拾垃圾为生，和他们一样依靠福斯托·冈萨雷斯垃圾场为生的人们还有三百多家；“而在他们的家乡，垃圾场里连可以捡拾的东西都没有”[①]。垃圾场搬离以后，有些人跟着一起迁移走了，而伯非里奥夫妻二人留在了蒂华纳，妻子装扮成印第安人沿街乞讨，丈夫为过往车辆擦车，以此勉强维持生活。走投无路、看不到希望的人们才会铤而走险去偷渡，他们一次次被遣返、一次次尝试：“他们去往那里为的是填饱肚子、给家里寄钱。这些入侵者在美国的脱口秀中已经臭名昭著，可是他们没有别的出路，在饥饿的驱使下他们铤而走险。不管蛇头提出的偷渡方案多么不可思议，他们都会冒险一试，诸如借债、倾其所有甚至赌上所有的身家性命。”[②]

《穿越铁丝网》同样解释了在超级大国财团的剥削下，第三世界贫民的生存空间如何遭到严重挤占。少年维克多担当起养家糊口的重任，每天都在地里辛勤地劳动，可是因为美国大财团介入，玉米的收购价被压得很低，维克多的劳动量难以和大机器生产的规模农业相匹敌，难以继续维持一家人的生活。他选择移民的原因非常简单，就是挣够钱，改善生活，然后回到墨西哥。“和许多移民一样，父亲离开家到北方谋生，对那里的生活充满了憧憬。可是面对现实，他意识到，美元可不是那么好赚的，和人们传说的根本不一样。他进退两难，要么两手空空地回墨西哥，那以后可就抬不起头来了；要么待在那里，拼命挣钱，寄钱给妈妈。他选择了后者，希望他们两个能够赚够钱盖房子，那可是他们的梦想啊。到那个时候，他就能够昂首挺胸地回到家乡，为自己的成就感到自豪。”[③]纳扎里奥在《恩里克的旅程》中说道，恩里克的母亲“离家来到美国是出于对孩子的爱，希望能够让孩子摆脱足以碾压一切的贫穷，让他们小学毕业后还能继续读书。她骄傲地说

---

① Luis Alberto Urrea. *Into the Beautiful North*. New York: Little, Brown and Company, 2009, pp. 151-152. Epub.

② Luis Alberto Urrea. *Into the Beautiful North*. New York: Little, Brown and Company, 2009, p. 218. Epub.

③ Reyna Grande. *A Distance between Us: A Memoir*. New York: Atria Book, 2012, p. 7.

其给孩子们寄去的衣服、钱和照片。但是她也承认其中的沉重代价。她跟孩子们通电话时感觉到了距离，还有亲情的淡漠。日复一日，她错过了他们成长中的重要时刻，她的缺席给他们造成了深深的伤痛。”[①]这些作品都描述了时空上的分离所带来的情感疏离，这给家庭带来了相当的伤害，对孩子产生了消极影响。但实际上，大多数移民并没有衣锦还乡。一方面，他们没有技能和知识，难以发财致富，顶多就是维持生计；另一方面，一旦适应了美国的生活，他们往往难以抛弃已经得到的机会，所以即便存在语言文化方面的差异，即便会受到歧视和剥削，他们依旧会选择留下。

《我们之间的距离》《越过万水千山》《去往美丽的北方》等移民小说反映了非法移民跨越边界的经历和他们在美国的生存境况。小说中对移民经历的描写往往是以“线型移动”为特征的，即“边界”和“身份”的关系表现为身份建构需要不断“跨越边界”，而这往往会涉及“我是谁”“我从哪里来”“来到这里之后怎么办”之类的问题。移民过程中的艰辛、身份的蜕变是书写的两个重点。跨越国界能让人们获得工作机会、改善生活条件，但同时他们也会付出相当的代价，移民之路充满了艰辛。这些小说聚焦于旅途，讲述主人公的数次穿越经历，描写移民在途中会遇到的各种危险和暴力，例如警察的随意搜查、无情殴打、肆意侮辱；公共汽车司机和匪徒暗中勾结，公然偷窃移民的随身衣物和钱财；黑帮、瘾君子对非法移民停留的野外、墓地进行袭击。《去往美丽的北方》中，纳雅丽一行在蒂华纳丢失了行李，在蒂华纳的汽车旅馆被人偷袭，在墓地险遇被称为“冰毒吸血鬼”、被毒品掏空了身体和灵魂的年轻人。边境检查不太严格、穿越边境相对容易的时候，墨西哥的壮年劳动力每年独自来往于墨西哥和美国之间，《穿越铁丝网》中维克多的父亲就是其中的一员。后来美国的边境巡逻加大了对非法移民的打击力度，跨越边境越来越难，人们不得不接受非法偷渡组织者“郊狼”的剥削。父亲身亡后，维克多开始实施穿越计划，在“郊狼”的带领下翻山越岭跨越边界。遇到危险时，“郊狼”为了自保甚至密谋将偷渡者杀死在荒郊野岭。维克多·里奥斯的《街头生活：贫困、帮派和博士》中同样讲述了母亲带着两个孩子穿越边境线的艰难经历。对面的美国近在咫尺，看起来那么美好祥和，高速公路在延伸，美好的生活充满了吸引力。两座城市

① Sonia Nazario. *Enrique's Journey*: *The Stories of a Boy's Dangerous Odyssey to Reunite with His Mother*. New York: Random House, 2006, pp. x-xi.

紧紧相连，美国虽近在咫尺却难以触摸，看上去如此遥远。“他们爬上了陡坡，发现自己所站的地方是泄洪沟的混凝土堤坝的顶端。孩子们三三两两坐在一起，望着对岸。在国境线的边境检查站，汽车已经排起了长队，闪烁着车灯。在他们脚下，蒂华纳河看上去那么的狭窄，河水是浑浊的绿色，河道里的淤泥、垃圾堆积在一起，将河水分割成一片片水域，河里长满了杂草。淤泥中有一条破烂的灯芯绒裤子和一只跑鞋，纳雅丽看到这些，心中不寒而栗。”①

许多移民梦断路上，因为“郊狼”的眼中只有利益，他们将偷渡者看作买卖的对象，根本没有将他们当作人来对待，在“郊狼”眼里，移民的生命是一钱不值的。《越过万水千山》通过想象弥补了“缺失”的故事，以“寻找父亲”“发现真相”为线索。主人公阿德丽娜来到美墨边境的荒山，找寻父亲的下落。19 年前，父亲在非法穿越过境时失去了音信。后来，阿德丽娜设法找到了当年的一位“郊狼”，年事已高的他也许心怀愧疚，才最终勉强同意带她到山里去寻找父亲的尸骨。阿德丽娜决心要将父亲的尸骨带回家：“我必须要搞清楚。19 年了，我不知道我父亲到底怎么了。您体会不到那种生活——一无所知，杳无音信。我要知道真相②。她甩开胳膊，继续搬动石块。”③这部作品通过阿德丽娜的寻找重新构建了父亲的存在，而父亲在这里代表了许许多多在去往“北方”的道路上消逝的生命。即便是跨越了边界，成功进入了美国，移民往往还会遭遇文化适应中的诸多问题，他们还要面对诸如阶级、种族等移动的无形边界。移民背井离乡来到美国以后，因为缺乏知识和技能，难以获得合法身份，同样生存艰难，他们背负着家庭责任和对家人的许诺，挣扎于社会的边缘，始终被排斥，随时可能被发现和遣返。所以，即便他们生存下来，在美国社会依旧处于无形和失语状态。

以儿童或者青少年移民为主要书写对象的移民小说同样也属于成长小说，这些小说往往采用第一人称主要人物叙事，以更加生动的叙事方式谋求更加真实的叙事效果，从而打动读者、引起共鸣。瑞娜·格兰德是这类小说的杰出代表，她以女性作家的细腻，深入描写了留守儿童的无助感

---

① Luis Alberto Urrea. *Into the Beautiful North*. New York: Little, Brown and Company, 2009, p. 147. Epub.

② “真相”一词在原文中使用的是西班牙语。

③ Reyna Grande. *Across a Hundred Mountains: A Novel*. New York: Washington Square Press, 2006, p. 3.

和被遗弃感。

瑞娜·格兰德是新生代墨西哥裔作家中极具潜力的一位，代表了墨西哥裔文学的新生力量。格兰德出生于墨西哥南部格雷罗的伊瓜拉城(Iguala)，因为父母要到美国谋生，她和姐姐、弟弟被留在了墨西哥。在与父母分别了数年之后，10岁时格兰德作为非法移民偷渡到美国加利福尼亚。她先后就读于帕萨迪那城市学院和加州大学圣克鲁兹分校，获得了文学和创意写作的学士学位。格兰德致力于书写她最为熟悉的生活和她最熟悉的人们，她的作品大多基于她本人以及周围人们的经历，读来生动感人。目前，格兰德是马孔多作家工作室(Macondo Writers Workshop)①的一名成员，积极参与有关当今墨西哥裔作家的各种社会活动。

格兰德的第一部作品是《越过万水千山》，取材于作者本人在墨西哥成长以及非法穿越边境的经历，对于非法移民特别是儿童非法移民的书写具有相当的代表性。小说设有两位主人公：出生于美国的阿德丽娜·瓦斯奎兹和出生于墨西哥的胡安娜·加西亚；两条平行的叙事：阿德丽娜从加利福尼亚来到墨西哥，寻找19年前穿越美墨边境时失踪的父亲，胡安娜·加西亚在蒂华纳，准备前往美国寻找两年前去那里谋生的父亲。此作品获得了多个文学奖项，如2006年度的阿兹特兰文学奖和2007年度的美国图书奖(American Book Award)②。这部作品使作者一跃而成为新一代墨西哥裔女性作家的代表，使她开始得到文学界的关注，也基本确立了她在整个

---

① 马孔多作家工作室由桑德拉·希斯内罗丝创办，设在得克萨斯州圣安东尼奥的瓜达卢佩文化艺术中心(The Guadalupe Cultural Arts Center)，致力于推动墨西哥文化艺术的发展，发扬墨西哥裔传统文化。马孔多是拉丁美洲作家加西亚·马尔克斯在自传《活着为了讲述》(*Living to Tell the Tale*, 2002)中虚构的一个小镇，一般认为它是以马尔克斯的家乡阿拉卡塔卡(Aracataca)为原型塑造的。马孔多也是《百年孤独》故事的主要发生地。2006年，为了纪念马尔克斯对世界文学做出的巨大贡献，该镇改名为阿拉卡塔卡—马孔多。希斯内罗丝等人将作家工作室命名为马孔多，意在向拉丁美洲文学大师致敬，同时主张保持墨西哥裔美国文学和拉丁美洲文化之间的密切联系。2000年，希斯内罗丝还创立了以父亲命名的基金"阿尔弗雷多·希斯内罗丝·莫拉尔基金"，奖励得克萨斯的优秀作家。

② 美国图书奖是由前哥伦布基金(Before Columbus Foundation)于1978年设立的文学奖项，每年颁发一次，首次颁发于1980年。与国家图书奖(National Book Award)不同，它的一个理念是不甄别作者的种族、政治立场、性别、阶级和性取向等，只要是优秀的作品，只要是为美国文学做出贡献的文学作品，都可以参评。开设30多年以来，不少知名的作家都获得过该奖项的支持，特别是早期的得不到主流文学评论界和出版界认可的少数族裔作家、女性作家、女权主义作家或者同性恋作家，其中包括托尼·莫里森(Toni Morrison)、爱德华·赛义德(Edward Said)、伊莎贝拉·阿连德(Isabel Allende)和贝尔·胡克斯(bell hooks)等。

美国西语裔文学中的地位。格兰德最近的一部作品《我们之间的距离》(*The Distance Between Us*, 2012)采用回忆录的形式,讲述了从母亲离开墨西哥、到美国和父亲共同打拼,到叙述者和姐妹一起在蛇头组织下偷渡到美国,再到一家人在美国生活的经历。此作品获得美国书评家协会奖的提名奖,并获得2015年的路易·里尔奖。这部作品成为对新一代墨西哥移民特别是非法移民和儿童移民经历的代表性书写。

《我们之间的距离》是格兰德的代表作品,也是移民小说中的精品之作。小说反映了与非法移民相关的诸多社会与家庭问题,诸如下层民众的贫困和窘迫、亲子关系的疏离、艰难的文化适应等。因为经济窘迫,大部分非法移民无法同家人一同前往美国,因而跨境就意味着家人的分离。小说中的父母相继到美国谋生,孩子们被留在墨西哥和祖母一起生活,她们感觉到被父母抛弃,心灵上受到了极大的伤害。5岁的瑞娜在得知母亲要把他们姐弟留下、去美国和父亲一起打工挣钱时,她想把爸爸的照片狠狠地摔在地上,因为她不想要房子,只想要父母陪在身边,她怨恨父亲把他们姐弟三个人丢弃。这种分离对于父母同样艰难,特别是母亲。小说中,瑞娜的母亲不得不进行选择:要么留在墨西哥陪伴孩子,要么到美国同丈夫一起挣钱,选择前者就意味着夫妻之间的渐行渐远,甚至婚姻的破裂,选择后者就意味着错过孩子的成长。母亲在漫长等待后终于等来了丈夫的许可——可以去美国打工。这个许诺无论能否实现都已经给予了母亲尊严,为保存家庭完整提供了希望,所以这个电话所传达的信息很快传遍了整个村庄,母亲也不再感觉抬不起头来,大家也不再把她视为弃妇。母亲的选择让孩子们有了一种被抛弃的感觉,她所说的"我的丈夫需要我"令叙述者瑞娜十分恼怒:"她说的那是什么话啊,我觉得好生气,说什么*我丈夫需要我*,好像老爸不是成年人而是个小宝宝一样。好像她的孩子们不需要她似的。"[①]父母不在身边,瑞娜姐弟失去了所有庇护,心中深深的失落是难以言传的痛楚。在孩子的眼里,美国是夺走了爸爸妈妈的可怕地方。

> 小时候,奶奶艾薇拉总是用"哭泣的女人"的故事吓唬我们,那个在河边游荡的女人,会把不听话的孩子偷走,那他就再也见不到爸爸妈妈了。
>
> 姥姥琴塔却跟我们说,不要害怕"哭泣的女人",只要我们祈祷神

① Reyna Grande. *A Distance between Us*: *A Memoir*. New York: Atria Books, 2012, p. 7.

的保佑，圣母和圣徒会保佑我们不被她伤害。

可是，她们谁都没有告诉我们，还有一种力量比“哭泣的女人”更加强大——只是这力量掠走的不是孩子，而是父母。

这就是美国。[①]

小说的书名《我们之间的距离》以“距离”为焦点，重点书写因为移民经历导致的家庭成员的分离，以及由此产生的心理上的距离。在小说中，移民生活给父母和孩子带来的这种疏离感是终生的：“我们和父母之间的距离破坏了我们的亲密关系，这是我们谁都没有想到的。结果将是非常严重的。”[②]当一家人终于团聚，生活的艰难和对未来的焦虑却使母亲对孩子们失去了耐心，瑞纳发现，母亲已经不再是她记忆中的样子，这场分别彻底改变了她们的生活。当然，小说中被父母抛弃的不止有叙述者姐弟三人，还有姑姑玛利亚·菲利克丝的女儿伊利达。姑妈多年前到美国工作，伊利达一直跟着外祖母艾薇拉生活。虽然姑姑寄回来了钱，他们家也盖起了附近数一数二的大砖房子，可是伊利达早已经不记得母亲的模样，并且在她从儿童成长为少女的过程中，因为没有母亲的陪伴，经历了太多的迷茫和失落。尽管伊利达得到了外祖母的百般疼爱，但是母亲的缺失使她心中充满了怨恨。对于有着相同经历的表弟表妹，伊利达没有一点的同情，反而利用一切机会取笑他们，说他们的妈妈不会再回来了。伊利达对瑞娜姐弟的冷漠和凌辱说明母亲的缺失对她价值观的影响。后来，伊利达跟邻村的男孩私奔，但是不久就被抛弃，不仅令她颜面扫地，而且也让她对生活失去了信心。

相比于孩子们在圣诞节收到妈妈寄来品牌衣服时的短暂快乐，和父母分别所造成的情感上的无助和痛苦是最令人难以忍受的。孩子们在奶奶家里难以感受到温暖，姐弟三人和爷爷一起挤在房子最角落的一间小卧室里，奶奶总是用各种鬼怪故事吓唬他们，以便让他们守规矩。“玛格说不要相信奶奶讲的那些吓人的故事，可是到了夜里，每当听到窗外的马蹄声，我们三个人都觉得后背阵阵发冷，瑟瑟发抖地挤在一起。要是魔鬼把我们抢走，谁来保护我们？要是我们再也见不到爸爸妈妈了怎么办？每天晚上，我都把脸深深地埋进枕头里，使劲抱着姐姐。”[③]姐弟三人缺乏照料，头上长

---

① Reyna Grande. *A Distance between Us*: *A Memoir*. New York: Atria Books, 2012, p. 3.

② Reyna Grande. *A Distance between Us*: *A Memoir*. New York: Atria Books, 2012, p. 57.

③ Reyna Grande. *A Distance between Us*: *A Memoir*. New York: Atria Books, 2012, p.16.

满了虱子，瑞娜被剪去了长发，她的自尊心受到了极大的打击，她觉得自己失去了唯一美丽的东西，对母亲的思念也愈加强烈。“我想要告诉妈妈，我有多么想念她。我想念曾经的每一刻，想着妈妈把脏衣服收起来，用毯子裹起来，把角上一系，就像口袋一样，然后顶在头上去河边洗。我跟在妈妈旁边。妈妈洗衣服时，我就坐在石头上。要是河水不深，妈妈就让我到河里去玩。她漂洗衣服时，我就去追水面上的肥皂泡泡。”[①]每次奶奶给表姐用柠檬水洗头、轻轻地给她梳理长发时，瑞纳姐弟都会躲在远处羡慕地看着这一切。当姐弟三人得知妈妈在美国生下了小妹妹伊丽莎白时，他们顿时感觉到了背叛，似乎自己在父母心中的位置已经被伊丽莎白取而代之，而且伊丽莎白与生俱来的美国身份是姐弟三人无法奢望的。此外，圣诞节父母寄来的衣服和鞋子都小了一两号，这让孩子们更加坚信父母已经将他们忘记了。瑞娜姐弟三人就是这样在等待、怀疑、想念和无助之中度过了两年的时光。这种无助感是孩子成长中最大的伤痛，父母缺失所造成的伤害是任何物质补偿都难以治愈的。

瑞娜·格兰德书写的距离同样也涵盖大家族中家庭成员之间的距离，甚至包括人情的冷漠。在大家庭甚至整个社区生活的艰难未能使人们团结一心，贫穷导致了人们之间关系的疏离。人们在贫穷中挣扎，自顾不暇，更难以顾及亲情，因而母子之间、夫妻之间的背叛成为常态。家庭生活亲情缺失，人性和亲情被金钱异化，人们依靠贫富来判断彼此的价值，家庭成员的经济状况直接决定了他们的家庭地位。瑞娜的母亲出身贫寒，从结婚前就被婆婆嫌弃，所以父亲不在家的时间里，孩子们和母亲大都依靠外祖母家的帮助，孩子们和奶奶的关系并不亲近。但是现在母亲也要离家谋生、低声下气地请求奶奶收留三个孩子时，奶奶看中的是母亲所承诺的金钱补偿，并不是出于亲情的考量，后来发生的事情也证明了这一切。母亲从美国寄钱过来之后，奶奶马上就把钱藏了起来，根本没有给孩子们购置他们所需的衣服和鞋子；而姑姑从美国回来时，将父母捎给姐弟三人的礼物据为己有，并轻描淡写地搪塞孩子们说把他们的箱子弄丢了。当大姐玛格质问姑姑时，奶奶和姑姑恼羞成怒，反而合伙体罚孩子。瑞娜对人性的评价带有和她的年龄不相称的成熟：“奶奶可不是一个轻易动感情的人，或许是因为她经历过墨西哥革命，那是一场夺去了上百万人性命的大灾难，

① Reyna Grande. *A Distance between Us*: *A Memoir*. New York: Atria Books, 2012, p. 29.

幸存者只有坚强才能够活下去。”[①]瑞娜的父亲纳塔里奥背叛妻子，他最终也遭到了相同的待遇，被自己的母亲和妹妹算计：他辛辛苦苦盖起了房子，但母亲艾薇拉偏袒女儿爱普拉迪斯，私自将地契转让给她，导致纳塔里奥的房子被爱普拉迪斯强占。纳塔里奥从9岁起就帮助艾薇拉夫妇挣钱养家，帮助他们还清了房屋抵押，却仍旧遭遇家人的背叛。人们经历了太多的苦难，在贫穷中煎熬，对于利益得失斤斤计较，他们人性中的自私与冷漠得到了充分的表达，并且成为非常顽固的一部分；他们受到伤害以后会以同样的方式对待更加无助的弱者，对于他人的不幸几近麻木不仁。瑞娜的叙述看似聚焦于琐碎的点滴生活，但是在孩子的视角之下，透露出来的却是人情的冷暖和生活的艰难。

《我们之间的距离》的时间跨度大约是20年，从瑞娜·格兰德2岁时父亲离家到美国谋生，一直到她大学毕业，其中的主要故事线索就是格兰德一家五口人作为非法移民先后从墨西哥偷渡到美国的经历，父母最终也没能维持婚姻的完整，瑞娜姐弟三人各自找到谋生手段。这部作品基本属于成长小说，少年的成长是核心要素之一。小说聚焦于瑞娜内心的成长，她用心体会的温暖，其中有来自邻居的善意，也有姐妹之间的相互扶持。瑞娜和姐姐去给奶奶买缝衣针时，店主巴尔多鲁的小女儿叫她们“没爹没妈的孩子”，倔强的瑞娜用手里的硬币砸向那个女孩儿。后来在姐姐的教导下，瑞娜认识到了自己的错误，主动过去承认错误，好心的店主巴尔多鲁先生也积极地鼓励她，告诉她不要怀疑父母的爱。店主的小女儿还跟瑞娜说，巴尔多鲁先生告诉自己的孩子，如果不是那一爿小店支撑一家人的生活，他可能也要到北方去谋生了。瑞娜姐弟三人经历了飞跃式的成长，他们内心日渐坚强，学会了管理情绪，比如隐藏自己的脆弱。在收到父母寄来的圣诞节礼物时，他们发现衣服和鞋子都是又瘦又小，但是三个孩子为了不让别人看出他们的失望，假装兴高采烈地跑出去玩耍了一圈。邻居们看到姐弟三人穿着新衣服，再也没有用充满怜悯的眼光看他们，没有称他们是“可怜的没爹没妈的孩子”。但是，别人没有看到的是孩子们脚上磨出的水泡，更没有人知道他们心中的痛楚，因为彼时三个人正挣扎于是否已经被父母遗忘的怀疑之中。在漫长的等待中，姐姐玛格首先意识到，他们梦想中的房子不过是空欢喜一场，和父母的团聚也遥遥无期。和胆小顺从

---

① Reyna Grande. *A Distance between Us*: *A Memoir*. New York: Atria Books, 2012, p. 12.

的瑞娜相比，玛格的个性更加鲜明，她在父母缺场的时候照顾弟弟妹妹，实际替代扮演了母亲的角色。玛格敢于反抗父亲的权威，因为交了男朋友被父亲家暴时她毅然搬出去独住。虽然这种成长中有着很多的艰辛和痛苦，但是瑞娜和玛格都获得了面对困境的力量，姐妹二人内心的成长明显地反映出移民经历对于女性个性的塑造。瑞娜的成长和一家人的移民经历交织在一起，表现为身份变化和职业成长，更体现在姐妹二人心理上的日渐成熟，她们最终释然于多年分离导致的父女疏离，在父亲患病去世之前照顾于左右，弥补了失去的亲情。

移民小说以移民经历为主题，描写移民经历及其对人物的影响，往往将成长主题和文化适应作为重点。这类小说的一个积极作用就是将移民生活显性化，从移民的角度讲述他们的经历和情感。有些移民小说属于"回忆录"或者"自传"等生命书写范畴，虽然其本质为基于想象的文学书写，带有相当的虚构性，但是这种内聚焦的叙事方式能够增加叙述的"可信度"，以生动感人的方式再现移民的生活。

五、历史书写传统与新历史小说：路易斯·阿尔伯托·尤利亚

墨西哥人移民美国的浪潮始于20世纪之初的墨西哥革命时期，但是相比于移民历史，西南部各州归化墨西哥裔美国人的历史更加悠久。有些墨西哥人的家族谱系可以追溯到地理大发现以后最早来此定居的西班牙殖民者，就是说，他们在这片土地上已经生活了近600年。一方面，历史的碎片残留在家族成员对于过往的记忆中，在家族基因中保留并延续下来。另一方面，文学书写赋予了人们言说自我的能力，他们将目光转向家族谱系和自我的过去，去言说"我是谁?""我从哪里来?""我属于哪个群体?"等关乎自我的命题，以便更好地理解自我在世界的位置以及自我与世人的距离。回顾墨西哥裔美国文学的历史，可以看到，以家族历史、重大历史事件为代表的历史书写，成为墨西哥裔文学的重要书写范式。当然，任何一部文学作品都具有特定的历史背景，而且族裔文学中历史的前景化尤其突出，这样族裔作家可以通过谱系追踪来彰显言说的价值、肯定自我的个性。墨西哥裔文学也是如此。墨西哥裔英语文学自诞生之初，就表现出了鲜明的历史性，墨西哥裔作家的历史责任感相当强烈，这突出表现在"人地合一"和"时空一致"两方面，即地域特征和群体历史的结合，地缘因素和历史要素的相互促进。譬如，托马斯·里维拉的季节工人家庭背景和自我成长

历史，充分反映在了他的代表作《……大地不曾吞噬他》之中；墨西哥裔季节工人主题在墨西哥裔文学中得到了继承和发扬，埃莱娜·维拉蒙特斯将季节工人背景和女性成长结合，而加里·索图的作品则反映了季节工人主题在书写范式上的变化，即从“四处迁移”到“在城市社区定居”的过程。这些文学作品的着力之处就是书写某个特定群体，或者某个地域中的人们，将文学地理与人文历史结合起来。

在地缘历史文化的框架下，墨西哥裔历史题材的小说往往将个人历史和家族民族历史结合，进行以生命书写为特征的“自我虚构”(autofiction)，即借助于回忆录和自传等所谓“非虚构”叙述形式书写个人历史。奥斯卡·阿库斯塔的自传《棕色水牛的自述》和《蟑螂人的反抗》，均是通过“棕色水牛”的视角，反映风起云涌的民权运动，讲述社会活动家在奇卡诺运动中的成长，文本中的诸多人物具有历史的真实，例如奇卡诺运动中著名的洛杉矶民权律师奥斯卡·阿库斯塔、奇卡诺运动的领袖塞萨尔·查韦斯、著名记者鲁本·萨拉扎尔等。理查德·罗德里格斯的四部标记为“自传”的作品《记忆的饥渴：理查德·罗德里格斯的教育》《责任的年代：与墨西哥父亲的辩论》《棕色：美洲的最后一项发现》和《亲爱的：精神自传》，分别讲述叙述者的学术成长史、同性恋经历、族裔身份中的多重文化特质和宗教信仰认同，可谓自我历史、族裔历史、文化史和思想史的交织。路易斯·罗德里格斯的三部回忆录《永远奔跑：在洛杉矶帮派中的日子》《心连心手牵手：在动荡的岁月创造心的家园》和《它呼唤你回来》将叙述者参加帮派的个人历史和奇卡诺青年的成长、迷途结合起来，以作者的个人历史为主线，串联起奇卡诺社区、非裔美国人和波多黎各裔美国人等少数族裔社区的青少年犯罪问题，讲述他的团队和社会各界为消除青少年犯罪所做的努力。瑞娜·格兰德的《我们之间的距离》则通过个人经历来反映儿童非法移民的生活，将作为叙述者的作者的个人历史、家庭历史和墨西哥裔美国人的移民历史结合起来。这些具有历史取向的文学作品往往取材于历史人物或事件，将家族历史、族群历史、城市历史、疾病防治历史等历史书写嵌入个人视角。虽然有些涉及个人历史书写的作品可能被冠名为“自传体小说”或“半自传体小说”，但文学叙述本身的艺术审美特质表明无论个人历史在作品中所占的比重如何，其根本定位依旧是“小说”；并且叙述中的自我亦是艺术化的虚构自我。可以说，在自我虚构的同时，这些作品也在对他者进行着虚构(Exofiction)。

当代最有影响力的历史小说作家当属阿里汉德罗·莫拉利斯，他的《制砖人》将砖厂的历史和个人成长结合起来，《死亡纵队长》和《天使之河》分别讲述洛杉矶地区结核病医院的历史和洛杉矶城市发展的历史。这些作品都是在关切墨西哥裔美国人的生活境况、命运变迁和他们对于城市发展的贡献。2007年路易·里尔奖的颁奖致辞中，马里奥·加西亚对莫拉利斯的历史小说给予了高度评价；而在20年以前，马里奥·加西亚在谈到奇卡诺劳动者文学时还批评莫拉利斯缺乏足够的集体意识："没有反映人们的斗争历史……亦未构想出所有劳动人们所希冀的真正美好和更加公平的世界，这个世界不是靠哪个人的自我追求就能够得到的，而是要通过人们的共同斗争。"[①]从马里奥本人对莫拉利斯历史小说批评立场的变化，能够看出，学界对历史小说的态度发生了根本性变化。

当代墨西哥裔历史小说作家中，除了莫拉利斯以外，路易斯·阿尔伯托·尤利亚（Luís Alberto Urrea，1955～　）同样值得关注，他在历史小说创作方面也获得了突出的成就。他的《蜂鸟的女儿》（*The Hummingbird's Daughter*，2005）和《美洲女王》（*Queen of America*，2011），以自己姑婆的故事为契机讲述家族历史，将家族历史置于在美洲历史的场域之中，叙述的半径逐渐扩大，从个体经验辐射至族群经历。尤利亚充分利用了文学叙述的张力，运用了与传统线性叙事不同的艺术手法。因为他的这些小说均发表在21世纪，具有后现代艺术手法和传统历史主题协商的诸多特征，因此本书称其为新历史小说。

尤利亚1955年出生于墨西哥的边境城市蒂华纳，父亲是墨西哥人，母亲是美国人。蒂华纳与加利福尼亚的圣迭戈隔边境线相望，尤利亚一家在边境两侧的城市生活，多次往返于美国和墨西哥之间，最终于1965年在圣迭戈定居下来。路易斯·尤利亚的父母都属于劳动阶级，他们的家境并不富裕。但是母亲对他的学业给予了极大的支持，鼓励他进行写作、通过学习实现自己的价值。尤利亚大学就读于加州大学圣迭戈分校，1977年大学毕业后，申请到了到科罗拉多大学攻读硕士学位的机会。同一年，尤利亚的父亲回墨西哥为他筹集学费时被人杀害，这给他造成了极大的心理创伤，写作更加成为他抒发悲痛的途径。这段经历也激发了尤利亚对于社会

① Mario T. Garcia. "History, Literature, and the Chicano Working-Class Novel: A Critical Review of Alejandro Morales' *The Brick People*", *Critica*, 1990, 2, p. 199.

救助等公益事业的热情。他先是在蒂华纳从事社会救助，后来在圣迭戈的梅萨社区学院奇卡诺研究系从事教学工作，他还做过临时演员、出版社专栏作家、编辑和漫画设计师。1982 年，尤利亚来到波士顿，在哈佛大学的写作工作室教授说明文写作和创意写作，同时还在不同的高校兼职承担课程，并担任路易斯安娜大学的驻校作家。1990 年，以墨西哥移民为主要书写对象的新新闻主义题材作品《铁丝网两侧》(*Across the Wire*)开始在《圣地哥读者杂志》(*San Diego Reader*)陆续发表。1994 年，尤利亚出版了第一部小说《寻找冰雪》(*In Search of Snow*)，书写了墨西哥裔少年的成长；同一年，出版诗集《生活的热情》(*The Fever of Being*)；1999 年出版了回忆录《无名氏之子：美国生活记事》(*Nobody's Son: Notes from an American Life*, 1999)；2000 年入选拉美裔美国文学名人堂。尤利亚目前任教于伊利诺伊大学芝加哥分校，担任创意写作教授。他著作颇丰，除了以上作品以外，2002 年出版短篇小说集《六色天空》(*Six Kinds of Sky*)，最近的一部小说是 2018 年出版的《折翼天使之家》(*The House of Broken Angels*)，有感于特朗普修建边境隔离墙事件，以因癌症而离世的哥哥为创作原型，出版后获得广泛的赞誉。尤利亚的短篇小说集《水博物馆》(*The Water Museum*)入选 2016 年度美国笔会福克纳奖的提名，被《华盛顿邮报》评为当年度最佳作品。

尤利亚的主要文学成就来自他的历史小说。《蜂鸟的女儿》和《美洲女王》都取材于自己的姑婆特丽莎·尤利亚(Teresa Urrea, 1873～1906)。特丽莎·尤利亚被人们追奉为“卡博拉的圣徒”“墨西哥的圣女贞德”“圣特丽莎”(Santa de Cabora)[①]。她是墨西哥革命的先驱，宣扬和践行平等、公正和博爱等思想，被人们誉为奇卡诺人的精神和世俗领袖。她还是著名的

---

① 关于圣特丽莎的故事，可以参见：Carey McWilliams. *North from Mexico: The Spanish Speaking People of the United States* (3rd edition). New York: Praeger Publishers Inc., 2016; Robert McKee Irwin. *Bandits, Captives, Heroines, and Saints: Cultural Icons of Mexico's Northwest Borderlands*. Minneapolis, MN: University of Minnesota Press, 2007; Desiree A Martin. *Borderlands Saints: Secular Sanctity in Chicano*. New Brunswick: Rutgers University Press, 2013; Joie Davidow. *Infusions of Healing: A Treasury of Mexican-American Herbal Remedies*. Cambridge, ON: Fireside Books, 1999.

民间医生[①]，在社区中德高望重，为人们消除病痛，提供心理抚慰。尤利亚以此为背景，收集了大量的家族历史资料，将小时候听到的关于家族里某位先人能够“飞翔、通灵”的故事进行了发掘。“我在加州大学圣迭戈分校的奇卡诺研究中心工作时，发现竟然还真有其人！那是在1978年，我在凯瑞·麦克威廉斯的一本书《墨西哥以北：西班牙语裔美国人》中读到了她的故事。如果我不写出来的话，我自己家族的人可能都不知道她了。”作者进而明确表明了自己的写作目的，并讲述了自己收集资料的过程，这些都反映了历史人物的真实存在。“要讲述特丽莎的故事，我必须忠实于雅基人(the Yaqui)的历史……我的责任是反映真实的历史，革命前的历史和家族记忆。”他声称，在写作之前的准备工作阶段，他所收集到的材料可以顶得上好几篇博士论文的信息量，涉及不同的领域。他“发掘被人们忽略的东西，从被尘封的卷宗中找寻线索，将她的故事一点一点地拼接起来。当时关于她的专门材料并不多，我不得不从人们的地下室里、房屋的角落里、缩影胶片和微缩胶卷里面寻找”[②]。尤利亚的这段访谈较为真实地反映了他创作《蜂鸟的女儿》和《美洲女王》这两部作品的过程。他在史料的基础上，尽量“真实”“客观”地再现圣特丽莎的生活经历，其中《蜂鸟的女儿》按照时间顺序，集中描述她的前半生，详尽地记录了她的家族历史，她所接受的教化，她成长为圣徒的历程，以及她被墨西哥政府军队追捕并遭到迫害的过程。小说为历史再现增添了许多人文主义的细节，例如圣特丽莎强烈反对暴力行动，面对意图猥亵她的军官士兵，依旧不忍心听从父亲“杀了他们”的告诫；当她得知政府军企图利用印第安人之手将火车上的一行人杀害时，她极力劝阻双方，避免了血腥杀戮；父亲托马斯起初对她卷入社会运动充满忧虑，但是随后坚定地支持她，并在士兵抓捕她时拼死保护她。

《蜂鸟的女儿》较为完整地构建了圣特丽莎的生活经历。特丽莎·尤利亚出生在墨西哥，是农场主托马斯·尤利亚的私生女。她出生时，母亲卡雅塔娜·查韦斯年仅14岁，被称作“蜂鸟”，是农场上雇农的女儿。特丽

---

① 墨西哥的民间医术是宗教和印第安传统医术的结合，这种文化现象在墨西哥裔美国文学中得到了较多的呈现，例如鲁道夫·阿纳亚的小说《保佑我吧，乌勒蒂玛》、安娜·卡斯蒂略的《如此远离上苍》等。另参见李保杰：《美国墨西哥裔文化中的民间药师及其文学再现》，《山东外语教学》2013年第5期，第88～92页；李保杰：《鲁道夫·阿纳亚和〈保佑我，乌勒蒂玛〉》，《解放军外国语学院学报》2007年第2期，第89～92页。

② Terry Hong. “An Interview with Luis Aberto Urrea”, 2011/12(2016/01), http://www.bookslut.com/features/2011_12_018440.php.

莎·尤利亚出生时便与众不同,前额上有一块三角形的红色胎记,这在墨西哥文化中被认为是“有超乎寻常力量的女性”的标志。她的降生伴随着种种非同寻常的征兆;“那一刻,时间似乎凝滞,停止了前进,特丽莎来到这个世界。她没有啼哭。胡伊拉擦了擦她的脸,她仔细端详着她,她一出生便是如此。胡伊拉最近看到了不少征兆,她从来也没料想竟然会是在这里,这个破旧的窝棚里,和这个贫穷的小女孩‘蜂鸟’扯上关系。可是,这个婴儿的前额上的确有一个红色的三角形印记。红色的印记,胡伊拉心里明白,是上天专门眷顾那些有魔力的人的,她自己就是这样的。”①在特丽莎·尤利亚16岁时,父亲承认了她的身份,将她接到农场居住。在成长中,她得到了社区民间药师胡伊拉的教导,逐渐理解了人类和自然的关系,学会了使用各种草药和接生,并且“开天眼”,获得了倾听自然、感受世界的特殊能力。特丽莎·尤利亚16岁时患了一场大病,濒临死亡,但是却神奇复苏,进而继承了胡伊拉的衣钵,具有了超自然的能力,成为远近闻名的民间药师。她在19岁时被视作瓜达卢佩圣母的化身,在社区中享有精神领袖的地位,被认为是“未来的希望,所有墨西哥人争取解放的火种”②。她主张平等、正义和兄弟之爱,鼓励农民保卫土地,争取权益,被认为参与了反对迪亚兹政权的反政府运动,因此遭到驱逐,并且成为墨西哥政府追捕、暗杀的对象。她为了躲避迫害于1897年移居美国,先是生活在亚利桑那,后来到了加利福尼亚。圣特丽莎不辞辛苦为慕名而来的人们治疗疾病,因为过度劳累患肺结核去世,年仅33岁。她的治愈能力与其说是来自超自然的神奇力量,不如说是一种深入人心的人文关怀。“我们应该说,真正深入人心,最有力量的,是这个女子的道德和心智品行。人们因此将她的品行和灵魂的力量放大了。同时,这些品质令人们将其看作圣徒、天使,而这些道德和心智品行,和她成长中所经历的邪恶和愚昧,形成了鲜明的对比。”③无论是在墨西哥还是在美国,她不辞劳苦为穷人治病疗伤,抚慰他们的心灵,积极鼓励参加他们争取权利的斗争,因而广受墨西哥人和美国拉美裔民众

---

① Luís Alberto Urrea. *Daughter of Hummingbird*. New York: Hachette Book Group, Inc., 2006, p. 48. Epub.

② Luís Alberto Urrea. *Daughter of Hummingbird*. New York: Hachette Book Group, Inc., 2006, p. 497. Epub.

③ Luís Alberto Urrea. *Daughter of Hummingbird*. New York: Hachette Book Group, Inc., 2006, p. 151. Epub.

的拥戴和尊敬。可以说，特丽莎·尤利亚的经历是19、20世纪之交墨西哥近代国家历史的映射，反映出墨西哥革命前后的各种矛盾。因而，尤利亚在书写姑婆特丽莎·尤利亚的故事时，把她的经历和墨西哥的故事融合在一起，追溯了墨西哥人社区中的印欧混血文化、天主教传统和民间医术。

个人经历和国家历史交织，是《蜂鸟的女儿》的重要特征。在每个重要时间节点，小说都提供了宏观的历史背景。例如，在故事开始，特丽莎·尤利亚出生时的背景是这样的：

> 这些人到底是谁呢？每个墨西哥人都有或多或少的印第安血统，就好像卡雅塔娜杯子里的咖啡被冲进了牛奶。在殖民征服以后，他们对自己棕色的面孔心怀不安，用厚厚的脂粉盖住脸上的底色，在皮肤上喷上香水，穿上欧洲的绸缎衣衫，举手投足带着美洲人的行事习惯。即便如此，无论是海狸皮帽子还是蕾丝面纱，这些大城市里衣着讲究的人们也明白，这些东西根本比不上凤尾绿咬鹃华丽的羽毛……在墨西哥城，那座已经沦陷的、曾经被称为特诺奇蒂特兰的伟大城市里，太阳金字塔上的石料被用来铺设街道、建造房屋，人们穿行其中，意气风发，高扬的头颅微微倾斜，仿佛在用心倾听幽灵们发出的谜语般的窃窃私语。他们的语言各不相同，也许有上千种之多——当然，有西班牙语，这个不用说，还有混杂各种歌曲、文法的各种语言。墨西哥——废墟中狂风暴雨的声音；墨西哥——冲击大地的海浪；墨西哥——沙丘雪国之所，沉睡的波波卡特佩特火山中的涓涓溪流；墨西哥——龙舌兰酒的国度，遍布的田野，随处可见的大麻、番茄、鳄梨、龙舌兰。①

这段文字勾勒出墨西哥的被殖民历史和印欧文化混杂的历史，为墨西哥人的文化历史身份建构提供了宏观的图景，凸显出历史小说书写的最终诉求并不仅仅在于追溯某个人物的经历，而在于通过单个人物来展示群体的过往。

小说暴露了墨西哥尖锐的社会矛盾，例如西班牙农场上的严格阶级界限，欧裔白人农场主对下层印欧混血人种的控制，普通农民的极端贫困等社会问题。托马斯·尤利亚路遇伍尔夫老爷的两个工人在挖掘墓地，交谈中得知他们奉命将要活埋一对年轻恋人，这对青年男女的“罪过”是他们的恋情没有经过庄园主的同意。“两个工人恋上了……他们就像动物一样发情交配，

---

① Luís Alberto Urrea. *Daughter of Hummingbird*. New York: Hachette Book Group, Inc., 2006, p. 25. Epub.

这些贱命的东西。不过伍尔夫老爷还是很关心自己的财产的——牛群啦，马群啦，工人啦。到了合适的时间，老爷会挑选最合理的配对，你明白吧。他挑选配种的眼光，从没有走过眼。这俩玩意儿没有经过老爷同意，就私自结婚了。”[①]从这里可以看出，农民并没有被当作人来看待，他们的生命权和生存权掌握在庄园主手里。这个场景虽然令托马斯·尤利亚怒火中烧，但是他本人也将下层人视为财产，当初他几乎是以同样的方式对待特丽莎·尤利亚的母亲卡雅塔娜的，让她在年仅13岁尚不懂男女之情时怀孕，让她陷入周围人们的指责和深深的自我怀疑之中。即便是在向北方向迁移的路上，托马斯也不忘享用农场里的年轻女孩，“享用”之后甚至都不屑于问一下她的名字。

《蜂鸟的女儿》还涉及墨西哥人和美国人之间的冲突，特别是以土地纷争为核心的暴力冲突。小说详细描写了边境地区印第安人和墨西哥人所遭受到的屠戮，读来令人触目惊心。托马斯·尤利亚的农场被来自美国的“白佬”恶意纵火，他们被迫迁移；一家人带领雇农往北方迁移的过程中，一路目睹了各种惨绝人寰的场景，白人为了抢夺土地对印第安人和当地墨西哥人大开杀戒，有时将整个村庄夷为平地，所有村民都被杀死。这些矛盾均指向了不同文化群体之间土地纷争背后的强权政治。当然，既然小说的主人公特丽莎·尤利亚的身份是圣徒，那么印第安传统文化中人与自然的神秘关系、自然神论和天主教信仰相融合的信仰体系也在小说中得到了呈现。小说中因而描写了带有魔幻色彩的情节，例如圣特丽莎的预言以及她在狱中看到的幻象等。这些要素也在不同程度上体现在她的成长和学习过程中，她从自然中学会了倾听，感受到人类生命的悸动，理解了生命和自然之间的联系，特别是人类和其他生命的关联。“胡伊拉教给了特丽莎所有能够传授的秘密之术，教给她如何感受血脉、血液流动的时间、血脉的力量和血脉运行产生的气。教给她如何感受孕育着生命的母亲身上那神奇的力量，她们既倍感无助，同时又充满力量。她教给她秘密的咒语、危险的祈祷词，她们一起跪在林中祈祷，她们天不亮就起床祈祷。胡伊拉用烟火保佑她，给她身上涂抹药油以保护她的身体，让她在沙漠水塘中沐浴，水里长满了绿色的苔藓，银光闪闪的鱼儿游来游去。她给她吃各种奇奇怪怪的

① Luís Alberto Urrea. *Daughter of Hummingbird*. New York: Hachette Book Group, Inc., 2006, p. 240. Epub.

东西，带着她去跟响尾蛇说话。”[1]此外，特丽莎的死而复生带有墨西哥民间信仰的特征，她的重生和胡伊拉的离奇死亡构成一个生命的回环，象征性地完成了民间药师之灵从胡伊拉到特丽莎的物质转换。

《美洲女王》是《蜂鸟的女儿》的延续，讲述圣特丽莎和父亲在美国的生活。相比于前一部小说中的神秘主义色彩和圣迹主题，这部小说更加着力于圣特丽莎的日常生活、家庭关系和个人情感，实现了对圣徒的“去神圣化”描写。移居美国的圣特丽莎从亚利桑那辗转到得克萨斯、加利福尼亚，后来到了纽约，最终又回到亚利桑那，她义务为墨西哥人、中国劳工、白人贫民治病，得到人们的拥戴，追随者数以千计。但是她也是个活生生的年轻女子，情窦初开，涉世未深，在 19 世纪末 20 世纪初巨大的社会历史变革中，对世界充满了好奇。她有着普通年轻女子的诉求，她喜欢漂亮衣服、渴望爱情，甚至置父亲的建议于不顾而奋不顾身地投入爱情中，最终只能接受不幸婚姻的恶果。这两部作品都带有鲜明的美洲文化特征。“蜂鸟”是美洲所特有的物种，灵巧、纤美的鸟儿是美洲文化和美洲女性的象征，而中心意象“蜂鸟的女儿”则突出了女性对于美洲文化的传承。“美洲女王”则明确了女主人公作为圣徒的特殊身份，前景化了土著文化传统中女性在家庭和社会中的核心地位，将其同欧洲文化传统区分开来。

尤利亚的美墨两种身份、穿越在边境线南北的经历，使得他深切感受到了“边界”在自己以及众多墨西哥移民和墨西哥裔美国人生活中的影响，当年父亲回墨西哥为自己筹集学费而身亡的意外事件，更是给他带来了终生的创伤。所以，他的作品，无论是虚构类还是非虚构类，都表现出对“移民”“流散”“寻找”等主题的高度关注。《寻找冰雪》就是以“寻找”为主题的成长小说。主人公麦克·麦克格克 6 岁丧母，在父亲开办的加油站长大。父亲华莱士曾经是出名的拳击手，是典型的硬汉型男人，个性粗犷。在父亲的影响下，麦克向往无拘无束的生活，学会了用拳头解决问题，一年中从学校逃学六次：“五次是他在学校操场上溜达，还有一次是他一拳打在老师鼻子上，被遣返回家，就是因为他在《小学课本》封皮内侧画上了白雪皑皑的山峰，被老师发现，老师想揍他。麦克跟海瑟威老师干仗的事儿，让图尔

---

[1] Luís Alberto Urrea. *Daughter of Hummingbird*. New York: Hachette Book Group, Inc., 2006, p. 368. Epub.

克非常开心，那天晚上他奖励给麦克一杯啤酒，那可是麦克第一次喝酒。”[①]父亲希望按照自己的方式养育儿子，将他培养成为尚武型的男子汉，甚至当儿子安然无恙地从北非战场上回来时，他还有些许的失望，因为他在战场上竟然没有杀死一个“德国佬”。但是麦克却逐渐偏离父亲的期许，对于打打杀杀没有任何兴趣；相反，他情感细腻，沉溺于对母亲的回忆中，深深渴望母亲所代表的柔性力量。他喜欢读书，用汽油跟历史的司机换取书报来阅读，逐渐将兴趣集中在了对于历史的追寻之中。“他的书架上堆满了三叶虫化石和鱼化石，在他的铁锹下，南边那个风化严重的悬崖被挖开，泥土碎石哗啦啦掉落，露出鹦鹉螺化石和四寸长的鲨鱼牙齿。他就睡在石化的海货旁边。在夜里，他有时会想，在这个世界里自己感兴趣的竟然是这些玩意儿，这些死了这么久已经变成石头的东西。”[②]在加油站的一场意外事故中，父亲身亡，麦克为好友波波所救，后来逐渐融入波波的家庭中。小说采用第三人称主要人物的叙述角度，非常细致地描写了主人公麦克的成长，特别是他对于母亲的回忆，母亲代表了他成长中所缺失的女性的细腻关怀。书名中的“寻找冰雪”是和亚利桑那令人眩晕的炎热酷暑相对应的冷静和理性，所以有评论家将麦克视为堂吉诃德似的主人公，他必须走出父亲的影响，平衡不同的力量，才能够获得真正的成长。

尤利亚2009年的小说《去往美丽的北方》继续书写“寻找”主题。小说以19岁的墨西哥女孩纳雅丽·塞万提斯为主要人物，讲述她和伙伴们为了建设墨西哥家园而去往美国说服墨西哥移民返回家园的经历。小说和其他作家描写墨西哥非法移民经历的作品有着一定的相似之处，比如墨西哥人的生存困境，特别是他们被暴力、贫穷困扰的艰难生活。纳雅丽生活的小镇深受黑帮的侵扰，她在艾尔玛姑姑的鼓励下参与到建设家园的行动中。纳雅丽也心怀摆脱贫穷、寻找梦想的希望，尽管外面的世界充满了诱惑。她“又一次梦想着离开镇子，她想要看看这世界上一切的一切，想要看看那灯红酒绿的世界，那里飞机在头顶盘旋，那里高楼大厦的外墙上装着巨大的电视屏幕，就好像他们上个星期在比尔莫瑞主演的日本电影里看到的那样。她想要在城市的绵绵细雨中静观车水马龙，她想要去听听音乐

---

① Luis Alberto Urrea. *In Search of Snow: A Novel*. Tucson: University of Arizona Press, 1999, p. 11. Epub.

② Luis Alberto Urrea. *In Search of Snow: A Novel*. Tucson: University of Arizona Press, 1999, p. 20. Epub.

会，坐着火车旅游，穿上漂亮的衣服，走在白雪覆盖的人行道上，慢慢品味异国的咖啡。”[①]小说承认墨西哥与美国的巨大差距，描写了毗邻的美国为墨西哥人所呈现的希望，但是它同样也强调了建设自己家园的重要意义。与其他此类题材的小说不同的是，这部作品“追求梦想的故事”是以墨西哥移民的回归为特点的。在城市被毒品、暴力困扰之时，艾尔玛决定参选萨纳罗亚的市长，以治理城市、重建家园。纳雅丽和伙伴们知道穿越边界危险重重：“那是离开家的长途旅行，如狼似虎的男人和墨西哥警察、劫匪、各种各样的伤害、交通事故、绑架、皮条客、毒品贩子、疾病、监禁。最要命的，*蒂华纳*！”[②]但是他们依旧接受了神圣的任务。一行四人动身前往美国，寻找萨纳罗亚籍的退役警察或者退伍老兵，说服他们返回家园，补充城市的警力，让已经陷于瘫痪的公共安全机构重新运转起来。他们的首次穿越以失败告终，但是他们心怀理想、绝不气馁，最终依靠“郊狼”带路从地下管道穿越成功，并且克服种种困难找到了联络人。小说的最后，艾尔玛招募到了 27 名愿意返回家园的墨西哥移民，他们决定一起返回家乡建设新的墨西哥。小说中的非法移民大多生活在美国社会的底层和阴暗角落，得不到美国社会的认可，想念家乡但又迫于生计不得不留下。当然，更多的移民虽然境况不佳，但是并不想回到从前的生活中，纳雅丽的父亲就是其中的一位。纳雅丽从加利福尼亚的圣迭戈入境，一路往东，穿过亚利桑那、得克萨斯、肯塔基，最终来到了伊利诺，她虽然最终找到了父亲皮普·塞万提斯的住处，但是发现父亲已经重新组建了家庭，因而没有去打扰他们，而是独自落寞地返回。这部作品遵照了移民的“反向迁移”轨迹，没有讲述他们追寻美国梦的经历，而是讲述他们返回墨西哥、建设家园的美好理想。

尤利亚的另外一类作品属于非虚构类的纪实文学作品，2004 年的《魔鬼公路：真实的故事》就是其中的一个代表。这部作品基于作者本人从事社会救助工作的经历，采用的新新闻主义的手法，讲述墨西哥非法移民在沙漠中穿越边界、到美国寻找生计的故事。尤利亚曾经在圣迭戈和蒂华纳从事社会救助，其间他接触到了大量和非法移民相关的材料，包括采访记录，边防警察记录，美国和墨西哥两国警方的记录，司法部的文献、法律文

---

① Luis Alberto Urrea. *Into the Beautiful North*. New York: Little, Brown and Company, 2009, p. 22. Epub.

② Luis Alberto Urrea. *Into the Beautiful North*. New York: Little, Brown and Company, 2009, p. 88. Epub.

书、法庭证词、信件等。他深切同情那些为了躲避中美洲的贫穷和暴乱而冒着生命危险徒步穿越的人们，所以决定将他们的故事写出来，昭告世人。“魔鬼公路”并不是真正的公路，而是美国和墨西哥边境的索诺拉沙漠的一个狭长地区，这里是半荒漠地区，气候炎热干旱，只有仙人掌类植物能够存活。正是因为自然条件恶劣、边境线长，美国部署在此的边境巡警警力相对不足，而这成为非法移民的一个首选线路。在荒漠中穿行必须要有人带路，否则很容易丧命。这里已经形成了一个利益链，被称为“郊狼”的人口贩子建立起补给点，向每一位非法移民收取 2 万～3 万美元的费用。每年都有难以计数的移民冒险穿越，但是，一旦遇到险情或者被边境巡警发现，“郊狼”往往会逃之夭夭，所以每年都会有数百甚至上千的移民被遗弃在荒漠中，遇险或者死亡事件时有发生。尤利亚的这本书就讲述了这些移民的故事，以真实的经历展现穿越的艰难，通过个性化人物的塑造，呈现他们的内心情感，让读者对非法移民的无奈和伤痛产生共鸣。这部作品获得了 2005 年普利策奖的提名，成为非法移民相关主题的一部代表性作品。

尤利亚的历史题材作品代表了当今墨西哥裔生命书写的一种范式。他对于姑婆历史的书写，以及对于沙漠中非法穿越的移民故事的再现，强化了“真实”与“虚构”协商的张力，更加偏重于作品的非虚构性，这同莫拉利斯的历史小说有着明显的不同特点，可谓新型的历史书写。奇卡诺文学在经历了 20 世纪 60 年代的奇卡诺运动和奇卡诺文学运动以及 80 年代女性文学的迅速崛起之后，20 世纪末和 21 世纪初在彰显族裔性方面处于相对低迷状态。然而，历史小说家所践行的这种立场超越了狭隘的种族自我，在更加广阔的背景下书写墨西哥裔美国人被边缘化、被遗忘的历史，或许，在政治运动尘埃落定、文化适应与种族协商成为主流之后，这种书写策略不失为一个明智的选择。

第四章　波多黎各裔美国文学

波多黎各裔是西语裔和拉美裔中的第二大群体，也是历史时长仅次于墨西哥裔的第二大群体。据统计，2000 年，美国本土的波多黎各人达 340 万，这个数字和波多黎各岛上的人口总数——380 万相差无几。2012 年，美国本土的波多黎各人一度达到 380 万，达到了峰值。但是 2012 年以后，这个数字不断减少，到 2018 年减少到了 319.3 万；2019 年略有回升，为 319.4 万。影响人口流动的较重要因素有波多黎各岛上的经济状况和美国本土对少数族裔群体的政策。除此之外，波多黎各人的特殊身份也发挥着作用：在美国的波多黎各人并不属于移民，从统计学上看属于"美国人"；然而他们名义上是美国公民，有选举权和被选举权，但是因为没有州选举人配额，这种选举权和被选举权就是"空头支票"。这就造就了波多黎各裔美国人充满矛盾的身份特征。身为"美国公民"，他们却没有真正的公民权，无法真正享受到美国公民的选举权，并且美国国会中没有波多黎各参议员，只设有一名"常驻代表"，所以波多黎各人和波多黎各裔美国人难以在重要决策中发出声音、表达诉求。波多黎各虽然名义上是自治，但由于自治没有资金的支持，波多黎各人只能在困境中独自挣扎，无法享有和美国公民同等的受教育权和社会保障。卢迪斯·托雷斯(Lourdes Torres)在谈及美国西语裔和拉美裔研究中的问题时指出，目前的"大多数研究着眼于墨西哥裔西班牙语裔群体，其他亚文化群体的情况往往是在此基础上进行的一般性推论。因此，在亚文化群体之间比较视野的基础上开展拉美裔其他群体的研究是当务之急，因为尽管拉美裔群体具有不少的共性，但是各个亚文化族群的经历各不相同"①。

---

① Lourdes Torres. *Puerto Rican Discourse: A Sociolinguistic Study of a New York Suburb*. New York: Routledge, 2010, p. xii.

第一节 波多黎各裔文学概述

波多黎各自治邦(英语:The Commonwealth of Puerto Rico,西班牙语:Estado Libre Asociado de Puerto Rico)在地缘上属于中美洲地区,位于加勒比海的大安的列斯群岛东部,包括波多黎各岛及别克斯、库莱夫拉等小岛,总面积13790平方千米,人口380万,其中拉丁裔人口占近80%。波多黎各北临大西洋,南濒加勒比海,东面与美属维尔京群岛、英属群岛隔水相望,西边隔莫纳海峡同多米尼加共和国为邻。波多黎各在行政上附属于美国,是美国在中美洲的殖民地,其国防、外交与关税等核心机构由美国掌控。在1898年的美西战争中,美国和西班牙争夺古巴、菲律宾和波多黎各的控制权,战争以美国获胜而结束,美国取得了对波多黎各的控制权。但是波多黎各与美国本土距离遥远,中间隔着古巴岛和海地岛,与美国本土最南端迈阿密的直线距离也有近1700千米。

一、波多黎各裔美国人简况

波多黎各的历史见证了殖民征服和种族冲突,波多黎各民族的形成亦是多次血统混杂的结果,在此过程中,“暴力”和“霸权”主导了波多黎各人的生活。波多黎各原为印第安人泰诺部落居住地,“地理大发现”以后在1509年沦为西班牙殖民地。泰诺人首领阿圭巴纳一世领导土著人对西班牙殖民者的军事入侵进行了抵抗,但是以失败告终,1510年,阿圭巴纳一世被杀。之后,他的弟弟阿圭巴纳二世在1511年继续领导泰诺人反抗西班牙殖民者的军事占领,但再次遭遇失败。到16世纪中叶,由于多年的军事冲突和大规模流行疾病的蔓延,泰诺人已经损失了十之八九。为了补充人口,西班牙殖民者从非洲贩运黑奴,在甘蔗种植园劳动,因此波多黎各的人口构成较为复杂,有印欧混血人种、黑白混血人种和土著与黑人的混血人种。

波多黎各反抗殖民统治、争取独立和民主的斗争一直没有停止。在1869年,波多黎各共和国宣布成立,虽然之后遭到西班牙殖民政府的镇压,但是西班牙王室迫于当时的历史形势,也开始赋予波多黎各一定的地方自治权力。1898年美国占领波多黎各以后,波多黎各人可以自由地来往于美国大陆和岛国波多黎各之间,但是波多黎各人陷入了两难的境地,其受压迫和奴役的处境并没有得到改变。波多黎各人在美国无所归属，他们没有技能，难以得到工作机会，但波多黎各经济萎靡，所以他们在岛国同样生活困顿。波多黎各人讲西班牙语，却在身份上不属于"拉美人"，因此在美国的社会决策中既不属于英语主流群体，也不属于少数族裔。1917 年，美国国会才通过了《琼斯—莎孚洛斯法案》(Jones-Shafroth Act)，赋予波多黎各人公民权，并准许波多黎各实行自治，但同时也规定总督必须由美国联邦政府派遣，且无需经过波多黎各议会确认。这项法令赋予波多黎各人美国公民身份，但从本质上讲，这又是自相矛盾的规定，波多黎各人的公民权和司法权都是如此。波多黎各的司法权和立法权分开，建立起两院制的立法机构，上院和下院分别有 19 名和 39 名议员。这种政体在形式上与美国保持一致，但并没有真正的自治权，因为美国国会可以废除波多黎各议会的决议。波多黎各人并没有被美国联邦政府的这种伎俩迷惑，自 20 世纪 30 年代起，他们一直在为独立而斗争。因为当时社会财富高度集中在以美国金融寡头为代表的大财阀手中，全国 55%的耕地被美国公司掌控[①]，普通劳动人民的生活非常艰难。1933 年，波多黎各社会党领袖佩德罗·阿尔维苏·坎波斯(Pedro Albizu Campos)领导了反对波多黎各铁路和电力公司的罢工，反对金融寡头对岛国能源系统的垄断。后来，他又代表甘蔗收割工人出庭，起诉制糖业对工人的剥削。1935 年，警察在波多黎各大学镇压学生运动，当时的警察总长是美国人弗朗西斯·里格斯，曾经在美国部队服役。警察枪杀了社会党成员，国家机器和工人、农民等劳动者之间的矛盾已经非常尖锐。阿尔维苏带领社会党退出了选举，声称必须结束美国对波多黎各的殖民统治，否则所谓的选举和民主都不过是欺骗；他还谋划领导暴力起义，反抗美国对波多黎各的统治。但是这些努力均遭到警方破坏，阿尔维苏被逮捕。1937 年，社会党在庞塞发动声援阿尔维苏的和平游行，遭到警方的镇压，19 位平民被打死，200 多人受伤，这一事件就是"庞塞屠杀"(Ponce Massacre)。从对这些重要历史事件的简要回顾中可以看出，美国对波多黎各的操控与美国输出民主时的宏大官方叙事相差甚远，由此也可以理解为何波多黎各裔文学书写中充斥着浓重的政治诉求。

波多黎各和美国的关系，决定着波多黎各裔文学话语的基本取向。

---

① 参见[波]何塞·路易斯·比瓦斯：《波多黎各史》，张恺、马国和译，天津：天津人民出版社，1980 年，第 295 页。

《琼斯—莎孚洛斯法案》还规定，美国指派的波多黎各总督和美国总统有权力否决波多黎各立法机构通过的任何法律。就是说，波多黎各人所有的“民主权利”都是虚空，波多黎各人难以享受真正的权利，近年来波多黎各的经济萧条和政治动荡即是证明。2019 年 7 月，在短短的一个月内，美国政府接连委任了三任总督，也难以从根本上解决波多黎各岛内经济衰退、政治腐败和治安混乱的种种问题。1947 年美国国会最终允许波多黎各人选举产生总督，路易斯·穆尼奥斯·马林(Luis Muñoz Murín)当选为第一位民选总督。即便如此，民选总督的产生并不意味着波多黎各的各种问题可以就此解决，波多黎各在重大事件的决策方面依旧受制于美国。另外，美国在财政、经济事务上保留控制权，对邮政、移民、防卫和其他重要政府事务行使权力①，这种政治霸权决定了波多黎各人在争取权利的过程中困难重重，岛内在关系民生的重大问题的处理上依旧服从于美国利益。

综上可见，波多黎各的地位相当尴尬，它既不是美国的建制州，也不是主权国家，在国际事务中的官方身份是“地区”，而非“国家”。波多黎各可以通过民选产生政府和总督，但波多黎各人的公民权和美国公民权是存在差别的，波多黎各人没有选举人票，无法参加总统选举。这样的问题在波多黎各人移居美国本土后可以得到部分解决，但是对于普通民众而言，参加总统选举不如得到工作机会更加实在。波多黎各人在 1917 年以后就可以服兵役，并且在第二次世界大战中做出了巨大的贡献，成为美国军队中继墨西哥之后第二大拉美裔群体。相比于波多黎各军人在战场上的牺牲，波多黎各人在美国本土获得的认同是微不足道的，另外，由于美国联邦政府自殖民地时期以来就沿袭的“无代表不纳税”(No Taxation Without Representation)思维，在美国本土的波多黎各人难以得到与付出相对应的回报。这些现实的问题和矛盾造就了这样一种情况：美国在既得利益方面不会为波多黎各人做出让步，纽约的波多黎各人自嘲为“纽约黎各人”(Nuyoricans)，他们大多数人生活贫困，青少年犯罪率高，基本属于“二等公民”。即便是在知识界，这种问题依旧存在，正如卡门·惠伦所言：“很多波多黎各研究的同仁遇到了各种体制性的歧视，使得我们承担不相称的高负

---

① Jones Act. “The world of 1898: The American-Spanish War”, http://www.loc.gov/rr/hispanic/1898/jonesact.html。

荷工作量,并且在贬损我们的学识和学术贡献。”[①]20世纪80年代之前,波多黎各人大部分集中在纽约、新泽西和伊利诺三个州,现在则遍布美国各地,以上三个州和加利福尼亚成为最为集中的波多黎各人口聚集地。[②]

在美国本土的波多黎各人主要集中在重工业、服务业等劳动密集型行业,是廉价劳动力的重要组成部分。当然,相比于非法越境的中南美洲移民,波多黎各人拥有更大的选择余地,但是作为美国公民,他们在技能型行业仍然只占较低比例,难以与白人竞争。根据对布兰特伍德社区的调查,“四分之一的拉美裔家庭可以算得上是中产阶级,但是四分之三的属于劳动阶级或者生活在联邦政府所规定的贫困线以下”[③]。相比于之前几次移民潮中移民从岛内往美国本土的单向流动,现在波多黎各人在美国本土和波多黎各岛之间的双向流动较为频繁。岛内的免税政策给美国企业带来了巨大优惠,导致美国本土企业在波多黎各疯狂扩张。[④] 工业化给波多黎各经济带来了致命性破坏,作为波多黎各传统经济支柱的农业几乎遭到灭顶之灾,原来的经济结构被摧毁。这些都给岛上的波多黎各人带来了巨大的影响,他们在经济上严重依赖美国企业,经济衰退促使更多的人到美国本土寻找机会,青壮年劳动力流失严重。

波多黎各裔美国人或者拉美裔美国人研究,基本把重点放在了美国本土的波多黎各人上面,例如《波多黎各人的流散:历史视角》(*Puerto Rican Diaspora: Historical Perspective*, 2005)和《波多黎各市民:20世纪纽约市波多黎各人的历史和政治身份》(*Puerto Rican Citizen: History and Political Identity in Twentieth-century New York City*, 2014)等。学术界对于波多黎各岛上人们的传统观念、经济状况等的研究明显不足,代表性的著作有《被雇佣者的身份:波多黎各的文化政治》(*Sponsored Identities: Cultural Politics in Puerto Rico*, 1997),主要研究美国占领波多黎各一百年来对波多黎各文化造成的影响,以及当今波多黎各文化的现状。2015年波多黎各总督亚历杭德罗·加西亚·帕迪利亚表示,这个美国

---

① Carmen Whalen and Victor Vasquez. *Puerto Rican Diaspora: Historical Perspective*. Philadelphia, PA: Temple University Press, 2005, p. x.

② 参见第一章第一节。

③ Lourdes Torres. *Puerto Rican Discourse: A Sociolinguistic Study of a New York Suburb*. New York: Routledge, 2010, p. 2.

④ Arlene Davila. *Sponsored Identities: Cultural Politics in Puerto Rico*. Philadelphia, PA: Temple University Press, 1997, pp. xii-xiii.

在海外的自治领地政府无力偿还高达720亿美元的公债，但是白宫发言人厄内斯特否定了美国联邦当局出手提供财务纾困方案的可能，将敦促国会修改法案，允许波多黎各宣布破产。[①] 可见，美国联邦政府在关系到经济利益时，不会轻易对波多黎各让步，更不可能对波多黎各的民生进行经济投入。多年来，虽然波多黎各岛内有呼声要对波多黎各进行建制、改为美国的第51个州，或者扩大自治权，但是并没有任何实质性的进展，因为从根本上说，双方都难以找到一种两全的解决方案。对美国而言，波多黎各的战略意义是最重要的，保持现状是最好的选择。针对波多黎各岛内部分人主张建州，以及为了推动该计划进程而进行双语教育，黛薇拉通过实地调查指出："这个政党逐渐意识到，美国持有毫无让步的反对态度，不想把文化和语言上完全不同的地方作为一个州并入美国，这也说明了正是在文化政策和计划方面，身份选择权和定位会继续成为岛上争论的话题。"[②]美国国会所谓的波多黎各人免于向联邦政府缴税有着实际利益的考量，因为波多黎各多年来处于附属地位，经济困顿，即便交税，对于世界头号经济大国来说，也无异于九牛一毛，而如此一来，美国从道义上需要对波多黎各的投入进行回应，那种投入则是巨大的，是美国相当一部分纳税人所不愿意接受的，华尔街的精英阶层更是不愿意进行这种交易。对于波多黎各人来说，保证国计民生是第一位的，如果不寻求变革，那么波多黎各人将永远处于第三世界。这就是矛盾的根本所在，是殖民体系带来的直接恶果。麦克卡弗雷对驻扎在波多黎各的美军与当地居民之间的冲突的研究，揭示了这种殖民与被殖民关系的实质："海军坚持认为，维埃克斯岛[③]的驻军在海军训练和国防方面发挥了重要作用。而维埃克斯岛的平民则认为，海军对该地的控制和实弹演习导致了严重的生态灾难，大大提高了居民罹患癌症的比例并导致其他各种健康问题，以及难以扭转的社会和经济危机。"[④]综合以上可以看出，波多黎各裔美国人的相关问题可以归结为双重身份和经济困顿两个方面。无论是岛内还是美国本土的波多黎各人，双重身份带来的

---

① 《波多黎各总督称"无力偿还720亿美元欠债"》，中新网，2015年6月30日，http://www.chinanews.com/gj/2015/06-30/7374575.shtml.

② Arlene Davila. *Sponsored Identities: Cultural Politics in Puerto Rico*. Philadelphia, PA: Temple University Press, 1997, p. xiii.

③ 波多黎各第二大岛，岛上有美军的海军基地，有大量的驻军。

④ Katherine T McCaffrey. *Military Power and Popular Protest: The U. S. Navy in Vieques, Puerto Rico*. New Brunswick, NJ: Rutgers University Press, 2002.

不是双重机会，而是陷于两种身份缝隙之间的两难选择；政治上的附庸地位导致了经济上的附属，以及相关的被边缘化的处境。

波多黎各人移民美国本土的热潮在第二次世界大战之后拉开序幕，部分原因是美国企业在波多黎各投资导致城市化加速，人们不得不到城市中寻找谋生机会。波多黎各移民最初的聚居地是迈阿密和纽约，如今大多(80%以上)聚居在南佛罗里达和纽约，特别是哈莱姆、布鲁克林等地。20世纪80年代初，他们才开始向新泽西等美国其他地区迁移。波多黎各人到美国大陆的移民不会受到限制，但是这并不一定能真正解决他们的问题，反而有可能使情况更加糟糕。波多黎各学者的观点能够提供一种"局内人"的视角，帮助理解波多黎各的移民问题：

> 即便波多黎各人迁移到美国大陆，并没有解决他们在岛上所备受困扰的地位问题。他们是拉美人，但是又是美国公民，这种现实根本改变了波多黎各岛和美国大陆之间的人口流动机制，令他们不同于来自其他拉美国家的移民。例如，波多黎各人如果想要在美国打工，他们无需经过烦琐的"国际"移民手续，也无需签证，因为波多黎各是美国"领土"。然而，即便波多黎各人具有美国公民身份，他们在美国本土依然继续面临殖民体系的压制，这种机制根本没有把他们当成人来看待，他们在教育、住房、地方管理等方面遭受机构性种族歧视，处处体现出被殖民关系，这样的例子不胜枚举。[①]

美国白人对于有色人种的歧视和戒备由来已久，他们对于血统纯正的迷恋和对于土地财富的觊觎，向来以国家意志的形式加以实施，奴隶制、吉姆·克劳法、印第安人迁移法、道威法案、排华法案等便是例证；当然，如果外来移民是来自英国、荷兰或者斯堪的纳维亚半岛的白人中产阶级，他们或许不会如此警觉。对于波多黎各人，美国主流社会怀有同样的情感。在美国白人眼里，来自拉丁美洲的移民并不受欢迎，他们认为"这些人不仅贫穷而且没有文化，拖家带口，这些棕色人种和他们完全不同"[②]。加上媒体的渲染，美国人的危机感已经相当严重，他们感觉如果再不采取措施限制

---

① Roberta Hurtado. *Decolonial Puerto Rican Women's Writings: Subversion in the Flesh*. New York: Palgrave Macmillian, 2019, p. xiii. Epub.

② Lourdes Torres. *Puerto Rican Discourse: A Sociolinguistic Study of a New York Suburb*. New York: Routledge, 2010, p. 22.

外来移民，不久以后，美国的（欧洲裔）白人就会变成“少数民族”，而拉丁人、黑人和亚洲人将会取代他们来控制这个国家。这种差异性和多元化是高调宣扬“民主”和“宽容”的主流声音所不愿意看到的，也是塞缪尔·亨廷顿等民粹主义者所极力宣扬的美国国民精神之大敌。这在布尔斯廷所宣扬的“语言统一”中也得到了证实：“美国语言的一致性，既具有地理性（没有地区方言的障碍），又具有社会性（没有社会等级和阶级造成的障碍）。这两方面的一致性，对国民生活产生了非常广泛的影响，它们既是人民致力于国家统一的表现，也是促成国家统一的原因……”[①]中国学者也研究了美国主流文化对波多黎各美国化进程的影响，但是得到了不同的结论：“对波多黎各宣扬美国文化是20世纪初美国化运动的主要目的，文化作为对外宣传的有力武器强化了美国对波多黎各的管控，揭示了美国赤裸裸的殖民本质。英语教育作为语言输入手段较好地掩盖了美国殖民波多黎各的企图。”[②]美国主流群体对于外来人口的这种复杂心情在波多黎各人这里得到了更加充分的体现，毕竟，波多黎各人是唯一可以自由进入美国的第三世界公民。

当今波多黎各人在美国本土的问题相当突出。20世纪90年代开始，墨西哥裔和波多黎各裔面临着众多的社会问题，例如街头帮派、贩毒吸毒、高失业率、高辍学率。大约四分之一的拉美裔人口年收入低于贫困线（1万美元）。[③] 波多黎各人自动获取“公民权”，但这种权利对于相当一部分人来说是没有现实意义的。这种双重身份和双重境地在波多黎各（裔）美国文学中得到了充分的体现。

二、波多黎各裔文学传统与纽约黎各运动

1898年以后，波多黎各人获得了美国公民身份，但是这更加突显了他们身份中的矛盾性，上面所提及的社会历史要素，在文学作品中得到了不同程度的反映。波多黎各文学也成为美国少数族裔文学的一个分支，在书

---

① [美]丹尼尔·J.布尔斯廷：《美国人：殖民地历程》，时殷弘等译，上海：上海译文出版社，2012年，第284页。

② 师嘉林：《20世纪初期波多黎各反美国化殖民初探》，《拉丁美洲研究》2016年第1期，第141页。

③ Lourdes Torres. *Puerto Rican Discourse: A Sociolinguistic Study of a New York Suburb*. New York: Routledge, 2010, p. 22.

写中高度呈现了双重身份以及与波多黎各殖民地地位相关的政治表达。

波多黎各文学的早期传统可以追溯到19世纪中期，最早得到世界公认的作家是被誉为“波多黎各之父”(El Padre de la Patria)的雷蒙·埃梅特里奥·贝坦塞斯(Ramón Emeterio Betances y Alacán，1827～1898)。贝坦塞斯早年留学于法国，学习医学，参加了旅欧拉美人的政治团体“拉美联合社团”(the Society of Latin American Unity)，他广泛支持拉丁美洲各国反对殖民统治的斗争，是不折不扣的爱国者，是“拉丁美洲流亡者社会和政治团体中的积极分子。他们积极讨论拉丁美洲各国的政治问题，从古巴革命到美国帝国主义对地区越来越大的威胁”[①]。贝坦塞斯领导了波多黎各的独立运动，积极反对奴隶制，并采取切实行动、努力改进波多黎各民众的卫生条件。他在独立运动期间撰写了大量的宣传材料和演讲稿，鼓舞波多黎各民众的斗争精神。其中一篇的题目是《你终将获得自由》，文中写道：“我们不要分裂，我们想要西班牙王室的和解与合作，但是为了公平起见，我们必须要澄清诉求，这些要求并不过分：废除奴隶制/废除所有赋税/信仰自由/言论自由/出版自由/交易自由/自由集会/武装自由/市民选举政府的权力不容侵犯/这些/就是自由人的/十诫。”[②]如果没有贝坦塞斯及其同仁的努力，波多黎各的独立和进步尚需时日。贝坦塞斯在国家独立中的功绩不容忽视，正如传记作者所说：“波多黎各年轻人应该记住，不是西班牙殖民者把我们变成了波多黎各人，西班牙根本不想把自由给予那些出生在波多黎各的西班牙人、印第安人和非洲人的后裔。我们成为波多黎各人是因为独立革命，不同肤色的波多黎各人以及来自世界其他国家的友好人士，在雷蒙·埃梅特里奥·贝坦塞斯医生的领导下，喊出了‘打倒西班牙殖民者！’的口号……1868年9月23日波多黎各共和国宣布成立。这一天才应该是值得所有波多黎各人庆祝的波多黎各独立日。”[③]但是因为美国霸权的在场，波多黎各的自由之路更是充满艰辛。贝坦塞斯早就对美国充满了戒备之心，多年来高度怀疑美国政府支持反对派的目的，告诫人们要警惕美

---

① Kahlil Chaar-Pérez. “A Revolution of Love: Ramón Emeterio Betances, Anténor Firmin, and Affective Communities in the Caribbean”, *The Global South*, 2013, 7(2), p. 12.

② Ilan Stavans. *The Norton Anthology of Latino Literature*. New York: W. W. Norton & Company, Inc., 2011, p. 231.

③ Armando Pacheco Matos. *Biography of Dr. Ramon Emeterio Betances Alacan: Father of the Puerto Rican Motherland*. Charleston: Createspace Independent Publishing Platform, 2012.

国的政治阴谋，认为其目的就是干涉拉丁美洲各国的政治继而控制他们。①美西战争以及随后美国占领波多黎各，让贝坦塞斯多年来的担心变成了现实，不久他即病逝于法国。贝坦塞斯的这些文本都是用西班牙语写成，严格来讲并不在本研究范围之内，但是在此依然有必要稍做回顾，因为如果无视波多黎各人一个多世纪以来争取独立过程中的艰难曲折，就无法理解波多黎各裔美国文学中对于"双重身份"的纠结。

在20世纪波多黎各文学以及波多黎各裔美国文学中，最早的英语作家是亚瑟·阿尔方索·斯库姆伯格(Arturo Alfonso Schomburg, 1874～1938)。斯库姆伯格是波多黎各历史学家、作家、社会活动家，他的父亲是居住在波多黎各的德国商人，母亲是波多黎各自由黑人。斯库姆伯格出生在波多黎各，17岁时移民到美国，居住在纽约市的哈莱姆区。他早年间加入了古巴和波多黎各的独立运动，加入了波多黎各人的社团。1898年美国占领波多黎各以后，他的政治主张遭遇极大的挫折，他转而致力于文化传统的发掘工作，尤其是波多黎各文化中的土著成分和非裔要素，加强与非裔美国人社区的联系，参加了20世纪20～30年代的哈莱姆文艺复兴运动。他回忆道："在波多黎各时，一位学校的老师声称，波多黎各的黑人没有历史，也没有英雄。"②这激发了斯库姆伯格的愤慨，他由此开始了一生的追求：去发掘波多黎各黑人的历史，证明黑人对于波多黎各的贡献。他在20世纪初，利用自己微薄的收入收集与黑人文化遗产相关的各类文化证据，包括文学作品、艺术作品、奴隶叙事和其他形式的黑人历史材料，成立了"斯库姆伯格黑人文化研究中心"(Schomburg Center for Research in Black Culture, 1911)，该博物馆后来成为纽约公共图书馆哈莱姆分馆。他收集的早期黑人文化历史的资料在非裔文化运动中发挥了积极的作用，对于鼓舞美国黑人的文化自豪感与提高他们的民族自尊心都至关重要。斯库姆伯格对波多黎各社区最大的贡献在于他对波多黎各文化中黑人文化的认同，他强调"非裔拉丁人"的文化根源在于非洲文化和拉丁美洲文化传统的协商，试图通过艺术体现这两种身份之间的和谐。他"亲身证明，并且充分展示了当今被称作'非裔拉丁人'的主体性，就是说，一个人同时具有非洲

---

① Kahlil Chaar-Pérez. "A Revolution of Love: Ramón Emeterio Betances, Anténor Firmin, and Affective Communities in the Caribbean", *The Global South*, 2013, 7(2), p. 13.

② Ilan Stavans. *The Norton Anthology of Latino Literature*. New York: W. W. Norton & Company, Inc., 2011, p. 371.

和美洲西班牙文化传统”[1]。

斯库姆伯格的作品并不多，最具代表性的两篇文章分别是《胡安·拉蒂诺》(Juan Latino，1913)和《发掘黑人的历史》(The Negro Digs Up His Past，1925)，都是针对他毕生从事的文化事业而撰写的。在后一篇文章中，他特别强调了发掘黑人历史对于未来的意义：“为了黑人的未来，黑人必须要了解自己的过去……对黑人来说，集体传统能够为黑人所遭受的迫害提供补偿，为他们受到的歧视提供种族自豪感，历史可以把奴隶制从黑人那里掠夺走的东西偿还回来，因为现在的黑人正在修补和弥补奴隶制给黑人社会造成的破坏。”[2]当前，斯库姆伯格虽然不是文学研究中的核心关注点，但是他提出的历史观却是构建非裔拉丁人以及美国非裔群体文化身份的重要基础，他的贡献深深影响了当时哈莱姆黑人主张文化权利的运动。当前涉及斯库姆伯格的研究主要在斯库姆伯格传记的撰写方面，例如1989年斯奈特(Elinor Des Verney Sinnette)撰写出版的《亚瑟·阿尔方索·斯库姆伯格：美国藏书家和收藏家》(*Arthur Alfonso Schomburg: Black Bibliophile & Collector*)以及2017年凡妮莎·瓦尔德斯(Vanessa K. Valdés)撰写的《流散的黑人性：亚瑟·阿尔方索·斯库姆伯格的生平和时代》(*Diasporic Blackness: The Life and Times of Arturo Alfonso Schomburg*)。相比于第一部传记，后面一部传记更加强调历史事件，着重于斯库姆伯格的黑人性。

另外一位波多黎各裔作家是著名意象派诗人、美国现代诗歌的代表人物威廉·卡洛斯·威廉斯(William Carlos Williams，1883～1963)。他可能是当今唯一一位进入美国主流文学、成为“经典作家”的波多黎各裔作家。威廉斯成就卓著，然而鲜有学者注意到他的波多黎各裔身份。的确，由于历史和社会等原因，他的这种身份在很大程度上被忽略了。大多数关于威廉斯的生平介绍会提及他出生在新泽西这一信息，但是较少涉及他的波多黎各裔背景，而是强调其欧洲文化背景，其中不可忽视的一个原因依然在于拉美文化长期以来受到的贬抑。而事实上，如果对在美国本土的波多黎各人的情况有所了解的话，不难发现端倪进而对威廉斯的族裔身份有

---

① Vanessa Kimberly Valdés. *Diasporic Blackness: The Life and Times of Arturo Alfonso Schomburg*. Albany, NY: State University of New York Press, 2017, p. 1.

② Ilan Stavans. *The Norton Anthology of Latino Literature*. New York: W. W. Norton & lornpany, Inc, 2011, p. 372.

所了解。在20世纪20年代中期以前，80％以上的波多黎各人居住在纽约和新泽西，这种情况直到二战结束之后才发生改变。另外，威廉斯的中间名“卡洛斯”是个较为典型的西班牙语名字。威廉斯的祖母是英国人，她和儿子(威廉斯的父亲)一起来到新大陆，定居在波多黎各。威廉斯的母亲是波多黎各人，具有法国和荷兰犹太人血统，所以大多数关于威廉斯的介绍都会强调欧洲文化背景对他的影响。诗人胡里奥·马尔赞(Julio Marzan)在《威廉·卡洛斯·威廉斯的西班牙裔美洲文化背景》(*The Spanish American Roots of William Carlos Williams*, 1994)中专门研究了西班牙文化背景对威廉斯的影响。在对威廉斯的诗歌进行了全面而细致的分析之后，马尔赞认为威廉斯诗歌中的双重性和矛盾性是他北美身份和拉美身份的两个不同侧面，而他的诗歌也在很大程度上反映出拉丁美洲和西班牙文化传统的双重印记，特别是西班牙巴洛克诗人贡古拉(Luis de Góngora, 1561～1627)对他的影响。因此，在诗人彰显的白人视角之下，是他的“隐性拉丁身份”[①]。

近年来，威廉斯的西班牙语背景开始得到越来越多的关注。例如，在2011年，乔纳森·科恩(Jonathan Cohen)编辑了威廉斯在1916～1959年翻译的西班牙语诗歌，出版了双语的诗集《口口相传：来自西班牙语的诗歌》(*By Word of Mouth: Poems from the Spanish, 1916-1959*, 2011)。马尔赞专门撰写了序言，再次强调了西班牙语背景对威廉斯的影响。在威廉斯的《自传》(*Autobiography*, 1951)中，他使用“Pop”来称呼父亲，这是西班牙裔文化传统的一个反映。进而，他说道：“在我的成长过程中，西班牙语和法语是我听到的最多的语言。我出生时，母亲会说的英语非常有限，老爸的西班牙语讲得比西班牙人还好。不过老爸也讲英语……”[②]在《美洲性格》(*In the American Grain*, 1925)[③]中，威廉斯写道：“历史，历史！我们这些傻瓜。我们知道什么？我们又在乎什么？我们的历史开始于谋杀和

① Julio Marzán. *The Spanish American Roots of William Carlos Williams*. Boston, TX: University of Texas Press, 1994, pp. 2-5.

② William Carlos Williams. *The Autobiography of William Carlos Williams*. New York: New Direction Books, 1967, p. 14.

③ 另译为《美国性格》，但是本研究认为，威廉斯的视角不局限于美国，特别是考虑到他的波多黎各来源和西班牙文化背景，因此在这里译为《美洲性格》。

奴役，而不是发现。”[1]这些都在不同程度上证明了波多黎各文化背景对威廉斯的影响，证明了将他包括在本研究中的必要性。

20世纪上半期，波多黎各裔作家中最开始得到非拉美裔和非波多黎各裔群体关注的要数博纳多·维嘉（Bernardo Vega，1885～1965）。维嘉生活的时代和威廉斯相当，但是他们却有着完全不同的经历。维嘉出生于雪茄工人家庭，属于下层劳动人民。不过，古巴、波多黎各的雪茄工厂里有个悠久的传统，即“朗诵者”传统，这为雪茄工人提供了接受文化教育的良好契机。传统雪茄生产主要通过手工，属于劳动高度密集的产业，工人不断重复同样的动作，注意力高度集中，生产过程枯燥机械。从19世纪60年代起，厄尔尼诺·费加罗雪茄厂为了缓解工人的压力，雇用专人为工人朗读图书、报纸，这些人被称为“朗读者”，之后这种做法几乎为所有的古巴雪茄工厂所广泛采用，同样在其他国家的雪茄工厂传播开来。朗读者为雪茄工人朗读报纸、文学作品，对于雪茄工人的文化启蒙发挥了重要的作用。在拉丁美洲解放时期，朗读者也为革命宣传和政治动员发挥了积极作用。维嘉就是在这样的环境下成长起来的，他的下层劳动阶级背景和启蒙思想的结合使他成为社会变革的积极参与者。他参加了波多黎各的社会工人运动，为争取工人的权利积极宣传。他的《博纳多·维嘉回忆录：纽约波多黎各人社区的历史》（*Memoirs of Bernardo Vega: A Contribution to the History of the Puerto Rican Community in New York*，1977），是最早从社会学角度记录美国本土波多黎各人生活的作品之一，现在已经成为波多黎各移民研究的重要参考文献。

另外一位波多黎各裔文学领袖是赫苏斯·科隆（Jesus Colon，1901～1974），他是波多黎各左派政治团体的领袖，被誉为“纽约黎各运动之父”。科隆出生、成长在波多黎各，当时美国刚刚占领波多黎各，正值美国公司大肆吞并波多黎各烟草业和雪茄产业，他见证了波多黎各人所经受的经济衰退，因此他非常了解岛上民众的疾苦。他16岁移居纽约，生活在布鲁克林地区的下层劳动者聚居区，深受马克思主义思想的影响，对社会变革抱有很大的决心。科隆最大的成就体现在三个方面：政治组织、文化宣传和文学创作。他在20世纪40年代担任进步政治团体“塞万提斯兄弟会”

[1] William Carlos Williams. *In the American Grain* (2nd Edition). Introduced by Rick Moody. New York: New Direction Books, 2009, p. 39.

(Cervantes Fraternal Society)的主席,在西语裔民众中进行广泛的动员宣传,发动群众开展争取权利的斗争。在麦卡锡时期,科隆曾经被列入政府的黑名单,因为他在美国众议院非美活动调查委员会(House Un-American Activities Committee)作证时义正词严地拒绝"合作",拒绝与麦卡锡主义者同流合污。20 世纪 60 年代他以共产党员的身份参与竞选纽约市长,以失败告终。在文学生涯中,科隆在 1927 年前后加入博纳多·维嘉主编的报纸《联合报》(*Gráfico*),成为编委并为其撰文;从 1955 年开始为纽约共产党的报纸《工人日报》撰写专栏文章,宣传进步思想;后来担任西语出版公司(Hispanic Publications)的总裁,专门资助出版各类西班牙语的历史书籍、文学作品和政治宣传手册。科隆最大的文学成就在于他的回忆录《波多黎各人在纽约》(*A Puerto Rican in New York*, 1961),此外他还有众多的短篇小说和诗作,这些作品在 1993 年由他人结集成册,由"复兴计划"资助出版,名为《本应如此和其他作品:纽约波多黎各人社区的历史速写》(*The Way It Was, and Other Writings: Historical Vignettes about the New York Puerto Rican Community*, 1993)。科隆的进步思想对皮里·托马斯、埃斯梅拉达·圣地亚哥等波多黎各作家影响深远。

诗人胡丽亚·德布尔戈斯(Julia de Burgos, 1914～1953)是波多黎各裔美国女性文学的先驱,也是早期波多黎各裔的女性社会活动家。德布尔戈斯出身于波多黎各的黑白混血家庭,母亲是黑白混血儿,父亲是具有德国血统的波多黎各人。德布尔戈斯的父亲是农民,一家人生活艰辛。德布尔戈斯一共有兄弟姐妹 13 人,其中 6 个弟弟妹妹因为营养不良、疾病等原因夭折。这种经历在一定程度上促成了她谋求社会变革的决心。德布尔戈斯珍惜学习机会,成绩优异,依靠政府的奖学金进入波多黎各大学学习教育学,毕业后做了教师,同时为广播电台撰写儿童节目的广播稿,参与社会活动,这更增强了她的社会责任感。1936 年德布尔戈斯参加社会党,1938～1938 年出版了两部西班牙语诗集,1939 年移居纽约。在美国本土期间,她积极参加波多黎各的独立运动,曾经担任波多黎各社会党的分支机构"自由之女"(Daughters of Freedom)的秘书长,撰写了大量的诗歌,歌颂自由、平等和勇气,同时积极投身于民权运动,为女性、非裔和拉美裔等群体争取平等权利。在纽约,德布尔戈斯的生活并不顺利,她难以找到归属感,而且经济困顿,最终因贫困交加而英年早逝。她的最后一首诗是《韦尔费尔岛的道别》(Farewell in Welfare Island, 1953)。创作这首诗的时候，她正因为健康原因住院治疗，几个月后，她从医院失踪，后来被确认倒在哈莱姆街头，送到医院以后死于肺炎。这首诗被认为是她的唯一一首英文诗。在诗中，她写道："就从这里/就在此时/我向这世界呼喊。/生命已经被遗忘/从泪眼蒙眬和忧伤中/寻找慰藉/来应对无边无际的孤独/和黑暗。"[①]德布尔戈斯一直都在努力抗争，但是她的一生充满了悲剧和不幸，这和她的下层阶级出身是分不开的，而来到美国以后又因为种族身份而遇到文化差异，这更加深了她的孤独感，使她游离在社会的边缘，难以找到归属感。

在这些文学先驱之后，20 世纪 60～70 年代兴起了波多黎各人的文化复兴运动，史称"纽约黎各运动"(the Nuyorican Movement)。这是一场由波多黎各裔艺术家、作家和社会活动家发起的文化复兴运动，是民权运动的一部分，它主张波多黎各文化价值、肯定波多黎各文化影响。纽约黎各运动与墨西哥裔的奇卡诺文学运动相呼应，彰显了西语裔亚族群的文化意识。"纽约黎各"一词是"纽约"和"波多黎各"两个词的合体，意思是"纽约的波多黎各人"。这个词的文化内涵也和构词机理一样，涉及两种文化的杂糅，同时也暗示了美国本土的特别是纽约这个国际性大都市中的波多黎各人所具有的多重文化身份。和奇卡诺文学运动中对于土著文化要素的张扬一样，纽约黎各运动同样强调多元化身份中的杂糅特征，肯定黑人文化要素的关键性作用，而后一立场正是前文中斯库姆伯格和科隆等人所主张的，从这个意义上讲，他们树立了波多黎各裔文学的传统，是这场文化复兴运动的先驱。

和"奇卡诺"一词一样，"纽约黎各"一词最早也是白人对于波多黎各人带有贬义的称呼，是对贫穷下层体力劳动者的蔑称。在民权意识高涨的时期，波多黎各艺术家反其意而用之，将这个词用作了群体内部的自我指称。罗格斯大学教授、波多黎各作家、诗人米盖尔·阿尔加林(Miguel Algarín Jr.，1941～)等人发起成立的纽约黎各诗人咖啡馆成为当时的一个文化标志。此外，其他文化标志有下东区的波西奥拉美小店(El Bohio)、波多黎各流动剧场(the Puerto Rican Traveling Theater)、阿圭巴纳书店(Agüeybaná Bookstore)[②]、米科斯塔画廊(Mixta Gallery)、克莱门托·索

---

① Ilan Stavans. *The Norton Anthology of Latino Literature*. New York: W. W. Norton & Company, Inc., 2011, pp. 602-603.

② 阿圭巴纳一世是西班牙殖民者 1493 年到达波多黎各时泰诺人的首领，1511 年，他的弟弟阿圭巴纳二世领导泰诺人反抗西班牙殖民者的统治，因为失败而被杀。

图·维雷兹文化中心(Clemente Soto Vélez Cultural Center)等。这些艺术家旨在通过发掘哥伦布之前的土著文化传统,来主张波多黎各人的文化权利,激发民众的文化认同感和文化自信心,从而为争取权利进行文化动员。这些艺术家深切感受到波多黎各人在美国本土的边缘化地位,他们大多在波多黎各社区成长,对那里的境况有着较为深刻的了解,所以才更加积极地寻求变革。

这场文化复兴运动的草根基础,决定了他们与威廉·卡洛斯·威廉斯为代表的精英阶层具有不同的取向:威廉斯虽然在西班牙语环境下成长起来,但是他的父母都是欧洲白人后裔,属于波多黎各人中的中上阶层,他们生活稳定,没有生存危机等现实问题。威廉斯个人虽然在作品中偶尔也会涉及家庭文化背景,但是他从小在欧洲接受教育,回到美国后进入宾夕法尼亚大学医学院,毕业后有受人尊敬的稳定工作和丰厚的经济收入,因此在文化认同上更加倾向于欧洲文化,完全不同于哈莱姆区的波多黎各人,因此威廉斯明确反对通过文学进行政治动员或者社会宣传的做法。可见,族裔只是理解作家创作的一个维度,其他的多重要素譬如阶级所属都会影响到作家的创作。

三、当代波多黎各裔美国文学总览:自我虚构与双重认同

对于当代阶段的波多黎各裔文学,身份书写依旧是重点,但是时代特色也非常明显。皮里·托马斯(Piri Thomas, 1928～2011)对于哈莱姆波多黎各人社区的描写反映了都市边缘群体的困境;米盖尔·皮尼罗(Miguel Piñero, 1946～1988)书写自己在波多黎各黑帮中的经历,将种族政治、阶级政治和城市书写结合起来;剧作家何塞·里维拉(Jose Rivera, 1960～　)则采用更加隐晦的手法,将文化的冲突以魔幻现实主义的方式加以呈现,以戏剧文本独有的叙事方式强化了冲突的激烈程度;朱迪斯·科弗将书写的重点放在了女性经历上。这些作家从不同的角度展现波多黎各人在美国本土的经历,种族、阶级是其中的两个关键维度。

(一)皮里·托马斯的自我虚构

皮里·托马斯 1928 年出生在纽约哈莱姆区的拉美裔移民家庭,母亲是波多黎各人,父亲是古巴人。托马斯的童年和少年时代是在哈莱姆的西班牙语区度过的。当时正值经济大萧条时期,哈莱姆区受到的冲击最大,贫困和混乱是那里最为突出的特征。托马斯是波多黎各裔文学中最早成

名的作家之一，擅长使用夹杂西班牙语的哈莱姆英语进行写作，语言风格和叙事特色十分鲜明，对后来波多黎各裔的文化运动产生了直接的影响。他的作品中最具特色的是以回忆录为代表的自我虚构。

正如托马斯在其代表作回忆录《穷街陋巷》(*Down These Mean Streets*，1967，另译为《过去和现在》)中所描述的，哈莱姆的孩子早早就知道了生活的艰辛。在哈莱姆区，父母忙于生计无暇顾及他们的成长，尤其忽略了他们的心理需求；有的家庭甚至残缺不全，父亲或者母亲在孩子成长是中缺失的。所以哈莱姆的青少年就在同龄人的相互指引下，在伙伴们相互的陪伴中寻找认同和力量。托马斯和伙伴们加入街头帮派团伙，染上了各种恶习，例如偷盗、抢劫、吸毒、贩毒等。他曾经为此入狱服刑 7 年出狱后决定告别过去、开始新的生活，他也坦诚地希望通过书写自己的经历给有着相似困惑的年轻人提供一些借鉴。在这部作品中，作者采用第一人称的叙述方式，通过主人公约翰·托马斯 20 世纪 40～60 年代在纽约哈莱姆区的成长、沉沦和重生，反映了波多黎各人面临的问题，诸如贫困、种族歧视、街头帮派、街头暴力、吸毒贩毒和青少年犯罪等。波多黎各—古巴裔少年在贫民窟中的成长和挣扎反映了大都会中少数族裔贫民的生存困境，描绘了在街头犯罪团伙中寻找到位置和归属感的努力，揭示了城市下层群体的无根状态和有限的上升空间。该书成为传统成长小说的反例，也是当代美国犯罪小说的一个代表，是从少数族裔视角对美国梦的戏仿。在书写城市少数族裔社区青少年犯罪方面，托马斯可谓是先驱，他不仅大胆直白地将纽约哈莱姆社区的青少年帮派问题呈现出来，更通过他本人从街头混混成长为作家的经历，为许许多多力求改变命运的青年树立了榜样、带来了希望。路易斯·罗德里格斯在回忆录中曾经提及托马斯的这部作品给他带来的认同感，这也算是对这部回忆录的有力回应。皮里·托马斯所描写的城市贫民经历在其他的波多黎各裔作家那里得到了回应，米盖尔·皮尼罗就是其中的一位。皮尼罗曾经也是少年犯，从少年时期就开始盗窃、抢劫，后来参加街头黑帮，一生中相当的时间是在监狱中度过的。他文学作品书写的就是这样一种在极度压抑和无序的欲求之间挣扎的状态，关注的就是和他一样生活在矛盾之中、有着相同人生体验的人们。从这些作品的明显互文性中可以看出，皮里·托马斯的自我虚构具有代表性，既代表着此种话语范式的典型性，也是美国城市少数族裔社区青少年成长的一个缩影。

《穷街陋巷》的开头便将街头和家庭两种不同空间所指示的生活进行了对比。12 岁的托马斯从家里逃出，徘徊在哈莱姆的大街上。他因为和弟弟何塞打架而遭到父亲的抽打，心中倍感委屈，于是在晚上 9 点从家里跑了出来。托马斯原以为自己的离家会令父亲担心，他以为父母定会出来寻找他。可是，他的出走并没有给父亲带来任何影响，他失落地在外面游荡了一夜之后，只好第二天一早悻悻回家。皮里回忆道："一个孩子凌晨 3 点独自在哈莱姆的大街上游荡，这种情形一点儿也不奇怪。"[①]可以说，回忆录延续了开头对于家庭空间和公共空间之间矛盾的书写，把皮里·托马斯的成长和经验的获取置于"大街"这个公共空间中。而哈莱姆的大街恰好是"丛林法则"发挥威力的场所，波多黎各青少年的成长便意味着对生存空间和资源的竞争。在父母为了生计而奔波，无暇顾及孩子们的情感需求之时，大街和团伙成为他们获得归属感的重要途径。托马斯最初的离家出走是为了引起父亲的关注，希望父亲满足自己的心理和情感需求，他的抗争在很大程度上是以获得父亲的认可为目的的。但是通过这种方式难以得到父亲的认可，他只能通过其他方式主张身份、寻求力量。于是，他加入帮派，学会了使用各种行话，伙伴们使用自己独特的语言进行交流，以此来主张彼此的认同感。文本中有许多类似的词汇，例如"push"指"贩毒"，"kick"指"戒毒"，"mainline"指"抢劫"。托马斯回到家和父亲说这样的一口行话时，遭到了父亲的训斥，然而他却将其视为自己成熟的标志，以为自己终于具有了可以和父亲抗衡的资本。年幼的托马斯并不知道父亲承受了多大的压力，父亲需要付出比别人更多的努力才能够勉强维持一家人的生计，他在工作中受到的歧视是孩子们无法知道的。父亲常常疲惫不堪地回家，因而难以有耐心和精力倾听孩子们到底谁是谁非。托马斯一家曾经有一段时间搬离了哈莱姆，父亲希望孩子们摆脱哈莱姆带给他们的种族标记，不再遭受自己遇到的种种不公平。但是，托马斯偶然听到了白人同学对自己充满歧视性的评价后，愤而独自一又人回到了哈莱姆。

皮里·托马斯的《穷街陋巷》体现了相当程度的混杂性，它采用欧裔传统下成长小说"在路上"的叙事模式，但是讲述的主题却是少数族裔青少年的成长；采用了英语作为叙事媒介，但是讲述的是西语裔群体的故事，可谓主流话语模式和族裔话语内容的结合。回忆录反映了纽约波多黎各青年

① Piri Thomas. *Down These Mean Streets*. New York: Vintage Books, 1997, p. 4.

帮派问题，书写了少数族裔青年的迷茫和对归属感的渴望。在“要是没胆，啥也干不成”一章，托马斯强调了波多黎各青少年有限的生存空间是造成诸多社会问题的一个原因。他认为，加入帮派体现了青少年对于归属感的寻觅，这是造成青少年犯罪问题的内在因素：“这就是归属感，不管是好是坏，那是你的所有。”[①]十几岁的孩子学会了合伙偷盗、打劫、吸毒、贩毒，他们将这种行为视为男子汉气概。尽管开始犯罪时，托马斯心中充满了恐惧，但是他不希望被看作胆小鬼，所以慢慢从抗拒到接受，再到不以为然，心中的漠然和行动上愈加难以控制的暴力成为他标记自我的媒介。他认为，只有这样自己才能够被同伴接受。文本中关于吸毒、戒毒的一部分令人印象深刻，反映了少数族裔青年有限的认知，这可谓导致少数族裔青少年犯罪的外部因素。托马斯因为肤色较深在找工作时处处遭遇歧视，雇主表面上友好，但实际上并不想将工作机会给他。他没有经济保障，无法和心爱的女孩结婚，对现实的诸多不满使他更加消沉。内部因素和外部因素共同作用，使他愈加依赖虚幻的男子气概，也更加难以面对现实。他发现，吸毒以后可以暂时忘却生活中的烦恼，因而一度沉浸在这种麻痹的状态之中。后来毒瘾越来越大，为了支付吸毒的花销，他开始贩毒。他收到了各色的毒资，除了现金之外，还有各种各样的日常物品，例如衣物、首饰、收音机等。他意识到，哈莱姆区的年青瘾君子大多和自己一样贫困、迷茫，他们无力支付毒资时便从家里偷了东西作为典当，或者从商店盗窃财物。托马斯的生活虽然有一段时间较为平稳，但是当毒品来源无法保证时，他便难以应对自己毒瘾的发作。最终，他从中看到了这种生活的虚幻性，“我发现，我又和从前一样地一贫如洗了”[②]，意识到贩毒无法给自己带来财富，只能让自己越来越沉沦，于是决定抛弃这种虚幻的安全感，告别毒品，洗心革面。

皮里·托马斯的其他作品还有《救世主，救世主，抓住我的手》(*Savior, Savior, Hold My Hand*, 1972)，《七生七世》(*Seven Long Times*, 1974)和《社区的故事》(*Stories from El Barrio*, 1978)。20 世纪 70 年代，托马斯除了参加纽约黎各运动之外，还从事电影编剧和制作等大众传媒工作，在多所大学开办工作室，引导拉美裔学生通过书写来发表诉求和释放压

① Piri Thomas. *Down These Mean Streets*. New York: Vintage Books, 1997, p. 54.

② Piri Thomas. *Down These Mean Streets*. New York: Vintage Books, 1997, p. 203.

力，旨在应对波多黎各社区的各种社会问题。例如，他参与的一部电影《与社会对话》(*Dialogue with Society*)讲的就是通过沟通交流等心理辅导，使边缘化群体和弱势群体走出封闭的自我，逐步融入社会，从而迈出改变的第一步。从托马斯的个人经历和创作主题都能看出，他的书写体现出个人经验和族裔社区经历较为直接的联系，因此他成为西语裔文学中自我虚构的一个代表。

（二）双重身份和双重认同

波多黎各裔女性文学在第二次世界大战以后也获得了长足的发展，涌现了多位女诗人和社会活动家，她们更加积极地参与到社会活动中，并通过文学书写主张自我的价值。其中有女权主义者、诗人露丝·玛丽亚·埃姆皮埃尔-埃雷拉(Luz María "Luzma" Umpierre-Herrera，1947～　)，她是波多黎各最早公开承认同性恋身份的女作家之一，书写性别政治主题，为了性别权利而进行斗争。埃姆皮埃尔在波多黎各成长，母亲是回归潮中从纽约返回的波多黎各人，她从小便从母亲那里接触到较多的英语文化。1974年，埃姆皮埃尔来到美国接受高等教育，并关注攻读博士学位，从此致力于研究双语教育，并关注移民经历、性别平等和社会公平等社会问题。所以在埃姆皮埃尔的职业生涯中，两种语言文化的影响深远，其表征也非常明显。她的诗歌用双语创作，但是西班牙语原创作品的数量多于英语作品，在《天性》(*Immanence*)一诗中，她充分表达了对女性性别规范的反抗，用"疯狂"来代表对自我权利的主张：

我正在跨越
俄亥俄的"疯河"
去找寻胡丽亚
因为她，我在这欲望中
难以自拔。

我正在跨越
这条河，疯狂，
这条被狂犬病菌污染的小河
因为他们会叫我
罪恶，疯子，没有理智
妓女，婊子，

同性恋者，变态狂。

因为我会跌倒
我会堕落，
我会将自己射落
在这狂乱
的欲望中
为了你的
性
我的玛格丽特
黄色皮肤的美女
我的美丽的雏菊。①

诗人反复使用了"性""疯狂""欲望"等字眼，造成了强烈的视觉冲击（例如把"性"一词大写，并占据单独一行），为的就是产生意义的冲击，给读者一种目不暇接、难以应对和承受之感，以此表现诗人主张性别权利的坚定立场。埃姆皮埃尔因而成为波多黎各裔女权主义和同性恋作家的代表人物。

埃斯梅拉达·圣地亚哥（Esmeralda Santiago，1948～　）是另外一位颇有成就的波多黎各裔女作家、社会活动家。圣地亚哥出生于波多黎各的下层劳动人民家庭。20世纪50年代波多黎各岛内的经济（特别是农业）在美国经济的冲击下几近崩溃，圣地亚哥一家数次辗转于乡村和城市之间，但是无论是在乡村耕种还是在城市打工，一家人辛苦劳作却难以维系生计。1961年圣地亚哥一家移居纽约，居住在布鲁克林区。圣地亚哥勤奋好学，后来进入莎拉劳伦斯文理学院（Sarah Lawrence College）和哈佛大学，最终成为作家和纪录片制作人。她主要写作纪录片和教育电影的脚本，她的文学作品有回忆录《当年我还是波多黎各人》（*When I was Puerto Rican*，1993）、《女汉子》（*Almost a Woman*，2000）、《土耳其恋人》（*The Turkish Lover*，2004）以及小说《美洲的梦想》（America's Dream）。圣地亚哥为自己制作了纪录片《写作生涯》（*Writing a Life*），讲述写作如何改变

---

① Ilan Stavans. *The Norton Anthology of Latino Literature*. New York: W. W. Norton & Company, Inc., 2011, p. 1671.

了自己的生活和命运。[1] 她还积极参与社会活动，致力于改善妇女、儿童等弱势群体的福利。总体来看，虽然埃斯梅拉达·圣地亚哥的文学作品的数量并不少，并且也获得了部分奖项，但是就其作品的艺术性来说，文学性较弱，艺术特色不够突出。她的作品大多取材于她的个人经历，将生命书写作为一个特点。类似的体裁在西语裔文学中较为普遍。如果单独拿出来一部这样的作品来看，还有些特色，从中可以看出主人公的成长历程，例如女性人物如何通过语言建构自我，并获得现实中的成功，从而改变了自己的命运。但是，当这种书写模式成为一种较为固定的书写范式时，作品的艺术性就难以得到凸显。另外，这些作品带上了较浓厚的商业气息，将个人经历作为一种市场策略来进行文学加工，所以，生命书写往往难以超越世俗的羁绊，作品无法获得持久的生命力。这也是当前波多黎各女性书写所面临的较为普遍的一个问题。

波多黎各裔美国文学产生于美国对波多黎各的殖民统治，因此殖民政治和族裔身份是早期波多黎各裔文学最突出的主题，可以说社会运动在这一历史时期推动了文学的发展。在社会发展较为平稳的当代阶段，没有重大的政治历史事件作为外部因素对其加以刺激，所以波多黎各社区内的诸多问题成为文学书写的重点，其中青少年的成长就是最引人注目的主题之一，具体表现为贫穷、种族歧视、青少年犯罪等。波多黎各裔女性文学可谓独树一帜，取得了相当的成就。桑德拉·玛丽亚·埃斯特维斯（Sandra María Esteves, 1948 ～　）是纽约黎各诗人咖啡馆中年纪较轻的一位，创作了一些诗作，主要书写波多黎各人的双重或者多重身份，以及他们在美国本土所面临的迷茫和困境等。朱迪斯·科弗是当今最具影响力的波多黎各裔女性作家，其关注的多位女性的成长和女性在迁移和文化适应中的角色转变和自我成长，将在第三节专门进行论述。但是，当前女性文学在美国文学中的整体影响力还难以得到彰显，需要克服固有写作范式的局限性，从而获得进一步发展。

第二节　拉美裔现实和欧洲文学传统的结合

这一节将通过何塞·里维拉和米盖尔·皮尼罗这两位代表性剧作家

---

① http://www.esmeraldasantiago.com/biography.

来了解波多黎各裔文学对社会矛盾的呈现，以此照应前一节中所讲到的双重身份、双重认同等问题，同时理解波多黎各裔美国文化和文学中的多重矛盾。

在当今的西语裔戏剧文学中，何塞·里维拉和米盖尔·皮尼罗是两位成就突出的作家。相比之下，前者的影响力更大，是第一位获得奥斯卡奖提名的波多黎各裔编剧，也是目前成就最高、声望最大的波多黎各裔剧作家。皮尼罗虽然影响力稍逊，但是他的个人成长经历集中体现了波多黎各青年生活中的多重困境，并且他在表现手法上趋于内省，具有强烈的独立意识，文学创作题材和体裁多样、风格多变，较好地体现了内容和形式的统一。

一、新魔幻现实主义戏剧：何塞·里维拉

魔幻现实主义是20世纪以来在拉丁美洲形成和发展起来的一个文学流派，具有典型的拉丁美洲来源，与美洲印第安文化中的某些艺术手法一脉相承，特别是印第安人对于现实的理解。很久以来，印第安人在美洲大陆上繁衍生息，以自己的勤劳和智慧创造了光辉灿烂的土著文化。由于与其他大陆相隔绝，印第安文化传统、宗教信仰和风俗习惯与“旧大陆”大相径庭。因此，对于欧洲人来说，美洲文化充满了神奇色彩；反之，对印第安人来说，欧洲人的先进装备和技术，例如帆船、骑兵、火枪、盔甲等，也让人望而生畏。魔幻现实主义是新旧大陆文化冲突背景之下具有特定拉丁美洲地域文化指向的艺术流派，是拉丁美洲社会、历史和政治生活的反映，其特点就是将幻想的、超自然的、超现实的人物与事件同现实生活中的真实人物和事件糅合在一起，打破常规的时空序列，模糊现实与非现实之间的界限，把现实放到一种魔幻的环境和气氛中。这种令人耳晕目眩的奇幻之感，既是印第安人世界观的反映，也是殖民者心理的映射。因为在欧洲人的文化想象中，拉丁美洲的神奇之处和它作为新大陆的诸多特征是分不开的。新大陆被发现以及随后一系列的殖民过程，都充满了神奇色彩，激发着殖民者无尽的历史想象，给他们带来了难得的发展机遇。在他们眼中，“新大陆的一切事物都是那么扑朔迷离，难以名状”[①]。新大陆话语建构充满了现实和幻想的交织，高山、丛林、大海相间的广袤土地和装束奇特的印

① 陈众议：《魔幻现实主义》，沈阳：辽宁大学出版社，2001年，第36～37页。

第安人，给欧洲人的想象提供了纵横驰骋的空间，从而“给现实披上一层光怪陆离的魔幻外衣，却又始终不损害现实的本质”[①]。

拉丁美洲魔幻现实主义文学反映的正是不同层面现实的交织，其思想萌发随着地理大发现开始，但是作为文学流派和写作风格，它是现代主义文学的一部分，具有鲜明的现代性。“它产生于20世纪20年代，50年代异军突起，六七十年代发展至高峰，并迅速走向世界当代文学的前列”[②]。地理大发现以后，新旧大陆的遭遇以暴力和血腥著称。为了掠夺美洲大陆的财富，殖民者对美洲大陆的土著印第安人进行了旷日持久的疯狂洗劫和血腥杀戮，印第安文明遭到了灭顶之灾，残余的印第安文明和欧洲殖民者文明融合，形成了具有高度杂糅性的拉丁美洲文化，它既带有印第安文明的印记，又是欧洲殖民帝国权力的表现。19世纪，拉丁美洲殖民地在摆脱西班牙等殖民帝国统治的独立战争中，封建寡头趁机掌握了政权，替代欧洲帝国在拉丁美洲实行独裁统治，续写了帝国的神话，因为这些统治者绝大多为欧洲殖民者的后代，是新旧大陆文化交融的代表。拉丁美洲由此走到了历史的十字路口：远古和当下、现代技术和传统信仰、科学和神话、摩天大楼和史前状态交织在一起，构成了拉丁美洲神奇而又复杂的现实。魔幻现实主义文学就取材于这样的一种矛盾状态，将现实和想象结合，立足拉美各国的现实生活，反映人民的疾苦，抨击以军事独裁统治者、教会、大资本家与大庄园主为代表的后殖民霸权。它具有鲜明的拉丁美洲地域特征和文化特征，既“立足于拉丁美洲的历史与现实，反映拉丁美洲的自然事物、奇异的神话传说和动荡的社会现实，在创作上将神话、传说、幻想和现实融为一体；同时又受到欧美现代派文学的影响”[③]。在对现实的态度上，魔幻现实主义作家“直面现实，并深刻地反映现实，表现存在于人类的一切事物，生活和行动之中的那种神秘”[④]。

何塞·里维拉继承了拉美魔幻现实主义文学的传统，并赋予了它新的时代内容，创造出反映西班牙语后裔生活的戏剧作品。何塞·里维拉是目

---

① 徐静：《魔幻现实主义主义文学再解读》，《安徽大学学报》（哲学社会科学版）2005年第2期，第75页。

② 曹卫军：《从象征到魔幻——西方现代派文学主流》，北京：中国社会科学出版社，2015年，第260页。

③ 曹卫军：《从象征到魔幻——西方现代派文学主流》，北京：中国社会科学出版社，2015年，第262～263页。

④ 袁可嘉等编选：《现代主义研究》（下），北京：中国社会科学出版社，1989年，第788页。

前波多黎各裔美国文学中声望最高的作家之一，是第一位获得奥斯卡提名的波多黎各裔美国剧作家，是伦敦皇家剧院的在职作家。何塞·里维拉才华横溢，著述颇丰，截至2014年，已经有30多部剧作问世，多数剧作都在全国公映，有的被翻译成好几种语言，如《雷蒙·伊格莱希亚斯之家》(*The House of Ramon Iglesia*, 1983)、《玛丽索尔》(*Marisol*, 1992)、《云的构造》(*Cloud Tectonics*, 1995)、《阳光下的街道》(*The Street of the Sun*, 1996)、《我们在巨人的书本里》(*Giants Have Us in Their Books*, 1997)、《旧世纪的十四行诗》(*Sonnets for an Old Century*, 2000)、《女性时间》(*The Hours Are Feminine*, 2011)、《写在脸上》(*Written on My Face*, 2012)、《荷马的最后一部巨著》(*The Last Book of Homer*, 2013)和《夏洛特》(*Charlotte*, 2014)等。何塞·里维拉获得过两届奥比奖的最佳编剧奖，另外他还获得过众多奖项和创作项目的资金支持，例如肯尼迪中心的美国话剧创作基金、富布赖特剧本创作艺术奖学金、怀特奖、麦克奈特奖学金、诺曼·李尔写作奖(2005)等。在众多作品中，《云的构造》被公认为是里维拉最成功的剧作之一，自1995年首演以来，已经在费城、芝加哥和华盛顿等全国十多个城市上演，获得广泛的好评。2003年，在第42届波多黎各戏剧节上，波多黎各文化研究所赞助《云的构造》再次上演，成为波多黎各戏剧的代表之作。

何塞·里维拉1955年出生于波多黎各圣胡安地区的桑图尔塞地区，4岁时从波多黎各移居到美国纽约，在长岛定居下来。里维拉的父母都是虔诚的基督徒，非常注重孩子的教育。因此，他在宗教氛围浓厚的家庭中成长，受到的教育相当正统，没有经历过皮里·托马斯等劳动阶层青少年的那种迷茫和迷失。里维拉在中学时观看了一场由巡回剧团表演的戏剧《侏儒怪》，从此对戏剧产生了浓厚的兴趣。他的早期戏剧教育以正统教育为主，广泛阅读西方戏剧经典，在高中和大学期间阅读了莎士比亚、易卜生和莫里哀等剧作家的作品。但是，他逐渐发现了一个问题，那就是，在这些戏剧经典中，他难以找到拉美人的形象，无法听到西语裔人的声音。这促使他思考如何将西方经典戏剧创作和拉美经历结合起来，他将其作为自己的职业职责，把自己和周围人们的许多生活经历都糅合进戏剧创作中，力图展现美国西语裔文化的特质。里维拉在圣丹斯研究所学习时，曾经师从魔幻现实主义大师加夫列尔·加西亚·马尔克斯，从这时他得到启发，开始寻求西方戏剧经典和拉美经历的结合，在创作中体现拉丁美洲文学的影响。这种探索的结果就是融合了欧洲表现主义和美洲魔幻现实主义的“里维拉式剧作”。里维拉的魔幻现实主义剧作在美国戏剧中独树一帜，代表剧作《云的构造》是当今拉美裔美国戏剧中魔幻现实主义的精品和经典之作。该剧运用魔幻现实主义手法，以离奇的情节、时空的倒置、大胆的幻想来反映波多黎各裔移民的美国经历，书写他们的情感和文化适应过程，展现他们面对战争、自然灾害等人类生存危机时候的反应。

在《云的构造》中，拉美裔青年阿尼巴尔在雨夜偶遇怀有身孕、独自在路边拦车的塞莱斯蒂娜，他将她带回家中，其间阿尼巴尔的弟弟尼尔森在奔赴伊拉克战场之前来访，对美丽的塞莱斯蒂娜一见倾心。后来，两位访客陆续离开，阿尼巴尔的生活继续按照之前的轨迹进行。剧作的尾声是几十年后阿尼巴尔和塞莱斯蒂娜的再度相遇。剧作的情节十分简单，但是该剧的特点在于细节的呈现，剧中人物和情节的设计颇费心机，魔幻现实主义手法的集中体现就是塞莱斯蒂娜这个人物。

塞莱斯蒂娜这个人物体现出多种特征。她长途跋涉，历尽艰难，但来历不明，且心智不甚正常；塞莱斯蒂娜的出身带有浓重的神秘色彩，她有着充满痛苦的过去，数次被侵犯、被抛弃。她似乎有交流障碍，从小就和别的孩子不同，不能和平常的孩子一样作息，无法和别人正常交流，她喜欢把自己关在小屋里，所以父亲觉得她是个中了魔法的孩子。从她自己前言不搭后语的叙述中可以推测，她没有时间观念，不知道自己的年龄，也不知道腹中胎儿的父亲是谁。塞莱斯蒂娜的年龄不能按照惯常的方法来推算，她出生时她的父亲 25 岁；可是当她的父亲过完 79 岁生日，又过了若干年去世后，她还是一个足不出户、整天沉浸在自己幻想中的懵懂少女。她腹中的胎儿也已经孕育了数年。塞莱斯蒂娜还是一个被侵犯、被侮辱的弱女子，她曾经对一名叫罗德里戈·克鲁兹的修理工有过好感，但是罗德里戈·克鲁兹奸污了她之后便不辞而别。塞莱斯蒂娜被自己深爱的人抛弃，为了寻找罗德里戈·克鲁兹而离家出走。她在旅途中遇到了不同的人，屡次遇险，还遭到了卡车司机的骚扰。她具有超能力，可以使周围的时间停滞，让自己青春永驻。塞莱斯蒂娜在场会让身边所有的现代化设备统统失效，例如电话、电视、钟表等。她到了阿尼巴尔家之后，墙上的钟表便定格在了 12 点钟，电视接收不到任何信号，电话无法接通。阿尼巴尔的弟弟尼尔森来到之后，发现自己的军用手表也莫名其妙地停止了走动。在塞莱斯蒂娜逗留在阿尼巴尔家期间，这里仿佛进入了一个时空隧道：屋外电闪雷鸣、天崩地裂般的变化丝毫影响不到这里；屋内短短几小时，屋外已经过了好几年。尼尔森写来的信都被退了回去，因为邮差无法找到这个地址，这所房子的地理位置实际是个虚空，它在美国版图中是一种矛盾的存在。塞莱斯蒂娜遇见阿尔巴尼时只有20多岁，可是40年后阿尼巴尔进入耄耋之年、尼尔森成为13个孩子的父亲时，塞莱斯蒂娜依旧和25岁的年轻姑娘一样美丽动人。塞莱斯蒂娜身上还有着非凡的勇气。在阿尼巴尔家，尼尔森和哥哥阿尼巴尔打闹嬉戏，军人出身的尼尔森把阿尼巴尔举过头顶，作势要他把扔出去，此时塞莱斯蒂娜直接拿枪瞄准了尼尔森的脑袋，命令他放下阿尼巴尔，她动作的娴熟程度令军人出身的尼尔森钦佩不已，但他也十分尴尬，他没想到一个怀有身孕的弱女子会有如此英武的一面。她不仅让人一见倾心，不能自拔，而且在冥冥之中给周围人带来了改变，让他们拜倒在自己的魔力之下，而他们自己竟然都毫无察觉。塞莱斯蒂娜对阿尼巴尔表白爱情时，使用的是西班牙语；当阿尼巴尔年老体衰时，在他的潜意识中，依然会用西班牙语背诵塞莱斯蒂娜对他的表白。这说明，在移民身上，他们的母语文化经常会从潜意识当中迸发出来，给他们提供一个心灵的港湾。故事的最后，塞莱斯蒂娜抱着自己的婴儿，看到灾后复建的洛杉矶，发现“所有街道的标识都是用西班牙语标注的”①。

综观塞莱斯蒂娜这个人物身上诸多的谜团，可以看出她所具有的高度象征意义：她是遭受西班牙殖民统治和美国占领的波多黎各的化身，她遭受了无数的苦难，受到歧视和贬低，但是却依然顽强、美丽。她顽强地对抗着美国的现代化进程，表现出波多黎各人的坚韧和坚持。对于那些已经移居美国本土的波多黎各人来说，塞莱斯蒂娜象征的神秘拉美文化充满了无限的魅力，是他们不能抛却的自我之根。这也预示着，西语裔文化的种子在美国社会中经过漫长而痛苦的孕育，已经开始破土生长了。多年以后，塞莱斯蒂娜和阿尼巴尔再次相遇，塞莱斯蒂娜依然年轻貌美，但阿尔巴尼已经完全失去了记忆，他大脑中的记忆黑洞代表了历史中波多黎各人在美国语境下的缺失和消音。这些情节代表了波多黎各文化在美国文化中的在场，也可以看作西语文化对美国社会的影响。

但是，无论是魔幻的现实还是一般性的现实，剧作基本的落脚点依然是现实，因而剧本当中的许多场景，都能在现实世界中找到对应的原型。

---

① Jose Rivera. *Cloud Tectonics*. New York: Broadway Play Publishing Inc., 2012, p. 46.

剧本的情节看似荒诞，但实际上是美国当代历史的再现，例如洛杉矶地震、中东战争以及由此导致的大量死伤事故。剧作中，惊天动地的地震和隆隆不断的爆炸声是室内场景的背景音，是对人类生存潜在危机的呈现；从现实角度来看，这是对洛杉矶地区频发的地震灾害的描写。当然，剧中呈现的人类生态危机不仅仅包括这些自然因素，还有霸权主义、种族主义等人为因素对人类生存的威胁。人文危机同样影响着波多黎各人的生存，无论在西部还是在东部，波多黎各人都难以找到安全感。阿尼巴尔对纽约的治安情况的批判是他缺乏归属感和安全感的证明，他说，"纽约在一个个地枪杀那里的人们，今天这里一件枪击案，明天那里一件持刀抢劫案，在自动取款机旁，还有徒手抢夺的案子"①。在剧中，阿尼巴尔家的门每次打开时，里面的人都能听到街道上萦绕着的警车和救护车的警笛声，屋内的安静和安全与屋外的喧嚣与危险形成了对照，表现了人们与这座城市的距离感。他们每时每刻都处在高度紧张和戒备中，感到无以名状的紧张和压抑感，难以把这里当成自己的家园。

波多黎各人在美国的边缘化身份也是本剧的书写重点。阿尼巴尔的妻子黛比是一位年轻漂亮的波多黎各裔女性，她对美国社会充满了幻想。她非常敬业，为了赢得同事的尊敬、获得职位的提升，她把名字改成了更加美国化的"德比"。但是，这并没有获得预想的结果，老板和同事仍旧不尊重她，也没有给更好的工作职位，而只把她当作性幻想的对象，并且还在她年长色衰时准备将她辞退，找一个漂亮的拉美裔年轻女子来代替她。尼尔森的第一任妻子同样对波多黎各移民心怀歧视，她虽然崇拜尼尔森的威猛英俊，但是内心又对他的族裔背景倍加排斥，有一次在酒后不小心吐露了真言："在我内心深处，我不喜欢你这个矮小的满身油污的波多黎各人。"②她并没有将尼尔森看作独立的个体，而是简单地将他视为波多黎各群体中的一分子。由此可见，美国主流群体对拉美裔移民的轻视是根深蒂固，不管平时他们掩饰得多么巧妙，仍旧会在不经意间表露出来。这使得波多黎各人缺乏归属感，进而造成了他们和美国白人之间的隔阂。剧作借助于阿尼巴尔的回忆，详细讲述了他寻找塞莱斯蒂娜的经过，以及他们在一起的

① John Christie and Jose Gonzalez. *Latino Boom: An Anthology of U.S. Latino Literature*. New York: Pearson Longman, 2005, p. 400.

② John Christie and Jose Gonzalez. *Latino Boom: An Anthology of U.S. Latino Literature*. New York: Pearson Longman, 2005, p. 395.

美好时光。他写道:“我想到我们长时间无话可谈的时候那种宁静,我想到在洛杉矶整个城市陷入混乱时我们怎样度过那一段艰难岁月,因为,这种宁静就像钢铁的翅膀,将我们庇护起来。我们听不到地震的喧嚣,也听不到正在消亡的文化发出的哀鸣。”[①]阿尼巴尔提到的正在消亡的文化,实际上是指被主流文化所挤占的族裔文化;对那些渴望融入主流文化的移民来说,他们的民族语言和民族文化在静悄悄地消亡。阿尼巴尔晚年的失语象征了主流文化对波多黎各文化的强势侵袭,是波多黎各人被消音、被边缘化的艺术再现。

正如剧作的名称《云的构造》所展示的一样,这部剧取名自变幻莫测的云,试图通过光怪陆离的场景层叠,通过光影重合的过去现在和未来,来呈现“云”的“结构板块”。两位人物谜一般的相遇、梦幻般的人物形象,以及难以透视和解读的离奇故事,如云之构造一般令人费解。剧作带有表现主义特色的浓情重感,时空错乱,呈现出非理性情节,把不同时间和地点的场景拼贴在一起。但更重要的是,里维拉在戏剧冲突中展示的是拉丁美洲的历史沉疴。细细读来便会发现,在离奇的情节背后,剧作展示的是两块大陆、两个世界相遇时碰撞出的力量。结合剧作的手法和主题特质可以看出,这部剧作的层叠现实就是魔幻的现实。然而,仔细斟酌后又会发现,里维拉的魔幻现实主义实际和马尔克斯的拉美取向的魔幻现实主义有着根本的不同,前者是后者的变体。这是因为他所书写的内容已经跳出了严格意义的拉丁美洲文化地理,表现波多黎各裔移民在美国的生活,特别是他们的理想与现实的冲突。这两种相互冲突和相互影响的文化已不再是美洲印第安文化和欧洲殖民文化,也不是其在19世纪末期至20世纪60年代之间的现代主义版本,而是特指拉美裔文化和美国主流文化,剧本强调的正是美国语境下的族裔特色。因此,作为最有影响力的波多黎各裔美国剧作家,里维拉通过具有拉丁美洲文化特色的表现手法,表现了拉丁美洲文化来源和美国经历双重主题。这种美国语境下的表现手段可以视为新魔幻现实主义。

二、自然主义戏剧:米盖尔·皮尼罗

米盖尔·皮尼罗的一生颇具传奇色彩,他从盗窃犯成长为著名作家,

① Jose Rivera. *Cloud Tectonics*. New York: Broadway Play Publishing Inc., 2012, p. 51.

可谓波多黎各裔美国人矛盾综合体的集中代表：才华横溢，感觉敏锐，文字犀利，但是一生都在贫困、混乱和无序中努力挣扎，都在与要将他毁灭的社会规诫力量做斗争。皮尼罗是当代波多黎各裔文学界中最富有才华、最具有独立精神和批判精神的作家之一，是当代波多黎各裔戏剧的一位代表人物。

皮尼罗 1946 年出生于波多黎各的古拉堡，4 岁时随父母移居到了纽约下东城的洛萨达。在他 8 岁时，父亲抛弃怀孕的妻子和 4 个年幼的孩子离家出走，皮尼罗和母亲、姐姐搬到了地下室，依靠社会救济生活。因为家庭贫困、缺少父母关爱，皮尼罗逐渐养成了倔强、敏感的个性。为了给母亲和弟弟妹妹们弄到食物，他被迫到超市盗窃，11 岁时就因为盗窃罪被送到少管所，从此滑向了更深的深渊，踏上了灰暗的人生道路。自工业化以来，城市黑帮势力就随着城市贫民区的形成而不断地发展壮大，到 20 世纪 40 年代，纽约非裔美国人社区和波多黎各裔社区的街头帮派已经形成了相当的气候。他们组织严密，参与各种犯罪活动，青少年黑帮是其中的一部分。皮尼罗在 13 岁时参加了黑帮组织“龙帮”，找到了他在学校和家庭中都难以得到的归属感和安全感。

皮尼罗天资聪慧，具有领导力和号召力，他因为生活无望而参加了街头黑帮，为的是获取在主流社会难以获得的认同感。街头生活锻炼了他的耐力，犯罪经历使他看到了社会的黑暗和人生的脆弱，他对人生百态有着超乎寻常的敏锐洞察力和理解能力。成年后，皮尼罗基本上都是在犯罪（抢劫、盗窃和贩毒等）和被监禁这两种状态下生活。1972 年，他因为二级持械抢劫而被逮捕入狱，关押在著名的星星监狱。在被监禁的过程中，他更加深切地洞察到人性的脆弱，因而他充分运用自己的语言天赋，综合诗歌和戏剧这两种具有高度口头文化传统的文学形式，创作了具有相当影响力的作品。皮尼罗在监狱中积极推动和参与读诗会的活动，在星星监狱期服刑间，他创作了诗歌《头戴金黄假发的黑人女子》(Black Woman with a Blonde Wig on, 1972)，获得了诗歌比赛的奖项。第二年，在狱中他创作了他的代表作《遮掩的世界》(*Short Eyes*, 1973)[①]，该剧于 1974 年在曼哈顿

① 也有的资料显示该剧作创于 1974 年，其依据可能是因该剧作获得了 1974 年的诸多奖项。广为接受的说法是皮尼罗在星星监狱的“服刑人员写作工作室”写成的这个剧本，1973 年皮尼罗获得了假释，就是说 1973 年时该剧已经创作完成，只是没有机会面世。“Short Eyes”是犯人们使用的俚语，意思是“恋童癖”或者“恋童者”，此处采用的是意译法。

的河滨教堂(Riverside Church)上演,获得巨大的成功。百老汇的演出经理人约瑟夫·帕普观看了演出,将其推荐到百老汇,百老汇的演出同样获得了强烈的反响。当年,该剧获得了 6 项托尼奖的提名,获得纽约评论家协会奖和奥比奖的"年度最佳剧作奖"。从此以后,皮尼罗一直保持着旺盛的创作力,他还积极参与戏剧和电视剧的编剧,还出演十余个角色。他是纽约黎各文学运动(Nuyorican Literary Movement)的积极推动者和参与者,和朋友一起创办了纽约黎各诗人咖啡馆,这个咖啡馆逐渐成为波多黎各艺术家集会的场所,成为复兴波多黎各文化传统的一个象征。

皮尼罗还创了大量的诗歌。他的诗歌有的自由奔放,具有典型的后现代实验性特征,例如《头戴金黄假发的黑人女子》;有的朗朗上口,具有强烈的抒情性,比如最著名的《下东区之歌》表达了诗人对他生活的纽约下东区的复杂情感。在成名作中,皮尼罗使用了"头戴金黄假发的黑人女子"这一中心意象,从有色人种对白人审美的盲目追从谈起,暗示白人主流价值观在黑人等有色人种身份建构中的欺骗性。诗歌采用反问、设问、自由间接引语等形式,讽刺这位"黑人女子"在以梅西百货、詹姆斯·邦德为代表的消费主义的冲击下迷失了自我,慨叹弱势群体在主流群体的蒙蔽和剥削之下的不知所措。诗作开篇即犀利地指出了这种错位的价值观的虚幻性:

头戴金黄假发的黑人女子呀
你可是活在虚幻之中。
你以为头顶戴着那卷毛
梅西打折促销时淘来的那便宜货
就能让你这个来自深山老林的小妞
头戴那几撮马毛就真的
踏上通往金光大道的黑地毯吗?①

这首诗措辞犀利,批评尖刻,十分明显地表达了作者的愤世嫉俗。这与作者当时身陷囹圄、愤怒无助的处境相符。在 12 年以后,他在《下东区之歌》中的口吻已经发生了明显的改变:

在离开之前我只想

① Miguel Piñero. "Black Woman With The Blond Wig On", https://allpoetry.com/Black-Woman-With-The-Blond-Wig-On.

再次爬上
屋顶触摸天空
用尽所有气力去梦想直到
我大声哭出来
然后把我的骨灰撒落在
下东区的这边

今夜让我唱起我的歌
让我闭上眼睛去触摸
让我的眼睛流泪到干涸
把我的骨灰撒遍
在下东区这里
……
我不想长眠在波多黎各
我不想躺在长岛的墓地
只想靠近这刀枪雷鸣
你争我斗论输赢 & 伤痛呻吟
& 新生儿的啼哭声
求你,在我死后……
不要把我带走
把我放在这里
把我的骨灰撒遍
下东区的这边①

这首诗歌语言简练,虽采用自由体,但是韵律十分齐整,读来舒缓流畅,表达了诗人在经历了风风雨雨之后内心的宁静。这首诗作于 1985 年,三年后诗人在纽约死于肝硬化。按照他的意愿,他的骨灰被撒在纽约下东区—这片被他称为"家园"的地方。的确,皮尼罗在纽约下东区的贫民窟长大,经历了困顿、迷茫,在帮派中见证了打打杀杀,在狱中更是饱尝丛林法则的残酷,他深切地理解人世的悲凉。对比这两首诗可以看出,叙述者对社会和自我不同

① Miguel Piñero. "A Lower East Side Poem", https://allpoetry.com/A-Lower-Eastside-Poem.

的态度，即从愤怒到接纳的转变。诚然，改变自我认知与对待世界的方式，此改变世界更现实；文学发声的政治意义比诉求生命政治主体更加可行。皮尼罗是同性恋者，有的学者认为他的性属身份是其诗歌中非传统主题和试验新手法的一个原因，他“感觉有必要通过非传统的诗歌形式，来表现抗议性的、激进的政治立场”①。他和华裔画家王国旌（Martin Wong，1946～1999）曾经是同性伴侣。王国旌根据他的诗歌意境，创作过多幅优秀的画作。2001 年，好莱坞制作了皮尼罗的纪录片，对他的个人生活和文学创作进行了回顾，以此纪念这位从贫民窟和监狱走出来的剧作家、诗人。

皮尼罗的剧作采用自然主义的基本手法，作品包括《遮掩的世界》这样带有显著族裔政治和性属政治取向的剧作，以高度的写实性反映波多黎各人的生存。他的剧作在对白和情节设计方面均表现出巨大的张力，例如独幕剧《炮楼》（*The Guntower*，1976）。该作是纽约莎士比亚戏剧节的演出剧目，以监狱为主题，讲述人生之灰暗和生存之无意义，但是采用了卫兵而非罪犯的视角，从而开辟了更大的诠释空间。同一年的剧作《艳阳高照》（*The Sun Always Shines for the Cool*）将咖啡馆作为一个社会场景的缩影，把形形色色的人物放到这一场景中，展示不同人物的生活，但是其中最突出的主题依旧是波多黎各人在大都市中的迷失和艰难。

《一个不入流的窃贼的颂歌》（*Eulogy for a Small-Time Thief*，1977）采用黑色幽默的方式，通过几个人物之间混乱的关系，展示因金钱、利益纷争而被扭曲的家庭伦理。故事发生在费城，剧中的两个主要人物是大卫·邓瑟尔和他的情人罗斯玛丽·保罗斯，两个人以盗窃为生。罗斯玛丽的妹妹尼可和大卫有私情，并且还怀上了他的孩子。剧情随着尼可设计的“赚钱计划”而逐渐发展到了高潮：她邀请朋友伊莲和丽塔来到大卫和罗斯玛丽的公寓卖淫，大卫充当皮条客去拉客，大家一起分享嫖资；但是，让人意想不到的是，大卫拉来的一个嫖客竟然是伊莲的父亲，于是父女之间、嫖客和皮条客之间大打出手，大卫和尼可的私情也大白于天下，罗斯玛丽愤而离去。离开罗斯玛丽的大卫没了主心骨，恼羞成怒之际将尼可赶了出去。独自一人在公寓中的大卫与随后而来的泰瑞发生了冲突，为泰瑞所杀。剧中的人物关系混乱无序，难以用社会规则或家庭伦理去界定，如情侣之间、

① Frederick Luis Aldama. *Formal Matters in Contemporary Latino Poetry*. New York: Palgrave Macmillan, 2013, p. 140. Epub.

姐妹之间、友人之间的相互背叛。冲突中诸多的出其不意和无意义，特别是大卫最后被杀的情节，凸显出了生存的价值。剧作的最后，所有人物都陆续离开，只留下大卫独自躺在地板上。他的死亡没有任何意义，没有引发任何人的关切，甚至都不会有人真正为他感到伤悲。大卫被作者称为“不入流”的窃贼，因为他一无所成，对生活没有任何的掌控能力：他没有头脑，他和罗斯玛丽一起谋划作案，但最终被捕入狱的总是他，他还被罗斯玛丽鄙视为“正在下沉的船”[①]。大卫的悲剧也是他的个人因素导致的，他无法控制自己的欲望，终于众叛亲离，被最亲近的人抛弃和算计。本剧描写了盗贼、妓女、无业游民等下层社会的各色人物，披露了生活的艰难和无序；并且通过大卫这个人物，对生存的意义提出了疑问。

《遮掩的世界》是皮尼罗的代表作，1977 年被改编成电影，罗伯特·杨担任导演，皮尼罗本人在其中扮演了一个次要角色。该剧以纽约一所无名监狱的监室为场景，围绕被怀疑是“娈童癖”的中产阶级白人克拉克·戴维斯的到来而展开。“short eyes”是美国俚语，意为“恋童癖”，特别指在监狱中对少年进行性骚扰或者性侵犯的人，在剧作中指的是被怀疑强奸了 12 岁女孩的戴维斯，但是也暗指监狱中的性暴力。剧作共有两幕，整个第一幕基本都是在描述犯人之间相互的倾轧。从清晨的点名以及犯人日常的插科打诨，观众可以了解到他们之间的关系和他们各自的性格。例如，胡安·奥泰罗是帮派成员，但是他有头脑、是非分明，因而在监室中备受大家尊敬；“大脚”冲动易怒、愤世嫉俗；“纸杯蛋糕”性格温和软弱，因为长相俊美，为不少犯人所觊觎；奥马尔是拳击手，一言不合就打架，但是讲哥们义气。他们的对话大多为高度碎片化的语言，措辞中夹杂着很多犯人们使用的行话和黑话。从狱卒和有暴力倾向的奥马尔之间的一段对话中，可以看出这种无序和失衡状态：

> 奥马尔：耐特先生，你知道，我在这里已经十个月了——我想知道为啥我不能去干活。好像我已经问过十几次了吧……那些刚进来的比我强……我可没面子了……到底怎么回事呀？我怎么招惹你了？我有什么地方是你不喜欢的吗？
>
> 耐特先生：哎呀，我可对你没啥意见。不过，既然你问了，我就告诉你吧。其中一个原因就是，你刚来的时候不怎么老实。

---

① Miguel Piñero. *Eulogy for a Small Time Thief*. Houston: Arte Público Press, 1984, p. 54.

奥马尔:可是我早就改了。那可是十个月以前了。

耐特先生:那你说说,从你进来到现在,打了多少场架了?

奥马尔:可是我好长时间没打架了。

耐特先生:到底多少?

奥马尔:七次吧。

耐特先生:七次?我觉得最少也有十次了吧。不行,要是让你出去干活,就再也没有消停日子了。现在,要是你敢保证不再打架,老老实实守规矩,我倒可以好好琢磨琢磨。

奥马尔:我可不能跟你打包票,你知道,我可不是吃素的。我不能保证……我的保证就是讲义气。

耐特先生:义气就是命。

奥马尔:所以我没法跟您保证啊。我的保证就是得讲哥们义气。在监狱里,除了这个,还有什么?所以你得小心,得知道为了谁,怎么干,为啥。不过,我跟你这么说了,我也尽量少惹事吧。

奈特先生:你倒是挺实在。我会考虑考虑的。[①]

正如路易斯·罗德里格斯对于帮派问题做出的评价一样,奥马尔将哥们义气当成了唯一的价值体现。事实上,在有限的生存空间内,波多黎各犯人相互之间的这种支持可能是他们社会交往的主要途径,也是他们为数不多的精神寄托。然而问题是,因为精神生活的贫瘠,他们过多地将希望放在这种哥们义气上,将其视为社会运转的规则。监室的犯人大都是波多黎各裔和非裔男性青壮年,其中有毒品贩子、盗窃犯、抢劫犯,他们被关押起来、限制了人身自由,但是这还是无法真正解决他们面临的问题,暴力和等级差异在监狱中以其特殊的形式继续存在,并且导致了更加严重的无序状态。

第二幕中,戴维斯的到来改变了监室中原本微妙的人际关系,他的白人中产阶级身份,加上他被捕的原因,使得矛盾一下子集中到了他身上。事实上,戴维斯并没有被定罪,他只是被暂时收押。在他和胡安的对话中能够看出,检方对他的指控证据不足,他可能会获得假释,甚至会被无罪释放。但是他本人对于自己是否对女孩实施了侵犯却语焉不详,只是说自己并不记得,而且他坦白说自己心理上的确为恋童癖所困扰,并且有过骚扰

---

① Ilan Stavans. *The Norton Anthology of Latino Literature*. New York: W. W. Norton & Company, Inc., 2011, p. 1377.

儿童的经历。虽然一切尚未可知，但是他的到来，为监室中犯人们索然无味的日常陡然增添了许多可能。因为强奸犯是监狱中最为人们所不齿的一类，而戴维斯强奸幼女的疑罪罪名更加引发了人们的反感，所以他一进来马上就有人跃跃欲试，准备对他实施私刑。胡安十分矛盾，对戴维斯既同情又鄙视，正纠结于何去何从时，戴维斯已经被以"大脚"为首的几位犯人杀死。剧作的场景切换看起来十分随意，具有明显的拼贴之嫌，手法上趋向于表现主义，将监狱中的无序状态呈现出来，对诸如正义、公正等产生了怀疑。戴维斯受到的指控，是监室中多人内心欲望的外化，他们所谓的主持正义其实源于他们内心的恐惧，是他们不敢面对自己内心的一种表现。戴维斯这个人物同时具有象征性，他作为中产阶级白人，代表了少数族裔属下阶层的对立面，为他们厌恶排斥甚至惧怕；但他又被他们作为参照物去定义自己的价值，这是他们彼此都难以逃脱的诅咒。因而，戴维斯的悲剧，也是监牢里这几位犯人的悲剧，同样还是生活在有形或者无形监室里的人们的悲剧。他也许是个替罪羊，虽然他的罪行在剧中没有给予明确的阐释，但是他所坦白的自己最隐秘的内心和黑暗的自我，并非只为他一人所有。应该说，本剧的这种象征意义和表现主义取向，连同它的监狱主题，是它获得广泛关注的根本原因。

在诗歌《这里不是我的出生地》(This is not the Place Where I was Born)中，皮尼罗表达了对波多黎各的怀念，和对当前生活的失望。"波多黎各，1974/这里不是我的出生地/记住——儿时起，就已经记在脑海中/那些奇幻的情景——/她儿时的影子无数次呼唤我……我出生在那个小岛，100 里长 35 里宽/那个小岛中间长着茂密的雨林/那里西班牙语/是公认的语言……"[①]这首诗在一定程度上透露出皮尼罗无所适从的根源。虽然他一直努力地反抗贫困和歧视，但是可悲的是，这场斗争从一开始就不是势均力敌的，皮尼罗注定要失败。皮尼罗的一生，集中反映了少数族裔的困境：要么接受平庸，在普通的体力劳动或者最基本的技术岗位上勉强维持生计；要么接受生活的考验，活出些许灿烂，然后付出惨重的代价。当然，对于皮尼罗来说，这种代价是牺牲生命。

里维拉的魔幻现实主义和皮尼罗的现实主义作品都反映了这样的一

---

① Ilan Stavans. *The Norton Anthology of Latino Literature*. New York: W. W. Norton & Company, Inc., 2011, p. 1394.

个文学审美取向:波多黎各人在美国本土的无归属感。无论表现手法如何,呈现基本的现实仍是当代波多黎各作家的重点,他们依旧在书写身份等传统的话题。诚然,他们作品的文学性还需要时间的检验,但是对于这个群体而言,这种书写的现实意义已经得到了彰显。

第三节　波多黎各裔女性文学和女性身份书写

朱迪斯·科弗(Judith Cofer,1952～　)是当今最负盛名的波多黎各裔女作家,她的创作以女性视角和女性主题为主,几乎所有作品都取材于多米尼加文化和美国文化的协商,反映了波多黎各人在美国社会的边缘身份。她的代表作《太阳界线》(*The Line of the Sun*, 1989)和《拉美熟食店》(*The Latin Deli*, 1993)获得普利策奖提名,回忆录《静静起舞:波多黎各的童年时代》(*Silent Dancing: A Partial Remembrance of a Puerto Rican Childhood*,1990)获得笔会(PEN)非小说类优秀作品奖。此外,她还创作了几部专门书写青少年在波多黎各人社区成长的小说,比如短篇小说集《你们这样的小岛》(*An Island Like You*, 1995)和长篇小说《叫我玛丽亚》(*Call Me Maria*, 2004)。科弗是佐治亚大学的名誉校董,担任英语和写作系的富兰克林荣誉教授,2010 年入选佐治亚州的作家荣誉堂,是当今波多黎各女性文学的代表人物。这一节以科弗的作品为代表,解读美国波多黎各裔女性文学的一些特点。

一、双重文化与双重身份

朱迪斯·奥尔提斯·科弗 1952 年出生于波多黎各的欧米吉罗斯(Hormingueros),4 岁时跟随父母移居新泽西州。科弗的父母都是波多黎各人,父亲在美国海军服役,大部分时间驻扎在新泽西。父亲外出执行任务期间,朱迪斯就和母亲一起回到波多黎各的外祖母家,父亲回来时他们一家就住在新泽西州的帕特森。因而,早年间科弗和母亲、弟弟经常来往于美国本土和波多黎各岛之间,她在波多黎各上完了小学二年级,之后大部分时间在美国生活,并读完了小学和中学。科弗一家在她 15 岁的时候移居到了佐治亚的奥古斯塔,算是彻底在美国定居下来,当时她已经是高中生了。之后,科弗绝大部分时间生活在佐治亚,只是在攻读硕士学位期间在佛罗里达的博卡拉顿生活过几年。虽然科弗一家搬离了波多黎各人社区，但是社区给她的烙印却是终生的，这不仅是她的身份标识，而且还滋养了她的想象力和创造力，成就了她的写作生涯。朱迪斯·科弗在奥古斯塔学院获得文学学士学位，在佛罗里达大西洋大学（Florida Atlantic University）获得了硕士学位，此时她开始认真制定自己的人生规划，并确定将写作作为终身的努力方向，专心从事文学创作。“直到这时候我开始细细追寻自己的这种缺失感到底来自哪里，我发现了真正的原因，并回应了自己的挫败感：我需要书写。[①]”其实，在这之前，科弗就已经创作了不少诗歌，但是多为即兴之作。从 1984 年起，科弗开始任教于佐治亚大学，直到 2013 年退休。

科弗相当一部分作品取材于她的个人经历，特别是在两种文化之间辗转的经历。在波多黎各岛上，科弗从祖母那里听到了许多关于大家庭历史的故事，这是她对西语裔文化认同的根源；在美国本土，她和家人在新泽西帕特森波多黎各人社区生活的经历，让她认识了各色波多黎各人，见证了不同版本的美国经历。这些都成为她日后写作的素材，所以她早期的几部作品都是以波多黎各裔青少年在社区内的成长为主题。科弗的生活环境是典型的双语、双文化环境：她在家里使用西班牙语，在外面讲英语，加上早年间来往于波多黎各和美国本土之间的经历，以及从波多黎各社区到非拉美裔社区的迁移，这些都令她感觉到了自我的分裂。她说自己在其中任何一种文化中都有局外人之感。“诸如此类，总让我感觉自己在同龄人中就是个另类，他们老是笑话我的口音：讲英语时带着西班牙语口音，讲西班牙语时，人家告诉我，说我听起来就像个‘美国妞儿’。”[②]科弗在访谈中提到，父母在子女的教育问题上意见不一致，他们对待两种文化的态度完全不同：父亲认为孩子们需要尽快适应美国的生活，因此他尽量减少孩子同波多黎各的联系；而母亲则认为，孩子们需要保持这种联系。父母观点上的不一致进一步加重了科弗已有的双重身份意识，也让她认识到自己的这种情结是相当一部分波多黎各青少年共有的问题。“作为波多黎各移民，我的主要经历就是双语和双文化。因此，我感觉到需要和他人分享这种体验，然后我才可以继续（以后的生活）。或许，你可以称其为成长的仪式，或

---

① Judith Ortiz Cofer. *The Latin Deli: Telling the Lives of Barrio Women*. New York: W. W. Norton & Company, 1995, p. 166.

② Judith Ortiz Cofer. *Silent Dancing: A Partial Remembrance of a Puerto Rican Childhood*. Houston: Arte Público Press, 1990, p. 17.

者类似的东西。”[①]鉴于此，几乎科弗的所有作品都会涉及波多黎各人在美国本土和波多黎各岛之间的来回迁徙，讲述他们心理上的漂泊无依。比如在青少年文学《你们这样的小岛》中，科弗描写了形形色色的波多黎各裔少年，有假期被送到波多黎各祖父母家的瑞塔，有叛逆期离家出走、夜晚睡在教堂的阿图罗，还有单亲家庭的尤兰达，暑假在游乐场打工的特丽莎，以及到弗兰克熟食店打工、准备逃离波多黎各裔家庭的阿妮塔。这些少年的家庭背景各不相同，但是他们有一个共同的特点：在波多黎各和美国本土之间的辗转，或者在两种文化之间的来回迁移，最终在任何一处都难以找到安全感和归属感。从这部作品中可以窥见波多黎各人的“两种身份情结”，以及它带来的矛盾和焦虑。

这种矛盾和焦虑较为充分地反映在了成长小说《叫我玛丽亚》中。小说采用了书信、诗歌和散文三种体裁，从波多黎各少女玛丽亚的角度讲述她跟随父亲从波多黎各来到纽约的经历，体裁的融合给文本增加了“真实性”。小说中最具波多黎各特色的是玛丽亚的抉择和身份归属。父亲代表美国而母亲代表波多黎各，她不得不在父亲和母亲之间进行选择：是跟随父亲去往美国还是跟随母亲留在波多黎各，是她遇到的第一个人生难题。父亲出生在纽约，后来跟随父母回到波多黎各，但是他心里始终向往着美国，因为他在波多黎各岛上难以找到归属感，他的西班牙语带着口音，总是受到伙伴们的嘲笑。母亲出生在波多黎各岛上，她热爱那里的一切，那里有自己的事业和家人。一家人权衡利弊后，为了让玛丽亚在美国接受高等教育，最终还是选择了美国。出生在热带小岛上的玛丽亚跟随父亲来到了冰天雪地的纽约，习惯了热带阳光的她跟着父亲住在终日不见太阳的地下室，两种完全不同的生活让她不知所措，她对其中的任何一种都失去了认同感：“今天，我什么都不是。那你就叫我玛丽亚吧。”[②]

玛丽亚的疑惑反映了众多在波多黎各和美国本土之间迁移的波多黎各人的心境。通过玛丽亚的成长历程，科弗将自己对于两种身份和两种文化的焦虑表现出来。作为美国公民，波多黎各人不必像其他西语裔移民那样冒着生命危险穿越边界。然而，尽管他们可以自由地出入美国本土，文化和经济条件的巨大差异依然左右着他们的生活；甚至在一定程度上讲，

---

① Edna Acost-Belen. “A Melus Interview: Judith Ortiz Cofer”, *MELUS*, 1993, 18(3), p. 85.

② Judith Ortiz Cofer. *Call me Maria*. New York: Scholistic Inc., 2006, p. 2.

正是因为他有这样的机会，所以才会更加无所适从。因为法律身份和文化归属及社会认同之间存在明显的鸿沟，所以，尽管波多黎各人能够获得美国公民身份，也往往难以获得与公民身份相对应的工作机会和社会认同。这也正是玛丽亚的母亲拒绝放弃波多黎各的原因。她在岛上有着令人尊敬的教师职位，而到了美国本土，她根本没有机会做这样的工作，她只能从事体力劳动。玛丽亚的父亲即是如此，他一心要回到他的出生地，他坚信那里是"他的美国"[①]，坚信美国梦能够给他带来他所希望的一切，希望有朝一日能够住上宽敞明亮的大房子，但是现实却是相当残酷的：他在纽约只能做公寓楼里面的修理工，根本无法找到技术含量高、工资待遇好的工作，因此父女二人只能住在半地下的公寓里面，玛丽亚每天从窗口看到的是马路上行人迈动的双腿。这部小说的主题是双重文化和身份建构。在小说中玛丽亚必须学会接受她生活中的各种文化要素，把它们融合起来，使其成为自己的一部分。这种文化杂糅的立场最终汇集在了玛丽亚参加的"我是谁"的校园活动中。为了参加活动，她穿上了妈妈小时候的裙子，外面加上了爸爸的皮夹克，还披上了印度裔好友乌玛从印度带来的沙丽，脚上穿了闺蜜乌比的鞋子。最后，从波多黎各来探望玛丽亚的外祖母将自己的披肩披在了玛丽亚的身上，这就是全新的玛丽亚，一个杂糅了多重身份、继承了多种文化要素的玛丽亚。玛丽亚克服了最初的迷茫、自卑，终于可以拾起自信，骄傲地昂起头，大方地承认自己的杂糅身份。这正是这部小说的意义所在。这部作品围绕着两种文化和两种身份展开，这不仅是科弗文学书写的特征，也是当今波多黎各文学的一个重要发展趋势。

二、波多黎各裔社区中女性的成长

在谈及科弗的创作时，阿考斯特-贝伦强调了性别、种族、文化和阶级等要素的相互关系："它们相互交织，不断扩展这些概念的含义，边缘化群体通过他们与主流社会的关系，在这样的维度下建构他们的身份。对于少数族裔来说，在美国的成长暗示他们不得不面对这样的一种挑战：如何内化主流群体对少数族裔自我形象的贬抑，因为在种族和文化基础上对人们加以区分，已经成为主流社会根深蒂固的观念。"[②]在这样一个背景下，科弗对

① Judith Ortiz Cofer. *Call Me Maria*. New York: Scholistic Inc., 2006, p. 15.

② Edna Acost-Belen. "A Melus Interview: Judith Ortiz Cofer", *MELUS*, 1993, 18(3), p. 84.

少数族裔女性成长的书写不仅挑战了主流社会的固有思维方式，而且还主张了自我的价值。

科弗的作品大多会涉及女性成长这一主题。成名作《太阳界限》属于家族历史小说，叙述者玛丽索被认为是作者科弗的代言人。在小说发表以后，很多人问科弗，这是不是她的自传，或者这里面有多少自传的成分。卡门直接将这部小说定义为"半自传体小说"，并将科弗的个人经历和小说中人物在两种文化中的迁移进行了对照，认为："科弗的长篇小说、短篇小说和诗歌无一例外地描写波多黎各人在美国本土的移民经历……主题就是'缺少归属感'和'质疑归属感'之间的张力。"[①]的确，叙述者玛丽索尔和科弗之间存在着诸多的联系，在科弗众多作品的叙述者中，是最接近作者本人的一个形象。对此，科弗本人的解读是："我并不是很清楚里面有多少是我从自己的无意识中挖掘出来的，有多少是我自己创造的，或者有多少是我记忆中的。我当时就是想写一写这些东西，用西班牙语来说就是演练一下或者实践一下。我的确是在演练，用语言来激发自己，回到弗吉尼亚·伍尔夫所说的存在的时刻，就是说，这是记忆和想象的结合。不过这些东西的的确确改变了你——你如何回想发生的事情或者这些事情是不是真的发生过，是可以证明的事实，还是记忆和想象的合体。"[②]可见，科弗并没有否认小说中个人经历的印记。小说中，玛丽索尔叙述古兹曼舅舅的故事的过程，也是她成长的过程，她通过叙述舅舅的故事获得了掌控话语的力量。同样，科弗在创作中注入了自己的诸多体验，将自己对波多黎各身份的理解融入了文本中。

《太阳界限》的时间跨度是30多年，讲述了一家三代人的故事。玛丽索尔·圣鲁兹·魏文特和科弗一样，出生在波多黎各，从小就生长在美国。她从母亲那里了解了家族的历史，尤其对古兹曼舅舅的故事充满了兴趣。古兹曼是家族中的另类，他纯真而执拗。当年为了救下被老母猪压坏的小猪，他怀抱小猪躲在马厩里面，因为在他看来，这个小猪是被妈妈抛弃的孩子。古兹曼同时又充满了爱心和纯真，他热爱自然，做事没有功利心，率性而为。他认准的事情，别人是难以改变的，任何的惩罚对他都没有作用，连

---

① Carmen Faymonville. "New Transnational Identities in Judith Ortiz Cofer's Autobiographical Fiction", *MELUS*, 2001, 26(2), pp. 132-133.

② Stephanie Gordon. "An Interview with Judith Ortiz Cofer", *The AWP Chronicle*, 1997, October/November, p. 2.

严厉的母亲都对他束手无策。他是长不大的孩童，是彼得·潘式童真的象征。古兹曼生活在自己的世界里，孤独而简单，唯一了解他的人是哥哥科迈罗。每当古兹曼做了什么令人费解的事，科迈罗都会帮他去跟母亲求情，他"想要跟妈妈解释，挨揍根本改变不了古兹曼，他转眼就忘了挨打的事，比任何人都快，无论大人还是小孩……古兹曼害怕的不是挨揍，而是母亲难以控制的暴怒，因为过不了多久她就会后悔，然后就是沉默不语、悔恨交加"[①]。然而，科迈罗战死在了朝鲜战场上，古兹曼失去了唯一的亲密伙伴，他的古怪性格更难以得到别人的理解了。

如果古兹曼能够像儿时那样每每游荡在溪水边、山坡上，继续生活在波多黎各世外桃源般的山林，那么便不会有后来的故事发生。古兹曼生活中转折是他从波多黎各来到美国。他的故事中，最令人动容的部分是他的纯真遭遇了美国的唯利是图，他来到纽约后的种种艰辛是波多黎各人艰难文化适应的缩影。虽然波多黎各人在美国拥有合法身份，但是波多黎各人遭受雇主的剥削，遭遇非法雇工的现象相当普遍，并且还因为语言不通极有可能受骗。古兹曼到美国寻找发展机会的时候，便遭遇了所有这些不幸，外祖母对古兹曼的牵挂以及外祖父梦见古兹曼躲在山洞里躲避敌人的情景都是古兹曼艰难生活的隐喻。"尽管古兹曼在给父母的信中没有具体说，但是毫无疑问，在(劳动)营地里他被迫每天在草莓地里干 10 个小时的活，旁边还有荷枪实弹的监工监视着。一直过了好几个星期，他都不知道自己就是在纽约州的布法罗附近，老板从未露过面，根本不在乎经理是如何用工的。[②]"后来古兹曼设法结识了给工人做饭的厨娘，才得以逃离地狱般的种植园。古兹曼来到纽约市后无处栖身，只能在地铁上睡觉，依靠打点儿零工勉强活命，还时时刻刻担心农场的人会不会追过来。虽然在玛丽索尔的想象中，在纽约地铁中流浪的古兹曼不仅学会了生存，似乎还拥有了英雄般的勇气，在火灾中冒着生命危险将玛丽索尔的弟弟加布里尔救了出来。但是，在美国本土的经历耗尽了古兹曼的生命力，在已经长大成人的玛丽索尔眼里，他变得又瘦又小："他瘦了很多，看上去就好像海报上那

---

① Judith Ortiz Cofer. *The Line of the Sun*. Athens, Georgia: University of Georgia Press, 1991, p. 6.

② Judith Ortiz Cofer. *The Line of the Sun*. Athens, Georgia: University of Georgia Press, 1991, p. 176.

些被饥饿和贫困折磨的南方孩子。"[①]古兹曼身体康复以后回到了波多黎各岛,把自己在美国的全部积蓄留给了姐姐雷蒙娜一家。

在叙述者玛丽索尔看来,舅舅古兹曼是波多黎各的化身。他简单、纯洁,但是充满了谜一般的吸引力。所以,玛丽索尔讲述的古兹曼的故事,其实是她和那个小岛的血脉传承。正因为此,她不断地构建着舅舅的故事,因为他的故事也是玛丽索尔的故事,是在美国本土奋斗的普通波多黎各人的故事。所以玛丽索尔说,"在他出现在门口之前,我已经用自己的想象填充了很多的空白;我偷偷地记录着他的生活,从他给我的一切中汲取鼓舞自己的力量"[②]。古兹曼并不是英雄,他是普通人,是平凡、勇敢、单纯的波多黎各人的代表。随着玛丽索尔的成长,古兹曼慢慢地老去;同样,随着玛丽索尔一点点拼凑起他的形象,她自己也获得了成长,对自己、自己的家人以及自己的族人有了更加深刻的理解。

在《你们这样的小岛》的13个故事中,有10个是以少女为叙事主体的短篇小说。尤兰达的故事显示了在美国出生、成长的波多黎各裔女孩对波多黎各已经渐行渐远。尤兰达的父亲去世后,母女二人相依为命,后来母亲遇到了刚刚从波多黎各岛来到新泽西的何塞先生。何塞身上保留着诸多波多黎各人的传统。"那个老何塞先生,终结者,那个家伙,走路时腰板挺得直直的,至少他不会左顾右盼,不会像那些刚刚从岛上来到这里的人们那样上上下下打量这座大楼,看那架势好像从来没见过两层高的楼房一样。他黑黑的头发梳理得一丝不苟,路灯的灯光下显得油光锃亮,和脚上的皮鞋差不多。"[③]尤兰达对何塞先生充满了戒备之心,总感觉他接近母亲有着不可告人的目的,她设想了种种的可能,担心何塞会图财害命或图谋不轨,想象着母亲和何塞一起去舞会可能给母亲带来人身危险。但是,她来到舞厅后,看到的却是妈妈久违的笑容。母亲在何塞身上找到了波多黎各人的记忆,找到了认同感,而这些是尤兰达无法理解的。最终妈妈把爸爸的照片收了起来,告别了过去,尤兰达似乎也开始理解母亲的决定,开始接受何塞所代表的波多黎各传统。通过这段经历,尤兰达也开始认识到自

---

① Judith Ortiz Cofer. *The Line of the Sun*. Athens, Georgia: University of Georgia Press, 1991, p. 276.

② Judith Ortiz Cofer. *The Line of the Sun*. Athens, Georgia: University of Georgia Press, 1991, p. 282.

③ Judith Ortiz Cofer. *The Island Like You*. New York: Scholistic Inc., 2009, p. 143.

己的文化所属。

在特丽莎的故事中，科弗同样塑造了一个和《太阳界限》中古兹曼舅舅类似的波多黎各人。特丽莎暑假期间到游乐园的售货亭打工，除了可以给自己挣学费以外，她还可以天天见到心仪的男孩子——鲍勃·迪伦。鲍勃·迪伦在泳池里做救生员，这样他们可以天天在一起工作。但是，特丽莎的计划被一个人的到来全部打乱：患有轻微自闭症的波多黎各手工艺人瓦伦丁被安排到同一个售货亭，成了特丽莎的搭档。瓦伦丁已经30岁了，但他的智商只相当于10岁的孩子，他甚至无法正常和别人交流，却有着超高的艺术天赋，能用橡皮筋做出栩栩如生的小动物。小说就是通过特丽莎在这段时间内对这两个男性人物的观察和比较展开的。这段经历是特丽莎用眼睛观察社会和用心灵感受社会的开始，她逐渐意识到在鲍勃·迪伦的青春帅气背后是赤裸裸的利己主义，而木讷的瓦伦丁展现出的才是人性之美：鲍勃·迪伦和玛丽·塞拉调情而擅自离开了工作岗位，玛丽·塞拉的小儿子因为无人照看而溺水，瓦伦丁在危急时刻从水里救出了孩子。特丽莎不再把这个搭档看作“傻瓜”“大猩猩”或者“弱智”，并彻底打消了对鲍勃·迪伦的幻想。这个小故事是女孩开始形成审美意识的故事，特丽莎对质朴的瓦伦丁从鄙视、排斥到欣赏的过程，是她客观认识他人的过程，也是她心智走向成熟的标志。

尽管科弗在作品中描写了移民在岛上和在美国本土的不同经历和迥异体验，但是需要明确的是，科弗试图通过文本建构一种波多黎各裔美国人的身份。正如《叫我玛丽亚》中的主人公玛丽亚一样，这种身份并不是简单化地将波多黎各岛上的人们和美国本土的波多黎各人对立起来，而是寻求两者之间的共性。“尽管许多波多黎各人的确努力地同化到美国文化中，但是也有些强调自己与波多黎各之间联系的作家挑战这种二元对立式的思维方式。”①这应该是一种更加开放性的、更具包容性的身份和自我意识。

朱迪斯·科弗作为当今最具影响力的波多黎各裔女性作家，以两种文化和两种身份的交融为基础，描写了波多黎各移民的美国体验，着重书写了女性意识的发展和女性的成长。科弗所主张的身份政治是融合这些体验的包容性立场，代表了当今波多黎各裔文学的一个发展方向。

---

① Suzanne Bost. “Transgressing Borders: Puerto Rican and Latina Mestizaje”, *MELUS*, 2000, 25(2), p. 191.

第五章　古巴裔文学的起源和流亡模式

古巴裔美国人占美国西语裔人口的 3.5%，占美国总人口的 0.57%，从人口规模上看算是个比较小的群体。但是，古巴裔美国人却在美国社会生活中发挥了非常重要的作用，成为拉美裔和西语裔移民中的典范，在政治特别是司法以及金融和文化等领域表现非凡。

当前，古巴裔移民及后裔中产生出 3 位参议员，6 位众议员，多名检察官、法官、外交官，多名金融界、演艺界和文化界精英人士，中上阶层人数的比例明显高于其他西语裔群体，甚至高于亚裔群体，达到欧洲白人的水平。但是另外一个数据却能够说明一定的问题：美国的古巴裔人口大约为 200 万，而古巴国内的总人口是 1120 多万，这就意味着，大约 16%的古巴人（或者其后裔）生活在美国，因此这两个群体之间的关系会对古巴裔文化和古巴性的定义产生相当的影响。事实正是如此，古巴革命以来的移民态势和两个群体之间的关系已经深深影响了古巴裔美国人的生活，同样也对古巴国内的社会历史产生了巨大的冲击。因此，要追溯古巴裔文学的各个时期，古巴移民研究是前提。古巴文化和古巴文学在美国落地生根，与近代以来美国和古巴的关系息息相关，这种情况在西语裔和拉美裔群体中也是绝无仅有的。

古巴裔文学是个较为宽泛的概念，实际包含具有古巴文化背景的几大作家群体：古巴移民作家，其中大部分是在古巴革命以后因为政治原因而移民的作家；第 1.5 代作家，即在古巴出生、在美国成长的古巴作家；古巴移民家庭中在美国出生、成长的古巴裔作家。这三个群体中，每一个群体都有相当数量的作家。古巴裔文学的整体特点就是政治性强，意识形态层面的冲突呈现为显性化表达。古巴裔美国文学在西语裔中成就尤为突出，古巴裔作家已经获得了包括美国国家图书奖在内的多项重要文学奖项。

古巴裔文学初露锋芒是在20世纪90年代之初，奥斯卡·伊西罗斯(Oscar Hijuelos，1951～2013)的《曼波歌王奏情歌》(*The Mambo Kings Play Songs of Love*，1990)获得了普利策奖小说奖，这是拉美裔作家首次问鼎该奖项；克里斯蒂娜·加西亚的《梦系古巴》(*Dreaming in Cuban*，1992)获得美国国家图书奖小说类的提名，虽然最终落选，但是已经大大增强了古巴裔文学的受关注度，这也是迄今为止拉美裔作家距离国家图书奖最近的一次。[①] 盖斯塔沃·佩雷斯·菲尔马特(Gustavo Pérez Firmat，1949～　)的《来年古巴：古巴仔在美国的成长往事》(*Next Year in Cuba*：*A Cubano's Coming of Age in America*，1995)获得了1995年普利策奖(非虚构类)提名。21世纪之初，古巴裔作家取得了更加傲人的成就。卡洛斯·艾尔(Carlos Nieto Eire，1950～　)的作品《在哈瓦那等待风雪：古巴男孩的告白》(*Waiting for Snow in Havana*：*Confessions of a Cuban Boy*，2002；以下简称《在哈瓦那等待风雪》)荣获美国国家图书奖(非虚构类)，这是到目前为止拉美裔和西语裔作家获得的唯一一个国家图书奖。克鲁兹的剧作《安娜在热带》(*Anna in the Tropics*，2002)获得2003年普利策奖剧作奖，这也是目前唯一获此奖项的西语裔作品。2013年1月21日，在美国总统巴拉克·奥巴马的就职仪式上，古巴裔诗人理查德·布兰科(Richard Blanco，1968～　)应邀朗诵诗歌，成为第一位在类似仪式上献诗的西语裔诗人。

这些作家的成长背景各不相同，写作风格各异。小说家奥斯卡·伊西罗斯和剧作家玛丽亚·伊莲·佛尼丝(Maria Irene Fornes，1930～　)等人属于早期古巴移民作家的代表，他们作品中的政治色彩相对淡薄；但是大多数古巴裔美国文学作品具有强烈的政治取向，这也是古巴裔文学的与众不同之处。本章将从古巴人移民美国的历史和古巴裔美国人社区的形成开始，梳理古巴裔美国文化的特点和其中占据主流的“流亡模式”(exile model)，追溯流亡模式的文本化和流亡文学的历史，结合当今相关代表性文本的细读，以古巴裔美国文学的政治性为切入点，解读不同作家对流亡书写的认同，从文学作品与流亡模式的互文中解读古巴裔文学的特点和发展趋势。近十年来，流亡文学的霸权地位受到了一定的挑战，作家们对于

---

① 该年度的获奖作品是科麦克·麦卡锡(Cormac McCarthy，1933～　)的《天下骏马》(*All the Pretty Horses*，1992)。

流亡文学的思考也体现出他们对于文学之政治性的思考。

第一节　古巴移民历史和古巴裔文学概述

从总体来看，古巴裔文学在拉美裔和西语裔文学分支中获奖最多，受关注度最高，其中的因素是多方面的。或许，首要的原因就是古巴裔美国人群体的特殊性和古巴裔文学书写的政治性，因此必须从该文学分支的源头来了解它。古巴裔美国文学始于20世纪三四十年代，和墨西哥裔文学相比晚了近三个世纪。古巴裔文学特别是英语文学的起源同古巴移民潮具有直接而密切的关系，20世纪以来的数次移民潮都已经鲜明地反映在了文学书写中。因此，要了解古巴裔文学的历史和发展阶段，古巴人移民美国的历史是研究的基础。

一、革命前的古巴及其文学再现

古巴是最早摆脱西班牙殖民统治的美洲殖民地之一，但是古巴人民的斗争历程充满了艰辛。19世纪之初，西班牙在美洲的殖民体系开始走向衰落。海地是最早获得独立的殖民地(1804)，之后在1821年，墨西哥经过十几年的艰苦斗争推翻了西班牙殖民者的统治获得独立，建立了墨西哥共和国。帝国秩序的崩塌鼓舞了拉丁美洲人民反抗压迫和剥削的决心，但也惊醒了殖民帝国的末日意识，因而他们加紧了对殖民地的控制。古巴独立战争开始于1868年，最终结束于1898年，其艰苦和惨烈的程度在拉丁美洲各殖民地中是首屈一指的。在战争几乎取得胜利之时，美国于1898年取代西班牙对古巴实行控制，这成为美西战争爆发的一个重要导火索。虽然古巴在1902年建立起共和国，彻底推翻了西班牙的殖民统治，但是美国对古巴的实际控制将古巴变成了美国的殖民地。古巴人民经过几十年艰苦卓绝的斗争，却没能根除殖民主义的罪恶、未能结束苦难，只是旧有的殖民体系被另外一种剥削体系代替了。

古巴首都哈瓦那曾经是著名的度假胜地，被誉为美洲的天堂，美国富人的“后院”。虽然古巴的亲美主义者一再声称古巴是拉丁美洲各国中发达程度最高的，但是古巴贫苦农民的状况没有因为美国占领而得到丝毫的改变，美国对古巴的投入也不是为了普通劳动人民的福利，而是因为美国在古巴有不少的资产，并且美国以为这种状况可以永远持续下去，可以把古巴变成像波多黎各那样的殖民地，因此才对古巴也进行了相当大的投入、扶植亲美政权。所以，在古巴革命前，古巴的两极分化非常严重。国家机器依靠暴力和强权维持的秩序在中心城市尚可，但是从边远地区和农村的情况看，古巴和其他的拉丁美洲国家没有不同。

关于"革命前古巴"的这一类作品并不在少数，但是它们多属于古巴文学的范畴或者用西班牙语写成。例如，古巴作家马尔塔·罗哈斯（Marta Rojas，1931～ ）的《黄色行李》（*El equipaje amarillo*，2009）即涉及殖民体系的残暴，小说从权力主体的角度，以苦力贩子唐克为主要叙述视角来反映殖民体制对华工的剥削。小说深入殖民帝国体系的内部，揭露人口贩运的残酷性和拉美殖民地对契约华工的残酷压榨。主要人物尼古拉斯·唐克·阿梅罗本是个普通的数学教师，后来看到人口贩运中的商机，于是通过贿赂古巴岛总督和驻澳门西班牙领事取得了"招工"的资质，并终于在苦力贸易和鸦片贩运中大发横财。小说的发人深省之处是唐克的内心斗争：他深知贩运华工这一行当的罪恶，但是却无法抵制巨额财富的诱惑。他的父亲和叔叔都为了美洲独立运动而牺牲，他作为革命者的后代却助纣为虐，对父辈的背叛是他内心挣扎的重要原因。所以他在信函以及《游记》中反复为自己的行为辩解开脱："我们的理智对有些人的恶行义愤填膺。他们剥夺了同类的自由，为了一己私利，残酷剥削他人。在我敬爱的父亲的土地上，怎么会有如此可怕的不平等！"[①]为了不在历史上留下骂名，他早早地为自己准备好了讣告："他品德高尚、卓然独立、为人谦和、风度翩翩……他前往中国天朝寻求劳力，大大增强了古巴甘蔗种植园的活力。他这么做的动机，无疑是为了促进新型工业的发展。"[②]无论唐克多么煞费心机，他死后依然被指责为贪婪残忍的人渣，这多少有些令人唏嘘。那么，除了唐克个人对财富的贪婪以外，有没有外部的驱动力促成了他人性中的恶念，令他违背了自己的良知而去残害华工？如果唐克不去做苦力贩子的话，是不是还会有别的人去做同样的事？显然，唐克只是一个符号；虽然他是施害者，是罪恶和贪婪的象征，但他也不过是帝国主义链条中的一个微小环节，他的初衷只是聚集财富、改变命运。所以，在唐克等苦力贩子的背后存在着更强大的推动力：帝国主义体系维系下的殖民暴力，它将

---

① ［古巴］玛尔塔·罗哈斯：《黄色行李》，张鹏译，北京：五洲传播出版社，2012年，第168页。

② ［古巴］玛尔塔·罗哈斯：《黄色行李》，张鹏译，北京：五洲传播出版社，2012年，第190页。

人性异化,使人背叛自我。苦力贩子和苦力一样,也失去了主体性,沦为殖民掠夺的工具。

在西班牙的殖民体系结束、美帝国主义实际控制古巴期间,这种剥削秩序依旧存在。即便是那些对卡斯特罗政权持有批判立场的作家,也不得不承认革命前古巴的黑暗、贫穷和混乱。卡洛斯·莫尔(Carlos Moore,1942～)的《秃鹫:古巴卡斯特罗政权下的种族和革命》(*Pichón: Race and Revolution in Castro's Cuba*, 2008)描写了当时贫苦人民的悲惨生活。雷纳多·阿里纳斯(Reinaldo Arenas, 1943～1990)在《黑夜降临之前》(*Before the Night Falls*, 1994)中,回忆了童年时生活的艰辛。穷人的生活没有尊严,儿时的作者营养不良、骨瘦如柴:"(那时)我2岁,站在那儿,一丝不挂。我弯下腰,伸出舌头去舔地面。我对于味道的最早记忆就是泥土的味道……我骨瘦如柴,肚子鼓鼓的,里面长满了寄生虫。"①此类作品并不在少数,从文学的角度对古巴革命前的社会进行了书写。当时巴蒂斯塔政权在哈瓦那等大城市的基础十分巩固,基础建设也主要集中在这些地方,而农村等边远地区长期以来并未得到投入,生活在农村的贫困古巴人生活艰难、处境悲惨。无论美国支持的反共宣传如何妖魔化卡斯特罗政权,无论巴蒂斯塔体制下的特权阶层如何悲叹荣光不再,毫无疑问,巴蒂斯塔政权的垮塌有着复杂的内部原因:统治阶级的无能、军队的腐败、巨大的贫富差距、普通人民遭受的苦难,最终促成了古巴革命的成功。"巴蒂斯塔的军队面对着卡斯特罗的起义,表现得特别无能。尽管警察过去的办法在主要城市中显得很有效……但是在1956～1958年,各种信仰的拉丁美洲人都惊诧地注视着一支很不起眼的游击队证明自己能够扎根于山区的堡垒之中,能够每天向全岛的居民进行广播,最后还能促使整个巴蒂斯塔国家机器的解体"。②

二、古巴革命和第一次移民潮

1959年元旦取得胜利的古巴革命终止了美国对古巴的实际控制,在此之前古巴社会各阶层之间的微妙平衡也被彻底打破,卡斯特罗政权以及之

① Reinaldo Arenas. *Before the Night Falls*. Trans. Dolores M. Koch. New York: Penguin Books, 1994, p. 1.

② [美]莱斯利·贝瑟尔主编:《剑桥拉丁美洲史》第6卷(下),中国社会科学院拉丁美洲研究所组译,北京:当代世界出版社,2001年,第31页。

后社会主义体制的建立宣告了古巴和美国的决裂，由此激发了古巴人移民美国的几次浪潮。这些社会历史事件在古巴移民文学和古巴裔美国文学中得到了丰富的再现。

在古巴裔美国人研究和古巴裔美国文化研究中，古巴革命对古巴历史以及古美关系的根本性影响，成为一个分水岭式的事件。在《在哈瓦那等待风雪》中，卡洛斯·艾尔开篇的第一句话便是："我一觉醒来，这个世界全变了……怪事一件接着一件：有好事，也有坏事，大部分不好不坏。并且，都由不得我自己……那一天，是 1959 年的第一天。"[①]任何一位对古巴历史有所了解的读者，都会明白这句话里面的深意：古巴革命的影响深刻而广泛，它改变了几乎所有古巴人的生活。事实就是如此，因为古巴国内政局的变化，大批和美国关系密切的古巴人在第一时间通过各种方式移民到美国。1959 年元旦到 6 月 30 日半年的时间内，移民总数为 26527 人，下半年为 30000 人。这是最早的一批古巴移民，他们多为巴蒂斯塔政权的政治领袖、部队高官、大资本家、大土地所有者、上层知识分子，其中大部分是卡斯特罗政权的革命对象，另外一部分移民是美国公司所雇佣的古巴员工。革命之前，大约 150000 古巴人为美国驻古巴的公司工作，他们的工资待遇普遍高于古巴公司员工的工资水平，大部分属于中上阶层，所以这些人即便不是政界人士，也多属于政治上的亲美派。如维克多·安德斯·特伊(Victor Andres Triay)所说，"正是因为经济上的各种联系，古巴的中上层阶级以亲美而著称"[②]。总之，第一次移民潮中的相当一部分人多为直接受到革命影响的群体，他们要么是失去了原有的生计，要么是要改变原有的生活习惯和生活方式，"除了极少例外，基本都是中上层阶级的古巴人，他们的技能和知识对于国家构建具有重要帮助"。这些人的离开，对于古巴的国家建设具有显而易见的破坏作用，"人们普遍认为，帮助这些人离开古巴来美国，是想要对古巴政权釜底抽薪，最终的目的是让卡斯特罗倒台"[③]。到 1960 年底，已经有大约 6 万古巴人到达美国。

① Carlos Eire. *Waiting for Snow in Havana: Confessions of a Cuban Boy*. New York: Free Press, 2003, p. 1.

② Victor Andres Triay. *Fleeing Castro: Operation Pedro Pan and Cuban Children's Program*. Gainesville: The University Press of Florida, 1998, p. xii.

③ Victor Andres Triay. *Fleeing Castro: Operation Pedro Pan and the Cuban Children's Program*. Gainesville: The University Press of Florida, 1998, p.29.

除了古巴内部的因素之外，美国的直接干预更加助长了古巴人移民美国的热情。美国政府为了颠覆新生的古巴卡斯特罗政权，不惜一切代价扶植古巴海外流亡组织，培养亲美势力，进行各种政治和军事准备。美国政府和相关机构对古巴移民提供了一系列的优惠政策，例如提供无息贷款、免费专业技术培训和就业机会等，这些政策被统称为“古巴难民安置计划”(Cuban Refugee Program)。在1961～1963财政年度，美国政府为古巴难民提供的资金支持分别达到409万、3856万和5631万美元。[①] 美国境内各类基金会也扶持有影响的反卡斯特罗组织，例如美籍古巴人全国基金会(Cuban American National Foundation)、1985年成立的马蒂广播电台(Radio Martí)和之后成立的马蒂电视台(TV Martí)。马蒂广播电台自成立之日起，24小时不间断对古巴进行广播，进行颠覆古巴政府的宣传，目的在于“推销美国的那套模式，促进古巴所谓的‘民主’与‘自由’”[②]。在马蒂广播电台开播的头十年中，“美国政府拨款高达1.54亿美元。从1989年到1995年的七年间，马蒂电视台又耗资8900万美元”[③]。他们进行政治宣传、散布各种谣言，鼓动古巴人离开古巴，意在颠覆新生的社会主义政权。

在美国扶持的反卡斯特罗势力中，真正掌握话语权的是古巴移民及古巴裔美国人中的精英阶层，他们中的不少人在美国社会占据重要位置。为了扩大反古巴政权的势力和影响力，他们进而拉拢到了古巴裔社区的中上层阶级。这些中上阶层古巴移民聚居在佛罗里达南部特别是迈阿密，借助于美国政府的各种福利政策，较快地重新确立了自己的社会地位和经济基础。这些移民称自己为“流亡者”，强调自己移民美国背后的政治因素而非经济原因。“流亡者”一词具有特定的含义：他们多为巴蒂斯塔政权的官员、商人和上层知识分子，“他们和巴蒂斯塔政权的腐败和滥用职权脱不了干系，面临着失去社会地位、财产甚至生命的危险，因此唯一的选择就是离开”[④]。这是革命后最早一批逃离古巴的移民，他们是古巴人口中的特权阶层，所以，更倾向于使用“流亡者”一词来凸显政治目的而弱化经济原因，遮

---

① Victor Andres Triay. *Fleeing Castro: Operation Pedro Pan and the Cuban Children's Program*. Gainesville: The University Press of Florida, 1998, p. 46.

② 陈久长：《硬汉卡斯特罗：中国驻古巴大使手记》，北京：中国文史出版社，2009年，第141页。

③ 陈久长：《硬汉卡斯特罗：中国驻古巴大使手记》，北京：中国文史出版社，2009年，第141页。

④ Maria Cristina Garcia. *Havana USA: Cuban Exiles and Cuban Americans in South Florida, 1959-1994*. Berkeley: University of California Press, 1996, p. 13.

蔽自己居于经济链条顶端的事实。这些早期流亡者最具代表性的特征包括“持有反对派政治立场，曾是卡斯特罗革命的受难者，文化程度高、经济实力雄厚、居住在迈阿密，并且大都是白人”[①]。所以对于古巴移民而言，“流亡者”是他们的特定身份标签，和美国所接纳的其他国家的“避难者”有着根本性的差别：“流亡者”并不是移民法定身份中的一个名词，而是他们的一种自我称谓。

在文化地理坐标中，南佛罗里达特别是迈阿密成为这些流亡者进行身份认证的地域标识。最初的移民大多在迈阿密落脚，并逐渐在那里聚居，这是因为迈阿密距离古巴最近，他们在那里随时等待着古巴国内政局的变化，以便在最短的时间里回到古巴。流亡者在古巴移民社区中占据重要地位，他们的话语被视为美国古巴裔文化的主流。1962 年猪猡湾事件（又称“吉隆滩事件”）中被古巴俘虏的 1214 名政治流亡者，大部分来自这里[②]；这次著名的政治事件也反映出了古巴流亡者“夺回政权、重返古巴”的战略意图。虽然颠覆古巴革命政权的计划没有得逞，但是迈阿密的古巴移民和古巴裔美国人一直积极利用各种手段宣传流亡者的价值观，与古巴当局对抗，成为美国扶持的海外反古政权的主力。卡伦特的研究非常犀利地指出了各种矛盾的焦点所在：“美国对于反共产主义的古巴难民提供了无条件的支持，不只为他们提供避难所，而且还有各种优惠条件和支持性的宣传，《古巴难民条例》的制定就充分体现了这一点。”[③]从美国政府的大量资金投入和密集的政治宣传可以看出，所谓的“古巴裔文化主张”实际带有浓重的政治色彩。所以说，古巴裔美国文化的主流是流亡文化，其代表性话语就是流亡者的政治话语模式，这种情况一直持续至今。

三、“彼得·潘计划”：儿童移民经历及其文学表达

美国情报机构、美国政府和流亡美国的古巴人以及亲美的天主教会等机构，不断发动颠覆古巴的各种破坏活动，企图推翻卡斯特罗政权，其中的典型事例就是这些机构联合策划的“彼得·潘计划”以及后来的“古巴儿童

---

① Cheris Brewer Current. *Questioning the Cuban Exile Model: Race, Gender, and Resettlement, 1959-1979.* El Paso: LFB Scholarly Publishing, 2010, p. ix.

② 也有数据显示，大约有 1500 人被捕。

③ Cheris Brewer Current. *Questioning the Cuban Exile Model: Race, Gender, and Resettlement, 1959-1979.* El Paso: LFB Scholarly Publishing, 2010, p. 1.

移民计划”。可以说，这是继第一次移民浪潮以后又一次较大规模的移民，只是这次移民的主体是儿童和青少年。

自西班牙内战开始，西班牙天主教会(the Spanish Catholic Church)就对于左派立场感到了深深的不安，而古巴的天主教教职人员大都由该教会培训和派遣，所以，古巴革命后不久，天主教会的反政府立场就已经相当明显。1960年，古巴当局关闭教会学校和私立学校，彻底导致了教会和古巴政权的对立。古巴导弹危机事件之后，冷战格局最终形成，美国围堵古巴社会主义政权的战略也加紧部署，迈阿密天主教福利管理局(the Catholic Welfare Bureau)的主任布莱恩·沃尔什(Bryan Walsh)得到了古巴难民执行委员会(the Cuban Executive Bureau)的支持，继而得到了美国联邦政府的支持，启动了名为“彼得·潘计划”的古巴儿童移民计划，即通过秘密运作将没有监护人陪伴的古巴儿童独自运送到美国。在迈阿密天主教会的策划和美国中央情报局的支持下，自1960年11月至1962年10月的22个月的时间里，反古流亡者组织将14048名古巴儿童通过各种方式送到了美国。古巴哈瓦那拉斯顿学院(Ruston College)的美国教师詹姆斯·贝克(James Baker)成为联络人，直接负责招募、动员学生，说服家长，帮助学生获取护照和签证(甚至伪造证件)。在美国，除了天主教福利管理局以外，还有犹太家庭和儿童服务中心(the Jewish Family and Children's Service)以及儿童服务管理局(the Children's Service Bureau)参与到儿童移民的安置中。许多美国学校、家庭也参与进来，因为大使馆签证时要求当事人提供美国学校的入学许可。“贝克发给沃尔什学生名单，沃尔什将名单转给古巴流亡者诺玛·伦伯格，她从戴德县科勒尔·盖布尔斯高中的艾格尼丝·艾尔沃德那里拿到相应数量的I-20签证表。沃尔什把这些签证表发给哈瓦那的贝克，贝克再发给学生的家长。”[①]虽然这仅是其中的一个环节，但是也已经显示出了移民问题中的意识形态表达，正如古巴儿童移民研究专家玛利亚·托雷斯(María de los Angeles Torres)所说的：“在古巴，这次事件被视为美国对古巴新生政权的侵略，美国中情局对古巴未来的掠夺。而在美国人眼里，这些儿童是活生生的例子……是被拯救并获得自由的代

---

① Victor Andres Triay. *Fleeing Castro: Operation Pedro Pan and the Cuban Children's Program*. Gainesville: The University Press of Florida, 1998, p. 18.

表。"[①]需要特别明确的是，这些儿童移民特别是"最早通过彼得·潘计划被送到美国的无监护人陪伴的儿童，是反卡斯特罗秘密组织成员的孩子，相当一部分人在卡斯特罗选择社会主义道路之前就已经积极参与反革命活动……相当一部分反对派组织成员主张，只有他们的孩子被送到政府鞭长莫及的地方，他们才会继续参与反对当局的活动"[②]。参加到该计划中的大多数父母和他们的孩子，其实是受到当时流传甚广的谣言的影响，害怕未来的政局动荡影响到自己的孩子。

这些儿童移民成为直接的受害者，他们承受着与父母分离的痛苦，独自面对着未知的未来。流亡至美国的古巴前政权成员、反卡斯特罗的教会人员和美国的相关机构，例如中央情报局，都直接或者间接地参与到了这场儿童移民潮的运作之中。这些没有监护人陪伴的古巴儿童移民来到美国以后，有些和在美国的亲戚住在一起，或者被美国家庭收养，但是大多数独自住在救助中心，有些孩子再也没能和父母见面。他们中的一部分人获得了成功，更多人过着平凡的生活。无论成功与否，这些孩子在尚未成年时离开父母，过早地承受着成长的痛苦，并且大多数人的移民并非出于自主选择，因而他们在很大程度上成为意识形态斗争的受害者。

鉴于这些儿童移民的特殊经历，"彼得·潘儿童"研究和涉及"彼得·潘儿童"经历的文学作品在20世纪90年代曾经成为古巴裔文学的重要部分，其中的代表作品有卡洛斯·艾尔的两部回忆录《在哈瓦那等待风雪》和《在迈阿密学会死亡难民的男孩的告白》(*Learning to Die in Miami: Confession of a Refugee Boy*, 2010；以下简称《在迈阿密学会死亡》)。此外还有爱德华·内伊拉(Edward J. Neyra, 1950～　)的《古巴：失去和重拾》(*Cuba Lost and Found*, 2010)、维吉尔·苏亚雷斯(Virgil Suárez, 1962～　)的《躲过了安哥拉：古巴—美国童年的记忆》(*Spared Angola: Memories from a Cuban-American Childhood*, 1997)等。这些作者都是儿童移民，他们几乎无一例外地使用自传或回忆录，记录了各自人生中的这段经历。客观地讲，《在哈瓦那等待风雪》之所以得到了如此关注，与作者的"彼得·潘儿童"移民身份是分不开的。卡洛斯·艾尔将历史事件和个

① Maria de los Angeles Torres. *The Lost Apple: Operation Pedro Pan, Cuban Children in the U.S., and the Promise of a Better Future*. Boston: Beacon Press, 2003, pp. 1-2.

② Victor Andres Triay. *Fleeing Castro: Operation Pedro Pan and the Cuban Children's Program*. Gainesville: The University Press of Florida, 1998, p. 4.

人经历结合,讲述了儿童移民失去双亲庇护和美好家园的双重失落感,强调了他们所经历的深切失落感。这种书写方式几乎成为“彼得·潘儿童”相关主题的书写定式,在当今古巴裔美国文学中有相当的代表性。艾尔的成功不仅与作家的个人经历和主题选择相关,而且还在很大程度上得益于读者的接受偏好,特别是古巴裔美国人对于文学作品的接受和认可,毕竟,儿童移民在异国他乡的孤独和无助更容易引发人们的共鸣。

无论是《在哈瓦那等待风雪》《在迈阿密学会死亡》中的卡洛斯·艾尔兄弟,还是《古巴:失去和重拾》中的内伊拉,他们都在很大程度上迎合了人们的上述偏好。除了情感要素之外,意识形态要素是移民文学研究中无法回避的话题,而“卡斯特罗政权下的古巴”在美国社会中暗示了“社会主义古巴”和“自由民主”之间的博弈,是普通民众和政客们都津津乐道的一个话题。在《革命之前的古巴》一文中,作者开篇便使用带有鲜明意识形态性的语言给整个流亡话题定下了基调:“半个多世纪以来,流亡的古巴人斗争在两个战线上——菲德尔·卡斯特罗强加于他们祖国的共产主义政权,还有世界各地支持卡斯特罗革命的学者和媒体为他所做的辩护,那是因为他们相信了卡斯特罗对于真理阐释的一面之词。”[①]叙述者以此表明了自己的反古巴立场,使得叙述毫无争议地成为美国价值建构的一部分。综观这类文学作品,无论是在题目上,还是在文本的措辞中,作者往往在显著位置标识出与古巴政治关系密切的字眼。没有多少美国人真正去关心这场历史事件背后的真相,也没有人会在意在美国发起的政治博弈中这些孩子承受了多少痛苦。其中一部分儿童的父母后来移民到美国与孩子团聚,也有许多人直到成年之后、古巴政府的政策有所放宽时,才重新回到故国与亲人团聚,甚至还有人终生未能再与父母相见。对于出版业、美国主流媒体而言,“古巴”这两个字就足以博得关注。例如在爱德华·内伊拉的自传《古巴:失去和重拾》的封面上,“古巴”两个大字被放在最显眼的位置,用红色标示出来,下面的两幅照片分别是童年的作者和他们家族在古巴的豪宅,背景除了高高的棕榈树、葱翠的热带植被、朝不同方向飞行的几架飞机外,还有蓝色的天空和红橙色的云朵,他们共同映衬出“古巴”这一核心信息。

---

① Guillermo Martinez and Sam Verdeja. “Guba: Before the Revolution”, in Sam Verdja and Guillermo Martinez (eds.), *Cubans: An Epic Journey: The Struggle of Exiles for Truth and Freedom* (pp. 5-19). Miami, FL: Reedy Press, 2012.

这足以给读者留下深刻的印象。《在哈瓦那等待风雪》的书名同样如此，热带地区的哈瓦那是不会下雪的，作者所谓的"风雪"显然是政治隐喻，"等待"则暗示了在历史语境下个人的被动和无奈。

还有一批"彼得·潘儿童"成年后获得了学业的成功，成为各个领域的学者。他们中的一部分人后来致力于研究古巴移民问题和"彼得·潘儿童"的流散，例如玛利亚·托雷斯(Maria de los Angeles Torres，1954～)；有的成为成功学者，例如哥伦比亚大学戏剧学教授、资深戏剧导演和艺术指导爱德华多·马查多(Eduardo Machado，1953～)等。托雷斯的两部最具影响力的著作都涉及古巴移民政治研究，其中《失去的苹果："彼得·潘计划"、美国的古巴儿童和美好未来的承诺》(*The Lost Apple：Operation Pedro Pan，Cuban Children in the U. S.，and the Promise of a Better Future*，2003)介于纪实文学和历史研究之间，是最具影响力的"彼得·潘儿童"研究著作之一。虽然作者本人有过背井离乡的切肤之痛，但是她在书中充分体现了学者的严谨和尊严，做了大量的考证、实地调查和访谈。她认为联邦调查局是这一事件的始作俑者，主张充分挖掘这个事件背后的政治因素，多次要求美国政府解密相关文献，但是始终没有获得许可。她说，公众只注意到了古巴革命导致这些儿童与父亲分离，但是没有几个人意识到儿童也是政治博弈的受害者："可以肯定的是，美国支持的政治宣传蛊惑了这些父母，他们误以为卡斯特罗政府要把孩子抢走，要将孩子送到苏联的训练营。"[①]马查多的部分剧作以"流散""古巴""移民经历"为主题，有的还具有相当程度的自传性，例如《危卵》(*Broken Eggs*，1984)、《亲吻菲德尔》(*Kissing Fidel*，1997)、《哈瓦那那一夜》(*Cuba and The Night*，1998)、《哈瓦那在等待》(*Havana is Waiting*，2000)和《厨师》(*The Cook*，2003)等。其中《哈瓦那在等待》中的主人公费德里克被公认为是作者本人的化身，他是敏感、孤独的古巴流亡者，因为匆忙离开家乡、脱离父母的怀抱而草草结束了自己的童年，从而导致了自我身份建构的严重失衡。所以，马查多剧作中塑造的同性恋者，更多的是两种意识形态、两种认同之间矛盾的不可调和的投射。

来到美国之后的艰难的文化适应是这类作品的重要主题，无论作品是

---

① Maria de Los Angeles Torres. *In the Land of Mirrors：Cuban Exile Politics in the United States*. Ann Arbor：University of Michigan Press，2001，p. 7.

虚构性的还是非虚构性的。儿童移民数量多，在高峰时期，每周到达基韦斯特的“彼得·潘儿童”达到了上千人，安置问题相当艰巨和复杂。当时安置的情况是：有些儿童在美国有亲友，并且亲友同意接受监管，那么安置机构就直接将他们交给这些亲友，并将其作为孩子在美国的监护人；大部分孩子没有监护人，或者即便有亲戚在美国，他们自己的生活尚不能保证，根本无法接收这些孩子。卡洛斯·艾尔兄弟的情况属于后者。艾尔的伯父一家已经移民到美国，但是他们自己还在接受福利救助，所以没有能力照顾卡洛斯兄弟，因此兄弟二人只能听凭教会安排。这些没有监护人接受的孩子首先由教会接管，被安置在临时安置中心。在大批“彼得·潘儿童”到来之前，计划的负责人已经在迈阿密附近将学校或者暂时废弃不用的厂房改造成安置中心。移民儿童大多在6～14岁，男孩和女孩被分别安置在不同的中心，因此，即使一起来美的兄弟姐妹往往也无法住在一起。然后教会联系愿意暂时接管这些儿童的美国家庭或者古巴裔美国人家庭。教会的计划是尽量将这些儿童疏散到佛罗里达州以外的地区，以便为以后到来的移民节省出安置资源。也有些儿童起初被美国家庭接收，但是古巴导弹危机之后，古巴取消了赴美航班，这些孩子的家人无法离开古巴，他们在寄养家庭的时间被无限期地延长，超出了很多接收家庭的承受能力，他们不得不重新回到教会的安置中心或者“里卡多之家”这样的私人安置中心。只有极少数孩子比较幸运，得到经济条件较好的美国家庭的接纳，例如爱德华·内伊拉被中上阶层的白人家庭收留。加上大部分儿童特别是早期受到资助的儿童来自中上层阶级家庭，之前的生活条件较为优越，生活的变故、与父母的分离以及生活条件的陡然下降等使他们出现了各种问题，诸如心理、认知与社交障碍。这在很大程度上颠覆了对“彼得·潘计划”的美化和理想化描写。

需要注意的是，这些非虚构性的叙事为古巴儿童移民的故事提供了一手资料，甚至对于相关的历史学研究也具有重要价值。不过也应该看到，在具体的社会历史背景和意识形态要素的影响下，即便这些儿童移民算不上流亡者，他们在家庭环境和成长经历的影响下，也往往在书写中表达出明确的政治立场，因而需要冷静客观地对待这些传记作品的真实性，需要看到价值取向表达作为叙事策略的可能性。

正是基于这样的可能性，奥森和托雷斯等“彼得·潘计划”研究专家认为，有必要研究大规模儿童移民背后的政治因素。吉姆斯·奥森和朱迪丝·奥森持有同样的观点，他们认为，天主教会和美国情报局的合作源于古巴革命之后卡斯特罗政府的土地政策以及天主教会的利益损失。在巴蒂斯塔时期，天主教会和政府的关系非常密切；但是革命之后，天主教会的境况发生了变化，卡斯特罗政权的第一步重要举措就是将土地收归国有、实行农业改革，而这恰恰直接触动了天主教会的利益。[①] 波士顿枢机主教理查德·卡申(Richard James Cushing，1895～1970)曾经公开警告卡斯特罗政府，"天主教会的地产不容侵犯"。但是，卡斯特罗的革命脚步并未因此而退缩，农业改革之后，教会的土地被收归国有，"天主教会和卡斯特罗政权正式决裂，积极推动反政府宣传，在资助流亡者、发动'彼得·潘计划'中发挥了关键性的作用"[②]。后来，美国的政治阴谋落空，他们也逐渐失去了对儿童移民计划的兴趣："中央情报局在猪猡湾的阴谋失败以后，他们失去了从古巴往外运送儿童移民的兴趣，和'彼得·潘计划'撇清了关系。"[③] 因此，随着1962年10月"古巴导弹危机"的结束，"彼得·潘计划"也正式结束，美国不想再继续进行资金投入。1965年，最大的儿童接收中心"佛罗里达城"关闭，这宣布了儿童移民计划的正式结束。

四、"自由航班"及其文学表达

第三次较大的移民潮发生在1965～1973年。1965年以后，古巴和美国谈判的结果就是开通直飞航班，这趟航班被流亡者称为"自由航班"(the Freedom Flight)，从哈瓦那直飞迈阿密。约翰逊总统专门签发特别经费，拨款1260万美元，用于资助和安置两类人："首先是那些现在居住在美国，无法和孩子团聚的父母、无法享受父母关爱的孩子，以及无法团聚的夫妻；然后就是因为政治原因被监禁的人士。"[④]大约每周有1000人搭乘自由航

① 农业改革的主要举措有两点：将农场的规模缩小到1000英亩以下，对于大地产者的土地，除了留一小部分保证其生计以外，其余收归国有。保证国民生计的甘蔗、水稻和牲畜的农场规模可以稍大，可达到3000英亩。

② James S. Olsen and Judith E. Olsen. *Cuban Americans: From Trauma to Triumph*. New York: Twayne Publishers, 1995, pp. 53-54.

③ Victor Andres Triay. *Fleeing Castro: Operation Pedro Pan and the Cuban Children's Program*. Gainesville, FL: The University Press of Florida, 1998, p. 29.

④ Lyndon Johnson. "Remarks at the Signing of the Immigration Bill, Liberty Island, New York", LBJ Library, 1965/10/03(2016/09), http//: www. lbjlib. utexas. edu/Johnson/archives. hom/speeches. hom/651003. asp.

班离开古巴，剧作家尼洛·克鲁兹和诗人平塔多都是在这一时期移民美国的。到1973年时，已经有大约30万人享受到这种特殊的待遇而从古巴来到美国。“到1973年，美国政府已经投入了10亿美元，为古巴政治难民提供医疗保障、职业培训、成人教育、食品补贴和每月的救济金，为他们提供住所，并帮助他们在美国的经济和劳动力市场中站稳脚跟。这在美国移民历史上是绝无仅有的，其他任何移民都未享受过如此待遇。”[①]所以，美国的这些付出毫无疑问是将难民作为“自由的斗士”进行的宣传，他们被当成了反对共产主义的筹码和工具。[②]

第四次移民浪潮发生在20世纪80年代初期，当时古巴针对屡禁不止的偷渡事件和美国持续的反古巴策采取了应对措施。这次的移民潮以马列尔偷渡事件为代表，其中大部分是黑人或者下层穷苦劳动人民，他们被统称为“马列尔移民”(the Marielitos)。如前所述，在80年代之前来到美国的大部分古巴人是中上层阶级和职业人士，他们的文化程度高，经济条件较好，并且大多数人以政治避难者的身份获得了美国社会的接纳。但是马列尔事件则完全颠覆了古巴移民的这种典型形象和整体特征。20世纪70年代末80年代初，拉丁美洲国家经历了一系列的变革，如萨尔瓦多等国的军事政变和内战，整个拉丁美洲的经济状况变得更加严峻。苏联在远东被阿富汗战争牵制，对古巴的经济援助减弱，古巴在美国的经济封锁之下面临重重困难。1978年12月，菲尔德·卡斯特罗一改之前20年间的移民紧缩政策，开放海岸，允许古巴流亡者回古巴进行为期一周的探亲，这个政策“对许许多多古巴裔美国人来说，盼望已久的梦想终于成真——他们能够见到分别已久的亲人，虽然相距只有90英里，但是政治意识形态令他们相隔天涯、无法相见。在1979年12月到1980年初的短短数天之内，10万古巴人从纽约、迈阿密和洛杉矶飞回哈瓦那”[③]。这种短暂的放松政策还带来了另外一个结果：古巴人移民美国的移民潮。移民借助各种水上工具、趁着边防警察放松戒备的机会偷渡到美国。但是这次的移民是以下层贫穷

---

① Maria de Los Angeles Torres. *The Lost Apple: Operation Pedro Pan, Cuban Children in the U.S., and the Promise of a Better Future*. Boston: Beacon Press, 2003, p. 21.

② Cheris Brewer Current. *Questioning the Cuban Exile Model: Race, Gender, and Resettlement, 1959-1979.* El Paso: LFB Scholarly Publishing, 2010, p. 1.

③ James S. Olsen and Judith E. Olsen. *Cuban Americans: From Trauma to Triumph*. New York: Twayne Publishers, 1995, p. 77.

古巴人为主,根本动机是到美国赚钱,改善生活。在 1980 年 4 月到 9 月之间,共有大约 124799 名古巴人离开[①],这个事件被称为“马列尔偷渡事件”(Mariel boatlift)。

值得关注的是马列尔偷渡事件之后迈阿密古巴人社区的反应,它证明了古巴移民问题所具有的强烈政治隐喻。这次移民浪潮是以贫穷的下层古巴人为主,他们不具备之前移民的“精英”和“职业人士”等特征。结果,迈阿密的古巴人不再呼吁保持古巴特征,对这些下层社会的移民充满了敌意。媒体大肆宣传称这些难民是古巴当局故意从监狱释放出来的“同性恋者和精神病人”:“迈阿密的‘古巴味’已经远远超过了他们所能够承受的范围……”[②]不仅美国人排斥这些新移民,古巴裔社区对他们也充满鄙视,他们因此“无法获得难民身份,没有人称赞他们为英雄或爱国者”[③]。因为这些移民中大约 70%为男性,大多数人在美国没有亲属对他们进行援助或者安置;而之前美国为了颠覆卡斯特罗政权对古巴“难民”采取无条件的投入和接纳,古巴人早已经熟悉了美国的古巴“难民”安置计划,所以马列尔偷渡者们也就毫不客气地利用了这些便利条件。美国当局和古巴流亡者团体原本希望以此事件为借口攻击卡斯特罗的经济政策,未曾想却让自己深陷泥潭。美国对古巴进行了 20 年的经济制裁,投入了大量的财力之后,却未收到预期的政治效果。此外,美国在越南战争等一系列国际事件中没有获得预期的利益,此时美国国内针对美古政策的怨言颇多,于是,美国不得不对古巴难民问题进行政策调整。所有这些都是美国没有料到的,美国政府面对这突如其来的移民潮都显得不知所措,于是美国政府不得不向古巴政府提出严正抗议,要求他们控制非法偷渡,这场充满戏剧性的“难民潮”就此结束。

当然,并非所有的马列尔移民都不受美国欢迎,雷纳多·阿里纳斯就是一个特例。阿里纳斯是马列尔偷渡事件的一员,他符合约翰逊总统所说的首要资助的第二类人的条件:因为政治原因为古巴政府所监禁者。阿里

---

① James S. Olsen and Judith E. Olsen. *Cuban Americans: From Trauma to Triumph*. New York: Twayne Publishers, 1995, p. 81.

② David Rieff. *The Exile: Cuba in the Heart of Miami*. New York: Simon & Schuster Inc., 1993, p. 17.

③ Maria Cristina García. *Havana USA: Cuban Exiles and Cuban Americans in South Florida, 1959-1994*. Berkeley: University of California Press, 1996, p. 6.

纳斯是持不同政见者，多年来一直强烈批评古巴政府；他还是同性恋者，曾经因为行为不端被举报而入狱。1976 年阿里纳斯出狱以后，在友人的帮助下借助马列尔事件的机会离开古巴。他离开古巴后开始更加猛烈地抨击古巴政府，在美国的政治集会和大学里演讲，甚至被邀请到德国等欧洲国家访问，他的首要目的就是攻击古巴政府、进行反卡斯特罗宣传。作为同性恋者，阿里纳斯在迈阿密受到了热烈的欢迎，被视为民主的斗士和自由的象征，备受褒奖。[①] 通过阿里纳斯的例子可以看出，迈阿密对马列尔移民的鄙视，并不是因为他们是所谓的“同性恋者”“精神病者”和“罪犯”，而是因为他们没有鲜明的反政府立场，这更加证明了美国对古巴移民的优待是有着政治目的的。阿里纳斯来到美国以后，难以再提供来自古巴的一手信息，反古巴宣传逐渐对他失去了兴趣，这令阿里纳斯气愤不已，在自传中他说自己被叛徒出卖、被利用了。

五、“乘筏偷渡客”和相关的文学书写

第四次移民潮发生在 20 世纪 90 年代，也是以中下层劳动人民为主。1990 年苏联解体，对古巴的经济援助走向终结。东欧剧变之后，古巴的经济更加困难，国内生产总值连年下降，从 1989 年的 196 亿比索下降到了 1994 年的 121 亿比索，生活用品严重短缺，配给更加严格。古巴的蔗糖产量减少了一半以上，财政赤字增加迅速。此时美国进一步加紧了对古巴的经济制裁，用蔗糖换石油的配额急剧、大幅减少，5 年内从 150 万吨降到了 300 吨。[②] 在经济压力之下，古巴政府放松了对非法移民的管控；而美国意在利用东欧剧变的机会彻底消灭古巴政权。一方面古巴人承受着巨大的生活压力；另一方面，美国给予古巴流亡者的优惠政策对非法偷渡起到了推波助澜的作用。一时间偷渡移民潮汹涌而来，古巴人乘坐各种自制水上交通工具从哈瓦那出发，往美国偷渡。有些漂流工具十分简陋，被夸张地比作“筏子”，非法偷渡者因此被称为“乘筏偷渡客”。据不完全统计，在 1993 年，3656 人乘小船或者其他自制工具偷渡到美国。偷渡潮最为盛行的时候是 1994 年的八九月间，此时共有大约 32000 人偷渡到美国。事实

① 《夜幕降临之前》出版后得到广泛的认可，于 2000 年被改编成电影，荣获多项国际大奖。

② Alfredo A. Fernández. *Adrift: The Cuban Raft People*. Trans. Susan Giersbach Rascon. Houston: Arte Público Press, 2000, pp. 2-3.

上，这些下层的移民根本算不上是流亡者，他们移民的动机主要是出于经济原因，并没有明显的政治诉求。[①]

和以往对待每次移民潮和突发事件一样，美国反古巴势力准备利用这次机会颠覆古巴政权。美国起初采取无条件接纳的政策，流亡者组织的内应和美国支持的亲美分子在古巴各地鼓动民众，积极暗中支持哈瓦那的反动示威活动。位于迈阿密的第八大街(Calle Ocho)是反卡斯特罗分子的集会地点，著名的流亡组织领导人安德列斯·巴尔加斯·科梅兹(Luis Andrés Vargas Gómez，1915～2003)等人在此坐镇策划指挥，利用各种条件对古巴政权进行颠覆。美方的这些反应更加鼓舞了古巴人偷渡，甚至出现了劫持军舰和飞机进行偷渡的情况。古巴向美国提出了抗议，表示如果美国不修改无条件支持偷渡者的移民政策，古巴将采取报复性政策，例如放开海岸。但是美国为了达到政治目的，同样采取了强硬的立场，表示不会对古巴做出让步。事实上，美国并非不加分辨地接纳古巴移民，为了避免 1980 年马列尔事件中的弄巧成拙，美国移民局其实对偷渡的古巴人实行了相当严格的甄别，移民会被问到以下问题："是否有犯罪记录并被监禁？是否为古巴政府工作过？身体是否健康？是否有传染病？古巴国内对当前形势的反应是什么？现在美国的政策是否会影响他们的偷渡计划？是否参过军？在哪个部队服役？在美国是否有亲属？据说每个古巴人都有筏子，或者有计划建造漂流筏子偷渡，这种传言是否属实？"[②]显然，这样的问题并非是为了"难民"的福利，而是为了获取情报，是美国为了颠覆古巴政权而进行的信息收集，之后这些移民在美国的境遇也证明了这一点。

这次移民潮的特点和马列尔移民的特点颇为相似，也以下层劳动人民为主，他们的可利用价值远不如美国政府对他们的福利投入，因为超过半数的移民没有专业技能，在美国没有亲友，必须依赖美国的社会福利资金生活，于是局势再一次超出了美国人的承受范围。1994 年，克林顿修改了自 20 世纪 60 年代以来的古巴移民法案，这是约翰·肯尼迪、林登·约翰逊、罗纳德·里根和乔治·布什等历届总统一直执行的古巴移民法案。更重要的是，卡斯特罗政府经受住了东欧剧变的考验，美国颠覆古巴社会主

---

① 参见"流亡文学"部分的概念界定。

② Alfredo A. Fernández. *Adrift: The Cuban Raft People*. Trans. Susan Giersbach Rascon. Houston: Arte Público Press, 2000, p. 81.

义政权的阴谋一一落空。后来的移民无法得到马列尔移民的优惠待遇，到达美国海岸的古巴人直接被送去柯罗梅拘留中心（Krome Detention Center），被美国海岸护卫队在海上救起的则被送到了关塔那摩。最终两国之间达成了初步的统一意见，包括：美国每年至少给予古巴 2 万合法移民配额；双方都应该杜绝非法偷渡和劫持船只、飞机的事件发生；通过外交手段安排难民营中的被羁押者自愿返回古巴；将来进一步沟通，处理美国监狱中可以获得假释者的遣返问题。[①] 近年来，古巴的移民形势较为平稳，古巴裔美国人社区未有剧烈的变化。

以“乘筏偷渡客”经历为主要书写对象的文学作品在古巴裔文学中占据一定的比重。《胡安·卡布瑞拉孤独的横渡》采用传记体裁，反映这些偷渡者在海上漂流的艰难历程。戏剧《自行车王国》和《古巴来信》等也取材于这段历史，反映 20 世纪 80 年代“马列尔移民”和 90 年代“乘筏偷渡客”的危险的偷渡经历。剧作者克鲁兹将移民经历和古巴历史结合起来，在剧作中以这些移民的故事为主题，描写难以把握自己命运的小人物被迫随波逐流，表现非法偷渡的危险性和不可预见性，突出了偷渡客经历中的悲情色彩。

回顾当代阶段古巴人移民美国的历史，从来没有哪一个国家的非法移民和偷渡者能够得到如此理想主义的美化，也没有哪个国家的移民能够得到美国举国上下无私的帮助和接纳。假如没有美国意识形态的左右，没有美国当局对古巴共产主义的妖魔化宣传，这些题材的呈现应该会是完全不同的。因而，研究古巴裔文学的前提和基础是研究当代古巴的社会历史，特别是古巴和美国的关系。

古巴人移民美国的历史和所有这些历史时期都相应地在文学中得到了表达。例如《在哈瓦那等待风雪》《红雨伞》《来年古巴：古巴仔在美国的成长往事》等作品描述了古巴革命之后风云突变、特权阶层逃离卡斯特罗政权下的古巴。《在迈阿密学会死亡》《古巴：失去和重拾》《躲过了安哥拉：古巴—美国童年的记忆》《雷霆的祝福：古巴的少女时代》等作品讲述“彼得·潘儿童”移民的经历和他们在异国他乡的成长。这些作品将在以下的各节中分别展开论述。

---

① Alfredo A. Fernández. *Adrift: The Cuban Raft People*. Trans. Susan Giersbach Rascon. Houston: Arte Público Press, 2000, p. 99.

第二节 古巴裔文学的“去流亡化”书写

古巴革命以前，在美国的古巴人数量不多，古巴人在美国的生活较为平稳，相当一部分古巴人为美国公司的雇员，较为频繁地来往于两国之间。这种生活模式为文学写作提供的素材相对较少，因此早期移民美国的古巴作家中虽有个别成就卓著者，但是他们的特点各异，古巴性反而不是写作重点，例如玛丽亚·伊莲·佛尼丝、奥斯卡·伊西罗斯、艾维里奥·格里洛(Grillo Evelio, 1919～)和卡洛斯·莫尔等。

这些作家的出身和经历不同，立场也各不相同，但他们都是在古巴革命前就已经离开古巴，革命对他们个人的影响较小，因此他们对于古巴革命的书写较少，特别是早期作品以及在20世纪90年代古巴流亡文学兴起之前的那部分作品。佛尼丝作为美国20世纪70年代先锋派戏剧的领军人物，在作品中几乎完全没有张扬古巴移民的特别身份，并且鲜有涉及古巴革命相关的主题。虽然佛尼丝也书写权力，但是她的“权力”不局限于意识形态领域内的政治权力，更没有通过批判卡斯特罗来获得美国的认同。应该说，她首先是先锋派剧作家和女权主义作家，其次才是少数族裔作家，即便后来她对拉美裔剧作家的提携是有目共睹的。总体来说，佛尼丝的绝大多数作品以表现主义和存在主义手法书写现代社会中的人生，或者以女性视角为基点，书写社会和父权对于女性的束缚。

同样，艾维里奥·格里洛在代表作《古巴黑人，美国黑人：回忆录》中也没有依托美国对共产主义的敌视而获得关注，没有借助于批评古巴政权来博得认同。这是古巴裔文学较早涉及身份问题的代表之作，这种书写着眼于古巴黑人在美国的困惑和迷茫，和后来流亡文学中的身份书写完全不同。在书中，格里洛揭示了古巴裔美国人社区的一个非常重要的问题：政治立场和阶级分野是人们进行相互区分的根本标准，在很多情况下，这些差异比种族和国别差异更加重要。传记的主线是叙述者格里洛讲述自己从无声到有声，从无形到有形的成长过程，在此期间，他需要一种集体的力量来表明自己的归属，他最终选择了美国非裔群体，而不是古巴移民社区。

一、属下阶层的话语建构：艾维里奥·格里洛

艾维里奥·格里洛1919年6月出生于佛罗里达坦帕(Tampa)市的一

个古巴黑人家庭。坦帕在南佛罗里达独具特色，因为它在很大程度上是依赖雪茄制造业和古巴移民的输入发展起来的。19 世纪 80 年代，古巴移民在坦帕建立起了雪茄工厂，依靠古巴工人的持续输入，小城成为美国最大的古巴雪茄生产中心，最盛时有大大小小几百家雪茄工厂。雪茄是纯手工制作的，需要大批的技术工人，这些工厂雇佣的都是古巴工人，因而到了 20 世纪 30 年代，坦帕的拉美裔人口已经占到城市总人口的四分之一。但是，在吉姆克劳法律的背景下，坦帕的古巴人承受着种族和族裔的双重压力：他们作为外来人口和劳动阶层，被严格限制在雪茄工厂附近的区域；古巴黑人更是遭到美国白人和古巴白人的种族歧视。古巴黑人主要居住在约巴（Ybor），而美国黑人全部聚居在坦帕西区。艾维里奥·格里洛就是在东坦帕的约巴区出生、成长的。虽然坦帕的拉美裔人口比例并不低，但是黑人在古巴移民中的比例却是非常低的，即便是到了 1962 年，也只占拉美裔总人口的 3%左右。所以，古巴黑人在古巴社区中是没有话语权的。这种情况和上面一节中所论及的南佛罗里达流亡者文化的霸权地位相契合，因此，格里洛的回忆录可以用来比对 1959 年以后古巴流亡者的文化取向，从下层古巴黑人的经历去透视南佛罗里达流亡者文化对古巴社区的影响。格里洛的回忆录被命名为《古巴黑人，美国黑人》，集中体现了本书的主题：作为古巴黑人，他在古巴人社区里受到明显的歧视，这一点和卡洛斯·莫尔所叙述的情况颇为相似。

在种族隔离制度下的南方，黑人和白人之间基本没有交集。坦帕海滩上竖着醒目的警示牌：古巴人和狗不得进入。[①] 直到 20 世纪 60 年代初，这样的标识才被拆除。不仅黑人和白人之间没有交往，美国黑人和古巴黑人住在不同的区域，相互之间也是界限分明。相对于美国黑人，古巴黑人的境况要更好一些，至少他们能够在古巴社区这样的环境下获得生存空间。格里洛这样的劳动阶层黑人家庭出身的孩子，要想获得社会的认可，就必须打破阶级壁垒和种族界限，通过文化身份的建构来获得突破，因此，否定或者贬抑自己的非裔文化、强化对欧裔西班牙文化的认同，无疑是最为便利、直接的途径。事实上，对于非欧裔文化要素的压抑也正是整个西语裔族群经常遇到的问题。然而，在回忆录中，格里洛却逆而行之，通过自己的

---

① Kenya Dworkin y Méndez. "Introduction", in Evelio Grillo, *Black Cuban, Black American: A Memoir*. Houston: Arte Público Press, 2008, p. x.

经历明确地表达了古巴黑人对于美国黑人文化的认同。这正是这部回忆录的非同寻常之处。

格里洛的回忆录按照时间顺序，讲述他的成长和身份建构。他最早的记忆是关于父亲的。当时格里洛的父亲患了肺结核，年仅3岁的他陪同父亲回古巴治病，但是父亲不久就在古巴病逝。随后他描述了自己的成长环境和家庭概况："我的父母都是从古巴来到约巴的雪茄工人，这里刚刚兴盛起来的雪茄厂需要大批的工人，他们来到这里寻找工作机会。我的父亲安东尼奥是'定型工'，就是把装填好的雪茄烟支压制定型成为相同的规格，这是雪茄生产的最后一道工序，并非人人都能胜任。我的母亲安帕罗是卷制工人，她的工作就是梳理烟叶，把雪茄里面的细长烟叶卷成长长的圆柱形，然后交由定型工去进一步加工、上茄衣。"[①]格里洛一家按照古巴传统生活，他们在家里讲西班牙语，只过圣诞节而不过感恩节。另外，作者还讲述了母亲、两个哥哥和姐姐西尔维娅在自己成长中所发挥的影响。大萧条时期的少年时代，最令他难忘的就是母亲下班回家时的疲惫不堪、继父路易的长时间失业，生活重压之下哥哥亨利年纪不大就走出家庭学习手艺。格里洛家尽管居住条件恶劣，但是成长中也不乏温情，例如他的教母劳拉给予他的温暖。这些零星的记忆构成了回忆录的前半部分。

回忆录的后半部分主要涉及种族身份问题和文化认同。在格里洛成长的年代，美国南方处于事实上的种族隔离之下，古巴黑人所承受的是族裔和种族的双重被边缘化，属于典型的"二等公民"。古巴黑人所遭遇的种族歧视和肤色政治的钳制，是他们在古巴所没有遭遇过的。格里洛说，在古巴，非裔雪茄工人属于社会的精英阶层，他们有文化，参与国家事务和政治运动，比那些在乡村种植甘蔗的兄弟姐妹受到更多的尊重。"有些古巴黑人雪茄工人成为诗人、作家、画家和音乐家。他们在工匠这个人数并不多的社会阶层中，生活得比较惬意，能够找到自己的位置，在上层社会之下，又在中产阶级之上的那么一个位置。"[②]然而，在美国，黑人雪茄工人的处境就完全不同了：在种族主义的大环境下，受美国种族隔离政策的影响，古巴白人和古巴黑人之间的界限十分明显。格里洛说："在工厂里，古巴黑

---

① Evelio Grillo. *Black Cuban, Black American: A Memoir*. Houston: Arte Público Press, 2008, p. 6.

② Evelio Grillo. *Black Cuban, Black American: A Memoir*. Houston: Arte Público Press, 2008, p. 14.

人和古巴白人一起干活，不过，尽管母亲在工厂里偶尔也和白人工友建立了跨种族的友谊，但是这种友谊从来不会延伸到各自的家庭环境中。黑人和白人的教堂也是分开的。古巴黑人有自己的交往圈子和社会活动中心，以古巴黑人解放领袖马丁-马西奥将军命名的工会。”[①]如果说能够有个别黑人进入白人社交圈子的话，那可能就是教育在发挥作用，所以格里洛对于雪茄工厂的朗读者法昆多·阿西翁印象深刻，这也是他对于通过接受教育而改变命运的最初印象。黑人儿童更加深切地感受到肤色带来的差别："尽管我们和古巴白人有着共同的语言、文化和宗教，但是我们这些古巴黑人就是黑人。学校铃声响起的时候，我们和黑人孩子一起，走向'有色人种'学校。”[②]尽管这种隔离也许并非是古巴白人的本意，但事实是，它的确给古巴黑人儿童带来了十分负面的影响。

古巴黑人和美国黑人之间起初也没有形成亲密的关系，因为他们族裔身份不同，生活区域、语言和风俗各自存在差异。由于肤色的关系，古巴黑人很容易被认作美国黑人，而且事实上，从国家机器的视角来看，美国出生的古巴裔黑人的确同美国黑人没有什么差别。然而，格里洛作为其中的一员，在成长中亲身体会到了古巴黑人的独特境地，也十分了解古巴黑人和美国黑人的不同境遇。在美国，古巴黑人和美国黑人都遭遇到肤色政治的钳制，但是古巴黑人能够获得受教育的机会，特别是坦帕的黑人雪茄工人；而在奴隶制的背景下美国黑人接受教育则被认为是违法的，因而长期以来坦帕的美国黑人处于社会的最底层，受教育水平十分低下。美国黑人承受了苦难，也做出了更加艰苦的努力和更加卓越的贡献，比如在教育平权方面取得的进步。像格里洛这样的古巴黑人，正是得益于黑人根植于美国的数百年的文化积淀，才逐渐在美国黑人的文化根基中找到了自我的价值。宗教、语言、文化和社会因素之间的差异使得古巴黑人未能与美国黑人进行充分的交往，但是他们的命运却在制度层面被直接关联起来："同为黑人的共同种族身份却未能在两个群体之间架构起桥梁。美国黑人讲英语，信仰基督教；古巴黑人讲西班牙语，信仰天主教。但是，其他方面的现实——诸如娱乐、教育、工作、友谊、爱、性和婚姻——将年轻的古巴黑人和美国黑

---

① Evelio Grillo. *Black Cuban, Black American: A Memoir*. Houston: Arte Público Press, 2008, p. 7.

② Evelio Grillo. *Black Cuban, Black American: A Memoir*. Houston: Arte Público Press, 2008, p. 39.

人联系起来。”[①]起初，格里洛出于对族裔和种族霸权的双重敬畏而对美国黑人敬而远之，所以他给姐姐送饭路遇同学打招呼说“等他回来”时，将对方的寒暄解读为挑衅，因而在回家时绕道而行。并且他并没有看到两个群体之间的龃龉，虽然他也知道，要被美国社会接纳，他们能够联合的力量就是美国黑人：“我的面前可以选择的出路是非常明确的：要么在美国黑人社会中自由徜徉，要么溺毙于纽约市拉丁区的贫民窟，永远游离于美国社会之外……要想进入美国社会，出路非常简单直接：融入美国黑人中，借助他们深厚的根基，否则永远无法在这里扎根。”[②]但是，在种族隔离背景下，他已经想当然地将黑人与白人、美国人与古巴人对立起来。

回忆录的后面两部分是“去往北方”和“参战”，主要讲述主人公格里洛离开佛罗里达去往华盛顿之后所经历的成长。在格里洛困惑于自己的身份之际，他因为品学兼优而获得了到华盛顿特区的邓巴高中(Dunbar High)就读的机会，毕业后又被录取到新奥尔良专门招收黑人的塞维尔大学(Xavier University)。他走出了小城，看到了更加广阔的世界。在多年的求学经历中，他越来越多地体会到了自己和美国黑人之间的血脉联系。他行走在黑人中，心中获得了一种安全感和归属感，这种安全感是古巴社区没能给予他的心理满足。在首都，他享受到了华盛顿特区宽松的种族政策，不需要再像在南方时那样遵守严格的种族隔离。他可以在公共汽车的任何地方坐下，不必走到车厢后部“有色人种”的区域。他可以进入大部分公共场所，可以享受绝大部分的公共资源，尽管这些设施在人员和管理上仍旧实行种族隔离制度，但是种族界限已经开始松动，黑人几乎可以不受阻碍地享受服务，包括图书馆。他“被认为是个普通的美国黑人男孩，可以在黑人区自由行走，享受着华盛顿黑人的种种奇妙待遇”[③]。因而，他感恩于自己的肤色，在黑人同胞中得到了鼓励和支持，他说：“我还能够非常生动地回忆起著名历史学家查尔斯·韦斯利博士的讲话，他是学院的院长，著作颇丰，还是出色的演讲家，给我们讲过两三次话。他声音浑厚，给我们

---

① Evelio Grillo. *Black Cuban, Black American: A Memoir*. Houston: Arte Público Press, 2008, p. 11.

② Evelio Grillo. *Black Cuban, Black American: A Memoir*. Houston: Arte Público Press, 2008, p. 12.

③ Evelio Grillo. *Black Cuban, Black American: A Memoir*. Houston: Arte Público Press, 2008, p. 60.

讲述黑人的历史，来鼓舞我们的精神。他鼓励我们要心怀希望，对未来要充满信心，因为未来的社会会更加公平。”①格里洛认为，成为黑人中的一员，才是自己真正改变命运、进入美国社会的人生转折；同样，那些留在坦帕古巴社区的黑人同龄人，也逐渐和美国黑人相融，从而逐步克服了他们作为古巴人他者的族裔阈限。美国黑人争取到的平等权利，使他能够享受到接受高等教育的福祉，开阔了视野，也增强了信心。即将大学毕业时，他称自己是个叛逆者，因为他已经意识到了黑人在美国遭受的不公，他已经具备了足够的判断力和自我认知，准备像黑人先驱那样为了黑人同胞的利益而斗争。

格里洛在回忆录中强调，对自己的成长产生最大影响的一个因素就是教育，这既指自己所接受的高等教育，也指社会这所大学所教给他的人生经验，特别是他在部队服役期间同种族主义作斗争的经历。太平洋战争爆发以后，格里洛参战，驻扎在远东的森林里。尽管黑人士兵和白人士兵一起冒着生命危险并肩作战，但是部队的各级军官在根深蒂固的种族主义思想影响下，在战略保障等各方面区别对待黑人士兵。格里洛协同黑人士兵进行了针锋相对的斗争，最终取得了胜利。他说“驻扎在印度期间，在丛林里，我赢得了小小的胜利，那是我们二战参战黑人士兵私下的一场战争，是对抗美国部队中的种族歧视现状的战争”②。至此，格里洛真正获得了对自我的全面认识，从接受并遵守美国社会的种族主义秩序到勇敢地向其发起挑战，他逐渐积聚的勇气来源于对自己的肯定，来源于他在美国黑人的丰富文化积淀中获得的认同感。

格里洛退役以后，在哥伦比亚大学攻读硕士学位，主修拉丁美洲研究。从此他致力于研究美国黑人文化和拉美裔黑人文化之间的联系，担任奥克兰市亚历山大社区中心的主任，组织各类文化项目、宣传黑人文化传统，开始了社会工作生涯。1953 年，他在加州大学伯克利分校获得了社会学硕士学位，继续在劳教所、心理辅导室等从事和社区工作相关的社会工作，帮助少数族裔特别是非裔和拉美裔青少年走出困惑、重拾信心。

格里洛的经历具有相当的典型性，他个人的成长得益于对黑人文化的

---

① Evelio Grillo. *Black Cuban, Black American: A Memoir*. Houston: Arte Público Press, 2008, pp. 65-66.

② Evelio Grillo. *Black Cuban, Black American: A Memoir*. Houston: Arte Público Press, 2008, p. 129.

认同以及由此树立起来的信心。更值得关注的是，在众多的关于“古巴性”和“古巴身份”的叙事中，他的回忆录《古巴黑人，美国黑人：回忆录》构建了古巴流亡话语之外的另外一种话语模式，即种族和阶级是古巴移民中非常关键的两个区分要素，无论是在古巴革命之前的古巴，还是在迈阿密的古巴裔美国人社区，出身贫寒的古巴人都难以得到流亡者团体的接受。这也从另外一个角度证明了流亡者文化的精英属性。另外，格里洛通过回忆录，试图以自己的亲身体会，阐释在美国严格的种族界限的规训下，不同族群之间沟通的可能。

二、先锋派女性戏剧

古巴具有悠久的戏剧文化传流，这在移民文学中得到了充分体现，美国的古巴移民文学最初便是在戏剧领域彰显影响力的。当今，古巴移民和古巴裔美国人在戏剧创作和演出方面成就卓越，涌现出了大批的剧作家、编剧、演职员。成就卓著者数以十计，值得关注的还有女性剧作家多洛雷丝·普里达（Dolores Prida，1943～2013）、安娜·玛丽亚·西蒙（Ana Maria Simo，1943～　）、卡里达·斯维奇（Caridad Svich，1963～　）以及尼洛·克鲁兹等。

（一）玛利亚·佛尼丝

剧作家玛利亚·佛尼丝是最早获得广泛声誉的古巴裔作家，是20世纪70年代美国先锋派戏剧的代表人物，也是20世纪60年代外百老汇运动的领军人物，是拉美裔美国文学的一位先驱。佛尼丝在美国文学界备受赞誉，被视为“纽约外百老汇实验剧团的驱动力。尽管她的正规教育只是小学毕业，但她最终在职业生涯中获得了九次奥比奖，一次普利策剧作提名奖。在她的戏剧工作室，她培养出整整一代的新兴作家，其中有墨西哥裔作家切丽·莫加拉、古巴裔编剧路易丝·圣帝奥（Luis Santeiro，1947～　）、古巴裔剧作家爱德华多·马查多（Eduardo Machado，1953～　），印尼华人-荷兰裔作家米尔查·桑切斯·司各特（Milcha Sanchez-Scott，1953～　），墨西哥裔剧作家、导演奥克塔维·奥索利斯（Octavio Solis，1958～　）等。剧作家、戏剧评论家葆拉·沃格尔称赞她道，‘在20世纪末每一位美国剧作家的职业生涯中，只有两个阶段：就是我读过佛尼丝的作品之前和读了佛尼丝之后’”[①]。沃格尔历任布朗大学、耶鲁大学戏剧教授，曾经和佛尼丝多次合作，因此非常了解佛尼丝的创作，更是深切体会到佛尼丝在纽约戏剧界的成就和影响。尼洛·克鲁兹就是经过佛尼丝的推荐，到布朗大学在沃格尔门下深造，最终成为第一位获得普利策剧作奖的拉美裔剧作家。

佛尼丝1930年出生于哈瓦那，自小就在父母的影响下对艺术产生浓厚的兴趣。佛尼丝的父亲是公务员，母亲是教师。佛尼丝对于绘画有着很高的天赋，她的兄长后来成为古巴著名的画家。但是不幸的是，佛尼丝14岁时，父亲卡洛斯·佛尼丝去世，佛尼丝和母亲、姐姐移民到美国。[②] 她起初在工厂做工，后来为了改善生活条件而学习了英语，并走上了艺术之路。佛尼丝曾经师从于德裔抽象派表现主义大师汉斯·霍夫曼（Hans Hofmann，1880～1966）学习绘画，虽然她最终放弃了绘画专业，但是这些艺术教育成为她在戏剧创作中将不同艺术形式加以综合运用的来源和基础。1954年，佛尼丝结识了哈丽特·索默斯（Harriet Sohmers），随她到法国生活了三年。在法国期间，她开始接触到戏剧，如塞缪尔·贝克特（Samuel Beckett，1906～1989）的《等待戈多》(*Waiting for Godot*，1953)。最终，她走上了戏剧创作之路。

佛尼丝是同性恋者，曾经与著名作家苏珊·桑塔格（Susan Sontag，1933～2004）保持了近八年的伴侣关系，这是她创作生涯中非常重要的一个时期，决定了她作品中的女性主题和女权主义取向。相对而言，古巴裔身份并没有在她的文学书写和创作生涯中占据太多的比重，正如当代先锋派剧作家、戏剧评论家卡里达·斯维奇（Caridad Svich，1963～　）所说：

> 在“女权主义”这个词进入全国公众的视野之前，她就已经致力于女权主义主题，在“政治正确”的背景下审视那些简单化的解决办法，在戏剧界沉溺于创造巨大的商业利润、无暇顾及人际关系问题的时候，她所书写的是人的内心和人们之间的关系——特别是穷人或者弱势群体，当19世纪的佳构剧重新成为理想模式的时候她却勇于打破

---

① Christine Manby. “Maria Irene Fornes: Havana-born Playwright Who Was a Leading Light of the Off Broadway Avant Garde”, *Independent*, 2018/12/03, https://www.independent.co.uk/news/obituaries/productions-maria-irene-fornes-dead-us-playwright-off-broadway-rest-i-make-up-fefu-and-her-bus-a8657691.html.

② 玛丽亚·伊莲·佛尼丝更愿意别人称她为“伊莲”而非“玛丽亚”，所以在某些文献中会用“伊莲”指代佛尼丝。

传统形式，在专业导演大行其道之时她亲自导演自己的剧作，佛尼丝在戏剧生涯中走的是一条完全与众不同的道路。①

有评论家认为，佛尼丝“在20世纪90年代之初已经被认为是美国剧坛的重要声音，她对美国实验主义戏剧、女性戏剧和拉美裔戏剧中美国传统的形成做出了非常重要的贡献”②。事实上，佛尼丝虽然被称为西语裔作家或者拉美裔作家，被认为是拉美裔美国文学的先驱，但是她本人却很少公开使用这个标签，在创作中较少主张“古巴特性”，而是明确地承认受契诃夫、尤内斯库（Eugène Ionesco，1909～1994）和布莱希特（Bertolt Brecht，1898～1956）等人对自己的影响，并通过不懈的探索，在语言、形式和主题方面进行创新。总体来说，她的声誉主要还是在于实验性戏剧。

佛尼丝的第一部作品是西班牙语剧作《寡妇》（*The Widow*，1961），反响较为平常。她的第一部英语剧作《嗨，你已经死了》（*There! You Died*，1963）在旧金山上演，1964年在纽约市的演员工作室改编演出时，更名为《探戈舞厅》（*Tango Palace*，1964），以后一直沿用这个名字。《探戈舞厅》中只有两个人物，一个是小丑伊莎多尔，一个是年轻人莱奥博德，年轻人遇到人生的重要抉择，带着困惑寻求帮助，但是发现两个人之间的沟通艰难而无效，这令他更感困惑。这部戏没有明确的情节，以人物描写为主，情节发展为辅，在很大程度上受到塞缪尔·贝克特《等待戈多》的影响，带有相当程度的荒诞色彩，表现了现代人的困惑以及彼此之间的隔离。它奠定了日后佛尼丝先锋派创作风格的基调，即人物刻画重于故事情节，剧作的表现形式重于思想内容。1964年，佛尼丝加入了工作室的剧作家联合会，后来又到热奈弗拉克尔剧院工作室学习导演，对斯特林堡的表演艺术非常感兴趣，逐渐开始参与到自己剧作的导演中。她自己全程参与导演的第一部剧作是《3的成功生活：短剧小品》（*The Successful Life of 3: A Skit for Vaudeville*，1965）。这部作品和1964年的作品《闲逛》（*Promenade*，1965）均获得奥比奖。

在整个戏剧生涯中，佛尼丝的作品有50部之多，除了上面提到的几部

① Caridad Svich. “Conducting a Life: A Tribute to María Irene Fornés”, in Maria M. Delgado and Caridad Svich (eds.), *Conducting a Life: Reflections on the Theatre of María Irene Fornés* (pp. xv-xxix). New York: Smith and Kraus, Inc., 1999, p. xv.

② Assunta Bartolomucci Ken. *María Irene Fornés and Her Critics*. Westport, CT: Greenwood Press, 1996, p. 1.

以外，现在依旧在改编上演或者被学术界研究的剧作还有《天启》(*The Annunciation*，1967)、《越南婚礼》(*A Vietnamese Wedding*，1967)、《科尔医生》(*Dr. Kheal*，1968)、《莫莉的梦想》(*Molly's Dream*，1968)。早期剧作的试验性明显，风格极简。这期间《办公室》(*The Office*，1965)被百老汇接受并开始排演，但是未等到正式上演便被作者本人中止。在访谈中她曾提及这个问题，表示自己的艺术取向和百老汇之商业取向之间有明显的差别，这可能是她拒绝在百老汇上演该戏剧的原因。1977年的剧作《费福和她的朋友们》(*Fefu and Her Friends*)被公认为她的代表作。此外，重要的剧作还有《泥土》(*Mud*，1983)、《萨利塔》(*Sarita*，1984)、《处世之道》(*The Conduct of Life*，1985)、《埃柄顿广场》(*Abingdon Square*，1987)、《入夜》(*Enter The Night*，1993)和《古巴来信》(*Letters from Cuba*，2000)等。佛尼丝还翻译、改编了大量西班牙语剧作，例如西班牙剧作家费德里科·加西亚·洛尔迦(Frederico Garcia Lorca，1898～1936)的《血腥婚礼》(*Blood Wedding*，1932)、佩德罗·卡尔德隆·巴尔卡(Pedro Calderon de la Barca，1600～1681)的《人生如梦》(*Life is a Dream*，1635)、古巴剧作家维吉利奥·皮尼罗(Virgilio Piñera，1912～1979)的《冷气》(*Cold Air*，1959)等。此外，她还执导了易卜生、契诃夫等作家的作品。2005年佛尼丝被诊断患上了阿尔海默综合征，此后她减少了工作量，直至2018年去世。

佛尼丝在戏剧创作和戏剧表演方面进行了革新和探索。她从20世纪60年代末开始便不断尝试舞台演出方面的创新，对于剧作的艺术性和创新性具有明确的认知，她说"我是外外百老汇的一员，运动的核心就是艺术。我们做的事情是出于对戏剧的热爱……我并不渴求成为知名作家。我认为成名会给艺术家带来一种责任，而艺术家的艺术生命取决于他们愿意能够并且不惧于踏进未知的领域，而成功容易让人们失去尝试的勇气，因为你在心里容易权衡会不会把事情搞糟；而没成名的时候，没几个人会注意你在做什么，因此你自己也不会害怕失败"①。她坚持剧作的实验主义取向和先锋特征，即便是有机会得到百老汇的接受，她最终还是选择了拒绝。代表作《费福和她的朋友们》是佛尼丝先锋派实验主义戏剧的集中体现，在戏剧的创作和演出设计中，她充分运用了各种实验性手法。在演出中她亲

① 转引自 Anne Fliotsos and Wendy Vierow. *American Women Stage Directors of the Twentieth Century*. Urbana and Chicago: University of Illinois Press, 2008, p. 181.

自导演，打破戏剧中的“第四面墙”(the fourth wall)，从而使观众和故事情节之间产生了明显的间离效果，激发了观众的主观能动性。这部剧的舞台说明如下：

> 第一幕：中午。起居室。所有的观众从观众席观看。
>
> 第二幕：下午。草地、书房、卧室、厨房。观众分成四组，每一组被带领到这几个场景中，这几个场景中的演出同时进行，每一场演完之后，观众转移到下一场，同样的表演再次上演。这几场重复四次，这样每一组观众都能看完四场。然后，观众被引导回到观众席。
>
> 第三幕：晚上。起居室。所有的观众都从观众席观看。①

佛尼丝在演出中使用了四幕组合的布景方式。在第一幕结束之后，将草地、书房、卧室和厨房四个场景分开进行。四场演出同时进行，观众被分成了四组，分别观看不同的场景；然后观众交换位置，各场的演出重复，直到所有的观众观看了所有的场景，这种安排强调观众体验在戏剧表演中的关键性作用。这部作品为她赢得了奥比奖的剧作奖，也成为先锋派戏剧的经典剧目。

佛尼丝在1979年的《眼望后宫》(*Eyes on the Harem*)中继续沿用实验性手法，使用直观的画廊来展示奥斯曼土耳其帝国的历史。这部剧作使她获得了奥比奖的导演奖，进一步证明了实验性戏剧手法的艺术价值。在20世纪80年代，佛尼丝进一步将实验性手发发扬光大，在《多瑙河》(*The Danube*, 1984)中增加了木偶戏，剧中每个人物都操纵着和自己形象相同的木偶，在台前重新演绎故事情节，对剧中的某些瞬间进行重新再现，强调了某一具体时间节点或者某一地点所发生事件的即时性、偶然性和不确定性。《古巴来信》基于佛尼丝和留在古巴的兄长之间四十年间的骨肉亲情，在剧中她运用了类似的表现主义手法，将古巴和纽约放在同一场布景中，起初通过场景的交替切换讲述在美国的古巴移民和留在古巴的亲人之间的思念之情；最后一幕中，主人公恩里克带领路易斯穿越魔幻之墙，走到了纽约，一家人得以团聚。这部剧作是佛尼丝古巴题材剧作的开端，也是奥比奖的获奖作品，被认为是“第一部取材于佛尼丝本人经历的剧作，她在近

---

① María Irene Fornés. *Fefu and Her Friends*. New York: PAJ Publications, 2001, p. 4.

30 年间和哥哥保持着通信联系”[①]。这部剧作的背景是：佛尼丝移民美国后不足五年古巴革命即爆发，因此她一直未能同留在古巴的兄长见面。信件这一中心形象有现实所指，即他们兄妹之间的部分通信，同时也象征了被分隔在海峡两岸的血脉亲情。

20 世纪 90 年代以后，佛尼丝开始越来越多地关注祖国古巴的动向，在创作中开始运用古巴主题，除了《古巴来信》外，还有几部作品取材于古巴移民的经历。例如《铤而走险渡海指南》(*Manual for a Desperate Crossing*, 1996)取材于 1994 年左右的“乘筏偷渡客”。如她在献词中所说：“献给霍雷西奥，还有数千名男人、女人和儿童，他们在危险的木筏上穿越佛罗里达海峡时丧生。”[②]该剧作的背景是 20 世纪 90 年代的古巴移民潮，正因为此，剧中人物并没有被具体命名，而是用符号来指代：“人物 1：最年轻者，大约 20 岁。精干、强壮，善于操纵筏子，航行经验丰富。谦恭有礼。人物 2：年龄居中，30 多岁。深沉、有责任心、性情温和。组织协调者，健壮结实。有一个 4 岁女儿的鳏夫。人物 3：最年长，40 多岁。健壮，头脑不大灵活，关心每个人，常常忧心忡忡，过于热情。”[③]如此设计人物的目的就是表明剧中人物的代表性，因为他们所代表的不仅仅是他们自己，更是一个群体。另外，符号化的指涉也影射了人物的物化，他们的个体情感和精神诉求被弱化，暗示在移民潮的生命政治背景下个体生命的渺小，以及人物生存的无意义性。后来，这部剧作被改编成歌剧，并且对尼洛·克鲁兹等剧作家产生了重要的影响。克鲁兹的《自行车王国》和《绿衣洛尔迦》都在某些方面体现出了与这部剧作的互文性。佛尼丝还执导了安娜·玛丽娅·西蒙的《流亡》(*Exile*, 1982)、切丽·莫加拉的《人影》(*Shadow of a Man*, 1995)等剧作。她的导演极具艺术性，均为这些剧作增添了不同的意义。

佛尼丝固然重视剧作的表现手法，但是戏剧艺术的形式和内容是不可分割的，所以，艺术表现的服务对象依然是剧作的主题。综合考察佛尼丝

---

① Fliotsos Anne and Vierow Wendy. *American Women Stage Directors of the Twentieth Century*. Chicago: University of Illinois Press, 2008, p. 182.

② María Irene Fornés. *Letters from Cuba and Other Plays*. New York: PAJ Publications, 2007, p. 83.

③ María Irene Fornés. *Letters from Cuba and Other Plays*. New York: PAJ Publications, 2007, p. 85.

的剧作会发现，权力主题几乎贯穿于佛尼丝戏剧创作的始终，是她反复书写的一个内容。权力可能涉及性别之间的关系，例如夫妻之间、同性朋友之间。在《费福和她的朋友们》中，费福说道："我丈夫和我结婚，就是为了时刻提醒他自己，女人有多讨厌。"①本剧由此揭示了人与人之间关系的异化表现了现代主义语境下难以逾越的人际关系，不仅夫妻之间难以沟通，朋友之间的关系中同样包含了冷漠和紧张，在看似轻松愉快的朋友聚会中实际隐藏了悲剧因素，这部以中上层社会的闲暇生活为显性情节的剧作，体现出了诸多的不和谐因素。权力关系的呈现也可能是在社会历史的背景下，例如移民潮中生命的卑微，以及《古巴来信》中被意识形态差异所分隔的亲情。

当然，假如佛尼丝只是纠结于家庭环境中权力的具象化表达，那么她可能还难以被称为"领军人物"或者"先驱者"。事实上，佛尼丝对于权力的关注，带有了一般作家难以达到的高度，那就是她的剧作从看似平常的人物关系中反映了更深层次的矛盾。例如《处世之道》的故事情节涉及家庭成员之间的关系，诸如夫妻关系和主仆关系，但是剧作的含义不止如此：军人奥兰多的身份不只是一家之主，他还是拉丁美洲军事政权的代表，是国家机器暴力的象征，他的暴虐惯性是远超个人性格的其他因素所造成的。所以，佛尼丝通过奥兰多和妻子、女仆之间的关系，表现拉丁美洲语境下的集权政治，以及在此语境下具象化的社会阶层之间的权力关系。在晚期的作品中，特别是在涉及古巴主题的几部作品中，这种权力关系表现为人与命运、人与自然的抗争，从而间接地表现出在国家较量中个人力量的渺小和个体生存的微不足道。

早年的佛尼丝关注一般意义上的权力关系，关注人类的命运和人生的不确定性，但是后期的作品开始转向古巴移民和古巴主题，一定程度上体现了她对自己的祖国的敬意和情谊。但是，佛尼丝在作品中所表现出的政治关系依旧是存在主义视角下的人之生存，与流亡模式语境下意识形态领域内的政治问题存在明显的差别，更没有表现出反对古巴政权的指向，所以说她的创作和古巴流亡文学存在着根本的不同。应该说，佛尼丝仍旧遵循了她一生的创作原则，即保持个人际遇与艺术表现之间的距离感，从而跳出个人的狭隘，在更加广阔的视域下探讨人生的意义。

---

① María Irene Fornés. *Fefu and Her Friends*. New York: PAJ Publications, 2001, p. 7.

佛尼丝作为拉美裔戏剧的先驱，对于推进古巴裔戏剧的创作和演出做出了重要的贡献。戏剧工作室的好友、戏剧评论家卡里达·斯维奇对她的评价具有代表性。她认为佛尼丝之所以具有如此的吸引力，就在于："她孜孜不倦地勇敢追求真实，由此对语言创造力和视觉艺术创新产生了深远的影响和极大的解放。"①

（二）多洛雷丝·普里达

普里达是著名的专栏作家、剧作家、节目主持人，在纽约古巴裔美国人中享有极高的声誉。她"属于新一代在北美进行书写的拉美裔文学女性：出生在加勒比海地区（具体来说是古巴）的混血儿，但是在美国流亡者中成长。这一代人，尽管取得了相当的社会进步，但是依然受到拉美裔文化根基的深远影响，在他们的生活以及文学作品中表现出了拉美裔文化的深深烙印"②。普里达在文学方面的贡献虽不及佛尼丝、伊西罗斯等人，但是她作为记者和专栏作家，更加清晰地表达了对待族裔文化的态度。虽然她生长在古巴流亡者家庭，但是她的政治立场和对拉美裔文化的阐释，明显有别于南佛罗里达的流亡者文化。

普里达 1943 年出生在古巴的中等资产阶级家庭，父亲是成衣商，在古巴革命后不久便独自驾船逃亡到了美国。两年后的 1961 年，普里达陪同母亲以及两个妹妹也来到了美国，一家人居住在纽约。之后普里达一生中的绝大部分时间里，一直生活在纽约。普里达作为家中的长女，为了帮父母解决生计问题，来到纽约后先是在面包店打工，后来半工半读继续深造，进入亨特学院的夜校，并开始给报纸投稿。

普里达移居美国时已经接近成年，所以她的西班牙语非常流利，能够自如地使用双语进行创作。她自小热爱文学，西班牙语文学基础深厚；在中学时已经开始创作诗歌和短篇小说。她早期主要使用西班牙语进行写作，以编辑和专栏作家开始职业生涯，曾经担任杂志《我们的》（*Nuestro*）高级编辑、西班牙语版《时代报》（*El tiempo*）周刊的执行主编、西班牙语《视觉》（*Visión*）杂志纽约分部的执行主编，全国波多黎各论坛的信息部主任等职务。随着职业生涯的进步，普里达逐渐承担起为纽约拉美裔女性搭建沟

① Caridad Svich. "The Legacy of Maria Irene Fornes: A Collection of Impressions and Exercises", *PAJ: A Journal of Performance and Art*, 2009, 31(3), p. 2.

② María Luisa Ochoa Fernández. "Ethnically Humorous: Dolores Prida's *Beautiful Señoritas*", *Studies in American Humor*, 2001, 3(8), p. 21.

通平台的任务。2005年，她出任《拉蒂娜杂志》(*Latina Magazine*)的高级编辑，积极为拉美裔女性的相互沟通提供机会和平台。她撰写的专栏《多洛雷丝私语》(*Dolores Dice*)，汇集日常生活、职业动向、爱情箴言、社会动态、福利待遇、权利维护等话题，涉及女性生活的方方面面。从2005～2012年，她每月为纽约《每日新闻》撰写英文专栏，为《纽约日报》的西班牙语读者撰写“每周新闻”。可以说，普里达作为纽约西语裔和拉美裔社区的公众人物，为丰富拉美裔民众的文化生活做出了很大的贡献。

除了专栏文章以外，普里达还进行戏剧文学创作。她继承了佛尼丝的先锋派戏剧传统，专注于戏剧表现手法的创新，其风格同样以先锋派实验主义为主。她活跃在纽约剧坛，热心推动西语裔社区的文化生活水平的提高，曾经担任过“国际艺术关系剧团”(International Arts Relations)的经理和西语裔艺术协会的会长(Association of Hispanic Arts)。国际艺术关系剧团和妈妈实验戏剧俱乐部、新城剧团(the Theater for the New City)一样，是外百老汇非常活跃的剧团，这些剧团大力推广先锋派剧作家的作品，在20世纪六七十年代成为美国实验戏剧的重要阵地。

从政治观点上看，普里达可谓女权主义戏剧作家，和书写古巴裔社区流亡文化的作家存在一定的差别。相比于南佛罗里达古巴移民社区流亡者的强硬政治立场，普里达对卡斯特罗政权以及美古关系持有十分宽容的态度。当然，这种政治立场在纽约古巴移民中并非特例，伊西罗斯、佛尼丝等人都是如此，这应该属于古巴移民和古巴裔美国人社区内部较为明显的文化地理差异。普里达认为，在美国的古巴移民应该和古巴政府进行对话，简单化地隔绝同古巴的联系并不能让他们获得更多的认同感和归属感，割裂移民同母国的联系需要付出十分沉重的政治代价。她不仅在不同的场合表达了这样的观点，并且在20世纪70年代末期作为移民代表团的成员访问古巴，试图在古巴政权和古巴流亡者之间建立起某种对话机制。但是，如前所述，流亡文化和流亡话语在古巴移民社区占据绝对的统治地位，数次移民潮背后其实都有流亡者群体给古巴政府的政治施压，是意识形态领域内的权力博弈。自古巴革命到21世纪初期，几乎每十年便会发生影响古巴移民社区的重大事件，所以普里达等开明派的力量根本无法与流亡者的力量相匹敌。虽然代表团的哈瓦那之行取得了不错的成效，例如，古巴政府做出了不少让步，同意在美国的流亡者回古巴探望亲属，但是，流亡者的中坚力量并不想美古关系真正出现松动，因为这会影响到他们政治目的的实现。为此，普里达本人接到过死亡威胁，他们代表团的两位成员被谋杀。[①] 流亡者社区几乎采取了各种手段谴责、封杀普里达。1986 年 5 月，她的剧作《波澜不惊》(*Coser y Cantar*，1981)准备在迈阿密上演时，反卡斯特罗古巴流亡者组织了强烈的抗议活动，所有的演职人员都收到电话威胁，原计划使用的演出场馆科学博物馆接到了炸弹威胁，为了安全起见，演出活动被迫终止。[②]

普里达在戏剧创作上既体现出对拉美裔文学传统的传承，比如反映移民的身份建构和生存境况，同时又充分运用了实验派戏剧的表现手法，体现出以佛尼丝为代表的古巴裔纽约戏剧的诸多特点。普里达塑造的人物多是拉美移民或者拉美移民后裔，他们生长在美国但是受到拉美文化的影响。普里达不少剧作使用英语和西班牙语两种语言，表现人物的双语背景，特别是歌舞剧里面的唱词大多使用西班牙语。人物的双语对应他们的多元文化身份，"他们的西班牙语式英语表达的是身体和心理上的错置……令他们感觉到自己与母国文化的距离，以及与美国社会的格格不入"[③]。普里达的第一部戏剧作品是 1977 年的《美丽的女郎》(*Beautiful Señoritas*)，包括上述的诸多要素，表现了对拉美裔父权文化的批评。该剧通过女孩的一生，拼贴出象征拉美裔女性的从属地位的典型的生活场景，也通过第二幕[④]中女权主义者社会活动家的出现表达了对女性解放的期待。剧作没有具体的情节，而是采用一幕幕的并置拼贴方式，来象征拉美裔女孩从出生到成人的各个阶段；通过对男性和女性之间的关系、女性的日常生活描写，再现拉美裔女性如何受到男权社会各种规则的钳制。剧作带有鲜明的实验特色，完全打破了传统的三一律，强化了舞台的功能，将戏剧的表演性运用到了极致，例如动作、音乐的运用，弥补了情节上的不连贯性，实现了人物形象的去个性化呈现；面具的使用暗指女性生活的面具化，象征她们生活中个性的缺失。

该剧最引人注意的还是各类舞台表演手法的综合运用。它采用了象

---

① "Dolores Prida (1943-): Playwright, Journalist, Poet", https://biography.jrank.org/pages/3711/Prida-Dolores-1943-Playwright-Journalist-Poet-An-Unusual-Contest.html.

② Jon Nordheimer. "Tempest in Miami over a Playwright", *The New York Times*, 1986/05/10, 1986. https://www.nytimes.com/1986/05/10/us/tempest-in-miami-over-a-playwright.html.

③ Wilma Feliciano. "Language and Identity in Three Plays by Dolores Prida", *Latin American Theatre Review*, 1994, 28(1), p. 125.

④ 本剧的剧本显示为两幕，但是普里达本人在不同的场合均将此视为"独幕剧"。

征主义、表现主义和蒙太奇等表现手法。人物设计采用标签化和类型化的处理方式，绝大多数人物都是以类型化的身份出现，没有他们自己的名字，例如助产士、女孩、小哈瓦那小姐、辣椒塔玛利[①]小姐、英联邦小姐、香蕉孔奇塔小姐、仪式主管等，由此突出人物的刻板形象，弱化他们的个性。舞台设计同样具有象征意义，例如男人坐在舞台中央的椅子上，而戴面具的女孩则背对观众坐在舞台的边缘；修女教导女孩如何祈祷，四个花枝招展的女性教给女孩如何取悦男人。这几个人物的功能，加上面具的使用，表现了宗教、传统道德对女性的规训。通过四位女性的唱词，剧作嘲讽拉美裔社区某些过于保守的传统价值，或者反映拉美裔群体的生活境况，或者表达女性对未来的希望。例如，选美皇后批评了社会价值观对女性的物化；辣椒塔玛利小姐讲述自己被移民官员追捕的经历以及渴望嫁给英俊美国郎君的理想；英联邦小姐则只想做个贤妻良母，相夫教子就是她的唯一理想。哀怨的妻子、被社会规训的家庭妇女、诱骗女孩的男人、重男轻女的父亲，这些都是剧中呈现的拉美裔民众的典型。如果将各个部分综合起来，就可以看出整部剧的内在连贯性：从何塞先生等待孩子出生，到女孩成长、结婚等仪式般的场景，女性人物一生的不同阶段得到了象征性的表现。

除了这些象征手法以外，《美丽的女郎》还采用了表现主义手法和蒙太奇式的拼贴，例如女孩的小丑面具表现的是拉美裔社区中人们对于女孩的刻板印象以及社会对女性的角色期待；哑剧般的婚礼和婚姻生活，加上女性操持家务的机械动作，表达人物在家庭和社会中的失语状态；角色人物的依次出场、四位女郎的唱词以及没有和语境直接相关的对白，表现的是女性存在的无意义以及女性价值的失衡。费尔南德兹认为，这部剧的目的“在于唤醒整个拉美裔群体特别是拉美裔女性，让她们认识到自己所遭受的压迫，最终做出反应并打破多年来的麻木不仁和无动于衷。这部作品体现了剧作家作为古巴裔美国人对于社区的责任感，她的努力也有助于提高拉美裔民众的认识，更好地理解影响他们生活的诸多重要问题”[②]。为了更好地使拉美裔观众产生代入感，普里达在传统舞台剧的基础上，还增加了音乐、舞蹈因素，吸收了百老汇音乐剧的某些特征，既多元地表达女性的地

---

① 塔玛利(tamale)是拉丁美洲的特色食物，类似于玉米面粽子，里面的馅料是牛肉或者猪肉，用辣椒调味，外面用玉米棒子的外皮包裹。

② María Luisa Ochoa Fernández. “Ethnically Humorous: Dolores Prida's *Beautiful Señoritas*”, *Studies in American Humor*, 2001, 318, p. 32.

位，也展示拉美裔文化的杂糅性。

普里达剧作的一个重点是体现拉美裔美国文化的多元特质，而与之相对应的具象表达就是人物的多重身份。1981 年的双语音乐剧《波澜不惊》和 1999 年的作品《她自己的房子》(*Casa Propria*)都是这样的作品。《她自己的房子》以拉美裔女主人公奥尔加和丈夫马诺罗围绕是否购买自己的房产而展开，属于较为典型的家庭剧，涉及夫妻之间的价值观差别、传统文化要素及其对女性的期待和约束等主题。相比于《美丽的女郎》中的先锋派手法，这部剧作较为传统，比如作者借用房子这个意象，呼应伍尔夫的"一个自己的房间"，来表现女性的独立，可以说这部剧演绎了拉美裔版本的美国梦想象。奥尔加这个人物具有典型性，她集中了拉美裔文化和美国理想，是双重文化影响的产物，也是拉美裔群体的一个缩影。

就像传统方式可以表达文化的杂糅和人物身份的多元化一样，实验性手法也可以用来表现传统主题。2000 年，普里达和圣丹斯舞蹈艺术公司(Sundance Productions)的执行总裁大卫·考夫曼(David Coffman)合作出品了音乐剧《四个何塞和一个玛丽亚》(*Four Guys Named José... and Una Mujer Named María*)。这部作品虽然在形式上和之前的作品完全不同，但是其主题具有延续性。它融合了带有浓郁拉丁美洲文化风情的音乐和舞蹈，以生动奔放的方式展现拉美文化的活力，在美国语境下凸显拉美裔文化，设计巧妙、风格独特，该剧已经成为外百老汇的经典剧目。剧作讲述拉美裔美国人追求梦想的故事，成为拉美裔版本的美国梦诠释。故事发生在内布拉斯加奥马哈的一个墨西哥卷饼店，四位拉美裔男子在这里相遇，他们通过交流发现，他们四人都有拉丁美洲血统，分别是波多黎各、古巴、墨西哥和多米尼加移民或后裔，并且巧合的是，他们四个人的名字都是"何塞"，都梦想着出演具有拉丁美洲文化特色的演出，展示拉美裔群体的积极面貌，从而改变美国民众对于拉美移民的偏见。此时名叫"玛丽亚"的拉美裔女孩进入饭店，四个人为了博得她的好感而依次登场，尽情呈现他们心中的拉丁美洲文化，从 20 世纪 40 年代的博列罗舞曲一直到当下的西班牙语摇滚，边唱边舞的奔放风格展现了拉美裔美国人热情向上的精神风貌。

普里达的戏剧虽然同样具有实验性，但是在形式上与佛尼丝的先锋派戏剧有着明显的不同。普里达戏剧的突出特点就是拉美文化要素的使用和剧中双语背景的拉美裔人物形象。她通过塑造这些美国社会中带着浓重西班牙语口音的拉美裔人物，表征了拉美裔民众的生存和精神诉求，书写了拉美裔版本的美国梦。

(三)安娜·玛丽亚·西蒙

西蒙是作家、记者、社会活动家,以实验戏剧和拉美裔同性恋主题的作品而著称,现在是纽约古巴裔戏剧圈中的一位十分活跃的作家,在西语裔女性同性恋理论和文学实践中也取得了显著成就。西蒙的经历更加复杂,在古巴、法国和美国生活、工作,曾经师从法国著名学者罗兰·巴特(Roland Barthes, 1915～1980)。

西蒙1943年出生于古巴,在古巴接受教育,15岁时成为新闻记者,后来担任"桥梁出版计划"的合作编辑,这项文学出版项目专门资助年轻作家,发行出版青少年文学作品。西蒙在出版计划的资助下,1961年出版第一部短篇小说集《寓言》(*Las fábulas*),当时她年仅18岁。1968年,西蒙到法国留学,在巴黎大学学习社会学和语言学,跟随巴特研修符号学的相关课程。彼时的巴黎可谓女权运动和女权主义理论风暴的中心,这也是她从古巴来到巴黎的一个重要原因。在巴黎,西蒙参加了如火如荼的女权运动,这对她的一生产生了根本性的影响。她参加了女性社团和女性同性恋者社会活动组织,包括知名的"红色女同性恋"(Gouines Rouges)、"妇女解放运动"(Mouvement de Libération des Femmes)、"同性恋革命行动阵线"(Front homosexuel d'action révolutionnaire),成为其中的积极分子。

在巴黎完成学业以后,西蒙在20世纪70年代中期来到美国纽约。从这个时候起,西蒙开始使用英语进行创作,并继续积极投身于同性恋权利相关的社会运动。她在1976年同古巴裔同性恋演员、导演玛格丽·阿拉布(Magaly Alabau, 1945～)一道,发起成立了"美杜莎的复仇"(Medusa's Revenge)女同性恋剧团,据称这个剧团是美国第一个女性同性恋主题的剧团。除了参加女权运动、积极策划出版女同性恋相关主题的作品以进行政治宣传以外,西蒙还成为佛尼丝所领导的外百老汇戏剧运动中的一名主力。她发起成了女同性恋者社会活动组织"女同复仇者"(Lesbian Avengers),创办"女同真人秀"电视节目(*Dyke TV*, 1993～2005),这档电视节目专门为女性同性恋者服务,包括新闻、与女同话题相关的政治评论、纪录片等,涉及文学、艺术、卫生、体育、娱乐等方方面面。到了80年代,"美杜莎的复仇"因为经费困难而难以维系,西蒙加入纽约另外一个女性同性恋剧团“女性世界咖啡馆”[①]，成为其主要成员之一。

西蒙来到美国以后，很快被古巴裔移民和古巴裔美国人社区接受，她对此也表现出明确的认同感。她参加了佛尼丝的戏剧工作室，采纳并运用实验主义的戏剧理念进行戏剧创作。她具有代表性的作品有剧作《流亡者》、《镐头》（*Pickaxe*，1986）、《阿尔玛》（*Alma*，1988），电影短片《如何杀掉她》（*How to Kill Her*，1989）、《到新英格兰去》（*Going to New England*，1990）、《鸦片战争》（*The Opium War*，1990），歌舞剧《糗剧》（*The Bad Play*，1991）等。此外，西蒙也创作小说，例如《腹地》（*Heartland*）、《坦霍塞尔的梦想》（*Tannhäuser's Dream*）。西蒙的剧作实验性强，比如形式上将戏剧和拉美裔歌舞结合的歌舞剧、界于讽刺滑稽剧和悲剧之间的讽刺剧。当然，她也有《流亡者》等古巴主题的作品。相比之下，她的小说虽然也融合了同性恋主题，但是没有摆脱情爱纠结等传统的窠臼，在内容和形式上明显逊色于她的戏剧作品，

《镐头》是一部具有较强实验性的剧作，它介于历史剧和荒诞剧之间，采用历史人物表现当下的政治主题。剧中，历史上的“托洛茨基之死”被演绎成了存在主义的生存哲学命题，第四个人物的加入使得三个主要人物之间原本错综复杂的关系变得更加暧昧，历史上的政治阴谋被重新改写成为追寻生存价值所导致的矛盾，理想与现实的冲突成为导致悲剧的最终缘由。如果浮于表面，将剧作视为“冷战”时期以意识形态为主题的哗众取宠之作，显然是对西蒙激进解构主义的曲解；剧作多维度地呈现多元化的权力关系以及由此引发的暴力，正是佛尼丝所倡导的先锋派剧作的根本审美目标。在这样的视域下解读这部历史主题的存在主义剧作，可能更加符合西蒙实验主义戏剧的基本理念。

《镐头》的主要人物有利昂·托洛茨基、弗里达·卡罗和拉蒙·梅卡德尔，看到这些名字，任何对于近代历史有所了解的观众都会想到苏联共产主义者托洛茨基（1879～1940）和墨西哥画家弗里达·卡罗（1907～1954）等真实历史人物。剧作题目中的“镐头”暗示了托洛茨基1940年在墨西哥遇刺之事，当时刺客使用的正是一端是尖头镐一端是斧头的登山用冰斧，

---

① WOW Café，全名是 Women's One World。这是由洛伊丝·维沃尔（Lois Weaver）和佩吉·肖（Peggy Shaw）于1980年在纽约发起成立的女权主义先锋剧团，以上演女同性恋题材的剧作而著称。

而名叫拉蒙·梅卡德尔的西班牙刺客真实的身份是间谍。剧中只有五个人物，除了60多岁的苏联革命者、30多岁的墨西哥女画家、托洛茨基的年轻秘书梅卡德尔，还有梅卡德尔的双胞胎妹妹朗达和罗卡的女仆阿罗拉。剧中托洛茨基和卡罗是情侣关系，托洛茨基被梅卡德尔刺杀。虽然人物关系的设计和历史存在出入，但是这些要素已经充分地影射了与托洛茨基遇刺相关的种种猜测，暗示了剧作的政治取向。这几位主要人物和剧作标题一起，加上作者本人在社会主义国家古巴曾经的工作经历，使得戏剧的政治主题呼之欲出了，足可以给予观众无尽的遐想。

如前所示，西蒙作为激进的女权主义者，一贯张扬性属政治主题。显然，她不会因为采用历史人物就轻易放弃自己的标志性立场，只单纯表现政治暴力。因而，她在戏剧中设计了一位和托洛茨基墨西哥生活时间相吻合的女性人物，那就是激进女权主义者、画家弗里达·卡罗。托洛茨基流亡墨西哥期间是否同卡罗存在交集尚未可知，并且这也无需成为考证的重点，因为西蒙设计这一女性角色的目的就是模糊化人物的具体身份和故事的特定指征，从而给观众提供多维度解读的可能。西蒙借用卡罗这个人物的目的就在于充分利用其为人所熟知的艺术风格，比如绘画中大胆张扬的欲望表达，来凸显剧作的双重政治主题，即社会政治和性别政治。另外特别值得关注的是拉蒙的妹妹朗达这个人物。这是个完全虚构的人物，刺客梅卡德尔是否有个妹妹？这在历史中无所寻觅。但是这个人物在剧作中发挥了举足轻重的作用，她美丽娴静，是人性之美的象征，代表了罗达对于更加美好自我的无限憧憬。在第14场中，朗达手拿一本书睡着了，罗达进来凝视着她；罗达的内心独白通过她和托洛茨基的对话显现出来，她自责于自己难以抑制的欲望，愧疚于自己和梅卡德尔之间的相互吸引，把这种本能的冲动比作动物行为。这一切通过朗达睡前所读的奥登(W. H. Auden, 1907～1973)的《安眠曲》得以呈现，这首诗歌中被情爱缠绵掩盖的忧伤正是罗达内心纠结的象征；而奥登同性恋者的身份，又若隐若现地影射了罗达对朗达的复杂情感，比起被罗达称作“动物行为”的情色之爱，它可谓精神层面的诉求。可以说，朗达这个人物，为剧作增添了性属政治的隐喻。此外，人物之间微妙关系的多角度呈现，如内心独白的艺术性呈现，使得这部作品的意义更加充满了不确定性。可以说，以上这些要素的综合运用带给了观众无尽的期待，无怪乎这部作品成为西蒙最受关注的作品之一。

《镐头》是一出独幕剧，一共有23场。整个故事并没有清晰的主线，也没有明确的因果关系。它借用了"托洛茨基之死"这个事件,但是却完全抛开了历史,对这个事件进行了重新想象。故事开始时,托洛茨基跟卡罗讲述自己的梦魇,说自己似乎已经感觉到死神即将降临。两个人都使用了高度隐喻的语言来谈论当下的危机,均没有说明威胁他的到底是什么。托洛茨基说"我想回到潟湖中……我想回到自己的船上"[①],他通过表现自己在公寓中的格格不入,来隐喻自己的流亡者身份;当然,托洛茨基的格格不入还有另外一个可能的原因,那就是理想和现实之间的距离。正是这种幻灭感使他对生活失去了信心,表现出悲观无力的态度。他将罗卡鼓励他活下去的话视为累赘,将其认作是罗卡对自己的控制,因而,当罗卡自责说自己和动物无异时,他表示赞同,但是两个人的所指其实完全不同:罗卡所说的是自己的情欲,而托洛茨基所说的却是丛林法则中代表旺盛生命力的动物本能。剧中导致托洛茨基被杀的原因可以归结于两点:首先是三位主要人物之间错综复杂的情感,梅卡德尔爱恋罗达,但是鉴于罗达和托洛茨基的关系,他屡屡被拒绝;其次是理想的幻灭。梅卡德尔作为托洛茨基的追随者,指责他说:"我想要杀了你,因为你的错误引导,因为你是个危险分子。你误导人们可以马上拥有一切,但他们每次只能得到一点点。你许诺了奇迹,但是你给予他们的却只有空话。我为你感到悲哀,因为你老了,你坚定不移地相信自己的谎言。我真的为你难过。我必须要做。我作为终结你的那个人,将永远被人们铭记。"[②]这段话既可以从意识形态的角度加以阐释,直接指向托洛茨基作为俄国"十月革命"主要领导人和苏联缔造者所具有的意识形态隐喻,也可以被解读为是现代人对于生存意义的幻灭。

除了"托洛茨基"这个核心符号所具备的意识形态指向之外,几个主要人物的关系也可能从微观的角度加以理解。例如,他们之间的关系还可以从心理分析的角度得到阐释,每个人物代表了心理不同层面的自我。托洛茨基作为精神领袖,显然是理想化自我的投射,是超我的人格化;但是他和罗卡之间的情侣关系则是本我的投射,当他心情抑郁时罗卡抓着他的手放

---

① Holly Hughes, Carmelita Tropicana and Jill Dolan. (eds.). *Memories of the Revolution: The First Ten Years of the WOW Café Theater*. Ann Arbor: University of Michigan Press, 2015, p. 111.

② Holly Hughes, Carmelita Tropicana and Jill Dolan. (eds.). *Memories of the Revolution: The First Ten Years of the WOW Café Theater*. Ann Arbor: University of Michigan Press, 2015, p. 130.

进自己的私处，以此提醒他生命的意义在于享受生活、寻找快乐，这显然符合弗洛伊德所谓的“快乐原则”，即遗传的本能和性欲。所以，罗卡通过绘画大胆直白地表达欲望，为“本我”寻找到了发泄的途径，建构起较为完整的人格。相比之下，托洛茨基和梅卡德尔都被困在了理想之中，对于托洛茨基而言，身体上的欲望已经无法激起他对于生命的渴望，梅卡德尔试图正视本我的诉求、得到罗卡的接纳，但是屡屡遭到拒绝，未能在本我、自我和超我之间寻找到沟通的桥梁。因而，他在杀死托洛茨基之际的控诉，正是表达了追求理想所导致的难以承受的心理压力。朗达是梅卡德尔的双胞胎妹妹，他们代表了不同的自我：朗达是阴柔的代表，美丽贤淑，是美好自我的投射，而梅卡德尔年轻，充满男性的阳刚活力，他对罗达的追求有悖于人伦，缺乏理性，是动物本能的体现。梅卡德尔杀死托洛茨基之后，朗达神秘失踪。面对罗达的质问，梅卡德尔只是说他把朗达送走了，并没有明确交代朗达的下落。对此情节的心理分析解读是：梅卡德尔最终放任自己的动物本能杀死了托洛茨基，朗达所代表的善良和美好已经彻底被本我的非理性击溃。罗达对朗达的微妙情感也充满了戏剧性，她们的关系同样可以在心理层面得到解读：朗达是罗达的理想化投射，令她心生爱慕；同托洛茨基的情侣关系则是她的自我表达，她故意冷落梅卡德尔，甚至扬言要将其赶走，这恰恰说明了理性所代表的超我对于身体欲求的抗拒和规训。这样的人物关系反映的是“人”的概念的多层面含义：生物性和社会性的结合，具有十分明显的复杂性，直接影响到各要素之间的平衡，甚至会导致人之本体概念的终结。

从以上人物关系的分析可见，《镐头》这部剧作提供了多种阐释的可能，将政治关系投射在意识形态、生存意义以及“人”之本体性建构等方面；同时也通过两位女性人物之间的关系，对同性恋主题进行了价值表达。应该说，这部作品属于非典型性的女权主义剧作，并且其先锋派手法也相对保守，除了人物设计以及部分场景中人物内心活动的表达外（例如罗达面对熟睡中的朗达那一场中，她的内心独白是通过她同阴影中的托洛茨基的对白呈现出来的）外，艺术手法上没有更多的创新之处，其实验性和先锋特征更多是通过故事情节的推进和意义的表达得以实现的。事实上，剧作的实验性，并不是西蒙所看重的，她所看重的是如何表达生存和人生的意义，以激发观众对于此类问题的思考。

（四）卡里达·斯维奇

卡里达·斯维奇是古巴裔戏剧界集作家和学者于一身的杰出人士，是2012年奥比奖的戏剧终生成就奖得主。她还在2018年获得了美国高等教育戏剧学会的终生成就奖，这个奖项以外外百老汇的代表人物、"妈妈实验戏剧俱乐部"（La MaMa Experimental Theatre Club）创始人艾伦·斯图尔特（Ellen Stewart, 1919～2011）命名，专门表彰实验戏剧领域的杰出剧作家。

斯维奇1963年出生于费城的古巴裔中产阶级家庭，具有古巴、阿根廷、西班牙等血统。斯维奇的父母是古巴移民，在她小的时候给予她较好的家庭熏陶。斯维奇一家并没有像很多古巴移民一样居住在典型的古巴裔社区，因此，古巴裔社区中的流亡者文化对她的影响并不是很大。斯维奇就读于北卡罗来纳大学，在加州大学圣迭戈分校获得硕士学位。她从事戏剧创作、翻译和戏剧研究，是拉美裔文学中颇具影响力的戏剧评论家。斯维奇共创作几十部剧作，在美国国内外上演，部分剧目至今依旧是美国各地的剧院和高校戏剧专业的演出节目单中的保留剧目。斯维奇曾经在爱丁堡的塔威尔斯剧院和皇家宫廷剧院担任客座作家，在伦敦的佩恩·普劳剧院的戏剧工作室担任教师，在美国多所著名高校讲授戏剧创作课程，如巴纳德学院、俄亥俄州立大学、加州大学圣迭戈分校、耶鲁大学等。斯维奇还积极推进戏剧创作和演出事业，发起成立"无护照"戏剧联盟（NoPassport theatre alliance），专门资助出版少数族裔女性作家的作品。她对于当下的各种社会问题给予了高度的关注，戏剧主题涉及家庭问题和社会问题的各个层面，关怀的群体包括移民、退伍老兵、灾难幸存者、同性恋者等。2016年佛罗里达州奥兰多"脉冲"同性恋酒吧发生枪击案[①]以后，她发起成立了"奥兰多以后"（After Orlando Project）国际戏剧合作行动，活动吸引70余名剧作家参与，创作了相关的作品，并在全美高校和戏剧机构举办读书会，纪念死难者，呼吁终结暴力，也表达了对同性恋者和跨性别者的支持。

斯维奇还翻译了大量的戏剧作品，特别是西班牙作家洛尔迦的剧作，她可能是当今翻译洛尔迦剧作最多的西语裔学者。她还基于自己的翻译

① 2016年6月12日的枪击案是美国最恶劣的大规模枪击案之一，共造成包括枪手在内的至少50人死亡，53人受伤。这次事件被称为"6·12枪击案"，再次引发了美国公众对于禁枪的强烈呼声。

实践专门撰文讨论戏剧翻译，对洛尔迦的戏剧具有独到的见解。洛尔迦的作品被普遍认为是“阳春白雪、矫揉造作、了无生趣，他极其夸张地渲染情感，将剧作粉饰成了情节剧。可事实上，洛尔迦的作品没有丝毫的悲凉哀伤之感。尽管他作品的基调灰暗和沉重，但是同时也幽默滑稽、轻松搞怪，甚至其中还掺杂着他的怪癖，喜剧和悲剧中都是如此。他对于人类经验有着非同寻常的洞察力，人物的塑造和场景的描绘丰富；对人类行为的观察细致入微，能够体会到其中隐含的反讽和喜剧成分。这些都通过他那善解人意、错综复杂和悲天悯人的视角投射出来”[①]。斯维奇通过翻译数十部洛尔迦的剧作，逐渐感觉到了自己和剧作之间的联系，她对这些作品的感情也从最初的喜爱变成内心真实的亲近。她提出，自己在翻译过程中不断加深对洛尔迦戏剧的认识，这种不断强化的认知和人们对洛尔迦的传统认识存在明显的不同，那就是虽然洛尔迦的剧作在美国各地被改编、上演，但是人们对于洛尔迦剧作的理解依然具有一定的片面性。正是因为她对洛尔迦深入的研究和认识，她翻译的《血色婚礼》受到戏剧界的广泛认可，佛尼丝亲自执导了戏剧的演出。斯维奇 2011 年将智利裔作家伊丽莎白·阿连德（Isabel Allende）的小说《幽灵之家》（*The House of the Spirits*）改编成舞台剧，并因此而获得了美国剧评家协会的普里默斯奖。同一年，她把多米尼加裔美国作家茱莉娅·阿尔瓦雷斯的作品《彩蝶飞舞时》（*In the Time of the Butterflies*）改编成了西班牙语戏剧，在外百老汇的西班牙语剧目轮演剧团（Repertorio Español）上演，同样获得了广泛的赞誉。此外，斯维奇还翻译了拉丁美洲、西班牙其他作家的多部作品，这些作家有西班牙文学黄金时期代表人物洛佩·德·维加（Lope de Vega，1562～1635）、卡尔德隆·德·拉·巴尔卡（Caledron de la Barca，1600～1681），阿根廷作家、拉丁美洲文学爆炸代表人物之一的胡里奥·科塔萨尔（Julio Cortazar，1914～1984），以及一些当代作家。

此外，斯维奇还是成就斐然的戏剧评论家。她最重要的学术贡献在于先锋戏剧和实验戏剧批评，特别是以拉美裔剧作家及作品作为研究对象的戏剧批评理论建构。她研究先锋派戏剧和少数族裔戏剧，撰写了数十篇学术论文，并撰写、编辑了戏剧研究著作和论文集，对当代戏剧理论建构进行

---

① Caridad Svich. “Some Thoughts on García Lorca and the Arts of Translation”, *Theatre Journal*, 2007, 59(3), p. 378.

了积极的探索。她对于先锋派戏剧的特点、意义进行了阐释，这对当代美国实验戏剧批评尤其具有启发意义。她认为，“从历史角度来看，所谓先锋，就是对艺术商业化趋势的反拨，是对那些在观众认知舒适区内作品的反其道而行之。它探索并实验全新的和未知的领域。如果将先锋派戏剧作品以形式上的实验性加以界定，那是因为这些作品试图寻找更加‘真实’的方式表达生活，也就是更加‘真实’的现实主义。美国的先锋派还表现出对于表演的兴趣，例如通俗剧、歌舞杂耍表演、讽刺滑稽剧等。在过去的20年里，美国戏剧界不断地反思这样一个问题：到底什么最能代表‘美国式书写’？”①所以，她认为，先锋派戏剧代表的恰恰是这种最具典型性的美国式书写，试图以更加真实的方式呈现美国生活。换句话说，在斯维奇看来，先锋派剧作的实验性正是它的真实性，在于它忠实地呈现生活的方式。

作为拉美裔戏剧界知名的学者，斯维奇对于整个拉美裔戏剧的情况十分熟悉，所以，对于拉美裔戏剧未来的走向和出路，她提出了建设性的意见。她认为，虽然拉美裔戏剧界的作家和导演做出了不懈的努力，并且也取得了相当的成就，从第一位进军百老汇的墨西哥裔剧作家瓦尔德兹，到最近获得普利策奖剧作奖的古巴裔作家尼洛·克鲁兹，他们的探索精神令人敬佩，但是，拉美裔戏剧的整体状况依然是“作家去找观众”。部分剧作家的作品被改编成了电影或者同其他艺术形式结合，例如流行音乐、西班牙语摇滚、说唱，除了这些获得了较大的受众面以外，大部分戏剧作品的受众依然有限，因而难以得到更加广泛的接受。因而，她认为，拉美裔剧作家无论在主题还是手法上都要走出自我的苑囿。“如果无法消除文化差异的话，至少应该去架构起文化之间的桥梁，才是共同的目标……所以拉美裔戏剧艺术家的目标应该是重新设定我们到底是谁、我们想成为什么样的人，而不是我们希望自己和谁相像。只有这样才能够对抗美国文化中几乎无处不在的种族主义，才能够完整地诠释我们作为艺术家、思想家和公民的全部意义。”②这种批评不乏犀利之处，但是对于拉美裔戏剧乃至于拉美裔文学意义非凡。的确，无论是少数族裔作家还是欧裔白人作家，他们在书写时应该考虑到话语方式对于建构美国国民性格的意义，应该着眼于

① Jason Grote, Caridad Svich, Anne Washburn and Ken Urban. “Contemporary American Playwriting: The Issue of Legacy”, *PAJ: A Journal of Performance and Art*, 2006, 28(3), p. 12.

② Caridad Svich. “US Polyglot Latino Theatre and its Link to the Americas”, *Contemporary Theatre Review*, 2006, 16(2), p. 197.

"美国经历"和"美国人"之概念的完善。这种立场契合她对于先锋派戏剧之真实性的解读，也是她本人在戏剧创作实践中所力图实现的目标。

斯维奇在戏剧创作中所关注的正是社会的现实和对这种现实的呈现方式。她在20多年的戏剧创作经历中，关注的是"被社会边缘化的群体，被贫困、性差异与性别歧视、偏见、暴力、阶级矛盾或者居无定所等各种因素所边缘化的人们"①。在后期的创作中，她愈发对阶级、权威和权力的相互交织感兴趣，特别是这些要素是如何发挥作用，去规训和控制弱势群体和被边缘化群体。但是她同样也注意到了那些对抗这些要素的力量。她承认自己作为社会活动家的身份，承认自己对于人类行为的关注，这正是她戏剧创作的动力源泉。她在探索"变革的可能性。当然，我并不是欺骗自己说，艺术创作能够立刻在立法层面产生立竿见影的效果，除非其目的就在于明确无误地进行政治动员。无论如何，我的确坚信，通过欣赏艺术或者感受艺术，精神变化或者情感变化的种子能够生根发芽——只是，它们也许要假以时日才能够开花结果"②。基于这样一种理念，斯维奇在创作中使用了多声部的呈现方式，力图从不同的侧面、在多维度的历史关系中讲故事。

斯维奇在戏剧创作中的代表性主题是人物的居间状态及其相关的身份构建，比如双语背景、双重文化身份。她在剧作中塑造较多的是被贫困和种族等各种阈限困阻的人物，她较多地采用语言、音乐、舞蹈等手段，通过空间分割、并置等手法，对其加以表现。她认为，这是出于自己"内心的漂泊之感"，和自己作为古巴移民后裔的身份密不可分，也受到自己生活经历的影响，因为斯维奇一家和南佛罗里达的古巴移民家庭不同的是，他们大部分时间游离于古巴裔主流文化圈以外，曾经在宾夕法尼亚、新泽西、佛罗里达、北卡罗来纳、加利福尼亚、犹他、纽约等地居住过。这种经历一方面令斯维奇远离族裔文化的直接影响，另一方面也给她带来了心理上的"无根"之感。"尽管我是美国人，但是在成长的过程中，我心中有种奇怪的漂泊之感。这种归属感的缺失与我童年及少年时期的多次搬家有关系……带给我很大的心理压力，成为我创作中无法避免的一部分。所以我在

① Randy Gener. "Making Invisible Stories Seen, Heard and Felt Interview with Caridad Svich." *Critical Stages/Scènes critiques*, 2010, 3.

② Randy Gener. "Making Invisible Stories Seen, Heard and Felt Interview with Caridad Svich", *Critical Stages/Scènes Critiques*, 2010, 3.

写作中会试图描写流亡的欲望、无所适从、双重文化、双语影响、身份建构以及类似的情感地带，只要这些能够在舞台上呈现或者通过语言表现出来。"①正是因为这样的经历，斯维奇对于文化的杂糅性具有更加深切的理解，对异质文化也更具宽容和接纳之心。因而，无论是年龄上还是书写主题及批评视角上，她都代表了新一代古巴裔知识分子向"美国经历书写"迈进的姿态，他们聚焦于古巴移民，特别是古巴裔美国人的美国人身份，而非让自己沉溺于过往的创伤和迷茫之中。

三、"世界公民"与古巴身份的协商：卡洛斯·莫尔

如果说拉丁美洲的杂糅文化在文学作品中得到了多角度投射的话，那么卡洛斯·莫尔的"古巴书写"就是非裔拉丁美洲话语的代表，是古巴属下阶层的写照，它所呈现的世界和卡洛斯·艾尔的"古巴牧歌"完全不同。艾尔曾是古巴上等社会的一员，古巴革命让他失去了曾经的天堂；但是对于挣扎在贫困、饥饿边缘的古巴穷人，古巴则是另外一副模样，古巴革命则带来了变革的希望。莫尔的文化身份更加复杂：他的父母都是牙买加移民，在古巴社会中处于多重的被边缘化状态。当时古巴的贫富差距非常大，下层人民的生活非常艰难；而来自拉丁美洲其他国家的有色人种贫民的处境尤为艰难，他们是黑人，又是外国人，属于整个古巴社会的底层，是最弱势的群体。这些因素都成为莫尔缺乏归属感的深层次原因。虽然莫尔后来成为具有国际意识的作家和社会活动家，但他一生的大部分时间在颠沛流离中度过，这与他的出身和阶级属性是分不开的。

卡洛斯·莫尔 1942 年出生于古巴中部的卢加诺(Central Lugareno)，是作家、知名的社会活动家，致力于拉丁美洲非裔文化的挖掘和文化表征的传达。莫尔在古巴属于多重被边缘化的阶层，生活困顿，饱受歧视。15 岁时，他随父亲来到美国纽约谋生。古巴革命以后，他回到古巴，在外交部担任翻译。两年后他从古巴辞职，去往法国巴黎，据说是因为他不满于古巴卡斯特罗政府的种族政策。无论如何，这段经历成为他人生的重要转折。在法国期间，莫尔担任记者，同时在巴黎大学攻读博士，获得了社会人类学博士学位。莫尔曾经在欧洲其他国家居住，例如瑞士等国，参与了巴

① Caridad Svich. "Visions of Migration: Internal Diasporas", *Performance Research: A Journal of the Performing Arts*, 2001, 6(1), p. 13.

黎非裔美国人委员会，支持金刚果(金)独立。1975年，他在塞内加尔谢赫·安达·迪奥普-达喀尔大学邀请下前往非洲，从此投身到非洲的解放运动中，积极为非洲人民争取平等权利，并参与筹备了1977年在尼日利亚拉各斯举办的第二届世界黑人文化艺术节，担任筹备委员会的秘书长，这让他对非洲文化有了更加深刻的了解。

莫尔在1987年回到美国，在佛罗里达国际大学任教，同玛雅·安吉洛、埃里克斯·黑利(Alex Haley，1921～1992)等非裔作家、艺术家交往密切，他们在莫尔的回忆录中被称作"精神上的家人"。莫尔和安吉洛、黑利等艺术家组织各种非裔文化艺术活动，推进非裔文化的传承与创新。他在1987年作为重要参与者筹划了在佛罗里达国际大学(Florida International University)举办的美洲黑人文化和黑人种族大会(Negritude Afro Cultures and Ethnicity in the Americas)。1997年，在离开古巴34年以后，莫尔回到了祖国。不久，他接受了西印度群岛大学(University of the West Indies)国际关系学院的教职，教授拉丁美洲的国家关系课程。莫尔算得上是一位"世界公民"，他的足迹遍布美洲、欧洲和非洲的多个国家，在古巴、美国、法国、塞内加尔、尼日利亚、巴西等国家生活过。除了母语西班牙语之外，他还精通英语和法语，他为了属下阶层的解放而奔走疾呼、努力奋斗。

莫尔的代表性文学作品主要有两部：一部是他的回忆录《秃鹫：古巴卡斯特罗政权下的种族和革命》(*Pichón*：*Race and Revolution in Castro's Cuba*，2008)，另一部是他为尼日利亚著名艺术家、"非洲节奏之王"菲拉·库蒂(Fela Kuti，1938～1997)所作的传记《菲拉，菲拉：节奏不停》(*Fela*，*Fela*：*This Bitch of a Life*，1982)；此外，莫尔还著有非虚构性文化研究作品，如《卡斯特罗、黑人和非洲》(*Castro*，*the Blacks*，*and Africa*，1988)、《美洲的非裔精神表达》(*African Presence in the Americas*，1995)等。莫尔的丰富阅历和"世界公民"身份，固然使他对不同的文化更具包容性，但同时也使他产生了另外一种心理模式，那就是他对于种族身份的认同远远超出了他对国民身份和国家意识的认同。作为出生在古巴的牙买加移民后裔，他对于古巴明显缺乏认同感。虽然在卡斯特罗政府工作的经历成为他终生的财富，但是，无论在他的个人意识中还是回忆录中，"古巴性"表达都不甚明显。他在回忆录中揭示了自己作为"穷人""移民"的被边缘化身份和社会弱势地位，对民族精神表现了毋庸置疑的抗拒，他更加关注的是如何冲破种族壁垒，如他所说："我不喜欢何塞·马蒂……他开始成为我所痛恨的学校的象征：白人老师、他们的善意的谎言，以及他们对黑人的蔑视，种在了黑人孩子心中，让他们更加痛恨自己的肤色。"[①]这样的种族意识引导他离开古巴，去往非洲，并在美国黑人中寻求归属感，在此过程中他表达了对于黑人特性的认同。他对于卡斯特罗政权的批评，甚至对于马克思主义的批判，都是基于种族立场的。但是，客观地说，这种认同与书写主题之间的关系本身就构成了一个悖论，因为"古巴"和"黑人"是他书写的关键词和核心，两个要素缺一不可。他的回忆录《秃鹫：古巴卡斯特罗政权下的种族和革命》即是一个例证，古巴是深深烙印在他身上和文中的一个符号，是他极力排斥但却摆脱不了的标签，代表了他叙述中交织着爱恨矛盾的情结，让他终生流浪，无所归属。

《秃鹫：古巴卡斯特罗政权下的种族和革命》一书用英语创作，由美国出版社出版，玛雅·安吉洛为其作序，其对目标读者的定位是显而易见的。这部作品凸显出两个方面的意义：它是古巴下层社会边缘化地位的集中反映，是古巴革命前属下阶层话语建构的一部分；这部作品作为"生命书写"的代表，其中的古巴书写有别于迈阿密的古巴流亡者所建构的古巴形象，莫尔的古巴不是梦中的天堂，而是他极力逃避但是又时时倚靠的心理所在，只是这种心理投射并不总是浮现出来。书名本身便是这样的一个例证。"Pichón"一词是西班牙语，其字面意思是"秃头鹫"，但引申含义依赖于古巴文化的具体语境：这个词来源于古巴人对穷苦黑人的称呼，特别是来自加勒比海地区其他国家的下层移民。"我知道秃头乌鹫的意思，就是秃头、弯嘴，专门吃烂肉的乌鹫。乡村里随处可见这种凶猛又让人讨厌的大鸟。它们在房顶盘旋，尖利的叫声让人不寒而栗，寻见任何死尸，它便一头俯冲下来，贪婪地啄食着长满了蛆虫的尸体。"[②]莫尔之所以用这个词做回忆录的题目，就是要突出两个关键词：种族和古巴背景。他的父母是从海地来到古巴谋生的工人，处于社会的最底层，被人们称为"秃鹫"。

在 1929 年大萧条蔓延到古巴时，成千上万的西印度群岛人遭到

① Carlos Moore. *Pichón: Race and Revolution in Castro's Cuba*. Chicago: Lawrence Hill Books, 2008, p. 6.

② Carlos Moore. *Pichón: Race and Revolution in Castro's Cuba*. Chicago: Lawrence Hill Books, 2008, pp. 8-9.

驱逐，许多海地人被屠杀。那些侥幸未被遣返的人只好在乡间到处游荡，我父亲就是其中之一。他们衣衫褴褛，浑身上下污秽不堪，挨家挨户乞讨，从已经几乎一无所有的农民那里讨来一点点吃的勉强充饥。为了避免被乡村警察驱赶，他们睡在墓地里。从周围的屠宰场里捡来被人们丢弃的边角料或者残羹剩饭。天一放亮，他们就悄无声息地蹲在村口等待着，等着屠夫把屠宰牲畜后剩下的骨头和下水扔出来。一看见冒着热气的下货被扔出来，他们就赶紧扑上前去，把血淋淋的东西装进口袋，拿回家洗一洗、腌一腌，撒上辣椒调味，这就是他们的美餐了。

因为他们捡人家丢弃的烂肉，所以白人农民把他们叫作“黑秃鹰”。这个外号也传到了孩子这里——秃鹫。人们还污蔑外国黑人(特别是海地人)是偷死尸的盗尸贼，说他们从墓地把死尸偷走吃掉，所以，秃鹫还有“食人族”的意思。我是黑秃鹫的孩子，是吃死尸的人的孩子！①

大萧条时期，无数贫困的黑人居无定所，到处被人们驱赶，他们没有生活来源，只能衣衫褴褛地挨家挨户跟白人农民乞讨。因为饥饿难耐，他们等着捡拾屠宰场丢弃的残骨烂肉，从垃圾堆翻找残羹剩饭，于是被鄙称为“吃烂肉的秃头鹫”。种族和阶级将穷苦黑人、外来移民和富裕白人截然分开。

种族是莫尔回忆录中最令他难以释怀的问题，也是他后来愤而离开古巴的原因，但古巴黑人同时也是他主张自己独特性的基础，所以他采用了带有种族标签的“秃鹫”和意识形态隐喻的“古巴卡斯特罗政权”作为回忆录的题目。回忆录按照时间顺序从叙述者的童年讲起，叙述者对于自我认知最早的记忆便是同种族相关的屈辱。城市里富人和穷人之间有着严格的界限，他们生活在不同的社区，相互之间没有任何的来往，牙买加移民生活在城市的边缘，这里是劳动阶层的专属社区。莫尔从 6 岁起就已经清楚地意识到，自己的黑皮肤是古巴的白人所难以容忍的。

我们小城的布局分为四个区，反映了居民的经济地位……白人精英们住在漂亮的大房子里，那里有高高的大树和宽阔的柏油马路，绿树成荫。还有一些白皮肤的黑白混血的家庭，他们的行为举止和白人

---

① Carlos Moore. *Pichón*: *Race and Revolution in Castro's Cuba*. Chicago: Lawrence Hill Books, 2008, p. 9.

> 无异，拼命地希望能够被当作白人，可是总遭到白人鄙夷，他们住在精英社区旁边的一个挺不错的小区里。我生长于劳动阶层的社区，屋子里都是泥土地面，房顶铺着茅草，不过后院还不算小，这里既有黑人也有白人。这就意味着我不必整天灰头土脸地待在贫穷萧条的黑人社区里，那里就是所谓的黑人贫民窟。黑人区里绝大多数居民是黑人，生活条件恶劣，没有电，没有自来水，也没有室内卫生间。此外还有一个单独的社区，它是专门给西印度群岛人、海地民工住的，那些房子都是木板房，窄小拥挤，和从前临时搭建的奴隶收容所差不多。[①]

事实上，相比于社区的很多人家，莫尔一家人已经是比较幸运的了。他的父母善良正直、吃苦耐劳，努力给予孩子们正确的引导，送他们进学校读书。他的父亲和母亲都来自牙买加，他们的母语是英语；但是母亲的西班牙语较为流利，所以她在家里教孩子说西班牙语。可是这并不能让孩子们摆脱语言、文化的杂糅带来的关于身份的困惑。莫尔讲西班牙语时带有重重的口音，在学校里受到同学的嘲讽，这让他感到无所适从和无地自容："我的名字不是古巴名字，很清楚地表明了我的西印度群岛人身份，所以我不愿意叫查尔斯，而是改叫卡洛斯，比较古巴化了……因为在这个国家，黑皮肤和非洲特征受到鄙视。"[②]他把自己的名字改成了卡洛斯，把姓氏从Moore改成了Moré，为此回家没少挨揍。改名字的行为体现了莫尔对于自己身份的拒绝，他难以认同父母的牙买加身份，但是自己的古巴身份又得不到认可，因此他难以在任何一种认同模式中寻找到归属感。莫尔看到下层黑人依旧挣扎在社会底层、没有尊严，时时感觉自己难以突破种族和阶级的阈限，感觉未来被蒙上了厚重的阴影。

除了家庭，社区环境也强化了莫尔的种族意识。少年时的莫尔崇拜身强力壮、粗犷豪放、血气方刚的男子，崇拜男人们所炫耀的男子气概，甚至打架斗殴都被他当作真男人的表现。他喜欢偷偷听他们谈论男欢女爱等成年人的话题，将他们的言行作为自己的行动标准。在成年人的谈话中，莫尔再次听到了古巴社会中对于白人身份的认可和张扬，以及相应的对于黑人身份的

---

① Carlos Moore. *Pichón*: *Race and Revolution in Castro's Cuba*. Chicago: Lawrence Hill Books, 2008, p. 1.

② Carlos Moore. *Pichón*: *Race and Revolution in Castro's Cuba*. Chicago: Lawrence Hill Books, 2008, p. 7.

贬抑。他听男人们谈论各自的风流韵事,偶尔会听到他们吹牛说自己和哪个白种女人有瓜葛,这在他看来是不可想象的,因为他知道"如果哪个白人女人说黑人调戏她的话,宪兵队马上就会出动,给那家伙点颜色瞧瞧。我们时有耳闻,乡村大佬处死那些胆敢朝白种女人吹口哨的黑人男子。白人女人对于黑人男性而言,就是禁区;但反过来却完全不同。说起来白人男人和黑人女人睡觉的例子,每个人都能讲出个七七八八。实际上,有的黑人甚至以此为荣,因为结果就是家里生着'好看'头发和'漂亮'鼻子的混血后代"①。

莫尔所生活的古巴社会就是这样按照肤色划分成了不同的单元,人们相互之间被隔离。即便是一家人,也会因为肤色不同而各有优劣之分。莫尔是家里皮肤最黑的一个孩子,他和长相更接近于欧洲人、肤色较浅的父亲截然不同,被人们称为"莫尔先生家的小黑孩儿"②,并且他还长着一双对眼,自认为是家中最丑陋的一个。他在一家人的合影中找不到自己,这更加重了自己心中的无所归属之感;母亲将他在合影中的缺席归因于他的眼睛,解释说等他眼睛矫正好了以后再让他加入。他们一家人因为肤色深浅不同,而隶属于不同的行会合作社或者社团组织:父亲和家里肤色较浅的兄弟姐妹进入黑白混血俱乐部;哥哥虽然肤色较深,但是头发是像欧洲人式的波浪卷发,因而被当作"印第安人",所以既可以进入混血人种的俱乐部,也可以进入黑人俱乐部;而叙述者和母亲的皮肤较黑,头发是典型的黑人式拳曲卷发,他们只能去黑人的俱乐部。就这样,这一家人被肤色分成了三个不同的阵营。肤色使莫尔和父母及兄弟姐妹的感情疏离,这更让他急于摆脱自己的黑人身份,也让他对于与种族、肤色相关的一切分外敏感。在那样的环境下成长起来的莫尔具有强烈的种族意识。从另外一个角度来看,这表明他非常急切地希望得到社会的接纳和认同。这种区别对待以及由此激发的自卑、愤怒和无助,伴随着他度过了一生中相当的岁月。

在莫尔的回忆录中,人们挣扎在生存的边缘,日子最好过的时候就是收获甘蔗的那短短几天,但是钱来得快走得也快,收获后的收入要用来偿还各种债务,很快便所剩无几,剩下的时间就是淡季,即"死亡季节",是生活最为艰难的时候,一家人的吃饭都成问题。因为父亲大多数时候没有工

---

① Carlos Moore. *Pichón*: *Race and Revolution in Castro's Cuba*. Chicago: Lawrence Hill Books, 2008, p. 20.

② Carlos Moore. *Pichón*: *Race and Revolution in Castro's Cuba*. Chicago: Lawrence Hill Books, 2008, p. 11.

作，一年中顶多三个月能有活干，然后其他的时间就只能做点手工活，比如制作锡壶、锡锅，沿街叫卖来补贴家用；母亲把人们喂猪用的野菜煮熟了给孩子充饥。后来父母婚姻破裂，哥斯达黎加籍的继母在纽约富人家里做保姆，莫尔一家人陆陆续续走出了村子，往哈瓦那和美国迁移。当时正值古巴革命前夕，社会动荡，下层人民的生活更加艰难，父亲难以找到工作，最终15岁的莫尔随父亲一起来到纽约谋生，希望在这里获得更好的发展机会。实际上，家庭的解体也同生活的艰难不无关系，母亲走出家庭是源于父亲重病，她为了筹集资金给丈夫看病而去哈瓦那打工，从此两人的关系日渐疏远。

卡洛斯·莫尔记忆中的古巴和卡洛斯·艾尔等人的古巴是完全不同的，下层社会黑人眼中的古巴是苦难所在，而古巴白人精英所描述的古巴则是美好的天堂。莫尔作品中的政治性更多地表现为阶级性和种族性，和古巴革命之后的意识形态领域的斗争具有明显的差别。因此，他的文本可以被当作20世纪八九十年代之后兴起的流亡文学的对照。

四、移民后裔的“古巴牧歌”：奥斯卡·伊西罗斯

奥斯卡·伊西罗斯是第一位获得普利策奖小说奖的西语裔作家。概观他的创作，可以说是既开创了历史，又和“古巴想象”之间保持了相当的距离，使得“古巴裔美国文学”这一术语中的“古巴”成了真正的修饰语，而“美国经历”成为书写的核心。

奥斯卡·伊西罗斯1951年生于纽约曼哈顿，父母都是古巴移民。伊西罗斯的父母都出身于古巴的中上层阶级，具有欧洲西班牙文化的家族传承。伊西罗斯的母亲玛格达·琳娜出生在古巴奥尔金的一个富贵之家，外祖父是一位有着贵族气质和艺术家风采的绅士，来自巴塞罗那，是当地知名造鞋家族企业的继承人，为了谋求独立而来到古巴，在西班牙军队中做税务官，退役后在古巴定居并经营起制鞋生意，而后从西班牙娶妻，从而保证了家族血统的纯正。伊西罗斯的父亲帕斯卡同样出生于奥尔金的一个显赫家族，一个拥有大农场的农场主家庭，“在数百英亩的土地上，种植着各色水果树、木材和烟草”[①]。伊西罗斯的父亲1943年结婚前就已经来往于古巴和美国之间，

---

① Oscar Hijuelos. *Thoughts without Cigarettes: A Memoir*. New York: Gotham Books, 2011, p. 17.

他的两个姑姑早于父亲在纽约定居，伯父和其他几个姑姑则留在了古巴。伊西罗斯对于古巴的认识更多地局限于家族的传统，例如玛雅姑妈是伊西罗斯家族在美国的女家长，她和丈夫后来移居迈阿密，以建筑承包生意为主，并未参与流亡者的政治活动；切鸥姨妈一家在1967年借助于约翰逊总统的移民政策来到美国，用伊西罗斯的话来说，也是“为了钱”，来到之后却发现伊西罗斯一家在哈莱姆的公寓“有点让人失望”[①]。在古巴的家人生活稳定，玛丽亚姨妈的丈夫早年支持革命，后来在卡斯特罗政府担负重要职务。在美国的伊西罗斯家族成员有时会回到古巴探亲，但是伊西罗斯一家的生活重心和交往圈子都在纽约。虽然他们的生活中偶尔有着政治问题所激起的波澜，比如因为表姐的丈夫参与政治团体，家里的电话被联邦调查局监听，但是总体来说伊西罗斯的成长经历与“古巴革命”的交集较少，他对于意识形态相关的政治诉求保持了较低程度的认同，在文学创作中更是与之保持了距离，在作品中将意识形态要素的表达降到了相当低的水平，主要凸显作品的文学性。可以说，伊西罗斯的书写重点是古巴裔美国身份，他对于“父母的故国”的描写是基于他作为“纽约人”的认知进行的，融合了移民后裔对自我之多维度文化身份的探寻，以及对古巴的异域想象，既掺杂了田园牧歌式的浪漫和优雅，又带有曼波舞曲的绵长忧伤。可以说，伊西罗斯首先是一位“纽约作家”，如他所说，“我是那么美国化，或者换种我自己更喜欢的说法，我就是个地地道道的纽约人。”[②]他坦陈自己对于从古巴来到美国的姨妈一家缺乏认同，无法像父母那样表现出发自内心的亲近感。这隐喻了他内心对于古巴的疏离，由此可见，他书写的古巴移民的故事更多是基于他的“纽约经验”。

伊西罗斯的成长经历在很大程度上影响到他对古巴裔文化和欧裔主流文化的认识。伊西罗斯上大学以前基本没有离开过纽约，他中小学就读于121西街的天主教会的基督圣体学校（Corpus Christi School in Morningside Heights），中学毕业后先后就读于布朗克斯社区学院、莱曼学院和曼哈顿社区学院。20世纪70年代中期进入纽约城市大学学习创意写作，1976年获得硕士学位，其间受到众多当代知名作家的影响。伊西罗斯

---

① Oscar Hijuelos. *Thoughts without Cigarettes: A Memoir*. New York: Gotham Books, 2011, pp. 161-162.

② Oscar Hijuelos. *Thoughts without Cigarettes: A Memoir*. New York: Gotham Books, 2011, p. 161.

生长在西语裔环境中,但是他在很早的时候就对西班牙语产生了心理距离。他4岁时回古巴探亲,回来后患了肾炎,住进了康州格林尼治的圣卢卡康复医院,病情危重期间几乎无法和家人联络,后来情况好转时母亲会定期去医院探望他。一年的康复经历让他离父母的西班牙语环境日趋遥远,甚至讲西班牙语的母亲都成了陌生人:"当然,她是我的母亲,我知道——她不是一直跟我说嘛——'我是妈妈!'可是她那么陌生,当她说西班牙语时我感到更加陌生了。这语言,经过这段时间,听上去既熟悉又十分陌生。我肯定知道她在说什么,好像说的是我们住的公寓,你爸爸和你哥哥,还有,对了,古巴,那个带着爱和魔力的美丽奇妙世界,它是那么遥远,我可是不久前还去过的。"①语言是儿童认识世界的最直接媒介之一,即便没有生病住院的经历,伊西罗斯也必将走出家庭进入社会,所以他逐渐脱离西班牙语语境而进入英语语境是个不可避免的过程,双语背景和双重文化认同是移民子女的普遍特点。只是这次生病的经历的确加速了他同西班牙语的疏离。

伊西罗斯一家生活的大环境也不是单纯的西语裔社区。他们所居住的118西街传统上是犹太人和爱尔兰移民聚居区,被人们称为"白色哈莱姆",居民以白种人为主,到20世纪60年代以后西语裔和拉美裔居民逐渐增多。1964年这片土地被哥伦比亚大学收购,学校开始对建筑进行改造,拆除旧房子,盖起了国际教育学院和学生宿舍,从前的老邻居陆续搬离社区。这些变化令伊西罗斯等少年感到不安,甚至对大学充满了敌意。但是从另外一个角度来看,这也使他更多地接触到非西语裔文化。他父母所结交的朋友大都是拉丁美洲移民或西语裔后裔,当时的纽约并没有形成诸如迈阿密的小哈瓦那那样的西语裔社区,因而相比于南佛罗里达古巴裔社区里浓厚的政治氛围,纽约哈莱姆区对于与卡斯特罗政权相关的政治的关注度明显要低。这些因素都在不同程度上影响了伊西罗斯对于西语裔文化的认同,影响了他对古巴裔美国身份的认知和阐释。

伊西罗斯在纽约城市大学就读的经历,可谓他职业生涯的起点。当时有一批知名的作家在学校任教,对伊西罗斯的影响很大,其中有著名的后现代主义作家、美国国家图书奖得主唐纳德·巴塞尔姆(Donald

① Oscar Hijuelos. *Thoughts without Cigarettes*: *A Memoir*. New York: Gotham Books, 2011, p. 6.

Barthelme,1931～1989),20世纪著名作家、艺术评论家苏珊·桑塔格,“垮掉的一代”文学运动创始人、后现代主义代表作家威廉·巴勒斯(William S. Burroughs, 1914～1997)等。这对他的写作生涯产生了根本性的影响,令他最终决定专门从事写作。巴塞尔姆对他的影响最大,在回忆录中他多次详细讲述自己如何在巴塞尔姆的引导下,逐渐将身上的两个“自我”进行和解,即在古巴身份和美国身份之间寻找到平衡,并探索合适的自我表达方式来书写古巴裔美国人的故事。事实的确如此,伊西罗斯作品的基调带有明显的欧洲传统,细细读来,可以从中看出英美经典文学对他的影响。当然,拉丁美洲文学对伊西罗斯有着同样重要的影响。他广泛阅读了何塞·莱泽马·利马(José Lezama Lima, 1910～1976)、加西亚·马尔克斯和卡洛斯·富恩特斯等拉丁美洲作家的作品,在他们的作品中找到了深深的认同感,更加透彻地了解了自己,不再自卑于自己的少数族裔背景。“我(好像)回到了古巴,和古巴人在一起,我退后一步,用全新的眼光重新审视自己的作品,似乎获得了新生。在我生命中,我第一次,不自卑于我的家庭和背景,想到我的父母,我甚至开始构想,或许将来某一天,我可以写一写他们的故事,再也不会感到不安和羞耻。”①

虽然伊西罗斯在拉美文学中汲取了无尽的营养,但是他也发现,那些作家所写的并不是他自己的心之所想,难以深入他的内心,无法从根本上触动他的灵魂。虽然他本人并未具体说明这种认同感缺乏的根本原因,但是这很可能和他处于两种文化罅隙之间的美国经历相关;毕竟,拉丁美洲话语无法被直接应用来书写美国故事。因此,在巴塞尔姆和桑塔格的影响下,他开始尝试寻找中间途径,书写自己作为古巴裔美国人的双重文化认同。在他职业生涯的早期,他的导师巴塞尔姆继续给予他无私的帮助。巴塞尔姆后来接受了休斯敦大学的教职,不能像之前那样面对面地给伊西罗斯指导,但他还会给打电话关注他的进展,与他交流写作中的问题。巴塞尔姆可谓伊西罗斯职业生涯中最重要的人生导师。《曼波歌王奏情歌》的成功正是古巴裔作家走出自言自语式的“自我言说”、丰富“美国经历书写”的例证。书中古巴移民的美国故事,既表现了古巴文化的特质,比如热情奔放,也透视出隐含作者的距离感和冷静,是典型的族裔文学话语模式;而

① Oscar Hijuelos. *Thoughts without Cigarettes: A Memoir*. New York: Gotham Books, 2011, p. 218.

“曼波歌王”等文学意象更是点睛之笔，张扬了叙述的文学审美。这种族裔性和文学性的结合，使得伊西罗斯的作品众多的政治话语中脱颖而出。

伊西罗斯算不上是多产作家，出版的小说在十部左右，大多以古巴身份和美国经历的结合为主题。除了《曼波歌王奏情歌》以外，其他的知名作品有处女作《从前那个世界中的老屋》(*Our House in the Last World*, 1983)、《埃米利奥·蒙特斯·奥布莱恩的14个姐妹》(*The Fourteen Sisters of Emilio Montez O'Brien*, 1993)、《艾维先生的圣诞节》(*Mr. Ives' Christmas*, 1995)、《我灵魂中美丽的玛丽亚》(*Beautiful Maria of My Soul*, 2010)、《戒烟后的沉思：回忆录》(*Thoughts Without Cigarettes: A Memoir*, 2011)等。除了普利策奖以外，他还在1985年获得了设在罗马的美国学院(American Academy in Rome)颁发的罗马奖(Rome Prize)，在2003年获得了路易·里尔奖。2013年10月12日伊西罗斯在打网球时突发心脏病去世，英美各大媒体都对此事进行了报道。《纽约时报》发表了简讯，布鲁斯·韦伯在报道中对伊西罗斯的风格进行了中肯的评价，称其感人的风格和流畅的语言是“不折不扣的美国风格”，并指出他的独特之处：“和许多知名的拉美裔作家不同的是，伊西罗斯很少直白地进行政治书写[①]。”在回忆录中，伊西罗斯本人也对批评界将其视为少数族裔作家感到不满，他认为自己书写的人生体验并没有受到族裔限制。

伊西罗斯的所有作品都是用英语创作的，有的作品即便涉及古巴题材，其古巴性也已经背景化，可以说，他在作品中对古巴性和美国经历进行了有意识的协商。《从前那个世界中的老屋》取材于作者本人的家族历史(特别是伊西罗斯的父亲帕斯卡·伊西罗斯的经历)，采用家族历史小说的方式，讲述桑蒂尼奥一家人从古巴移民到美国纽约，并在那里慢慢适应下来的故事。小说中的父亲阿莱霍来自古巴东部的奥尔金省，在1943年来到美国曼哈顿，他满怀对未来的憧憬，希望在美国闯出一片天地。但是现实和他的理想相差甚远，他在古巴的中上层阶级背景丝毫派不上用场，他不得不在陌生的环境下从头开始，在一家酒店做了厨师，成为劳动阶级的一员。阿莱霍从古巴中上层阶级到美国劳动阶层的转变，令他对美国和故

① Bruce Weber. “Oscar Hijuelos, Cuban-American Writer Who Won Pulitzer, Dies at 62”, *The New York Times*, 2013/10/13(2015/08/25), http://www.nytimes.com/2013/10/14/books/oscar-hijuelos-cuban-american-writer-who-won-pulitzer-dies-at-62.html? hp&_r=0hp.

国都怀有矛盾的情感。在书中,古巴的老屋是思乡之情的集中体现。阿莱霍·桑蒂尼奥和妻子梅赛德斯代表了古巴革命前移民到美国的古巴人,他们经历了身份的转变和艰难的文化适应。小说还通过桑蒂尼奥家两个儿子的经历,反映了移民的代际差别及其对他们身份建构的影响。桑蒂尼奥家的年轻一代和父母的情况完全不同。他们对古巴缺乏了解,对那个国家没有情感上的认同。小儿子埃克托尔尤其如此,他直接将童年时的古巴之行和自己身体上的病痛联系起来,十分排斥西语裔文化,甚至和父亲的关系都因此受到了极大的影响。这部小说属于较为典型的成长小说,第一人称主要人物叙述者埃克托尔·桑蒂尼奥显然是作者伊西罗斯的投射,他在纽约哈莱姆西语裔社区的成长,他对于文学的爱好以及他未能向父亲表达的爱,都与作者的经历高度相似,因而,这部作品被认为是带有自传性质的成长小说。作品中两代古巴人的经历也被公认为是作者伊西罗斯一家经历的投射。除了对家族历史的再现之外,《从前那个世界中的老屋》还充分运用了具有古巴特质的文化要素,比如古巴土生的萨泰里阿教(Santería)和灵性信仰,霍拉西奥·桑蒂尼奥回到古巴时在老屋看到了祖先的鬼魂等情节,使叙述超越了个人经验的局限,在古巴裔或者西语裔读者中产生更多的认同。小说通过老屋这一意象完成了对"家园"概念的建构。小说多处涉及阿莱霍夫妇等古巴移民的思乡之情,虽然埃克托尔·桑蒂尼奥最经常从父亲那里听到的一个词就是"家",但是那个"家"在埃克托尔心中并不是一个真实的存在。可以说,寻找家园的过程也是埃克托尔走出自我想象的束缚而走向成长的历程。

出版于1989年的《曼波歌王奏情歌》是伊西罗斯的代表作,获得了翌年的普利策奖小说奖,1992年被搬上银幕,2005年被改编成音乐剧。小说追溯了塞萨尔和内斯托尔两兄弟追求音乐梦想的历程,讲述他们走出古巴的小村庄到哈瓦那继而到纽约的经历,在他们的乐队"曼波歌王"巨大成功的背后,反映出他们作为古巴移民所经历的艰难文化适应。乐队的主打歌曲《美丽的玛丽亚,我的灵魂》是内斯托尔的代表作,描写的是他心心念念的古巴恋人,是兄弟二人古巴之爱的象征。小说主人公的原型来源于作者伊西罗斯的姑父帕德罗,卡斯蒂略兄弟二人的形象也融合了众多古巴音乐家的形象,例如马奇托(Machito, 1908～1984)、戴斯·阿内兹(Desi Arnaz, 1917～1986)、佩雷斯·普拉托(Pérez Prado, 1916～1989),而"曼波之王"的称谓则来源于波多黎各音乐家蒂托·普恩特(Tito Puente,

1923～2000)。塞萨尔和内斯托尔·卡斯蒂略的故事归根结底来源于作者伊西罗斯对于音乐的毕生热爱,特别是他作为古巴裔美国人对曼波舞曲的价值认同。卡斯蒂略兄弟二人在酒吧驻唱的故事还融合了作者父亲帕斯卡在酒吧工作的经历,以及作者本人高中时和朋友在酒吧唱歌的感受与见闻,可谓古巴经验的汇总。所有这些元素在小说中的运用使得这部作品带有了浓浓的古巴味道。他在回忆录中这样描述当时这本小说的构思过程:

> 我在构思音乐家卡斯蒂略兄弟,他俩就和帕德罗姑父一样。我知道他们在20世纪40年代末离开哈瓦那,来到纽约寻找曼波之梦;最初的几年十分艰难,和所有的移民一样,他们不得不面对新的语言环境、完全陌生的城市,还有偏见以及无可避免的无所适从(当然同时也兴奋异常)——当然最后一种心绪也是我自己在罗马时所经常感受到的……我想起小时候跟爸爸一起看电视的情景,我们喜欢看的《我爱露西》[①]……是因为那些情节如此熟悉,里基的家人从古巴来到这里,出现在他们家门口。我一直在想着这些人,想象着他们的生活是什么样子。尽管我时不时想到写一写这些普通人,但是从来没有想到过这会和我正在构思的小说有什么关系,我想在小说中写一写从前的曼波歌王如何回顾自己曾经的辉煌。可就在那一刻,在罗马的工作室里,我突然构思出这样的情节:刚刚从古巴来的兄弟二人,站到里基家门前,他们是音乐家、歌手,就像里基的古巴朋友们那样,将会在夜总会的舞台上纵情歌唱。[②]

作者把卡斯蒂略兄弟二人的故事嵌入室内剧这一流行文化形式之中,想象他们曾经作为《我爱露西》节目的嘉宾,受邀讲述他们在美国的传奇经历,从而将美国读者所熟悉的大众文化要素和古巴要素结合起来。当时古巴裔文学中的政治书写已经占据主流,意识形态领域的斗争明显影响到了文学的书写和接受,但是伊西罗斯依旧在寻找凸显文学性和古巴性的书写方式。鉴于此,他采用曼波舞曲等具有古巴风情的文化要素,通过"对音乐文

---

① 这是由哥伦比亚广播公司出品、戴斯·阿内兹夫妇主演的室内情景剧,从1951～1957年共6季。阿内兹扮演的里基·里卡多是古巴裔乐队长,这个人物的古巴背景和相关情节深受众多西语裔观众的喜爱。

② Oscar Hijuelos. *Thoughts without Cigarettes: A Memoir*. New York: Gotham Books, 2011, p. 314.

化的文学性书写，奏出了含混在性爱、纵酒和文化适应中的（古巴）情歌”[①]。事实证明，这样的作品才具有更加长久的生命力。不仅是针对这部作品，伊西罗斯在其他作品中也避免过度彰显自己的政治诉求，较好地处理了文学书写和政治取向之间的关系。

1993年的小说《埃米利奥·蒙特斯·奥布莱恩的14个姐妹》更加充分地表现了伊西罗斯的文化杂糅意识。小说同样采取家族历史的形式，讲述爱尔兰移民蒙特斯·奥布莱恩一家的故事。父亲尼尔森是爱尔兰移民，母亲马列拉是古巴移民，他们生活在宾夕法尼亚的一个小镇上，夫妻二人养育的15个孩子在美国成长、兴旺。在一定程度上本书是一个关于“大熔炉”和美国梦的故事。小说以长女玛格丽特为主要的叙事角度展开，其中穿插了不同的叙事声音，例如借助唯一的儿子埃米利奥的回忆，作为摄影师的父亲讲述了他在镜头里捕捉到的多彩生活画面。这种多声部的叙述与主要叙述者的语言形成了互文。“（它）需要合适的时间调整光圈，所以捕捉到的不仅是拍摄对象的表面特征，而且还能从人们的面部表情中反映出他们的情感，有忧伤，也有快乐或者不安。所有的微妙变化，都被记录在了底板上。”[②]玛格丽特表面上讲述的是弟弟埃米利奥的故事，但事实上她把自己的自我意识和女性主体性投射到了叙事中。

小说描写了14个姐妹和埃米利奥的生活，通过熟悉的日常生活场景，反映了移民的美国化经历和移民给美国文化以及美国社会带来的影响。“埃米利奥·蒙特斯·奥布莱恩14个姐妹居住的那所房子里，到处洋溢着女性的魅力。从屋外尖桩篱栅旁走过的男人们——邮递员、卖杂货的、卖冰块的——有时候会惊诧于沁人心脾的花香，仿佛那香气被洒落在地面上和地板上……房门敞开的时候，这些女人们的力量就会倾泻出来，对男人们产生改头换面的影响，就连最小的婴儿也不例外，这力量即便非常细微，却也是坚定无移的。”[③]这些影响是积极的，带来的改变也是深远而悄无声息的。小说由此立场鲜明地肯定了移民的贡献，即外来文化的注入是美国文化得以保持其

---

① Harold Augenbraum and Margarite Fernández Olmos. (eds.). *The Latino Reader: An American Literary Tradition from 1542 to the Present*. New York: Houghton Mifflin Publishing Company, 1997, p. 488.

② Oscar Hijuelos. *Fourteen Sisters of Emilio Montez O'Brien*. New York: HarperCollins Publishers, 2003, flyleaf.

③ Oscar Hijuelos. *Fourteen Sisters of Emilio Montez O'Brien*. New York: HarperCollins Publishers, 2003, p. 3.

活力的基础。相比于伊西罗斯之前已经涉及的移民经历和文化适应主题，本小说从美国视角审视移民身份的变化。玛格丽特是爱尔兰—古巴混血儿，她于1902年出生在从古巴开往美国的船上，于是她又有了另外一种身份——美国人。她的弟弟妹妹的出生时间不同，经历也不尽相同，体现了不同程度的美国化。起初，母亲马列拉·蒙特斯尽量自己带孩子，教她们讲西班牙语，但是10年后在妹妹萨拉出生时，母亲再也没有精力独自照料这么多孩子，不得不求助于保姆。萨拉便渐渐疏离了母亲的西班牙语环境，因此她长大以后，当姐姐们在走廊上叽叽喳喳地用西班牙语聊天时，她便明显地感觉到了不合群。从玛格丽特到萨拉，奥布莱恩一家的孩子们表现出不同的身份认同，越来越多地融入美国生活之中。

《我灵魂中美丽的玛丽亚》是《曼波歌王奏情歌》的续集。在《曼波歌王奏情歌》中，玛丽亚·加西亚是个次要人物，但她却是内斯托尔·卡斯蒂略终生的挚爱。他们二人当年在哈瓦那相遇并相爱，当时的内斯托尔只是个追求梦想的青年人，玛丽亚最终没有勇气抛弃一切陪伴他追求音乐之梦。内斯托尔和哥哥塞萨尔到了美国，伤心失落之余创作了曼波舞曲《我灵魂中美丽的玛丽亚》，这首歌成为乐队的代表曲目。内斯托尔后来功成名就结婚生子，但是这段恋情也令他终生难以释怀。小说从玛丽亚的角度重述这段爱情故事，讲述了这个从比那尔德里奥小村庄走出来的古巴女子的故事。玛丽亚来到哈瓦那，在一家夜总会做舞女，成为富商伊格纳西奥·富恩特斯的情妇，经常遭遇家庭暴力，在遇到内斯托尔之后她内心的柔情被触动，两个人陷入爱河。内斯托尔离开古巴以后，玛丽亚也逐渐认识到自己同样无法忘却那段感情，于是带着女儿逃脱了富恩特斯的控制，来到了迈阿密。相比于《曼波歌王奏情歌》中丰满的古巴男性形象，这部小说对于女性的描写显得有些力不从心，特别是玛丽亚的个性不够鲜明。小说将较多的篇幅用于描写性爱和玛丽亚的美貌等，虽然这可以解读为人物的心中难以释怀的情结，但是也给读者一种繁复冗长之感。值得肯定的是小说结尾处的匠心设计："作者"奥斯卡·伊西罗斯出现在故事中，和玛丽亚的女儿特丽莎讨论玛丽亚和内斯托尔的恋情，向她透露了内斯托尔以玛丽亚为主题创作的那首舞曲。这使得小说的叙事带有了一种"伪元叙事"的特征，令小说的真实性变得有些扑朔迷离。

伊西罗斯的回忆录《戒烟后的沉思》出版于2003年，讲述了自己的成长经历和职业生涯。回忆录分为两个部分，分别有4章和6章，按照时间顺序叙事，从母亲在路上等公交车、到医院探望自己开始，追溯家庭背景、父母的移民历史、自己生病住院的经历等，也讲述了自己的文学创作的经历，例如第八章和第九章分别是“从前那个世界中的老屋”和“罗马”，较为详细地回忆了自己创作处女作和《曼波歌王奏情歌》出版前后的过程，“在麦迪逊大道的岁月”等章节详述了职业成长过程中巴塞尔姆等导师给予的引导和建议。回忆录融合了成长、个人情感和职业生涯，第一部分以“童年终结”为题，讲述作者18岁时父亲突患心脏病去世以及自己由此感到的心理空洞，以此表达了自己对于古巴裔身份的微妙情感。这部回忆录的一个代表性主题是双语环境下的成长以及双重身份问题，其中“我的两个自我”一章详述了自己身处两种文化罅隙中的经历。虽然伊西罗斯多次提及儿时患急性肾炎住院的经历对自己语言发展的影响，但是他从小到大一直生活在纽约的白色哈莱姆区，处于非典型拉美裔环境下，即便没有住院经历，他对西班牙语的疏离也是不可避免的。正如他对自己外表的描述：“我长得像曾曾祖父，他是爱尔兰人。我的皮肤就是白人的肤色，眼睛是浅绿褐色，和长相更像拉美裔的父母完全不一样……并且他们……言谈举止是典型的古巴人做派，是的，没错，那些决定身份的核心要素，身体、语言和灵魂，准确无疑。”①

伊西罗斯作为古巴裔美国文学的一位先驱者，书写的是他那一代古巴移民的生活，他没有刻意诉诸政治书写，而是把他对古巴性的理解融汇到了最平实的日常生活细节之中。作为出生在纽约的古巴移民后代，他所描写的古巴融合了从父母那里听到的古巴故事和他自己的想象，充满了田园牧歌式的浪漫情怀。伊西罗斯和格里洛一样同属于在美国出生的古巴移民的后代，但是他们的社会阶层和种族所属明显不同，对于古巴身份的认识大相径庭，因而他的作品中没有格里洛和莫尔那种对于阶级及种族的纠结。伊西罗斯在年龄上和卡洛斯·艾尔接近，并且两人都属于古巴中上阶层，但是，他们在古巴社会历史中的参与程度不一样，因而与古巴的距离明显不同：艾尔因为古巴革命而逃离了家园、失去了父亲；而伊西罗斯远离风暴的中心，没有感受到革命的冲击，对于古巴裔美国文化主流中的流亡文化缺乏真正的认同，所以他描写的古巴人的美国经历多停留在文化层面。在作品中，伊西罗斯通过把

① Oscar Hijuelos. *Thoughts without Cigarettes*: *A Memoir*. New York: Gotham Books, 2011, p. 7.

控叙述者与故事之间的距离来制造陌生化效果，以弥补古巴身份书写及古巴经历呈现中权威性的欠缺。即便是在国别文学或者族裔文学的框架下展开讨论，诸多因素仍会直接影响到作家的文学创作，例如阶级、种族的不同和个体经验的差异会直接导致主题选择和文学风格的不同。

本节所论及的几位重要代表作家及其作品表明，在古巴裔美国文学中，阶级和种族是两个非常重要的书写维度，这种书写范式与在 20 世纪八九十年代以后兴起的古巴流亡文学形成了鲜明的对照。

第三节　古巴流亡模式的文本化

2003 年，美国国家图书奖非虚构类作品的奖项颁发给《在哈瓦那等待风雪》，作者卡洛斯·艾尔成为第一位获此殊荣的西语裔作家，由此也引发了评论界对古巴裔流亡文学的更多关注。2010 年，卡洛斯·艾尔出版了第二部回忆录：《在迈阿密学会死亡》。这两部回忆录构建了卡洛斯·艾尔作为作者/叙述者的移民经历和文化适应过程，成为古巴裔美国文学中流亡模式文学书写的代表，从此这种书写模式作为一种文学书写范式进入批评家的视野。

一、古巴人社区中的流亡概念及其特点

在政治学中，流亡指的是出于外部原因被迫离开出生地或者出生国的迁移，一般同政治和宗教语境相关；流亡者是“由于政治、经济或者宗教等原因被迫离开出生地或者出生国的个人或者团体”[①]。有文献记录的古巴人流亡海外的历史始于 19 世纪中期古巴独立革命时期，虽然实际上这一时间可能更早。古巴民族英雄何塞·马蒂（José Julián Martí Pérez，1853～1895）在 19 世纪 70 年代被流放到西班牙，后流亡到墨西哥和危地马拉。纳尔西索·洛佩斯（Narciso Lopez，1797～1851）将军[②]于 1848 年流亡至基韦斯特（Key West）。这些都是古巴人早期流亡经历的典型案例。

---

① Agnieszka Gutthy.（ed.），*Exile and the Narrative/Portic Imagination*. Newcastle upon Tyne：Cambridge Scholars Publishing，2010，p. 1.

② 洛佩斯出生于西班牙南美殖民地（今天委内瑞拉境内），参加过 19 世纪 40 年代古巴独立运动，后来地下组织被西班牙政府发现，他逃亡到了基韦斯特继续组织和领导流亡解放运动。他设计的古巴国旗后来被独立的古巴采用，并沿用至今。

如前所述，在古巴近现代史上，古巴革命是个分水岭，由此所导致的古巴与美国意识形态上的差别以及两国关系的变化，已经彻底改变了近代古巴和美国的历史。当今从事古巴研究和古巴裔美国文化研究的学者都将古巴革命视为当代流亡模式的发端；而在流亡者那里，流亡所包含的政治意蕴使这个词成了所有古巴人都必须接受的一个称谓。保罗·塔伯利(Paul Tabori, 1908～1974)认为，“流亡者居住在一个地方，但是头脑中记忆和映射的却是另外一个地方的现实”[①]。在当代美国古巴裔文学研究和古巴裔美国人的社会学研究中，“流亡”具有特定的政治和历史背景，即1959年的古巴革命和之后社会主义政体的确立。古巴革命后，巴蒂斯塔政权的官员、军官和上层知识分子在第一时间来到美国佛罗里达州，在迈阿密建立了活动基地，因为这里“是最便利的入港口，靠近古巴，而且也是许多人早已经非常熟悉的地方”[②]。这些移民在政治上属于亲美派，与美国之间的联系早已经建立起来，“每一次古巴国内政局动荡，例如内战或者革命，流向美国的资金都会大幅度增长，古巴上层社会和美国之间的关系也会变得更加密切”[③]。他们自称“流亡者”，强调这种被动移民源于政治因素。戴维·瑞福把“1959年”定义为古巴人“流亡到迈阿密”的一个时间节点。[④] 玛丽亚·克里斯蒂娜·加西亚同样强调政治变革的影响力，她认为，与其他措辞相比，“流亡”强调古巴人的流亡是政治形势所迫，另外也表明，流亡者在美国的停留是暂时性的：“这些古巴人把自己看作‘流亡者’，而非移民，是因为他们并不想重新开始新生活，不想成为‘北美人’，而是希望古巴政局改变后可以重新回到古巴”[⑤]。所以，在古巴移民社区中，流亡者具有特定的意义，即古巴革命后因为持不同政见而主动或被迫移居美国的古巴人。他们大多为巴蒂斯塔政府的达官贵人，革命之初即意识到了自己将

---

① Paul Tabori. *Anatomy of Exile: A Semantic and Historical Study*. London: Harrap, 1972, p. 27.

② Victor Andres Triay. *Fleeing Castro: Operation Pedro Pan and the Cuban Children's Program*. Gainesville, FL: The University Press of Florida, 1998, p. 12.

③ James S. Olsen and Judith E. Olsen. *Cuban Americans: From Trauma to Triumph*. New York: Twayne Publishers, 1995, p. 47.

④ David Rieff. *The Exile: Cuba in the Heart of Miami*. New York: Simon & Schuster Inc., 1993, p. 14.

⑤ Maria Cristina Garcia. *Havana USA: Cuban Exiles and Cuban Americans in South Florida, 1959-1994*. Berkeley: University of California Press, 1996, p. 1.

是革命的直接对象，“他们和巴蒂斯塔政权的腐败和滥用职权脱不了干系，面临着失去社会地位、财产甚至生命的危险，因此唯一的选择就是离开”①。他们是革命后最早一批逃离古巴的移民，属于古巴人口中的特权阶层，主要特点是“持有反对派政治立场，曾是卡斯特罗革命的受难者，文化程度高、经济实力雄厚、居住在迈阿密，并且大都是白人”②。他们的目的是将迈阿密作为反卡斯特罗政权的中心，借助美国的力量颠覆古巴政权，收复失地，重回古巴。

但是流亡者重回古巴的计划被不断推迟，原本的权宜之计成了不得不接受的现实。随着古巴推进国有化和土地改革，卡斯特罗政权的社会主义道路趋于明确，早期流亡者回归的愿望越发渺茫。猪猡湾一役的惨败，基本击碎了流亡者在短时间内夺回古巴的预期。随着更多的古巴中上阶层移民加入他们的阵营中，迈阿密逐渐发展成为流亡者的海外政治中心。他们的影响力以迈阿密为中心，已经“取代了其他城市，成为古巴影响的中心”③。流亡者以迈阿密为中心建立起来的反古巴同盟，采取各种手段对古巴政权进行颠覆活动，汇集起政治势力，并逐渐将其影响力扩展到了佛罗里达南部，使这一区域成为古巴移民文化和古巴裔美国文化的主流。纵观历史，在美国古巴人社区的建立和发展过程中，政治因素始终占据了主导。

迈阿密的流亡者在古巴移民社区中占据重要地位，迈阿密的流亡文化模式也成为古巴移民和古巴裔美国人的代表性文化范式，被视为美国古巴裔文化的主流。南佛罗里达成为古巴流亡者的集中地，汇集了众多著名的作家和艺术家，他们的艺术表现能力赋予了他们话语权，其作品代表了古巴流亡者的文化取向和文化心理。迈阿密的古巴人特指这一部分古巴人以及他们的文化价值观，即便他们可能会生活在美国的其他地区。以南佛罗里达为代表的流亡者文化可以概括为：“流亡经历，痛恨菲德尔·卡斯特罗，以及对世界上任何地方共产主义的强烈憎恨。”④这种流亡者文化已经

---

① Maria Cristina García. *Havana USA: Cuban Exiles and Cuban Americans in South Florida, 1959-1994*. Berkeley: University of California Press, 1996, p. 13.

② Cheris Brewer Current, *Questioning the Cuban Exile Model: Race, Gender, and Resettlement, 1959-1979*. El Paso: LFB Scholarly Publishing, 2010, p. ix.

③ Patrick Lee Gallagher. *The Cuban Exile: A Social-Political Analysis*. New York: Arno Press, 1980, p. 32.

④ James S. Olsen and Judith E. Olsen, *Cuban Americans: From Trauma to Triumph*. New York: Twayne Publishers, 1995, p. 106.

成为古巴精英阶层的价值标准，是他们判断自我以及世界的尺度，令他们在政治观点上趋于保守、激进。特朗普时期的参议员马可·卢比奥（Marco Lubio，1971～　）就是南佛罗里达古巴裔流亡者文化的集中代表。他出身于迈阿密普通古巴移民家庭，既非精英也不是流亡者，但是他亟须得到认同，于是流亡者文化成为他政治生涯最便利的一个通行证。纵观卢比奥在美国反古、反华宣传中的表现，也就不难理解这种流亡者文化背后的意识形态要素和认同策略了。

需要明确的是，尽管古巴革命后的移民会首先选择政治避难者的身份，但并非所有的古巴移民都可以称得上流亡者。早期的反古巴政权的政治领袖是迈阿密流亡者社会的中坚力量，他们充分体现了空间和身份的双重错置，流亡身份是他们同普通古巴移民和其他国家移民的根本区别①，共同的政治诉求成为流亡者群体凝聚力产生的根本缘由。"古巴文化在迈阿密得到了最为充分的表现，带有了新的形式。这里有小哈瓦那、第八大街、圣母博济古巴人朝拜堂以及各种各样的文化组织，来保持这样的古巴特性。"②对于古巴移民而言，"流亡者"和"避难者"等术语，并不是界定他们移民身份的法律名词，而是他们的一种自我指征。对于相当一部分人而言，亲美立场不过是他们获得美国社会和古巴移民社区接纳的一个策略。并非所有的古巴移民都是持不同政见者，并非所有的流亡者都具有政治抱负，但是他们自诩为古巴移民的代表，并为自己的经历加上"理想"的光环，在很大程度上是为了证明自己的选择是正确的，超越了个人利益和经验。作为持不同政见者，流亡者可能曾经在古巴遭受过排斥，但是，在迈阿密，他们往往以相同的方式排斥与他们有着不同政见的古巴人。在《爱之切》(*Loving Che*，2003)中，女主人公在得知自己是革命后代的身世后，采取了非常谨慎的态度，因为"迈阿密这座城市可不是赞颂浪漫主义英雄的地方。在这里，和革命一切的联系都要被隐瞒、否认和最终遗忘"③。简而言之，流亡模式原本具有较强的地域性特征，但随着南佛罗里达在古巴裔美国人社区中统治地位的确立，它成为古巴移民经历的一种代表性模式被概念化，

---

① Alberto Montaner. "Introduction", in Sam Verdja and Guillermo Martinez (eds.), *Cubans: An Epic Journey*. Miami, FL: Reedy Press, 2012, p. xiii.

② Maria Cristina García. *Havana USA: Cuban Exiles and Cuban Americans in South Florida, 1959-1994*. Berkeley: University of California Press, 1996, p. 3.

③ Ana Menendez. *Loving Che*. New York: Grove Press, 2003, p. 158.

不再受限于地域范围，并体现在社会学、历史学、文学和经济学等不同领域。

古巴移民社区的流亡文化具有较为特定的心理取向和心理模式。在《流亡者的流亡之思》一文中，爱德华·萨义德(Edward Said，1935～2003)这样来描述流亡者的心理："(流亡)强行将人们与原居地、将自我与家园强行分开，这道裂缝是难以愈合的，它所带来的伤痛也是永生难忘的。虽然文学和历史中可能会包含流亡者生命中某些英雄的、浪漫的、光荣的甚至充满胜利的片段，但这些无非是流亡者为了战胜疏离给自己带来的巨大的忧伤而做出的努力。即便他们在流亡生涯中能取得一些成就，但与终生遗憾所带来的失落感相比，那些东西也都显得微不足道了"[①]。这对于古巴流亡者，是同样适用的——流亡经历和由流亡衍生出的心理情结相辅相成：出走是出于对古巴政局的不满，但同时在选择出走时抱有回归的希望。如佩雷斯·菲尔马特所说，"数以万计的古巴流亡者将生活的赌注押在了一个未能实现的愿望之上——重回古巴"[②]。随着流亡时间的延长，政局的发展超出了他们最初的预料，回家的希望越来越渺茫。这让他们愈加怀念故国家园，失落感也使他们的记忆带有了更大程度的选择性，从而使得心目中的古巴变得更加美好，就仿佛是人间天堂。"古巴所有的海滩上，沙子都是细腻的银粉，而在巴拉德罗海滩，里面还混合着钻石粉末。"[③]瑞福对流亡者这种丧失感进行了相当准确的评判："不管他们多么光鲜靓丽，多么功成名就，或者偶尔也会心满意足，但他们都已经到了这么一种境地：任何快乐、任何成就、任何物质财富，都无法弥补卡斯特罗的胜利给这些流亡者所带来的损失。"[④]流亡者在心理上放大了自己作为受害者的负面影响，这样他们就可以顺理成章地把失落感和挫败感都归因于共产主义、卡斯特罗等客观因素，由此形成了一个心理怪圈：流亡者对故国的怀念化成了强烈的愤懑，对于剥夺了他们家园的古巴革命也更加痛恨。

---

① Edward Said. *Reflections on Exile and Other Essays*. Cambridge, Mass: Harvard University Press, 2000, p. 173. 另参见王宁：《全球化时代的后殖民理论批评》，《文艺研究》2003年第5期，第20页。

② Gustavo Pérez Firmat. *Life on the Hyphen: The Cuban-American Way*. Austin: University of Texas Press, 1995, p. x.

③ Roberto G. Fernandez. *Raining Backwards*. Houston: Arte Público Press, 1997, p. 10.

④ David Rieff. *The Exile: Cuba in the Heart of Miami*. New York: Simon & Schuster Inc., 1993, p. 64.

古巴流亡者具有一般海外流散者的某些共性，同时也有他们自己的特点。威廉·萨夫兰（William Safran，1930～　）将流散的特征界定为："人口散居的历史，关于家乡的神话或者记忆，接纳国（移居国）的排斥，最终回归的愿望，祖国持续性的支持，以及这种关系所维系的集体身份。"[①]古巴人的海外流散（特别是在美国）并不完全契合这种模式。首先，美国不仅没有对古巴人进行排斥，如玛丽亚·克里斯蒂娜·加西亚所说："作为冷战最紧张时期逃离共产主义的难民，古巴移民得到大多数美国人的同情和尊重。《生活》《新闻周刊》和《财富周刊》等新闻媒体把他们描述为'模范移民'，大加赞扬他们的英雄主义和爱国精神"[②]。自从古巴卡斯罗政权建立之后，美国给古巴移民提供了很多优惠政策，这些政策被称为"古巴难民安置计划"。其次，因为流亡者以颠覆祖国的政权为目标，他们的祖国自然也不可能为他们提供"持续性的支持"。并且，因为美国对古巴的经济制裁和政治干涉，流亡者彻底站在了古巴当局的对立面。

古巴流亡者在心理诉求上契合萨夫兰所说的流散身份以及心理愿景，即"回归的愿望"和"集体身份的维系"。自从离开古巴、踏上美国土地的那一刻起，流亡者就准备随时返回古巴，因此"流亡"一词尤其强调古巴移民在美国停留的暂时性。如《幸运手册》中的佛洛利特父子俩，他们刚到洛杉矶的时候，"爸爸的行李箱一直没有拆开，随时准备撤离，准备返回古巴。他收听西班牙语广播，每天上床之前要来上几段波莱罗舞曲。他每天都看西班牙语的《每日新闻报》，期待着最高统帅覆灭的消息；他把钟表一律拨快三个小时，那是哈瓦那时间。但是过了不久，他们就已经习惯于这种等待了"[③]。对于流亡者来说，"流亡"就是他们最鲜明的身份。"对于110万古巴裔美国人而言，'自由'是个有力的名词，是他们离开古巴的一切原因所在，是他们来到美国的一切原因所在，是他们想要看到共产主义在那个岛国彻底垮塌的原因所在。"[④]这种身份中蕴含的政治主张符合美国价值观中所谓的自由和民主，故而这种身份成了古巴移民乐意使用的标签，也成

---

① 转引自 Richardo L. Ortiz. *Cultural Erotics in Cuban America*. Minneapolis: University of Minnesota Press, 2007, p. 2.

② Maria Cristina Garcia. *Havana USA: Cuban Exiles and Cuban Americans in South Florida, 1959-1994.* Berkeley: University of California Press, 1996, p. 6.

③ Cristina Garcia. *A Handbook to Luck*. New York: Vintage Books, 2007, p.7.

④ James S. Olsen and Judith E. Olsen. *Cuban Americans: From Trauma to Triumph*. New York: Twayne Publishers, 1995, p. 107.

了他们能够得到美国接纳的资本，因为在美国政府规定的难民救助条件中，其中一项就是“移民必须是在1959年元月以后进入美国的古巴人”[①]。

由此，流亡所包含的几重含义便相当明确了：曾经属于中上层阶级的古巴人出于政治原因而移民美国，借助于美国对古巴当局的封锁来集聚反卡斯特罗政权的力量，期望有朝一日推翻卡斯特罗政权；古巴革命以后流亡者失去了原来的财产和政治特权，带有对故国家园的深深怀念，所以思乡成为重要心理特征；流亡文学作为重要的文化阵地，宣扬流亡者的政治取向和价值观，肯定美国梦的力量，进行反古巴宣传。

二、流亡模式的文本化：代表性文本及其特征

流亡文学顾名思义就是“一个国家由于政治、宗教或其他原因，迫使大批作家流亡在国外所从事的文学活动及创作的作品”[②]。旅美古巴流亡文学的确符合这几个基本特点：作者是出于政治原因而离开古巴的各界人士；他们书写的多是离开祖国、离开家园后的思乡之情，或者书写因失去同过去的诸多联系而引发的愤懑、失落、伤感；也有的书写带有强烈的政治目的，即作者控诉政治或者揭露人物因为政治立场而遭受的不公正待遇，力图争取话语上的影响力，起到政治宣传的目的。因此，学界对于旅美古巴人文化中的流亡模式和古巴文学中的流亡书写并未有多少分歧。流亡文学发端于1959年古巴革命之后，反映了迈阿密旅美古巴人社区的价值取向。流亡文学作家首先通过报纸、广播等较为便利快捷且受众广泛的大众传媒形式在社区迅速传播，从而在心理和价值认同上强化流亡文化，也为流亡者建构起心理上的相互认同，从而在生存空间和精神诉求两方面构建起流亡者的共同体意识。在冷战格局彻底形成前后，古巴国内的重要政治事件以及古巴与美国双边关系中的重大历史事件，例如古巴农业改革、猪猡湾事件和古巴导弹危机等，都进一步强化了流亡者移民经历中的意识形态表达，极大地强化了流亡文学对于失落感、思乡情绪和政治表达的诉求，并且古巴移民的标志性价值模式开始形成，这代表了他们在美国话语体系中的形象。古巴政治流亡者和古巴普通移民也分布在西班牙或者澳大利

① Victor Andres Triay. *Fleeing Castro: Operation Pedro Pan and the Cuban Children's Program*. Gainesville: The University Press of Florida, 1998, p. 48.

② 郑寿康：《流亡文学》，《译林》1983年第3期，第264页。

亚等国家，但是无论人数还是影响力，这些国家的古巴人社区都无法与旅美的古巴人社区相提并论。因此，美国的古巴人社区和流亡文化成为古巴流亡者文化和流亡文学的典型代表。

流亡文学可谓流亡模式的文本化，即对流亡者移民经历和跨文化适应的文学叙述。流亡经历是流亡模式文学书写的必要因素，是文学母题，也是叙述可信度的保障；流亡经历和政治表达是流亡文学书写的基本特征。流亡者对故国古巴的思念，对过去美好时光的怀念，丧失家园带来的痛楚，以及对古巴政权的痛恨，构成流亡者的典型书写范式。从本质上说，流亡文学是古巴政治、历史、文学与美国文化土壤相结合而产生的书写形式。

20世纪80～90年代是流亡文学的兴盛时期，以非虚构性纪实文学文本为代表，例如自传、回忆录和传记。代表性的作品有雷纳多·阿里纳斯（Reinaldo Arenas，1943～1990）的回忆录《夜幕降临之前》（*Antes que anochezca*，1992）、古斯塔沃·佩雷斯·菲尔马特（Gustavo Pérez Firmat，1949～　）的《来年古巴：古巴仔在美国的成长往事》、爱德华多·马查多的《古巴味道：流亡者的思乡之情》（*Tastes Like Cuba：An Exile's Hunger For Home*，2007）、弗洛尔·费尔南德斯·巴里奥斯（Flor Fernández Barrios，1956～　）的《雷霆的祝福：古巴的少女时代》（*Blessed by Thunder：Memoirs of a Cuban Girlhood*，1999）、露斯·贝哈尔（Ruth Behar，1956～　）的回忆录《沉重的脚步：行程中的回忆》（*Traveling Heavy：A Memoir in between Journeys*，2013）和《那个岛国是我的家乡》（*An Island Called Home*，2007）、维吉尔·苏亚雷斯的《躲过了安哥拉：古巴—美国童年的记忆》、爱德华·内伊拉（Edward Neyra，1950～　）的《古巴：失去和重拾》（*Cuba Lost and Found*，2010）、诗人理查德·布兰科（Richard Blanco，1968～　）的回忆录《洛斯克库尤斯的王子：迈阿密的童年》（*The Prince of Los Cocuyos：A Miami Childhood*，2014）等。这些作者是古巴移民社区中的成就卓著者，有的是著名的学者、剧作家、诗人，有的却是非文艺界人士，例如知名律师、心理治疗师等。

以流亡为主题的小说有罗伯托·费尔南德斯（Roberto G. Fernández，1951～　）的《倒下的雨》（*Raining Backwards*，1988），阿奇·欧贝哈斯（Achy Obejas，1956～　）的《记忆的曼波舞曲》（*Memory Mambo*，1996）和《敬畏的岁月》（*Days Of Awe*，2001），克里斯蒂娜·加西亚的《梦系古巴》和《阿奎罗姐妹》（*The Agüero Sisters*，1997）、《幸运手册》（*A

Handbook to Luck,2007)等。虽然小说的立场并不一定是对流亡模式的正面回应,其中不少作家如费尔南德斯和加西亚显然对流亡模式进行了嘲讽性的戏仿,但是这些作品都涉及古巴流亡者在美国的经历。此外,《幸运手册》开头引用了西班牙诗人路易斯·塞尔努达(Luis Cernuda, 1902～1963)[①]的诗句:"世上没有仁慈的神灵,把我们失去的东西归还回来,有的只是未知的机遇……"从书名上就可以看出,这是一部关于"失去"和"寻找"的小说。这两个关键词是此类文学作品中较为常见的书写主题,涉及绝大多数的文本。

还有一些纪实文学作品以古巴移民为书写对象,虽然人物并不一定符合之前所描述的政治流亡者范畴,但是叙述强化了移民经历中的政治因素,因此可以宽泛地将它们划归到流亡文学书写范畴。这一类的作品有胡安金·弗雷克斯达斯(J. Joaquin Fraxedas, 1960～)的《胡安·卡布瑞拉孤独的横渡》(*The Lonely Crossing of Juan Cabrera*, 1994),该作品以"乘筏偷渡客"为对象,描写主人公乘坐简易的筏子偷渡到美国的艰难历程。此外还有相当数量的口述历史、访谈等,例如伊丽莎白·坎佩斯(Elizabeth Campisi)的《逃往迈阿密:古巴乘筏偷渡客危机亲历者口录》(*Escape to Miami: An Oral History of the Cuban Rafter Crisis*, 2016)。

古巴流亡文学的繁荣并非偶然,它反映了那一代人所谓的历史使命感;更重要的是,它同时契合了某种特定的书写范式。20 世纪 90 年代初期,在古巴出生、在美国成长的一代人开始步入中年,他们的社会地位得到巩固,经济状况已经有了明显改善,他们的境况契合美国社会所宣扬的"模范移民"同"获得成功"之间的对应关系,用他们的具体实例来宣传追求"民主"与"自由"的典范作用,配合美国主流媒体对古巴的颠覆。而对于流亡者来说,他们所获得的认同和支持进一步提高了他们所建构的"流亡导致成功"这一移民模式的认可度,他们将移民经历看作人生阅历的核心部分,向社会展示古巴移民的成功典范。例如,爱德华·内伊拉是首席执行官,弗雷克斯达斯是律师,巴里奥斯是心理咨询师,但是他们并不属于普通的古巴移民,并且他们在移民之前就已经和美国社会中的一部分力量建立了

① 塞尔努达是西班牙"二七年代"(Generation of 27)代表诗人之一。西班牙内战爆发后不久,他于 1938 年赴英国进行演讲宣传,从此开始了流亡生涯,此后 25 年他先后从格拉斯哥大学、剑桥大学辗转英、美、墨西哥直至去世,终其一生未再回国。他被哈罗德·布鲁姆赞誉为"诗歌艺术之圣"。

相当的联系。

另外，这种发声还同时具有象征意义和现实意义。首先，无论作者的职业如何，他们似乎都在展示一种责任感，即都表现出历史的担当，作为见证者他们有义务承担起记录族裔经历的历史重任。如菲尔马特-佩雷斯所说："我们生活在老一代古巴人和新一代美国人的夹缝中间，即父母和子女中间，现在意识到：我们现在成了房间里唯一的古巴人了，唯一能够回忆的一代。我们继承了老一辈人对古巴的记忆，因而要记录他们的故事，并把他们的记忆永远延续下去。既然我们已经建立起通往美国的桥梁，那么就有义务从上面走回去，回到从前的那个古巴。"①其次，这种叙述范式在暗示：只有逃离了古巴，他们才获得了成功的机会。例如，在《胡安·卡布瑞拉孤独的横渡》伊始，功成名就的胡安·卡布瑞拉回古巴讲学，终于能够重访自己的出生地、追寻自我的历史："（他）试图寻找从前的点点滴滴……最后终于找到了穿过甘蔗田的那条土路，这一片土地都曾经属于古老的卡布瑞拉家族。"②再次，思乡与回归也是一条主旨：流亡者最终的希望依旧是回归故土，且不论这种回归是现实性的，还是只停留在象征意义层面。对于弗雷克斯·达斯和巴里奥斯来说，无法排除他们通过发声来促进自己的事业的可能性。这些文本与其说是文学作品，还不如说是为社会服务的工具。

基于以上讨论可以看出，流亡文学的书写往往遵循这样一种范式："流亡—成功—追溯"，即"文学书写和政治立场、流亡经历和思乡情愫等相互作用、持续酝酿，最终形成了这样的一种流亡者心理模式和文学范式"。③这种模式在半个世纪里不断得到强化，并逐渐固定下来，成为代表古巴移民固定模式的强权话语。当然，美国主流群体在其中发挥的作用不容忽视。流亡模式作为古巴移民的一个成功模式，得到了主流话语的大力支持，通过主流媒体的宣传，流亡经历与个人成功之间的必然联系得到证明，对抗古巴当局的隐性政治话语体系也由此建构起来。

---

① Gustavo Pérez Firmat. *Next Year in Cuba: A Cubano's Coming-of-Age in America*. New York: Anchor Books, 1995, p. x.

② J. Joaquin Fraxedas. *The Lonely Crossing of Juan Cabrera: A Novel*. New York: Macmillan, 1993, p. 1.

③ 苏永刚、李保杰：《古巴移民文学和古巴裔美国文学中的流亡主题：源流和嬗变》，《山东大学学报》2017年第6期，第154页。

流亡已经成为一种文化符号，古巴流亡者在迈阿密的影响代表了两种意识形态之间的斗争。流亡者不仅开创了古巴人社区的话语模式，而且还控制着古巴裔美国人的话语权，按照他们的标准对整个古巴裔美国人社区进行划分：支持古巴当局者和反对古巴当局者。流亡文学的功能同样如此。作家作为文化的描述者和再现者，集中体现了流亡文化的特质，开创了一种古巴裔文学书写的固有模式，就是所谓的“流亡模式”，在美国社会中创造了古巴裔美国人的刻板化形象，即真正的古巴移民是具有中产阶级、欧裔白人文化背景，张扬自由和民主的“开明人士”，其流亡立场即代表与古巴社会主义制度的对立，真正的流亡者属于“政治开明分子”。

三、流亡文学的代际分布：古巴移民文学和古巴裔美国文学

以作家的移民经历为基础，仔细考察古巴移民社区中的流亡主题会发现，其实这些作家可以划分到不同的群体中，呈现出代际的差别。有的作家在移民之前就已经成年并且开始创作，他们大都使用西班牙语，也被称为“第一代”，[①]例如诺韦尔托·富恩特斯（Norberto Fuentes, 1943～ ）、雷纳多·阿里纳斯（Reinaldo Arenas, 1943～1990）和卡洛斯·阿尔贝托·蒙塔内尔（Carlos Alberto Montaner, 1943～ ）。当然，这些流亡作家的情况也不尽相同，有的在流亡美国之前就已经成名，例如阿里纳斯和蒙塔内尔，他们大都有着不同于古巴政府的政治立场，有的甚至被监禁过，因此在反对古巴当局方面没有丝毫的犹疑。而较早离开古巴的作家往往没有亲身的政治冒险经历，所以其政治资本多是名义上的。从蒙塔内尔、阿里纳斯和平塔多等人的经历和创作中可以看出，个人经历、社会历史和政治立场在相当程度上左右了文学的创作。

流亡文学的创作主体除了上述类型的第一代作家以外，还有习惯上被称作“第 1.5 代”（the one-and-a-half generation）的一批作家。“第 1.5 代”的说法最早由移民问题专家鲁本·朗姆勃特提出，意为“出生在国外，但是在美国受教育和成年的儿童……这些寻求避难的年轻人必须要经历两个转变来应对危机、定位自我：（1）青春期，即从儿童期到成年期的转变；（2）

① Isabel Alvarez-Borland. *Cuban-American Literature of Exile: From Person to Persona*. Charlottesville: University Press of Virginia, 1998, pp. 6-7.

文化适应，即从一个社会文化环境向另外一个的转变”[①]。菲尔马特将其具体化为“在古巴出生，在美国成人”的一代人，[②]除了卡洛斯·艾尔等作家外，剧作家多洛雷丝·普里达、尼洛·克鲁兹和小说家罗伯托·费尔南德斯等也属于这一类。他们大部分出生于古巴革命前十年左右或更晚的时间，移居美国时已经对古巴的生活具有了十分清晰的记忆，因而对两种生活都有体验，叙述也更具有可信度，目前他们是流亡文学书写的主力。当然，第1.5代中有一个特殊的群体，就是“彼得·潘儿童”。他们是没有监护人陪伴的儿童移民，在移民经历和文化适应之外还有因父母缺失带来的巨大心理空白，如卡洛斯·艾尔的《在迈阿密学会死亡》所记叙的心灵空洞和兄弟二人与父母逐渐疏离的过程。因为之前在移民历史部分已经论及，并且艾尔的作品将作为个案进行单独研究，此处不再赘述。爱德华·内伊拉通过失去古巴和重新找回古巴的故事来书写自己内心的漂泊之感，也表达了对美国价值的强烈认同。

第三个群体是古巴裔美国作家，主要是指在美国出生的古巴移民后裔，或者年幼时即移民并被归化为美国公民的古巴裔作家，如儿童文学作家玛格丽特·恩格（Margarita Engle，1951～　）、克里斯蒂娜·加西亚、阿奇·欧贝哈斯、理查德·布兰科、安娜·门德兹（Ana Menéndez，1970～　）等。他们绝大多数在美国出生，属于古巴裔美国作家；个别人在古巴出生，之所以被划归到这个群体，是因为他们在婴幼儿时期便移民美国。如加西亚在1岁时移民美国，在美国文化的浸润下成长，对古巴生活没有清晰的记忆。即便之后在家庭环境和媒体宣传的影响下，这些作家可能持有反对古巴当局的政治立场，然而较之亲身经历过流亡和文化适应的移民，他们书写流亡经历时带有较大程度的想象，书写的往往也是他人的故事。因此这两类作家都更多地关注两种文化身份的问题，较少直接涉及流亡主题，即便他们也可能对流亡主题进行改写、戏仿甚至解构。在这些作家的作品中，只有克里斯蒂娜·加西亚的《梦系古巴》获得了国家图书奖的提名，其余作品在读者中的接受相对平淡。虽然布兰科曾经受邀参加了奥巴马总统的就职典礼并朗诵诗歌，但是那些歌颂美国式“自由”和“民主”

---

① Gustavo Pérez Firmat. *Next Year in Cuba: A Cubano's Coming-of-Age in America*. New York: Anchor Books, 1995, p. 3.

② Gustavo Pérez Firmat. *Next Year in Cuba: A Cubano's Coming-of-Age in America*. New York: Anchor Books, 1995, p. 1.

的诗歌和古巴蒙塔内尔、阿里纳斯等移民作家对卡斯特罗古巴的批评一样，带有强烈的意识形态取向，其文学性还值得进一步商榷，其文学的经久魅力还有待于时间的考验。

总的来说，流亡文学具有这样的一些特点：(1)大多数流亡文学作品使用英语，其目标读者群是英语读者；(2)大多采用生命书写形式，自传性强，树立了古巴移民的模范化书写范式和古巴移民的成功典范，作者的移民历史（在大多数人身上表现为流亡历史）成为写作素材，个人历史和群体历史实现有机结合，个人经历在社会历史背景下得到强化；(3)大多以时间为序，甚至存在情节上的相似性；(4)经常涉及的话题有：失去个人财产；物资紧缺，实行配给制，生活质量下降；学生接受劳动教育、到农村参加劳动；申请移民者受到歧视、壮年男性被送到劳动营；移民之后获得成功等；(5)政治立场鲜明，毫不掩饰对古巴的批判，背井离乡的哀愁往往为政治情绪所掩盖，政治诉求和文学书写相互交织。可以说，这些特征几乎已经成了这类文本的固定范式。譬如巴里奥斯所说的“那些军人宣布，农场被收归政府，只留下5顷土地和房产”①，以及苏亚雷斯回忆录中的“你父母做的没错，他们带你离开了古巴，保全了你”②，在话语模式上存在高度的相似性。相比之下，自我身份、性别身份的建构等反而成了点缀，无论在《雷霆的祝福》中，还是在《夜幕降临之前》中，政治题材都成为文学作品的热点，作为一种书写策略吸引着非古巴读者群体的好奇心和阅读兴趣。这在一定程度上束缚了文本的文学审美表现。因而，这一类作品虽数量众多，但难有佼佼者。

流亡文学普遍采用回忆录和传记等生命书写形式，目的是强调叙述的真实性。这类书写往往以人物的真实生活为内容，“作为生活的一个片段，或者（通过它）直接再现现实”③。古巴裔流亡文学作品大都以古巴革命为背景，通过个人的生活来反映社会历史，立足于真实性和客观性，讲述社会的巨大变革对人物命运的影响，以期在英语读者中造成最大限度的心理冲

---

① Flor Fernandez Barrios. *Blessed by Thunder: Memoir of a Cuban Girlhood*. Berkeley: Seal Press, 1999, p. 32.

② Virgil Suárez. *Spared Angola: Memories from a Cuban-American Childhood*. Houston: Arte Público Press, 1997, p. 11.

③ Regine Hampel. *"I Write therefore I am?" Fictional Autobiography and the Idea of Selfhood in the Postmodern Age*. New York: Peter Lang, 2001, p. 61.

击和情感震撼。比如，在《在哈瓦那等待风雪》伊始，卡洛斯·艾尔写道："我一觉醒来，这个世界全变了……怪事一件接着一件：有好事，也有坏事，大部分不好不坏。并且，都由不得我自己……那一天，是 1959 年的第一天。"[①]书名中的"风雪"代表革命以及其对个人生活的影响，显然是个意味深长的意象；再加上"1959 年"这样的标签，叙述者便成功地运用"古巴"这笔无形的文学财富，充分激发起了读者的好奇心和阅读欲望。

除了叙述策略之外，非语言性手段在流亡文学中得到充分利用，强化了叙述的真实性。几乎所有此类的文本都会附上相关的照片，呈现古巴中上层阶级的富足生活，突出移民经历所带来的丧失感。就连《爱之切》这种完全虚构的故事，作者也在封面和插图中放上了切·格瓦拉的照片，从而传达这样一种信息：书中讲述的是切·格瓦拉的真实故事，是古巴历史中的真实片段。而事实上，安娜·门德兹虽然出生于古巴移民者家庭，但是她本人从来没有去过古巴，她对于古巴的所有了解完全来自父母的回忆以及洛杉矶地区古巴人社区的影响；即便对于她的父母，格瓦拉也只是传奇般的存在。因此，作者的认知距离小说中第一人称次要人物叙述者、格瓦拉的私生女相去甚远。即便如此，小说将"切·格瓦拉"当作一个标签，成功地将其作为政治隐喻服务于作品的叙事策略。不可否认，这些文学性的和非文学性的策略，的确对流亡文学作品的接受发挥了积极的作用。然而，文学叙述又对可信度进行了解构，由此增加了作品的叙述张力，给阅读提供了多层面解读的可能性。

流亡文学作为流亡文化的表达，其在 20 世纪 90 年代的盛行，体现了流亡文化在古巴移民社区的主导地位，也是流亡者心理话语的投射。流亡文学一方面证明了流亡经历与"自由"之间的联系，成为古巴裔美国梦的代表，是对美国所代表的意识形态的充分肯定；另一个方面，流亡者的流亡模式已经成为一种心理补偿机制，他们试图证明自己的选择是正确的。当回归古巴的希望越来越渺茫时，他们将"国"和"家"拆分、对立起来。"在这个政治变故之后，古巴岛上的那个国家已经不复存在了，任何一个真正的古巴人都不能接受卡斯特罗政权，都会把它看成是对那个历史使命的亵渎，

---

① Carlos Eire. *Waiting for Snow in Havana*: *Confessions of a Cuban Boy*. New York: Free Press, 2003, p. 1.

因此，在这种情况下，没有哪个真正的古巴人会愿意留在那个岛上。"[①]他们把卡斯特罗政权与古巴人对立起来，从而使自己的出走合法化。这种流亡模式的心理机制已经成了定式，在较大程度上被绝对化和盲目化了。正如加西亚所说，"这些出逃者津津乐道于回家，可如果真的有机会，没几个人真的会收拾行李离开(美国)"[②]。加拉赫盖尔同样认为，这部分移民的政治诉求与古巴政局并没有那么密切的关系，"无论古巴的局势如何，他们真正的兴趣可能是和族裔相关的政治利益"[③]。当年，刚刚获得释放的纳尔逊·曼德拉访问美国，在迈阿密的古巴移民热烈欢迎他的到来，把他当作自由的斗士和民主的代表。但是当曼德拉在公开场合表扬卡斯特罗对南非黑人争取自由的支持时，古巴移民马上开始反对，甚至发起了对曼德拉的抗议。对于这些古巴流亡者而言，"自由"已经成为他们离开古巴的一切根源，成为他们判断事物的依据。这种话语方式控制着古巴裔美国人，成为他们的思维惯性，他们按照此标准将整个世界一分为二：支持古巴当局者和不支持古巴当局者，连中间立场都不允许存在。当流亡者把普里达、加西亚等政治立场较为和缓的作家指责为共产主义分子时，把卡斯特罗政权的同情者指责为古巴人民的敌人时，他们显然把他们自己当作了古巴人民的代言人，将流亡身份和民主自由等同起来，与他们的立场不相符的都将被视为对立面。当反卡斯特罗的流亡者代替反巴蒂斯塔的流亡者成为古巴裔美国人的主力，当他们把自己当成古巴人民的代表时，这种霸权立场与他们"反对专制、争取民主"的口号本身就构成了一对矛盾。

可以看出，流亡模式实际是古巴移民的典范模式，但是并非所有移民都遵循这样的成功模式、得到美国社会的接纳。流亡模式作为文学批评中的一个术语已经被概念化，出身古巴中上层社会的移民作家为迎合这种文化模式，开创了流亡文学书写范式，占据了古巴裔文学的主流，其隐含的目的就是在美国社会中创造古巴裔美国人的刻板形象，契合他们的白人身份、中产阶级出身和反共产主义政治立场，并证明这些特征与成功之间的

---

① Richardo L. Ortiz, *Cultural Erotics in Cuban America*. Minneapolis: University of Minnesota Press, 2007, p. 4.

② Maria Cristina Garcia, *Havana USA: Cuban Exiles and Cuban Americans in South Florida, 1959-1994*. Berkeley: University of California Press, 1996, p. 208.

③ Patrick Lee Gallagher. *The Cuban Exile: A Social-Political Analysis*. New York: Arno Press, 1980, p. 173.

联系。卡洛斯·艾尔等作家的成功不仅与他们的个人经历和主题选择相关，而且还在很大程度上受到读者接受偏好的左右，特别是古巴裔美国人对于文学作品的接受和认可。这种书写范式是当今古巴裔美国文学中的主流声音，在短期内还会继续下去。

就像文化中的流亡模式一样，文学中的流亡模式也已经成为古巴裔美国人话语建构体系的霸权话语。从流亡题材作品的数量就可以看出这个书写范式的核心地位，而卡洛斯·艾尔获得国家图书奖在很大程度上将这种书写模式彻底呈现在了读者面前。为了维护自己的利益，流亡文学及其文学主体会对不同的声音进行压制，这在较大程度上抑制了其他的文学书写模式。如果作家未能在作品中表达明确的政治立场，没有明确反对卡斯特罗政权的话，他在古巴裔社区中便被视为异类，就可能受到这种强权话语的限制。欧贝哈斯因为缺乏反共产主义的政治立场，朗诵会被取消；加西亚曾被指责为共产主义分子；普里达因为持有同情古巴当局的立场，其剧作《波澜不惊》1986 年在迈阿密演出时遭到强烈的抵制。古巴裔主流阶层的这种努力，目的是“确保将不符合单一性古巴身份或者古巴裔美国人身份的其他声音或其他身份排除在外，将他们压制下去”①。当然，这些例子并非个案，流亡模式的文学作品成为南佛罗里达古巴裔美国人的主流，这种霸权话语目前还难以容忍不和谐的声音，即便是以文化冲突和文化身份和解为主题的剧作也难以被它接受。

对于流亡文学的真实性，需要进行客观的全面考量。从文学作品的本质来看，无论是自传还是回忆录，它们仍旧是文学性叙述。人的记忆本身具有选择性，对记忆材料的选择和组织具有主体性特征。所以，生命书写不能简单化地“被视为历史的真实再现，(它)仅代表作者所说的真实”②。卡洛斯·艾尔在与塞尔瓦娜·帕蒂内斯托的谈话时也明确提出，自己的回忆录其实是小说：“我跟自己开了个玩笑。我写的时候并没有把它当作回忆录来写，而是当作小说……”③从这个角度来看，这些流亡文学文本依旧

---

① Cheris Brewer Current. *Questioning the Cuban Exile Model: Race, Gender, and Resettlement, 1959-1979.* El Paso: LFB Scholarly Publishing, 2010, p. 142.

② Regine Hampel. “*I Write therefore I am?*”: *Fictional Autobiography and the Idea of Selfhood in the Postmodern Age*. New York: Peter Lang, 2001, p. 62.

③ Carlos Eire. Cond. Silvana Paternostro. “Interview”, *Bomb.* Winter 2004/2005, 90. 2016/10/27. 74. http://bombmagazine.org/article/2707/carlos-eire.

是虚构性的自我书写，虚构的程度在不同的文本中各不相同。然而，这正是文学叙事的魅力所在：通过文学想象建构个人经历，真实性变得扑朔迷离，为解读提供更大的空间。可见，真实性不过是一种文学书写策略，旨在将个人经历和历史叙事结合，通过个体的生活变迁反映历史，力求在宏大历史背景下追溯人物命运的跌宕起伏。正是文学想象和历史背景的结合，才使得文本具有了叙述张力和诠释空间。

真实性还涉及另外一个问题，即“文本具有多大程度的代表性”。这些回忆录大多充满了浓重的怀旧情绪，讲述主人公从“人间天堂”坠落至美国的经历。值得质疑的是：古巴到底是不是“乐园”？这种书写范式具有多大程度的代表性？诚然，并非每一位古巴移民都能获得认同和接受，并非每一个儿童移民都能事业成功。那么，流亡模式到底在多大程度上代表古巴裔美国人这个群体？流亡者的范围是有限的，这一称呼本身的政治内涵就已经把古巴人分成了不同的阵营。大部分流亡文学的作者处于古巴社会的中上层，享受着普通人难以享受的富足生活：艾尔的父亲是法官，涅托兄弟上的是私立学校，与巴蒂斯塔总统的孩子是同学；内伊拉的父亲曾是最年轻的议员，是“不折不扣的巴蒂斯塔支持者”[①]。在这些流亡者眼中，古巴的确是失去的乐园。并且距离大大美化了流亡者心中的家园，将美好和富足无限放大了，已经失去的家园在记忆中显得愈加美好。

对于大多数人普通人来说，古巴并不是“天堂”。在古巴巴蒂斯塔时期，不到人口8%的精英阶层控制了全国70%的土地。黑人长期遭受种族主义的歧视，到20世纪50年代，黑人人口已经占总人口的四分之一。[②]“尽管巴蒂斯塔曾经宣称，古巴人的生活水平在拉丁美洲是最高的，但事实上，中上层社会并没有一个比较标准，至少在社会繁荣和消费文化方面是没有的。他们的典范往往就是美国，所以民众并没有巴蒂斯塔宣传的那种满足感。相反，在媒体披露数百万美元被高官转移到瑞士银行以后，中上层社会开始对政府心怀不满。”[③]彼时，生活每况愈下，无家可归者、乞丐、小偷、妓女随处可见。哈瓦那被誉为“天堂”，但那是有钱人的天堂，是有话语

① Edward J. Neyra. *Cuba: Lost and Found*. Cincinnati: Clerisy Press, 2010, p. 52.

② James S. Olsen and Judith E. Olsen. *Cuban Americans: From Trauma to Triumph*. New York: Twayne Publishers, 1995, p. 50.

③ James S. Olsen and Judith E. Olsen. *Cuban Americans: From Trauma to Triumph*. New York: Twayne Publishers, 1995, p. 51.

权的一部人构建的“天堂”，没有几个人意识到，在那光环的背后，有多少人在苦难中挣扎。“人们对穷人的痛苦视而不见，有钱人把法律和规则玩弄于股掌之间。”[①]流亡文学中的流亡者往往将物质上的享受视作理所当然，但是这些东西在普通古巴孩子眼里是遥不可及的。在《雷霆的祝福》中，叙述者上的是美国学校，接受美国的价值观，接触上层社会的孩子。她意识到自己和美国孩子之间存在隔阂，但事实上，她和普通古巴孩子之间同样有隔阂，只是她没有将此呈现出来而已。叙述者到了美国之后，才也意识到世界的冷漠；而对于古巴的下层劳动人民子女而言，他们革命前便感觉到了同样的隔阂和冷漠，只是自始至终，他们的声音没有在英语语境下得到显现。这意味着巴内斯(古巴港口)实际上被分成了两部分：一边是美国部分的巴内斯，在巴内斯河的对岸，另一边则是古巴部分的巴内斯，两者中间隔着很不起眼的一座桥。一边是富人的天堂，一切商品应有尽有，就是美国商店的翻版，“街道宽敞，绿树成荫，房前屋后带有郁郁葱葱的庭院，封闭的大阳台漂亮气派，屋里铺着实木地板，天花板上垂下吊扇”。[②] 然而，港口的另外一边与这边则有着天壤之别。

玛丽亚·克里斯蒂娜·加西亚认为，古巴人把自己称作流亡者时，这种自我指涉“具有明确的政治含义，既象征着(对古巴执政者的)蔑视和反抗，同时也把他们和其他移民截然分开”[③]。1980 年马列尔偷渡事件之后，古巴裔社区对下层古巴移民的排斥具有同样的政治暗喻。这种排他性和政治不包容性决定了流亡模式本身的局限，那么文学书写范式的局限性也就不言而喻了。无论这些作品使用何种标签，不管是“回忆录”还是“小说”，它们都是个人视角的文学书写，这些作者各自不同的情况令他们的文学叙述体现出更加复杂的权力关系，这既决定了书写内容的选择，也左右了作品的接受状况。然而，从文学发展的角度来看，多元化书写才是文学持久生命力的保障。随着新生代作家的成长，会有更多的新生力量注入文学界，尼洛·克鲁兹等作家的创作就已经证明了这一点。

---

① Flor Fernandez Barrios. *Blessed by Thunder: Memoirs of a Cuban Girlhood*. Seattle: Seal Press, 1999, p. 43.

② Luis M. Garcia. *Child of the Revolution: Growing up in Castro's Cuba*. Sydney: Allen & Unwin, 2007, p. 15.

③ Maria Cristina García. *Havana USA: Cuban Exiles and Cuban Americans in South Florida, 1959-1994*. Berkeley: University of California Press, 1996, p. 84.

流亡模式作为文学批评术语已经被概念化，代表古巴移民的模范形象。出身于古巴中上层社会的移民作家为迎合这种文化模式，开创了流亡文学书写范式，而这一书写范式又成为古巴裔文学的主流。于是，他们在文学话语体系中创造了古巴裔美国人的模式化形象：典型的中上层阶级白人身份和反古巴当局的政治立场，并通过生命书写来证明这些特征与美国社会接纳之间的必然联系。除了流亡主题和回忆录体裁以外，流亡文学的成功还具有文本以外的原因，即被古巴裔主流群体左右的流亡文学书写范式迎合了美国社会的期待。然而，这种书写范式同时压制了古巴裔美国文学中的不同声音，它的霸权地位使它已经背离了初心，与其所主张的“自由”和“民主”相左。

四、第一代移民作家的流亡书写

在第一代古巴移民作家中，蒙塔内尔和阿里纳斯算是其中具有代表性的两位，他们分别以社会活动家和激进派持不同政见者的身份书写社会历史视域下的流亡主题和性别政治视域下的流亡经历。

（一）卡洛斯·阿尔伯托·蒙塔内尔

卡洛斯·阿尔伯托·蒙塔内尔 1943 年出生于古巴哈瓦那，以古巴旅美流亡作家、政治活动家的身份而著称。蒙塔内尔出版了 20 部作品，为多家报纸撰写专栏文章，并且还主持美国有线电视新闻网（CNN）西班牙语频道的《时政分析》栏目，担任多家新闻媒体的专栏嘉宾，是拉丁美洲影响最大的旅美古巴作家之一，也是古巴第一代流亡作家中的代表人物，以鲜明的反古巴立场闻名于美国文化界和文学界。

古巴革命以后，年仅 16 岁的蒙塔内尔便表达了自己鲜明的反革命立场。后来他因为参与反革命恐怖袭击、为美国中央情报局提供情报而受到指控，并为此入狱。他入狱后不久，就在反政府组织的帮助下从监狱逃脱。离开古巴以后，蒙塔内尔主要在美国生活，加入迈阿密流亡者组织中，逐渐成为其中坚分子，但他多次在不同场合否认古巴警方对他的指控。[①] 蒙塔内尔在迈阿密大学获得硕士学位以后，到波多黎各的美国大学任教数年，在 1970 年回到美国本土后从事新闻工作。在美国，蒙塔内尔加入了西班

① https://en.wikipedia.org/wiki/Carlos_Alberto_Montaner.

牙流亡者华金・毛林・胡利亚[①](Joaquín Maurín Juliá, 1896～1973)于20世纪40年代在纽约创办的美洲文学协会(American Literary Agency),成为其中的重要成员。从1968年起,他正式开始职业记者生涯,逐渐将注意力集中到对古巴问题和拉丁美洲社会主义运动相关问题的评论上,在多家有影响的报纸开辟专栏,担任时事评论员,他在声名最盛时据称拥有数百万的读者和听众。

蒙塔内尔以鲜明的反古巴立场著称,他的职业使他接触到不少社会活动家,让他受到了《新闻周刊》和《华尔街日报》等众多主流新闻媒体的追捧,并被聘请为专栏作者。他还担任《迈阿密先驱报》(*Miami Herald*)和《新信使报》(*El Nuevo Herald*)的编委,成为20世纪80年代古巴流亡者新闻宣传的核心人物之一。1980年,蒙塔内尔获得美国有线电视台颁发的新闻奖,1992年被国际自由联盟(the Liberal International,也称作"自由进步党国际")任命为副主席,1999获得该独立基金会(la Fundación Independiente)的新闻奖,同年还获得波多黎各文化奖章和美洲政治管理中心(Centro Interamericano Gerencia Política)颁发的美洲奖章。蒙塔内尔的话语带有古巴流亡者典型言论的特点,带有古巴流亡者社区中精英阶层的傲慢和偏激,特别在涉及共产主义的讨论时,他言辞更加激烈、政治观点更加激进,对于任何的政治调和主义毫不留情。在20世纪90年代之初他的声名最盛之时,他对于联视传媒(Univision)的电视节目发表的评论,被认为是歧视波多黎各人的言词,在整个美国西语裔社区引发了相当的关注。联合电视台是美国最大、历史最悠久的西班牙语电视台,受众广泛,在多元文化主义开始走向盛行的时刻,蒙塔内尔发表种族歧视言论,是与美国的价值观严重冲突的。尽管时任联视传媒总裁的巴拉亚(Joaquin Blaya)专门在《华尔街日报》撰文解释澄清此事,但是这件事依旧造成了相当广泛的负面影响,并且导致纽约地区发行量最大的西班牙语报纸《每日视点》(*El Diario la Prensa*)中止了与蒙塔内尔的合作。

蒙塔内尔的作品主要分为两类:政治宣传取向的非虚构类作品和虚构性的文学作品。但是无论体裁如何,它们都带有明显的政治取向,将反对

---

① 华金・毛林・胡利亚是西班牙人,早年投身革命,曾经担任全国劳工联盟总书记,后担任西班牙马克思主义统一工人党(Partido Obrero de Unificación Marxista, POUM)总书记,第二共和国时期被弗朗哥领导的反动势力颠覆后被捕,1944年获释后流亡美国。

古巴政权、反对拉丁美洲的社会进步运动作为标签。前者包括攻击古巴以及全球共产主义运动的政治宣传小册子，以及其他各类宣传资料，例如1990～1994年出版的《今日古巴：卡斯特罗主义正在缓慢衰亡》(*Cuba hoy: la lenta muerte del castrismo*)、《自由：繁荣之关键》(*Libertad, la clave de la prosperidad*)，是流亡者群体批评古巴社会主义政权、宣扬美国式自由和民主的代表性言论。除了写作和出版之外，蒙塔内尔还参加各种社会活动，利用各种机会进行反共宣传，他被邀请到多个拉丁美洲国家讲演，例如危地马拉、厄瓜多尔和秘鲁等。总体来说，蒙塔内尔的这些作品已经成为美国主流媒体进行反古巴政治宣传的重要工具，他本人也已经成为古巴流亡知识分子的代表和代言人，可谓古巴流亡作家的一个灵魂人物。2012年，蒙塔内尔被美国《外交政策》杂志评为50年以来最具影响力的知识分子，这与他的反对古巴立场和他在反古巴宣传中的作用是分不开的。可以说，美国社会对古巴的关注，美国国家层面和主流媒体对不同意识形态的排斥，已经通过他们对于蒙塔内尔的态度得到反映。蒙塔内尔的另外一些非虚构作品涉及拉丁美洲社会与历史相关的题材，比如《盘根错节：拉丁美洲鲜活的历史》(*Las raíces torcidas de América Latina*, 2002；英文版名为*Twisted Roots: Latin America's Living Past*, 2003)。在这部著作中，他追溯了地理大发现以来美洲殖民制度的建立，以及由此所形成的压迫和剥削机制，例如奴隶制和针对有色人种的种族主义痼疾，继而讨论了拉丁美洲的经济、社会等问题。

> 从一开始，这段历史就被看作是腐败和不公的，甚至在不同参与者的眼中都是如此，西班牙人、克里奥尔人、印第安人、黑人。每一个群体都有着他们各自的视角，都感到自己受到了不公正的待遇，并且这在某一些方面也得到了证实。这段历史融合了征服者和被征服者的阳刚之气，直到今天，对占据这片大陆一半人口的女性而言，它依然残忍而不公。在这段历史中，不同的社会元素合并，但是不同的族裔成分却没有融为一体，因而没有形成代表大多数人利益和价值观的政体；在这段历史中，符合特定经济模式的某些习俗和态度得到认可，但是这却无助于创造财富和保全财富。简而言之，这段历史没能够激发科学创造力或者科技创新，或许是因为这里的人民最终无法克服极端保守的教育模式的桎梏，未能克服顽固思想的压制，而这种保守和顽

固恰恰就是进步的最大障碍。[①]

相比于早年激烈的政治批评，蒙塔内尔在这部作品中表现出了更多的冷静。他试图从更加宏观的角度、更加理性的立场去追溯拉丁美洲的苦难，从历史中找寻根本原因，而不是像他早年那样，在根本不顾及古巴革命前因后果的情况下就简单地批评卡斯特罗政权。这部作品也是蒙塔内尔21世纪非虚构类作品的一个代表，他将视野扩展至拉丁美洲以及拉美和世界的关系，来审视拉丁美洲的文化。他在2004年出版了《拉丁美洲和西方文化》(*América Latina y la cultura occidental*)，同样从发现新大陆以来新旧大陆的相遇开始追溯，考察欧洲文化对美洲的影响，探讨美洲的"拉丁化"，强调拉丁美洲文化的杂糅性特征；2005年出版《自由的敌人》(*La libertad y sus enemigos*)，探讨拉丁美洲的贫穷和政治动荡等问题，表现出对21世纪拉丁美洲经济困境和政治危机的高度关注；2006年，由迈阿密古巴流亡组织的布里克尔通讯集团(Brickell Communicatios Group)出资，为蒙塔内尔录制了系列古巴历史课程，名为《古巴人：古巴的历史教训》(*Los Cubanos: historia de Cuba en una lección*)，也体现出较多理性思考。

蒙塔内尔的文学创作多以古巴或者拉丁美洲为主题，主要采用西班牙语创作。他早期的作品有《斗士》(*Los combatientes*, 1968)、《戏剧演员加洛》(*Galdós humorista*, 1969)、《女巫扑克牌》(*Póker de brujas*, 1970))、《最后一张照片》(*Instantáneas al borde del abismo*, 1970)等，其中的部分作品被翻译成了英语等其他语种在多个国家发行。蒙塔内尔和秘鲁裔西班牙作家阿瓦洛·巴尔加斯·略萨(Álvaro Vargas Llosa, 1966～　)[②]以及哥伦比亚作家利尼奥·阿普莱约·门多萨(Plinio Apuleyo Mendoza, 1932～　)合著了《拉丁美洲的傻瓜手册》(*Manual del perfecto idiota latinoamericano*, 1996)。后来他陆续创作出版了《痛苦的制造者》(*Fabricantes de miseria*, 1998)和《古巴之心》(*Viaje al corazón de Cuba*, 1999)等。1999年，蒙塔内尔在西班牙马德里获得独立基金的新闻奖(Premio de periodismo de la fundación independiente)以及国际管理政治

---

① Carlos Alberto Montaner. *Twisted Roots: Latin America's Living Past*. Trans. Louis Aguilar and Marilú del Toro. New York: Algora Publishing, 2003, p. 1.

② 阿瓦洛是2010年诺贝尔文学奖得主马里奥·巴尔加斯·略萨(Mario Vargas Llosa, 1936～　)的长子。该作于1999年出版了英文版，名为*Guide to the Perfect Latin American Idiot*。

奖(De centro interamericano gerencia política premio américa award)等众多奖项。其中的一段获奖词值得回味:“他对自由的书写成为被压迫者和民主萌芽的导引。”

政治书写是蒙塔内尔写作的突出特征,政治活动也是他职业生涯的一个重要方面,他以所谓见证者和亲历者的身份对古巴政权的批评,满足了美国反共思潮的宣传需要,同时给他本人带来了职业上的声誉和利益。值得思考的一个问题是:古巴革命时蒙塔内尔年仅 16 岁,是否真的能够形成较为成熟的政治观点还未可知。不过有一点可以确定,入狱、流亡的经历成就了蒙塔内尔的职业生涯,对古巴的批判奠定了他职业成功的基础。在他撰写的数百篇文章中,绝大部分是涉及古巴政权的。蒙塔内尔在政治运动和社会活动中的经历,经过文学叙述的加工被转化成了政治资本和书写资本,为流亡者政治组织以及美国的主流媒体所利用。《古巴中心的旅程:菲德尔·卡斯特罗的生平》(*Journey to the Heart of Cuba*:*Life as Fidel Castro*, 2001)毫无疑问地通过“消费古巴”和“消费卡斯特罗”来达到发声的目的,其中既有浓重的意识形态表达,也有明显的商业气息。

《古巴中心的旅程:菲德尔·卡斯特罗的生平》开篇的第一句话就将文学书写的政治目的呈现出来。小说通过运用“菲德尔·卡斯特罗”这一符号的政治隐喻功能,虚构真实人物的故事,将文化符号的表演性功能和现实人物的社会历史影响结合起来。不论作者本人如何抗拒古巴革命以及其带来的一切变革,他还是借叙述者之口表现卡斯特罗所具备的不可抵挡的魅力:“当今在世的任何一位政治人物都无法像菲尔德·卡斯特罗那样激起人们那么多的好奇心。他那标志性的大胡子和绿军装,已经成为 20 世纪的标准装束……他带着狡黠的微笑,坚定不移,悠闲自若,已经熬过了九任美国总统。有时候,他耐心十足,坐在自家门口,看着敌人们一个个走过历史舞台。有时候他急不可耐,发号施令。如果他的权力地位受到威胁,他甚至可以不计一切代价。”[①]表面看,这部作品似乎是卡斯特罗的传记,甚至是关于他的历史研究文献,甚至后面还附上了参考文献、索引。但是细读文本会发现,事实并非如此,这实际是一部虚构性作品。“后记”部分有一个副标题:“卡斯特罗死去的那一天”,其中的后现代主义的戏仿手

---

① Carlos Alberto Montaner. *Journey to the Heart of Cuba*: *Life as Fidel Castro*. New York: Algora Publishing, 2001, p. 3.

法十分明显。后记是这样开始的：

> 菲德尔·卡斯特罗感到脖子后面一阵剧痛，他一瞬间失去了知觉，一头栽倒在桌子上。第一个发现他的是助手梅亚尔，他受过专业的医学训练，明白此时元首生命垂危。其实这并不是意外，因为之前他已经有过两次中风（第一次是1989年）。现在他已经年过70，有高血压、动脉硬化，还是个急脾气，而且从前还烟不离手——所以这一天只是迟早的事。这不，说来就来了。两个小时以后，尽管医生使用了各种急救措施，卡斯特罗的心脏还是停止了跳动。①

这部出版于2001年的作品，提前15年构想了菲德尔·卡斯特罗的辞世。事实上，菲德尔·卡斯特罗在2016年11月25日去世，享年90岁，和文中所说的“年过70”相差甚远。因此，单凭这几点就可以判断：此文本既非学术研究成果，也不是卡斯特罗的传记，而是借真实性之名所做的文学性书写。所谓的“古巴中心的旅程”也不过是文学想象，是纯虚构性的。作者披露的无论是什么样的卡斯特罗，是坚定的革命者，还是不畏霸权的领袖，抑或是敢说敢做的独裁者，都只不过是作者选取热点问题来消费卡斯特罗的一个证据，也是公众消费古巴的一个例子。

（二）雷纳多·阿里纳斯

雷纳多·阿里纳斯被认为是20世纪60年代以来最重要的古巴作家之一。他的声誉部分来自他的作品特别是他自己所主张的“古巴历史五部曲”，部分来自他在古巴被监禁的经历和反政府活动，以及他对古巴政权的批评，另外一部分则来自他的同性恋书写和同性恋经历。这三部分都没有脱离开古巴革命和流亡主题。所以，阿里纳斯是第一代移民作家中具有代表性的一位：他和流亡者群体的关系十分微妙，他作品中的政治取向表现为意识形态和性属政治，既契合迈阿密流亡团体的诉求，也具有他们唯恐避之不及的一面，即同性恋主题。

阿里纳斯1943年出生于北部的奥尔金（Holguín）的一个普通农民家庭，那里也是卡斯特罗的故乡。1963年在政府的资助下他进入一所技术专科学校学习会计，毕业后先是在一家国有农场做会计，之后在1963年进入哈瓦那大学的计划课程培训班，学习哲学和文学，后来参加了写作比赛并

---

① Carlos Alberto Montaner. *Journey to the Heart of Cuba: Life as Fidel Castro*. New York: Algora Publishing, 2001, p. 225.

获奖，获得了到何塞·马蒂国家图书馆(Biblioteca Nacional José Martí)工作的机会，并通过工作的便利结识了当时古巴的一些知名学者和文人，从此开始了写作生涯。阿里纳斯是同性恋者，并且他从不避讳自己的同性恋者身份。初到哈瓦那时，他寄居在姨妈家里，夜间他的情人出入寓所，令姨妈十分厌烦，对他进行警告，但他认为这是对他个人权利的侵犯。类似一系列事件导致他从图书馆离职，开始担任文学杂志编辑，并创作文学作品。在此期间，阿里纳斯的政治观点开始趋于激进，在创作中开始以争取个人权利之名攻击古巴政权。除了对古巴当局的公开批评以外，他还采用更加隐晦的方式，通过文学书写来虚构人物和情节，批评政府、表达不同的政见。此时，古巴流亡者组织在海外发动了各种针对古巴政权的颠覆活动，作家们的反政府言论成为流亡者组织的重要宣传工具，因此在相关反政府组织的支持下，阿里纳斯的不少作品在国外发表，他的声誉也由此逐渐建立起来。阿里纳斯在政府的福利住房计划中申请到了自己的寓所，后来为了掩人耳目还有过一段婚姻。他在哈瓦那的寓所曾经是反政府文人和同性恋者聚会的地方，而当时古巴对同性恋行为是明令禁止的。1974 年，他因为聚众淫乱被逮捕。当然，不可否认，同性恋可能只是古巴当局监禁阿里纳斯的一个原因，他的反政府言论是另外一个重要原因。1976 年阿里纳斯被释放，1980 年作为马列尔移民的一员离开古巴来到美国。

阿里纳斯是个多产的作家，他的"古巴历史五部曲"包括《井中歌唱》(*Singing from the Well*，1967)、《再见大海》(*Otra vez el Mar*，1982；英文版名为 *Farewell to the Sea*，1987)、《白色臭鼬的宫殿》(*El Palacio de las Blanquisimas Mofetas*，1982；英文版名为 *Palace of the White Skunks*，1990)、《夏天的颜色》(*El Color del Verano*，1982；英文版名为 *Color of Summer*，)和《攻击》(*El Asalto*，1990；英文版名为 *The Assault*，1992)，具有相当程度的自传性。这几部作品取材于阿里纳斯在古巴生活的不同片段，小说中的自传性也是广为认可的，[①]其中只有第一部是在古巴出版，其余均在欧洲出版。《井中歌唱》的主人公是出生于古巴奥连特省的男孩塞莱斯蒂诺，他因为自己具有文学天赋而受到家人的不解和责难，小说讲述他开始寻求用文学表达自我的历程。《再见大海》讲述了诗人埃克

---

① Reinaldo Arenas and Jorge Olivares. *Becoming Reinaldo Arenas: Family, Sexuality, and the Cuban Revolution*. London: Duke University Press, 2013, p. 3.

托尔偕新婚妻子到海边度蜜月的故事，夫妻二人作为两部分的第一人称叙事者，分别讲述了各自内心的矛盾和痛苦。随着故事的进展，夫妇二人的秘密被逐渐揭开，原来他们是假结婚，埃克托尔实际上是位同性恋者，但是因为古巴禁止同性恋行为，所以他不得不通过这种方式来掩盖自己的性取向，以免受到指控。[①] 这部小说的文学性主要体现在双重叙述者和第一人称内聚焦中的意识流手法上。第三部作品的主人公是少年弗尔图纳托（意为“幸运”），背景是 1959 年的古巴革命，这是阿里纳斯少年时期的写照，比如弗尔图纳托从家里出逃、参加反叛巴蒂斯塔政权军队的经历，可谓少年阿里纳斯英雄梦想的投射。这部小说也是阿里纳斯成长的大家庭的写照，小说中外祖母、外祖父和母亲等人物都是以阿里纳斯的家庭成员为原型的。托马斯·科尔奇（Thomas Colchie）认为，这是阿里纳斯的“家庭写照”。[②] 而阿里纳斯后来也承认了小说中的诸多自传性要素，只是他把家庭生活和个人经历融合在一起并重新组合。《白色臭鼬的宫殿》的主人公弗尔图纳托是阿里纳斯的一个同性伴侣：“我在写《白色臭鼬的宫殿》时，我想向我的这位了不起的情人表示一点小小的敬意。在小说中，这位英雄的名字叫作弗尔图纳托。”[③]《夏天的颜色》的情况与此相似，只是叙述者增加为三人，作者的代言人是流亡作家雷纳多，当然其中少不了同性恋人物。小说带有后现代主义色彩，时间背景是未来——古巴革命 50 周年庆典，采用了环形叙述时间，而不是之前的线性叙述时间。

毫无疑问，阿里纳斯的书写是政治性的，但是，核心问题在于，如何界定这种政治性？针对这一问题，阿里纳斯本人和批评界有着明显的分歧。虽然阿里纳斯更愿意主张自己的文学成就在于其“古巴历史五部曲”，他本人也将这五部曲视为“自传和古巴历史的结合”，但是却少有学者对其作品的文学性加以评论。相反，他的声誉特别是在美国等英语国家的声誉主要来自他的自传《黑夜降临之前》，尤其是自传中对于同性恋问题的披露，以及这种披露对于反卡斯特罗的美国社会所具有的意义。正如拉斐尔·奥

---

① 类似的情节在《黑夜降临之前》中再次出现，临终之前的阿里纳斯不再掩饰，直言当年自己的婚姻是一场掩人耳目的骗局。

② Thomas Colchie. “Introduction”, in Reinaldo Arenas and Andrew Hurley, *Hallucinations: or, The Ill-Fated Peregrinations of Fray Servando*. New York: Penguine Books, 2001, p. xxiv.

③ Reinaldo Arenas. *Before the Night Falls*. Trans. Dolores M. Koch. New York: Penguin Books, 1994, p. 104.

卡西奥在《同性恋者和古巴革命:以雷纳多·阿里纳斯为例》一文中所说,“阿里纳斯的情况在两方面尤其有意义:首先,他因为同性恋主题的作品而受到政治迫害,这些作品创作于20世纪60～70年代初,他在离开古巴之前非常积极地通过创作进行反革命宣传;其次,在1980年借助马列尔移民事件来到美国以后,他积极反对卡斯特罗政权,其中包括作为证人指控古巴政府有计划地监禁同性恋者,以及在他死后出版的自传中公开披露的他当年秘密参加同性恋者活动的诸多细节”[①]。应该说,这个评判将阿里纳斯的创作置于更为具体的语境下加以考量,综合了其文本内外的多重意义,是针对阿里纳斯的批评中十分冷静客观的一个。

有的研究者将阿里纳斯的同性恋身份作为研究对象,对其作品中的同性恋问题进行政治性评述。例如阿里纳斯研究的代表人物弗朗西斯科·索托(Francisco Soto, 1956～)[②]认为,阿里纳斯的意义就在于他对传统的反叛,他坚持认为作家的使命就是主张自由,挑战“文学和社会的既定规则”[③]。索托并没有像阿里纳斯本人那样将古巴特别是卡斯特罗政权作为唯一的攻击对象。可见,学界对阿里纳斯作品中政治表达的解读不仅仅局限于古巴革命背景下的意识形态表征,而是将批评视野扩展到性属政治等领域,例如阿里纳斯对各种规则、来规训所表现出的愤怒,特别是他作为同性恋者遭受的不公正待遇。虽然阿里纳斯本人在自传中一再声称,自己的书在法国出版使他受到古巴政府的监视和迫害,但是从评论界的反应来看,关于这几部作品的有影响力的文学批评并不多,这说明阿里纳斯的作品在批评界尚未获得足够的关注,自传体小说的文学性也有待商榷。豪尔赫·奥利瓦雷斯(Jorge Olivares)在《故事重述:雷纳多·阿里纳斯的“哈雷彗星”》中研究了阿里纳斯对西班牙作家费德里克·加西亚·洛尔迦(Federico Garcia Lorca, 1898～1936)的剧作《笼中的女儿》(*La casa de Bernarda Alba*,直译为《贝尔纳达·阿尔瓦一家》)所进行的改写。[④]埃杜瓦

---

① Rafael Ocasio. “Gays and the Cuban Revolution: The Case of Reinaldo Arenas”, *Latin American Perspectives*, 2002, 29(2), pp. 78-79.

② 索托是纽约市立大学史丹顿岛学院(College of Staten Island, CUNY)的西班牙语教授,是阿里纳斯研究专家,也是阿里纳斯传记的作者,曾经多次采访阿里纳斯,掌握了大量的一手材料。

③ Francisco Soto. *Reinaldo Arenas: The Pentagonia*. London: Twayne Publishers, 1998, p. 2.

④ Jorge Olivares. “A Twice-Told Tail: Reinaldo Arenas's ‘El Cometa Halley’”, *PMLA*, 2002, 117(5).

多·冈萨雷斯的著作《古巴和堕落：何塞·莱萨玛·利马和雷纳多·阿里纳斯小说中的基督教文本和同性恋叙事》追溯了性别政治的历史渊源，[①]都没有将批评的视野局限于阿里纳斯所描写的"当下的古巴"或者卡斯特罗时期的古巴，从而将性别政治和意识形态分开。这种批评角度实际将文学书写从政治话语中剥离出来，在一定程度上提高了阿里纳斯作品的文学意义。

事实上，许多评论家不愿意面对的一个事实是：阿里纳斯是个天生的反抗者和批评者，他蔑视一切权威，不仅针对卡斯特罗政权，他对巴蒂斯塔政权和迈阿密的流亡者霸权同样进行了抨击。他对迈阿密银行家、商人等流亡者主流群体的批评同样激烈，甚至不乏偏见。他批评流亡者团体只是将自己作为工具，并不真正关心文学的发展。他对周围的一切充满了愤怒，他批评任何赞扬卡斯特罗的人为"左倾法西斯主义者"，批评美国大学将他的著作从阅读书目中剔除出去。"我在流亡生涯中遇到了各种各样的机会主义者、伪君子和投机者，他们从古巴人们的苦难中获得私利。"[②]从阿里纳斯的书写对于流亡话语的意义来看，他的愤怒是有理由的，他的确作为"受难者"被流亡者团体当成了反古巴卡斯特罗政权的工具，可是一旦他离开古巴的监狱，那么在流亡文化的话语建构中，他就已经不再是政治牺牲品的代表。

阿里纳斯早年的贫穷生活和弱势地位在很大程度上造成了他愤世嫉俗、蔑视权威的个性，他对社会秩序和规则产生了强烈的抵制情绪，实际上这和具体的意识形态并无直接的关联，无论这种权威是卡斯特罗政权或者是巴蒂斯塔政权，抑或是其他的形式。他的反抗是近乎本能性的，几乎不留任何的余地，甚至没有掺杂对经济利益的考量，是纯政治性的，所以他才会把迈阿密的流亡者称作"机会主义者和投机分子"。他具有敏锐的观察力、对生活的高度感受力、犀利批评的能力和对压迫者的深切同情，因而他把自我的价值投射在与各种权力的斗争中，甚至不惜牺牲其他的利益，其中包括其作品的文学性。他唯一的财富就是写作，但是因为这样的一种执

① Eduardo Gonzalez. *Cuba and the Fall*: *Christian Text and Queer Narrative in the Fiction of Jose Lezama Lima and Reinaldo Arenas*. Charlottesville and London: University of Virginia Press, 2010, p. 5.

② Reinaldo Arenas. *Before the Night Falls*. Trans. Dolores M. Koch. New York: Penguin Books, 1994, p. 289.

念，他对作品的社会价值和经济利益缺乏应有的认识。他没有古巴中上层流亡者那样的利益意识，没有那种趋利的本能，这是他作为作家的纯粹之处；但同时这也让他的认识走向极端，无论是在古巴还是在美国，当他在职业生涯或生计上陷入困境时，他首要的反应就是进行权力批判，怀疑自己是否被别人利用，从而使他对权威和权力愈加充满了愤怒和不满。在迈阿密流亡者团体那样一个交织着政治权力和经济权力的社会网中，他同样缺乏安全感和归属感。无论在政治立场、职业技能还是阶级属性方面，他都无法像蒙塔内尔那样去迎合甚至构建权力话语，无法进入流亡者话语中心，因而他一直游走在迈阿密流亡者核心团体的边缘地带，成为局外人；后来在纽约，他遭遇了类似的困境。一方面，他的书写题材过于单一，“古巴历史五部曲”过度强调政治性，缺乏足够的文学性。他最初的反古巴宣传满足了美国政治的需要和公众的好奇心，但最终使他自己成为受害者。另一方面，阿里纳斯一直认为自己的作品在国外出版所产生的国际影响力给古巴政府带来了政治舆论上的压力。但是，即便这种判断成立，在他脱离了古巴语境、汇入流亡者中之后，他的话语便成为流亡模式的一部分，已经失去了相当的独特性。综合起来看，这些要素是他的作品被移出阅读书单和大学课程的一个重要原因。

阿里纳斯追求“自由”的过程带有了相当的盲目性，并且“自由”本身于他也是抽象的概念。《黑夜降临之前》中的“性”和“文学”这两个核心主题之间的矛盾可以说明这一点。阿里纳斯的自传传达了两条重要信息：文学生涯和同性恋经历，但后者显然占据了更大的比重，无怪乎《迈阿密信使报》(*the Miami Herald*)如此评价他：“临死之前对性欲的大胆描写……既是自传，也是街头水准的社会学描述，同时还是政治宣言。”[①]此评论将作品的“性欲描写”放到了首位，是有着充分的理由的。事实的确如此，自传除了批评卡斯特罗政权的种种国内政策之外，并没有涉及传主的文学理念和创造思想，更多的却是描写了他的性欲萌发和不计其数的性爱经历，甚至相当详细地记录了他的一次次浪漫经历和各不相同的性伴侣。相比之下，他对于政府的批评几乎成了陪衬，并且这似乎成了为自己纵欲开脱的借口。阿里纳斯认为：“古巴的性革命实际是性压抑的结果，或许是对政权的

① Reinaldo Arenas. *Before the Night Falls*. Trans. Dolores M. Koch. New York: Penguin Books, 1994, flyleaf.

一种抗议。同性恋群体开始发展壮大，并且带有越来越多的抗议成分。另外，因为政权被认为是邪恶的，因而越是被批判、禁止的东西越被不肯墨守成规的人们视为积极的，而这些人在20世纪60年代占了大多数。我打心底里认为那些同性恋者集中营以及伪装成同性恋者去诱捕真正同性恋者的警察，实际引导、推动了同性恋运动的迅速发展。"[①]假如阿里纳斯在自传中所言属实，那么把个人欲望的放纵归因于政治局势对人性的压抑，把纵欲视为性革命是有失公允的。例如，自传中有个较为特殊的人物，安东尼奥·泰雷兹，他并不是同性恋者，但是阿里纳斯却尝试着引诱他，虽然最终没有成功，但是从中也可以看出，所谓的压迫而导致的性革命或多或少带有自我辩护的意味，把这种个人的行为当作批评古巴政权的理由更是荒唐。它更多的是叙述者的一个借口，和社会主义或者资本主义并没有多少密切的关系。在临终前写的人生告别信中，阿里纳斯写道："因为我现在的健康状况堪忧，并且心情沮丧至极，因此我无法继续写作，无法继续为了古巴的自由而战斗，我准备结束自己的生命……我想要鼓励海外的古巴人和古巴岛上的同胞，要继续为自由而战。"[②]但是，这个"自由"到底为何？可能他本人都说不清楚。

应该说，阿里纳斯一直在将性取向作为政治斗争的武器，这种勇气和牺牲精神是值得敬佩的。但是细读后会发现，自传中有着不少似是而非的悖论。例如，他因为自己的同性恋身份受到了歧视甚至迫害，因而他对社会充满敌意。他对于鲁本、姨妈和在他无家可归时收留他的艾丽娅·卡沃尔太太，不仅没有心存感激，反而同样充满了愤怒和恶意。他在和姨妈一起住时，几乎每天晚上都将性伴侣带回家，甚至有时会开多人的"派对"，姨妈不堪其扰；然而，他不仅没有考虑过自己给他人造成的不便，未曾反思过自己的行为是否得体，反而指责道："不用说，我的所有麻烦都是因她而起，虽然我没有这么跟她说。"[③]他还毫无根据地指责姨妈生活淫乱，对鲁本和卡沃尔太太同样如此：他对曾经冒着巨大的风险为他保存手稿的朋友亦是

---

① Reinaldo Arenas. *Before the Night Falls*. Trans. Dolores M. Koch. New York: Penguin Books, 1994, p. 107.

② Reinaldo Arenas. "Reinaldo Arenas's Last Letter", Montclair University Archived, WebCite, 2010/12/21(2017/01/31), http://www.webcitation.org/5v9AT25FU? url=http://picard.montclair.edu/witness/Arenas.html.

③ Reinaldo Arenas. *Before the Night Falls*. Trans. Dolores M. Koch. New York: Penguin Books, 1994, p. 236.

如此：他出狱之后，友人把手稿交还给他、不愿继续为他保存；物归原主本是十分合情合理的做法，然而，他却指责友人背信弃义。可见，一旦他人难以迎合他的预期，他的愤世嫉俗便暴露无遗，而他把这一切都上升到了意识形态的高度，将其界定为“自由”的对立面。阿里纳斯的偏激之处在于他将“自由”概念绝对化和片面化，他所谓的“自由”往往是以牺牲别人的“自由”为代价的，这是他与周围的人们产生冲突的重要原因，使他的自我定位产生了错位，从而成为一个局外人。应该说，阿里纳斯本人并未意识到自身的原因，这也是他与世界渐行渐远的原因之一，对他本人来说，这的确是个不幸的事。

对于阿里纳斯而言，生活的真正意义可能就是在于挑战权威、突破各种局限时所带来的畅快淋漓之感，在于在追求理想过程中所付出的努力。这个过程充满了种种的艰辛，因而在经历了政治生活中的风雨并最终实现他的自由之梦时，他才发现这个梦想与他在古巴陋室中的期盼相去甚远。他到美国以后出版的第一部小说《看门人》（*The Doorman*，1987）在很大程度上反映了他对于美国式“自由”的思考。小说的主人公胡安在17时岁离开古巴来到美国，对这个自由的新世界充满了憧憬，因为“在他们逃离的那个世界，他听到的都是这样的承诺：那个新世界‘会随时伸出援手’”[①]。从迈阿密来到纽约，胡安终于在叙述者等古巴移民的帮助下，在曼哈顿富人区的一处豪华公寓找到了一份看门人的工作，他在守护“那扇通往幸福的大门”八年之后，最终却发现自己依旧生活在一座孤岛上，这种生活和他当初所逃离的那种生活没有分别。胡安最终精神失常，这也许正是“在享受美好生活之前，为了呼吸自由的空气而首先付出的代价”[②]。相比于被作者阿里纳斯视为代表作的几部历史题材小说，这部小说算得上是一部文学精品之作，反映了阿里纳斯摆脱了政治主题的羁绊之后，真正表现出他的文学才华，表示了他对世界的犀利观察和深刻思考，特别是对移民身份的思考和对自由的理性批判。

《看门人》通过胡安的视角，描写了纽约公寓中形形色色的业主。有评论家认为，小说缺乏连贯的线索，过于碎片化，故事的衔接显得较为生硬，

---

① Reinaldo Arenas. *The Doorman*. Trans. Dolores M. Koch. New York: Grove Press, 1991, p. 5.

② Reinaldo Arenas. *The Doorman*. Trans. Dolores M. Koch. New York: Grove Press, 1991, p. 5.

从而导致结尾处胡安的精神失常显得莫名其妙。有批评家认为,“胡安打开精神之门的愿望不够可信——阿里纳斯对此少有提及,只是将其作为胡安得以进入业主公寓的手段,唯一一次就是在小说结尾处匆忙提及却未能深入。这反映了阿里纳斯不切实际的雄心,他试图把能想到的主题统统塞进一个篇幅并不算长的故事中,而忽略了创作长篇小说应有的技巧。”[①]如此解读也许有其道理;但是从另外一个角度看,这也许正是阿里纳斯想要向读者传达的信息。这部小说中第三人称全知全能视角的叙述者是流亡者社区中的一员,他时时凸显自己话语的存在,就是要表现叙述主体在话语建构中的作用,要表明在这个故事中,胡安是没有声音的。胡安满怀希望地守护着“通往真正幸福的那扇门”[②],以为在这个自由的国度,他能够成为幸福者中的一员。然而,在公寓大楼里,他固然和业主共享一定的空间,但却被排除在他们的话语体系之外。弗莱德曼先生反复强调胡安是唯一被邀请进入寓所的看门人,这让他意识到,他只不过是个地位卑微的看门人,别人对他的礼貌之中包含着屈尊俯就,他在别人眼中仅仅是个标签,并没有自己的个性。他没有朋友,没有人会倾听他的故事,所以他只好对着镜子跟自己说话。他甚至为了多和雷纳德斯太太说几句话,心甘情愿地“借”给她一两块钱,尽管他知道这位吝啬的太太是有借无还的。然而,雷纳德斯太太却将胡安的“心灵之门”误解为要给她的公寓重新装个新门,为的是多赚取维修费。新年到来之时,胡安给她心仪的玛丽·埃维雷斯送去了新年贺卡,却被误认为是要讨取小费。正是因为这些原因,胡安才把注意力转移到了公寓中的各色宠物身上,和它们说话,并计划带领着它们反抗主人的圈养去争取自由。由此看来,碎片化的叙述是胡安破碎意识的投射,也是他不断消解的自我的反映。小说通过内容和形式上的双重建构,塑造了下层古巴移民的生活,以无所适从的胡安来代表下层古巴移民梦想的破灭。

雷纳多·阿里纳斯以不懈的努力和非凡的勇气挑战权威,但是他对于政治主题的过度关注使其作品的文学性受到极大的损害,也使其作品的文学价值大打折扣。阿里纳斯不仅作为同性恋者受到了迫害,还因为在书写

---

① Philip M. Rubin. “This Doorman Doesn't Hold Doors”, *The Harvard Crimson*, 1991/10/24, https://www.thecrimson.com/article/1991/10/24/this-doorman-doesnt-hold-doors-pbrbeinaldo/.

② Reinaldo Arenas. *The Doorman*. Trans. Dolores M. Koch. New York: Grove Press, 1991, p. 6.

性别政治中将政治过分地意识形态化而牺牲了作品的文学性。从这两层意义上讲,阿里纳斯都是流亡模式的受害者。后来,他对于自由和民主,特别是对于流亡者团体的政治目的,有了更加清醒的认识,这种意识在《看门人》这部融合了魔幻色彩和存在主义寓言的小说中,得到了相当的反映。

这一节中所论及的流亡书写,是意识形态冲突之文化模式的文学表征。流亡文化是古巴移民社区的主流,是南佛罗里达古巴移民社区的基础,甚至是全美古巴移民社区的标签。在此文化模式的影响下,流亡经历进入文学书写,被文本化,成为古巴移民文学作品的典型书写范式,文化和文学呈现为相辅相成的正相关联系。这一节中着重介绍的两位第一代移民作家都具有鲜明的反古巴政治立场,其作品中体现出了相应的政治取向。但是他们的经历和创作也都体现出了一定的变化,即从早期的政治书写显性化到后来政治主题的隐形化,呈现出从"文学服务于政治"到"政治退居文学之后"的基本轨迹。这在很大程度上说明,流亡模式固然能够被流亡者作为主张自我的典型范式,得到美国主流社会的接纳,但是过度的相关也会给文学作品的生命力造成负面影响。究其根本,文学不应该沦落为政治斗争的工具,古巴移民文学的生命力恰恰在于它能够摆脱对于文化模式的依赖。

无论如何,流亡文化的文本化是当今古巴裔美国文学的一个方面,通过这些文学作品,读者得以窥见一部分古巴裔美国人的生活。当然,鉴于古巴裔美国文学中的这种政治立场,这些文本的接受会有一定的争议,可能会给作家带来成功,也可能使他们受到批评。近期内,流亡模式仍然会是古巴裔美国文学的主流。但是随着新生代作家的成长,会有更多的新生力量注入。

第六章 当代古巴裔文学的多元化取向

20世纪90年代以来，古巴移民文学和古巴裔文学开始出现一定的转向，表现出与经典范式中“流亡书写”不甚一致的话语模式，特别是那些在美国成长起来的作家或出生在美国的古巴移民后裔，他们的创作已经明显偏离“经典”的轨迹。他们对于古巴没有太多的情感认同，也没有真正意义上的流亡经历，对于流亡模式下的价值表征不甚认同。另一方面，《在哈瓦那等待风雪》的获奖代表了古巴移民文学的新高度和最高水平，但从一定意义上讲，这同时也宣告了生命书写范式下流亡话语的审美终结，令相似主题及类似叙事范式的作品难以实现突破。鉴于政治话语的时效性和文学审美的普适性之间的矛盾，新一代作家开始寻求不同的话语模式表达古巴性和美国性之间的协商，力图从另外的侧面去呈现古巴人的美国经历，展现“古巴记忆”对于美国身份建构和美国精神诉求的意义。

第一节 流亡文学的演变：1.5代作家与流亡模式的协商

如前所述，在古巴移民和古巴裔美国人社区中，以迈阿密流亡者为代表的价值模式占据核心地位；同样，在文学书写中，古巴移民中的“中上层社会的白人”话语也已经被模式化，成为古巴裔文学的代表性标签，甚至将不符合流亡模式的叙事声音边缘化。这种类别化的区分方式有助于树立古巴移民文学的典范，例如获国家图书奖的作品《在哈瓦那等待风雪》就是流亡文学中的优秀作品。但是，流亡文学必须摆脱流亡模式下政治话语的束缚，与其建构一种对话关系，才能让作品跳出意识形态表征的窠臼，不局限于单一的政治维度。

《在哈瓦那等待风雪》采用了生命书写（life writing）的叙事策略，以回忆录的形式将流亡经历和个人心智成长结合起来，突出个人奋斗的历程，较好地实现了两者的结合，文学叙述成为建构自我历史的动态活动，服务于“父子和解”和“重新认识父亲”的过程。“父亲”形象也是故国古巴的象征，这种叙事结构代表过去的自我和现在的自我的妥协，实现了显性和隐性两条线索的结合。艾尔的两部回忆录既迎合了流亡模式的书写范式，又通过艺术性的加工弱化了其政治性表达，凸显了文学性，这也是他的作品能够从众多流亡文学作品中脱颖而出的根本原因。

卡洛斯·涅托·艾尔 1950 年生于哈瓦那上流社会的一个富贵之家，父母都是欧洲白人的后裔。1962 年，11 岁的艾尔和哥哥托尼来到美国。他的母亲在三年之后获得出境许可，来到美国与兄弟二人团聚。但是他的父亲一直留在古巴，直到 1976 年去世也未能与两个儿子相见。艾尔于 1979 年获得耶鲁大学博士学位，先后在明尼苏达州的圣约翰大学、弗吉尼亚大学和普林斯顿大学等高校任职，从 1996 年开始任教于耶鲁大学历史系，从事历史学与宗教学研究，专攻中世纪晚期和近代欧洲历史。继 2003 年的回忆录之后，他在 2010 年出版了第二部回忆录——《在迈阿密学会死亡》。这两部回忆录架构起卡洛斯·艾尔作为作者/叙述者的移民经历和文化适应过程。但是，由于作者对卡斯特罗政权的批评，这两本书都未能在古巴出版。

卡洛斯·艾尔的这两部作品名为“回忆录”，获奖时也被划分到“非虚构类”作品中。从题材上看，回忆录属于“生命书写”的范畴，即以书写者的个人生活为书写内容，具体体裁可能是自传、见闻录、日记等。从理论上讲，作者和文本的叙述者是同一个人，书写以客观性为基本要素。然而，记忆本身是有选择性的，书写同样具有主体性特征，书写材料的选择和组织充分体现了书写者的主体性。阿奇·欧贝哈斯关于回忆录的一段话可以佐证记忆的选择性和回忆录中的虚构成分：“对我来说，写小说比写回忆录要容易些，也更容易得到认可。我觉得写回忆录是非常艰难的一件事，因为它要涉及哪些事情是我还能记得的，哪些事情是我不想忘记的，（对于我想不起来的人或者事）我会和所有人一样感到内疚。”[①]卡洛斯·艾尔身为

---

① Gregg Shapiro. “In ‘AWE’: Achy Obejas on Her New Work”, *Windy City Times*, 2011/08/08（2016/12）, http://www.windycitymediagroup.com/gay/lesbian/news/ARTICLE.php? AID=24273.

耶鲁大学历史系教授，有着学者的理性和对历史的敏感，他非常清楚新历史主义者所谓的“历史皆为叙事”的策略，并且他本人也在回忆录中恰如其分地保持了客观历史和自我认知之间的平衡。他在与塞尔瓦娜·帕蒂内斯托(Salvana Paternostro)谈话时，明确承认了自己生命叙事中的虚构成分，即“把它当作小说来写”[①]。由此可以判断，这两部作品名为“回忆录”，但是本质上都属于“虚构性的自我书写”。它将个人经历和历史叙事结合，通过个体的生活变迁反映历史，力求在宏大历史背景下追溯人物命运的跌宕起伏。尽管如此，为了措辞方便，本书仍旧将叙述者默认为作者卡洛斯·艾尔。

《在哈瓦那等待风雪》以哈瓦那的生活为重点，讲述了古巴革命以后作者和家人的生活。涅托一家在巴蒂斯塔政权时期属于社会的精英阶层，社会变革使他们对未来充满了忧虑。父母决定将卡洛斯和哥哥送到美国，兄弟两人在离家前享受着与父母在一起的最后时光。所以政治书写和亲子关系成为回忆录的主要内容。故事开始于1959年元旦，结束于1962年卡洛斯·艾尔和哥哥托尼登机赴美。古巴革命带来的一系列变化，社区里巴蒂斯塔时期的高官和富商陆续离开了，令卡洛斯一家意识到世界正在发生变化。卡洛斯的父母也开始为两个孩子的未来做打算，最终决定将他们送到美国。但是，父母两人在他们自己的去留问题上产生了分歧，父亲拒绝离开，他要守着自己多年来辛勤积攒下来的古董，而母亲对局势并不抱任何希望，准备申请离境。最终，借助于美国政府和旅美古巴宗教人士实施的“彼得·潘计划”，卡洛斯和托尼在1962年离开古巴。三年之后，母亲历经挫折、辗转到达美国。但是，卡洛斯兄弟和父亲再也未能相见。

这部作品记录的是“风雪”来临前后的故事——卡洛斯回顾了自己如何从古巴社会的特权阶层，一下子跌落为美国的少数族裔。“那次短暂的飞行旅程把我这个白人小孩变成了拉丁人。每次我填表时都得记着，我是‘拉美裔’，不是‘白人’，也不是‘高加索人’。不是哪一种食物剥夺了我的白人身份。根本不是，只是那45分钟的航程。”[②]这是那个时期几乎所有的古巴移民都会谈及的一个话题，但是卡洛斯·艾尔的回忆录之与众不同之

---

① Carlos Eire. Cond. Silvana Paternostro. “Interview”, *Bomb*. Winter 2004/2005, 90. 2016/10/27. 74. http://bombmagazine.org/article/2707/carlos-eire.

② Carlos Eire. *Waiting for Snow in Havana: Confession of a Cuban Boy*. New York: Free Press, 2004, p. 160.

处在于他在缅怀失去的家园,更是在寻求与父亲的和解,因为自从离开古巴后,他便再也没有机会去理解父亲,再也无法与父亲推心置腹地交流。本书大部分篇幅记述的是卡洛斯在古巴的最后岁月,特别是最后一年他等待签证、辍学在家的点点滴滴,契合书名《在哈瓦那等待风雪》的隐喻。他回忆自己和父母拜访亲友,陪着父亲外出办事,同好友在院子里玩耍、捉蜥蜴的情形。自始至终,卡洛斯似乎对父亲充满怨恨,他一直认为,在父亲心目中,两个儿子远不如那些古董收藏品重要:"我老爸紧紧守护着那些藏品,就好像守护地狱之门的刻耳柏洛斯"。[①] 年幼的卡洛斯并不知道父亲经历了怎样的痛苦和纠结,更无法体会到父亲略微反常的举止中深切的父爱,不了解父亲对前途的担忧,也不明白他对"失去儿子"这种命运安排所感到的无奈。所以,对于父亲收养古巴贫苦男孩埃内斯托、拒绝离开古巴的决定,卡洛斯一直耿耿于怀。父亲在他的成长中是缺失的,他感觉自己被父亲抛弃了;本来属于他和哥哥的财产,最后却落入了埃内斯托之手。"他坚持守着自己的艺术品和埃内斯托,而不来美国和我们团聚,不知道他的心里是什么感觉?"[②]这是儿子对父亲的愤怒质问,也是他内心的披露。这一方面说明所谓的"义无反顾追求自由和民主",不过是人们的美好说辞;另一方面说明艾尔对穷苦家庭出身的埃内斯托充满了怨恨。这种对下层劳动阶级根深蒂固的偏见代表了古巴上层社会的阶级意识,在一定程度上解释了革命发生的原因。在离开古巴的那一天,父亲一大早就出门,并且在儿子们登机的最后一刻才赶到机场,对此卡洛斯并不理解。不善于表达感情的父亲在离世前不久才向儿子透露了自己内心的感受,他给卡斯洛写了一封信,"他告诉我,他早已经知道了,他今生会有孩子,但是会失去他们……这是我们的命运,也是他的宿命,就是这么安排的……他还说,飞机起飞的时候,他觉得自己的心被掏空了,那是他一生中都不曾体会过的痛。他还说,这种痛始终伴随着他,每一天,每一天"[③]。父亲接受这种宿命,宁愿用自己的痛苦换取儿子们的未来。但是,卡斯洛接到父亲这封信的时

---

① Carlos Eire. *Waiting for Snow in Havana*: *Confession of a Cuban Boy*. New York: Free Press, 2004, p. 171.

② Carlos Eire. *Waiting for Snow in Havana*: *Confession of a Cuban Boy*. New York: Free Press, 2004, p. 361.

③ Carlos Eire. *Waiting for Snow in Havana*: *Confession of a Cuban Boy*. New York: Free Press, 2004, p. 362.

候，仍旧未能理解他的苦心，并且在此之前已经将父姓“涅托”抛弃，改用了母姓“艾尔”，从而象征性地抛弃了父亲，并以这种方式来报复父亲。但是，随着时间的流逝，他开始尝试着去理解并原谅父亲，于是他开始回忆，并坐下来将这些记忆记录下来，以便重新建立父子之间的联系。

细读作品就会发现，这部回忆录与其说是卡洛斯·艾尔对失乐园的回忆，还不如说是他通过记忆和叙述在寻求对父亲的理解。几乎每一章中，在作者记忆的每一个细节中都有父亲的身影，这记忆是对远去的父亲的怀念，也是卡斯洛验证父爱的点点努力。父亲总是出现他的睡梦中，艾尔总是挣扎着想要睁开双眼，想再看父亲一眼：“我好久好久都没有看见他了，自从那天在飞机场，再也没有见过。我实在太想他了，我一直在埋怨他。现在他来了，抱着我，这一刻终于来了，给我救赎和安慰，我不必再等到来生。”[①]在试着理解父亲的同时，艾尔也在履行他本人作为父亲的责任，他将本书献给自己的三个子女，填补他们的家族记忆。当孩子问艾尔是不是“想再做一回小孩子”时，他才意识到自己已经越来越“像我父亲了”[②]。所以说，这部作品是卡洛斯和永远未能再见的父亲的交流，是关于缺失的父亲的叙事，是他寻找父亲的努力。“父亲”同时也是一个隐喻，是故国古巴的象征。对于作者艾尔来说，古巴是再也无法找回的家园。即便他能够故地重游，但是一切早已经面目全非。所以，这部回忆录自始至终也是一个隐喻，是作者寻找家园、寻找父亲的历程，是作者与父亲和解、接受自己的过去的过程。几十年过后，父亲、祖国和古巴的过去已经成为卡洛斯·艾尔永久的回忆，他以这种方式告别过去、走向新生活。

《在迈阿密学会死亡》以卡洛斯·艾尔和安东尼奥·涅托两兄弟在迈阿密的生活为中心，讲述他们辗转于佛罗里达州和伊利诺伊州几个寄养家庭之间的经历，着重于他们的文化适应过程和美国身份建构。和前一部回忆录一样，这部作品也充满了浓重的怀旧情绪，追溯兄弟二人从“天堂”般的古巴被“流放”到美国的故事，以兄弟两个在不同寄养家庭的生活为序，讲述他们一步步远离古巴身份、变成美国人的过程。时间跨度从 1962 年 4 月卡洛斯和托尼走下飞机、踏上美国土地，至 1965 年圣诞节母亲来到美

① Carlos Eire. *Waiting for Snow in Havana*: *Confession of a Cuban Boy*. New York: Free Press, 2004, p. 108.

② Carlos Eire. *Waiting for Snow in Havana*: *Confession of a Cuban Boy*. New York: Free Press, 2004, p. 375.

国，这是母子三人在美国一起度过的第一个圣诞节。这部作品基本采用线性时间顺序，虽然在涉及某个话题时会将不同时期的事件串联在一起，但是不同时期的事件都通过明显的时间标志加以标示，例如“时间来到 20 年之后”或者“现在重新回到 1963 年”等。这种时间上的跳跃更加符合大脑的思维活动模式，契合回忆录的体裁，增加了叙述本身的可信程度。联系到艾尔本人对回忆录的解释，可以看出文本在建构故事的同时又对其进行了解构，因此它所记录的并不是某个人的生活，而是宏观历史背景下对某个群体的写照，在个人生命书写中融合了群体经验，所以它并不能完全地被划归为非虚构类作品。

《在迈阿密学会死亡》的核心主题是死亡和死后的重生。和充满怀旧情绪的第一部回忆录相比，这一部作品中更明显的感情是苦涩。当艾尔真正踏上美国这片陌生的土地，他意识到了“自由”的含义，那就是从前的日子一去不复返了：“我再也不能在家里过圣诞节了，再也不能了。事实上，我再也不会拥有一个可以称之为家的地方了。圣诞节已经死去了，就好像十字架上的耶稣，死去了，腐烂了。”[①]死亡因此成为一个重复出现的意象，代表着过去岁月的消亡。但是，死亡代表一段生命的终结，也代表新生的希望。失去家园让艾尔开始成长，因此，一次次死去的经历是卡洛斯和哥哥开始新生活、实现身份转变的比喻。在寄养中心“家庭温暖之屋”那段最为不堪的岁月中，兄弟二人为了逃避恶劣的生存环境而躲到公共图书馆看书，这为他们开启了发现自我的窗户，成为他将来建构自己职业生涯的开端。回顾当年的历程，艾尔感慨道：“可能在别人看来，这种生活十分艰难，但是于我，这已经十分完美了。我喜欢其中的点点滴滴，即便是最痛苦的经历。现在，我已经明白，痛苦也不是件坏事——是救赎——如果你能够正确看待生命中这些不可避免的事情的话。没有痛苦，便没有快乐。”[②]这些坎坷让艾尔获得了心智上的成长，成为他生命中的一笔财富。

从古巴男孩变成美国男孩的过程，集中体现在卡洛斯名字的变化之中。从古巴来的卡洛斯兄弟二人被暂时寄养在美国中产阶级家庭中，古巴男孩“卡洛斯·涅托·艾尔”变成了“查尔斯”。后来，古巴导弹危机事件使

---

① Carlos Eire. *Learning to Die in Miami: Confessions of a Refugee Boy*. New York: Free Press, 2010, p. 135.

② Carlos Eire. *Learning to Die in Miami: Confessions of a Refugee Boy*. New York: Free Press, 2010, p. 248.

母亲的到来变得遥遥无期，卡洛斯和托尼不得不离开各自的寄养家庭，来到古巴夫妇开办的收容中心"里卡多之家"，和其他的古巴儿童移民生活在一起，他又重新变成了"卡洛斯"。后来，大伯一家安顿下来，卡洛斯和托尼又到了伊利诺伊州的伯明顿。小镇"美国化"计划的一项内容就是让移民改掉旧名字、融入美国社会，卡洛斯被告知，他在父母的姓氏之中只能选择一个，于是他最终选择了母亲的姓氏"艾尔"，放弃了父亲的姓氏"涅托"。其实这种变化还暗示了英语文化和西班牙语文化之间的差异，因为在西语裔的人名中，父亲的姓氏在中间，母亲的姓氏在最后，这和英语国家中父亲姓氏居于最后的习惯完全不同。卡洛斯最终选择了英语文化中的习惯做法，这代表了他与西班牙语文化的决裂。

这种二选一的做法是移民男孩为了获得认可而不得不付出的代价，他们的身份变化伴随着成长，也伴随着感伤。不仅他们在文化上距离父母越来越遥远，而且他们对父母的情感也发生了微妙的变化。在他们最为艰难的时候，父母没有陪伴在身边。对父母的思念、在陌生环境下的无助和别人的敌视使他们变得坚强，学会了独立：性格温和的卡洛斯采取了逃避的态度，而放荡不羁的托尼则采取了直接反抗的方式。当母亲到来时，兄弟两人早已经放弃了与家人团聚的期望，父母在他们心中变得越来越模糊，好像"沙漠中的白骨，掩埋在流沙之下，这就是残留的一点对他们的情感"①。走向独立的历程是令人心痛的，卡洛斯与父母的感情疏离是出于失望，所以他无法原谅父亲。与孩子别离对母亲而言同样代价沉重，她在临终之前一直感到困惑，不知道当年的选择是否正确，不知道自己的到来给孩子带来的是安慰还是负担。显然，母亲已经切实感觉到了孩子们的挣扎，也感觉到了自己的无助。

如前所述，流亡模式在美国社会中创造了古巴裔美国人的刻板化形象，即"白人、中产阶级背景以及反共产主义政治立场"②。卡洛斯·艾尔这两部回忆录的生命书写体裁将个人经历和历史叙事结合，通过个体的生活变迁反映历史，力求在宏大历史背景下追溯人物命运的跌宕起伏。从文学接受角度来看，在美国多元文化文学的背景下，这种书写方式迎合了主流

---

① Carlos Eire. *Learning to Die in Miami*: *Confessions of a Refugee Boy*. New York: Free Press, 2010, p. 235.

② Cheris Brewer Current. *Questioning the Cuban Exile Model*: *Race*, *Gender*, *and Resettlement*, *1959-1979*. El Paso: LFB Scholarly Publishing, 2010, p. 164.

文学读者对古巴裔美国文学的期待，所谓的真实性不过是一种文学书写策略，甚至是带有经济因素的图书市场策略。从古巴移民文学和古巴裔文学的角度来看，这种话语模式契合了占据主流的流亡模式：书写移民付出的代价，追忆天堂般美好的古巴。然而，卡洛斯·艾尔只是儿童移民并不属于政治流亡者，他很快意识到从前那个世界已一去不复返，他采取的是一往无前的姿态，并未纠结于是否要重新回到那个世界，更多的是愤怒于父亲为什么没有和他一起将那个世界丢下。相反，他同父亲和“父国”的和解阐释了“选择”和“忠诚”的多维度含义，在很大程度上对流亡模式中“家”和“国”的对立进行了重新的思考，阐释了“离开古巴”并非唯一的情感认同表达。也就是说，他心中的“家”和父亲心中的“国”是同等重要的归属；成长的历练和心理的空洞、今天的成功和过去的平静、亲人间的疏离和父母的责任，已经难以判定孰轻孰重。艾尔的回忆录中有流亡文学中普遍弥漫的怀旧情绪，无论是基于选择所引发的困境，还是基于失去家园的哀伤，过去已不可追，他永远无法判定父亲为自己做出的选择到底是对还是错。艾尔的生命书写属于带有虚构性的自我书写，其他的各类回忆录、自传等生命书写形式实质上也是如此。

一、反流亡话语建构：克里斯蒂娜·加西亚

流亡模式和流亡文学虽然在当前依然占据古巴移民文学和古巴裔美国文学的主流，但是文学必将脱离政治话语的束缚和意识形态的羁绊，流亡模式在施展其霸权、对古巴裔美国人社区实施二分法的同时，也孕育了它的对立面。近年来出现的多元化书写范式，甚至是对流亡模式的直接解构，就展示了古巴裔美国文学的新趋势。克里斯蒂娜·加西亚在多部作品中对激进的流亡者形象进行了戏仿，她的近作《古巴之王》(*King of Cuba*, 2013)更是鲜明地表达了反流亡的立场。

克里斯蒂娜·加西亚 1958 年出生于古巴哈瓦那的一个富裕家庭，父亲是危地马拉人，母亲是古巴人。古巴革命后，加西亚一家于 1961 年来到美国，定居在纽约。他们没有居住在古巴人社区，在政治上游离于古巴移民社区之外，与南佛罗里达为代表的流亡模式保持了一定的距离。加西亚一家人在家中依然使用西班牙语，所以克里斯蒂娜生于西班牙语家庭但是长在美国欧裔英语环境中，属于典型的西班牙语和英语双语群体，是古巴第 1.5 代移民中的一员。加西亚 1979 年在巴纳德学院(Barnard College)

毕业，获得政治学学士学位，之后赴约翰霍普金斯大学专修国际关系硕士课程，一直对文学有着浓厚的兴趣。她1981年硕士毕业，之后先后在《纽约时报》《诺克斯维尔杂志》《时代周刊》等处供职。20世纪90年代开始专门从事写作，后陆续在多所高校教授写作课程。

加西亚在创作中书写她最为熟悉的古巴移民群体，她的作品几乎无一例外地采用历史题材或移民主题，《梦系古巴》《阿奎罗姐妹》和《猎猴》(*Monkey Hunting*，2003)都是如此。前两部小说追溯了古巴的近代历史和古巴移民在美国的文化适应过程，后一部则关注古巴华人的移民历史。《幸运手册》(*A Handbook to Luck*，2007)选取了来自古巴、萨尔瓦多和伊朗的三位青少年叙述者：恩里克·佛罗里特、玛塔·克莱罗斯和莱拉·雷兹瓦尼，他们分别讲述各自的移民经历和美国梦所昭示的希望，其中的移民、流亡、流散等主题是加西亚多年来的写作重点。加西亚的历史题材意义非凡，“不仅赋予女性新的话语权力和叙述身份，也使得古巴裔美国文学摆脱了狭隘的种族主义概念，用更广阔、更开放的话语结构书写族裔身份和族裔文化”[①]。但是，综观加西亚创作的6部长篇小说可以看出，她虽然没有背离历史题材，但是也逐渐从书写自己的故事过渡到书写别人的故事，甚至是所有流亡者的故事。《梦系古巴》书写了一家三代的故事，通过家庭历史将近现代古巴的历史呈现出来，同时通过女性人物的叙述和多角度叙事，赋予女性人物叙述的主体性，从而颠覆殖民体系对女性的消音。《阿奎罗姐妹》采用倒叙手法，交替讲述了出身于古巴中产阶级知识分子家庭的姐妹二人在美国和古巴的故事。古巴革命以后，作为电气工程师的妹妹瑞娜·阿奎罗留在了古巴，成为社会主义国家的建设者，姐姐康斯坦西亚则随着丈夫赫伯托·克鲁兹一家移民美国。小说通过几个家族的故事展现了古巴的近代历史和美国古巴移民社区的故事。姐妹两人一起追溯过去，揭开了母亲死亡的真相，妹妹的身世之谜也随着姐姐的回忆一点点揭开：妹妹是母亲和情人所生，父亲对此耿耿于怀，在野外进行科学考察时将母亲枪杀。姐妹二人的不同身份和不同选择代表了古巴性的多元杂糅。他们的平行生活轨迹以及古巴人在古巴和美国之间的双向移动，凸显了美国和古巴两地的共时性，强调了美国经历和古巴经历的相辅相成。

---

① 李保杰、苏永刚：《克里斯蒂娜·加西娅在〈梦系古巴〉中的历史书写》，《外国文学研究》2008年第5期，第109～110页。

在这些作品中,流亡者的故事一直是加西亚所关注的,例如《梦系古巴》中的鲁迪丝、《幸运手册》中的恩里克的父亲、《阿奎罗姐妹》中的克鲁兹兄弟。加西亚以带有喜剧色彩的幽默情节设计,书写这些流亡者的故事,但不是像蒙塔内尔和阿里纳斯等第一代移民作家那样聚焦于意识形态要素。即便涉及流亡者政治活动的情节,她也通过黑色幽默的方式进行处理。例如,赫伯托·克鲁兹不听妻子劝阻,躲避妻子跟踪,加入流亡者军事训练,不惜一切代价潜回古巴,发誓要去刺杀最高领袖卡斯特罗;然而最终他虽然回到了古巴,却因为心脏病复发死在了医院里。加西亚擅长使用这种"突降式"的情节设计,经常以幽默的方式处理与流亡相关的政治问题。在《阿奎罗姐妹》中,瑞娜在美国和姐姐一同生活了一段时间之后,虽然最终决定留下,但是她并没有认同流亡者的价值观,反而质问道:"你以为哈瓦那人民会敲锣打鼓欢迎你们回去吗? 如果那样想的话,那就大错特错了。"[①]加西亚通过瑞娜对流亡者心理的批评,表明了对单一思维的批判态度。

《古巴之王》则进一步拉开了叙述者和人物之间的距离,加强了对单一价值维度的批判,甚至可以解构流亡叙事的固定模式,是一部反流亡式的小说。《古巴之王》是加西亚对于古巴裔美国文学中占据主流的流亡文学的戏仿,体现出加西亚作为"第 1.5 代"中的一员对流亡的诠释。《古巴之王》塑造了两个人物:居住在哈瓦那的统帅(El Comandante)和流亡至迈阿密的格约·埃雷拉(Goyo Herrera)。最高统帅的全名始终没有在小说中出现,但是无论从名字"老卡"来看,还是从他的生活经历来看,显然他就是菲德尔·卡斯特罗的文学再现;而格约则代表了古巴流亡者的集合形象。这部小说描写了男人之间的较量,叙事的角度始终在两个男性人物之间切换,女性人物则趋于模糊化,这和加西亚之前对于女性主题的关注明显不同。

从显性情节来看,小说似乎遵循了以上流亡模式的书写范式,描写革命者和流亡者之间的对立,以及两种意识形态之间的矛盾。古巴革命后,格约和老卡分属两大对立的政治阵营:老卡成了革命领袖、国家元首,而格约成了革命的对象、流亡者。对于格约来说,革命彻底打乱了他的生活:巴蒂斯塔政权时期,他的父亲是古巴的首富,革命之后他们失去了所有的特权:父亲自杀,弟弟马科斯在猪猡湾战役中被打死;来美国后他本人虽然衣

① Cristina Garcia. *The Agüero Sisters*. New York: Ballantine Books, 1998, p. 239.

食无忧，但是和妻子貌合神离；几个孩子一无所成，没有抱负，儿子吸毒、酗酒，还患有间歇性精神病。格约自己也落下了各种毛病，“时不时还得吸点氧气，每天都得测血糖，连自己该吃什么药都记不住。他患有心脏病（4 年前放了一个支架）、腰部和双膝关节炎（走路时与地板形成了 30 度的斜角）、临界型糖尿病、肠易激综合征以及间歇性阳痿……”[①]在他看来，这一切的不如意都是老卡造成的，因而对老卡以及和他相关的一切都恨之入骨：“这个世界上没有让他更加痛恨的人，也没有人激起他无比的愤怒，还没有人给他造成了那么多的麻烦，他的生活都是因为那个家伙而被侵犯、被压抑、被改变了，那个令人心生恐惧的难缠的刺儿头，那个独断专行的暴君……”[②]格约的愤懑和不满是流亡者心理的集中代表，他表现出典型的受害者情结和失败者心态，将个人所有的失败和失意统统归结到他人身上，具体来说就是归结到古巴革命上面，归结到革命的领导人身上。这是流亡者受害者情结的表现。按照荣格（Carl Jung，1875～1961）心理学的解释，情结（complex）具有隐匿性，是无意识群组的组合，是“由于创伤的影响或者某种不合时宜的倾向而分裂开来的心理碎片”[③]，往往对人的行为发挥着主导作用和决定性作用。情结的核心要素分为两部分：由经验所决定的、与环境存在因果关系的外在因素，以及个人性格内所固有的、与个人意向直接相关的内在因素。对于格约而言，古巴革命即是外在的环境和社会因素，而他的怯懦个性是内在因素。在这种心理的影响下，他看待问题时充满了不满和愤懑，背井离乡的失落感和挫败感是任何成功都难以改变的，这恰好是流亡者心理的表现。这些有着共同目标和诉求的个体组成了流亡者群体，他们的群体特点及其心理模式契合勒庞（Gustave Le Bon）所说的群体行为和群体心理：“不管他们的生活方式、工作、性格或智力相似与否，只要他们形成了群体，他们就拥有了一种集体心理，这种心理让他们换了一种方式来感觉、思考和行动，这与他们一个人独处时的感觉、思考和行动的方式完全不同。”[④]这就可以理解为什么格约虽然过着物质丰盈的舒适生活，却依旧对往事耿耿于怀。他在美国政府提供的支持性政策的帮助下

① Cristina Garcia. *King of Cuba*. London: Sandstone Press Ltd., 2014, p. 11.

② Cristina Garcia. *King of Cuba*. London: Sandstone Press Ltd, 2014, p. 11.

③ 荣格：《荣格文集》(第 8 卷)，陈俊松译，北京：国际文化出版公司，2011 年，第 121 页。

④ [法]居斯塔夫·勒庞：《乌合之众——群体心理研究》，胡小跃译，杭州：浙江文艺出版社，2015 年，第 15 页。

置办下纽约的大宗房产，不仅衣食无忧，并且还有足够的富余去参加志愿者组织，舞枪弄棒、练习各种军事技能，随时准备打回古巴。但是这些都无法令他满意，亲手结束老卡的生命才是格约的毕生希望，而亲耳听到老卡的死讯也成了他生活下去的最大动力。古巴革命所带来的创伤和由此产生的愤怒控制了格约的情绪，左右了他的判断力，主导着他的生活。只要涉及古巴，这种情绪就占据了主导，使他难以理智地处理问题，这也导致了他和家人的关系逐渐疏远。无法实现的归家梦想强化了他的丧失感，让他更加有理由放任自己沉溺于这种流亡者情结中。

加西亚并没有沉溺于对古巴革命的评判，而是与政治保持了相当的距离，戏剧化地塑造了格约这个人物形象。格约契合流亡者的诸多特征，但是小说也通过第三人称全知全能视角的描写，细致深入地展现他的心理活动，对流亡者格约的模式化形象进行了喜剧性的解构。格约除了具有流亡者心理之外，其受害者情结超越了最初的创伤性外在因素，即对古巴革命的痛恨业已发展成为心理定式。他总是对生活不满，抱怨不停，正如他的名字“格约”的原意，即“情绪不定的人”。他不仅对老卡心怀怨恨，而且对肯尼迪总统有着同样的不满。他将自己的不幸归于这两个人，因为当年肯尼迪背叛了流亡者，没有出手干预古巴内政，在猪猡湾事件中袖手旁观，才让他们有家难回，所以肯尼迪也是导致他不幸的一个罪魁祸首。

加西亚充分调动自己的幽默天赋，设计了格约生活中诸多令人忍俊不禁的情节。比如令格约最后悔的一件事是，当年他亲眼看到肯尼迪在哈瓦那逛妓院，却没有拍下来；否则的话，肯尼迪根本当不了总统，猪猡湾一役的流亡者也不会全军覆没，他也就不至于流落在异国他乡。格约的这种自由联想都以“古巴革命受害者”为中心，将不相关的要素一并归结其中，表现出典型的心理定式。因此，他声称要不惜一切代价干掉老卡，“他宁愿余生脚上带着铁链，终日凿石开矿做苦力，甚至都可以加入该死的民主党，只要能够亲自出力，把那暴君送回到魔鬼那里。那个家伙和魔鬼肯定做好了交易”[①]。他加入了流亡者的情报网站，时刻关注着死敌老卡的动向：每天刷新网站，以查看他的体温、服用的药物、日程安排等各种细节。网站维护者宣传说，已经派人打入革命者内部，准备谋害老卡，可是流亡者们等了几十年，也没等到他们期盼的消息。最终格约得到了情报，了解到了老卡的

---

① Cristina Garcia. *King of Cuba*. London: Sandstone Press Ltd., 2014, p. 10.

行程，于是动身去墨西哥刺杀老卡，可是他到机场后才发现忘了带护照。小说最后两个人在纽约的碰面是故事的高潮，但是这个情节也以同样的方式戛然而止：格约得知老卡要来联合国进行演讲，费尽心机得以携带手枪进入联合国大楼，可还没等他鼓起勇气扣动扳机，老卡就突发心脏病倒在了地上。格约半个多世纪的等待由此草草收场。小说中的情节突降营造了喜剧效果，将格约的受害者心态和流亡者情结刻画得淋漓尽致。事实上，他根本不具有杀敌的勇气，不敢直面老卡，他最大的敌人既不是老卡也不是肯尼迪，而是他内心的那个怯懦的自我，所有的怨恨不过是掩盖失败的借口。

《古巴之王》对流亡者形象的解构体现在对流亡的戏仿之中。小说的场景在哈瓦那和纽约间交替，小说平行讲述了格约和老卡这两个核心人物的故事，但是他们的故事慢慢地出现交集，表露出最核心的信息——流亡。这个故事构架在《梦系古巴》和《阿奎罗姐妹》中都已经运用过，可谓加西亚小说叙事结构的一个特点。在这部小说中，这种叙事结构更是发挥了至关重要的作用。老卡和格约两个人物之间存在着诸多的相似之处，他们都出身富人之家，都是父亲的非婚生子，都曾经上过耶稣会教会学校，两人同时就读于哈瓦那大学，并且还爱上了同一个女孩，只是格约在情场争斗中失败了。虽然革命将他们分开，但是两个人的晚年生活又是高度的一致：都饱受身体上的病痛，垂垂暮年之时都在反思人生，子女都没有达到他们的期望。小说由此塑造了两个相互对立却又相互依存的人物形象：他们是斗争了一生的宿敌，然而各自的价值却恰恰体现在对方的存在之上，这在格约身上尤为明显。小说的两条故事线虽然平行却依然主次有别。格约始终处在暗处观察着老卡的动向，而老卡根本就没有意识到格约这个人的存在，流亡者只是以群像的形式出现在老卡的意识中，在老卡看来，"（流亡者）是已经被历史淘汰的阶级，他要让他们永远留在迈阿密"[①]。

小说《古巴之王》塑造的是两位"王者"——流亡者的代表格约和革命者的代表老卡。老卡作为国家的元首，是名副其实的王者；格约虽然没有老卡那样的勇气，但是他所认同的那个流亡者群体给了他力量，使他幻想着自己像"王者"一样去对抗老卡。在格约的流亡者情结中，强大的敌人将力量反射到他身上，他自己仿佛也成了叱咤风云的人物。晚年的格约开始

① Cristina Garcia. *King of Cuba*. London: Sandstone Press Ltd., 2014, p. 4.

正视豪言壮语所掩盖的事实:在流亡了半个世纪、为光复古巴付出了毕生心血之后,原来自己无法释怀的并不是国家的前途,而是老卡辜负了自己心仪的女子。“其实格约一心想把那个不知天高地厚的杂种干掉,也不只是因为政治,而是因为他辜负了格约最爱的女人:钢琴家阿德丽娜·庞提。她演奏的舒伯特奏鸣曲彻底俘获了格约的心。可是,那个不中用的家伙毁了她。她给他生了儿子,起了他的名,但是他到底也没有承认那个孩子。格约连续两年给阿德丽娜寄钱,帮助她抚养孩子,当然是匿名的,直到后来得知她上吊自杀了。”[①]至此,小说彻底实现了对流亡的解构:流亡并不像流亡者所主张的那样崇高,不过是他们自我利益诉求的一种表达。实际上,阿德丽娜根本不认识格约,格约也不知道她自杀的真正原因。他自己对婚姻不满,便认为她的生活同样如此。他在心理上放大了自己的不幸,以牺牲者的姿态审视自己的种种诉求,将自己的存在寄托在他人身上,本质上没能走出极端的自我想象。

《古巴之王》通过塑造流亡者的戏剧性形象,对流亡的意义进行重新的思考。加西亚对古巴人社区中占据主流的流亡意识所持的态度,和她的“第1.5代”移民的身份是分不开的。她的这类伪历史题材,与艾尔等人的古巴裔生命书写中的历史题材形成了对话,并与其微妙地进行着协商,代表对流亡文学的反制。她通过《古巴之王》对流亡文学进行了重写和解构,代表了古巴裔美国文学的一种新的声音。可能,这种书写方式尚难以和流亡文学匹敌,但是已经开始显示出力量。

二、流亡模式的后现代拼贴:罗伯托·费尔南德斯

《倒下的雨》是古巴裔作家罗伯托·费尔南德斯(Roberto G. Fernandez, 1951～)的代表作。这部作品书写了20世纪70年代迈阿密古巴移民社区内三个家庭的故事,其中的主题有流亡、文化适应和文化的杂糅。小说的艺术手法独特,采用碎片化的去中心叙事形式,没有明确的故事线索,叙述视角切换频繁,时间、地点和情节完全打乱,故事的连贯性通过各个片段之间的人物与情节得以维持。另外,除了传统的叙事情节以外,小说通过信件、电话通话、人物内心独白、电台主持人收到的读者来信、社区女孩成人礼舞会布告、广告、社区布告、警方的协查通告、菜单、报纸中

① Cristina Garcia. *King of Cuba*. London: Sandstone Press Ltd., 2014, p. 11.

的某个栏目、电视新闻等五花八门的形式，将古巴移民的社区生活拼贴起来。小说同时还对流亡文化模式进行了戏仿，通过不同叙述视角之间的差距解构话语权威。所有这些都表明了这部作品的后现代特征。

费尔南德斯1951年出生在古巴，在10岁时随家人一起移民到了迈阿密。现在任教于佛罗里达州立大学，教授创意写作。从年龄上看，他属于"第1.5代"作家，但是他的风格却具有十分明显的非主流、反传统特征，因此在这一部分对其加以介绍。费尔南德斯使用双语创作，并且西班牙语作品多于英语作品。语言选择以他对主题的判断为依据。他认为有些主题不必使用英语，因为相关的话语对于英语读者是没有意义的，他们对此也不感兴趣，比如涉及古巴和西班牙历史题材的小说《王子和古巴美女：阿方索·阿斯图里亚斯亲王和艾得米拉·桑佩德罗伯爵夫人的爱情》(*El Príncipe y la bella cubana: Los amores de don Alfonso de Borbón y Battenberg y doña Edelmira Sampedro y Robato*, 2014)。费尔南德斯在拉美裔文学圈内被誉为非常多变的作家，他的风格多样，立场易变，有的作品被视为古巴裔文学经典，有的则被给出完全不同的评价。如评论家所说，"费尔南德斯书写历史人物，但同时又对他们进行了虚构想象，故意歪曲历史，甚至直接借用他先前小说中的人物。他的作品，无论是语言还是出版地，都明确无误地表现出了与文学传统的背离"[①]。他的代表作《倒下的雨》便是一个典型的例子。小说描写了迈阿密古巴移民社区中形形色色的流亡者，但是该作品在主题和风格上又对古巴裔文学的流亡模式进行了嘲讽、戏仿和直接的解构，其颠覆性立场比加西亚更加直白彻底。

小说《倒下的雨》[②]采用典型的内聚焦叙事模式，故事的背景通过零星信息显现出来，挑战着读者的阅读体验。叙事中的空白暗示了叙事声音的私密性，即有些信息是社区成员共享的，是任何一个古巴人都理所应当知道的，因而无需多言。小说共分为二十几个叙事片段，大部分通过夫妻对话、电台主播的播音、牌桌上的对话以及自我叙述等叙事方式来展开。大部分的叙述没有人物之间关系的介绍，没有背景信息，这些被当作社区成员的共享信息来处理。有学者研究了小说的语言特色，例如文本中西班牙

① Naida Saavedra. "Roberto G. Fernández, the Prince and the Cuban Beauty", *Latin American Literature Today*, 2018/08, http://www.latinamericanliteraturetoday.org/en/2018/august/roberto-g-fern%C3%A1ndez-prince-and-cuban-beauty-naida-saavedra.

② 也译作《向后倾泻》。

英语的运用，认为，“通过使用不规范的英语或者西班牙语，即所谓的西班牙语式英语，小说讲述了这几个家庭以及他们的亲友的故事。重要的是，《倒下的雨》使用不规范英语来书写西班牙语式英语小说，目的是保持西班牙语的语言和文化记忆，颠覆英语和西班牙语之间的关系，通过使用他们自己的语言，边缘化英语使用者的地位”①。这种叙述似乎就是社区内成员之间的家常闲聊，是流亡者群体内部的私密话语。

《倒下的雨》书写了古巴裔文学中的普遍主题，譬如流亡，刻画了古巴社区中典型流亡者的形象，例如马塔·维亚加拉和马诺洛·罗德里格斯。马塔是个独居的中年妇人，自私而狡诈，一直生活在自己的世界里，用各种谎言维持自己的尊严，用所谓的古巴流亡者身份为自己的孤独和失意进行辩护。她自诩为古巴名媛，出身于古巴上层社会，父亲是著名的银行家、古巴上议院议长，母亲家同样家世显赫。她吹牛道：“我们家在瓦拉德罗海滩有一所豪宅，光仆人就好几百人。”②她毫不退让地维护古巴的过去，夸张地描述瓦拉德罗海滩的美和失去那片海滩给她带来的心灵创伤，以便主张自己的上层社会身份。对于社区内的邻居，她以是否属于流亡者对他们加以甄别。邻居的男孩子艾洛伊出于好奇，想了解从前的古巴是什么样子的，马塔便信口开河地跟孩子胡诌。她对爱尔兰的解释是：“爱尔兰是一种除味的香皂。不过那并不重要。关键是我们的海水太甜美了！甚至亚里士多德尝了一小口以后，就再也顾不上他那些渊博的知识，干脆就在那小窝棚里跟希德过起了日子。亚里士多德可是个有文化的绅士，不过他不能在这里从业，因为他没有通过律师资格考试。希德就是那个在海滩上卖可可的黑壮女人。”③她把古巴的海滩描述为梦幻般的天堂，“古巴所有的海滩上，沙子都是银粉，不过在瓦拉德罗，沙子里面还掺杂着钻石颗粒，比高露洁的婴儿爽身粉还细腻，就是那个玫瑰花心里面睡着小宝宝的那个牌子。我只跟你说这些，别人我可是不会告诉的，这样你就是个与众不同的人啦，因为没几个人知道这些”④。其实，这些令人捧腹的幽默情节呈现了马塔的

---

① Stephanie Alvarez. “Subversive English in *Raining Backwards*: A Different Kind of Spanglish”, *Hispania*, 2013, 96(3), p. 444.

② Roberto G. Fernandez. *Raining Backwards*. Houston: Arte Público Press, 1997, p. 33.

③ Roberto G. Fernandez. *Raining Backwards*. Houston: Arte Público Press, 1997, p. 10.

④ Roberto G. Fernandez. *Raining Backwards*. Houston: Arte Público Press, 1997, pp. 10-11.

真正目的——让孩子为她服务，为她洗澡。为了使自己的描述更加离奇，以便激发艾洛伊对古巴的兴趣，她甚至把古巴海滩描述为企鹅和海豹的家园。马塔生活在用谎言和幻想堆砌的现实中，为了保持自己在外人面前的风度，她撒谎说自己要去海滩上野餐，但事实上她边将自己泡在浴缸里，边想象着古巴的海滩。她和巴尔巴丽塔两个人是社区各种谣言的积极传播者，她们为了显示自己的高贵出身，编造谎言说吉斯是迈玛和切·格瓦拉的私生子，还有模有样地说这是自己当年在古巴亲眼所见，因为他们的住所与格瓦拉的公寓紧挨着。马塔后来还装模作样地给电台主持人写信说，自己受到了艾洛伊的性骚扰，散发谣言说自己怀孕了，目的就是给大家一种假象——自己很有个人魅力。通过这一连串的谎言可以推测，马塔所说的自己的高贵出身同样不可信，她所谓追求自由和民主的移民动机也十分令人怀疑。马塔不过是活在自己幻想中的一个小人物，将自己的所有问题统统归因于共产主义，归因于古巴革命，以假想中的强大敌人为对照，无限缩小自我。所以，马塔这一类的流亡者是伪流亡者，他们所关注的不过是自己的私利，但是却找到了"流亡"这个冠冕堂皇的借口。

小说除了对流亡者和流亡模式进行戏仿之外，还把英雄形象进行了解构。社区内的精神象征、"战争英雄"马洛诺的失明并不是因为手榴弹爆炸，而是他点炉子时不小心烧坏了眼睛，后来完全失明了。在古巴时，他声称自己从公寓放飞了带着手榴弹的风筝，炸了总统府，但是这个故事并没有得到任何人的证实，只是他们夫妻二人对外的说辞。在这个纠结于英雄的社区，在以讹传讹中，马洛诺的这两段故事被结合在一起。于是，在大众的话语中，他成了光荣负伤的战争英雄，因为参加反对独裁的斗争而光荣受伤。随着妻子的离世，马洛诺失明的真正原因已经越来越没人知晓，于是他心安理得地成了社区的精神象征，成为古巴人勇敢追求自由和民主的代表。而实际上，马洛诺的各种行径与英雄行为相去甚远。十年前"彼得·潘计划"期间，表妹迈玛把儿子吉斯先送到了美国，寄养在马洛诺家里，马洛诺和巴尔巴丽塔夫妻二人不仅没有给予孩子应有的照顾，反而把孩子当作赚钱的工具。吉斯送报纸赚来的钱都被马洛诺夫妻二人藏了起来，他们还欺骗吉斯说他们已经把钱寄给了他在古巴的父母。后来，吉斯质疑此事，他们便合伙体罚他，致使他离家出走。在迈玛女儿的成人礼舞会上，迈玛委托马洛诺置办酒水，马洛诺却偷偷将廉价酒水贴上高价标签糊弄迈玛一家，以此卑劣的方式来回报表妹对他的信任。所以，小说通过马洛诺这个伪英雄人物,对“英雄”“爱国”和“流亡”等宏大叙事进行了反讽,揭露了伪古巴流亡者的虚伪。

彼得·潘儿童吉斯的经历集中体现了作者对美国梦的嘲讽。吉斯的父母在美国人和古巴流亡者的鼓动下,因害怕孩子成为共产主义的一员,而把孩子独自送到了美国。孤独无助的吉斯最初在母亲的表哥马洛诺家寄宿,却遭到马洛诺夫妻的虐待。后来未成年的吉斯从马洛诺家跑了出去,加入了街头帮派,开始贩卖毒品,为的是挣钱给父母购买来美国的机票。父母和弟弟妹妹来到美国以后,一家人团聚了,但古巴人社区的工作机会有限,吉斯不得不承担起养家的重任。父亲找不到工作,但他知道儿子的钱来路不正,为了尊严不肯继续接受吉斯的帮助。吉斯只好在社区投资了一家面包店,并且以招收店员的名义雇用父亲工作以维护父亲的尊严。吉斯被捕后,面包店被人纵火,父亲因此丧命。吉斯因而感慨道:“这就是充满机会的国度!……在这个国家,根本没有亲情可言。”[①]后来,吉斯的妹妹莫名其妙地被人杀死,警方根本找不到任何线索。这更加印证了吉斯的愤怒指责,也突出了小说对美国梦以及流亡经历的反思。

在小说中,古巴已经成为一个日渐抽象的符号。当马洛诺和小孙女走在海滩上,马洛诺问哪条路通往古巴时,小女孩的回答中充满了对古巴的无知。

> 塔提安娜,古巴在哪个方向?
>
> 古巴?
>
> 是,从这个海滩上看,古巴在哪个方向?你帮我转过去,我想要呼吸那里来的空气。
>
> 可是,为什么呢,爷爷。古巴是个饭店,那里的空气可不好闻呢,到处都是洋葱、大蒜和奶酪的气味。那种饭太油腻了。可是,看看!我能吹出世界上最大的泡泡!
>
> 可我看不见。
>
> 哎呀,对不起……[②]

祖孙二人的对话透露出这样的信息:孩子对于过去了解得越来越少,她不知道古巴在哪里,更不知道古巴对于父辈和祖辈意味着什么;她也不

① Roberto G. Fernandez. *Raining Backwards*. Houston: Arte Público Press, 1997, p. 67.

② Roberto G. Fernandez. *Raining Backwards*. Houston: Arte Público Press, 1997, p. 200.

知道“战争英雄”是什么，只知道爷爷是个“英雄”，这还是她从奶奶那里听来的，但是现在奶奶已经去世，她了解真相的途径越来越少了。总之，与祖辈比起来，孩子们对世界的了解已经有了明显的差别，他们开始用完全不同的视角观察世界。

费尔南德斯以诙谐幽默的口吻，描写了古巴移民社区的各色移民，对他们的流亡者诉求进行犀利的剖析，揭露了流亡者话语架构中的谎言和自我想象，直接解构了传统的流亡文学命题，多层面呈现了古巴裔美国人的身份。

三、从流亡主题到美国身份：尼洛·克鲁兹

克里斯蒂娜·加西亚虽然开始尝试流亡文学以外的其他话语模式，但是依然未能彻底摆脱流亡模式的影响，依旧在流亡的框架下进行话语构建。到了更年轻、更具创造力的“第1.5代”作家那里，他们开始跳出单一的流亡模式，展示古巴裔文学从书写古巴身份到阐释美国经历的创作历程，剧作家尼洛·克鲁兹就是其中的一位杰出代表。他在戏剧创作中实现了对古巴主题的继承和突破，从书写古巴主题到书写美国经历，以期更加全面地展示古巴裔戏剧的特质，同时他也在社会历史维度下对古巴裔文学的价值取向和书写策略进行了一定的探索。

克鲁兹1960年出生于古巴西北部的港口城市马坦萨斯(Matanzas)。当时古巴革命刚刚取得胜利，他们一家属于普通的古巴家庭，“算不上是20世纪60年代初离开(古巴)的上层社会和中产阶级”[①]。克鲁兹的父母起初支持革命，但是，后来美国对古巴实行越来越严厉的经济制裁，生活必需品都实行配给制和限量供应，“所有的家庭都需到指定的副食店购买食品，每两周才能去一次。即便是有指定的时间和指定的商店，人们还是经常需要排队”[②]，有时可能排到最后也买不到所需的食品和生活必需品。生活物资匮乏尚且能够忍受，政治谣言的蛊惑则让人们对未来充满了担忧。当时正值“彼得·潘计划”的高峰时期，克鲁兹的父亲老尼洛担心儿子被送到苏联或东欧等国，于是开始想办法离开古巴。1962年，老尼洛因为试图非法偷

---

① Jody McAuliffe. “Interview with Nilo Cruz”, *The South Atlantic Quarterly*, 2000, 99(2-3), p. 461.

② Luis M. García. *Child of the Revolution: Growing up in Castro's Cuba*. Sydney: Allen & Unwin, 2006, p. 76.

渡而被捕，关押两年以后他仍旧继续寻求机会移民美国。最终，他们一家人在1970年搭乘“自由航班”来到迈阿密，居住在被称为“小哈瓦那”(Little Havana)的古巴移民街区。那是克鲁兹已经10岁，对于古巴已经有了清晰的记忆，这是他作品中古巴情结的基础。

克鲁兹早年在迈阿密的戴德社区学院学习戏剧，后来到纽约深造，师从剧作家玛丽亚·伊莱娜·佛尼丝，后来被佛尼丝推荐到布朗大学在葆拉·沃格尔(Paula Vogel, 1951～　)门下攻读艺术硕士学位。佛尼丝作为最早在美国文坛成名的古巴裔作家，给克鲁兹树立了典范：“那是因为她是古巴人。这位古巴女性能够为美国剧坛写出真东西。我想，既然她能做到，我当然也要试一试，我也要这么做。”[①]的确，佛尼丝当年未能斩获普利策奖剧作奖的遗憾，在克鲁兹身上得到了弥补。移民经历赋予了他对古巴的使命感，而佛尼丝等古巴成功人士的典范作用给了他激励。

克鲁兹是在古巴出生、在美国成长的移民作家，这一代作家是当今古巴裔美国文学创作的主力军，他们的作品具有典型的古巴移民文化特征，同时也体现了古巴文化与美国主流文化的协商和交融。克鲁兹的剧作大多关注古巴的社会和历史，抑或聚焦于拉丁美洲国家人民的苦难，《开往伯利纳的夜车》(*Night Train to Bolina*, 1995)、《欲望的颜色》(*The Color of Desire*, 2010)、《两姐妹和一架钢琴》(*Two Sisters and a Piano*, 1998)、《自行车国度》(*A Bicycle Country*, 1999)、《奥尔唐西亚和梦想博物馆》(*Hortensia and the Museum of Dreams*, 2001)、《安娜在热带》、《绿衣洛尔迦》(*Lorca in a Green Dress*, 2003)、《随想曲》(*Capricho*, 2003)和《飓风》(*Hurricane*, 2010)等剧作在不同程度上证明了这一点。然而，这些作品并没有局限于表现政治主题和不同意识形态之间的差别，因为作者已经意识到，这种书写难以使作品获得持久的艺术生命力。因此，他积极探索戏剧表现手法，力求从多角度塑造人物。即便在以社会历史为切入点的作品中，克鲁兹也更重于展现人物内心的欲望和挣扎，集中反映特定社会历史时期拉丁美洲、古巴裔移民社区的矛盾冲突，昭示人性的冲突和对人类生存的思考。从古巴移民文学的宏观全景来看，他的剧作没有简单化地依靠异国情调来迎合美国读者的心理期待，也没有通过古巴的社会主义或革命

① Jody McAuliffe. “Interview with Nilo Cruz”, *The South Atlantic Quarterly*, 2000, 99(2-3), p. 463.

后的古巴等意识形态标签来博取公众的关注，而是更多地关照特定历史时期内人们对美好生活的渴望和为此付出的努力，在人性探究和自我选择等方面寻找突破口，将戏剧冲突置于社会历史背景之下，在政治和文学之间寻找平衡点。

古巴主题是尼洛·克鲁兹早期剧作的首要关注点。尼洛·克鲁兹在迈阿密成长，深受反古、亲美大环境的影响，虽然他们一家人的境况和真正的流亡者的经历有着明显的差别，但是他依旧将自己认作流亡者："设想一下，作为新移民——其实不是移民——而是流亡者，情况就大不相同了……那时候，迈阿密的种族关系十分紧张。"[①]并且他多次强调了这种身份："我父母到美国的时候，他们是在流亡，所以他们拼命工作，就是为了能够生活下去。"[②]在这个时期，在迈阿密这样一个流亡者文化占据绝对控制地位的环境下，克鲁兹具有强烈的古巴意识，这成为他写作的原初动力，也是他早期作品的核心诉求。他首先选择最为熟悉的古巴题材，将他所感知的东西通过艺术手段表现出来，流亡、思乡和记忆之类的关键词在他的笔下均得到了高度的艺术化和理想化，对此贾尼斯·帕兰评价道："古巴——尼洛的古巴，既是神话，也是记忆——是剧作的灵感来源，也是它的资本，带着异国的芬芳，像赋歌般低吟回唱。"[③]

尼洛·克鲁兹创作的特点可以简单总结为：古巴题材和拉丁美洲历史主题。除了《安娜在热带》和《绿衣洛尔加》等少数剧作之外，大多数剧作的故事发生地点是古巴，个别故事发生在语焉不详的"拉丁美洲"，如《开往伯利纳的夜车》，但同样影射了古巴。故事的时间大都选取古巴以及拉丁美洲历史上重要的历史节点。这些剧作的格调较为黯淡，核心主题是古巴和其他拉丁美洲国家所面临的各种苦难，例如饥饿、自然灾害、内战、暴力和暴行、挥之不去的死亡魔咒等等。

具体来说，尼洛·克鲁兹早期的代表性剧作大多展现当代古巴历史上的重要事件，这既是对古巴流亡者历史的回顾，体现了他对于古巴的责任

① Jody McAuliffe. "Interview with Nilo Cruz", *The South Atlantic Quarterly*, 2000, 99(2-3), p. 462.

② Rosemarie Tichler and Barry Jay Kaplan. "Writing Images: Interview Nilo Cruz", 2012/04/15(2016/08/16), https://www.guernicamag.com/interviews/writing-images/.

③ Janice Paran. "Introduction", in Nilo Cruz, *Two sisters and a Piano and Other Plays* New York: Theatre Communications Group, Inc., 2003, p. vii.

感，同时也使得故事更加容易为美国观众所理解和接受。《两姐妹和一架钢琴》中的故事发生在 1991 年，这是古巴历史上相当特殊的一年：苏联解体导致外来经济援助中断，西方国家持续多年的经济制裁使得古巴陷入困顿，国际社会和古巴国内都在密切关注着这个国家的前途。迫于国内外的压力，古巴政府对持不同政见者采取了较为宽松的政策，故事就是在这样的背景下展开。玛丽亚和索菲亚两姐妹分别是作家和钢琴家，因为公开发表反政府言论而被捕入狱。逃亡到法国的玛丽亚的丈夫充分利用国际局势的变化，发动舆论对古巴政府施压，姐妹俩因此被保释回家。但是姐妹俩的行动自由受到限制，她们打发时光的方式就是弹琴、聊天、上房顶看看大街，甚至把耳朵贴在墙上偷听隔壁邻居的一举一动。她们和外界的联系就是每天来例行监督检查的普同多中尉，戏剧冲突在阶级不同、政见相左、诉求各异的几个人中展开，探讨非常时期人们的渴望和挣扎。

其他几部剧作的情况相似，明确表现出了流亡者文化特质。《欲望的颜色》的背景是 1960 年古巴国民经济领域的重大变革，即土地改革。政府开始调整国内外政策，之前的精英阶层丧失了优势地位，纷纷寻求移民到美国。这些以高学历、高收入群体为主体的移民构成了古巴移民的第一个浪潮，他们契合政治流亡者的基本特征，成为流亡者形象的建构基础。“绝大多数是白人（约占 94%）、中年人（平均年龄为 34 岁）、文化程度高（平均受教育年数为 14 年），（他们移民的）原因就是革命所凸显出来的意识形态方面的差别，即马克思共产主义和杰斐逊资本主义的分野。”[①]《奥尔唐西亚和梦想博物馆》以 1998 年教皇约翰 · 保罗二世访问古巴为背景，以“彼得 · 潘儿童”移民为主要人物，描写背井离乡的生活和父母的缺场给儿童带来的巨大心理创伤。剧中露西安娜和卢卡始终无法理解父母当年的决定，感觉他们是被父母抛弃的孩子。《自行车国度》的故事发生在 1993 年，集中反映了 20 世纪 90 年代的“乘筏偷渡客事件”。从这些故事的时间和情节可以看出，古巴的历史和现实为克鲁兹提供了创作的灵感和素材，他通过戏剧手段展示了古巴的历史变革和古巴人的生活。

除了社会历史背景、现实人物原型以及政治主题之外，克鲁兹也在尝试艺术手法的创新，使剧作能够突破意识形态立场，尽力避免使用“古巴”

① José Llanes. *Cuban Americans: Masters of Survival*. Massachusetts: Abt Books, 1982, p. 9.

这一政治标签来哗众取宠。例如,《两姐妹和一架钢琴》的张力体现在姐妹俩对于自由的不同解读中:姐姐玛丽亚试图通过上尉了解被截留的信件的内容,因为那些信件是她和丈夫之间唯一的情感联络;而妹妹索菲亚更关心当下,急于找到出路来解决生活的困顿:"为什么不让他给我们搞点吃的呢?他可以让我们的日子好过些。"[1]舞台上的钢琴集中展现了多层面的冲突:不同的政见和价值取向、不同阶层社会成员间的利益冲突、姐妹俩不同的欲望和期待。剧作展现了人性中积极的一面,如中尉给玛丽亚带来了波伏娃的著作,调琴师维克多·曼纽埃尔弹起了钢琴,在这一刻,不同阵营中的四个人都在享受艺术带来的心灵震撼:"那是精神食粮,中尉。在这个岛国已经被遗忘的东西——满足心灵的诉求。事实上,革命之中还有革命。"[2]但是最终,不同的欲望、诉求和价值取向之间产生了冲突,姐妹俩之间出现了分歧。

克鲁兹还充分运用带有拉丁美洲文学特质的魔幻现实主义手法,打破时间和空间的正常序列,使剧作表现出西语裔特质。例如在《开往伯利纳的夜车》中,荒诞的"吃人"等情节表现了拉美人民的苦难,糅合了魔幻现实主义和西方荒诞派戏剧的表现手法。剧作开始,10 岁的男孩马提奥坐在旷野里专心致志地修补纸风筝,四周是呼啸的风声,他的身上伤痕累累。当时,拉丁美洲连年干旱,饥荒严重,马提奥的妹妹佛洛拉把奶奶养的金丝雀给吃掉了。贫穷和恐惧使得母亲丧失了人性和母性,她不仅对孩子施加暴力,对婆婆也是拳脚相加。马提奥因从墓地采回野花而遭到母亲的毒打,因为母亲难以忍受他对美的追求。他将家人受母亲虐待的事情告诉了父亲,却又遭到父亲的毒打,因为父亲根本不想去面对生活中的残酷。饥荒当前,猪、羊等牲畜挤占了人类的生存空间。母亲要求家里每个人拿出点东西给牲畜吃,起初是枕头、鞋子和玩具汽车等东西,可是当大家都没有什么东西可以拿出来喂猪喂羊时,他们只能把自己的身体奉献出来。爷爷砍下一只胳膊,扔进锅里;乌苏拉姑姑说已经没有什么东西可以奉献出来了,"下次就得把屁股割下来了……弟弟尼尔森答应割下一只耳朵,可妈妈不肯善罢甘休,她听了就开始拧他的胳膊,就那么一直拧,尼尔森没办法,只

---

① Nilo Cruz. *Two Sisters and a Piano*. New York: Dramatist's Play Service, 2004, p. 18.

② Nilo Cruz. *Two Sisters and a Piano*. New York: Dramatist's Play Service, 2004, p. 25.

好说把右耳朵一并割下来"[①]。残暴、失去人性的母亲是人性异化的象征，也是绝对权力的代表。天灾与人祸等灾难象征了几个世纪以来拉丁美洲的殖民暴政以及后殖民时期的殖民残余和强权暴虐，如20世纪80年代萨尔瓦多等国的内战和军事统治。在修道院门外被救助的女孩儿塔丽塔说："我从前有两个妈妈，可现在一个也没有了。一个住在美国，一个在家里失踪了。爸爸说她被当兵的绑架了……当兵的到我们村里，来了就干坏事。他们把人装进面口袋里，把他们弄走，然后就直接扔进坑里。"[②]通过这些看似荒诞的超现实主义手法和多层面戏剧冲突，克鲁兹对20世纪后半叶拉丁美洲的贫穷和混乱进行了生动的再现，同时也超越了古巴裔流亡文学的政治书写范式，表现了不同政治立场背后社会成员之间沟通的可能性，赞美了人性的坚韧和坚强。

需要看到的是，在这些古巴题材的剧作中，尽管克鲁兹试图弱化其中的政治标签，但是其政治立场依然非常鲜明。《两姐妹和一架钢琴》中所谓的"希望"依旧是推翻古巴政权，奥尔唐西亚所说的"等待就是一种斗争"，以及"革命之中还有革命"[③]之类的论断也是明确的政治暗示。所以，从古巴裔美国文学的全局来看，这种书写范式高度契合南佛罗里达的流亡者心理和政治取向，这些剧作并未真正突破流亡文学的某些书写范式。这是克鲁兹的戏剧形式和主题之间的一个矛盾：他选择将古巴的社会历史作为剧作的背景，等于给自己戴上了"紧箍"，无论是《两姐妹和一架钢琴》中的现实主义描写，还是《自行车国度》中的表现主义手法，抑或是《开往伯利纳的夜车》中魔幻现实主义元素的运用，都使他的创作陷入了一个悖论——艺术表现难以真正超越政治主题。

克鲁兹艺术的成熟最终表现在他对古巴主题的超越上，体现在他对美国主题的选择上。虽然克鲁兹在古巴文化的浸润下成长，但是他已经归化为美国人；虽然早年他认同于流亡者文化，但同时他也积极地接受美国主流文化并参与到古巴移民对于美国梦理想的构建中。这种双重身份和跨文化体验，使他更加符合鲁本·朗姆波特所说的"第1.5代"人的特征：他们不认同于之前的那种文化，即古巴文化，这不同于老一代；同时也不完全

---

① Nilo Cruz. *Night Train to Bolina*. New York: Dramatist's Play Service, 2004, p. 11.

② Nilo Cruz. *Night Train to Bolina*. New York: Dramatist's Play Service, 2004, p. 21.

③ Nilo Cruz. *Hortensia and the Museum of Dreams*. New York: Dramatist's Play Service, 2004, p. 41.

认同于美国文化，因此又不同于在美国出生的第三代移民。如他本人所说，“我生活在两种文化中间，我很小的时候就来到这里，可是，我开口说话时，我说话的方式非常像古巴人，但是我在这个国家接受的教育却是最重要的”[①]。克鲁兹作为儿童移民，并没有真正参与到古巴社会转型和新旧政治体制交替的大潮之中，充其量只是个旁观者。无论他在古巴社会的意识形态问题上持有多么明确的立场，他都没有雷纳多·阿里纳斯那种与政治霸权和文化霸权角力的坎坷经历与艰难抉择，也没有出身于上层社会的卡洛斯·艾尔那种独自闯荡美国、寻找“自由”的经历。正因为此，阿里纳斯和艾尔才选择了非虚构性的回忆录和自传，使文学书写具有更大的信度，也使得这些作品成为古巴流亡文学的代表；但对于克鲁兹而言，古巴不过是远去的童年、模糊的记忆和对家园的想象，因此，他相当明智地避开了流亡文学中“讲求叙述的真实性、强调非虚构性”的范式，不刻意展现个人的经历，使作家的视野超越了个人体验。甚至对于《绿衣洛尔迦》这样的历史剧作，克鲁兹也通过表现主义和魔幻现实主义相结合的戏剧手法，使得加西亚·洛尔迦的斗争经历带有了强烈的浪漫主义色彩，从而将这位西班牙历史人物的人生戏剧化地表现出来。总之，尽管克鲁兹的剧作大多取材于古巴和拉丁美洲的重大历史事件，但是在再现这些主题的时候，他清楚地表现了自己的双重身份和对这种身份的思考，体现出古巴文化和美国文学的双重影响。

可以说，克鲁兹剧作中的政治与历史指涉性都相当明确，但他的创作不可被划归为“古巴流亡文学”，而应属于“美国族裔文学”。克鲁兹作品中的双重立场可以从主题以及呈现方式中得到证明，获奖作品《安娜在热带》便是一例。《安娜在热带》虽未脱离克鲁兹所熟悉的古巴主题，但是故事发生在美国佛罗里达，人物也更加多元化，小说讲述了古巴人在美国的故事。这部剧作取材于古巴雪茄厂里特有的文化传统，将文化的冲突、传统和现代的矛盾以及情爱和欲望等主题结合起来，使其更胜于单纯的政治题材，兼具古巴特性和美国气息。故事发生在佛罗里达坦帕（Tempa）的一家古巴雪茄工厂，时间是1929年，戏剧冲突随着朗诵者胡安·胡里安的到来而展开。传统和变革的冲突、古巴传统和美国文化的矛盾集中体现在工厂主

---

① Rosemarie Tichler and Barry Jay Kaplan. “Writing Images: Interview Nilo Cruz”, 2012/04/15(2016/08/16), https://www.guernicamag.com/interviews/writing-images/.

圣地亚哥和同父异母的弟弟切斯特之间的分歧中，体现在他们对待胡里安的态度上。圣地亚哥和妻子奥菲利亚坚守着手工制作雪茄的传统，所以朗读者提奥多去世之后，他们从古巴聘请到胡里安来接替提奥多的工作。奥菲利亚等人坚持采用传统技艺，因为在他们看来，手工卷制雪茄不只是简单的生产过程，还体现了生产者个人的价值和印第安人古老的生态观念："(这个传统)可以追溯到泰诺印第安人那里。烟叶的沙沙声是天空的窃窃私语，在烟叶燃烧的烟雾中，他们可以和神灵交流。"[①]出生于美国、有着一半美国血统的切斯特是工业化的代表，也是美国文化的象征，他认为聘请朗读者是浪费金钱，手工卷制雪茄的产量远远落后于机器制造，所以工厂才会在竞争中濒临困境。他说："我们为什么会有这些问题，这是因为我们没有迈进新的世纪，我们还在用千百年前印第安人的方式生产雪茄……人家用机器，那简直是光速。还有搓捻机、剥皮机，各种各样的机器……"[②]可见，两种思想观念的分歧实际体现了古巴传统和美国价值观之间的矛盾。

矛盾层层的布展表明，朗读者所代表的古巴传统已经处于各种力量角力的旋涡之中，传统的消亡已经难以避免。胡里安到来之初，工厂似乎有了些许转机，还推出了新的雪茄品牌，获得了广泛的认可。然而，事实证明，这不过是工厂在工业化大潮冲击下最后的挣扎。而胡里安的朗诵如天鹅之歌，同他朗诵的小说中的安娜·卡列尼娜一样，终究难以逃脱悲剧的命运。胡里安风度翩翩，有文化、有思想，他给大家朗诵了俄国文学经典《安娜·卡列尼娜》，在不同人物心中激起了不同的反响：安娜对爱情的追求吸引了奥菲利亚的两个女儿肯奇塔和玛蕾拉；肯奇塔在丈夫出轨、对婚姻失落之时，与胡里安之间产生了情愫；安娜寻求爱情的情节让切斯特感到愤懑，因为这令他想起了离他而去的妻子，增加了他的挫败感，也使他对玛蕾拉产生了畸形的爱恋之心。个人的爱恨情仇和两种价值观的矛盾纠缠在一起，切斯特将胡里安的存在视为雪茄厂走向现代化的绊脚石，最终，他把所有的挫败感都发泄到胡里安身上，开枪将其杀死。胡里安这个人物具有典型的象征意义：他是坦帕雪茄工厂里的最后一名朗诵者，他的死亡宣告了这种文化传统在佛罗里达雪茄工厂里的彻底终结。

---

① Nilo Cruz. *Anna in the Tropics*. New York: Theatre Communications Group, Inc., 2003, p. 52.

② Nilo Cruz. *Anna in the Tropics*. New York: Theatre Communications Group, Inc., 2003, p. 51.

克鲁兹的这部剧作摆脱了之前古巴主题中的政治取向，把人物的情感矛盾置于跨文化的冲突中，在历史的维度下探讨跨文化体验的政治含义。这是对剧作家自我经验的突破，也是对流亡文化主导下的政治话语的超越。从古巴主题到美国经历，克鲁兹的戏剧创作较为典型地反映了当代古巴裔美国戏剧的价值取向。他充分发掘自己作为古巴移民的跨文化体验和文化适应经历，然而，他作为跨越在两种文化之间的"第 1.5 代"移民，对古巴并没有政治流亡者那样的认同感和使命感，古巴对他而言已经化成一个政治符号，交替存在于记忆和想象之中；相反，美国经历于他更加真切实在。所以，他的创作没有完全继承流亡文学的书写范式，而是在历史的框架下书写两种文化的交锋和移民的跨文化体验。这是他对古巴流亡文学书写范式的突破，使自己的戏剧创作更具族裔文学的特征，成为美国多元文化文学的重要成分。

本节涉及的几位作家都属于"第 1.5 代"作家，但是他们的具体情况有所不同。他们移民美国时的年龄从 1～11 岁不等，古巴在他们的记忆中是不一样的。他们的阶级出身也显著不同，从上层社会的艾尔，到中产阶级的加西亚，再到中下层普通民众的费尔南德斯和克鲁兹。他们有的是独自到达美国的儿童移民，辗转在不同的寄养家庭和家养中心，虽历经磨难但是也收获成长；有的随家人一起来到这里，生活在古巴移民社区，深受流亡文化的影响；有的游离于移民社区之外，政治、种族等立场更趋于开放。但是他们都不属于流亡者，与流亡文化的价值认同存在着分歧，因而都以不同的方式与古巴社区内的文化霸权模式进行着协商。他们都在探寻连接古巴经验和美国经历的方式，书写古巴移民和后裔的美国身份建构，从而补充美国精神的话语体系。应该说，这才是古巴移民文学和古巴裔美国文学的最终价值表达，也是它们被美国话语接受并被纳入美国文学框架的原因。

第二节　新兴文学和大众文学

年轻一代古巴裔作家已经开始走出流亡模式的影响，聚焦不同的群体，观照不同的主题，尝试不同的创作风格。阿奇·欧贝哈斯、克里斯蒂娜·迪亚兹·冈萨雷斯、理查德·布兰科等是当今古巴裔新一代作家的代表。这里所谓的"新一代"并不只局限于年龄，同样也指向创作风格和文学题材。这些作家的作品不再局限于流亡经历、思乡题材，也不再局限于意识形态领域的政治书写，而是将权力关系延伸至其他领域，例如欧贝哈斯的同性恋主题和对吸毒者、艾滋病患者等边缘群体生存境况的关注，布兰科对惠特曼美国精神的继承，冈萨雷斯的奇幻手法等。

一、性属政治与族裔政治的结合：阿奇·欧贝哈斯

阿奇·欧贝哈斯是古巴裔诗人、小说家，1956 年出生在古巴哈瓦那，6 岁时移居美国，属于较为典型的“第 1.5 代”作家。来到美国以后，欧贝哈斯一家定居在印第安纳州的密歇根城，她曾经就读于印第安纳大学，后来移居芝加哥，成为记者和专栏作家。1980～1981 年，她供职于《芝加哥太阳时报》(*Chicago Sun-Times*)，担任专栏记者；1981～1996 年，为《芝加哥读者》(*Chicago Reader*) 的专栏撰稿，1991 年开始为《芝加哥论坛报》(*Chicago Tribune*)的专栏撰稿，稿件关注同性恋和艾滋病患者相关问题。欧贝哈斯致力于同性恋问题的报道和书写，同时也是积极的社会活动家，在芝加哥的同性恋者和跨性别者中颇具知名度，先后被两任芝加哥市长哈罗德·华盛顿和尤金索亚任命为首届同性恋者事务委员会委员(Committee on Gay and Lesbian Issues)和同性恋者事务顾问委员会委员(Advisory Council on Gay and Lesbian Issues)。在委员会的推动下，芝加哥于 1988 年通过了一系列禁止歧视性别少数人群的相关法案。欧贝哈斯成长在双语环境中，能够自如地使用西班牙语进行交流和写作，她活跃于芝加哥西语裔群体的公共服务领域，为他们争取权利。

欧贝哈斯自 20 世纪 80 年代开始创作，文学创作相对于她的新闻记者生涯开始得晚一些。处女作《我们大老远从古巴来到这里就是为的可以这么穿衣服?》(*We Came All the Way from Cuba So You Could Dress Like This?*)发表于 1994，是一部短篇小说集，讲述各色古巴移民的故事。之后，她陆续发表了长篇小说《记忆的曼波舞曲》(*Memory Mambo*, 1996)、《敬畏的岁月》(*Days of Awe*, 2001)、《废墟》(*Ruins*, 2009)，短篇小说集《安第斯的山峰》(*The Tower of the Antilles*, 2017)等，此外，她还出版了几部诗集。欧贝哈斯任教于多所高等学校，比如芝加哥大学、芝加哥艺术学院、西北大学、伊利诺伊大学等，作为杰出访问作家任教于加利福尼亚州奥克兰的米尔斯学院(Mills College)，主要教授创意写作；她还在不同的学校参与翻译项目，她本人翻译了相当多的西班牙语文学作品，例如多米尼加作家瑞塔·印第安纳(Rita Indiana, 1977～)的代表作《爸爸》(*Papi*, 2005)，

多米尼加裔美国作家迪亚兹的《奥斯卡·瓦奥短暂而奇妙的一生》。她在2001年和《芝加哥论坛》的同事一起获得了普利策奖新闻奖，此外，她还获得过多个文学奖项，成为少数族裔文学中同性恋书写的代表作家之一。

欧贝哈斯表现出了古巴“第1.5代”移民所特有的双重意识，古巴移民和女同性恋者的双重身份成为她文学创作的基础。古巴身份成为她自我认知的一个基础，同性恋题材是她书写的重点，这两者在她的作品中均得到了十分鲜明的表达。她称同性恋经历为古巴身份以外“另外一个无法回避的问题。我是说，我是同性恋者，无论我在什么样的语境中，即使看似毫无关系的情况下，我也禁不住要把这个因素考虑在内”①。在她的多部作品中，都可以看到这二者的结合，其中最为常见的范式是：性属政治视域下古巴移民在美国的经历。短篇小说《马尔代夫》(The Maldives)、《金伯利》(Kimberle)和《超人》(Superman)等均涉及少数族裔同性恋人物所要克服的多重阈限。例如在小说《失事》(Wrecks)中，她非常细致地描写了女同性恋者情感挫败的经历，把性属和族裔这两个维度结合在一起：

> 上次失恋是在7年以前。那时刚刚结束了和洛丽塔的三年半的感情，那段感情简直像地狱一般。但是我仍旧不敢相信她真的走了。我既心痛又心怀希望，在芝加哥南郊开着车围着一棵树转圈。洛丽塔去了洛杉矶，我们都不是在那里出生的，但是那个城市却吸引着数百万人，他们像飞蛾扑火般奔向那里。我一直以为和洛丽塔之间存在着某种默契，毕竟，尽管我们打打闹闹，但是有过激情四射的欢乐时光。可是，她说她必须离开，她原来以为女人之间的爱情要比男欢女爱多些温柔，可是我的尖酸刻薄让她对姐妹之情失去了信心。②

应该说，这两个方面在一定的语境下相互得到强化。欧贝哈斯在访谈中认为，正是在美国文化中，自己和古巴移民的古巴特征才得到了不断的强化：“我出生在哈瓦那，这就足可以决定我以后的生活。在美国，我是古巴人、古巴裔美国人、拉美裔人、古巴记者、古巴作家、某个人的古巴情人、

---

① Gregg Shapiro. “In ‘AWE’: Achy Obejas on Her New Work”, *Windy City Times*, 2011/08/08 (2017/01), http://www. windycitymediagroup. com/gay/lesbian/news/ARTICLE. php? AID=24273.

② Achy Obejas. *We Came All the Way from Cuba So You Could Dress Like This?* San Francisco, CA: Cleis Press, 1994, p. 12.

古巴女同、公交车上的古巴女孩、探寻西班牙犹太人之根基的古巴人，不管怎么说吧，我就是古巴人，永远都是古巴人。在这里，我的古巴特征更加明显，比我在古巴时更甚，它就是这样通过各种比较和强调，得到了强化。”①造成这种结果的原因既有外在的也有内在的，古巴移民的心理强化即表现为古巴情结，这是欧贝哈斯的书写主题聚焦于古巴身份、古巴人经历的根本原因。

欧贝哈斯的小说《记忆的曼波舞曲》《敬畏的岁月》等都是以西语裔女性的性属身份作为基础，而后者显然占据更重要的地位，成为更好地理解前者的基础。《记忆的曼波舞曲》被认为是她的代表作，该书取材于她和家人的移民经历和她在美国的成长。从小说的情节可以部分窥见作者本人的经历和心路历程：24 岁的主人公胡安妮·卡萨斯出生在古巴，是女同性恋者，在 6 岁时她和家人乘船漂流到美国。她既依赖于记忆但是又对其提出了疑问：

> 我还没那么老，才 24 岁，我经常想，我的记忆能有什么独特之处呢。有时候我让自己相信，这些是我所理解的别人的记忆。我不是说沉溺于过去的生活无法自拔，或者同从前的时光建立起了心灵的或者实实在在的联系，也不是说那些被压抑的记忆。我只是说，有时候，原本与我没有什么交集的他人的生活被我感受到，让我无法平静，以至于我都搞不清楚自己是否有过类似的经历，或者我并没有经历过，只是因为听得太多才不自觉地自认为亲身经历过——我就像镜头一样，捕捉、重述和重塑这些经历……我想说的是，1978 年，在我 6 岁的时候，我和家人来到美国。真实的情况是：那艘小船只有 28 英尺长；坐了 14 个人；我们在海上漂流了两天；在距离基韦斯特几英里远的地方我们被海岸警卫队救起……②

在问及作品的真实性问题时，欧贝哈斯承认这些故事有着一定的真实性基础，但是也特别强调这种真实是文学上的，并不一定体现为小说人物和她本人经验之间的关联。应该说，古巴移民和古巴裔美国人是她最为熟

---

① Gregg Shapiro. “In ‘AWE’: Achy Obejas on Her New Work”, *Windy City Times*, 2001/08/08 (2017/01), http://www. windycitymediagroup. com/gay/lesbian/news/ARTICLE. php? AID=24273.

② Achy Obejas. *Memory Mambo: A Novel*. San Francisco, CA: Cleis Press, 1996, pp. 9-10.

悉的群体，他们的问题也是她最为认同的，因而能够较为充分地表征她探究世界的方式。因此，欧贝哈斯文学作品的真实性是相对的，并不一定在于情节上的相似性，而更多地在于价值取向的相近、精神的共鸣和经验的相通。

在《记忆的曼波舞曲》中，主人公对于性属身份的纠结和古巴裔美国身份的不确定，都是她美国经历中的核心要素。第一人称主要人物叙事发挥充分作用，通过细致的心理描写展示主人公在自我性属取向和家庭归属之间的矛盾与摇摆。她不愿意让家人知道自己是同性恋者，她一边努力掩饰自己的性别取向，一边承受着波多黎各裔恋人吉娜的离开而带来的痛苦。小说较为细致地描写了古巴移民的家庭观念和古巴移民社区中的共同体意识："我们彼此熟知是因为他们和我们一样，是美国社区中唯一的古巴人，是公寓里唯一的古巴人，有时即便不是同乡，也可能来自同一个省……见过一两次面以后，我们就成了亲人——见面、分别都行亲吻礼，不知不觉中，他们的父母就成了我们的'叔叔阿姨'，我们不乖时他们也毫不客气地加以管教……我们感觉到心里的亲近，我们说话的方式既不是古巴式的也不是美国式的，既不是与生俱来的也不是后天学到的，有时一个小小的举动，一个眼神，就能彼此心领神会。"[①]社区的古巴移民家庭相互帮助，结成了超越血缘的精神共同体。

除了这种共同体意识之外，小说采用具有古巴文化特色的"曼波舞曲"作为中心意象，进一步增强了小说的西语裔文化特质。小说语言节奏强，画面明快热烈，结构繁杂，但是杂而不乱，尽情展露了第一人称主要人物叙述者的内心。小说标题中的"记忆的曼波舞曲"通过舞曲的快速节奏强调记忆的流动性，在记录记忆的同时也提出了其存在的问题。比如小说中的父亲，他似乎就是舞池中的高手，洒脱自如，天马行空，开口就讲故事，语言却毫无逻辑，无法让人分辨哪句是真哪句是假。叙述者自己记忆中的画面和家人的故事并不相同，这令她怀疑自己的记忆是否可信，不知道那些故事到底是自己所经历的现实还是别人想象出来的。叙述者来美国时年龄太小，对于古巴已经没有多少记忆。所以，她在讲述的同时也质疑了记忆的准确性："有时候我敢说，即便是我自己经历过这些事情，我也拿不准自己是否能记清楚——对我来说，这些经历都是不真实的——可是，这记忆

① Achy Abejas. *Memory Mambo*: *A Novel*. San Francisco, CA: Cleis Press, 1996, p. 14.

又是如此的清晰、生动、引人入胜，所以我想，这也许是我和家人太过亲密的原因。有时我在想，我们像现在这样是不是太亲密了，天天在一起，住在相同的房间里，彼此的梦想交织。有时我甚至都分不清谁是谁。”①如此看来，她的无所适从和矛盾也是古巴移民社区的投射，沉溺于自己编造的故事中的父亲，也许同样经历着内心的挣扎。正是因为记忆的不确定性，主人公不知道吉米猥亵罗莎的场景是出于自己的幻想还是自己的眼睛所见，因而纠结于对于吉米的指认是否属实。在她迷茫之时，帕特里西娅帮助她一点点梳理出事情的原委，帮助她修补记忆的空缺，同时也委婉但明确地告诉她，她不必为自己的同性恋身份而担心。小说最后，胡安妮和吉娜达成谅解，她仿佛看到了未来的希望，这应该是对记忆的象征性肯定，因此她讲述的古巴移民社区的故事也成为古巴移民经历的一种补充。所谓的“曼波舞曲”具有双重含义：一方面，它是古巴流亡者的集体记忆，虽然他们是否能够被迈阿密接纳为流亡者抑或得到美国非西语裔社会的接纳还未可知；另一方面，古巴风情的旋律演绎出被异性恋文化所边缘化的同性恋身份。小说在讲述古巴移民社区故事的同时构建了家园：现实中的家园和精神上的家园，二者在世俗层面的平衡贯穿于小说的始终。

《敬畏的岁月》同样取材于古巴移民经历，相比于《记忆的曼波舞曲》中以记忆隐喻历史的做法，这部作品中的历史取向更加明显。女主人公阿里汉德拉·圣何塞出生在 1959 年的元旦，而这正是古巴革命获得胜利的第一天。阿里汉德拉作为古巴革命同龄人，她的成长映射了古巴当代历史的一个侧面。圣何塞一家在阿里汉德拉两岁时移民美国，古巴在她的记忆中逐渐淡化，古巴身份中的一部分业已缺失，这令她在成长中愈加渴望了解自己的过去，了解古巴。作为古巴革命的同龄人，第一人称叙述者阿里汉德拉讲述了自己的成长：“我出生在 1959 年的元旦，下午 1 点钟，哈瓦那。在教堂巴洛克式的钟楼里，大钟嘶哑的声音传出来，教堂里，人们在祈祷着。海滨大道上，在城市海岸线的石头大堤上，人们欢呼雀跃，彻夜难眠，尽情狂欢。”②这个时刻主人公的意识投射是古巴情结的体现，可能十分接近作者本人的古巴记忆，更加深切地反映了古巴文化对欧贝哈斯的心理触动。

欧贝哈斯是典型的“第 1.5 代”移民，她没有多少古巴经历，也没有流

① Achy Abejas. *Memory Mambo: A Novel*. San Francisco, CA: Cleis Press, 1996, p. 9.

② Achy Obejas. *Days of Awe*. New York: Ballantine Books, 2002, pp. 1-2.

亡者那样激进的政治立场，其意识形态表达也趋于灵活，她的作品更多地表达了对古巴革命的理性思考。她并不认同于迈阿密的流亡者文化，呼吁美国停止制裁古巴、停止干涉古巴事务。她在访谈中说："我希望读者理解的是，我们彼此相连，也许永远如此，最理想的就是美国对古巴的不幸担负起责任（革命不是无缘无故就来的，反抗也不是无中生有），即便做不到，当前最好的办法就是停止干涉，让我们自己处理我们的问题。不要插手，不要指手画脚，不要支持这个颠覆那个，就让我们自己喘口气，让我们看看彼此，对对话，然后找到个折中的办法。"①欧贝哈斯的立场和克里斯蒂娜·加西亚的立场比较相近，但是她们的话语模式有着明显的差别。加西亚在流亡模式的视域下讲述古巴身份和美国经历，无论其具体取向是戏仿还是颠覆；但欧贝哈斯将性属身份融合到移民经历和族裔身份建构之中，她故事的人物是古巴移民和同性恋者，即使是瘾君子、艾滋病患者等边缘群体，也是在性别政治的语境下展开。从欧贝哈斯作品中性属话语的核心地位能够看出，古巴裔文学的话语范式正逐渐从意识形态话语下的流亡模式向其他模式进行转变，多元化取向日趋明显。

二、青少年文学：克里斯蒂娜·迪亚兹·冈萨雷斯

克里斯蒂娜·迪亚兹·冈萨雷斯（Christina Díaz Gonzalez, 1969～ ）是一位畅销书作家，她的小说大众取向明显，目标读者主要是青少年。冈萨雷斯出生于美国的古巴移民家庭，属于古巴裔美国作家。她的古巴主题较为典型地反映了古巴裔中产阶级女性对古巴的想象性建构。她的青少年奇幻文学则跳出了族裔文化的范畴讲述信息社会中青少年的成长，带有未来主义的取向。冈萨雷斯的代表作《红雨伞》（*The Red Umbrella*，2010），是古巴题材的作品，以"彼得·潘计划"为背景，从14岁少女的视角讲述古巴儿童移民的经历。小说采用成长小说的书写模式，采用第一人称叙述，讲述了古巴革命后农业改革（1961年）和社会改造对中产阶级带来的冲击。第一人称的叙述角度和对女性心理的生动刻画，为文学书写增添了真实感，令主人公生活境遇的变化更加可信，弥补了作者本人缺少古巴经历的

① Rigoberto González. "Interview: Immigrant Identity, Lesbian Sexuality Intersect in *The Stories of Achy Obejas*", *NBC News*, 2017/08/02, https://www.nbcnews.com/news/latino/immigrant-identity-lesbian-sexuality-intersect-stories-achy-obejas-n788081.

缺憾。这部小说曾经获得美国图书馆协会最佳小说奖、佛罗里达图书奖金奖和内布拉斯加图书奖金奖等奖项，得到了一定的关注。除此之外，冈萨雷斯还出版了三部小说，分别是《雷霆般的私语》(*A Thunderous Whisper*, 2012)、《移动的靶子》(*Moving Target*, 2015)和《回归之火》(*Return Fire*, 2016)。

冈萨雷斯少年时就喜欢写作，14岁时随着父母移居到迈阿密，后来就读于迈阿密大学，毕业后又到佛罗里达州立大学法学院深造，曾经在法律界工作，但最终还是回归到她所钟爱的写作事业。冈萨雷斯在她个人网页的自我介绍和各种读书会和图书推介活动中，都特别强调自己的族裔身份："我成长在古巴家庭……我的父母都来自古巴，我们住在(佛罗里达州)南部的一个小城。我拥有两个世界，受父母和祖父母的影响，我能够说一口流利的西班牙语，并且深爱着古巴文化。"[①]不过，她同时也强调自己的西班牙历史背景，她的西班牙语裔中产阶级家庭观念等价值观在作品中得到了凸显。冈萨雷斯和卡洛斯·莫尔等下层古巴移民的成长经历有着明显的差别；由于代际差异，她和卡洛斯·艾尔等流亡者也有着不同的诉求。

《红雨伞》采用了较为典型的流亡文学的叙述模式，将个人的故事置于宏大的历史背景之下，采用第一人称主要人物叙事，聚焦于古巴革命以后古巴社会的巨大变革，其中对于社会改革的批评高度契合流亡文学的某些叙事范式。冈萨雷斯在访谈中说，这部小说中的青少年移民的故事取材于父母和婆婆的移民经历，[②]这多少有些令人生疑，因为按照她的出生时间推算，她的父母和婆婆受到"彼得·潘计划"资助的可能性并不太大，小说中的故事更可能是古巴移民社区中不同人物故事的综合。在《红雨伞》中，出生于中上阶层家庭的主人公在保守派父母的影响下，以批评的眼光看待革命以后两年中的种种变化。她起初并未感受到革命带来的变化，依然沉溺于情窦初开的少女情怀中，和小姐妹们分享小秘密，偶尔还对学校停课劳动感到高兴。但是，镇子和家里的某些变化开始令她警觉，她发现父母在偷偷收听短波电台，后来才知道那是位于迈阿密的马蒂广播电台的节目；叔叔安东尼奥和父亲竟然因为政治观点不同而争得面红耳赤，这让她感觉

① Christina Díaz Gonzalez. "Long Bio", 2016/09, http://www.christinagonzalez.com/about.

② Carol Brochín Ceballos. "Creativity Salon: An Interview with Christina Díaz Gonzalez", Pat Mora, http://www.patmora.com/introducing-a-teacher-and-a-writer/.

到家庭成员因为政治立场的分歧而开始彼此疏远；她还看到卡车运送士兵来到小城里，父母似乎隐隐为女儿青春期不断绽放的少女魅力而感到担忧。在学校里，同学们开始分成不同的阵营，既有坚决支持革命的进步青年，也有叙述者这样的谨慎观望者。露西亚的好朋友艾薇特和她的家人就是革命积极分子。露西亚知道父亲把现金和珠宝藏在了地板下面，她把这个秘密告诉了艾薇特，结果艾薇特和母亲将他们告发，露西亚的父亲被怀疑资助反革命活动而被捕，露西亚因为被好友出卖而伤心不已。露西亚和同学一起参加劳动营时，艾薇特因表现突出而被劳动营负责人关注，得到额外"照顾"——在夜间被革命积极分子约会。这更加让露西亚的父母惊恐不已，他们担心女儿被革命影响，更担心她被利用而失去贞洁，于是变卖钻石首饰为露西亚和弟弟筹钱买了机票，送他们离开了古巴。小说的另外一部分讲述露西亚姐弟二人在美国的经历，讲述他们如何得到寄养家庭的无尽关爱，最终等到了父母获得美国签证的那一天。小说的题目《红雨伞》象征着炽热的母爱，"红色"是"热烈感情"的代表，"雨伞"则是"遮风挡雨"的象征，这个意象特色鲜明，符合主人公的年龄和认知。

《红雨伞》在多个方面迎合流亡模式，表达了强烈的政治批评立场，并且通过典型的类型化故事情节和人物形象，对年轻一代的古巴移民后裔进行了反古巴政权宣传。为了增强小说的真实性，小说每一章的开头都引用了美国主流媒体对古巴的报道，报道的时间和故事中的时间相契合。显然，这些报道大都极力抹黑古巴政权，旨在通过政治宣传激发民众的反政权情绪。小说中的"正面"形象就是叙述者一家所代表的追求"自由"的反政权人士。例如父亲的言论反映了普通民众如何被美国支持的反古巴宣传所鼓动，如何被他们制造的恐慌所左右："这些劳动营才只是开始。成千上万的儿童已经被所谓的奖学金计划送到了苏联和捷克斯洛伐克。肯定还不止这些……不久，*所有的*孩子都将被迫和父母分开，到田里砍甘蔗，然后被关进政府办的学校里。"[1]类似的传言正是当年美国中央情报局和古巴流亡组织用来蛊惑民众的说辞，也正是"彼得·潘计划"得以启动的基础。另外，小说为了给美国读者提供古巴国内的信息，设定了露西亚和艾薇特此后保持通信联系的情节，并且在此过程中采用相当典型的流亡者形式，模仿并嘲讽艾薇特的选择，认为她被革命洗脑，因为丧失了独立的自我判

① Christina Díaz Gonzalez. *The Red Umbrella*. Yearling Book, 2010, p. 107.

断才会如此坚定地投身革命。这种书写模式与流亡者的心理机制相契合：他们将与自己不一样的政治立场妖魔化，把自己的选择定义为追求"自由"，而将除移民之外的可能性归结于"自由"的丧失。这部作品从人物塑造到情节设计，都算得上是对流亡模式的仿写。如果从整个流亡文学的视域下审视，这部小说并没有太多的新颖和独特之处，作品的文学性也并不突出；但是如果在少儿文学范畴内考查的话，本书则是流亡模式力图实现教化功能的一个表现，这确实值得一提，且代表了年轻一代古巴裔作家的一个书写取向。

实际上，冈萨雷斯在以后的创作中不再专注于古巴题材。一方面，在《红雨伞》中，她已经表达了自己对于古巴文化的情感，并且通过她最为擅长的青少年题材反映了懵懂少女眼中的革命和历史变革；另一方面，这种转向还有另外一种可能：对于生长于美国、并没有古巴经历的冈萨雷斯而言，古巴故事不过是她从父辈那里获得的二手素材，可以说这一部作品基本就已经将其穷尽。从这个角度来说，这正反映了以牺牲文学性为代价的流亡模式终究难以摆脱被挑战、被淘汰的命运。

在《红雨伞》之后，冈萨雷斯依然以青少年读者为目标，但开始转向奇幻文学创作。《雷霆般的私语》是一部结合历史题材和奇幻情节的作品，以西班牙内战和纳粹暴力的历史为背景，将少女安妮的成长镶嵌于宏大历史叙事中。安妮起初感受到的是个人的无助和无形、感觉自己是"无形的、毫不相干的，充其量不过是在被战争撕裂的国家里一个默默无闻的 12 岁女孩，至少，这就是我得到的忠告。事实上也是这样，人们走过学校的大操场，没有谁会注意到我。他们只看到大楼门廊下别的女孩子三五成群地嬉笑玩闹，男孩子们在你追我赶地踢足球"[①]。安妮的父亲参加了反对佛朗哥的地下组织，一次偶然的机会安妮结识了从德国来的犹太男孩马提内斯·加西亚，她发现同龄人马提内斯有着远超一般男孩子的成熟。安妮在替母亲给客户送沙丁鱼的时候，无意中帮助地下组织传送了情报，后来她意识到，自己的力量虽然微弱，但能够为争取自由的斗争做贡献。德国纳粹的到来彻底摧毁了安妮的生活，在空袭中她的家园被摧毁，母亲去世。安妮面临着更加艰难的人生考验，但是她也发现灾难激发了她身上的潜

① Christina Díaz Gonzalez. *A Thunderous Whisper*. New York: Random House Children's Books, 2012, p. 1.

能,自己竟然拥有雷霆般的巨大力量。小说中有些部分的动作描写以及穿越时空的玄幻情节,带有少年儿童奇幻文学的某些特征。

《移动的靶子》和《回归之火》都采用了带有玄幻色彩的叙事风格,讲述具有超凡力量的卡珊德拉(凯西)·阿罗约的故事。虽然和前两部作品相比,这两部作品中的族裔意识已经明显弱化,但是在叙述中还处处可以看到西语裔文化的影子,例如人物的名字"阿罗约""格利高里奥",凯西和父亲之间的相互的称呼(Papi 和 m'ija),并且父女俩之间表达最深厚的情感时总是讲西班牙语。《移动的靶子》讲述美国少女阿罗约和父亲在罗马的历险经历。小说开始时,凯西是中学八年级的学生,父亲是一位艺术史教授,温文尔雅,父女二人的生活平静而雅致。然而,突然有一天,世界发生了扭转,凯西发现父亲遭到了追杀,随着故事的展开她逐渐知道了事情的真相。原来一切矛盾和暴力都源于"守护者日记"以及"命运之矛"的秘密,并且这秘密关乎人类未来的命运。敌对的海斯塔第委员会一直寻找命运之矛,而父亲也在尽一切努力保护命运之矛,不让世界受到邪恶势力的破坏。经过一系列的斗争之后,真相大白:原来凯西才是那位真正能够使用命运之矛的人,在此过程中她获得了成长,也对自己的超常能力有了充分的认识。小说采用典型的成长小说中惯用的"正义和邪恶的斗争"以及"拯救世界"等母题,借用宗教隐喻和奇幻情节,例如作为中心形象的命运之矛、有超常能力的个人、神秘古老的圣朗基努斯家族、时空穿越、可以改变人的命运让人起死回生的超凡力量、拯救世界的法器等,以此推动情节的发展。由此看来,这两部作品融合了奇幻和科幻色彩,无论是从情节上还是从叙述上,其文学审美价值都值得商榷,缺乏严肃文学应该具有的社会历史性。

《回归之火》是《移动的靶子》的续集,是阿罗约故事的继续,族裔文化意识进一步弱化。在《回归之火》开篇,凯西继续寻找被西蒙娜盗走的命运之矛,以便能够拯救世界。经历了前一轮的斗争以后,凯西已经不再是那个懵懂无知的小女孩,她说:"我爸爸说我们不能相信任何人,包括警察,所以我们应该自己想办法。"[①]而在前一部书中,父女俩逃避敌人的追杀时,凯西首先想到的就是报警;但是现在她已经能够利用自己的观察和判断进行理性思考。这看似简单的变化,暗示了主人公成长中的无尽艰辛和无助。"几天前,我还是个在罗马读书的普通美国女孩……可是现在,我的生活全

① Christina Díaz Gonzalez. *Return Fire*. New York: Scholastic Press, 2016, p. 1.

部被打乱了。我发现自己竟然是古老家族的后人，我们是这个世界上唯一能够使用命运之矛来改变未来的人。正是由于这个原因，被称为海斯塔第委员会的秘密组织才想要杀掉我。”①

这两部作品作为姊妹篇，具有明确的延续性和相关性，通过玄幻的叙述讲述少女的心智成长，成长主题契合冈萨雷斯一直以来的创作风格。但是，无论是情节安排还是语言风格，这两部作品以及《雷霆般的私语》都遵循这样一个范式：懵懂天真的少女生活在幸福之中，父母小心谨慎地呵护着她的成长，虽然生活中的小烦恼偶尔令她不快，但是也并无大碍，她的抱怨正是这种备受呵护的生活的体现；然而，突然有一天，世界发生了翻天覆地的变化，父母的保护在充满敌意的世界面前变得脆弱，不堪一击，女主人公不得不独自面对生活的变故，甚至都来不及从父母或者其他监护人那里寻求建议，就发现自己被独自遗弃在这个世界里。在《移动的靶子》中，凯西·阿罗约突然要应对父亲受重伤、生命垂危的困境，不得不独自寻找帮助来拯救她自己、拯救父亲。《雷霆般的私语》中安妮的父亲在前线打仗，母亲去世，她更加坚定地承担起了传送情报的工作，浴火成长。冈萨雷斯在书写成长主题时，经常涉及忠诚和背叛、权力和欲望等主题。例如，阿罗约系列故事依然聚焦于女性人物的特别是特殊社会历史背景下女性人物的成长，无论是古巴革命、西班牙内战，还是在异国他乡失去父亲，它们都突出了“人生的考验”这一成长主题，诸如对亲情和友情的考验。凯西唯一的朋友西蒙娜曾经和凯西一起逃避追杀，并且一起寻找命运之矛；然而，西蒙娜却为了满足贪婪的母亲的要求，将凯西的命运之矛盗走。《红雨伞》中艾薇特的告密使得露西亚的家被搜查、父亲被捕。类似情节旨在突出主人公在成长中所经历的各种历练，服务于他们的成长。

冈萨雷斯还会借助于古巴经历、圣经典故等宏大叙事，来增加小说的厚重感。《移动的靶子》和《回归之火》这两部小说中所提及的命运之矛就是平时人们所说的“圣矛”，取自圣经故事朗基努斯之矛（Spear of Longinus），即“弑杀耶稣的长矛”。据《圣经·约翰福音》记载，耶稣在被钉上十字架之后，罗马士兵要检验耶稣是否已经死亡，“唯有一个兵拿矛扎他的肋旁，随即有血和水流出来”。这个士兵当时是个百夫长，名叫朗基努

① Christina Díaz Gonzalez. *Return Fire*. New York: Scholastic Press, 2016, pp. 1-2.

斯,他这一矛刺中了耶稣的胸膛,造成了耶稣受难时的第五处致命伤[①]。长矛刺入耶稣的身体,鲜血从伤口喷出染红了整枝矛,这根长矛被称为"朗基努斯之矛",后世有人称它为"命运之矛"。[②] 因为这把长矛沾染了耶稣的鲜血,所以它不朽不腐,成为基督教的圣物。在古代罗马帝国,这只长矛成为权力的象征。

客观而言,冈萨雷斯的奇幻小说在深刻性方面难以和严肃文学相提并论,但是她也充分利用了自己对族裔身份和文化冲突等问题的把握,在叙述中穿插了对于"差异""成长"等问题的思考。例如,在描述海斯塔第委员会时,小说是这样说的:"海斯塔第委员会的成员并不是怪物……他们只是被误导了,他们试图保护这个世界,让它不要受到更大邪恶力量的威胁。为了大多数人的利益而牺牲少数人。"[③]可见,小说并没有采用非此即彼的绝对化的思维方式。有时,作者还会利用古巴这一标签,把古巴的政治历史拿来一用。例如对于父亲被追杀的原因,凯西问道:"你是不是在躲避什么人?是不是当年你在古巴时候的事情?"[④]这些小说语言平实简单,奇幻的故事情节较有吸引力,因而总体上它们的描写符合青少年理查德的心理特质,比较适合青少年读者阅读。从文学性的角度考量的话,这类故事的技巧性不够突出,人为修饰的痕迹明显,情节有一定的简单化倾向。这也是本研究将她划为大众文学作家的一个原因。

三、同化主义诗歌:理查德·布兰科

布兰科是当今最负盛名的古巴裔诗人、社会活动家。虽然他勤于创作,但是真正得到公众的关注源于他的社会活动参与意识:2013 年他作为第一个在奥巴马总统就职仪式上朗诵诗作的拉美裔诗人。这在西语裔美国文学历史上是空前的,他不仅是类似活动中第一位受邀的移民作家,也是最年轻的诗人,并且还是一位公开的同性恋者。

布兰科 1968 年出生于马德里,他的父母是古巴革命后移民到西班牙的古巴人。布兰科不到两个月时全家移居美国迈阿密,从此在那里定居下

---

① 另外四处致命伤分别在两个手腕和双脚上。士兵在将耶稣钉在十字架上时,用大铁钉刺穿手脚,把耶稣的身体固定在十字架上。这五处伤口被称为"五处圣伤"(Five Holy Wounds)。

② 《圣经约翰福音》第 19 章 34 节。

③ Christina Díaz Gonzalez. *Moving Target*. New York: Scholastic Press, 2015, p. 60.

④ Christina Díaz Gonzalez. *Moving Target*. New York: Scholastic Press, 2015, p. 10.

来。布兰科毕业于佛罗里达国际大学，大学的专业是土木工程，后来在硕士阶段转向创意写作，师从于著名诗人坎贝尔·麦克格兰斯(Campbell McGrath, 1962～)，1997年获得了艺术学硕士学位。读书期间布兰科开始发表诗作，部分作品在佛罗里达获得了较为广泛的认可，获得了两个奖项。早期的获奖虽然还无法与全国性的大奖相提并论，但是足可以为他的文字生涯奠定基础。1998年，布兰科出版诗集《千火之城》(*City of a Hundred Fires*)。之后，他的职业生涯更加顺利平稳，他陆续获得了佛罗里达独立艺术家奖学金(Florida Individual Artist Fellowship)的资助和约翰·卡尔迪[①]奖学金(John Ciardi Fellowship)，还得到了圣安德鲁学院(St. Andrew's College)提供的驻校作家奖学金的资助，到巴西和危地马拉等拉丁美洲国家游历。这些经历为他的诗歌创作积累了大量素材，成为他文学生涯中非常关键的经历。他在2005年出版第二部诗集《死亡海滩导引》(*Directions to the Beach of the Dead*)，2012年出版《寻找高尔夫汽车旅馆》(*Looking for The Gulf Motel*)。他先后任教于乔治敦大学(Georgetown University)、美利坚大学(American University)、中康州州立大学(Central Connecticut State University)等高校，教授创意写作。2013年以后他声名鹊起，出版了多部作品。

布兰科在奥巴马总统就职仪式上朗诵的诗歌为《同一天空下》(One Today)，部分摘录如下：

一轮红日升起，在我们头顶，照亮了我们的海岸，
它悄悄望着太阳山脉，瞧着五大湖的脸庞
亮闪闪，昭告给我们一个简单的真理
越过大平原，朝向那巍峨的洛基山。
同一束光明，唤醒千家万户，他们都有一个故事
在那窗棂后，可看见那些悄无声息却忙碌的身影。

我的脸庞、你的脸庞，清晨镜中百万人的脸庞，

① 约翰·卡尔迪(John Ciardi, 1916～1986)是美国诗人、教育家、词源学家，曾经担任《星期六评论》(the Saturday Review)的专栏作家和诗歌编辑，长期担任"布莱德洛福作家班"(the Bread Loaf Writers' Conference)的执行主席。该作家班是佛蒙特明德学院(Middlebury College，另译为米德尔博利学院)布莱德·洛福英语学校专门开设的暑期英美文学课程班，在美国久负盛名。该奖学金以约翰·卡尔迪命名，以纪念他对推动美国诗歌发展所做出的贡献。

写着对生活的渴望，汇成了这一天：
亮黄的校车，信号灯有节奏的闪烁，
水果摊上：苹果、柠檬、橘子，如彩虹般
我们怎能不欢唱。银色的卡车满载石油和纸张——
红砖和牛奶，在高速公路上，一辆辆驶过，你我身边，
我们奔赴各自的岗位，去打扫卫生、整理账目、拯救生命——
去教诲孩童，或者去食品店整理货物，一如母亲
二十年来的日复一日，我今天才得以写下这首赞歌。

……
同一片蓝天：阿巴拉契亚山脉和内华达山脉
巍峨入云天，密西西比河和科罗拉多河
蜿蜒入大海。我们用我们的双手：
建起一座座大桥，写就一份份报告
缝合病人的伤口，织就士兵的军服
绘在画布上的油彩，清扫自由塔的每一块地板，
一起描绘了这一片天空，铸就我们的坚韧。①

布兰科所说的“同一片蓝天”“同一片大地”“同一天空下”和“同样的欢歌”显然是美国精神的代表，是消解了差异、歧视的抽象性的美国精神。作为移民的后代和同性恋者，布兰科的存在对美国这个梦想之地尤其具有代表性，因而在诗歌中他使用了英语、西班牙语、法语、德语等不同的语言，以此象征没有歧视的自由之地。从这些意象和措辞之中，可以看出惠特曼的风格，能够窥见布兰科对于美国经典诗歌中美国精神的继承。他带着惠特曼式的热情歌颂了美国的山川河流、美国人民的生活热情和奉献精神，将自我的积极热情融汇到了美国精神的建构之中。毫无疑问，这首诗是带有强烈主旋律色彩的赞美诗，十分契合总统就职这样的社会历史事件。同时他对美国梦的赞颂符合奥巴马作为首任黑人总统的政治隐喻。他的多重边缘化文化身份，也成为奥巴马政府主张文化多元主义的实际例证。在总统就职仪式的朗诵中，他使用西班牙语朗读“科罗拉多”等词，清晰地表明了

① Richard Blanco. “One Today”, 2013/01/20 (2016/11/20), http://abcnews.go.com/Politics/today-richard-blanco-poem-read-barack-obama-inauguration/story? id=18274653.

自己的族裔身份;但是诗歌的美国梦主题和主流文化指向同时又将这种特性消解、融合。布兰科在朗诵结束之后接受了美国广播公司(ABC)的采访,主持人在介绍他时,特别强调他是"古巴流亡者的孩子",以及他曾经是土木工程师的经历,表明美国所象征的自由发展和成功机会使得他的多重"跨界"成为可能。布兰科本人也对此做出了积极的回应,介绍了他的父母借道于第三国而辗转来到美国的经历(布兰科的母亲离开古巴时已经怀孕)。"美国梦到底是什么呢?我就是。一个古巴裔美国人,生活在美国主流社会的边缘,但是也能够充满信心。我父母不太会讲英语,但他们通过努力工作把我抚养大,使我有机会成为土木工程师,现在还被选中代表国家来朗诵我的诗作……在美国,我有了很多的机会,使我敢于去梦想我会获得怎样的成功,我能够做什么。"[①]可以说,他站在那里,便是美国梦最鲜活的例证。

2013年,布兰科将《为我们所有的人,同一天空下》(*For All of Us, One Today*, 2013)出版,该诗集收录了《同一天空下》和他专门为总统就职仪式所做的另外两首诗《祖国》(Mother Country)和《我们所熟知的国家》(What We Know of Country)。此外,诗集用英语和西班牙语双语出版。2014年布兰科出版了回忆录《洛斯克库尤斯的王子:迈阿密的童年》(*The Prince of Los Cocuyos: A Miami Childhood*, 2014),讲述祖父母和父母从古巴流亡到西班牙,以及之后移民到美国的经历,讲述自己在迈阿密的成长。

虽然布兰科在谈及自己的成就时极力淡化自己的古巴身份,但是正是这一身份成就了今天的他——无论是文学素材的积累和选择,还是他在奥巴马政治中的代表性。在访谈中谈及古巴文化身份的时候,布兰科的表现相当淡然:"我是个作家,碰巧是古巴人。至于写什么,我保留自己的选择权,不仅局限于文化身份。从审美和政治上讲,我不把自己简单地归类到任何一个群体——拉美裔、古巴、同性恋者或者'白人'——相反,我接受所有这些。好作品就是好作品,喜欢就是喜欢。"[②]不过,值得疑问的是,假如他不是古巴移民,不是同性恋者,他能否被选中参加总统的就职仪式?还

---

① Richard Blanco. "Interview", 2013/01/20 (2016/11/20), http://abcnews.go.com/Politics/video/inauguration-2013-poet-richard-blanco-interview-obamas-2nd-18272367.

② La Bloga. "Interview with Richard Blanco", 2013/01/18 (2016/01/12), http://world.time.com/2013/01/18/richard-blanco-obamas-inaugural-poet-not-your-fathers-cuban-exile/.

是个值得思考的问题。如前所述，相当多的古巴移民，特别是流亡者，已经通过政治立场的选择将自己塑造成了模范移民；并且，在意识形态的推波助澜之下，这种刻板化的印象已经得到了美国主流社会的广泛认可。对此，布兰科并不是不明白，否则，在回忆录的开始，他就不会再次举出“古巴”和“卡斯特罗”这两面旗帜。

> 据*奶奶*说，20 世纪 60 年代革命形势稳固之后，*什么都没有了*。卡斯特罗对所有东西都实行配给。一周两个鸡蛋，每个月一磅大米，二两菜豆油，还不一定能买得上。甚至连糖都不一定有。“你想想，古巴人竟然没有糖吃！”她哑着嗓子抱怨道。“谢天谢地，你爷爷在霍尔米盖罗的制糖厂上班。”每周，奶奶都会让他弄回来两三倍于个人配额的蔗糖。有了这些糖，她能够做出好几大桶*甜牛奶*和番石榴果酱。她还会拿多余的糖跟镇上的面点师换点东西，比如几块不太新鲜的面包，拿回来做*面包布丁*。她把这些甜品拿到黑市上换钱，两年后就攒够了一家人购买签证和机票的钱，离开了古巴。[①]

引文的斜体字部分在原文中使用的是西班牙语，这使得文字叙述带有了明显的异域色彩。而“古巴”“革命”“卡斯特罗”“60 年代”这些字眼本身就是带有鲜明意识形态的标签。无怪乎《21 世纪经济报道》毫不留情地评论道：“理查德·布兰科，恐怕是最近美国最红的诗人……在此之前，没有几个美国人知道他是谁。只出版过三本诗集，得过一个诗歌奖的业余诗人在美国恐怕得‘车载斗量’。可为什么选定了布兰科呢？大概看中的是他的身份，而非作品。”[②]因为奥巴马当年竞选时，打出了支持“少数族裔”和“同性恋”的口号，他获得最后的胜利也正是得益于非裔、拉美裔和同性恋者等边缘群体的大力支持。而布兰科既是模范的古巴流亡者，又是男同性恋者，他的这种双重身份正好符合当时的宣传需要；奥巴马在获胜之后选择布兰科，在相当程度上印证了布兰科所谓的“不选择任何一方”不过是自己的一种理想。但是他所说的“自我的追寻”却是实实在在的肺腑之言：“我的工

---

① Richard Blanco. *The Prince of Los Cocuyos: A Miami Childhood*. New York: HarperCollins Publishers, 2014, p. 1.

② 王可：《谁为奥巴马朗诵诗歌？》，《21 世纪经济报道》2013 年 1 月 30 日。

作就是寻找——追问我的内心，同时也寻找诗歌所试图表现的普遍性的经历。”①

布兰科作为新一代古巴裔美国作家，他的多重身份和跨界经历是他获得认可、成为美国梦代言人的根本所在。古巴对布兰科而言仅仅是遥远的过去，是祖父母和父母的故乡。如提姆·帕吉特所说：“他带着怀疑来审视父辈保守而坚定的流亡者立场。”②无论在诗歌还是回忆录中，他都没有对古巴流露出多少的眷恋和怀念，而古巴身份于他也只是一个标签，并没有太多的情感寄托。他对美国的认同和接受，与流亡者的思乡之情和流亡文化中“回到古巴”的特征是两种不同的价值取向。

21世纪的古巴裔美国文学已经表现出与古巴流亡文学显而易见的差异。新一代作家不再关注所谓的“古巴身份”，转而通过性别身份和性别政治表达自我的认同，如欧贝哈斯和布兰科。如果说在欧贝哈斯的创作中，古巴身份和性别身份还是并驾齐驱的两个自我维度，那么到了布兰科这里，古巴身份已经抽象为一个相当空洞的概念，并没有具体的文学表达。冈萨雷斯等畅销书作家直接使用更加大众化的语言和书写方式，着力于流行文学和少年文学创作，族裔身份进一步背景化，并淡出了作家的创作视野。这些作家所书写的自我是小写的“我”，属于更加个性化的自我，不再是大写的“我们”；他们也不再纠结于为古巴流亡者或者古巴移民描摹某种群体形象。

---

① Richard Blanco. “Our People, Our Future: Richard Blanco in Conversation”, 2014/02/20 (2016/08/12), https://www. poets. org/poetsorg/text/our-people-our-future-richard-blanco-conversation.

② Tim Padgett. “Richard Blanco, Obama's Inaugural Poet: Not Your Father's Cuban Exile”, *Time*, 2013/01/18 (2016/05/12), http://world. time. com/2013/01/18/richard-blanco-obamas-inaugural-poet-not-your-fathers-cuban-exile/.

第七章　加勒比移民文学和加勒比裔文学

本章包括加勒比海地区的族裔文学分支，主要以多米尼加裔美国文学、萨尔瓦多裔美国文学为代表，波多黎各裔和古巴裔虽同属于这一领域，但是鉴于他们各自独特的取向和表征，即波多黎各是美国的附属殖民地，古巴裔是意识形态他者的代表，并且那两个群体的作家数量和作品数量都比较多，在前文都已经单独展开过讨论。

加勒比地区诸国的语言以西班牙语和英语为主，除了前面提到的这些西班牙语国家，还有巴巴多斯、海地和安提瓜等英语国家。葆拉·马歇尔、杰梅卡·金凯德和艾德韦奇·丹提凯特都在美国文学历史上留下了浓墨重彩，但她们一直以来被视为美国非裔文学的一部分。马歇尔被视为20世纪中期黑人女性文学中承前启后的一个关键人物，她“对于黑人经历的叙说一反从非洲到美国的常规做法，而是从新大陆回到非洲，并把起源于西方的书面叙述形式和非洲的口头叙事方法结合起来，从而使古老的美学在现代的框架中有了活力和生机，形成一种独特的文学声音”[①]。但是，她正是借助于自己的加勒比裔背景，才使自己的创作在美国非裔女性文学中独树一帜。金凯德的作品打都取材于安提瓜的被殖民历史以及个人的家庭背景，充分体现了加勒比非裔作品的杂糅性和反殖民特征。丹提凯特可谓21世纪加勒比裔女性文学中的新星，其作品已经得到学术界的广泛关注。

本章将综合考察加勒比地区西语裔社会的历史和文学概况，以多米尼加裔文学和萨尔瓦多裔文学中的代表性作家作品为例，分析加勒比裔文学中的显性主题和表达方式。

---

① 金莉等:《20世纪美国女性小说研究》,北京:北京大学出版社,2010年,第210页。

第一节　加勒比地区西语裔社会的历史和文学概况

本节对加勒比及南美洲西班牙语裔国家的情况进行概述，以明确其对文学书写的影响以及相关突出要素在文学中的表达，同时对文学发展的要略和一般性特征进行概括性介绍。加勒比地区的国家大多国土面积小、经济落后，历经西班牙殖民统治、民族解放和后殖民历史时期的军事政府，因而大多数饱受社会动荡之苦。加勒比海地区同时又在政治上表现出“一体化”趋势，即加勒比地区在语言文化上表现出较高程度的杂糅性，这个特点在加勒比地区各国普遍存在，这是文化地理上的相似性；另外，这些国家的近代历史在很大程度上受到美国对外政策的制约和控制，他们和美国的关系既有趋同、追随、依附，也有对抗和对立，这是外部的一体化趋势的表达。以上这两方面的因素往往直接决定着这些国家的移民及后裔在美国西语裔社区中的地位和特征。他们的人口比例较低，在美国社会的整体影响力相对较小，在美国的社会决策中大多被笼统地划归为“加勒比裔”或者“拉丁裔”。这种分类方法虽然在一定程度上弱化了他们各自的特性，但是也有助于他们在更大的语域中寻求相互认同，展现地缘政治合力和文化凝聚力。加勒比裔文学在很大程度上反映出加勒比地区的文化地缘特征，“杂糅”“矛盾”“暴力”和“苦难”成为最普遍的书写主题。总体而言，相比于20世纪60年代以来拉丁美洲文学的繁荣，美国加勒比西语裔文学的整体力量还有待加强，作家作品数量较少，尚未形成墨西哥裔、古巴裔文学那样的影响力，也缺乏诸如古巴裔流亡文学那样的特质。

一、加勒比地区社会历史的一体性和美国加勒比裔社区

如前所述，加勒比地区和南美洲在地缘政治、社会历史上均存在诸多的可比性，这在这些族裔美国文化分支中得到了相应的表现，整体特征十分鲜明。首先，这些族裔分支的人口较少，文化影响力难以同墨西哥裔、波多黎各裔及古巴裔相比，文学成就也明显逊色于墨西哥裔和古巴裔文学，无论是作家数量还是作品的产出，情况均是如此。其次，中美洲和加勒比国家的历史和现状对于文学创作有着直接而深远的影响，这些国家历经欧洲殖民战争、殖民统治和民族解放运动，独立之后大多未经历去殖民化以清除殖民残余。二战以后的社会进步力量在短时间内的迅速增长，古巴革

命推翻了殖民帝国代理人的独裁军政府，为其他拉丁美洲国家树立了榜样。但是冷战时期不少国家追随美国，右翼势力迅速反扑、军事政变频繁，1973 年智利的阿连德总统（Salvador Guillermo Allende Gossens，1908～1973）被害，成为这一反动潮流的典型代表。从 20 世纪 60 年代中期到 90 年代末，拉丁美洲各国政局动荡，政权更替频繁，经济落后，人民生活贫困。有些国家经过了惨烈的内战，如萨尔瓦多；有的国家被美国支持的极右军事集团控制，如多米尼加共和国；也有些国家处在传统和现代的十字路口，尚未消除欧洲殖民文化的影响就遭受到当代社会物质主义的冲击，遭受到政治暴力、毒品泛滥的侵袭，如哥伦比亚。这些社会历史主题及其相关的“杂糅”“暴力”“斗争”等，往往反映在了文学书写之中。

自地理大发现以来，中南美洲便历经殖民征服、外来民族和文化的注入，多种要素的冲突和整合始终是主线。19 世纪中期以后，原有的殖民体系在当地人民的反抗下不断解体，之前依靠暴力维持的微妙平衡被打破。中美洲自北向南包括墨西哥的邻国危地马拉（Guatemala）和伯利兹（Belize）、洪都拉斯（Honduras）、萨尔瓦多（El Salvador）、尼加拉瓜（Nicaragua）、哥斯达黎加（Costa Rica）和巴拿马（Panama），这些国家之前大多为西班牙殖民地，除了伯利兹以外，全部以西班牙语为官方语言。中美洲国家经历了西班牙殖民、近代的民族解放运动、美国占领[①]、军事政府统治、内战等阶段，政治动荡，暴力盛行。萨尔瓦多可谓其中极具代表性的例子。中国外交部对萨尔瓦多基本情况的介绍如下：“萨尔瓦多地区原为印第安人玛雅族居住地，1524 年沦为西班牙殖民地；1821 年 9 月 15 日宣布独立，后为墨西哥帝国的一部分；1823 年帝国崩溃，萨尔瓦多加入中美洲联邦；1838 年联邦解体，1841 年 2 月 18 日宣布成立共和国；1980 年，萨尔瓦多国内正式爆发武装冲突，1992 年，对峙方签署和平协定结束了长达 12 年的内战。”[②]这一段介绍简短而客观，但是，如果细细研读，能够看出萨尔瓦多这个国家在近几百年间经历的坎坷和苦难。在地缘文化上萨尔瓦多属于第三世界国家。2014 年，萨尔瓦多的人均国内生产总值为 3924 美元，属于经济欠发达国家。萨尔瓦多内战期间由战争导致的直接死亡人数为 7.5

---

① 美国 1912 年入侵尼加拉瓜，占领至 1925 年；1916 年入侵多米尼加共和国，占领至 1924 年；1926 年再次入侵尼加拉瓜，占领至 1933 年。

② 《萨尔瓦多国家概况》，中华人民共和国外交部，http://www.fmprc.gov.cn/web/gjhdq_676201/gj_676203/bmz_679954/1206_680678/1206x0_680680/.

万人，失踪人口难以计数，针对平民的暴力伤害事件不计其数。在这场人道主义的灾难中，众多的受害者在官方的历史中被有意忽视，文学作品特别是非虚构类作品及历史小说，反而成为寻觅他们故事的重要途径。

这种情况在尼加拉瓜、危地马拉等中美洲国家同样存在，政权更迭频繁、社会动荡不安，民众在宏大叙事中被隐身。这些都为文学想象提供了空间，成为文学书写的关注点。尼加拉瓜的简要历史显示，这个国家在"1524年沦为西班牙殖民地。1821年9月15日宣告独立。1823年加入中美洲联邦。1839年建立共和国。在美国的支持下，索摩查家族自1936年起对尼进行长达40余年的独裁统治。1979年，桑地诺民族解放阵线推翻索摩查政权并开始执政。1990年桑解阵下台后，制宪自由党连续三届执政"[①]。2014年尼加拉瓜的人均国内生产总值为1904.7美元，属于经济欠发达国家。危地马拉的情况也大抵如此，作为古代印第安人玛雅文化的一个中心，殖民统治给危地马拉带来的同样是无尽的痛苦和创伤。危地马拉"1524年沦为西班牙殖民地。1821年9月15日宣布独立。1823年加入中美洲联邦。1839年成立共和国。后长期实行独裁统治。1944年起开始民主化进程。1954年起进入右翼军政府和文人政府交替执政时期。1960年出现左派军事组织。1982年危全国左派游击队合并成立'危地马拉全国革命联盟'，武装斗争遍布全国。1996年12月，阿尔苏政府（全国先锋党）与'危地马拉全国革命联盟'达成《最终和平协定》，结束长达36年的内乱。"[②]可以说，在地理大发现以后的几百年里，劳动人民一直在各种权力的钳制下艰难生存。

在美国西语裔文学中，以此为背景的作品有墨西哥裔作家埃莱娜·玛丽亚·维拉蒙特斯的《加里布咖啡馆》，古巴裔小说家克里斯蒂娜·加西亚的《幸运手册》，墨西哥裔作家社会活动家德梅特里亚·玛提内斯的《母语》，古巴裔剧作家尼洛科·鲁兹的《开往伯利纳的夜车》等。此外，在更加广阔的美国文学视域下，取材于此的作品还有新新闻主义代表人物琼·狄迪恩（Joan Didion, 1934～　）的《萨尔瓦多》（*Salvador*, 1982），埃里克·程（Erik Ching）的报告文学《萨尔瓦多内战中的故事：为记忆而战》（*Stories*

---

① 《尼加拉瓜国家概况》，中华人民共和国外交部，http://www.fmprc.gov.cn/web/gjhdq_676201/gj_676203/bmz_679954/1206_680654/1206x0_680656/.

② 《危地马拉国家概况》，中华人民共和国外交部，http://www.fmprc.gov.cn/web/gjhdq_676201/gj_676203/bmz_679954/1206_680850/1206x0_680852/.

of Civil War in El Salvador：*A Battle over Memory*，2016)、乔斯林·维特纳(Jocelyn Viterna)的《战争中的女性：萨尔瓦多战争动员的微观过程》(*Women in War*：*The Micro-processes of Mobilization in El Salvador*，2013)、卡洛琳·福歇(Carolyn Forché，1950～　)的回忆录、美国国家图书奖提名奖作品《你所听到的全都是真的：见证和抵抗的回忆》(*What You Have Heard Is True*：*A Memoir of Witness and Resistance*，2019)等。这些作品的作者要么是社会学家或历史学家，要么是有着某种拉丁美洲文化背景的小说家，他们通过实地调查和访谈，创作非虚构类的作品，或者通过文学想象，用具体人物的故事、通过个人视角和宏大视角的结合，来填补宏大叙事中的某些空白。

加勒比地区诸国社会危机深重，人民生计困难，因而与他们隔海相望的世界上最富足的超级大国便充满了吸引力。拉丁美洲诸国的贫穷和动荡直接导致了移民往美国的流动，而经济因素在这一过程中发挥着关键作用。加勒比海各国民众第一次移民美国的浪潮发生在20世纪60～70年代，以劳务输入为主，非法移民占据相当比例，其中中青年女性较多，许多妇女从加勒比海地区来到纽约、佛罗里达、加利福尼亚的洛杉矶和旧金山地区，从事家庭保洁和护理等工作。这些移民多为普通的劳动人民，难以得到移民许可；为了躲避内战、暴力和经济困境，他们只能通过自己的力量以非法移民的身份来到美国寻找工作机会。中美洲铁路经由巴拿马、哥斯达黎加、尼加拉瓜、洪都拉斯或萨尔瓦多到达墨西哥，一直延伸到美墨边界，这段铁路的路况不佳，火车速度缓慢，但给非法移民提供了便利。不少贫苦农民借助中美洲铁路扒火车从中美洲各国来到墨西哥和美国边境，然后寻求各种方式非法越境进入美国。这种偷渡方式危险重重，警察一路围追堵截，在火车到站之前人们必须跳下火车隐藏起来，然后等待火车重新启程后再偷偷爬上去；沿途的黑帮分子随时寻找机会抢劫这些无助的旅人，甚至警察也参与其中，不少移民在途中丧命或者落下终身残疾。这趟火车因此被称为“死亡列车”(the Death Train)，这条线路被叫作“野兽之路”(La Bestia)和“未知之路” (El Tren de los Desconocidos)。由此可知，其中的危险和艰难是常人难以想象的。“据红十字会估计，每隔一天，就会有一个去美国的中美洲移民失去胳膊、腿、手、脚，成为残疾人……这还只是奇亚帕斯一个省的情况，而且不包括那些瞬间被火车碾成两半或者碾下头颅的情况。"[1]不过也有人称这趟列车为"希望列车",因为最终大约有一半的偷渡者得以来到美国并安顿下来;他们中的许多人之后会设法帮助子女偷渡到美国,使年轻一代获得在母国难以得到的机会,诸如高等教育和社会福利。

加勒比移民社区中的另外一个突出问题是政治权力表征以及普通民众在权力抗衡中的失语状态。美国在这些中美洲国家的灾难中扮演了重要的角色,在其中有着不可推卸的责任。以尼加拉瓜为例,从1979年左派桑地诺民族解放阵线执政开始,美国就开始公开干涉尼加拉瓜内政;里根执政时期美国更是直接扶持敌对力量,挑起内战。美国国内还大肆进行舆论造势,媒体在报纸公开发动民众募捐,支持尼加拉瓜反对派的"自由斗士",支持他们开展武装斗争。这些都进一步加重了尼加拉瓜国内的矛盾,同时也令移民在美国的生存境况更加复杂化。他们除了要面对文化适应、生存技能等重重挑战外,还被置于权力博弈的场域之中。以里根时代的尼加拉瓜移民问题为例,美国政府就难民身份问题利用移民救助和移民政治发动舆论攻势,其中一个目的就是攻击得到苏联和古巴支持的尼加拉瓜政府。1984年4月,美国相关机构炮制了"尼加拉瓜难民救助金慈善晚宴",但事实上被他们用作尼加拉瓜儿童难民代表的帕特里西娅·格拉是美国公民,其父母分别供职于美洲开发银行和世界银行,属于尼加拉瓜裔美国人社区的精英阶层。[2] 这在很大程度上说明,在宏大叙事中,加勒比移民写的真实性是相对的,普通民众在权力的平衡中处于失语状态,他们的生命安全并未得到真正的保障,他们的声音是缺失的。在这样的情况下,文学话语作为官方历史的对照显示出其存在的价值。例如加布里埃尔·特维尔萨里(Gabriel Traversari, 1963～)等尼加拉瓜裔作家的作品,就是通过虚构人物的经历来反映尼加拉瓜的沧桑历史变革。

美国的加勒比海及南美洲西语国家的移民社区有以下的几个特点:第一,非法移民比例高、平均文化程度较低、体力劳动者的比例较高。在121.4万萨尔瓦多移民及后裔中,大约51.1%的人口为非法移民,54.7%的人口文化程度为高中以下,受过高等教育的人口不足7%。危地马拉移

---

① Sonia Nazario. *Enrique's Journey: The Story of a Boy's Dangerous Odyssey to Reunite with His Mother*. New York: Random Books, 2007, p. 88.

② William M. LeoGrande. *Our Own Backyard: The United States in Central America, 1977-1992*. Chapel Hill and London: University of North Carolina Press, 1998, p. 419.

民数量只有80余万，但是基本情况与萨尔瓦多相当。第二，因为身份以及语言习俗等方面的差异，移民之间的认同程度高，他们对非西语裔文化的认同程度较低，在地域分布上十分集中。例如，萨尔瓦多移民总数大约为120万，35%的人口集中在加利福尼亚，14%居住在得克萨斯，9%居住在纽约。[①] 移民之间相互介绍工作机会，同乡、亲戚住在一起，相互照应，这也是社会下层移民在陌生环境下生存的一个常用模式。散布在美国各地的西语裔社区为他们提供了现实的和心理上的共同体，因而他们被主流文化同化的程度较低。

加勒比西语裔社会和文化中的这些共性，使得这些国土面积较小、综合国力较弱的国家，得以整合在"加勒比裔""西语裔"或"拉美裔"的框架下，并形成了一定的文化合力。这种文化上的相近性不仅使它们的文学书写表现出相似取向，而且也成就了加勒比裔独特的批评话语和批评范式。哥斯达黎加裔的知名人士中，作家、评论家胡安·布鲁斯-诺瓦(Juan Bruce-Novoa, 1944～2010)可以算得上是首屈一指的人物。他对早期奇卡诺文学研究的发展发挥了积极的推动作用，也是拉美裔美国文学批评的一位先驱，为建构拉丁美洲西语裔批评话语做出了卓越的贡献。

布鲁斯-诺瓦出生于哥斯达黎加的圣何塞，后随父母移民到美国。早年进行文学创作，20世纪80年代之前的作品主要以西班牙语为主，有诗集《执着的纯真》*Inocencia perversa/Perverse Innocence*, 1976)，小说《美好时光》(*Only the Good Times*, 1995)和短篇小说集《出生证明》(*Manuscrito de origen /Manuscript of Origin*, 1995)等。80年代起，他开始在耶鲁大学等高等教育机构任职，曾经陆续任教于耶鲁大学、加州大学圣巴巴拉分校和加州大学欧文分校。

布鲁斯-诺瓦较早开始关注西语裔文化和文学在美国社会的影响，在担任耶鲁大学西班牙语系教授期间，率先提高西语裔文学研究和西语裔文学在学校课程中的比例，并在此视域下寻求重新构建美国文学研究框架，提高西语裔文学在美国文学中的影响。为此，他以影响力最大的西语裔文学分支奇卡诺文学为突破点，编辑了《奇卡诺作家：访谈录》(*Chicano Authors: Inquiry by Interviews*, 1980)和《奇卡诺诗歌：回应混乱》

① US Census Bureau. http://www. census. gov/Press-Release/www/releases/archives/population/010048. html>.

(*Chicano Poetry*: *A Response to Chaos*, 1982)，这两部著作成为美国西语裔文学研究最早的文献之一。《奇卡诺诗歌：回应混乱》选录了当时较有影响的十几位诗人的作品，包括何塞·蒙特亚(José Montoya)的《路易》(El Louie)、何塞·纳瓦罗(José L. Navarro)的《致死去的穷人》(To A Dead Lowrider)、阿贝拉多·德尔加多(Abelardo "Lalo" Delgado)的《愚蠢的美洲》(Stupid America)、劳尔·萨利纳斯(Raul Salinas)的《心之羁绊的探索》(A Trip Through The Mind Jail)、鲁道夫·冈萨雷斯(Rodolfo Gonzalez)的《我就是华金》(I Am Joaquin)、阿卢利斯塔(Alurista)的《阿兹特兰》(Floricanto en Aztlan)、塞尔吉奥·艾利桑多(Sergio Elizondo)的《狗咬狗》(Perros y antiperros)、理查多·桑切斯(Ricardo Sanchez)的《人造的咒语》(Hechizo-Spells)、比厄尔尼斯·亚马拉(Bernice Zamora)的《不安的蛇》(Restless Serpents)和加里·索图的《圣华金的遗产》(The Elements of Sandra Joaquin)。布鲁斯-诺瓦的贡献还在于他对新晋作家的鼓励和肯定，例如在《奇卡诺诗歌：回应混乱》中他选择了部分刚刚崭露头角、书写还不够成熟的作家，例如后来在西语裔甚至美国文学中占据重要地位的加里·索图。

美国文学界的西语裔同仁高度赞扬了布鲁斯-诺瓦的贡献。《奇卡诺诗歌：回应混乱》出版时，布鲁斯-诺瓦的耶鲁大学同事何塞·萨尔迪瓦尔赞誉道："这反映了奇卡诺学者重新界定文学研究的努力……这本书所反映的明确的种族诗学立场对重新构建文学研究做出了重要的历史贡献。"[①]布鲁斯-诺瓦最具影响力的研究著作是《回顾空间：奇卡诺文学，理论和历史论文集》，本书收录了他在奇卡诺文学研究中的重要成果，提出了著名的"文学空间"(literary space)这一批评术语，对奇卡诺文学的居间性进行了讨论，对西语裔文学甚至美国的少数族裔文学研究都具有特别的启示意义。当然，任何一种批评都会存在一定的局限性，布鲁斯-诺瓦的批评也不例外。例如，他在选取代表性作家的时候，较多地采取了社会历史的角度、着眼于当时的政治背景，因而对于族裔色彩较弱的作品，采取了排斥性的立场，把他们排除在了经典之外，例如约翰·雷希和理查德·罗德里格斯。另外，他对女性作家的创作认识不足，因而在梳理文学发展的时候，没有对女性文学进行全面的考察。当然，这种缺陷和当时的背景有着密切的关系，并

① José David Saldívar. *Chicano Poetry*: *A Response to Chaos* by Bruce-Novoa, *MELUS*, 1983, 10(2), p. 83.

不是批评家个人能够完全决定了的，并且他所做的是开拓性工作，鲜有前人的经验可以借鉴。布鲁斯-诺瓦的批评话语建构，在很大程度上认可了加勒比西语裔文化的一体性，并试图通过文学空间批评范式对这一群体的文学作品进行综合而宏观的阐释。

二、加勒比群体集体意识中的暴力主题与文学再现

加勒比西语裔社区的地缘历史特质及其相关的话语建构，在加勒比西语裔文学书写中得到了不同程度的反映。母国生活中的贫穷和暴力，移民过程的危险和艰难，为追求幸福生活和更美好的未来而做出的努力，所有这些在《恩里克的旅程》和《母语》等作品中都得到了呈现。《恩里克的旅程》这部作品更加典型地反映了美国的中南美洲移民相关问题所代表的一体性特征，作者索尼娅·纳扎里奥是阿根廷裔作家，作品的主人公是洪都拉斯移民，而整部作品的观照点却在整个西语裔社区的非法移民问题上。《母语》的情况同样如此，作者德梅特里亚·马提内斯是出生于新墨西哥的西语裔作家，作品所涉及的背景是萨尔瓦多等国的政治和历史，主题是忠诚和爱情之间的取舍，而创作的初衷则是在整个北美洲社会历史图景下呈现暴力、流散、创伤和希望。作者认为美国的拉丁美洲政策在很大程度上对此负有责任，她说："作为美国公民，我还想强调的是，《北美自由贸易协定》是激发数百万墨西哥人北上的开端，该协定旨在为美国和墨西哥提供资金和工作机会，但是出于各种原因，结果却适得其反。《北美自由贸易协定》直接导致农民失去了土地，这已经成为共识。"[①]由此可见，这些作家作品的着眼点在于美洲视域下的权力对比以及个人命运在其中的跌宕起伏。

美国的中美洲和南美洲移民文学，无论其族裔亚文化分支是什么，暴力和流散是其突出的主题，上面所说的社会历史问题都相应地在文学作品中得到了反映。《恩里克的旅程》虽然是一部非虚构作品，但是属于个人叙述，因此本研究将其作为文学文本进行考察。恩里克从洪都拉斯只身前往美国寻找母亲，途经危地马拉，墨西哥的奇亚帕斯（Chiapas）、瓦哈卡（Oaxaca）、韦拉克鲁斯（Veracruz）、墨西哥城，继续往北经过圣路易斯·波托西（San Luis Potosi）、马特瓦拉（Matehuala）、蒙特雷（Monterrey），最后

① Erin Adair-Hodges. "Bearing Witness: An interview with Demetria Martinez", Alibi, 18. 50. Dec. 16, 2009. https://alibi.com/art/30007/Bearing-Witness.html.

到达与得克萨斯拉雷多相对的新拉雷多(Nuevo Laredo)。他的旅程具有相当的代表性,正如作者在前言中所说:"每年大约有48000名儿童在没有父母任何一方的陪伴下从中美洲和墨西哥进入美国,大约三分之二最终能够通过美国移民归化署的检查……这些孩子中,75%的是寻找母亲。"[①]恩里克的旅程的另外一个典型之处就是这种越境方式的危险性。恩里克的母亲虽然在美国非法打工多年,但是一直未能有足够的积蓄帮助孩子移民美国;而孩子们思念母亲,难以应对生活和成长中的诸多问题,因而将解决问题的希望仍寄托在母亲身上,从而不惜一切代价去美国寻找她。恩里克从洪都拉斯一路扒火车来到墨西哥,到了新拉雷多以后,先后7次试图过境均失败,最后母亲付给了蛇头费用,恩里克才被成功偷运过境。在此过程中,恩里克穿越了墨西哥的13个省,路上几次受伤、数次被抢劫。所以,和墨西哥的非法移民相比,中美洲的非法移民承受了更多的危险。即便来到美国,他们也要经历艰难的适应过程,并且要重新协调和母国的关系。如维克托的母亲所担忧的那样:"即使你能够穿过沙漠、找到工作,你也要在陌生人中间生活,整天提心吊胆,害怕被遣返。而我们呢?我们也一样牵肠挂肚,收不到你的只言片语,不知道你过得好不好,甚至不知道你是不是还活着。"[②]这个过程中的危险、磨难和情感焦虑是移民都要面对的问题,文学书写更加直观生动地将其呈现出来,凸显出人物的个性和感情,将非法移民转变成为"人",令读者直面影响美国社会生活的非法移民问题。

文学书写能够再现流散背后的矛盾和暴力。德梅特里亚·马提内斯的小说《母语》就是这样的一个典型。小说聚焦于拉丁美洲的冲突和暴力,用诗性的语言构建了女性丰富的情感世界,描写了在无果无望的爱情中走向成熟的女性,辐射了被战争和暴力所撕裂的个人生活。《母语》的故事来源有两个:罗梅罗主教遇害;作者马提内斯因为帮助萨尔瓦多难民而被起诉。小说的叙述者是19岁的墨西哥裔女孩玛丽亚,她帮助朋友接待了来自萨尔瓦多的一位政治流亡者何塞·路易斯·罗梅罗。男主人公何塞为了逃避迫害来到美国暂时避难,他不知道未来会是什么样子,因为他自己和他的国家都处于前途未卜的境地:"他的国家把他嚼碎、吐出来,就像吐

---

① Sonia Nazario. *Enrique's Journey: The Story of a Boy's Dangerous Odyssey to Reunite with His Mother*. New York: Random Books, 2007, p. 5.

② Will Hobbs. *Crossing the Wire*. New York: Harper Collins Publishers, 2006, p. 22.

松子皮一样。他那天下午在从飞机上下来时，我就知道终有一天我会和他有肌肤之亲。他来到阿尔比凯克，在这片红土地上，在新墨西哥，开始新生活，或者至少躲避死亡。他的那张脸，是我梦中的样子。”[①]小说从玛丽亚第一人称内聚焦的叙述角度展开，有限的视角将对何塞这个人物的刻画压缩到了最简。玛丽亚知道，何塞并不是他的真名：他在萨尔瓦多经历了什么？为什么要流亡到美国？这些都是何塞保守的秘密，因为这直接关系到他个人以及许多萨尔瓦多政治流亡者的生命安全。但是玛丽亚却义无反顾地爱上了这个谜一样的男人，何塞的成熟与忧郁、神秘的身份背景，都对她充满了吸引力。乍一读来，这部作品似乎讲述了一个爱情故事，但是细读后会发现，玛丽亚的回忆屡次被权力和暴力所侵占，这显然违反了女性叙事和爱情故事的常规。玛丽亚原本可以享受爱情的甜蜜，但是他们在一个错误的时间遇到了彼此，将他们带到一起的强大力量同样也可以将他们分开。小说正是在个人幸福和历史责任这样一对矛盾中展开，女性的成长同政治、暴力、民族和种族等隐性的宏大叙事交融在一起。

《母语》取材于20世纪80年代的萨尔瓦多内战，为了凸显罗梅罗主教事件对萨尔瓦多内战爆发的影响，显示萨尔瓦多话题中不可回避的政治张力，作者直接将男主人公命名为“罗梅罗”。“小说中的人物是虚构的，但是背景却是真实的，在12年内战期间，超过75000名萨尔瓦多人丧命，大多数人死于政府军之手。内战正式结束于1991年。美国是内战的支持者，提供了60亿美元的军事援助。国务院的文献显示，美国政府高层非常清楚萨尔瓦多军事政权针对平民的暴力，包括1980年奥斯卡·罗梅罗主教被暗杀一事。但是当权者选择对此视而不见。”[②]对于男主人公何塞来说，国家的灾难便意味着个人生存的艰难，所以他仍想着寻找机会回到萨尔瓦多继续反独裁斗争。苟且活命会令他灵魂不安，美国不会是他的久留之地，因此他自始至终都没有把玛丽亚看作理想的归宿。玛丽亚追求的是爱情，但是何塞却认为没有自由保障的爱情是虚幻的：“她试图想象着把我和我的过去分开，她以为爱那个‘真正’的我，内战前的那个我，就可以结束我对战争的所有记忆。这是非常美国式的想法。”[③]这反映出玛丽亚的美国人身

---

① Demetria Martinez. *Mother Tongue*. New York: Ballantine Books, 1994, p. 3.

② Demetria Martinez. *Mother Tongue*. New York: Ballantine Books, 1994, flyleaf.

③ Demetria Martinez. *Mother Tongue*. New York: Ballantine Books, 1994, p. 84.

份和何塞的第三世界公民身份之间存在着巨大的鸿沟，出生在美国的玛丽亚虽然是被边缘化的少数族裔，但是她仍旧无法理解何塞的处境，况且这差距背后还有着更加深刻的社会历史原因，即美国对拉丁美洲的强权干预及其所支持的军事政权，这些是左右人们命运的根本因素。人物不同的身份和经历造就了他们对现实和未来的不同解读，同样昭示出未曾经历过苦难的美国人无法理解萨尔瓦多人的痛苦，而所谓的“忘掉过去、开始新生活”，在何塞来看是不可能的，无异于自我背叛。

除了故事本身的萨尔瓦多指向之外，《母语》还彰显了加勒比西语裔文学中强烈的政治色彩，展现了暴力的意识形态背景及其中的权力关系。因为美国政府的区别对待，真正面临生命威胁的萨尔瓦多革命者难以得到政治避难者的身份，他们在美国的逗留是非法的，所以，救助萨尔瓦多流亡者的非官方人权机构，如避难所运动(Sanctuary Movement)，难以得到美国官方的许可，他们被迫将何塞等人送往加拿大，玛丽亚还因此遭到美国政府的起诉。相比于同一时期美国政府对古巴移民的“难民”优惠政策，可以看出美国的意识形态考量直接干预到了对暴力的界定，因而，在美国文学视域下考察西语裔文学中的暴力，具有特别的意义。

通过简要梳理加勒比西语裔族群的基本情况能够看出，普通人民在暴力面前无处藏身，但他们的苦难在官方历史中却难见其踪，文学书写的重要意义在于将被强权压抑的声音释放出来，解救被暴力囚禁的灵魂。

第二节　多米尼加裔文学

多米尼加裔文学是加勒比裔文学中较为突出的一个分支，最著名的两位作家是茱莉亚・阿尔瓦雷斯(Julia Alvarez, 1950～　)和胡诺特・迪亚兹(Junot Díaz, 1968～　)[①]。阿尔瓦雷斯是加勒比裔美国文学的一位先驱，是最早在美国获得广泛认可的加勒比裔作家；迪亚兹是普利策奖小说奖的得主，也是当今声名最盛的西语裔作家之一。他们的作品均被翻译成数十种语言，在世界各地出版、发行。

① 另译为“朱诺・迪亚兹”，但是笔者认为，按照西班牙语的发音，译为“胡诺特・迪亚兹”，更符合西语裔的特征。

一、多米尼加裔美国人社区和文学概况

多米尼加共和国位于伊斯帕尼奥拉岛(Hispaniola),与海地共和国分据该岛的东、西两端。伊斯帕尼奥拉岛又称"海地岛",面积仅次于古巴岛,是加勒比海地区的第二大岛。1492 年,哥伦布发现新大陆,将其命名为"Hispaniola",意为"西班牙岛",第二年西班牙殖民者征服该岛,成为西班牙人在美洲建立的第一个殖民地。哥伦布到来之前,这里主要的土著居民是泰诺人,但是由于殖民征服过程中的征战、杀戮以及殖民者带来的疾病,到 16 世纪之初,泰诺人已经死亡十之八九,因而西班牙王室授权殖民者从非洲输入黑奴,补充岛上的劳动力。1503 年,第一批黑奴抵达伊斯帕尼奥拉岛。17 世纪末期,西班牙和法国争夺在该岛的统治权,最终两个殖民帝国达成一致,以河为界,西部的海地归法国,东部的多米尼加归西班牙。

多米尼加 1865 年推翻西班牙的殖民统治,成立共和国,此后一直与美国保持着密切联系,在地缘政治上受到美国的影响很大。美国先是于 1916 年入侵多米尼加共和国,占领至 1924 年,企图将其合并为美国领土,失败之后,转而扶持多米尼加国内的军事独裁政权。1930 年,拉斐尔·特鲁希略(Rafael Leónidas Trujillo, 1891～1961)在美国的支持下发动军事政变,建立起长达 31 年的家族独裁统治。特鲁希略家族起初实行了一些改革,对多米尼加的基础设施和公共福利进行了大力的改进,但是随着权力的高度集中,这种政治体制的弊端愈加凸显。特鲁希略对内实行恐怖统治,建立起遍布全国的特务网,残酷迫害要求改革的进步人士,镇压不同政见者的活动;同时在经济上大肆垄断国家经济命脉,疯狂敛财。在国际事务中,特鲁希略也开始慢慢脱离美国的掌控,并且制造了数起引起国际关注的反人类灾难。1961 年,在美国中央情报局的支持下,多米尼加国内的反对势力暗杀了特鲁希略,但是因为军方领袖倒戈,特鲁希略的儿子和弟弟很快掌握了政权,在全国进行大搜捕,几天之内上万人遭到逮捕和关押,这次革命失败。在后特鲁希略时代,多米尼加再次陷入了高压和恐怖之中,曾经在特鲁希略政权担任过傀儡总统的华金-巴拉格尔成为多米尼加民选总统,国家在很大程度上继续实行特鲁希略时期的政策。

在美国的多米尼加人多为 20 世纪 60 年代以后的移民,因而多米尼加裔社区是在 20 世纪中期以后才形成规模的。因为特鲁希略时期国家严格控制多米尼加人向外迁移,所以在特鲁希略被暗杀之后多米尼加的移民政

策才有所放松。20世纪80年代成为多米尼加人移民美国的高峰时期。根据鲁本·朗姆勃特的统计,在1980年的人口普查中,美国有17万在多米尼加出生的多米尼加移民及后裔,“其中只有6.1%是1960年以前来到美国的,大约有三分之一是在20世纪60年代多米尼加政局不稳固时期来到美国,其余的56%是70年代的移民。但仅仅在80年代,就有大约25万多米尼加人以合法身份进入美国;到了90年代,移民人数已经超过50万。其中绝大多数出生在多米尼加。因此,美国的多米尼加人社区主要就是移民社区,由近年到达美国的移民构成”[①]。20世纪90年代以后,随着多米尼加国内的形势趋于平稳,移民增长速度明显放缓。根据美国移民局国外出生人口管理处(U.S. Census Bureau's Foreign-Born Population Branch in the Population Division)主任伊丽莎白·格里科(Elizabeth M. Grieco)公布的数据,“每年大约有2万多米尼加人获得永久居住权,此外每年还有20万人短期进入美国”[②]。现在,在美国的多米尼加移民及后裔的人数大约在100万,在美国西班牙语裔和拉美裔族裔群体中居第五位,次于墨西哥裔、波多黎各裔、古巴裔和萨尔瓦多裔。在美国4100万出生于外国的人口中,多米尼加移民占到了2%。[③] 多米尼加移民的平均受教育程度较高,在西语裔群体中和古巴移民的总体情况相当,多米尼加裔作家同样也取得了令人瞩目的文学成就。

多米尼加人移民美国的历史较短,因而多米尼加裔美国文学的主体是移民文学,最具影响力的两位作家阿尔瓦雷斯和迪亚兹,都是在美国成长起来的多米尼加移民。他们两人虽然分属不同的社会阶层,移民过程和成长环境有着天壤之别,但是两人都是在年幼时来到美国,在美国接受教育,属于“生在多米尼加、长在美国”的儿童移民。虽然他们成长在西语裔社区,能够流利地使用西班牙语并且在创作中还会较多地借用西班牙语文化要素,但是他们更契合朗姆勃特所说的“第1.5代”移民,就是说无论从他

---

① Sean T. Buffington. “Dominican Americans”, http://www.everyculture.com/multi/Bu-Dr/Dominican-Americans.html.

② Elizabeth Grieco. “The Dominican Population in the United States: Growth and Distribution”, Migration Policy Institute, 2004/07(2017/01). http://www.migrationpolicy.org/research/dominican-population-united-states-growth-and-distribution.

③ Chiamaka Nwosu and Jeanne Batalova. “Immigrants from the Dominican Republic in the United States”, Migration Information Source, MPI. 07182004/02252017. http://www.migrationpolicy.org/article/immigrants-dominican-republic-united-states.

们的个人经历还是书写内容，抑或是书写的媒介（他们都是采用英语进行创作）来看，他们的多米尼加文化和身份已经被明显弱化，更多地成为一种背景，带有族裔文学的普遍特征。他们的文学成就也得益于多米尼加裔西班牙语文学的积淀。

多米尼加裔作家中，较早成名的是谢丽嘉达·“琪吉”·维西奥索（Sherezada “chiqui” Vicioso，1948～　）。维西奥索出生在多米尼加共和国的圣多明各，属于多米尼加的黑人。维西奥索在美国接受大学教育，获得布鲁克林学院的社会学和拉丁美洲学士学位，在哥伦比亚大学获得了教育学硕士学位。维西奥索是多米尼加裔作家中的积极分子，发起成立了多米尼加女诗人文学会（Circle of Dominican Women Poets），后来该文学会更名为女性作家会（Circle of Creative Women）。她在创作中充分凸显自己的杂糅文化身份，有意使用西班牙英语。虽然维西奥索已经出版了十余部作品，最早的诗集《从水上出发》（*Viaje desde el agua*，1981）出版于20世纪80年代初期，但是因为她主要使用西班牙语创作，读者群体为西班牙语裔，所以在整个美国拉美裔/西语裔文学研究界中，并未得到太多关注。维西奥索的部分诗作被选入文集，在2003年出版的《流散的女儿：非裔西班牙语裔作家》（*Daughters of the Diaspora：Afra-Hispanic Writers*，2003）中，编者对她的作品进行了简要的介绍，其中包括创作于1978年的西班牙语诗作《海地》（Haiti）。在诗中，诗人将海地岛被多米尼加和海地两国分据的状况比喻成“贞女”“少女”，想象她被蹂躏、被侵犯之前的美好和静谧。海地岛是地理大发现时哥伦布的首次登陆地，这首诗明显指向了欧洲殖民者对于美洲的掠夺和奴役，凸显了美洲历史中新旧大陆冲突所引发的暴力。

富兰克林·古铁雷斯（Franklin Gutiérrez，1951～　）的经历和维西奥索有些相似，他在圣多明各大学毕业后来到美国，在纽约城市大学获得硕士学位和西班牙与拉丁美洲文学的博士学位，之后留校任教。古铁雷斯同样使用西班牙语创作诗歌，主要读者为西语裔移民。诗作《海伦》（Helen）被广为收录，描写了多米尼加女性埃莱娜在美国一步步变成“海伦”的经过，反映了下层女性移民艰难的文化适应过程。

年轻一代的多米尼加裔作家也成长起来，有洛伊达·玛丽特萨-佩雷斯（Loida Maritza Perez，1963～　）、安吉·克鲁兹（Angie Cruz，1972～　）、奈莉·罗萨里奥（Nelly Rosario，1972～　）、安妮丝·贝兹（Annécy Báez）和

安娜-毛琳·劳拉(Ana-Maurine Lara,1975～　)等。这几位作家都是出生在多米尼加、成长于美国的二代移民,所以他们对于两种文化都具有认同感,也对两种文化的冲突感受深刻。他们的成就比不上阿尔瓦雷斯和迪亚兹,但也为阐释加勒比西语裔文化特质做出了积极的补充。玛丽特萨-佩雷斯出生于多米尼加,在3岁时和家人移民美国,她出版的小说《家园地图》(*Geographies of Home*,2000),讲述了多米尼加移民伊利亚娜姐妹四人移民美国后所经历的文化冲突和文化适应,其中的信仰冲突、身份建构和家园想象是移民题材小说中十分常见的主题。罗萨里奥毕业于哥伦比亚大学的创意写作专业,现在任教于得克萨斯州立大学的创意写作专业。她出版的小说《水圣之歌》(*Song of the Water Saints*,2003),以家族历史的形式,将女性话语和族裔记忆结合起来,讲述一个多世纪里三代多米尼加女性的经历;她们历经1916年美国入侵多米尼加、特鲁希略独裁和移民美国的磨难,虽然承受了痛苦,但是也经历了成长。贝兹的小说《我女儿的眼睛和其他小说》(*My Daughter's Eyes and Other Stories*,2007)采用碎片化叙事,讲述多米尼加移民两代人在美国30多年间的故事,获得了科尔伯斯通出版社设立的米盖尔·马莫尔文学奖(Miguel Mármol Prize)。劳拉出生于多米尼加外交官家庭,她的父亲曾经在联合国工作,也曾被派驻到其他国家,所以她随家人在非洲、中东等世界多地生活过。她是同性恋群体的活动家,也从事人类学研究,文学作品以诗歌和剧本为主,文学影响力并不大。

在这些多米尼加裔作家中,真正将多米尼加历史和文学书写结合的范例还是阿尔瓦雷斯和迪亚兹两位作家。他们深深根植于多米尼加共和国的历史,特别是特鲁希略政权的历史,书写在宏大历史中的普通人物,通过他们的经历折射出新旧大陆相遇过程中的矛盾冲突和彼此整合,对后殖民时代的殖民思想余孽及暴力进行了反思。

二、特鲁希略政权及其文学表达

特鲁希略政权时期是多米尼加共和国历史上最为黑暗、最悲惨的一段,对整个国家的政治、经济、社会生活都产生了深远的影响。特鲁希略上台以后,宣布多米尼加党是唯一的合法政党,这个政党后来改名为"特鲁希略党",从而以合法化的名义大肆迫害爱国人士,使得多米尼加的左派遭到巨大打击。特鲁希略家族以"官商合办"的名义疯狂侵吞国家资源,全国

55%的耕地和60%的矿山、交通等资源被他们控制。“他的家族成员纷纷担任国家的重要职务，并且利用‘官商合办’的名义控制了多米尼加主要企业和公用事业，充当美国垄断集团奴役多米尼加人民的工具。在特鲁希略的残暴统治和美国资本的长期奴役的情况下，多米尼加的经济已完全殖民化了：为了符合于美国垄断资本的利益，多米尼加像其他拉丁美洲国家一样，被人为地造成了一个以蔗糖为主的单一经济的国家。”[①]特鲁希略政权对外采用同样的高压政策，比如1937年驱赶和屠杀海地劳工，制造了举世震惊的惨案，在国际上造成了巨大的负面影响。

特鲁希略时期的高压独裁环境，使得多米尼加的历史书写中留下了诸多的空洞，多米尼加社会历史生活的图景，也呈现出高度的碎片化。文学书写成为建构“多米尼加身份”和“多米尼加生存”的重要补充。美国的多米尼加移民作家，在脱离了多米尼加的政治环境以后，获得了更大的表达空间，他们结合文学想象和多米尼加经验，再现特鲁希略政权下人们的生存。这种背景也成为多米尼加移民文学和族裔文学的标志。

（一）茱莉娅·阿尔瓦雷斯

茱莉娅·阿尔瓦雷斯是最早获得全国甚至世界声誉的多米尼加裔美国作家，她的代表作《加西亚家的女孩不再带口音》（*How the Garcia Girls Lost Their Accents*，1991）已经被翻译成数十种语言，是美国加勒比西语裔文学中的经典之作。阿尔瓦雷斯以历史题材为主，其作品大多取材于家族历史和多米尼加历史，讲述米拉贝尔姐妹等女英雄的故事，或者书写拉丁美洲版的《安妮日记》，塑造在争取自由的斗争中不得不承受暴力和创伤的少年儿童。

阿尔瓦雷斯1950年出生于纽约，在她三个月大的时候，他们一家回到了多米尼加共和国。阿尔瓦雷斯家族属于多米尼加的上层社会，她的外祖父曾经担任多米尼加驻联合国代表，几个舅舅都在多米尼加政府担任要职。她的父亲参与了反政府地下组织，谋划在1961年刺杀特鲁希略，但是因为行动暴露，全家人被迫紧急逃离多米尼加，当时茱莉娅年仅10岁。阿尔瓦雷斯的成名作《加西亚家的女孩不再带口音》和《我们自由之前》（*Before We Were Free*，2002）都带有相当程度的自传特征，都是根据她生

① 丁则民、姜德昌：《一百多年来美国对多米尼加的干涉和侵略》，《吉林师大学报》1965年第1期，第88页。

活中的这段经历而作。这两部作品之间的人物关系也表现出一定的延续性。阿尔瓦雷斯回到美国以后，和姐妹们一起就读于天主教教会学校，后来就读于私立寄宿学校，但是因为语言文化差异，她们遭受了种族歧视，被同学取笑为“西班牙佬”，这令她对社交心怀焦虑，但是却逐渐培养了自己的文学兴趣。阿尔瓦雷斯就读于康州学院，后转学到明德学院，以优等生的身份获得了艺术学的学士学位。硕士毕业后，她回到明德学院担任驻校作家。

《加西亚家的女孩不再带口音》采用了倒叙的手法，描写加西亚一家从多米尼加逃亡到美国以后的生活。加西亚家的四个女儿必须经历文化适应过程，她们从之前社会上层的富家小姐变成了少数族裔平民。更重要的是，她们的个体身份被消解，变成了集体标签中的一个部分：“公寓楼下的那个女人，顶着从发廊里染的一头蓝色头发的那个女人，自从几个月前加西亚一家搬进这座楼里，她就开始不断地投诉，类似的理由有：这家人应该被赶出去，他们家做的饭太难闻了，他们说话声音太大了，而且还不讲英语，那几个孩子听起来就好像几头发狂的疯驴。[①]”四姐妹的生活中各自出现了不同的问题，这集中体现在她们从“西班牙语使用者”到“英语使用者”的转换过程中。她们在美国英语文化语境下不得不对自己的西班牙语裔语言文化身份进行重新整合，正如学者所说的人物文化身份的动态变化：“在语言这一领域中，这种文化身份的流动与变化具体表现在与母语的割裂、双语期的焦虑、在接受国语言中的着陆三个阶段，对应着文化身份被动改变、迷茫排斥和最终认同，反映出文化差异的存在、文化对立的消解、文化杂交的可能、以及文化身份的动态变化。”[②]这部作品出版后得到了相当广泛的关注，成为拉美裔美国文学中性别身份和文化身份书写的典型文本。小说在20世纪90年代初反映出的少数族裔的文化身份问题，带有那个时代文学书写的普遍性，它不仅适用于多米尼加移民，而且也体现了其他加勒比移民对于身份的整合和重构。如威廉·路易斯所说：“在加勒比海地区，文化的融合产生了身份的矛盾，涉及西班牙文化、非洲文化、美洲印第安文化和各个国家的国家文化。而加勒比人来到美国以后，身份问题

---

① Julia Alvarez. *How the Garcia Girls Lost Their Accents*. New York: Plume, 1992. p. 170.

② 张瑛：《〈加西亚家的女孩不再带口音〉中语言与文化身份解读》，《当代外国文学》2015年第4期，第19～26页，第19页。

变得更加复杂了，又增加了北美因素。在北美洲文化和西班牙语裔文化之间的来回迁移促使古巴人、波多黎各人和多米尼加人不断地寻找他们的身份"[①]。

《我们自由之前》被誉为"拉美版的《安妮日记》"。叙述者是12岁的多米尼加女孩阿妮塔·托雷斯，她采用第一人称内聚焦的方式，讲述了1960～1961年期间大家庭中的巨大变化。小说一开始，阿妮塔便讲述了姑姑加西亚一家紧急离开多米尼加共和国的情形，这与《加西亚家的女孩不再带口音》中四姐妹仓促离开的故事情节相吻合，就是说，这部小说中的叙述者是加西亚姐妹的表妹。阿妮塔的父亲和叔叔在姑父离开以后继续从事反对特鲁希略军事独裁的地下活动，最终他们的行动小组虽然成功暗杀了特鲁希略，但是他们二人在之后的大清洗中被捕。在父亲被关押期间，阿妮塔和母亲躲藏在父母的友人曼西尼家中，他们在壁橱里躲了两个月，后来在秘密组织的协调下离开多米尼加来到美国。小说中的日记部分是阿妮塔在曼西尼家中避难期间的生活记录。

阿尔瓦雷斯在《我们自由之前》的后记中，讲述了这部小说的缘由：故事取材于阿尔瓦雷斯的父亲和舅舅当年反对特鲁希略独裁的经历，是那个国家在特定历史时期的记录；她希望通过文学叙述让读者知道，多米尼加人为国家进步做出了巨大的牺牲。相比于在斗争中牺牲的战友，加西亚一家和阿尔瓦雷斯一家都是幸运的，所以小说扉页上写着"献给那些留下的人"，即那些没能逃脱后特鲁希略时代大清洗、为了国家做出牺牲的人们。阿尔瓦雷斯还通过讲述，为同样饱受苦难的其他拉丁美洲国家"做证"："我之所以选择多米尼加共和国特鲁希略专制作为故事背景，是因为我曾亲身经历过那个时期。不过，这样的故事有可能发生在任何一个独裁专制肆虐的国家——尼加拉瓜、智利、海地、危地马拉、萨尔瓦多或者洪都拉斯……"[②]尽管阿尔瓦雷斯小说中有着明显的个人经验的痕迹，但是不管其中有多少的自传性因素，它们都是典型的文学叙述，"阿尔瓦雷斯并不是在创作传统的传记文学，或者是回忆录，相反，她通过文学叙述，包括非虚构类

---

① William Luis. "A Search for Identity in Julia Alvarez's *How the García Girls Lost Their Accents*", *Callaloo*, 2000, 23(3), p. 848.

② 茱莉娅·阿尔瓦雷斯：《我们自由之前》，李保杰译，南京：译林出版社，2014年，第173页。

散文、小说，呈现她自己生活的片段，或者说是‘伪记忆’”[1]。总体而言，个人记忆、个体经历虽然具有虚构性，但依旧成为官方历史中诸多空白之处的补充。

《彩蝶飞舞时》(*In the Time of the Butterflies*，1994)也是一部历史题材的小说，以特鲁希略时期反对独裁专制的米拉贝尔三姐妹的故事为素材。米拉贝尔三姐妹是反特鲁希略地下组织的成员，在探望被监禁的丈夫时，在山路上遭到秘密特务的伏击，她们及车上随从都被暗杀。小说的扉页上写着：“纪念帕特里亚·梅赛德斯·米拉贝尔(1924 年 2 月 27 日到 1960 年 11 月 25 日)、密涅瓦·米拉贝尔(1926 年 3 月 12 日到 1960 年 11 月 25 日)、玛丽亚·特丽莎·米拉贝尔(1935 年 10 月 15 日到 1960 年 11 月 25 日)和鲁菲诺·德拉克鲁兹(1923 年 11 月 10 日到 1960 年 11 月 25 日)。[2]”这部以历史人物为素材的小说和《以莎乐美的名义》(*In the Name of Salome*，2000)一样，虽取材于历史人物，但带有相当的虚构性。但是正如许多其他类似的历史小说，该小说中虚构的占比难以界定，不过这不应该成为研究的重点，因为文本性本身就已经证明了小说的意义更多地彰显在叙述的构建性意义上。毕竟，阿尔瓦雷斯作为第一位获得国际性声誉的多米尼加裔作家，她的发声就已经在相当程度上达到了为多米尼加人“作证”的意义。

茱莉娅·阿尔瓦雷斯近年来主要从事少年儿童文学创作。2001 年以后创作了四部“劳拉姑姑系列”故事，第一部《劳拉姑姑~~来访~~留下来》(*How Tia Lola Came to ~~Visit~~ Stay*，2001)和《加西亚家的女孩不再带口音》以及《我们自由之前》具有故事情节的相似性和延续性。2007 年她出版了自己所谓的“唯一非虚构作品”《从前有场成年礼舞会：在美国的成长》(*Once Upon A Quinceañera：Coming of Age in the USA*)，讲述自己在美国的成长。此外，她还出版了涉及非法移民问题和非法移民子女问题的小说《退还发送人》(*Return to Sender*，2009)和《海地婚礼：友谊的故事》(*A Wedding in Haiti：The Story of Friendship*，2012)等。

---

[1] Jessica Wells Cantiello. “‘That Story about the Gun’：Pseudo-Memory in Julia Alvarez’s Autobiographical Novels”，*MELUS*，2011，36(1)，p. 86.

[2] Julia Alvarez. *In the Time of the Butterflies*. New York：Plume，1995，flyleaf.

(二)胡诺特·迪亚兹

胡诺特·迪亚兹是现在多米尼加裔作家中年轻有为的一位,是普利策奖小说奖的得主,也是当今最为活跃的多米尼加裔男性作家。迪亚兹 1968 年出生于多米尼加的首都圣多明各,6 岁时移民美国,在新泽西的多米尼加移民社区长大。他在罗格斯大学获得学士学位,在康奈尔大学获得艺术学硕士学位,后来专门从事文学创作,在麻省理工学院担任创意写作教授。1996 年出版的《沉溺》(*Drown*)获得了当年度的短篇小说奖。《沉溺》中的叙述者尤尼尔是一个关键人物,虽然有些故事采用了第一人称外聚焦方式,但是尤尼尔始终以一个观察者的身份去呈现多米尼加人的生活和美国多米尼加移民的经历。鉴于作品因尤尼尔作为叙述者所显示出来的叙述的整体性,以及小说人物及情节的连贯性,批评界大多将这部作品视为小说。在作者出版了第三部具有相似叙事风格的作品以后,叙事者的身份、叙述方式和故事情节上的连贯性变得更加明显,这种解读也得到了更加明确的证据支撑。

如果说《沉溺》奠定了迪亚兹在文学界的基础地位,那么,2007 年的作品《奥斯卡·瓦奥短暂而奇妙的一生》(*The Brief Wondrous Life of Oscar Wao*)就使他在 21 世纪的美国文学中脱颖而出,成为最受欢迎的作家之一,也使他当之无愧地成了美国西语裔文学的一位杰出代表。该作品获得 2008 年度普利策奖小说奖和 2007 年度美国书评家协会奖。小说的成功给作者带来了声誉,2010 年迪亚兹成为普利策奖的评委,是第一位担任此职务的拉美裔作家,之前理查德·罗德里格斯是美国国家图书奖(非虚构类作品)的评委。2012 年,迪亚兹出版了第三部小说《你就这样失去了她》(*This Is How You Lose Her*),该书继续了尤尼尔在《沉溺》中的叙事风格,但是书写的都是美国故事,获得了美国国家图书奖的提名。现在,迪亚兹已经毫无悬念地成为当今拉美裔和西语裔文学中最知名、最成功的作家之一。

迪亚兹对写作具有很高的要求,他不固守成规,不断地探索主题和写法上的创新。《沉溺》主要讲述多米尼加少年在多米尼加共和国以及美国多米尼加移民社区的成长,其中涉及贫困、家庭、成长的迷茫等主题;小说则以多米尼加近代历史为背景,讲述奥斯卡一家三代人的经历。小说中杂合了众多的文化要素,具有强烈的时代感和族裔特色,例如科幻小说、魔幻特征,描写了一个书呆子寻找归属感的历程,将多米尼加人的生存悖论汇集在了奥斯卡这个“不像多米尼加男人”[①]的多米尼加裔美国人身上，以寻找多米尼加身份的认同感。对于多米尼加裔文学书写，迪亚兹表示过一定的担心，他觉得对特鲁希略政权描写得已经够多了。[②] 这体现了两种可能性：文学发展需要一定的创新，从而适应时代的变化、反映人们的价值取向和生活状态，而不是一味地沉溺于过去；另外，这样的书写范式对于非多米尼加裔或者非西语裔读者虽然会产生一定的冲击，但是也容易使他们产生刻板化印象，将多米尼加人模式化。因此，迪亚兹一方面承认自己的种族属性，另一方面也在寻求多层面的叙述，力图使文本对不同的读者群都产生共鸣。所以，迪亚兹使用了“历史编纂法，让叙事结构和历史主题都具有更大的灵活性，通过不同的甚至是相互矛盾的要素，使得国家历史得到再现。尤尼尔试图以一种不循常规的方式呈现多米尼加历史，以对抗多米尼加独裁者特鲁希略所代表的单一话语”[③]。这个问题不仅对于多米尼加裔文学意义重大，也是美国其他少数族裔文学分支不得不面临的问题。

2012年，迪亚兹的第三部作品《由此而失去她》(*This Is How You Lose Her*)出版，该书曾跃居纽约畅销书排行榜的榜首，并且获得了国家图书奖的提名奖。该书仍旧采用了片段式的去中心化叙述方式，由前两部作品中的叙述者尤尼尔继续他的叙述任务，从男性视角讲述拉丁美洲移民的美国故事，在表面的玩世不恭之中透着淡淡的忧伤和深深的迷茫。这部作品在情节上与之前的两部作品存在延续性，尤尼尔依旧是游走在不同女性之间、滥用感情的多米尼加裔男人。古巴裔女友马格达莱娜是符合他理想的妻子，但是另一个拉美裔女孩儿卡桑德拉对于他男性气质的迎合和赞赏使他获得了被认同的满足，最终周旋于三角关系中的尤尼尔被两个女性唾弃。相比于《奥斯卡·瓦奥短暂而奇妙的一生》中尤尼尔对自我真实欲望的隐藏，此时他更加直接地指出了自己心无所属的根本原因：“玛格达所有的朋友都说我骗她是因为我是多米尼加人，我们多米尼加人都是狗，不值得相信。我相信自己无法代表所有的多米尼加男人，也怀疑他们这么说是

① [美]朱诺·迪亚兹：《奥斯卡·瓦奥短暂而奇妙的一生》，吴其尧译，南京：译林出版社，2010年，第3页。

② Marisel Moreno. “The Important Things Hide in Plain Sight”: A Conversation with Junot Díaz”, *Latino Studies*, 2010, 8(4), p. 536.

③ Monica Hanna. “‘Reassembling the Fragments’: Battling Historiographies, Caribbean Discourse, and Nerd Genres in Junot Díaz's *The Brief Wondrous Life of Oscar Wao*”, *Callaloo*, 2010, 33(2), p. 500.

不是以偏概全。反正我觉得这跟基因没关系，其实造成这个的原因很多。"[①]这部小说的主线是尤尼尔的爱情故事，其中穿插着哥哥拉法患了癌症以后、在生命中最后岁月里的挣扎，以及父亲雷蒙和他的情人雅思敏的故事。

相比于前两部小说，该小说采用了更加多元化的灵活视角，比如在"从前，那种生活"(Otravida，Otravez)中，叙述者雅思敏是一个来自多米尼加的28岁女性，按照迪亚兹三部作品中故事情节的连续性来看，她是尤尼尔的父亲雷蒙的情人。经过了5年艰苦的体力劳动，雅思敏和雷蒙终于买下了一所房子，有了安身之地，但是雷蒙远在多米尼加的妻子在苦苦盼望着与他团聚，所以，对于雅思敏而言，未来仍旧是一个未知数。迪亚兹塑造了不同的拉丁美洲移民的形象，反映了拉丁美洲移民艰难的生存状况。生活的艰难使得人们武装起自己，弱者没有相互依靠着温暖彼此，却在急切的自我保护中彼此伤害："面包比亲情更加重要……正是这样，安娜·依瑞斯才在这里幸存下来。我们多多少少也是这样的"[②]。在这部作品中，迪亚兹继续采用碎片式叙述和不断切换的视角，讲述多米尼加移民的经历；他也在继续之前的与多米尼加移民相关的族裔主题，但是主题呈现被放置在更加激烈的冲突中。尤尼尔的优柔寡断和他在不同女性之间的周旋，其实也是他心中孤独的展现。正如奥斯卡一样，他通过这样的方式在努力寻找安全感。小说在尤尼尔内聚焦部分采用了第二人称叙述，似乎是直接和读者的对话，因此这些故事既是尤尼尔的故事，又是众多多米尼加裔青年的故事，是他们寻找爱情和归属的经历。尤尼尔不承认自己个体经历的代表性，但是毫无疑问，他通过言语行为和叙事主体性成为那个群体的代言人。另外，鉴于尤尼尔和作者本人经历之间的一些相似性，相当多的评论把叙述者尤尼尔视为作者的代言人。迪亚兹本人并不认可这种看法，并且有意识地与尤尼尔保持了距离。例如在一次访谈中，他对尤尼尔的叙述能力进行了这样的评价："他对各个人物的了解太透彻了，这令我非常震惊。"[③]也许，这段2008年的访谈还没有完全呈现出尤尼尔在迪亚兹作品中的关键性作用，但是现在再回头看，尤尼尔作为迪亚兹所有三部作品的叙述者，的

① Junot Díaz. *This Is How You Lose Her*. New York：Riverhead Books，2012，pp. 18-19.

② Junot Díaz. *This Is How You Lose Her*. New York：Riverhead Books，2012，p. 18.

③ Matt Okie. "Mil Máscaras：An Interview with Pulitzer—Winner Junot Díaz"，2008/09/02（2010/01），http://www.identitytheory.com/interviews/okie_diaz.php.

确可以称得上是无所不知的叙述者，是最接近作者本人叙事声音的一个视角。

迪亚兹在作品中试图弱化个人身份在文本中的表现[①]，这与茱莉娅·阿尔瓦雷斯彰显自我历史和个人经历的做法是完全不同的。他有意识地保持着和文本的距离，即使在访谈中，他也时刻保持着这样的清醒状态。他明确反对任何形式的一概而论；不过，他也承认自己的作品属于"这样的写作传统，即关于压迫、社会不公平、专制、移民和新泽西的。我知道自己所属的这个传统，不过，作品到底能够产生何种效果，这可不是作家能够掌控得了的"[②]。由此，他给读者留下了更大的诠释空间，也显示出他对叙事主体和叙事角度的安排是有意而为之的。

简单比较一下以上这两位作家能够看出，他们作为这个群体中成就最高、影响力最大的两位作家，虽然都以特鲁希略时期的多米尼加为创作背景，讲述在此历史背景下多米尼加人的流散，试图通过文学话语呈现多米尼加移民的经历和生活，但是他们书写的重点和方式各不相同。无论如何，最重要的是，他们通过文学书写表现了叙述的主体性，使得多米尼加裔美国人群有了发声的机会。

第三节　萨尔瓦多裔文学和萨尔瓦多主题

萨尔瓦多移民及后裔是仅次于墨西哥裔、波多黎各裔的第三大西语裔群体。在某些族裔群体中，意识形态要素的作用十分明显，萨尔瓦多移民的情况就是如此，贫困和政治动荡左右着他们的文化认同与文学书写。1980年爆发的萨尔瓦多内战带来了巨大的社会影响，相关萨尔瓦多的文学写作往往会涉及这一历史背景。萨尔瓦多作家阿莱格里亚是一位目前在文学界有较高造诣的作家，不过从严格意义上讲，她的文学作品并不属于美国文学的范畴，因为阿莱格里亚是位移民作家，她只是在美国居住了40多年，目前已经回到了父亲的祖国尼加拉瓜，参与那里的战后重建；即便有些作品是她在美国期间所做，其主题中的美国相关性并不明显，偶有涉及

---

① 参见李保杰：《当代拉美裔美国文学研究》，济南：山东大学出版社，2014年，第102～103页。

② Marisel Moreno. "The Important Things Hide in Plain Sight": A Conversation with Junot Díaz", *Latino Studies*, 2010, 8(4), p. 533.

时,其立足点依旧是流散经历之于萨尔瓦多经验的意义。

一、美国的萨尔瓦多移民社区

萨尔瓦多共和国位于中美洲北部。“萨尔瓦多”一词在西班牙语中的意思是“救世主”。当年哥伦布进行首次航行,在海上漂泊了3个多月都没有看到任何大陆,此时随从和水手们纷纷对哥伦布的判断力产生了怀疑。就在此时,一座小岛出现在天际,水手们看到了希望,哥伦布将其视为上帝的救赎,将这座岛屿称为“萨尔瓦多”。但现实中的萨尔瓦多并没有那么幸运地得到上天的恩宠;这是个国土面积只有2万多平方公里、2015年人口为650万的中美洲国家,经历了重重的磨难。

20世纪二三十年代以来,萨尔瓦多国内一直动荡不安。1931年,马克西里亚诺·赫尔南德兹·马提内斯(Maximiliano Hernandez Martinez)在萨尔瓦多开始了12年的军事统治,这是美国扶植的军事政府,是美国在一战结束后对拉丁美洲进行战略“再平衡”的结果,危地马拉和多米尼加共和国等国家都经历了类似的情况。萨尔多瓦的“14个咖啡家族”和以美国为主的外国垄断资本家掌握了国家的政治权力和经济命脉,全国90%以上的财富集中在这些人手中。20世纪70年代末反政府游击队开始壮大起来,1980年3月内战正式爆发,国内的政治动荡和战争使人民颠沛流离,导致大批难民逃亡到美国。同一年,萨尔瓦多的罗梅罗主教被暗杀,全国陷入了彻底的混乱和暴力之中,左派进步人士和公共知识分子成为暗杀的主要对象。1980年,国民卫队、警察、保安部门、特务组织以及极右恐怖组织,对工会活动家、农民领袖、新闻记者和教师进行窃听、跟踪,对与进步组织有联系的普通民众加以威胁迫害,上至80岁的长者,下至五六岁的幼童,都可能“被失踪”,被当作反对派的联络人而遭到暗杀。据估计,在1980年,大约有13000～15000人被以各种借口杀害。1980年10月,由萨尔瓦多共产党和中美洲工人革命党等政治组织领导的人民解放军、人民革命军和全国抵抗游击武装力量联合成立了法拉本多·马蒂民族解放阵线,内战全面爆发。1992年1月,马蒂民族解放阵线与政府签订《和平协议》,萨尔瓦多内战正式结束,大规模冲突基本结束。

萨尔瓦多内战期间,暴力、血腥和杀戮成为萨尔瓦多人民的梦魇。内战导致大量人口流离失所。据估计,12年的内战导致8万人死亡,并且其中相当一部分是无辜的平民。[①] 20 世纪 80 年代初期,政府发起了大规模的清剿运动,许多人被暗杀,有学者认为,政府军此举的目的是在群众中制造混乱和恐慌,威慑他们不敢为反政府武装提供帮助,不敢参加游击队。有时整个村庄的人都会被杀掉:"政府军几乎将整个村庄 372 个人全部杀掉,两个幸存者从血泊中侥幸逃出来,另外一个是因为碰巧不在村里。他们将男人砍头,把女人枪毙,将年轻女孩强奸然后杀掉,年龄小的孩子要么用砍刀砍死,要么直接扔进教堂的'圣火'中活活烧死。有些士兵不想对孩子动手,军官威胁道:'哪个婊子生的说的?'然后他自己把蹒跚学步的孩子高举到半空中,狠狠地扔到地上摔死。"[②]20 世纪 80 年代中期,针对农村地区,政府军甚至采用了轰炸的方式,大批平民被迫迁移到周围的山区,或者有些逃到邻国。由此就不难理解为什么人们历尽艰辛地从萨尔瓦多来到美墨边境,然后冒着生命危险穿越国界线。移民过程中要面对无数的未知和磨难,到达美国后还要东躲西藏,随时有可能被抓住、被遣返,但他们仍旧义无反顾地踏上迁移之路。

萨尔瓦多内战爆发以后,大批难民涌向墨西哥和美国边境。尽管美国在很大程度上被卷入萨尔瓦多内战以及与此相关的利益博弈,但是对待萨尔瓦多难民的态度却非常鲜明,那就是严格禁止入境。当时,美国为了遏制拉丁美洲的左派势力,阻止共产主义思想在拉丁美洲的传播,积极扶持政府武装力量。美国害怕萨尔瓦多左翼力量壮大,因为那样"可能会导致该国建立马克思主义政权,如此一来他们就会和古巴一道,联合反对美国的扩张"[③]。因此,美国以社会改革、农业改革、自由选举和双方对话为借口,对右翼政府进行了大量的投入。研究表明,"美国政府的投入是有史以来代价最昂贵、参与程度最深的干预……除了军事援助以外,还以'美国援助'的形式提供了价值 40 亿美元的其他援助,包括社会改革等"[④],总投入达到了 60 亿美元。但是美国不允许矛盾蔓延到自己的国土上,并严格限

---

① Julia Dickson-Gómez. "Growing up in Guerrilla Camps: The Long-Term Impact of Being a Child Soldier in El Salvador's Civil War", *Ethos*, 2002, 30(4), p. 329.

② Kay Read. "When Is a Kid a Kid? Negotiating Children's Rights in El Salvador's Civil War", *History of Religions*, 2002, 41(4), p. 391.

③ Robert Pastor. "Continuity and Change in U. S. Foreign Policy: Carter and Reagan on El Salvador", *Journal of Policy Analysis and Management*, 1984, 3(2), p. 181.

④ Adán Quan. "Through the Looking Glass: U. S. Aid to El Salvador and the Politics of National Identity", *American Ethnologist*, 2005, 32(2), p. 277.

制萨尔瓦多难民进入美国。之前提到，梅特里亚·马提内斯的小说《母语》就是基于这样的一种背景而创作的。

贫困和暴力是威胁中美洲各国人民的最大问题，这在萨尔瓦多表现得尤为突出。多年的战乱破坏了国家的经济基础，农业经济濒临崩溃，20 世纪 80 年代政府对农村进行的清缴在有些地区彻底摧毁了农业生产的基础。另外，一批劳动力逃到邻国躲避战乱。内战结束之后的 20 多年里，这个国家尚未从战争的巨大破坏力中恢复过来。人民生活困苦，社会动荡，"妇女依靠在工厂做工、替人打扫卫生或者当保姆，每月能够收入 40～120 美元，但是一间没有厨房和厕所的住所也需要 30 美元的租金。在农村，很多人就住在防水油布撑着的棚子里，没有桌椅，没有家具，吃饭时就坐在地上。孩子们衣衫褴褛，根本买不起纸、笔等文具，也吃不上一顿像样的午饭……许多七八岁的孩子没法上学，在家替母亲照看弟弟妹妹，或者在街头卖玉米煎饼，帮助父母维持生计"[①]。在数次的动荡和战乱中，不少中美洲移民通过各种途径来到美国，谋求生路。

1983 年，美国著名记者、作家琼·狄迪恩和同为记者的丈夫邓恩(John Gregory Dunne，1932～2003)到萨尔瓦多进行采访。基于这次采访而创作的《萨尔瓦多》(*Salvador*，1983)被誉为新新闻主义的一部代表作品。狄迪恩的这部作品能够为当时萨尔瓦多的社会历史提供相当的参考。暴力一旦失控，其猛烈程度令始作俑者都难以控制；当时报纸每天都会出现死亡失踪案例报道，难以计数的类似事件在萨尔瓦多各地上演，具体受害人数已经难以统计。美国是挑起萨尔瓦多不同势力争斗的始作俑者，可谓内战的推动者，但是形势恶化以后，普通美国人在萨尔瓦多的安全同样难以得到保障，甚至美国大使馆都无法获得准确信息，只能根据新闻媒体的报道估计形势和美国人的伤亡情况，然后将其传送回华盛顿。狄迪恩通过引用美国大使馆对萨尔瓦多局势的通报、美国总统的相关演讲、媒体的报道、统计数字，采访政界、金融界领袖，并借用著名事件的时间和地点等，历数萨尔瓦多内战期间著名的失踪、暗杀事件，如 1980 年美国四位天主教士被杀事件、1982 年荷兰电视新闻团队被杀事件等。"恐怖是这个地方的标志。黑白两色的警车成对巡逻，每一辆都从打开的车窗伸出来一支枪筒。军方

---

① Sonia Nazario. *Enrique's Journey: The Story of a Boy's Dangerous Odyssey to Reunite with His Mother*. New York: Random Books, 2007, pp. xxiii-xxiv.

随时随地设置路障，士兵从卡车鱼贯而下，一字排开，手指随时扣着扳机，保险栓开开合合。瞄准仿佛就是为了消磨时间。”[①]狄迪恩在描述他们一行两周内的所见所闻时，通过自我视角和新闻报道的结合增加了叙述的可信度，形象地展现了笼罩在这个国家上空的阴霾。他们初到萨尔瓦多的，便体验到了紧张的气氛：“唯一的逻辑就是默许。入境检查在各种自动武器的重重包围下进行，只是这荷枪实弹的阵势是什么机构的权力（国民自卫队、国家警察、海关警察、国库警察，还是其他什么和他们有交集的不断扩展的秘密执法部门），却不得而知。眼神交流是要避免的。证件被翻过来倒过去地仔细查看。出了机场，汽车走在穿过绿色山峦的高速公路上，此时正值热带雨林的雨季，阴云密布的天空下，青葱的山峦反射着幽暗的光，一路看到的都是饥肠辘辘的牛群、四处游荡的流浪狗和各类装甲车辆，厢式货车、卡车和‘切诺基首席’越野车，都装上了加厚钢板和一寸厚的防弹树脂玻璃。这些车辆是当地生活的独特风景，大都和各类失踪、死亡事件脱不了干系。”[②]狄迪恩的记录按照时间顺序进行，讲述他们一行四名记者穿越哨卡去往莫拉赞交战区的经历。一路上随处可见的死尸反映出政府军以清除共产主义影响为名对普通民众的杀戮。通过追溯这个国家的被殖民历史，讲述这个国家人民的苦难历程，狄迪恩用生动直接的方式，透过自己所经历过的心惊胆战，展示了在这个国土面积与加利福尼亚一个县相当的国家的人们的生存是多么的卑微和艰难。

多年的战乱、军事统治和贫困，加上移民问题的影响，萨尔瓦多这个国家蒙受着多重的煎熬，成为中美洲国家中的高犯罪率国家。西语裔和非裔是美国大都市（洛杉矶、纽约和芝加哥等地）中的帮派团伙以及帮派犯罪的主体，美国警方对帮派犯罪采取的惩罚措施就是遣返。这些从美国遣返回来的帮派成员很快在各自的国家建立起了相应的团伙，美国洛杉矶的萨尔瓦多帮派，如鳟鱼帮（MS-13）和第十八街，很快就遍布了整个中美洲“北三角”国家——萨尔瓦多、洪都拉斯和危地马拉，这进一步加重了这些国家本来就已经相当严重的社会危机。

二、萨尔瓦多移民文学：克拉丽贝尔·阿莱格里亚

萨尔瓦多移民在美国的总数较少，影响微弱，文学力量更弱小。其中

---

① Joan Didion. *Salvador*. New York: Washington Square Press, 1983, pp. 14-15.

② Joan Didion. *Salvador*. New York: Washington Square Press, 1983, pp. 13-14.

影响力较大的作家当属克拉丽贝尔·阿莱格里亚(Claribel Alegría, 1924～2018)。克拉丽贝尔原名克拉拉·伊莎贝尔·阿莱格里亚·韦德斯(Clara Isabel Alegría Vides),是诗人、记者、散文家,2006年获得了纽斯塔特国际文学奖(the Neustadt International Prize for Literature),被公认为中美洲裔美国作家中的代表。该文学奖项被誉为美国有声望的国际文学奖,因为该奖项往往被认为是瑞典皇家科学院每年度诺贝尔文学奖评选的一个前奏,所以还被称为"美国的诺贝尔文学奖"。

克拉丽贝尔·阿莱格里亚1924年出生于尼加拉瓜的艾斯特利(Estelí),父亲丹尼尔·阿莱格里亚·罗德里格斯是尼加拉瓜人,母亲安娜·玛丽亚·韦德斯是萨尔瓦多人,所以也有不少文献也把她当作尼加拉瓜裔作家。阿莱格里亚只有9个月大的时候,他们一家离开尼加拉瓜来到萨尔瓦多,当时美国占领了尼加拉瓜,她的父母都是反对占领的左派人士,因为参加反对美国占领的抵抗运动而受到了生命威胁。阿莱格里亚在萨尔瓦多西部的圣安娜成长,所以她把自己称为"萨尔瓦尼加"(Salva-Nica),意为萨尔瓦多-尼加拉瓜人。1943年,21岁时她移居美国,就读于乔治·华盛顿大学(George Washington University),毕业获得哲学和文学学士学位。1947年,她和美国记者达尔文·弗莱克尔(Darwin J. Flakoll, 1923～1995)结婚。弗莱克尔曾经参加二战,是轰炸机飞行员,参加了太平洋战争。他们一起工作、并肩战斗,报道智利、乌拉圭、阿根廷等国的进步运动。弗莱克尔将阿莱格里亚的西班牙语作品翻译成英文,担任她的文学编辑。他们合作了部分作品,例如小说《伊扎尔科的灰烬》(*The Ashes of Izalco*),这部作品大约创作于20世纪50年代,后来由他们的儿子埃里克·弗莱克尔重新编辑,在2015年出版。1995年,弗莱克尔病逝,阿莱格里亚的诗集《悲伤》(*Sorrow*, 1999)就是基于丧夫后的悲伤所作。

阿莱格里亚表现出了对尼加拉瓜和萨尔瓦多的双重社会责任感。阿莱格里亚出生后不久,尼加拉瓜遭到美国的第二次入侵。美国分别在1912和1926年两次入侵尼加拉瓜,占领时间超过20年。美国1912年占领尼加拉瓜之后,遭到尼加拉瓜人民的反对,阿莱格里亚的父母就是参加了反对美国入侵的地下运动而受到死亡威胁。从1927年开始,尼加拉瓜人在奥古斯托·塞萨尔·桑地诺(Augusto Nicolás Sandino, 1895～1934)的领导下开展了反对美军占领的游击战争,最终迫使美军于1933年撤离。桑地诺被美国政府称为"土匪",但是在拉丁美洲人民眼里,他是反抗侵略、争取民族独立的代表。美国不甘于在尼加拉瓜的失败，于是暗地扶持极右势力，1934 年 2 月，尼加拉瓜国民警卫队司令安纳斯塔西奥·索摩查·加西亚(Anastasio Somoza García，1896～1956)在美国政府的指使下暗杀了桑地诺。索摩查在美国的支持下于 1936 年就任总统，从此开始了其家族对尼加拉瓜 40 余年的军事统治。1956 年，爱国诗人里格伯托·洛佩兹(Rigoberto López Pérez，1929～1956)开枪暗杀索摩查，索摩查身受重伤，一周后死亡，但是这并没有真正撼动索摩查家族的统治，纳斯塔西奥·索摩查的长子继承了总统职位，索摩查家族的统治一直持续到 1979 年。1985 年尼加拉瓜民选之后，阿莱格里亚回到了尼加拉瓜，参与国家的重建。

阿莱格里亚生活的萨尔瓦多同样灾难深重，饱受强权和暴力的蹂躏。这样的社会历史给阿莱格里亚的成长蒙上了厚厚的阴影，她童年和少年时期在萨尔瓦多的经历对她的政治观点影响深远。1932 年萨尔瓦多共产党赢得大选，但是临时总统马克西米亚诺·埃尔南德斯·马提内斯(Maximiliano Hernández Martínez，1882～1966)对选举结果不予承认，萨尔瓦多共产党领导全国农民发动起义，被残酷镇压，最终全国有 3 万多农民遭到屠杀。此后的 13 年里，马提内斯在萨尔瓦多实行恐怖统治，禁止一切进步活动。这场屠杀让阿莱格里亚记忆终生，她的小说《伊扎尔科的灰烬》就是以此为背景，讲述萨尔瓦多女子卡门·罗哈斯在移民美国多年以后重新回到圣安娜后回忆起 1932 年时所见证的屠杀事件，小说由此表现了对强权的控诉。

阿莱格里亚除了投身社会运动、撰写新闻报道以外，还出版了大量的文学作品。她的文学作品共计 40 多部，其中有 15 部诗集，多部散文集、小说和儿童文学作品，她使用西班牙语和英语双语进行创作，例如《三个故事》(*Tres cuentos*，1958)和《尼加拉瓜：法的革命》(*Nicaragua: la revolución Sandinista*，1980)。1980 年萨尔瓦多内战爆发后，阿莱格里亚同样通过书写表达对萨尔瓦多的关注，表现出了充分的社会责任感，创作了大量和战争相关的诗歌，控诉暴力，歌颂希望，例如《萨尔瓦多的十字路口》(*La encrucijada salvadoreña*，1980)、《火山上的鲜花》(*Flores del volcán*；*Suma y sigue*，1981，1983 年出版了英文版)等。她的主要诗歌作品有《河中的女郎》(*La Mujer del Río*，1989)、《门槛》(*Umbrales*，1996)和《抛弃》(*Casting Off*，2003)等；报告文学作品有《他们不会让我活下去》(*They Will not Have Me Alive*，1976)。

阿莱格里亚所生活的时代，是加勒比历史上最为动荡的时代之一。她见证了国家和人民的苦难，早期的作品较多涉及尼加拉瓜题材，表现出对国家未来的忧虑和深沉的责任感。她的作品也带有20世纪50～60年代加勒比文学中十分典型的风格，例如犀利的批判、激烈的权利主张。她的晚期的诗作《雨》(Rain, 2003)便充分反映了她对于这片土地的眷恋和责任。诗中写道："好像淅淅沥沥的雨/滴落在石头之间/记忆汩汩流淌而出。/就好像那雨/刺穿我的天庭。/蒸腾/混乱地蒸腾/记忆喷薄而出：/仆人那/尖锐的声音/讲述与我/鬼的故事。/他们就坐在我身边/那些亡灵/吱吱作响的床/那个紫色的灰暗午后/我知道你将永远离去，/如鹅卵石/被摩挲的光滑闪亮/化作天际的彗星。/雨滴落下/淅淅沥沥/记忆在流淌/描绘出没有意义的/世界/贪婪的/深渊/四面埋伏/旋流涌动/风啸马鸣/但我无法不爱这一切/因为我爱/因为我所有的感官/因为我的惊异/因为每个清晨/因为永远，我曾经爱过/却不知为何。"[①]阿莱格里亚所熟悉的那个加勒比地区，是充满了矛盾、暴力和痛苦的世界，但是她矢志不渝地热爱那片土地，义无反顾地投身于正义的斗争中。

美国的萨尔瓦多和尼加拉瓜移民数量较少，他们的历史文化具有较为明显的地缘社会历史特征，所以真正对阿莱格里亚所书写的主题具有深切感受的读者群体并不太大。即便在西语裔社区，萨尔瓦多移民也处于较为边缘的地位，甚至是无形的。因而这些作家作品的接受还有待时间的检验，它们在美国文学史上的价值还有待进一步去发现。社会历史因素对这些族裔分支的生活产生了极为重要的影响，美国对这些国家内政的干涉又为已有的问题增添了帝国主义的维度，使得现实的生存问题变得更加突出且复杂。因此，文学研究有助于发现被宏大叙事遮掩的平民叙事，即便文学的声音较为微弱，这些社会问题也已经在不同的文本中得到反映，读者能够从这些文学作品中了解饱受苦难的人们的生活。

---

① Claribel Alegría. "Rain", https://poets.org/poem/rain.

第八章　南美洲移民文学与族裔文学

南美洲的西班牙语国家有哥伦比亚、智利、阿根廷等 9 个国家，虽然这些国家的文学都令世人瞩目，培养出了世界著名的文学大师，但是在美国的南美洲移民及后裔人数不多，社区的规模不大，文学也尚未形成明显的合力。因为 20 世纪以来南美洲社会的动荡和政治的风云变幻，不少南美洲作家出于政治原因流亡到美国，但是他们中的相当一部分人并没有一直在美国生活，有的在国内形势缓和后返回了自己的国家。无论具体情况如何，他们的文学取向表现出了一定的共性，那就是：这些移民作家书写的往往还是南美洲的社会历史，并且依然使用西班牙语进行创作。因此，在美国文学的视域下进行考察的话，他们都属于移民作家或者侨民作家，他们所书写的也不是单纯的美国故事，更多的是拉丁美洲的故事，特别是被暴力、强权撕裂的拉丁美洲社会，以及在军事独裁、父权压制之下的普通民众。南美洲移民作家和侨民作家的书写主题，与之前墨西哥裔等文学分支所涉及的美国精神或者美国梦建构，有着十分明显的区别。

第一节　南美洲社会历史和文学概述

南美洲裔美国文学以移民作家和旅美作家的作品为主，他们的作品更多地反映了南美洲社会历史在 20 中期以来的巨大变迁。南美洲自 19 世纪初开始反殖民运动，到了二三十年代，哥伦比亚、巴西、秘鲁等西班牙、葡萄牙的前殖民地纷纷独立。但是，殖民帝国崩塌以后的后殖民时代，殖民秩序及其影响并未真正消除，拉丁美洲走向自由独立的过程充满了艰辛和痛苦。较早于他们独立的美国，一方面给拉丁美洲人民的独立斗争树立了榜样，鼓舞了他们斗争的决心；但是，羽翼渐丰的美国很快表现出了扩张的野心，将目光转向拉丁美洲，意图代替之前的殖民帝国继续殖民剥削。1823

年的《门罗宣言》(Monroe Doctrine)已经暴露了美国的这种国家心理,美西战争令美国实际控制了波多黎各,进一步彰显了美国取代西班牙成为美洲霸主的决心。20 世纪之初,“美国殖民主义者常常用武装干涉作为推行殖民政策的主要手段。从一九零三年至一九二四年这二十一年中,美国政府常用武装来干涉墨西哥、海地、古巴、尼加拉瓜、多米尼加共和国、洪都拉斯、危地马拉、哥伦比亚和巴拿马等国的内政,来帮助华尔街排挤旧的殖民国家的势力,建立起美国垄断资本对拉丁美洲各国的殖民统治。这就是西奥多·罗斯福总统的‘巨棒政策’”①。美国陆续入侵加勒比国家,如古巴、尼加拉瓜、海地,对更多拉丁美洲国家的内政进行干涉,例如萨尔瓦多、阿根廷、智利、秘鲁等。美国在阿根廷、智利等国扶持的极右军事政权,是 20 世纪中期以来拉丁美洲国家动荡的重要原因,这一点可以在南美洲移民作家和旅美作家的作品中得到体现。也正是出于这样的原因,许多进步知识分子被迫离开祖国。虽然他们已经在美国或其他国家定居,但依然对当初的背井离乡难以释怀,因而他们依旧使用最熟悉的语言,记录故国的故事。

在这个群体中,除了已经形成一定文学群体力量的阿根廷移民文学、哥伦比亚移民文学和智利移民文学以外,还有部分尚未在某个族裔亚文化群体中寻找到认同、整体力量较为微弱、影响力还有待于进一步扩展的文学分支,例如秘鲁裔和乌拉圭裔文学,其中秘鲁裔文学中的代表人物是作家爱德华多·冈萨雷斯-维亚纳(Eduardo González-Viaña),乌拉圭裔文学中的代表人物是乌拉圭移民诗人爱德华多·埃斯皮纳(Eduardo Espina, 1954～　)。埃斯皮纳出生在乌拉圭首都蒙得维的亚,在美国华盛顿大学获得博士学位,在美国多所高校任教,包括一些知名的文理学院如阿姆赫斯特学院。现在埃斯皮纳任教于得克萨斯农工大学的西语裔研究系,主要教授创意写作和拉丁美洲文学课程。埃斯皮纳担任《西语裔诗歌评论》(*Hispanic Poetry Review*)的编辑,出版了多部西班牙语诗集,例如《个人价值》(*Valores personales*, 1982)、《家的边界》(*Coto de casa*, 1995)以及散文集《指导计划》(*Un plan de indicios*, 2000)等。

一、阿根廷旅美作家

曾经有过侨居美国经历的南美洲阿根廷作家有托马斯·艾洛伊·马提

① 林欣:《颠覆活动是美国推行侵略外交的重要手段》,《教学与研究》1955 年第 11 期,第 8 页。

内斯（Tomás Eloy Martínez，1934～2020）、路易莎·瓦伦斯维拉（Luisa Valenzuela，1938～　）、艾丽西亚·柏林斯基（Alicia Borinsky，1946～　）。

（一）托马斯·艾洛伊·马提内斯

托马斯·艾洛伊·马提内斯1934年出生于阿根廷，在阿根廷和法国接受教育，专业是西班牙语和拉丁美洲文学。马提内斯是20世纪六七十年代阿根廷文化运动的积极参与者和重要领导者。在1957～1961年，他担任阿根廷国家报纸《民族报》（*La nación*）的电影评论员，在1962～1969年担任杂志《首要计划》（*Primera plana*）的编辑。1969～1970年，马提内斯暂居法国，担任记者，同时关注欧洲的拉丁美洲人群体，采访流亡欧洲的名人政要，也为自己的文学创作了积累素材。他在西班牙时采访了流亡欧洲的前总统庇隆（Juan Domingo Perón，1894～1974），进一步坚定了左派进步主义的立场。回到阿根廷以后，他发起策划了文学杂志《视野》（*Panorama*），后来因为杂志刊登敏感的政治犯问题而受到审查。在这次事件之后，马提内斯流亡委内瑞拉，居住在加拉加斯，但是依旧与《民族报》保持着密切的联系，为报纸提供素材和稿件，在流亡期间编辑出版了报纸《加拉加斯日报》（*El diario de caracas*）。他还参与了其他左派报纸的编辑出版等工作，为反对军事独裁、争取民主权利而发声。20世纪80年代起，马提内斯移居美国，先后任教于马里兰大学和罗格斯大学，担任西班牙语文学和拉丁美洲研究教授。他继续为《民族报》撰稿，也为《纽约时报》等美国主流报纸撰写专栏稿件。马提内斯在晚年回到阿根廷，因罹患脑瘤于2010年在布宜诺斯艾利斯辞世。

马提内斯的作品众多，其中多为非虚构类报告文学和散文。其文学作品中影响较大的有《圣艾薇塔》（*Santa evita*，1995），该书已经被翻译成30多种语言在世界50多个国家出版发行。2002年，小说《女王的逃亡》（*Flight of the Queen*，2002）获得了阿尔法拉瓜[①]小说奖（the Premio Alfaguara de Novela）。他的作品多数以阿根廷庇隆时期为背景，体裁以历史小说为主，将历史和虚构相结合，呈现那个历史时期的风云变幻。《圣艾薇塔》的主人公是阿根廷第一夫人伊娃·庇隆（Eva Perón，1919～1952），小说讲述她如何为了争取阿根廷女性的选举权而奋斗终生，以及为抗击落

① 阿尔法拉瓜是西班牙语出版社，专门服务于拉丁美洲，隶属于企鹅兰登书屋，其总部设在西班牙的马德里。

后、疾病和贫穷而做出的努力。

作为左派知识分子，马提内斯表现出了对社会的高度关注。20世纪70年代，整个拉丁美洲的社会进步遭遇巨大挫折，在1972年8月阿根廷的劳森监狱秘密处死左派政治犯事件之后，他负责的杂志是唯一敢于刊发关于“特雷利乌惨案”(the Trelew Massacre)[①]的新闻的媒体，因此杂志社遭到政府的审查，他本人也被解雇。但是即便如此，他依然坚持履行自己作为知识分子的责任，前往特雷利乌[②]，根据实地采访写成了报告文学《来自特雷利乌的热情》(*The Passion According to Trelew*, 1973)。在非虚构类作品《将军的记忆录》(*The Memoirs of the General*, 1996)中，他回忆了自己和儿子经历的惊魂一刻：他们无意中看到了极右势力策划的谋杀，3岁的儿子被枪手持枪威胁，由此日常遭遇反映南美洲无处不在的威胁与暴力。《阿根廷之梦》(*The Argentine Dream*, 1999)、《失去国家的安魂曲》(Requiem for a Lost Country, 2003)和《将军的生平》(*The Lives of the General*, 2004)等大都是基于庇隆相关的历史背景而作。这三部作品都属于历史小说，是历史背景和文学虚构的结合。

(二)路易莎·瓦伦斯维拉

路易莎·瓦伦斯维拉是阿根廷左翼女权主义文学的代表。她的作品多以20世纪七八十年代阿根廷的政治动荡为背景，从女权主义角度对夫权社会和社会构架进行思考，是实验主义风格和女权主义思想相结合的突出代表。瓦伦斯维拉思想进步开放，有着多个国家生活的经历，可以算得上是一位世界公民。

路易莎·瓦伦斯维拉1938年出生于阿根廷布宜诺斯艾利斯的一个上层知识分子家庭。她的父亲是知名的医生，母亲是作家路易莎·梅赛德斯·列文森(Luisa Mercedes Levinson, 1914～1988)。她在浓厚的知识氛围中间长大，自小便浸润在文学中，亲历母亲与大文豪博尔赫斯(Jorge Luis Borges, 1899～1986)等一众好友畅谈的场景。她17岁时便开始发表诗歌作品，积极参加文学活动和相关社会活动。20岁与法国商人结婚后移居巴黎，供职于法兰西国家电台电视台，和当时众多的文人墨客结交甚密，

① 特雷利乌惨案是20世纪70年代初阿根廷军事政府镇压左翼运动的一个罪证，军事政府为了阻止庇隆回归，消除庇隆主义的影响，秘密处死了16名庇隆主义者和左派人士。

② 特雷利乌是阿根廷巴塔哥尼亚地区丘布特省的一座城市。

并逐渐投身于文学运动中。1961 年，她回到阿根廷，供职于《民族报》，在此期间作为记者在南美洲各国生活、游历，直到 1969 年，其间于 1965 年离婚。

瓦伦斯维拉的文学生涯开始于 20 世纪 60 年代，她的第一部小说《克拉拉》(*Clara*)出版于 1966 年。她的大部分作品使用西班牙语创作，并且多取材于阿根廷的社会历史，具有相当明显的社会批判指向。1969 年，瓦伦斯维拉获得了富布莱特基金的支持，到美国爱荷华大学学习，在学期间创作了小说《高效的猫》(*The Efficient Cat*)。学成之后在阿根廷国家艺术基金的资助下到纽约哥伦比亚大学从事文学研究，后来她的小说《探索者》(*He Who Searches*，1986)受到"阿根廷国家重建计划"的审查，她愤而移居美国。在美国期间她出版小说集《换防》(*Change of Guard*，1982)、长篇小说《蜥蜴的尾巴》(*The Lizard's Tail*，1983)。《蜥蜴的尾巴》以阿根廷内政部长何塞·洛佩兹·雷嘉(José López Rega，1916～1989)为原型，嘲讽了阿根廷高层对秘术的崇拜。在美国期间，瓦伦斯维拉供职于哥伦比亚大学，担任纽约泛美关系研究中心的驻校作家，教授创意写作和专题研究。1989 年，她返回阿根廷，继续从事文学创作，出版了《一点之间的搜索》(*Realidad nacional desde la cama*)和《阿根廷的黑色小说》(*Novela negra con argentinos*)。此外，三部曲《如临大敌》(*Como en la guerra*，1977)、《交换武器》(*Cambio de armas*，1982)、《剪贴板》(*Cola de lagartija*，1983)是以阿根廷的军事独裁政权为背景，与时政联系密切，属于典型的社会批判小说。

(三)艾丽西亚·柏林斯基

侨居作家马提内斯和瓦伦斯维拉重点观照阿根廷的社会历史，而艾丽西亚·柏林斯基更多地表现出对美国的认同，其创作体现出较多的移民文学的特征。柏林斯基 1946 年出生于布宜诺斯艾利斯，1966 年以后移居美国，现在任教于波士顿大学，是拉丁美洲文学和比较文学教授，担任美洲研究系写作中心的主任。柏林斯基不仅进行文学创作，还从事文学批评，特别是拉丁美洲文学研究，例如"拉丁美洲文学爆炸"相关的研究。

柏林斯基是位典型的双语作家，她的作品既有西班牙语原作也有英语原作，例如《刻薄的女人》(*Mean Woman*，1993)用英语创作，而《被抛弃的诱惑者之梦》(*Dreams of the Abandoned Seducer*，1998)则由作者本人翻译自 1995 年出版的西班牙语小说 *Sueños del seductor abandonado*。她的小说虽然也取材于阿根廷的社会历史，但同时还着眼于拉丁美洲的困境，观照拉美裔美国人的生活。《刻薄的女人》的确具有庇隆主义的指向，女主人公克里斯蒂娜从普通农家女孩成长为第一夫人的经历，也许是对庇隆夫人的映射。小说也展现了权力旋涡中女性的生存：克里斯蒂娜被动地陷入了权力的争斗中，最终在男权社会中得以幸存，这种带有黑色幽默色彩的生存描写，或许是拉丁美洲之魔幻现实的展现。

二、哥伦比亚旅美作家和移民作家

哥伦比亚移民作家以及短时间旅居美国的哥伦比亚作家有阿尔弗雷多·欧提兹·维尔加斯（Alfredo Ortiz Vargas，1898～1951）、海姆·曼里克（Jaime Manrique，1949～　）、短篇小说家、诗人米盖尔·法尔克孜·赛尔顿（Miguel Falquez-Certain，1960～　）、少年儿童文学作家胡丽亚·梅赛德斯·卡斯迪亚（Julia Mercedes Castilla）等。其中，欧提兹·维尔加斯在1919年到美国领事馆工作两年，后来并未长时间生活在美国，他出版于1939年的《曼哈顿的高楼大厦》（*Las torres de Manhattan*）展示了旅居美国的南美人对于纽约的印象。赛尔顿大约在30岁时来到美国，从事翻译和写作。他的作品绝大多数是西班牙语作品，其目标读者为西语裔群体；他本人是性别少数群体的一员，作品常常会涉及性属政治和情感体验等。因而在美国文学的视域下，这些作家的书写对于美利坚民族的文学话语建构没有多么明显的意义。

（一）海姆·曼里克

海姆·曼里克1949年出生在哥伦比亚，1966年随同母亲移民到了佛罗里达，在南佛罗里达大学获得了英语学士学位，后来开始从事写作，从20世纪70年代后期开始发表作品。曼里克算得上是为数不多的真正意义上的南美移民作家：虽然他使用双语创作，主人公多为西语裔移民，但是他书写的是这些人物的美国经历，对于美国文学而言，他的作品具有明显的补充意义。

曼里克的作品分为两大类：第一类是关于南美洲历史文化和拉丁美洲文学的作品，例如《哥伦比亚金矿：关于权力和腐败的故事》（*Colombian Gold: A Novel of Power and Corruption*，1983）、《与洛尔迦共度的那一夜》（*My Night with Federico García Lorca*，1995）和《非凡的万寿菊：阿里纳斯、洛尔迦、普伊格和我》（*Eminent Maricones: Arenas, Lorca, Puig, and Me*，1999）。其中，《非凡的万寿菊》带有作者的诸多个人经历，表现出一定的生命书写特征。小说的主人公是一位同性恋者,小说题目中的三位西班牙语作家分别是古巴人、西班牙人和阿根廷人,他们都是同性恋者,他们并不是小说中的人物,小说题目只是借用了他们的西班牙语背景和性属身份,将其作为叙述者的自我映射。另外一类作品基于南美洲文化和文学要素,聚集于美国故事和美国经验。这一类占据曼里克作品的大多数,例如《曼哈顿的拉丁月亮》(*Latin Moon in Manhattan*, 2003)和《我们的生活如河流》(*Our Lives are the Rivers*, 2013)等。这些作品带有后现代色彩,以幽默、戏仿方式书写文化边缘群体的生存状态,尤其观照在美国的南美洲移民以及西语裔美国人。

(二)胡丽亚・梅赛德斯・卡斯迪亚

胡丽亚・梅赛德斯・卡斯迪亚出生于哥伦比亚首都波哥大,高中毕业后到美国求学,之后一直居住在美国。卡斯迪亚的作品主要是儿童文学和青少年文学作品,书写青少年移民的文化适应,例如代表作《埃米利奥》(*Emilio*, 1999)讲述的是从哥伦比亚移民美国的男孩埃米利奥的故事。埃米利奥和妹妹维多利亚从哥伦比亚来到美国,与在休斯敦做家政的母亲团聚,但是美国经历并未带给他惊喜,而是令他困惑不已。他的长相、语言和举止与班上的同学完全不同,成为同龄人嘲笑的对象,这令他在陌生的环境中无所适从,对未来充满了恐惧和怀疑。他没有朋友,终日畏缩在自己的世界里:"他想念家里的老房子,想念院子里家畜家禽发出的各种声响,想念那广阔的田野,他曾在那里玩耍、劳作,最重要的是——想念爸爸。他觉得不自在,似乎这身体根本不是自己的。他来到休斯敦已经 6 个月了,母亲赫米尼娅和哥哥吉米早在一年前就来到这里,母亲需要在休斯敦找工作、安顿下来,他和妹妹维多利亚留在家里,跟爷爷奶奶一起生活。"①直到有一天,在数学老师的启发下,他开始在数学世界里寻找自己的价值,虽然此过程同样充满了艰辛,但是一步步克服困难的过程也令他的心智不断走向成熟。在这部小说中,作者塑造了一位属下阶层的移民儿童,通过描写他的挣扎、努力和坚持,为同样经历文化冲突的移民儿童树立了榜样。

卡斯迪亚的另外一部作品《陌生的父母》(*Strange Parents*, 2009)以 13 岁的墨西哥少女玛丽・索尔为主人公,讲述她离开抚养她长大的外婆和姨妈、前往美国与已经 10 年未见的父母团聚。玛丽・索尔不仅要重新认

---

① Julia Mercedes Castilla. *Emilio*. Houston: Piñata Books, 1999, p. 6. Epub.

识久已疏远的父母，还要面对从未谋面的弟弟。更重要的是，美国的一切都是陌生的，她不仅要重新定位自己和家人的关系，还必须要重新认识自己的价值。小说细致描写了少女对外婆的不舍和浓重的思乡之情，也积极呈现了她面对新生活的勇气。卡斯迪亚的小说多以移民儿童作为主人公，《另外一个美洲》(*The Other America*, 2013)同样如此。该书采用第一人称主要人物叙事，讲述南美洲上层社会青年女性玛塞拉和新婚丈夫帕布罗离开祖国来到美国求学的经历。虽然帕布罗拿到了富布赖特奖学金资助，他们不必为生计担忧，但是要保持原有的生活水准却不是一件容易的事情，玛塞拉不得不亲自操持家务，甚至到面包店打工，而这些经历都是她在哥伦比亚时从未想象过的生活。小说由此讲述了美国经历对于女主人公成长的重要影响，从南美洲的上层社会转变为美国中产阶级的经历，成为她走出家庭、步入社会的契机。

卡斯迪亚的这些作品多关注移民儿童，聚焦于他们的文化适应和身份建构。另外，鉴于这些作品的青少年读者定位，这些作品具有较为明显的道义观照和教化取向。

(三)卡洛斯·牟里罗

剧作家卡洛斯·牟里罗(Carlos Murillo, 1971～　)具有波多黎各和哥伦比亚裔血统，在芝加哥的天主教大学德保尔大学任教，担任戏剧系的主任。他已经创作数十部剧作，是拉美裔戏剧界具有创新意识的一位作家。他的主要剧作有《黑暗之剧：献给男孩》(*Dark Play or Stories for Boys*, 2007)、《我来自亚利桑那》(*I Come From Arizona*, 2018)等。牟里罗的剧作多带有明显的存在主义取向，其核心是关于身份的追寻，对人类的生存加以再现和思考，涉及诸如这样的一些问题：我是谁？我想要成为什么样的人？我能够成为什么样的人？牟里罗的戏剧手法具有相当的表现主义特征，采用多重的、不断变化的叙事角度，从不同层面展现生存的价值和意义。

牟里罗的人物以拉美裔人物为主，经常涉及的主题有拉美裔群体的文化经历，比如拉美移民在美国的经历，特别是他们在城市中遇到的各种问题，像是拉美裔青少年成长中面临的迷茫，以及文化冲突导致的无所适从等。《黑暗之剧：献给男孩》以美国梦为核心主题，以城市中的青少年问题为故事主线，讲述了拉美移民的美国梦建构，通过他们面临的贫困、歧视和文化价值差异等问题，探讨了美国社会的公平公正以及阶级阈限，展示了美国梦的拉美裔版本。在表现手法上，牟里罗的剧作实验主义取向十分明显，往往采用带有魔幻现实主义的时空错置手法和当下流行元素，带有明显的拉美裔文化特征和鲜明的当下性，显示出对于现实问题的观照。2015年的剧作《杀死绅士防守者》(*Killing of a Gentleman Defender*)便采用了当下流行文化中的元素，例如优酷视频、世界杯足球赛，通过世界杯"90后"运动员被暗杀的故事，反映城市暴力主题；同时也通过戏中戏来增加阐释空间，以重新组织故事的方式来解构叙事权威，试图通过重述故事来消解暴力。《哈维尔的故事》(*The Javier Plays*)是三部曲，以重新发现已故剧作家哈维尔的剧作为故事主线，通过讲述哈维尔在城市中的成长，反映拉美裔青年追求梦想的悲壮，充分彰显叙事的张力。

这些南美洲的旅美作家和移民作家在美国的经历各不相同，有的留在了美国，有的后来返回各自的国家。他们书写的内容与美国主题的关联度各不相同，有些作家的大多数作品是西班牙语原作的。但是总体来说，他们的书写为美国身份、美国精神或者美国经历的呈现提供了一定的启发与补充。

第二节　智利裔文学

智利位于南美洲的西端，是世界上最狭长的国家。西班牙殖民者到达新大陆之前，智利生活着多个印第安部落。16世纪30年代，弗朗西斯科·皮萨罗(Francisco Pizarro，1475～1541)在征服秘鲁后开始向智利进攻，首次征服遭到印第安人的顽强抵抗，殖民征服受挫。后来，皮萨罗得到西班牙王室的增援，继续增加兵力。最终，1540年皮萨罗的部下巴尔迪维亚在智利建立起了几个殖民据点，并最终完全征服智利。1818年，智利摆脱西班牙的殖民统治，成立共和国。

现代智利的历史和其他拉丁美洲国家一样，经历了独立之后共和国初期的整合，取得了一定的成就；也经历了二战以后解放运动的高涨和国家进步，以及随后极右势力对于进步力量的严重打压。20世纪六七十年代，拉丁美洲各国先后经历了激烈的社会冲突，左派的改革努力受到了美国支持的右派军事政权的挑战，这些国家"都经历了一个漫长的严厉镇压、政治封锁、书报检查和行政收缩时代……80年代出现了新一轮的军事冲突，有些国家的国家机器出现了最大的混乱、腐败和无效率，它的行使传统功能的能力似乎到了崩溃的边缘”[①]。

相比于拉丁美洲的其他国家，智利在20世纪70年代之前相对平稳。但是1970年马克思主义者萨尔瓦多·阿连德当选智利总统，试图改变美国对智利的控制，这无异于在冷战时期挑战美国的拉丁美洲战略，因而美国对于阿连德的当选和随后的改革是非常不赞成的。事实上，在20世纪上半叶，智利已经成为美国建立美洲霸权的一个战略目标，这就决定了它将被整合到美国的意识形态模式中，任何与此背离的努力都可能指致美国的不满与干涉，给这个国家带来和中南美洲其他国家类似的政治动荡。阿连德时代采取了一系列的改革措施，提出摆脱资本帝国的经济控制等改革思路，其中包括将美国资本控制的铜矿、铁矿等关系国民经济命脉的企业国有化，这直接触动了上层亲美派精英的利益，因为当时智利的重要经济命脉都掌握在这一群体手里。美国担心智利的社会改革会危及美国在智利的利益，便暗中扶持反对势力：“意识形态因素是美国干涉智利的最重要原因。”[②]1973年，在美国的支持下，奥古斯托·何塞·拉蒙·皮诺切特·乌加特（Augusto José Ramón Pinochet Ugarte，1915～2006）发动了军事政变，建立起了军事独裁政府。“1973年，这个昔日的民主岛屿所建立的军事独裁却证明它们（军队）在美洲大陆属于实行镇压最为严厉之列。智利的政变也属于整个大陆所见之中最血腥的。”[③]智利的当代历史因此也和其他多个拉丁美洲国家一样，充满了暴力和血腥。

一、智利移民社区和文学概况

在20世纪70年代之前，美国的智利移民数量很少，他们的文化和社会生动都没有多大的影响力，他们往往认同于其他西班牙语裔群体特别是南美洲移民社会。阿连德时代以后，因为皮诺切特政权大肆迫害反对派，实行军事独裁，一部分政治流亡者辗转来到美国，智利裔社区逐渐发展起来，但即使到了今天，在美国的智利移民及后裔人口仍不到80万。所以，美国

---

① ［美］莱斯利贝瑟尔主编：《剑桥拉丁美洲史》第6卷（下），中国社会科学院拉丁美洲研究所组译，北京：当代世界出版社，2001年，第52～53页。

② 贺喜：《美国干涉智利阿连德政府的原因分析》，《当代世界社会主义问题》2012年第2期，第99页。

③ ［美］莱斯利贝瑟尔主编：《剑桥拉丁美洲史》第6卷（下），中国社会科学院拉丁美洲研究所组译，北京：当代世界出版社，2001年，第269页。

的智利移民社区形成较晚，规模较小，但相比于中美洲的移民，智利移民和智利裔美国人的平均受教育程度较高，总体的社会地位较高，经济状况较好。

智利有着悠久的文学传统，智利移民和智利裔美国人的整体文学意识也处于较高的水平。拉丁美洲第一位诺贝尔文学奖得主加夫列拉(Gabriela Mistral, 1889～1957)就来自智利，在她以后有聂鲁达(Pablo Neruda, 1904～1973)等世界级的文学大师。目前在美国较有影响的作家多为第一代智利移民作家，他们的作品表现出较深的智利文学烙印，其中成就显著者有费尔南多·阿莱格里亚(Fernando Alegría, 1918～2005)、伊莎贝拉·阿连德(Isabel Allende, 1942～)、阿里尔·多夫曼(Vladimiro Ariel Dorfman, 1942～)、吉列尔莫·雷耶斯(Guillermo A. Reyes, 1963～)等。这些作家都出生在智利，后来出于政治或者经济原因移居美国。除了雷耶斯以外，其他作家都是在成年以后才移居美国的，因而他们的个体养成和文化认同上都和智利有着密切的关系，均属于移民作家或流亡作家，作品多取材于智利的社会历史，政治取向十分明显。这个群体没有包括在美国短时间侨居的智利作家，如加夫列拉曾经在美国洛杉矶、纽约等地短暂居住，但是其创作并没有与美国相关的表征，所以在此不对她的创作展开讨论。

(一)费尔南多·阿莱格里亚

费尔南多·阿莱格里亚出生于智利，成长在圣地亚哥的独立区(Independencia)，那里有着悠久的文化文学传统，驰名世界的大文豪聂鲁达就是从那里走出了智利、走向世界。阿莱格里亚大学毕业后到美国深造，1947年在加州大学伯克利分校获得博士学位。阿莱格里亚在政治上属于左翼进步派别，曾经大力支持左翼文化运动，他创作于20世纪60年代的诗歌《智利米尔达万岁》(Viva Chile Mierda)是1964年萨尔瓦多·阿连德(Salvador Allende, 1908～1973)领导社会主义党进行总统选举宣传的重要文化工具。从1964年起，阿莱格里亚开始在母校伯克利分校任教，后任教于斯坦福大学，曾经担任斯坦福大学西班牙和葡萄牙语系主任多年，直至1988年退休。1970年阿连德当选总统以后，阿莱格里亚开始担任智利政府驻美国的文化特使。1973年阿连德总统遇刺以后智利国内的政治形势急转直下，极右军政府进行独裁统治。阿莱格里亚被限制入境智利，智利驻美国大使甚至致函旧金山领事馆，警告阿莱格里亚的“反智利行为”。

虽然智利右派的无端指责被驳斥，但是阿莱格里亚在多年内无法返回智利，最后在美国去世。

阿莱格里亚的文学作品几乎全部用西班牙语创作，部分被翻译成了英文。他的代表作有历史小说《劳塔罗，年轻的阿劳科解放者》(*Lautaro, joven libertador de Arauco*, 1943)和《我的邻居阿连德总统》(*Allende, mi vecino el presidente*, 1989)。两部作品的主人公分别是16世纪反抗西班牙殖民统治的印第安领袖，以及当代为智利争取进步而奉献毕生的马克思主义者阿连德。《酒杯和马儿》(*Caballo de copas*, 1957)讲述的是智利移民在美国的故事，聚焦于他们的身份转变和文化适应。小说虽然使用西班牙语创作，但是其观照重点不再是南美洲的社会和历史，而是通过主人公协商不同文化的影响而生成的美国身份，对美国经历进行了多元性的呈现，这对智利移民的经验呈现具有重要意义，属于较为典型的移民文学作品。

阿莱格里亚对拉丁美洲文学研究的贡献同样值得铭记。他深入系统地研究了"拉丁美洲文学爆炸"，对魔幻现实主义的特征进行了阐释和分析，提出对魔幻现实主义的解读必须根植于拉丁美洲的宗教背景，认为这种宗教情感是理解魔幻手法的基础。在他看来，魔幻"成为一种真正玄奥的形而上经验，就是说，这种个体经验不仅是对这个世界的体验，也是对另外一个世界的允诺"[①]。应该说，相比于文化场域下的魔幻现实主义解读，阿莱格里亚对于天主教影响的考量，无疑将这种拉丁美洲所特有的艺术表征进行了超越文化的解读，真正分离出其形而上的价值特质。

(二)吉列尔莫·雷耶斯

剧作家吉列尔莫·雷耶斯1963年出生于智利圣地亚哥的下层劳动者家庭，9岁时随母亲移民美国。母亲在雇主家里做保姆，他们母子二人辗转多地，先后在马里兰州、弗吉尼亚州生活，最终来到加利福尼亚州的洛杉矶并定居下来。雷耶斯在洛杉矶东区的拉美裔社区长大，先后就读于洛杉矶附近的加州大学洛杉矶分校和圣地哥分校，获得学士和硕士学位。雷耶斯在洛杉矶读书时开始创作戏剧和小说，但是在本科时并没有得到参加工作室的机会，直到研究生阶段才正式开始专业戏剧创作，之后在好莱坞担任

---

① 转引自 Alex Nava. *Wonder and Exile in the New World*. University Park: Penn Sylvania State University Press, 2013, p. 173.

编剧。雷耶斯出身于下层劳动阶级，在洛杉矶拉美裔社区成长的经历令他深切感受到族裔文化同主流文化之间的差距，初入剧坛时好莱坞激烈的竞争环境也令他倍感压抑，因而他较多关注拉美裔生活中较为灰暗的层面，例如性别少数群体、族裔下层民众的生存、少数族裔社区中的青少年犯罪等，这些成为他剧作的主要观照母题。现在，雷耶斯任教于亚利桑那州立大学，担任戏剧系教授，负责戏剧研究与创作。在回忆录《我和马德尔：移民生活记忆》（*Madre And I*：*A Memoir Of Our Immigrant Lives*，2010）中，雷耶斯对自己的移民经历和成长历程进行了回顾，对自己的美国经历表示了充分的认同，承认其在自己成长中所发挥过的建设性作用。

雷耶斯立足于自己的拉丁美洲文化身份，他的戏剧作品多以20世纪60～90年代拉丁美洲的社会历史为背景，讲述军事独裁、贫穷、混乱对拉丁美洲人民身心造成的摧残；或者以美国的拉美裔移民为主人公，以文化冲突与文化整合为主题，观照拉丁美洲移民及西语裔美国人的经历，书写拉美移民的美国梦。20世纪末、21世纪初的几部作品，《智利假期》（*Chilean Holiday*，1996）、《探戈女王》（*Sirena Queen of the Tango*，2001）、《漂流筏上玻利维亚人的死尸》（*Dead Bolivians On A Raft*）都属于这一类的作品，探索智利过往与美国当下的对话，描写艰难的跨界经历或者无法割舍的西语裔文化。雷耶斯对于西语裔美国戏剧的贡献还在于他的实验主义戏剧。他致力于戏剧革新，2000年和友人一起创办了拉美裔剧团“布拉沃剧团”（Teatro Bravo），鼓励、推动拉美裔实验戏剧的创作和演出。在谈到创办剧团的初衷时，他说自己的所有努力都是为了改变人们对于拉美裔戏剧的偏见或者认识上的不足，为拉美裔民众的文化诉求谋得表达的途径：“在这个国家，拉美裔整体上处于一种与外部隔离的状态。就是说，对于主流剧团而言，拉美裔剧团的努力不过是为了争取特别项目的资助，为了所谓的‘筹集资金’，为了得到额外的经费；还有的同行觉得我们是在故意捣乱。我们就是要对此做出回应。”[①]他的戏剧创作充分实践了他的实验戏剧理想，将不同的艺术形式相结合，例如传统戏剧手法和舞蹈、音乐的结合，或者通过挑战时空阈限融合现实和未来。2010年的独幕剧《这条路通向你的脑叶切除仪式》（*This Way to your Ritual Lobotomy*），借用1999年古巴

① Guillermo Reyes. “Teatro Bravo and Remember the Mummers”, *Theatre Journal*, 2004, 56(3), p. 474.

男孩埃连·冈萨雷斯事件[1]，以及围绕他的监护权所展开的国际诉讼，采用独幕剧和独角戏的形式，以未来主义的立场，对移民事件背后的政治争端和意识形态矛盾进行了戏仿。这部戏采用了科幻加魔幻的手法，将故事的时间设定在了3000年以后，那时人类经历了数次世界大战，埃连·冈萨雷斯成了古巴的独裁者，创办了"幼稚崇拜"邪教，通过为教众实施脑叶切除手术来阻止他们思想的成熟，达到精神控制的目的。不可否认，雷耶斯的这部剧作映射了古巴的保守政治，特别是卡斯特罗政权对于同性恋者群体的限制，在很大程度上迎合了美国对于古巴的政治围剿。虽然这样的超越时空的奇幻手法在雷耶斯的其他剧作中也有使用，例如20世纪90年代的成名作《西语/恐慌边缘的男人》(*Men on the Verge of a His-Panic Breakdown*)以1992年洛杉矶的罗德尼事件[2]为背景，同样采用了未来主义的某些手法，但是如此明显的政治讽喻在实验戏剧中并不太常见。该剧首先在洛杉矶上演，后来到外百老汇演出，以拉美裔男同性恋者弗德里克在骚乱中的洛杉矶的经历为主线，通过他寻找当年在拉丁美洲和他有过情感纠葛的美国情侣的经历，描写了梦想和现实之间的距离。

雷耶斯对于多种艺术形式的并用在《瓦伦迪诺和智利千金》(*Valentino and the Chilean Heiress*, 2016)中得到了体现。这部剧作是融合了传统戏剧、探戈舞蹈和拉丁音乐的幻想曲，以20世纪初的纽约为背景，借用"瓦伦丁"这一历史典故，讲述智利千金布兰卡·德米勒与意大利移民鲁道夫·瓦伦迪诺的爱情故事。布兰卡是来自智利的富家女，嫁给了门当户对的美国实业家，婚后两人有了孩子，生活比较平静。但是布兰卡偶遇了从意大利来到纽约、追求舞蹈之梦的瓦伦迪诺，逐渐被他充满活力的舞蹈吸引，被他的魅力征服。在瓦伦迪诺的音乐和舞蹈的指引下，布兰卡逐渐意识到自己虽然生活富足，但没有独立的自我，后来瓦伦迪诺要去好莱坞发展，布兰卡心生绝望，在与丈夫的冲突中持枪将其杀死。这部作品将文化冲突、女

---

① 1999年，6岁的古巴男孩埃连跟随母亲及其男友偷渡至美国，母亲溺亡，埃连被迈阿密古巴流亡者组织收留。流亡者组织趁机将此事件和反古巴政权的政治宣传联系起来，在媒体面前曝光埃连的经历并且大肆宣传。留在古巴的父亲要求得到孩子的监护权，被流亡者组织拒绝，双方因此陷入了长达一年的国际诉讼。诉讼的结果是埃连的父亲获胜，埃连回到古巴的亲人身边。

② 罗德尼·金(Rodney King, 1965～2012)是洛杉矶的一位非裔出租车司机，1991年3月拒绝接受警察检查驾车逃走，后被警察截停。之后四名白人警察当街对他进行毒打，这一场景被街旁居民拍摄下来并披露给当地电视台，引起轩然大波。四名警察因此遭到起诉，但次年法院宣判警察无罪，这令非裔美国人极为不满，继而在洛杉矶发起暴动。

性意识的觉醒，通过带有拉丁美洲和意大利风情的音乐、舞蹈表现出来，使得梦想和追求等主题在生动的场景中得到了呈现。

雷耶斯的主题多变，政治取向鲜明，往往涉及各种不同纬度的权力关系及政治话语。作为同性恋者，他是美国西语裔剧坛中充分运用性属政治文本的作家之一，但是同时也强调了多重维度下话语建构的必要性，认为"同性恋主题只有和身份的冲突和文化的碰撞相交织"[①]，才是文学的力量所在，因而，他除了书写智利移民经历、性属政治、拉丁美洲文化和美国主流文化的协商以外，同样关注阶级主题、历史题材，或者这些题材的多维度杂合。比如他创作了关于美国杰弗逊总统和麦迪逊总统的历史剧作，《麦迪逊》(*Madison*, 2008)就是他的代表剧作之一，该剧采用实验主义的手法来追溯过去，重回历史的当下。

这些智利移民作家采用不同的方式和主题，有的聚焦于智利社会历史，有的聚焦于美国的智利移民或者拉丁美洲移民社区，从不同的侧面呈现智利社会及与其相关的国民身份，或者他们的美国经历。

二、流亡、创伤和文学书写：伊莎贝拉·阿连德

伊莎贝拉·阿连德出身于智利的望族，是萨尔瓦多·阿连德总统的侄女。阿连德家族中的核心成员在智利担任重要职务，1973 年阿连德总统遇害以后，伊莎贝拉·阿连德一家都成为智利军方暗杀的目标。因为伊莎贝尔和她的家人掌握了智利军方和美国中情局需要的一些信息，他们开始收到死亡威胁。伊莎贝拉·阿连德被迫开始了流亡之路，先是到了委内瑞拉，后来到了西班牙，再后来辗转到美国定居下来。阿连德目前居住在加利福尼亚，是位职业作家。她主要使用西班牙语进行创作，是当今拥有读者数量最多的西班牙语作家之一。1993 年，阿连德成为美国公民，1994 年获得了加布里埃拉·米斯特拉尔奖(the Gabriela Mistral Order of Merit)[②]，2004 年成为美国艺术文学院的成员，2010 年获得智利颁发的国家文学奖，2014 年时任美国总统的巴拉克·奥巴马为她颁发了"总统自由勋章"，表彰她在文学创作上的卓越成就。

---

① 李保杰：《二十世纪美国西语裔戏剧的嬗变》，《戏剧文学》2010 年第 4 期，第 66 页。

② 这是为了纪念智利诺贝尔文学奖得主加布里埃拉·米斯特拉尔而专门设立的教育和文化奖项。

阿连德被誉为西语裔作家中最具拉丁美洲特色的作家，在创作中充分表现了拉丁美洲文学传统的影响，因而被称作魔幻现实主义作家。即便是在与智利历史相关的作品中，阿连德所关注的依旧是生存，特别是拉丁美洲人的生存，即被殖民、暴力所撕裂的拉丁美洲人民的生存。正如她在2007年TED演讲中所说，她写作的主题是："公平、忠诚、暴力、死亡、政治和社会问题以及自由。"[①]她运用魔幻现实主义手法，通过不同层面的现实的叠加，显示出历史对于当下的僭越，隐喻了拉丁美洲人在几重身份之间的挣扎。她关注的不仅是拉丁美洲的历史和现实，而且还是更广泛意义上的人类生存和普适性体验。事实上，这是文学书写的根本，超越了具体的历史与地理局限，是作品文学性的保证，使得文学不至于沦落为政治的附庸。

阿连德的早期作品多以个人经历和拉丁美洲历史为素材，通常描写女性体验，例如成名作《幽灵之家》(*The House of the Spirits*, 1982)、《财富之女》(*Daughter of Fortune*, 1999)。作品中这些女家长式的灵魂人物，将家族历史交织在个人体验和女性成长之中，作者阿连德在访谈中也认可了自我经验、家族历史和文学创作之间的关系。具体到《幽灵之家》的灵感来源，阿连德说是因为100岁的祖父生病以后拒绝进食，准备接受自己的死亡。当时她正在委内瑞拉流亡，她给祖父写信，讲述"幽灵"的故事，试图说服老人："他们在一起生活的'幽灵'——祖母、祖父、叔叔婶婶们——都不会被忘记，不会'死亡'。"[②]因此，阿连德将自己的第一部小说视为"怀旧之作，目的是重新发现自己因被迫远走异国他乡而失去的那个世界"[③]。应该说，"记忆""创伤"是阿连德整个创作生涯中的关键词，也是她文学书写的目的和价值表征。她书写的是各种关乎记忆的故事，用幽灵般的人物观照扑朔迷离的过往，通过无羁的想象去弥补被迫中断的家族故事，用讲述对抗创伤。

阿连德的成名作是1981年出版的《幽灵之家》，这部小说也被视为她的代表作。小说讲述拉丁美洲德尔瓦莱和特鲁巴两个大家族在一百多年

---

① 参见 http://www.en8848.com.cn/tingli/speech/ted/236207.html.

② Elyse Crystall, Jill Kuhnheim, Mary Layoun and Isabel Allende. "An Interview with Isabel Allende", *Contemporary Literature*, 1992, 33(4), p. 586.

③ Elyse Crystall, Jill Kuhnheim, Mary Layoun and Isabel Allende. "An Interview with Isabel Allende", *Contemporary Literature*, 1992, 33(4), p. 588.

间的故事，属于家族历史小说，涉及家族的四代人物，其中克拉拉·德尔瓦莱以及她的丈夫埃斯特班·特鲁巴是小说的主要人物，他们的孙女阿尔芭是主要的叙述者。小说涉及西班牙庄园传统、家族传统、阶级差异和国家的历史变迁，在讲述家族历史的过程中，展示了拉丁美洲的阶级斗争、社会主义革命以及不同出身的人们所做的各种选择。小说书写过去的目的在于观照当下，家族历史映射出拉丁美洲现代动荡的社会。阿尔芭参加进步学生运动被以埃斯特班·加西亚为代表的军事极权残害的情节，再现了20世纪六七十年代智利右派在美国支持下对进步力量的迫害。但凡拉丁美洲家族历史都会不可避免地涉及西班牙殖民历史和拉丁美洲的现实，而历史的呈现往往会通过魔幻的手法，使其带有超越时空的真实感，这也正是拉丁美洲魔幻现实主义作品的根本特色。《幽灵之家》正是一部这样的作品，其独特性得益于阿连德对这样的一些文化要素的运用，特别是对克拉拉这个中心人物的塑造。克拉拉是个能够通灵的女性，她能够和鬼魂交流，他们给她启示，告诉她财宝埋藏的地点，告诉她曾经发生过的故事。克拉拉和鬼魂的交流就和常人交流一样自然顺畅，这对她而言是两个不同层面的现实，都具有实在的意义，“幽灵也可以被视为克拉拉自己清醒意识的延伸，或者说是作者将其设定为克拉拉精神的延伸，是她丰富的女性身份的体现”[①]。克拉拉是一个具有超凡预测能力的人物，是小说的灵魂人物，阿连德由此将一个家族一百多年的历史浓缩在物的主体意识中。《幽灵之家》是一个关于幽灵的故事，是祖先和现在的故事，也是流落在异国他乡的作者的心境的映射，她通过克拉拉来描写她与祖先之间的联系。

阿连德非常擅长讲故事，几乎每一部小说都获得了相当的关注，成为畅销书。她的作品还包括《爱和阴影》(*Of Love and Shadows*，1985)、《财富之女》(*Daughter of Fortune*，1999)《野兽之城》(*City of the Beasts*，2002)等。《财富之女》也是广为流传的一部作品，讲述的也是家族历史，以智利—英国混血女子伊莉扎·索莫斯为主要人物，讲述她在智利的成长，以及她在挚友滕志恩的帮助和陪伴下女扮男装到加利福尼亚寻找情郎的经历。显然，相比于《幽灵之家》，《财富之女》已经显示出了跨国取向。此外，阿连德还著有非虚构作品，值得关注的作品有以阿连德的女儿而命名

---

① Ambrose Gordon. "Isabel Allende on Love and Shadow", *Contemporary Literature*, 1987, 28(4), p. 533.

的《葆拉》(*Paula*, 1994),这部作品记录了1991年葆拉因为卟啉症并发症昏迷的经历,母亲采用心灵感应的方式与她沟通,希望由此将她唤醒。作为母亲的阿连德记录了女儿患病期间的点滴日常,希望她醒来后能够知道在这期间所发生的一切。1992年,葆拉离世,阿连德表达了失去女儿的心痛和自我迷失。三部回忆录《阿芙洛狄忒:关于感觉的回忆》(*Aphrodite: A Memoir of the Senses*, 1998)、《我想象出来的祖国》(*My Invented Country: A Memoir*, 2003)、《所有的日子:回忆录》(*The Sum of Our Days: A Memoir*, 2008)分别讲述了阿连德不同人生阶段的经历,书写了她在流亡中失去祖国、继而通过自己的语言建构出自我归属的历程。阿连德对拉丁美洲文化要素运用自如,但是绝不墨守成规,她一直在努力追求创作中的自我突破。纵观她的整个文学生涯,可以看出,自从《葆拉》以后,阿连德有意识地在文学作品中弱化其先前标志性的拉丁美洲特色和魔幻现实主义手法,历史题材和家族历史小说也开始向多元化转变,开始基于拉丁美洲文化书写美国经历和美国身份,《野兽之城》应该算是一个重要的转折。

《野兽之城》虽然也涉及印第安人形象和拉丁美洲文化,但是其中的手法已经和《幽灵之家》中的魔幻现实明显不同。小说的主人公是15岁的加利福尼亚男孩亚历山大·科德,因为家庭突遭变故,他不得不和祖母凯特一起生活一段时间。凯特是《国家地理》的记者,在科德到来时正好要随着考察队到丛林中去探究"野兽之城",科德于是和祖母一行启程前往热带丛林。小说从科德的视角描写了印第安人的自然观和价值观,例如"印第安人的确十分凶猛,但是对他们来说,战争更多的是一种仪式,是表现他们勇气的仪式。他们身上涂上油彩,磨刀磨枪,又唱又跳,然后去另外一个部落挑战。他们彼此挑衅,也会打上几个回合,但是很少有大的伤亡。而我们的文化恰好相反,没有仪式,只有杀戮"①。他们不像现代人那样追求物质财富,在现代社会的步步进攻下只能一点点后退,最终回归到了亚马逊的丛林中。这部作品是个发现丛林、发现过去的故事,发现的主人公是科德,他是第三人称叙事的主体,是以美国人的身份去探究在丛林中的印第安人。这个过程中,科德逐渐丢弃美国主流文化给他灌输的对印第安人的偏见和歧视,用他自己的眼睛和心灵去发现。"野兽之城"这个题目具有一定

① Isabel Allende. *City of the Beasts*. New York: Harper Trophy, 2002, p.55.

的反讽意味，是科德对印第安文化进行重构的过程，也是对白人的偏见进行颠覆的过程。小说中的手法虽然也有奇幻色彩，例如印第安人给科德的可以拯救妈妈生命的“生命之水”，纳蒂亚的“水晶蛋”，科德在成人仪式上变成美洲豹的经历，但是这种手法更多地属于奇幻，而非魔幻现实主义，因为其中缺少了拉丁美洲魔幻现实主义手法中的现实因素，特别是和殖民与征服、暴力和反抗相关的现实。所以，和《幽灵之家》对泰斯·玛利亚斯庄园历史的呈现不同，阿连德后期小说的表现手法不再强调历史因素，特别是历史中所包含的权力、暴力和征服，而是转向更加大众化的题材，例如《野兽之城》中的成长主题。

亚历山大·科德的成长表现出更加多元化的趋势，是美国主题的呈现。作为生长在美国主流文化环境中的少年，他从来没有思考过“我到底是谁”“我和别人有着什么样的关系”之类的问题。而这次寻找“野兽之城”的丛林经历，仿佛是现代人回归过去、回归人类原始生存状态的一次旅行，使科德了解到印第安文化中的生态思想及其蕴含的智慧，同时启发他对人与自然关系进行思考，也促使他重新思考自己和这个世界的关系。科德最初对印第安人的认识是从《人猿泰山》之类的电影中得到的，大都是片面的甚至被污名化的印第安形象，所以当他被推举为代表和印第安人接触时，他模仿泰山的姿态，半蹲着走路、捶胸顿足，结果引来大家的一片哄笑。他对于印第安文化和印第安人不乏恐惧，这源于主流文化对印第安人的非人化呈现(dehumanization)，是主流文化将印第安人他者化的证明。科德在桑托斯父女的引导下，逐渐了解了萨满文化和其中的包容性。因为小说是从科德的视角展开的叙述，所以这一过程也是他了解美洲历史的过程，是美国主题的呈现。应该说，小说对于科德成长的呈现是积极的；在这个人物身上，作者阿连德寄托了她对美国多元文化的理解和期盼。

三、智利历史与现实观照：弗拉迪米罗·阿里尔·多夫曼

弗拉迪米罗·阿里尔·多夫曼是阿根廷—智利裔美国作家，他的经历和伊莎贝尔阿连德之间存在着诸多的相似之处。他们是同龄人，都曾经是阿连德政府的重要成员，都曾经因为智利的政治动荡而移民到了美国，并且在写作中都较多地运用了文化历史要素。

阿里尔·多夫曼1942年出生于阿根廷的布宜诺斯艾利斯，父亲是阿根廷著名的经济学教授，母亲具有欧洲犹太血统。多夫曼出生后不久就随

着父母移居到了美国,在加州大学伯克利分校获得硕士学位以后回到了智利。20 世纪 70 年代阿连德总统执政期间,他曾经担任总统的文化顾问,并且从那时起开始从事写作。1973 年,皮诺切特发动军事政变、推翻阿连德政权之后,多夫曼被迫流亡欧洲,1985 年定居在美国,任教于杜克大学。1990 年以后经常往返于智利和美国之间,2004 年加入美国国籍。多夫曼已经创作出版了十余部小说、戏剧作品,目前任教于杜克大学,并积极参与社会活动,致力于拉丁美洲的民主和进步。

多夫曼是个多产的作家,他创作了数十部的小说、戏剧和诗歌,有的作品已经被翻译成了 40 多种语言,在世界各地出版、上演。他的主要戏剧作品有《大雨》(*Hard Rain*, 1973)、《曼努埃尔·桑德罗最后的赞歌》(*The Last Song of Manuel Sendero*, 1982)、《信念》(*Konfidenz*)、《保姆和冰山》(*The Nanny and the Iceberg*, 1999)和《布雷克的妙招》(*Blake's Therapy*, 2001)、《死亡和女仆》(*Death and the Maiden*, 1991),其中《死亡和女仆》成为当代的经典剧目;小说《寡妇》(*Widows*, 1981)、《玛斯卡拉》(*Mascara*, 1988),短篇小说集有《我的房子着火了》(*My House Is on Fire*, 1990)。此外,他还著有两部回忆录《朝南走,望北方》(*Heading South, Looking North*, 1998)和《梦想的飨宴:不屈不挠的流亡者的忏悔》(*Feeding on Dreams: Confessions of an Unrepentant Exile*, 2011)。多夫曼的作品大多数采用西班牙语原作,所有作品出版后都被翻译成英文,他本人也参与翻译过部分作品。新世纪的个别作品采用英语原作,例如诗集《假如在异国他乡失火:双语诗歌选集》(*In Case of Fire in a Foreign Land: New and Collected Poems from Two Languages*, 2002),以及他和儿子华金·多夫曼(Joaquin Dorfman)合著的《燃烧的城市》(*Burning City*, 2006)。近年来他还致力于电影剧本创作和改编,并且取得了不俗的成绩。2017 年出版的作品《祖国安全吞没我的言论:来自世界尽头的信息》(*Homeland Security Ate My Speech: Messages from the End of the World*),集合回忆录、政治理论和文学批评为一体。这部作品出版在特朗普当选为美国总统之际,明确表达了特朗普民粹主义和 20 世纪 70 年代拉丁美洲极权政治之间的内在关联,特别是特朗普当选所反映的政治取向与中央情报局支持的皮诺切特政变之间一脉相承的帝国主义联系,表达出对于美国未来的忧虑和日趋保守的政治生态的怀疑。

鉴于独特而丰富的人生经历,多夫曼对于政治等话题有着深刻的体会和见解，他的作品往往会涉及专制、暴政和暴力以及人们为争取权利而进行的斗争。“智利”是他写作的源泉，这包括他在智利的经历、流亡之后的经历以及历史记忆是他写作的主要内容。在采访中，多夫曼说道：“智利一直是而且也将会是我的灵感来源。它是脊梁、灵感也是挑战。塑造那个国家——这在一定程度上对于我的流亡生活是非常重要的——是我生活的中心。在专制制度下，表达的自由是无法保障的。但是我深深依恋着那个国家——于是我去书写它。”[①]作为前政府的支持者和决策者之一，多夫曼的个人生活因为国内政局的变化而发生了根本性的变化，所以他非常明确地对皮诺切特政权持鲜明的批评立场，毫不留情地对20世纪肆虐拉丁美洲的右派保守势力和军事独裁政权进行批判，并且时刻警惕这种保守势力的沉疴痼疾和死灰复燃，直言他就是通过写作来让更多的人了解他的经历，以及他身边朋友的遭遇，了解智利如何在民主道路上举步维艰，以及智利的苦难如何映射拉丁美洲的现实。在谈到剧作《死亡和女仆》等涉及死亡和暴力的作品时，他说明了自己的写作目的：“我一直在努力书写一种经历，那是世界上绝大多数人都未曾体验过的，例如身边的朋友一个个消失不见了，或者在遭受折磨。我试图让人们在阅读这样的故事中获得共鸣。”[②]他所有的作品都具有令人印象深刻的历史背景，通过大量生动的描写呈现出宏观的历史，然后用文学虚构来象征性地重构历史。他的小说大多可以界定为历史小说，他本人也承认作品中的历史感，但同时也强调他试图在个人经历和普适经验之间进行协商，力图达到一个平衡点。他的两部回忆录是他个人历史的记录，分别讲述的是他从智利的成长、被迫流亡至美国的经历以及他在美国的职业生涯。可以说，这两部作品集中且典型地反映了智利流亡者的历程，其中交织了参加革命的热情、遭受迫害的愤懑和始终不渝的希望，叙述者在被政治割裂的生活片段中建构生存的价值，尤其值得关注。

多夫曼的小说带有强烈的政治隐喻。2011年的作品《玛斯卡拉》相当成功地将后现代手法和历史题材相结合，采用了碎片化的结构聚焦于三个不同的故事，把政治虚构嵌入离奇的小说情节中。人们无法辨认其面孔的

---

① Jenifer Berman. “Interview with Ariel Dorfman”, BOMB—Artists in Conversation, Winter 1995/01.2017, http://bombmagazine.org/archive/author/Jenifer%20Berman.

② Jenifer Berman. “Interview with Ariel Dorfman”, BOMB—Artists in Conversation, Winter 1995/01.2017, http://bombmagazine.org/archive/author/Jenifer%20Berman.

那位无名、无脸男主人公，象征的是极权政治之下权力对人们生活的侵入和无形钳制，而随着故事的进展，男主人公的特异功能在更加强大的监视力量面前却无从遁形，直到小说最后一部分，叙述者整形医生马拉威尔第的出现，所有难以解释的谜团才有了一个合理的解释，马拉威尔第是洞察、操控这一切的人物，正是他的变脸术使得其操控成为可能，而这个名字所隐含的“邪恶”之意才是整部小说之政治讽喻的根本。相比之下，《寡妇》的政治指向更加明确，小说中的二战背景和叙述者的盖世太保身份，以及小说中失踪的男人们，毫无疑问影射了极权对生命的宰制。小说题目中的“寡妇”指的是失去亲人的勇敢的女性，她们站出来去认领被河水冲刷上岸、已经难以辨认的尸体，挑战强权对牺牲者身份的抹杀，成为那个时代悲情、尊严和勇气的象征。更重要的是，她们的认领得以为牺牲者正名，让他们不再被历史忘却。这两部作品代表了多夫曼小说中历史书写的两种方式：“历史”既是超越时空限制的，同时其具体的场域和内容又是应该被铭记的。

多夫曼同时也是文学研究者和文学批评家。他博士论文的研究课题是哈罗德·品特的荒诞派戏剧，之后在高校任教期间依然继续戏剧研究。早年间他和阿曼德·麦德哈特（Armand Mattelart）合著的《如何阅读唐老鸭：迪士尼喜剧中的帝国主义意识形态》（*Para leer al Pato Donald / How to Read Donald Duck：Imperialist Ideology in the Disney Comic*，1971），对唐老鸭和米老鼠等文化符号进行了解读，阐释其中的帝国意识形态表达，属于文化批评领域较早的研究成果，也是后殖民主义文化批评的力作，深刻批判当代社会文化现象的政治表征和价值表达。这部作品在阿连德时代就已经重印了三次，奠定了智利文化批评的基础，到 20 世纪 70 年代末，已经被翻译成了 10 多种语言，销售量达到 50 万册。[①] 这足可以看出多夫曼对于智利学术界文化批评甚至是拉丁美洲文化批评做出的贡献。他的剧作《死亡和女仆》也是戏剧界的现代经典，在全世界 30 多个国家演出过。故事讲述的是受害者和施害者之间的故事，书写的依然是多夫曼高度关注的“强权”和“历史”主题，揭示历史的创伤及其深远影响。

虽然阿连德和多夫曼都著作颇丰，但是智利裔作家在美国学术界得到

---

① Sophia A. McClennen. “Beyond *Death and the Maiden*: Ariel Dorfman’s Media Criticism and Journalism”, *Latin American Research Review*, 2010, 45(1), pp. 173-174.

的关注并不多。这两位代表性作家的经历是近代智利社会政治的一个反映，他们的写作较多取材于个人经历，会有相当的冲击力，容易在拉丁美洲移民中产生较强的共鸣。研读他们的作品有助于了解被宏大叙事湮没的历史，从官方历史的“反面”去考察拉丁美洲民众的生存。但是，从另一方面看，在美国文学的视域下，这些文学作品的文学性和生命力到底如何？这还需要时间的检验。或许正是出于类似的考虑，阿连德也开始出现书写上的多元化倾向，从女性成长和历史题材中扩展出来，书写以亚历山大·科德系列为代表的美国主题。多夫曼也逐渐超越智利的文学地理场域，糅合不同手法和不同历史背景，探索更具美学表现力的政治叙事。

结 语

本书在历史、族裔的双重维度下系统梳理了美国西语裔文学的各个分支，按照族裔亚文化分支展开，重点分析其书写主题、文学范式、呈现方式和发展趋势。研究的内容和范围遵循美国学界在界定美国西语裔文学时较常使用的标准，包括墨西哥裔、波多黎各裔、古巴裔、多米尼加裔、智利裔等西语裔文学分支的代表性英语文本以及部分原创于西班牙语而后翻译成英文的文本。这种思路对于追溯文学分支的传统和书写重点尤为重要，因为它契合近年美国文学综合性研究的一个惯常做法，就是在观照历史渊源的基础上，更加全面客观地呈现文学概貌。在文本的题材选择上，本书以小说文本为重点，同时包含了各个历史时期的其他类型文本，例如阿库斯塔·阿卢利斯塔的诗歌，玛利亚·佛尼丝、尼洛·克鲁兹和何塞·里维拉等人的戏剧。从代表性文本的写作与出版年代来看，大部分文本隶属于20世纪40年代之后，其中既有广为认可的经典作品，同时也包括“经典外的经典”，即之前研究中所忽略的作品，例如南美移民作家的作品，目的是在分析主题选择和再现方式的同时，呈现西语裔文学发展的整体趋势。

美国西语裔文学虽然表现出高度的异质性和较典型的地缘文化特征，但不同的分支也具有某些共性，这在本书中已经得到了体现，而这又反过来证明了本书设计的合理性。种族身份是该族群文学研究的重要区别性特征，是研究中始终不可偏离的重点。阶级、性别等维度是重要参照，与种族维度交织在一起，相互促成，对于少数族裔女性文学书写和研究尤为重要。因此，本书注重各文学分支的整体承续性和对文学传统的溯源。例如，为了追溯墨西哥裔文学的发展脉络特别是20世纪文学书写的重要主题来源，收录了第一位英语作家玛丽亚·路易斯和19、20世纪之交的两位文学先驱：尤西比奥·查孔和莱昂·维列加斯·麦格诺，以便为文化冲突主题的文学再现呈现一个较为完整的发展轨迹，为墨西哥裔文学中边界意识的来源及其书写厘清头绪。此外，本书关注了边缘化群体，追溯了民权运动前为西语裔主流批评家所忽略的女性文学先驱何约瑟芬娜·尼格里和艾斯黛拉·波蒂略-泰姆伯雷。在民权运动之前20年，尼格里就已经注意到了族裔群体的两难困境，少数族裔在美国主流文化和母国文化或族裔文化之间的艰难抉择成为其书写焦点，这对后来女性文学作品特别是女性成长小说产生了重要影响。因此，本书尽量兼顾“经典”和“经典之外”，将部分长久以来被忽视的性别政治书写、性属书写和西班牙语作品收录进来。不过，鉴于社会科学研究本身的人文色彩和难以避免的时代特征，本书尽量客观地对此现象进行评价，尊重之前学者的研究成果。

本书采用时间维度和文学地理的方法，将横向研究和纵向研究相结合，综合呈现了西语裔文学的整体态势、流行话语，分析了知名作家、代表作品及经典范式中的政治含义，对美国西语裔文学进行了较为全面的考察。横向研究着眼于地缘文化特征、特定历史时期的社会问题和文化价值观，以及各个时代较为普遍的文学再现方式等要素；纵向历时研究以西语裔文学的总体发展嬗变为基本脉络，考察了其发展壮大的轨迹。通过两个维度的综合，本书考察了流行话语中的价值取向和审美表达。虽然各个亚族裔文化群体的情况各不相同，但是在纵横结合的基础上可以看出，西语裔文学逐渐从无到有继而形成群体，不断扩大自己的文化影响力和社会接受度，既张扬自我，也显示出对话的欲望，以“解构”和“重构”为主要脉络，对主流文化的宏观叙事权威、白人中产阶级规范进行了回应，也进行了颠覆与超越。在艺术手法上，西语裔作家或者根植于多重文化传统的杂糅特质，或借力于拉丁美洲传统的魔幻现实主义，或通过叙述策略、故事架构对“权威”和“真实”进行协商，运用虚构性自传、碎片化叙述、语码转换等，实现了西语裔文学从弱到强的转变，实现了从“迎合”与“模仿”到“重构”与“主张”的蜕变，开始书写自我、创造自我。回溯整个历史，成长、移民、流亡和家族历史始终是西语裔文学观照的重点，其中穿插性别身份、身体书写、空间政治等审美表征。综合研究书写内容和叙事形式可以看出西语裔作家对于“差异性”的主张：他们书写自己种族、语言和文化的方方面面，强调自己与主流文化群体的不同，但并未忽视社区内部的阶级差异；同时他们着眼于如何接受这些差异，并致力于消除由差异带来的偏见与伤害，在美国身份和美国经历的大框架下寻求各自的生存空间，力图创造精神的和心理的共同体。

应该注意到近年来相关的文学史,特别是西语裔学者撰写的文学史往往会将西班牙语的作品包括在内。当今美国大部分的研究者和西语裔作家一样,和西班牙语裔文化有着各种渊源,几乎所有的西语裔文学和拉美裔文学研究者都通晓西班牙语,如果他们的研究对象涉及作家的西班牙语作品,学者们可能就会使用西班牙语撰写学术成果。虽然这一部分文献所占比重并不是很大,但是也不能被忽视。这在雷纳多·阿里纳斯等移民作家和侨民作家作品的研究中尤为突出。鉴于他们观照更多的是各自母国的社会政治和生存表达,并未将重点放在他们各自的书写对于美国文学的建构意义上,所以有的研究是在西班牙语语境下展开的。应该如何对待这一部分作家作品,他们对于美国文学的作用该如何理解?这些其实一直是西语裔研究中难以断然给出答案的问题。

本书的一个明显不足之处就是:因为笔者阅读西班牙语的能力有限,往往难以把握西班牙语文献中的批评立场,所以文本和主要参考文献以英文为主,部分使用了英文译文。当然,就对象文本来说,这种研究范围的划定契合西语裔文学研究的普遍性定位,因为一般意义上的美国西语裔文学就是西语裔作家创作的英语文学,至少在21世纪初人们的理解依然如此,《剑桥美国文学史》和《诺顿拉美裔文学选读》等权威著作的范围划定基本也遵循这种基本标准。但是,近年来学界对于西语作品越来越重视,对之前的研究进行了补充和修正。对于美国族裔文学而言,种族、阶级、性别和性属等文化身份往往是文学再现和文学批评的重点,西语裔文学也不例外。因为种族身份、阶级、性别和性属等表征直接受制于族群以及个体的社会地位、经济状况和历史文化认同等条件,所以文学文本的解读就必须结合宏观的社会学、历史学、人种学、政治学等研究成果,从而在总体上把握这一族群文学中的政治诉求。相比于其他族裔文学,西语裔文学更加鲜明地体现了美国乃至美洲文化的杂糅历史,“三重文化影响”具体可表现为宗教、神话、民间传说、民间医术等要素的广泛运用。文学作品中经常会出现瓜达卢佩圣母、“哭泣的女人”等文化要素,并象征性地对传统女性形象进行改写,通过摒弃其中的消极成分,帮助女性认识自我、获得叙述的主体性和话语权。在表现手法上,魔幻现实主义、奇幻手法等充分利用神话原型或宗教元素,实现对二元对立的解构。这些重要的表现手法是理解文学书写的关键,但也是研究中的困难所在。研究者必须充分了解美洲土著神话、民间传说和民俗,才能准确理解这些文化隐喻的内涵。笔者不具备足够的西语裔背景，尽管查阅了大量的社会学资料，也在西语裔社区生活过一段时间，但是理解起来仍有一定的困难，只能从旁观者的角度去观察和解读相关的文学表征。

本书的另外一个不足之处在于：西语裔作家群的群体庞大，作品数量多，如何在这些文本中挑选代表性文本并对其进行归纳分类是个难以处理的问题。西语裔文学包含不同的族裔文学分支，且相互之间既有共性又有差异。本书在选取作家作品时尽量照顾到代表性和个性的结合，以作家作品在各个时期的影响力，以及他们在纵向文学发展中的作用为标准，参考作品的社会认同和文学批评来综合考量、平衡筛选。例如古巴裔文学和多米尼加裔文学都属于移民文学，族裔社区的形成时间较短，历史书写都是鲜明主题；但是他们之间也有明显的不同：古巴裔文学中的历史书写凸显了古巴革命的影响，英语文学则契合文化价值认同中的流亡模式，甚至在很大程度上服务于反古巴政治宣传、参与到了意识形态斗争之中，多米尼加裔文学的政治取向同样明显，同样突出了社会历史重大事件，如特鲁希略政权，但是其英语文学更多地表现出对暴力的反思和创伤的书写，更多地着眼于自我经验和社区经历之间的平衡。随着时间的推移，作品的书写意义会发生变化，所选文本的代表性和典型性可能会相应地发生变化，因此，本书的纳入标准是否合理，这样的筛选是否科学，还需要时间的验证。

纵观整个美国西语裔文学的发展，族裔性是主线，政治性是突出特征，美国经历和美国身份是书写核心。共同的母语给予了西语裔群体相互的认同感，但西语裔各个亚文化群体之间往往是既认同又疏离的微妙关系，他们也有着各自的权利主张和利益诉求。文学书写表现出相似性和相异性，文学解读的意义也因此得到了彰显。美国西语裔文学是西语裔文化的一个缩影，是美国文化的重要构成部分，文学研究以文本作为依托，解读西语裔社区的价值取向、流行话语和审美表达，是全面理解美国文化的一个重要手段。西语裔文学呈现了一个丰富多彩的世界，文学研究中还有许多话题需要展开，未来必定会出现更多不同的书写范式和批评声音，学者和全社会对这一领域的理解也将不断深入。

参考文献

Acost-Belen, Edna. "A Melus Interview: Judith Ortiz Cofer", *MELUS*, 1993, 18(3).

Acuna, Rodolfo. *Occupied America* (3rd Edition). New York: Harper-Collins, 1986.

Adair-Hodges, Erin. "Bearing Witness: An Interview with Demetria Martinez", Alibi, 18. 50. Dec. 16, 2009. https://alibi.com/art/30007/Bearing-Witness.html.

Aldama, Frederick Luis. *Formal Matters in Contemporary Latino Poetry*. New York: Palgrave Macmillan, 2013.

Aldama, Fredrick Luis. *Dancing with Ghosts: A Critical Biography of Arturo Islas*. Berkley and Los Angeles: University of California Press, 2005.

Alvarez, Alma Rosa. *Liberation Theology in Chicana/o Literature: Manifestations of Feminist and Gay Identities*. New York and London: Routledge, 2007.

Alvarez, Stephanie. "Subversive English in*Raining Backwards*: A Different Kind of Spanglish", *Hispania*, 2013, 96(3).

Alvarez-Borland, Isabel. *Cuban-American Literature of Exile: From Person to Persona*. Charlottesville & London: University Press of Virginia, 1998.

Anaya, Rudolfo A. "'Aztlán: A Homeland Without Boundaries", in Rudolfo A. Anaya and Francisco Lomelí (eds.), *Aztlán: Essays on the Chicano Homeland* (pp. 230-241). Albuquerque: University of New Mexico Press, 1989.

Anaya, Rudolfo A. *The Anaya Reader*. New York: Warner Books, Inc., 1995.

Anne, Fliotsos and Vierow Wendy. *American Women Stage Directors of the Twentieth Century*. Chicago: University of Illinois Press, 2008.

Anzaldúa, Gloria. *Borderlands/La Frontera: The New Mestiza* (2nd Edition). San Francisco: Aunt Lute Books, 1999.

Arias, Claudia M. Milian. "Brown is the Color of Philosophy: An Interview with Richard Rodriguez", *Nepantla: Views from South*, 2003, 4(2).

Augenbraum, Harold and Margarite Fernández Olmos. (eds.) *The Latino Reader: An American Literary Tradition from 1542 to the Present*. New York: Houghton Mifflin Publishing Company, 1997.

Ayala, Roberto. "The Space of Disease in Alejandro Morales' *The Captain of All These Men of Death*", in Imelda Martín-Junquera (ed.), *Landscapes of Writing in Chicano Literature* (pp. 151-160.). New York: Palgrave Macmillan, 2013.

Barrera, Mario. *Race and Class in the Southwest*. Notre Dame Indiana: University of Notre-Dame Press, 1979.

Berman, Jenifer. "Interview with Ariel Dorfman", BOMB—Artists in Conversation, 2017/01, http://bombmagazine.org/archive/author/Jenifer%20Berman.

Bhabha, Homi K. "The Third Space: Interview with Homi Bhabha", in Jonathan Rutherford (ed.), *Identity: Community, Culture, Difference* (pp. 207-211). London: Lawrence & Wishart, 1990.

Blackwelder, Julia Kirk. *Women of the Depression: Caste and Culture in San Antonio*, 1929-1939. College Station: Texas A&M Press, 1984.

Blanco, Richard. "ABC Interview", 2013/01/20 (2017/01/30), http://abcnews.go.com/Politics/video/inauguration-2013-poet-richard-blanco-interview-obamas-2nd-18272367.

Blanco, Richard. "Our People, Our Future: Richard Blanco in

Conversation", 2014/02/20 (2017/01/30), https://www.poets.org/poetsorg/text/our-people-our-future-richard-blanco-conversation.

Bost, Suzanne. "Transgressing Borders: Puerto Rican and Latina Mestizaje", *MELUS*, 2000, 25(2).

Boswell, Thomas D. and Curtis, James R. *The Cuban American Experience: Culture, Images, and Perspectives*. Totowa, New Jersey: Rowman and Allanheld, 1983.

Brown, Julie. (ed.). *American Women Short Stories Writers: A Collection of Critical Essays*. New York: Routledge, 1995.

Brown-Guillory, Elizabeth. "Denise Chávez: Chicana Woman Writer Crossing Borders: An Interview", *South Central Review*, 1999, 16(1).

Bruce-Novoa, Juan. *Chicano Authors: Inquiry by Interviews*. Austin: University of Texas Press, 1980.

Bruce-Novoa, Juan. *Retrospace: Collected Essays on Chicano Literature Theory and History*. Houston, Texas: Arte Público Press, 1990.

Buffington, Sean T. "Dominican Americans", 2020/4/20, http://www.everyculture.com/multi/Bu-Dr/Dominican-Americans.html.

Calderón, Héctor and José David Saldívar. *Criticism in the Borderlands: Studies in Chicano Literature, Culture and Ideology*. Durham, NC: Duke University Press, 1991.

Calderon, Roberto and Zamora, Emilio. *Chicana Voices: Intersections of Class, Race, and Gender*. Austin: Center for Mexican American Studies, The University of Texas at Austin, 1986.

Camarillo, Albert. *Chicanos in a Changing Society*. Cambridge, Massachusetts: Harvard University Press, 1979.

Caminero-Santangelo, Marta. "'Puerto Rican Negro': Defining Race in Piri Thomas's *Down These Mean Streets*", *MELUS*, 2004, 29(2).

Cantiello, Jessica Wells. "'That Story about the Gun': Pseudo-Memory in Julia Alvarez's Autobiographical Novels", *MELUS*, 2011, 36(1).

Castillo, Ana. "Introduction", in Maria Amparo Ruiz de Burton,

The Squatter and the Don (pp. iii-xviii). New York: Random House, 2004.

Chaar-Pérez, Kahlil. "A Revolution of Love": Ramón Emeterio Betances, Anténor Firmin, and Affective Communities in the Caribbean", *The Global South*, 2013, 7(2).

Christie, John and Jose Gonzalez. *Latino Boom: An Anthology of U. S. Latino Literature*. New York: Pearson Longman, 2005.

Concannon, Kevin, Francisco A. Lomelí, and Marc Priewe. (eds.). *Imagined Transnationalism: U. S. Latino/a Literature, Culture, and Identity*. New York: Palgrave Macmillan, 2009.

Conde, Yvonne M. *Operation Pedro Pan: The Untold Exodus of 14,048 Cuban Children*. New York: Routledge, 1999.

Criniti, Steve. "Collecting Butterflies: Julia Alvarez's Revision of North American Collective Memory", *Modern Language Studies*, 2007, 36(2).

Crystall, Elyse. Jill Kuhnheim, Mary Layoun and Isabel Allende. "An Interview with Isabel Allende", *Contemporary Literature*, 1992, 33 (4).

Current, Cheris Brewer. *Questioning the Cuban Exile Model: Race, Gender, and Resettlement, 1959-1979*. El Paso: LFB Scholarly Publishing, 2010.

Cutler, JohnAlba. "Eusebio Chacón's America", *MELUS*, 2011, 36 (1).

Cutter, Martha J. "Editor's Introduction: The Haunting and the Haunted", *MELUS*, 2012, 37(3).

Dalleo, Raphael and Elena Machado Sáez. *The Latino/a Canon and the Emergence of Post-Sixties Literature*. New York: Palgrave Macmillan, 2007.

Davidow, Joie. *Infusions of Healing: A Treasury of Mexican-American Herbal Remedies*. Cambridge, ON: Fireside Books, 1999.

Davila, Arlene. *Sponsored Identities: Cultural Politics in Puerto Rico*. Temple University Press, 1997.

Day, Frances A. *Latina and Latino Voices in Literature: Lives and Works, Updated and Expanded*. Westport, Connecticut: Greenwood Press, 2003.

Day, Frances A. *Lesbian and Gay Voices: An Annotated Bibliography and Guide to Literature for Children and Young Adults*. Westport, Connecticut: Greenwood Press, 2000.

Delgado, Abelardo "Lalo". *Here Lies Lalo: The Collected Poems of Abelardo Delgado*. Houston, Texas: Arte Público Press, 2011.

Deverell, William. *Whitewashed Adobe: The Rise of Los Angeles and the Remaking of Its Mexican Past*. Berkeley: University of California Press, 2004.

Dickson-Gómez, Julia. "Growing up in Guerrilla Camps: The Long-Term Impact of Being a Child Soldier in El Salvador's Civil War", *Ethos*, 2002, 30(4).

Dominguez-Ruvalcaba, Hector. *Modernity and the Nation in Mexican Representations of Masculinity: From Sensuality to Bloodshed*. New York: Palgrave Macmillan, 2007.

Duchesne-Winter, Juan R. *Plant Theory in Amazonian Literature*. New York: Palgrave Pivot, 2019.

Duran, Isabel. "Ethics and Aesthetics: A Conversation with Ilan Stavans", *Camino Real*, 2014, 6(9).

Fagan, Allison E. "'Damaged Pieces': Embracing BorderTextuality in Revisions of Ana Castillo's Sapogonia", *MELUS*, 2012, 37(3).

Faymonville, Carmen. "New Transnational Identities in Judith Ortiz Cofer's Autobiographical Fiction", *MELUS*, 2001, 26(2).

Febles, Jorge. (ed.) *Into the Mainstream: Essays on Spanish American and Latino Literature and Culture*. Cambridge Scholars Publishing, 2006.

Fernández, Alfredo A. *Adrift: The Cuban Raft People*. Trans. Susan Giersbach Rascon. Houston, Texas: Arte Público Press, 2000.

Firmat, Gustavo Pérez. *Next Year in Cuba: A Cubanos Coming-of-Age in America*. New York: Anchor Books, 1995.

Fitzpatrick, Joseph. *Puerto Rican American: The Meaning of Migration to the Mainland*. New York: Prentice-Hall, 1987.

Foster, David William and Roberto Reis. *Bodies and Biases: Sexualities in Hispanic Cultures and Literature*. Minneapolis: University of Minnesota Press, 1996.

Franco, Dean. "Working Through the Archive: Trauma and History in Alejandro Morales' *The Rag Doll Plagues*", *PMLA*, 2005, 120(2).

Francomano, Emily C. *Wisdom and Her Lovers in Medieval and Early Modern Hispanic Literature* (The New Middle Ages). New York: Palgrave Macmillan, 2008.

Fraxedas, J. Joaquin. *The Lonely Crossing of Juan Cabrera: A Novel*. New York: Palgrave Macmillan, 1993.

Gallagher, Patrick Lee. *The Cuban Exile: A Social-Political Analysis*. New York: Arno Press, 1980.

García, Luis M. *Child of the Revolution: Growing up in Castro's Cuba*. Sydney: Allen & Unwin, 2006.

García, Maria Cristina. *Havana USA: Cuban Exiles and Cuban Americans in South Florida*, 1959-1994. Berkeley: University of California Press, 1996.

Garcia, Mario T. "History, Literature, and the Chicano Working-Class Novel: A Critical Review of Alejandro Morales'*The Brick People*", *Critica*, 1990,2.

Garcia, Mario T. *Mexican Americans: Leadership, Ideology, and Identity*. New Haven, Connecticut: Yale University Press, 1990.

Garcia, Mario. "Writer Alejandro Morales to Receive Luis Leal Literature Award", 2007/7/26(2014/10/27), http://www.ia.ucsb.edu/pa/display.aspx? pkey=1638.

Gates, Paul. "The California Land Act of 1851", *California Historical Quarterly*, 1971,50(4).

Gay, Kathlyn. *Leaving Cuba: From Pedro Pan to Elian*. Brookfield, Connecticut: The Twenty-first Century Books, 2000.

Gómez, Tania, Patricia Bolaños-Fabres and Christina Mougoyanni

Hennessy. *Gender in Hispanic Literature and Visual Arts*. Lanham, MD: Lexington Books, 2016.

Gomez-Quinones, Juan. *Chicano Politics: Reality and Promise*. Albuquerque, New Mexico: University of New Mexico Press, 1990.

Gonzalez, Eduardo. *Cuba and the Fall: Christian Text and Queer Narrative in the Fiction of Jose Lezama Lima and Reinaldo Arenas*. Charlottesville and London: University of Virginia Press, 2010.

González-Eduardo, José and Timothy R. Robbins. *Urban Spaces in Contemporary Latin American Literature*. New York: Palgrave Macmillan, 2018.

Gordon, Ambrose. "Isabel Allende on Love and Shadow", *Contemporary Literature*, 1987, 28(4).

Gordon, Stephanie. "An Interview with Judith Ortiz Cofer", *The AWP Chronicle*, 1997, October/November.

Grande, Reyna. "In First Person: Living the American Dream", 2006/03, http://www.reynagrande.com/Reviews.htm#article3.

Grieco, Elizabeth. "The Dominican Population in the United States: Growth and Distribution", Migration Policy Institute, 2004/09, http://www.migrationpolicy.org/research/dominican-population-united-states-growth-and-distribution.

Griesbach, Daniel. "'Rough Justice' for Farmworkers: The Specter of Joaquín Murrieta in Raymond Barrio's *The Plum Plum Pickers*", *Western American Literature*, 2009, 44(1).

Gurpegui, Jose Antonio. (ed.). *Alejandro Morales: Fiction Past, Present Future Perfect*. Arizona: Bilingual Press, 1996.

Gutthy, Agnieszka. (ed.). *Exile and the Narrative/Portic Imagination*. Newcastle upon Tyne: Cambridge Scholars Publishing, 2010.

Hall, James C. and Heather Hathaway (ed.). *Conversations with Paule Marshall*. Ed. University Press of Mississippi, 2000.

Hanna, Monica. "'REASSEMBLING THE FRAGMENTS': Battling Historiographies, Caribbean Discourse, and Nerd Genres inJunot

Díaz's *The Brief Wondrous Life of Oscar Wao*", *Callaloo*, 2010, 33(2).

Harryette, Mullen. "'A Silence between Us like a Language': The Untranslatability of Experience in Sandra Cisneros' *Woman Hollering Creek*", *MELUS*, 1996, 21(2).

Hernandez, Fernando. *The Cubans: Out Legacy in the United States*. Floricanto Press, 2012.

Hernández, Guillermo E. *Chicano Satire: A Study in Literary Culture*. Austin: University of Texas Press, 1991.

Hernández-Cruz, Victor. *Red Beans*. Minneapolis: Coffee House Press, 1991.

Herrera-Sobek, Maria. *Northward Bound: The Mexican Immigrant Experience in Ballad and Song*. Bloomington: Indiana University Press, 1993.

Hoeg, Jerry and Kevin S. Larsen. (eds.). *Science, Literature, and Film in the Hispanic World*. New York: Palgrave Macmillan, 2006.

Hurtado, Roberta. *Decolonial Puerto Rican Women's Writings: Subversion in the Flesh*. New York: Palgrave Macmillan, 2019.

Irwin, Robert McKee. *Bandits, Captives, Heroines, and Saints: Cultural Icons of Mexico's Northwest Borderlands*. Minneapolis, MN: University of Minnesota Press, 2007.

Jackson, John P. Jr., and Nadine M. Weidman. "The Origins of Scientific Racism", *The Journal of Blacks in Higher Education*, 2005/2006, 50.

Jiron-King, Shimberlee. "Epic Linearity and Cyclical Narrative: Moving Beyond Colonizing Discourse in Alejandro Morales' *The Brick People*", *Hipertexto*, 2007, 6.

Johnson, Kelli Lyon. "Violence in the Borderlands: Crossing to the Home Space in the Novels of Ana Castillo", *Frontiers: A Journal of Women Studies*, 2004, 25(1).

Johnson, Lyndon. "Remarks at the Signing of the Immigration Bill, Liberty Island, New York", LBJ Library, 1965/10/03, http//: www.lbjlib.utexas.edu/Johnson/archives.hom/speeches.hom/651003.asp.

Kanellos, Nicolás. *A History of Hispanic Theatre in the United States*. Austin: University of Texas Press, 1990.

Kanellos, Nicolás. *Hispanic Literature of the United States: A Comprehensive Reference*. Westport: Greenwood Publishing Group, 2003.

Kanellos, Nicolás. *The Greenwood Encyclopedia of Latino Literature*. New York: Greenwood Press, 2008.

Kaup, Monika. "From Hacienda to Brick Factory: The Architecture of the Machine and Chicano Collective Memory in Alejandro Morales's *The Brick People*", in Francisco A. Lomelí and Karin Ikas (eds.), *U. S. Latino Literatures and Cultures: Transnational Perspectives* (pp. 159-170). Heidelberg: Carl Winter Verlag, 2000.

Kaup, Monika. *Rewriting North American Borders in Chicano and Chicana Narrative*. New York: Peter Lang Publishing Inc., 2001.

Ken, Assunta Bartolomucci. *María Irene Fornés and Her Critics*. Westport, CT: Greenwood Press, 1996.

Krauss, Rosalind. "Poststructuralism and the 'Paraliterary'", *October*, 1980, 13.

Leal, Luis andPepe Barrón. "Chicano Literature: An Overview", in Houston A. Baker, Jr. (ed.), *Three American Literatures: Essays in Chicano, Native American, and Asian American Literature for Teachers of American Literature* (pp. 9-13). New York: The Modern Language Association of America, 1982.

Leal, Luis. "Mexican American Literature: A Historical Perspective", in Joseph Sommers and Tomas Ybarra-Frausto (eds.), *Modern Chicano Writers* (pp. 18-30). Eaglewood Cliffs, NJ: Prentice-Hall, Inc., 1979.

Leal, Luis. "Pre-Chicano Literature: Process and Meaning (1539-1959)", in Francisco Lomelí (ed.), *Handbook of Hispanic Cultures in the United States: Literature and Art* (pp. 62-85). Houston: Arte Público Press, 1993.

Leal, Luis. "The Problem of Identifying Chicano Literature", in Francisco Jiménez (ed.), *The Identification and Analysis of Chicano*

Literature (pp. 2-6). New York: Bilingual Press, 1979.

LeoGrande, William M. *Our Own Backyard: The United States in Central America*, 1977-1992. Chapel Hill & London: University of North Carolina Press, 1998.

Lilley, James D. "'The Short Way of Saying Mexicano': Patrolling the Borders of Mario Suárez's Fiction", *MELUS*, 2001, 26(3).

Llanes, José. *Cuban Americans: Masters of Survival*. Massachusetts: Abt Books, 1982.

Lomas, Clara. "Introduction: Revolutionary Women and the Alternative Press in the Borderlands", in Leonor Villegas de Magnón, *The Rebel* (pp. xi-lvi). Houston, Texas: Arte Público Press, 1994.

Lomas, Clara. "Preface: In Search of an Autobiography: On Mapping Women's Intellectual History of the Borderlands", *The Rebel* (pp. vii-ix). Houston, Texas: Arte Público Press, 1994.

López, Sam. *Post-Revolutionary Chicana Literature: Memoir, Folklore, and Fiction of the Border, 1900-1950*. New York & London: Routledge, 2006.

Luedtke, Luther S. "*Pocho* and the American Dream", in Harold Bloom (ed.), *Hispanic-American Writers* (pp. 33-50). Philadelphia: Chelsea House Publishers, 1998.

Luis, William. "A Search for Identity in Julia Alvarez's: *How the García Girls Lost Their Accents*", *Callaloo*, 2000, 23(3).

Lynch, Joy M. "'A Distinct Place in America Where All Mestizos Reside': Landscape and Identity in Ana Castillo's *Sapogonia* and Diana Changs *The Frontiers of Love*", *MELUS*, 2001, 26(3).

Márquez, Antonio. "The American Dream in the Chicano Novel," *Rocky Mountain Review of Language and Literature*, 1983, 37(1/2).

Márquez, Antonio. "The Use and Abuse of History in Alejandro Morales's *The Brick People* and *The Rag Doll Plagues*", in Jose Antonio Gurpegui (ed.), *Alejandro Morales: Fiction Past, Preset, Future Perfect* (pp. 76-86). Tempe, AZ: Bilingual Press, 1996,

Martin, Desiree A. *Borderlands Saints: Secular Sanctity in*

Chicano. New Brunswick, NJ: Rutgers University Press, 2013.

Martínez, Coonrod Elizabeth. *Josefina Niggli, Mexican American Writer: A Critical Biography*. Albuquerque: University of New Mexico Press, 2007. Martínez, Eliud. "Ron Arias' *The Road to Tamazunchale*: A Chicano Novel of the New Reality", *Latin American Literary Review*, 1977, 5(10).

Martínez, Guillermo and Sam Verdeja. "Guba: Before the Revolution", in Sam Verdja and Guillermo Martinez (eds.), *Cubans: An Epic Journey: The Struggle of Exiles for Truth and Freedom* (pp. 5-19). Miami, FL Reedy Press, 2012.

Martin-Rodriguez, Manuel M. "The Global Border: Transnationalism and Cultural Hybridism in Alejandro Morales's *The Rag Doll Plagues*", in Jose Antonio Gurpegui (ed.), *Alejandro Morales: Fiction Past, Present Future Perfect* (pp. 86-98). Arizona: Bilingual Press, 1996.

Marzán, Julio. *The Spanish American Roots of William Carlos Williams*. Boston, TX: University of Texas Press, 1994.

McAuliffe,Jody. "Interview with Nilo Cruz", *The South Atlantic Quarterly*, 2000, 99(2-3).

McCaffrey, Katherine T. *Military Power and Popular Protest: The U. S. Navy in Vieques, Puerto Rico*. New Brunswick, NJ: Rutgers University Press, 2002.

McClennen, Sophia A. "Beyond Death And the Maiden: Ariel Dorfman's Media Criticism and Journalism", *Latin American Research Review*, 2010, 45(1).

McCracken, Ellen. *Paratexts and Performance in the Novels of Junot Díaz and Sandra Cisneros*. New York: Palgrave Macmillan, 2016.

McKenna, Teresa. "Three Novels: An Analysis (*Chicano, The PlumPlum Pickers and Tatoo the Wicked Cross*)", *Aztlán: A Journal of Chicano Studies*, 1970, 1(2).

McKenna, Teresa. *Migrant Song: Politics and Process in Contemporary Chicano Literature*. Austin: University of Texas Press, 1997.

McWilliams, Carey. *North from Mexico: The Spanish Speaking*

People of the United States (3rd edition). New York: Praeger Publishers Inc., 2016.

Mermann-Jozwiak, Elisabeth. "Gritos desde la Frontera: Ana Castillo, Sandra Cisneros, and Postmodernism", *MELUS*, 2000, 25(2).

Miller, Beth. (ed.). *Women in Hispanic Literature: Icons and Fallen Idols*. Berkeley and Los Angeles: University of California Press, 1983.

Montaner, Carlos Alberto. "Introduction", in Sam Verdja and Guillermo Martinez (eds.) *Cubans: An Epic Journey* (pp. i-xxi). Miami FL: Reedy Press, 2012.

Montejano, David. *Quixotes Soldiers: A Local History of the Chicano Movement, 1966-1981* . San Antonio: University of Texas Press, 2010.

Montes, Amelia María de la Luz and Anne Elizabeth Goldman. (eds.). *María Amparo Ruiz de Burton: Critical and Pedagogical Perspectives*. Lincoln and London: University of Nebraska Press, 2004.

Moore, Patrick. "Susan Sontag and a Case of Curious Silence", *New York Times*, 2005/01/04, http://articles. latimes. com/2005/jan/04/opinion/oe-moore4.

Nwosu, Chiamaka and Jeanne Batalova. "Immigrants from the Dominican Republic in the United States", Migration Information Source, MPI. 07182004/02252017. http://www. migrationpolicy. org/article/immigrants-dominican-republic-united-states.

Ocasio, Rafael and Rita Ganey. "Speaking in Puerto Rican: An Interview with Judith Ortiz Cofer", *Bilingual Review/La Revista Bilingüe*, 1992, 17(2).

Ocasio, Rafael. "Gays and the Cuban Revolution: The Case of Reinaldo Arenas", *Latin American Perspectives*, 2002, 29(2).

Okie, Matt. "Mil Máscaras: An Interview with Pulitzer-Winner Junot Díaz", 2008/09/02, http://www. identitytheory. com/interviews/okie_diaz. php.

Olivares, Jorge. "A Twice-Told Tail: Reinaldo Arenas's 'El Cometa Halley'", *PMLA*, 2002, 117(5).

Olsen, James S. and Judith E. Olsen. *Cuban Americans: From Trauma to Triumph*. New York: Twayne Publishers, 1995.

Ortiz, Richardo L. *Cultural Erotics in Cuban America*. Minneapolis: University of Minnesota Press, 2007.

Padgett, Tim. "Richard Blanco, Obama's Inaugural Poet: Not Your Father's Cuban Exile", *Time*, 2013101/18, http://world. time. com/2013/01/18/richard-blanco-obamas-inaugural-poet-not-your-fathers-cuban-exile/.

Palardy, Diana Q. *The Dystopian Imagination in Contemporary Spanish Literature and Film*. New York: Palgrave Macmillan, 2018.

Paran, Janice. "Introduction", in Nilo Cruz, *Two Sisters and A Piano and Other Plays* (pp. i-vii). New York: Theatre Communications Group, Inc., 2003.

Paredes, Raymund A. Mexican American Authors and the American Dream. *MELUS*, 1981, 8(4).

Paredes, Raymund. "Review Essays: Recent Chicano Writing", *Rocky Mountain Review of Language and Literature*, 1987, 41(1/2).

Pastor, Robert. "Continuity and Change in U. S. Foreign Policy: Carter and Reagan on El Salvador", *Journal of Policy Analysis and Management*, 1984, 3(2).

Pérez-Firmat, Gustavo. *Life on the Hyphen: The Cuban-American Way*. Austin: University of Texas Press, 1995.

Pérez-Firmat, Gustavo. *Tongue Ties: Logo-Eroticism in Anglo-Hispanic Literature*. New York: Palgrave Macmillan, 2003.

Perez-Rosario, Vanessa. *Hispanic Caribbean Literature of Migration: Narratives of Displacement*. New York: Palgrave Macmillan, 2010.

Quan, Adán. "Through the Looking Glass: U. S. Aid to El Salvador and the Politics of National Identity", *American Ethnologist*, 2005, 32(2).

Quintana, Alvina E. (ed.). *Reading U. S. Latina Writers: Remapping American Literature*. New York: Palgrave Macmillan, 2003.

Quintana, Alvina. *Home Girls: Chicana Literary Voices*.

Philadelphia: Temple University Press, 1996.

Radford, Jynnah. "Key Findings about U. S. Immigrants", Pew Research Center, https://www.pewresearch.org/fact-tank/2019/06/17/key-findings-about-u-s-immigrants/.

Read, Kay. "When Is a Kid a Kid? Negotiating Children's Rights in El Salvador's Civil War", *History of Religions*, 2002, 41(4).

Rebolledo, Tey Diana. *Women Singing in the Snow*. Tuscon: The University of Arizona Press, 1995.

Rieff, David. *The Exile: Cuba in the Heart of Miami*. New York: Simon & Schuster Inc., 1993.

Riojas-Clark, Ellen et al. *Multicultural Literature for Latino Bilingual Children: Their Words, Their Worlds*. Lanham: Rowman & Littlefield Publishers, 2015.

Rivera, Tomás. "Richard Rodriguez's *Hunger of Memory* as Humanistic Antithesis", *MELUS*, 1984, 11(4).

Rodriguez, Juan. "Notes on the Evolution of Chicano Prose Fiction", in Joseph Sommers and Tomas Ybarra-Frausto (eds.), *Modern Chicano Writers* (pp. 67-73). Eaglewood Cliffs: Prentice-Hall, Inc., 1979.

Rojas, Maythee. "Violent Acts of a Feminist Nature: Estela Portillo Trambley's Striking Short Fiction", *MELUS*, 2008, 33(3).

Saeta, Elsa. "Ana Castillo's 'Sapogonia': Narrative Point of View as a Study in Perception", *Confluencia*, 1994, 10(1).

Said, Edward. *Reflections on Exile and Other Essays*. Cambridge, Mass: Harvard University Press, 2000.

Saldívar, José David. *Border Matters: Remapping American Cultural Studies*. Berkley and Los Angeles: University of California Press, 1997.

Saldívar, José David. *The Dialectics of Our America: Genealogy, Cultural Critique, and Literary History*. Durham: Duke University Press, 1991.

Saldívar, Ramón. *Chicano Narrative: The Dialectics of Difference*. Madison: The University of Wisconsin Press, 1990.

Saldívar-Hull, Sonia. *Feminism on the Border: Chicana Gender Politics and Literature*. Berkley and Los Angeles: University of California Press, 2000.

Salinas, Judy. "*The Road to Tamazunchale* by Ron Arias". *Latin American Literary Review*, 1976, 4(8).

Sanchez, Marta E. "*Shakin' Up*" *Race and Gender: Intercultural Connections in Puerto Rican, African American, and Chicano Narratives and Culture (1965-1995)*. Austin: University of Texas Press, 2005.

Sánchez-Prado, Ignacio M. (ed.), *Pierre Bourdieu in Hispanic Literature and Culture*. New York: Palgrave Macmillan, 2018.

Sandín, Lyn Di Iorio and Richard Perez. *Contemporary U. S. Latino/a Literary Criticism*. New York: Palgrave Macmillan, 2007.

Scolovsky, Maya. "Telling Stories of Transgression: Judith Ortiz Cofer's *The Line of the Sun*", *MELUS*, 2009, 34(1).

Shapiro, Gregg. "In 'AWE': Achy Obejas on Her New Work", Windy City Times, 2001/08/08, http://www. windycitymediagroup. com/gay/lesbian/news/ARTICLE. php? AID=24273.

Shorris, Earl. *Latinos: A Biography of the People*. New York: W. W. Norton & Company, 2001.

Siek, Stephanie and Joe Sterling. "Census: Fewer white babies being born", CNN. 2012/05/17, http://inamerica. blogs. cnn. com/2012/05/17/census-2011-data-confirm-trend-of-population-diversity/.

Socolovsky, Maya. "Borrowed Homes, Homesickness, and Memory in Ana Castillo's Sapogonia", *Aztlán: A Journal of Chicano Studies*, 1999, 24(2).

Sotelo, Susan Baker. *Chicano Detective Fiction: A Critical Study of Five Novelists*. Jefferson, NC: McFarland & Company, 2005.

Soto, Francisco. *Reinaldo Arenas: The Pentagonia*. London: Twayne Publishers, 1998.

Stavans, Ilan. *The Norton Anthology of Latino Literature*. New York: W. W. Norton & Company, Inc., 2011.

Svich, Caridad. "Conducting a Life: A Tribute to María Irene

Fornés", in Maria M. Delgado and Caridad Svich (eds.), *Conducting a Life: Reflections on the Theatre of María Irene Fornés* (pp. xv-xxix). New York: Smith and Kraus, Inc., 1999.

Tabori, Vide Paul. *The Anatomy of Exile: A Semantic and Historical Study*. London: Harrap, 1972.

Tatonetti, Lisa. "'A Kind of Queer Balance': Cherrie Moraga's Aztlán", *MELUS*, 2004, 29(2).

Taylor, Claire. *Electronic Literature in Latin America: From Text to Hypertext*. New York: Palgrave Macmillan, 2019.

Tichler, Rosemarie and Barry Jay Kaplan. "Writing Images: Interview Nilo Cruz", 2012/04/15. https://www.guernicamag.com/interviews/writing-images/.

Torres, Lourdes. *Puerto Rican Discourse: A Sociolinguistic Study of a New York Suburb*. New York: Routledge, 2010.

Torres, Maria de Los Angeles. *In the Land of Mirrors: Cuban Exile Politics in the United States*. Ann Arbor: University of Michigan Press, 2001.

Torres, Maria de Los Angeles. *The Lost Apple: Operation Pedro Pan, Cuban Children in the U.S., and the Promise of a Better Future*. Boston: Beacon Press, 2003.

Triay, Victor Andres. *Fleeing Castro: Operation Pedro Pan and Cuban Children's Program*. Gainesville: University Press of Florida, 1998.

Twomey, Lesley K. *The Sacred Space of the Virgin Mary in Hispanic Literature from Gonzalo de Berceo to Ambrosio Montesino*. London: Tamesis Books, 2019.

Urioste, Donaldo W, Francisco A Lomelí and María Joaquina Villaseñor. (eds.). *Historical Dictionary of U.S. Latino Literature*. Lanham, Maryland: Rowman & Littlefield, 2017.

Valdés, Vanessa Kimberly. *Diasporic Blackness: The Life and Times of Arturo Alfonso Schomburg*. Albany, NY: State University of New York Press, 2017.

Viramentes, Herena Maria. "Forward", in Estela Portillo Trembley, *Trini*(pp. i-vi). New York: Feminist Press, 2005.

Vowell, Faye Nell. "A *MELUS* Interview: Estela Portillo-Trambley", *MELUS*, 1982, 9(4).

Walter, Roland. "The Cultural Politics of Dislocation and Relocation in the Novels of Ana Castillo", *MELUS*, 1998, 23(1).

Webb, Walter Prescott. *The Texas Rangers: A Century of Frontier Defense*. Cambridge, Mass: Houghton Mifflin, 1935.

Weber, Bruce. "OscarHijuelos, Cuban-American Writer Who Won Pulitzer, Dies at 62", *New York Times*, 2013/10/13 (2015/08/25), http://www. nytimes. com/2013/10/14/books/oscar-hijuelos-cuban-american-writer-who-won-pulitzer-dies-at-62. html? hp&_r=0hp.

Whalen, Carmen and Victor Vasquez. *Puerto Rican Diaspora: Historical Perspective*. Philadelphia: Temple University Press, 2005.

White, Hayden. "The Historical Text as Literary Artifact", in Robert H. Canary and Henry Kozicki (eds.), *The Writing of History: Literary Form and Historical Understanding* (pp. 41-62). Madison: University of Wisconsin Press, 1978.

Williams, William Carlos. *In the American Grain* (2nd Edition). New York: New Direction Books, 2009.

Williams, William Carlos. *The Autobiography of William Carlos Williams*. New York: New Direction Books, 1967.

[美]茱莉娅·阿尔瓦雷斯:《我们自由之前》,李保杰译,南京:译林出版社,2014 年。

[美]桑德拉·希斯内罗丝:《喊女溪》,夏末译,南京:译林出版社,2010 年。

[美]桑德拉·希斯内罗丝:《拉拉的褐色披肩》,常文祺译,杭州:浙江文艺出版社,2010 年。

[美]桑德拉·希斯内罗丝:《芒果街上的小屋》,潘帕译,南京:译林出版社,2010 年。

附录

附录一：西语裔主要作家名录及代表性作品

作家译名	作家外语名	所属族裔	主要作品
奥斯卡·阿库斯塔	Oscar "Zeta" Acosta (1935-1974)	墨西哥裔	《棕色水牛的自述》(*The Autobiography of a Brown Buffalo*, 1972)、《蟑螂人的反抗》(*The Revolt of the Cockroach People*, 1973)
费尔南多·阿莱格里亚	Fernando Alegría (1918-2005)	智利裔	《劳塔罗，年轻的阿劳科解放者》(*Lautaro, joven libertador de Arauco*, 1943)、《我的邻居阿连德总统》(*Allende, mi vecino el presidente*, 1989)
克拉丽贝尔·阿莱格里亚	Claribel Alegría (1924-2018)	尼加拉瓜、萨尔瓦多裔	诗集《萨尔瓦多的十字路口》(*La encrucijada salvadoreña*, 1980)、《火山上的鲜花》(*Flores del volcán*; *Suma y sigue*, 1981, 1983年出版了英文版)、《河中的女郎》(*La Mujer del Río*, 1989)、《门槛》(*Umbrales*, 1996)、《悲伤》(*Sorrow*, 1999)、《抛弃》(*Casting Off*, 2003)，小说《伊扎尔科的灰烬》(*The Ashes of Izalco*)

续表

作家译名	作家外语名	所属族裔	主要作品
伊莎贝拉·阿连德	Isabel Allende (1942-)	智利裔	《幽灵之家》(*The House of the Spirits*, 1982)、《爱和阴影》(*Of Love and Shadows*, 1985)、《财富之女(*Daughter of Fortune*, 1999)、《野兽之城》(*City of the Beasts*, 2002)、《葆拉》(*Paula*, 1994)、《阿芙洛狄忒:关于感觉的回忆》(*Aphrodite: A Memoir of the Senses*, 1998)、《我想象出来的祖国:回忆录》(*My Invented Country: A Memoir*, 2003)、《所有的日子:回忆录》(*The Sum of Our Days: A Memoir*, 2008)
茱莉亚·阿尔瓦雷斯	Julia Alvarez (1950-)	多米尼加裔	《加西亚家的女儿不再带口音》(*How the García Girls Lost Their Accents*, 1991)、《蝴蝶飞舞时》(*In the Time of the Butterflies*, 1994)、《我们自由之前》(*Before We Were Free*, 2002)
鲁道夫·阿纳亚	Rudolfo A. Anaya (1937-)	墨西哥裔	《保佑我吧,乌勒蒂玛》(*Bless Me, Ultima*, 1972)、《阿兹特兰的心脏》(*Heart of Aztlán*, 1976)、《乌龟》(*Tortuga*, 1979)、《寂静的平原:短篇小说集:中篇小说》(*Silence of the Llano: Short Stories*, 1982)、《"哭泣的女人"的传说》(*The Legend of La Llorona: A Short Novel*, 1984)、《黎明之神:克查尔科阿特尔》(*Lord of the Dawn: The Legend of Quetzalcóatl*, 1987)、《飞人和其他小说》(*The Man Who Could Fly and Other Stories*, 2006)
格洛丽亚·安札杜尔	Gloria Anzaldúa (1942-2004)	墨西哥裔	《边疆:新生混血女儿》(*Borderlands/La Frontera: The New Mestiza*, 1987)、《黑暗中的光明:重写身份、信仰和现实》(*Light in the Dark/Luz en lo Oscuro: Rewriting Identity, Spirituality, Reality*, 2000)

续表

作家译名	作家外语名	所属族裔	主要作品
雷纳多·阿里纳斯	Reinaldo Arenas（1943-1990）	古巴裔	《夜幕降临之前》(*Antes que anochezca*, 1992)
罗恩·埃里阿斯	Ron Arias（1941- ）	墨西哥裔	《塔玛赞奇尔之路》(*The Road to Tamazunchale*, 1978)、《五人海上惊魂记》(*Five Against the Sea*, 1989)、《移动的目标：追求回忆录》(*Moving Target: A Memoir of Pursuit*, 2002)
吉米·圣地亚哥·巴卡	Jimmy Santiago Baca（1952- ）	墨西哥裔	《我们自己土地上的移民》(*Immigrants in Our Own Land*, 1977)、《南谷地里的马丁和沉思》(*Martin & Meditations on the South Valley*, 1987)、《立锥之地：诗人的成长之路》(*A Place to Stand: The Making of a Poet*, 1991)
弗洛尔·费尔南德斯·巴里奥斯	Flor Fernández Barrios（1956- ）	古巴裔	《雷霆的祝福：古巴的少女时代》(*Blessed by Thunder: Memoirs of a Cuban Girlhood*, 1999)
理查德·布兰科	Richard Blanco（1968- ）	古巴裔	《同一天空下》(One Today, 2013)等诗作，《洛斯克库尤斯的王子：迈阿密的童年》(*The Prince of Los Cocuyos: A Miami Childhood*, 2014)等小说
艾丽西亚·柏林斯基	Alicia Borinsky（1946- ）	阿根廷裔	《刻薄的女人》(*Mean Woman*, 1993)、《被抛弃的诱惑者之梦》(*Dreams of the Abandoned Seducer*, 1998)
胡丽亚·梅赛德斯·卡斯迪亚	Julia Mercedes Castilla（1960- ）	哥伦比亚裔	《埃米利奥》(*Emilio*, 1999)、《陌生的父母》(*Strange Parents*, 2009)、《另外一个美洲》(*The Other America*, 2013)

续表

作家译名	作家外语名	所属族裔	主要作品
安娜·卡斯蒂略	Ana Castillo (1953-)	墨西哥裔	《米花拉书简》(*The Mixquiahuala Letters*, 1992)、《如此远离上苍》(*So Far From God*, 1994)、《萨博哥尼亚:3/8米的反罗曼司》(*Sapogonia*, 1994)、《剥洋葱般剥开我的爱》(*Peel My Love Like an Onion*, 2000)、《水彩画的女人/遮光的男人》(*Water Women/Opaque Men*, 2005)、《守护者》(*The Guardians*, 2007)
塞萨尔·查韦斯	César Chávez (1927-1992)	墨西哥裔	《组织者的故事》(An Organizer's Tale)
德尼丝·查韦斯	Denise Chavez (1948-)	墨西哥裔	《最后一个女服务生》(*The Last of the Menu Girls*, 1986)、《懂兽语的女人》(*The Woman Who Knew the Language of the Animals*)、《天使的面庞》(*Face of An Angel*, 1994)、《卡梅松的国王和王后》(*The King and Queen of Comezón*, 2014)
桑德拉·希斯内罗丝	Sandra Cisneros (1954-)	墨西哥裔	《坏男孩》(*Bad Boys*, 1980)、《芒果街上的小屋》(*The House on Mango Street*, 1984)、《我的邪恶的方式》(*My Wicked Wicked Ways*, 1987)、《喊女溪及其他故事》(*Woman Hollering Creek and Other Stories*, 1991)、《拉拉的褐色披肩》(*Caramelo*, 2002)、《你看到玛丽了吗》(*Have You Seen Marie*, 2012)、《我自己的房子》(*A House of My Own*, 2015)

续表

作家译名	作家外语名	所属族裔	主要作品
朱迪斯·科弗	Judith Cofer (1952-)	波多黎各裔	《太阳界线》(*The Line of the Sun*, 1989)、《拉美熟食店》(*The Latin Deli*, 1993)、《静静起舞：波多黎各的童年时代》(*Silent Dancing*: *A Partial Remembrance of a Puerto Rican Childhood*, 1990)、《你们这样的小岛》(*An Island Like You*, 1995)、《叫我玛丽亚》(*Call Me Maria*, 2004)
弗拉迪米罗·阿里尔·多夫曼	Vladimiro Ariel Dorfman(1942-)	智利裔	《大雨》(*Hard Rain*, 1973)、《寡妇》(*Widows*, 1981)、《死亡和女仆》(*Death and Maiden*, 1991)、《朝南走，望北方》(*Heading South, Looking North*, 1998)
卡洛斯·艾尔	Carlos Nieto Eire (1950-)	古巴裔	《在哈瓦那等待风雪：古巴男孩的告白》(*Waiting for Snow in Havana*: *Confessions of a Cuban Boy*, 2002)、《在迈阿密学会死亡：难民男孩的告白》(*Learning to Die in Miami*: *Confession of a Refugee Boy*, 2010)
罗伯托·费尔南德斯	Roberto G. Fernández	古巴裔	《倒下的雨》(*Raining Backwards*, 1988)
玛利亚·伊莲娜·佛尼丝	Maria Irene Fornes (1930-)	古巴裔	《探戈舞厅》(*Tango Palace*, 1964)、《费福和她的朋友们》(*Fefu and Her Friends*, 1977)、《铤而走险渡海指南》(*Manual for a Desperate Crossing*, 1996)、《古巴来信》(*Letters from Cuba*, 2000)
胡安金·弗雷克斯达斯	J. Joaquin Fraxedas (1960-)	古巴裔	《胡安·卡布瑞拉孤独的横渡》(*The Lonely Crossing of Juan Cabrera*, 1994)

续表

作家译名	作家外语名	所属族裔	主要作品
克里斯蒂娜·加西亚	Cristina Garcia (1958-)	古巴裔	《梦系古巴》(*Dreaming in Cuban*, 1992)、《阿奎罗姐妹》(*The Agüero Sisters*, 1997)、《幸运手册》(*A Handbook to Luck*, 2007)、《古巴之王》(*King of Cuba*, 2013)
瑞娜·格兰德	Reyna Grande (1975-)	墨西哥裔	《越过万水千山》(*Across a Hundred Mountains*, 2006)、《我们之间的距离》(*The Distance Between Us*, 2013)
艾维里奥·格里洛	Evelio Grillo (1919-)	古巴裔	《古巴黑人,美国黑人:回忆录》(*Black Cuban, Black American: A Memoir*, 2000)
克里斯蒂娜·迪亚兹·冈萨雷斯	Christina Diaz Gonzalez (1969-)	古巴裔	《红雨伞》(The Red Umbrella, 2010)、《雷霆般的私语》(*A Thunderous Whisper*, 2012)、《移动的靶子》(*Moving Target*, 2015)、《回归之火》(*Return Fire*, 2016)
鲁道夫·冈萨雷斯	Rodolfo González (1928-2005)	墨西哥裔	《我是华金》(I Am Joaquín, 1967)
奥斯卡·伊西罗斯	Oscar Hijuelos (1951-2013)	古巴裔	《曼波歌王奏情歌》(*The Mambo Kings Play Songs of Love*, 1989)、《埃米利奥·蒙特斯·奥布莱恩的14个姐妹》(*Fourteen Sisters of Emilio Montez O'Brien*, 1993)、《戒烟后的沉思:回忆录》(*Thoughts Without Cigarettes: A Memoir*, 2011)
阿图罗·埃斯拉斯	Arturo Islas (1938-1991)	墨西哥裔	《雨神:沙漠的故事》(*The Rain God: A Desert*, 1984)、《流浪的灵魂》(*Migrant Souls*)

续表

作家译名	作家外语名	所属族裔	主要作品
莱昂·维列加斯·麦格诺	Leonor Villegas de Magnón (1876-1955)	墨西哥裔	《革命者》(*The Rebel*, 1994)
海姆·曼里克	Jaime Manrique (1949-)	哥伦比亚裔	《哥伦比亚金矿:关于权力和腐败的故事》(*Colombian Gold: A Novel of Power and Corruption*, 1983)、《与洛尔迦共度的那一夜》(*My Night with Federico García Lorca*, 1995)、《非凡的万寿菊:阿里纳斯、洛尔迦、普伊格和我》(*Eminent Maricones: Arenas, Lorca, Puig, and Me*, 1999)、《曼哈顿的拉丁月亮》(*Latin Moon in Manhattan*, 2003)、《我们的生活如河流》(*Our Lives are the Rivers*, 2013)
托马斯·艾洛伊·马提内斯	Tomás Eloy Martínez (1934-2020)	阿根廷裔	《圣艾薇塔》(*Santa Evita*, 1995)、《阿根廷之梦》(*The Argentine Dream*, 1999)、《女王的逃亡》(*Flight of the Queen*, 2002)、《失去国家的安魂曲》(*Requiem for a Lost Country*, 2003)、《将军的生平》(*The Lives of the General*, 2004)
多明戈·马提内斯	Domingo Martinez	墨西哥裔	《德克萨斯的孩子王:回忆录》(*Boy Kings of Texas: A Memoir*, 2012)、《我的心是失灵的罗盘》(*My Heart Is a Drunken Compass*, 2014)
切丽·莫加拉	Cherrie Moraga (1952-)	墨西哥裔	《爱在战争岁月》(*Loving in the War Years*, 1983)、《幽灵般成长》(*Giving up the Ghost*, 1986)、《上一代人》(*The Last Generation*, 1993)和《飞翔中的等待》(*Waiting in the Wings*, 1997)

续表

作家译名	作家外语名	所属族裔	主要作品
卡洛斯·阿尔伯托·蒙塔内尔	Carlos Alberto Montaner	古巴裔	《古巴中心的旅程:菲德尔·卡斯特罗的生平》(*Journey to the Heart of Cuba*: *Life as Fidel Castro*, 2001)
卡洛斯·莫尔	Carlos Moore (1942-)	古巴裔	《秃鹫:卡斯特罗古巴的种族与革命》(*Pichón*: *Race and Revolution in Castro's Cuba*, 2008)
阿里汉德罗·莫拉利斯	Alejandro Morales (1944-)	墨西哥裔	《制砖人》(*The Brick People*, 1988)、《布娃娃瘟疫》(*The Rag Doll Plague*, 1992)、《静待其变》(*Waiting to Happen*, 2001)、《死亡分队的队长》(*The Captain of All These Men of Death*, 2008)、《天使之河》(*The River of Angeles*, 2014)
卡洛斯·牟里罗	Carlos Murillo (1971-)	波多黎各、哥伦比亚裔	《黑暗之剧:献给男孩》(*Dark Play or Stories for Boys*, 2008)、《杀死绅士防守者》(*Killing of a Gentleman Defender*, 2015)、《我来自亚利桑那》(*I Come From Arizona*, 2018)
爱德华·内伊拉	Edward J. Neyra (1951-)	古巴裔	《古巴:失去和重拾》(*Cuba*: *Lost and Found*, 2010)
约瑟芬娜·尼格里	Josefina Niggli (1910-1983)	墨西哥裔	《星期天花了5个比索》(*Sunday Costs Five Pesos*, 1938)、《墨西哥村庄》(*Mexican Village*, 1945)、《走下来吧,兄弟》(*Step Down*, *Elder Brother*, 1948)
路易·里尔	Luis Leal (1907-2010)	墨西哥裔	《寻找阿兹特兰》(In Search of Aztlán, 1989)

续表

作家译名	作家外语名	所属族裔	主要作品
阿奇·欧贝哈斯	Achy Obejas (1956-)	古巴裔	《我们大老远从古巴来到这里就是为了可以这么穿衣服?》(*We Came All the Way from Cuba So You Could Dress Like This*? 1994)、《记忆的曼波舞曲》(*Memory Mambo*, 1996)、《敬畏的岁月》(*Days of Awe*, 1994)
古斯塔沃·佩雷斯·费尔马特	Gustavo Pérez Firmat, (1949-)	古巴裔	《来年古巴:古巴仔在美国的成长往事》(*Next Year in Cuba: A Cubano's Coming of Age in America*, 1995)
米盖尔·皮尼罗	Miguel Piñero, (1946-1988)	波多黎各裔	《遮掩的世界》(*Short Eyes*,1973)、《炮楼》(*The Guntower*, 1976)、《艳阳高照》(*The Sun Always Shines for the Cool*, 1976)、《这里不是我的出生地》(This is not the Place Where I was Born)
维克多·里奥斯	Victor Rios	墨西哥裔	《街上生活:贫困、帮派和博士》(*Street Life: Poverty, Gangs, and A Ph. D.*, 2001)
吉列尔莫·雷耶斯	Guillermo A. Reyes (1963-)	智利裔	《智利假期》(*Chilean Holiday*, 1996)、《探戈女王》(*Sirena Queen of the Tango*, 2001)、《这条路通向你的脑叶切除仪式》(*This Way to Your Ritual Lobotomy*, 2010)、《我和马德尔:移民生活记忆》(*Madre And I: A Memoir Of Our Immigrant Lives*, 2010)、《瓦伦迪诺和智利千金》(*Valentino and the Chilean Heiress*, 2016)

续表

作家译名	作家外语名	所属族裔	主要作品
何塞·里维拉	Jose Rivera (1955-)	波多黎各裔	《雷蒙·伊格莱希亚斯之家》(*The House of Ramon Iglesia*, 1983)、《玛丽索尔》(*Marisol*, 1992)、《云的构造》(*Cloud Tectonics*, 1995)、《阳光下的街道》(*The Street of the Sun*, 1996)、《我们在巨人的书本里》(*Giants Have Us in Their Books*, 1997)、《旧世纪的十四行诗》(*Sonnets for an Old Century*, 2000)、《女性时间》(*The Hours are Feminine*, 2011)、《写在脸上》(*Written on My Face*, 2012)、《荷马的最后一部巨著》(*The Last Book of Homer*, 2013)、《夏洛特》(*Charlotte*, 2014)
托马斯·里维拉	Tomás Rivera (1935-1984)	墨西哥裔	《……大地不曾吞噬他》(*... y no se lo tragó la tierra/... And the Earth Did not Part*, 1971)
路易斯·罗德里格斯	Luis J. Rodriguez (1954-)	墨西哥裔	《永远奔跑:在洛杉矶帮派中的日子》(*Always Running: La Vida Loca: Gang Days in L.A.*, 1993)、《心连心,手拉手:在暴力时代创造家园》(*Hearts and Hands: Creating Community in Violent Times*, 2001)、《它呼唤你回来:跨域爱、毒瘾、革命和治愈的艰苦旅程》(*It Calls You Back: An Odyssey Through Love, Addiction, Revolutions, and Healing*, 2011)

续表

作家译名	作家外语名	所属族裔	主要作品
理查德・罗德里格斯	Richard Rodriguez (1944-)	墨西哥裔	《记忆的饥渴:理查德・罗德里格斯的教育》(*Hunger of Memory: The Education of Richard Rodriguez*, 1982)、《责任的年代:和墨西哥父亲的辩论》(*Days of Obligation: An Argument with My Mexican Farther*, 1992)、《棕色:美洲的最后发现》(*Brown: The Last Discovery of America*, 2002)、《亲爱的人:精神自传》(*Darling: A Spiritual Autobiography*, 2013)
埃斯梅拉达・圣地亚哥	Esmeralda Santiago (1948-)	波多黎各裔	《美洲的梦想》(*America's Dream*, 1975)、《当年我还是波多黎各人》(*When I Was Puerto Rican*, 1993)、《女汉子》(*Almost a Woman*, 2000)、《土耳其恋人》(*The Turkish Lover*, 2004)
加里・索图	Gary Soto (1952-)	墨西哥裔	《夹克》(*The Jacket*, 1983)、《四月的棒球》(*Baseball in April*, 1990)、《站队》(*Taking Sides*, 1991)、《裙子》(*The Skirt*, 1992)、《和平跨越》(*Pacific Crossing*, 1992)
维吉尔・苏亚雷斯	Virgil Suárez (1962-)	古巴裔	《躲过了安哥拉:古巴—美国童年的记忆》(*Spared Angola: Memories from a Cuban-American Childhood*, 1997)
艾斯黛拉・波蒂略-泰姆伯雷	Estela Portillo Trambley (1936-)	墨西哥裔	《蝎雨》(*Rain of Scorpions and Other Stories*, 1973)、《曲妮》(*Trini*, 1986)
皮里・托马斯	Piri Thomas (1928-2011)	波多黎各裔	《穷街陋巷》(*Down These Mean Streets*, 1967)、《救世主,救世主,抓住我的手》(*Savior, Savior, Hold My Hand*, 1972)、《七生七世》(*Seven Long Times*, 1974)、《社区的故事》(*Stories from El Barrio*, 1978)

续表

作家译名	作家外语名	所属族裔	主要作品
露丝·玛丽亚·埃姆皮埃尔-埃雷拉	Luz María "Luzma" Umpierre-Herrera (1947-)	波多黎各裔	《玛格丽特诗歌》(*Margarita Poems*,1987)、《我依然站立:30 年诗歌集》(*I'm Still Standing*:*Treinta ãnos de poesía*, 2011)
路易·阿尔伯托·尤利亚	Luis Alberto Urrea, (1955-)	墨西哥裔	《寻找白雪》(*In Search of Snow*, 1994)、《蜂鸟的女儿》(*The Hummingbird's Daughter*, 2005)、《去往美丽的北方》(*Into the Beautiful North*, 2009)、《美洲女王》(*Queen of America*, 2011)
路易莎·瓦伦斯维拉	Luisa Valenzuela (1938-)	阿根廷裔	《克拉拉》(*Clara*, 1966)、《如临大敌》(*Como en la guerra*, 1977)、《换防》(*Change of Guard*, 1982)、《交换武器》(*Cambio de armas*, 1982),《蜥蜴的尾巴》(*The Lizard's Tail*, 1983)、《剪贴板》(*Cola de lagartija*, 1983)、《探索者》(*He Who Searches*, 1986)
博纳多·维嘉	Bernardo Vega (1885-1965)	波多黎各裔	《博纳多·维嘉回忆录:纽约波多黎各人社区的历史》(*Memoirs of Bernardo Vega*: *A Contribution to the History of the Puerto Rican Community in New York*, 1977)
埃莱娜·维拉蒙特斯	Helena Maria Viramontes (1954-)	墨西哥裔	《飞蛾和其他短篇小说》(*The Moth and Other Stories*, 1985)、《在耶稣脚下》(*Under the Feet of Jesus*, 1995)
威廉·卡洛斯·威廉斯	William Carlos Williams (1883-1963)	波多黎各裔	《美洲性格》(*In the American Grain*, 1925)、《自传》(*Autobiography*, 1948, 1949, 1951)

附录二:美国西语裔历史与文学大事年表

1492 年 地理大发现的开端,克里斯托弗·哥伦布(Christopher Columbus)到达巴哈马群岛。

1502 年 哥伦布最后一次航海;拉丁美洲殖民地实行监护征赋制(encomienda labor system),强行征用印第安人作为奴隶,进行开矿。

1510 年 西班牙征服波多黎各。

1515 年 西班牙征服古巴岛。

1519 年 赫南·科尔特斯(Hernán Cortés)开始征服墨西哥。

1531 年 胡安·迪亚哥在墨西哥泰佩雅克山(Tepeyac)的山脚下见到了瓜达卢佩圣母(the Virgin of Guadalupe);墨西哥城的大主教同意供奉圣母。

1533 年 弗朗西斯科·皮萨罗(Francisco Pizarro)征服印加帝国,宣布包括秘鲁、厄瓜多尔、玻利维亚、智利北部和阿根廷西南在内的大片领土为西班牙殖民地。

1542 年 西班牙殖民者努里斯·卡韦萨·德巴卡(Alvar Nunez Cabeza de Vaca)开始从佛罗里达到得克萨斯的探险。

1695 年 胡安娜·伊妮斯·拉克鲁兹(Sor Juana Ines la Cruz)去世,这是第一位有确切历史记录的墨西哥作家、诗人。

1804 年 海地革命取得胜利,摆脱法国的殖民统治宣告独立;经过 13 年的斗争,海地成为美洲第一个摆脱欧洲殖民统治的国家。

1808～1925 年 拉丁美洲独立战争。著名的独立战争领袖有委内瑞拉和哥伦比亚的西蒙·玻利瓦尔(Simón Bolívar)、阿根廷的何塞·圣马丁(Joséde San Martin)、墨西哥的宗教领袖米盖尔·希达尔·戈·考斯蒂亚(Miguel Hidalgo y Costilla)和何塞·玛利亚·矛瑞罗斯(Jose Maria Morelos y Pavon)等。

1822 年 巴西独立。

1832～1836 年 得克萨斯要求摆脱墨西哥独立。

1836 年 墨西哥领袖安东尼奥·洛佩兹·德·圣安娜(Antonio Lopez de Santa Ana)获得阿拉莫战役(the Alamo)的胜利;得克萨斯独立,成立得克萨斯共和国(1836～1848)。

1844 年 多米尼加从海地分裂出来,成立多米尼加共和国;得克萨斯并入美国。

1846～1848 年 美墨战争,墨西哥战败;《伊达尔戈—瓜达卢佩条约》签订,墨西哥将北部从加利福尼亚到得克萨斯的领土割让给美国,8 万墨西哥人留在被割让土地上,自动归化为美国人。

1850 年 墨西哥矿主华金·玛里塔(Joaquin Murieta)被税务官强行没收金矿,走上反抗之路。

1855 年 威廉·沃克(William Walker)出任尼加拉瓜总督。

1960 年 威廉·沃克在洪都拉斯被处决。

1868 年 波多黎各爆发起义,反抗西班牙殖民统治、争取民族独立,但是很快被镇压。

1868～1878 年 古巴独立战争。

1871 年 巴西通过法律,禁止使用儿童奴隶(Rio Branco)。

1873 年 波多黎各废除奴隶制。

1882 年 古巴诗人、独立运动领导人何塞·马蒂(José Martí)流亡至美国。

1886 年 古巴废除奴隶制。

1898 年 美西战争;波多黎各被美国控制;古巴独立运动先驱何塞·马蒂逝世。

1900 年 美国占领波多黎各。

1901 年 美国入侵古巴,取得对古巴的实际控制权,开始建立关塔那摩军事基地;
墨西哥人格利高里奥·柯尔特兹(Gregorio Cortez)与得克萨斯骑警发生冲突后逃亡,后来成为“边境谣曲”中具有传奇色彩的英雄人物。

1902 年 古巴独立。

1910～1924 年 墨西哥革命。

1912 年 美国入侵尼加拉瓜,占领至 1925 年。

1916年 美国入侵多米尼加共和国，占领至1924年。

1917年 美国国会通过《琼斯法案》，给予波多黎各人"公民权"；同年，美国入侵古巴。

1926年 美国入侵尼加拉瓜，占领至1933年。

1930年 拉斐尔·特鲁希略(Rafael Leonidas Trujillo)在美国支持下建立军事政权，特鲁希略家族开始了31年的统治。

1931年 豪尔赫·尤比卡(Jorge Ubica)在危地马拉建立军事政权；马克西里亚诺·赫尔南德兹·马提内斯(Maximiliano Hernandez Martinez)在萨尔瓦多开始了12年的军事统治。

1937年 特鲁希略授权对多米尼加境内的海地工人进行屠杀，大约3万人被害；波多黎各民众反对美国的军事占领，引发"庞塞惨案"。

1942年 洛杉矶郊区发生"睡湖谋杀案"，引发了美国白人和墨西哥裔美国人之间的冲突。

1943年 佐特装暴动。

1945年 加夫列拉·米斯特拉尔(Gabriela Mistral)获得诺贝尔文学奖，成为第一位获此奖项的拉丁美洲作家。

1947年 波多黎各产生第一任民选总督马林(Luis Munoz Murin)。

1958年 亚美利哥·帕雷德斯(Américo Paredes)的《枪在手上》(*With His Pistol in His Hand*)出版。

1959年 何塞·维拉里尔(Jose Villarreal)的《美国化的墨西哥人》(*Pocho*)出版；古巴革命取得胜利。

1960年 多米尼加共和国米拉贝尔姐妹(代号"蝴蝶")被特鲁希略政权的特务秘密杀害。

1960年 "彼得·潘计划"开始实施。

1961年 猪猡湾事件；特鲁希略遇刺。

1962年 古巴导弹危机；塞萨尔·查韦斯(César Chavez)组织成立全国农场工人联合会(FWA)。

1965年 路易斯·瓦尔德兹(Luis Valdez)组建农场工人剧社(El Teatro Campestino)。

1967年 皮里·托马斯(Piri Thomas)的《穷街陋巷》(*Down These Mean Streets*)发表。

1969年 奇卡诺全国青年解放大会召开，发布"阿兹特兰宣言"(El Plan de Aztlán)。

1971 年 智利诗人聂鲁达(Pablo Neruda)获得诺贝尔文学奖;托马斯·里维拉(Tomás Rivera)的《……大地不曾吞噬他》(*... and the Earth Did Not Devour* Him)获得首届金托·索尔奖。

1972 年 鲁道夫·阿纳亚(Rudolfo Anaya)的《保佑我吧,乌勒蒂玛》(*Bless Me, Ultima*)获得第二届金托·索尔奖。

1973 年 罗兰多·伊诺霍萨(Rolando Hinojosa)的《河谷素描》(*Estampas del Valle y Otras Obras*)获得第三届金托·索尔奖。

1975 年 艾斯黛拉·波蒂略-泰姆伯雷(Estela Portillo Trambley)的《蝎雨》(*Rain of Scorpions*)获得第四届金托·索尔奖。

1979 年 萨尔瓦多内战爆发。

1980 年 马列尔偷渡事件;萨尔瓦多的罗梅罗主教被暗杀。

1984 年 桑德拉·希斯内罗丝(Sandra Cisneros)出版《芒果街上的小屋》(*The House on Mango Street*)。

1990 年 奥斯卡·希罗胡斯(Oscar Hijuelos)的《曼波歌王奏情歌》(*The Mambo Kings Play Songs of Love*)获得普利策小说奖。

1992 年 克里斯蒂娜·加西亚(Cristina Garcia)的小说《梦系古巴》(*Dreaming in Cuban*)获得美国国家图书奖提名。

2002 年 卡洛斯·艾尔(Carlos Eire)的《在哈瓦那等待风雪》(*Waiting for Snow in Havana*)获得美国国家图书奖。

2003 年 尼洛·克鲁兹(Nilo Cruz)的《安娜在热带》(*Anna in the Tropics*)获得普利策剧作奖。

2007 年 胡诺特·迪亚兹(Junot Díaz)的《奥斯卡·瓦奥短暂而奇妙的一生》(*The Brief and Wondrous Life of Oscar Wao*)获得美国全国书评家协会奖。

2008 年《奥斯卡·瓦奥短暂而奇妙的一生》获得普利策小说奖。

后 记

在此书稿付梓之际，再啰嗦几句，算是对此书的前因后果有个交代。

此书基于2012年度国家社科基金项目《当代西语裔美国文学研究》，结项报告完成于2017年2月，最终于2018年3月结项。其间虽历经艰辛，但这也是我个人在学术生涯中获得巨大成长的几年。项目开始时我在北京外国语大学的博士后研究尚在进行之中，同时我在山东大学照常承担教学任务，每周奔波于济南和北京两地，其中的艰辛可想而知，但是这也锤炼了我。在此期间，我得到了许多良师益友的关心和帮助，特别是山东大学外国语学院的师友、北京外国语大学的各位老师，以及全国英美文学研究圈内的诸多好友。我的两位恩师——山东大学的郭继德先生和北京外国语大学的金莉教授——尤其对我关爱有加、呵护备至，多年来他们一直是我学术道路上的灯塔，也是我至亲至爱的家人。我于2013年1月博士后出站，之后不久赴加州大学尔湾分校访学，导师阿里汉德罗·莫拉利斯教授严格而慈爱，亦给予我许多帮助。

虽然研究课题得以顺利结项，但是我对研究报告并不甚满意。我认真拜读了五位结项评审专家的建议，对书稿进行了相应的修改。为了尽量完整地呈现美国西语裔文学的来龙去脉，我从原稿中的“当代文学”阶段不断往前追溯，并最终决定从美国西语裔文学的开端写起。经过近两年的修改，书稿从30多万字扩充至50多万字，书名也相应地改为《美国西语裔文学史》。尽管从项目开始到书稿交付出版已经8年时间，但是因我学养有限，加之生性慵懒，书稿中依然有许多未尽如人意之处，例如不同文学分支的详略程度存在明显差异，作家作品的梳理难免失之偏颇甚至还可能有疏漏。

此书在出版过程中得到多方的支持，山东大学外国语学院提供了资助，山东大学出版社的编辑严格审读，提供了诸多修改建议，在此不一一致谢。

十余年的学术经历使我获得成长，但是也令我愈加胆怯；学术成果的发表和出版带来了成功的喜悦，但心中感受更多的却是诚惶诚恐，唯恐自己的逻辑不清晰、论述不严谨、措辞不得当。以此书来“抛砖引玉”的辞令绝非自谦，而是肺腑之言，也是我鞭策自己不断前行的动力。

李保杰

2020 年 5 月于山东大学洪家楼校区